LA NUIT DU 28 FÉVRIER

LEIF GW PERSSON

La Nuit du 28 février

ROMAN TRADUIT DU SUÉDOIS PAR PHILIPPE BOUQUET

PRESSES DE LA CITÉ

Titre original :

MELLAN SOMMARENS LÄNGTAN OCH VINTERNS KÖLD

ISBN : 978-2-253-11631-8 – 1re publication LGF

À l'Ours et Mikael.

Le meilleur informateur est celui qui n'a pas compris la nature des faits qu'il rapporte.

Le Professeur.

I

En chute libre, comme dans un rêve

Stockholm au mois de novembre

C'est Kalle, treize ans, qui sauva la vie de Vindeln, âgé de cinquante-cinq, lui. C'est du moins ainsi que Vindeln lui-même présenta la chose lors de sa première audition par la police.

— Si Kalle avait pas levé les yeux et m'avait pas tiré de côté, cette saloperie me serait tombée sur le crâne et je serais pas là pour vous parler.

Cette histoire sortait de l'ordinaire dès le début et cela pour trois raisons principales.

D'abord, parce que Kalle était considéré comme totalement sourd des deux oreilles. D'après Vindeln lui-même, il ne comprenait plus que le langage des signes, les regards et les contacts physiques. Vindeln lui parlait certes plus que jamais, mais n'est-ce pas le cas lorsque quelqu'un qu'on aime se fait vieux et perd un peu la boule ? Et Vindeln avait toujours fait preuve de gentillesse envers Kalle. Il n'aurait plus manqué que ça.

Ensuite, parce que c'est une opinion couramment répandue, dans le cadre de la physique empirique occidentale, qu'un corps en chute libre précède le bruit causé par ce corps du fait de sa friction sur l'atmosphère ambiante. D'après les lois de cette même physique, aucun bruit ne devait être perceptible.

Mais c'est la troisième de ces raisons qui était la plus étrange de toutes. À supposer que Kalle ait bel et bien entendu quelque chose, senti le danger et tiré Vindeln de côté, lui sauvant ainsi la vie, comment se pouvait-il, dans ces conditions, qu'il n'ait pas entendu le bruit de la chaussure gauche du cadavre qui, quelques secondes plus tard, le frappa à la nuque, le tuant sur le coup ?

Vendredi 22 novembre

Entre dix-neuf heures cinquante-six et vingt heures une, le vendredi 22 novembre, le PC de la police de Stockholm reçut trois appels sur son numéro d'urgence, le 90 000.

Le premier émanait d'un juriste en retraite ayant assisté à l'événement du haut de son balcon, au 38 de Valhallavägen. L'homme déclina son identité sans paraître choqué le moins du monde. Il se montra prolixe, présenta les choses de façon systématique mais, en substance, assez ahurissante.

D'après lui, un fou vêtu d'un manteau noir et d'un bonnet de ski à oreillettes venait d'abattre un pauvre homme et son chien. Ce fou était maintenant en train de courir en rond en hurlant des propos incohérents, et la raison pour laquelle ce juriste se trouvait sur son balcon par plusieurs degrés en dessous de zéro était le fait que sa femme était asthmatique et que la fumée de cigarette avait une fâcheuse tendance à coller aux rideaux : « Au cas où ça vous intéresserait de le savoir, monsieur l'inspecteur. »

Le second appel provenait du central d'une compagnie de taxis. L'un de leurs chauffeurs était allé chercher une dame d'un certain âge au numéro 46 de Valhallavägen et, en ouvrant la portière pour aider la passagère à monter à l'arrière de son véhicule, il avait vu du coin de l'œil « un pauvre homme qui tombait du toit de cet immeuble où habitent les étudiants ». Ce chauffeur, âgé de quarante-cinq ans, était venu de Turquie en Suède vingt années plus tôt. Il avait vu bien pire que cela au cours de son existence et appris dès son jeune âge ce qu'il convient de faire en diverses circonstances. C'est pourquoi il appela le central de la compagnie sur sa radio de bord, raconta ce qu'il avait vu et demanda qu'on avertisse la police pendant qu'il conduisait la dame chez sa fille, qui habitait à la campagne, près de Märsta. La course se déroula sans anicroche et la vie poursuivit son cours.

L'appel numéro trois avait pour auteur un homme qui, à en juger par sa voix, semblait relativement jeune. Il avait refusé de dire son nom et d'où il appelait, mais sa façon de s'exprimer trahissait l'influence d'un stupéfiant quelconque. Cela ne l'avait pas empêché d'être de bon conseil : « Y a encore un de ces dingues d'étudiants qu'a sauté du toit. Oubliez pas d'apporter des seaux quand vous viendrez le chercher. »

Ensuite, tout avait marché comme sur des roulettes, au PC. En lançant l'alerte dans le secteur concerné, l'opératrice accorda plus d'importance au chauffeur de taxi et à l'homme de bon conseil qu'au juriste. Mais elle omit de parler de coups de feu, de chien et de seaux.

En bref, elle signala que quelqu'un venait de tomber ou de sauter du haut du foyer Nyponet[1], dans Körsbärsvägen, et avait atterri sur l'allée piétonne, audessus du parking situé en face du croisement de Valhallavägen et de Frejgatan. Il fallait s'attendre à trouver là un corps inanimé ainsi qu'une personne de sexe masculin très perturbée, vêtue d'un manteau noir et d'une casquette à visière, qui errait dans les alentours. Une voi-

---

1. Il est courant que les immeubles, même ordinaires, portent un nom, en Suède. Celui-ci veut dire littéralement « Gratte-cul ». *(N.d.T.)*

ture radio circulant dans les parages pourrait-elle se charger de l'affaire ?

Il y en avait une à une centaine de mètres plus bas, seulement, dans Valhallavägen. Elle dépendait du district VD 2, à savoir celui d'Östermalm, et, au moment où l'alerte fut lancée, elle s'arrêtait devant le kiosque du marchand de saucisses situé à l'entrée de l'hôpital de Roslagstull. Dans le véhicule se trouvaient deux des Meilleurs Eléments de la police stockholmoise. Il était piloté par l'agent Oredsson, vingt-quatre ans. Celui-ci était blond, large d'épaules et avait les yeux bleus. Il était en fait en fin de stage et, dans un mois, serait titulaire à part entière. Il était sincèrement persuadé, aussi, que la lutte contre une criminalité en constante augmentation entrerait de ce fait dans une phase décisive qui verrait le triomphe final du bien.

À la place du passager, près de lui, était assis son supérieur hiérarchique direct, l'agent titulaire Stridh, deux fois plus vieux que lui et plus connu parmi ses collègues d'un certain âge sous le nom de Paix-à-tout-prix[1]. Depuis qu'ils avaient pris leur service, deux heures plus tôt, ses pensées tournaient exclusivement autour de la saucisse, agrémentée de purée de pommes de terre, de salade de crevettes et de concombre, et assaisonnée de moutarde et de ketchup, qui apporterait un bienfait temporaire dans sa misérable existence. Il en sentait déjà l'odeur et, dans la lutte pour se saisir du combiné placé entre Oredsson et lui, il était perdant d'avance.

— 235 à l'appareil, nous vous écoutons, répondit Oredsson, alerte et décidé comme toujours.

---

1. Son patronyme, Stridh, évoque l'idée de combat ou de lutte, alors qu'Oredsson signifie en quelque sorte « M Sans-peur » (mais pas forcément sans reproche !). *(N.d.T.)*

À peu près au moment où le juriste retraité entrait en contact avec l'opératrice du PC, l'officier de police Lars M. Johansson (M. pour Martin), chef par intérim de la Brigade criminelle nationale, sortait de l'immeuble du quartier de Södermalm où il habitait, dans Wollmar Yxkullsgatan. Il descendit la rue à pas pressés et de très bonne humeur. Il faut dire qu'il se dirigeait vers son premier rendez-vous avec une femme dont il savait qu'elle était non seulement belle à voir mais aussi d'une conversation agréable, probablement. La rencontre devait avoir lieu dans un restaurant de quartier proche de là, où l'on servait une nourriture excellente et très abordable. La soirée était fraîche, le ciel étoilé, et il n'y avait pas le moindre flocon de neige dans les rues et sur les trottoirs, c'étaient donc des conditions idéales pour qui voulait garder les idées claires, l'humeur au beau fixe et les pieds au sec.

Lars Martin Johansson était un homme seul. Au sens juridique du terme, il l'était depuis le jour, plus de dix ans auparavant, où sa première et unique épouse jusque-là l'avait quitté, en emmenant leurs deux enfants, pour entamer une nouvelle vie, dans une nouvelle maison et avec un nouveau mari. Au sens moral du terme il l'avait toujours été, malgré le fait qu'il avait grandi dans l'ombre de six frères et sœurs et de deux parents qui s'étaient rencontrés plus de cinquante ans auparavant, étaient toujours mariés et devaient le rester jusqu'à ce que la mort les sépare. Non pas qu'il eût reçu cette solitude en héritage. Il n'avait manqué ni de compagnie ni de sécurité ni d'affection, au cours de sa jeunesse. Il en avait eu plus qu'il ne lui en fallait et pouvait toujours s'en procurer s'il le désirait, mais lorsque, parvenu à l'âge adulte, il avait cherché dans sa mémoire des souvenirs heureux de l'époque de son enfance, les seuls qu'il avait pu trouver concernaient des moments où on l'avait laissé totalement tranquille. Où il se trouvait seul en scène et était le seul acteur de la pièce.

Dire que Johansson s'accommodait de sa solitude aurait été en dessous de la vérité. D'après les critères communément acceptés de la vie en commun, c'était nettement pire que cela. La solitude était la condition nécessaire, voire indispensable, pour que Johansson puisse fonctionner, tant sur le plan simplement humain, qui consistait à faire de toutes ces journées une existence décente, que sur celui purement professionnel, où il s'agissait uniquement de respecter ses engagements envers les autres, indépendamment des liens de famille, d'amitié ou sentimentaux qui pouvaient vous unir à eux. Et, dans cette mesure, sa vie était presque parfaite depuis que sa femme et ses enfants l'avaient quitté.

À Noël, deux ans après le divorce, sa fille, alors âgée de sept ans, lui avait fait cadeau d'un microsillon : *A Lonely Man*, d'Elton John. Et, indépendamment du fait que quelqu'un ou quelque chose lui avait serré le cœur lorsqu'il avait lu le texte de la pochette, il avait pensé que cela témoignait d'une dose inhabituelle de connaissance de l'être humain de la part de quelqu'un qui n'avait que sept ans. Il s'était dit, également, qu'à l'âge adulte cette personne serait soit un être très fort et très indépendant, soit quelqu'un qui risquait d'être victime de sa propre lucidité.

Ce qui mettait en péril cette équation, cette vie bien réglée, prévisible et totalement maîtrisée, c'était son intérêt pour les femmes : leur parfum, la douceur de leur peau et ce petit creux, sur leur nuque, entre la limite de leurs cheveux et leur cou si mince. Cela le poursuivait en rêve, la nuit, et il ne pouvait s'en défendre autrement qu'en tire-bouchonnant ses draps en une sorte de corde trempée de sueur, au milieu de son lit. Mais cela le poursuivait également dans la journée et l'incitait, alors qu'il était parfaitement éveillé, sobre et lucide, à se tordre le cou pour suivre du regard un dos bien droit et une paire de jambes bronzées qu'il ne reverrait jamais.

Celle qui le poursuivait maintenant se trouvait en face de lui, à moins d'une longueur de bras, à une table de ce restaurant de quartier où l'on servait une nourriture à la fois excellente et très abordable. Il l'avait rencontrée deux jours plus tôt, en allant faire une conférence sur les activités de la Brigade criminelle devant un groupe d'officiers de police qui suivaient une formation juridique. Elle mangeait ses pâtes aux champignons et aux crustacés en se régalant visiblement, ce qui le réjouissait. C'était bon signe. Quand une femme tordait le nez sur la nourriture, cela ne présageait rien de bon pour le reste.

Ils s'étaient entretenus pour la première fois lors de la pause entre les deux heures de sa conférence. Ils avaient évoqué à quel point il est triste de vivre à l'hôtel, à Stockholm, alors que votre vie, votre foyer et vos amis sont à Sundsvall. Puis ils en étaient venus au fait.

« Si tu[1] n'as rien de mieux à faire, vendredi soir, je connais un excellent petit restaurant, dans mon quartier, avait dit Johansson, avec un accent du Norrland plus prononcé que d'habitude, en hochant la tête pour appuyer ses propos et baissant les yeux sur sa tasse à café en plastique blanc.

— Je ne croyais pas que tu oserais me le proposer. Où, quand et comment ? »

Je devrais lui parler de ma solitude, pensa Johansson. La mettre en garde pour le cas où je m'enticherais d'elle et elle de moi.

---

1. Le tutoiement est de règle, de nos jours, en Suède et abolit les barrières hiérarchiques. Nous conserverons cependant le vouvoiement dans les cas où il paraîtrait impoli ou ambigu en français. *(N.d.T.)*

— Pâtes, huile d'olive, basilic, tomates, crustacés et un peu de champignons. Quoi de mieux que du porc grillé aux pommes de terre sautées ? Je n'ai rien mangé d'autre pendant mon enfance.

Johansson posa sa fourchette.

— Je pense que tu le sais. Sinon, je ne serais pas en face de toi.

Elle posa sa fourchette à son tour, l'air enchantée.

OK, se dit Johansson en levant son verre de vin.

— Je n'en ai pas la moindre idée. Je ne suis qu'un petit campagnard. Raconte-moi.

À vingt heures sept – c'est-à-dire deux minutes après avoir répondu à l'alerte –, Stridh et Oredsson parvinrent sur les lieux. Oredsson s'était engagé sur l'allée longeant le parking, au-dessus de Valhallavägen, et, avant d'arrêter son véhicule, il avait allumé les pleins phares. À quelques mètres devant la voiture, un homme en manteau sombre et casquette à visière était assis par terre. Il balançait le haut de son corps et serrait dans ses bras un chien ressemblant à un berger de petite taille ; il ne semblait pas avoir remarqué leur arrivée. Une dizaine de mètres plus loin, à la limite de l'allée et de la pente gazonnée montant vers la maison voisine, gisait un corps inerte. Autour de sa tête s'étendait une mare de sang d'environ cinquante centimètres qui luisait comme de l'étain fondu à la lueur des phares.

— Je peux aller voir s'il est encore vivant, proposa Oredsson en lançant un regard interrogateur à Stridh et en détachant sa ceinture de sécurité.

— Si tu trouves ça désagréable, je peux m'en charger, répondit Stridh avec un hochement de tête appuyé – n'était-ce pas lui le supérieur ?

Oredsson ouvrit la portière.

— Ça va, j'ai déjà vu bien pire.

Stridh se contenta d'opiner du bonnet, sans aller jusqu'à demander où et quand un stagiaire de vingt-quatre ans avait pu en avoir l'occasion.

Pourtant, lorsque Oredsson appela le PC, quelques minutes plus tard, sa voix ne trahissait pas la moindre émotion, et son rapport était clair et concis. Il n'était pas nécessaire d'envoyer une ambulance, l'homme était déjà mort. D'après la nature de ses blessures et l'emplacement du corps, il paraissait très vraisemblable que la personne en question était tombée, ou avait sauté, de l'un des appartements situés en haut de l'immeuble voisin, bâtiment d'au moins vingt étages constitué de chambres d'étudiants et baptisé, pour quelque obscure raison, Nyponet. Il existait un témoin oculaire, un homme d'un certain âge qui promenait son chien. Stridh était en train de l'interroger. L'idéal serait qu'on puisse envoyer l'un des agents de permanence à la criminelle, ainsi que quelqu'un de la police scientifique. En attendant, Oredsson pourrait délimiter un périmètre de sécurité autour du corps. À part cela, la situation n'exigeait pas de renforts.

— Voilà, c'est comme ça, conclut Oredsson.

Pas besoin d'ajouter que le cabot est mort, lui aussi, pensa-t-il.

Dans la salle de repos de la Brigade criminelle, l'inspecteur Bäckström regardait la télévision et, jusque-là, tout allait bien. La soirée avait été inhabituellement calme pour un vendredi et lorsque la patrouille avait amené – manu militari – un pugiliste amateur, une demi-heure plus tôt, il avait compris le danger à temps et réussi à s'éclipser vers les toilettes. C'était donc un de ses collègues qui avait dû s'occuper de l'énergumène. Un bronzé, bien entendu, aussi agité que d'habitude dans ces cas-là.

Normalement, Bäckström appartenait à la Brigade

des agressions mais, comme il était perpétuellement fauché, il était obligé d'effectuer pas mal d'heures supplémentaires. Bien entendu, il fallait être un peu taré pour rester de permanence un vendredi soir mais, trois jours avant la paie, il n'avait pas le choix. Il était donc de permanence et, jusque-là, les choses s'étaient bien passées. Cependant, elles commençaient à se gâter. Le commissaire de service se tenait en effet sur le pas de la porte et regardait Bäckström d'un œil impérieux, avec sa tête des mauvais jours.

— J'ai un cadavre pour toi, Bäckström. Paraît qu'il est sur l'allée en dessous du foyer d'étudiants, au-dessus du parking près de Valhallavägen et Frejgatan. J'ai averti Wiijnbladh, au service scientifique. Tu vas avec lui.

Bäckström hocha la tête, quelque peu rasséréné. Encore un qui a mis fin à ses jours, pensa-t-il. Un de ces étudiants à la peau un peu foncée qui a sauté par la fenêtre parce qu'il n'a pas reçu sa bourse à temps. J'en aurai sans doute terminé avant la fermeture des bistrots.

Il fallut un certain temps pour que Bäckström et Wiijnbladh fassent leur apparition sur les lieux : les suicidés n'ont pas pour habitude de prendre la fuite et une tasse de café supplémentaire ne fait jamais de mal. Mais ni Stridh ni Oredsson n'avaient perdu de temps, eux. Le second avait délimité un périmètre de sécurité autour du corps. Lors de sa formation, on lui avait enseigné que la police voit toujours un peu petit en pareille circonstance. Il avait donc vu assez grand, pour sa part, et le ruban bleu et blanc était maintenant tendu comme il fallait entre des réverbères et des arbres situés à une distance propice. Des curieux s'étaient approchés pendant qu'il vaquait à cette opération, mais ils avaient tous passé leur chemin après un rapide coup d'œil sur ce corps sans vie. Bien entendu, il n'avait pas touché au cadavre. Cela faisait partie du b.a.-ba du métier.

Pendant ce temps, son collègue plus âgé avait consolé Vindeln. Il était finalement parvenu à le persuader de monter s'asseoir sur le siège arrière de la voiture, en gardant le chien dans ses bras, naturellement. Les deux hommes s'étaient aussi occupés d'envelopper l'animal dans la couverture que Stridh emportait toujours lors de ses périodes de service nocturne, pour des raisons qui ne regardaient que lui. Il y avait certes dans la voiture une bâche qu'on étalait sur le siège arrière quand on transportait des gens qui avaient trop bu, mais ce n'était pas fait pour envelopper des morts, surtout en présence d'un proche parent.

— Il s'appelle Kalle, expliqua Vindeln, les larmes aux yeux. C'est un berger, même si je pense qu'il y a du chien de chasse en lui, également. Il a eu treize ans cet été, mais il est encore en très bonne forme.

Ses propos s'étaient étouffés dans un sanglot, tandis que Stridh passait le bras autour de son épaule avant de l'interroger sur ce qui était arrivé.

Naturellement, Vindeln n'était pas son vrai nom. C'était un surnom qu'on lui avait donné. Il s'appelait Gustaf Adolf Nilsson, était né en 1930 et arrivé à Stockholm en 1973 pour suivre des cours de recyclage. Il avait en effet subi le chômage dans son Norrland natal – et il n'avait jamais retrouvé d'emploi.

— C'est mes copains qui m'ont appelé comme ça, expliqua-t-il, parce que je suis né dans ce coin-là, et on parlait tous de notre pays natal. Alors, je suis devenu Vindeln, comme la rivière. Tu connais peut-être[1].

---

1. Ce nom est celui d'une rivière bien connue du nord du pays mais signifie également « méandre ». *(N.d.T.)*

Stridh hocha la tête. Il était au courant.

Vindeln et Kalle habitaient juste à côté, au deuxième étage du numéro 4 de Surbrunnsgatan. Chaque soir, à peu près à la même heure, après avoir dîné et avant de regarder le journal télévisé, ils faisaient leur promenade vespérale. Ils suivaient toujours le même itinéraire. Ils traversaient d'abord Valhallavägen au croisement de celle-ci avec Surbrunnsgatan, puis empruntaient l'allée piétonnière qui la longe jusqu'à Roslagstull, où ils faisaient demi-tour et revenaient à la maison. Les jours de beau temps, il leur arrivait de pousser un peu plus loin.

C'était sur la pente en dessous du foyer d'étudiants que se dressait l'un des arbres favoris de Kalle. On y observait chaque fois le premier arrêt digne de ce nom.

— C'est important de leur laisser le temps de flairer un peu partout, expliqua Vindeln. Pour un chien, c'est un peu comme lire le journal.

Alors qu'ils étaient là et que Kalle lisait son journal, comme qui dirait, il avait soudain levé la tête et regardé vers le haut de l'immeuble. Le maître avait alors été tiré en arrière par une brusque secousse de la laisse.

— Je l'ai échappé belle. Si Kalle avait pas levé les yeux et m'avait pas tiré de côté, je recevais cette saloperie sur le crâne et je serais pas là pour vous en parler, poursuivit-il en hochant la tête pour donner plus de poids à ses mots.

— Il a peut-être entendu un bruit qui l'a fait réagir ? demanda Stridh en prenant note dans son carnet.

— Pas vraiment, non, répondit Vindeln. Il est sourd des deux oreilles. C'est sûrement ce sixième sens qu'ils ont. Certains bergers, du moins. Ils ont un sens de plus que nous.

Stridh opina du bonnet sans rien dire.

Si Kalle possédait un sixième sens, celui-ci avait été pris en défaut juste après, lorsque la chaussure gauche de la victime était venue le frapper à la nuque, le tuant sur le coup.

— C'est quand même bête, reprit Vindeln en se remettant à sangloter. On est là, Kalle et moi, à regarder cette saloperie et, brusquement, y a sa godasse qui s'amène.

— Elle est tombée juste après le corps ? demanda Stridh pour détourner la conversation.

— Non, pas vraiment, non plus. On était là à regarder. Il a fallu un certain temps.

— Combien ? Une ou deux minutes ?

— Non, pas vraiment. Pas tant que ça. Mais sûrement dix ou vingt secondes. Ah ça, oui.

— Dix ou vingt secondes ? Ça ne serait pas un peu plus bref, par hasard ?

— Bon, ça paraît peut-être un peu plus long quand on est là, sur place, à regarder, mais il a quand même fallu pas mal de secondes.

Vindeln renifla bruyamment et se moucha dans sa main.

Tandis que Stridh parlait avec Vindeln, Oredsson n'avait pas gardé ses yeux dans sa poche. Il avait tout de suite découvert la chaussure en question à quelques mètres du corps : elle lui appartenait probablement, puisque le cadavre n'avait pas de chaussure gauche et que la droite, toujours en place, lui ressemblait à s'y méprendre. Oredsson avait hésité un instant à aller chercher un sac en plastique dans la voiture et à mettre la chaussure dedans, bien sûr au même endroit et dans la même position, puis il y avait renoncé. On ne lui avait certes rien dit de particulier quant à la conduite à adopter vis-à-vis des chaussures, lors de sa formation, mais il jugeait que cela signifiait qu'on devait les traiter comme les autres pièces à conviction et il l'avait donc laissée là où elle était. Il n'existait rien, ni dans les conditions météorologiques ni dans l'environnement, qui justifiât de déroger à la règle d'or quant aux mesures à prendre pour préserver les indices.

On ne touche à rien, s'était dit Oredsson, très fier de sa décision. On laisse ça à ceux qui s'y connaissent en la matière, les gars de la scientifique.

Il alla donc examiner la façade de l'immeuble, à la verticale en partant du point où le corps était tombé. Quelque part entre le quinzième et le seizième étage – la différence de niveau entre les deux côtés de l'immeuble expliquait cette hésitation de sa part –, il eut l'impression qu'une fenêtre était restée ouverte en dépit de la fraîcheur de la température. Ça représente une chute d'environ cinquante mètres, songea Oredsson, qui était le meilleur tireur de sa promotion et n'avait pas son pareil pour évaluer les distances. Cela cadrait d'ailleurs assez bien avec l'état pitoyable dans lequel se trouvait le cadavre. Oredsson regarda sa montre. Il s'était déjà écoulé une bonne demi-heure depuis que le PC avait promis de lui envoyer les renforts demandés. Qu'est-ce qu'ils foutent, bon Dieu ? se demanda-t-il, furieux.

Bäckström était petit, gros et rustaud, alors que Wiijnbladh était petit, mince et efféminé. Ils se complétaient donc parfaitement et aimaient bien travailler ensemble. Bäckström trouvait que Wiijnbladh était vaguement pédé et plutôt lâche : on n'avait pas à élever la voix, il faisait ce qu'on lui disait, de toute façon. Wiijnbladh, de son côté, voyait en Bäckström un colérique handicapé mental, collaborateur rêvé pour celui qui préférait contrôler la situation. Comme ils étaient aussi incompétents l'un que l'autre, ils n'avaient pas à redouter de conflits d'ordre professionnel. Ils constituaient pour ainsi dire le duo idéal.

Une heure exactement après avoir reçu l'appel, ils se présentèrent dans l'allée longeant l'immeuble. Il convient cependant de préciser, en toute justice, qu'à ce moment de la journée il leur avait fallu près de dix minutes pour se rendre de la Brigade criminelle, sur Kungsholmen, à ce parking situé en face du croisement de Valhallavägen et de Frejgatan où ils avaient choisi de stationner.

— Qu'est-ce que c'est que ce cirque ? s'exclama Bäckström en tirant d'un air de mécontentement sur le ruban qui délimitait le périmètre de sécurité. C'est la guerre, ou quoi, bon sang ? poursuivit-il en regardant dans les yeux ses deux collègues en uniforme.

— C'est pour interdire l'accès au public, répondit Oredsson, immobile, les jambes écartées et les bras ballants, fixant Bäckström de ses yeux d'un bleu étrangement pâle. Il y en a tout un rouleau dans la voiture, si tu en as besoin.

Pauvre minable, se dit Bäckström. Ce n'est pas un flic, il a plutôt l'air de sortir d'un vieux film de l'époque nazie. Ils prennent n'importe qui dans le métier, maintenant.

Il décida de changer rapidement de sujet :

— Paraît qu'il y a un témoin. Où est-ce qu'il est passé, bon Dieu ?

— Je l'ai reconduit chez lui il y a une demi-heure, répondit le plus âgé des deux nigauds, à côté de son cadet à l'air vaguement nazi. Il était un peu sous le choc et désirait rentrer à la maison. Je l'ai déjà interrogé et j'ai noté son nom et son adresse, si tu veux recommencer.

— On verra ça, on verra ça, répondit Wiijnbladh, avec un air de grand seigneur. Sans vouloir aller trop vite en besogne, ça m'a l'air d'un suicide, cette affaire.

Savez-vous, d'ailleurs, messieurs, qu'on compte vingt suicides pour un meurtre, dans cette ville ?

À en juger par leurs signes de dénégation, ils n'en avaient aucune idée et ne paraissaient pas très soucieux d'approfondir la question.

— Une fenêtre est restée ouverte, au quinzième ou peut-être au seizième étage, ça dépend comment on compte, dit Oredsson en désignant le haut de la façade. Elle est comme ça depuis notre arrivée. Malgré la température.

— Ça me paraît excellent, ce détail, dit Wiijnbladh avec une chaleur dans la voix qui n'était pas feinte. Allons regarder le cadavre de plus près, messieurs. Avec un peu de chance, on trouvera quelque chose dans ses poches. File chercher mon appareil photo, ajouta-t-il à l'intention d'Oredsson, avec un petit signe de tête d'encouragement. Il est posé sur le siège arrière. Prends aussi le sac qui est dans le coffre.

Oredsson se contenta d'opiner. Toi, on te réglera ton compte plus tard, pensa-t-il. Pour l'instant, je ne suis qu'un petit bonhomme de rien du tout, alors mieux vaut ne pas se faire remarquer. Mais par la suite…

Il y a quelque chose qui ne colle pas, songea Johansson. Il avait parlé de cuisine italienne, d'un assez long voyage qu'il venait d'effectuer en Asie du Sud-Est et, en réponse à une question qu'elle avait posée, de son enfance dans le Norrland. Il s'était exprimé de façon élégante et humoristique, et, pour qui savait lire entre les lignes, il était manifeste que Lars Martin Johansson était à la fois cultivé, doué, d'un commerce agréable, que c'était un homme qui avait réussi et possédait de l'argent à la banque, et – plus important que le reste – qui était célibataire : cœur à prendre, tout à fait à la hauteur de ce qu'on pouvait attendre en matière de rapports physiques entre un homme et une femme.

Celle qui partageait sa table, ce soir-là, semblait à la fois intéressée et amusée, les signaux qu'elle émettait étaient sans ambiguïté – et pourtant il y avait quelque chose qui ne collait pas. Elle avait répondu en parlant de son propre passé, en disant qu'elle était la fille d'un avocat d'Östersund, que sa mère était femme au foyer et qu'elle avait deux sœurs, l'une plus âgée, l'autre plus jeune, qu'elle avait étudié le droit à Uppsala, qu'elle avait travaillé pendant un certain temps auprès du procureur puis s'était intéressée au travail de la police et s'était mise sur les rangs pour devenir officier. Et, pour qui avait des yeux pour voir et des oreilles pour entendre, il était manifeste qu'elle était à la fois belle et cultivée et qu'elle devait être parfaitement à la hauteur, elle aussi, en matière de rapports physiques entre un homme et une femme.

Tu es mariée, se dit Johansson, et la raison pour laquelle tu ne veux pas en parler, c'est que tu es un peu trop bien élevée, un peu trop conventionnelle et un peu trop encline à assurer tes arrières. Tu peux envisager une liaison discrète mais, avant d'aller plus loin, tu veux d'abord être sûre que tu as plus à y gagner qu'à y perdre.

Johansson pouvait lui aussi envisager une liaison discrète – n'en avait-il pas déjà eu quelques-unes ? – mais il existait un obstacle, en l'occurrence. La plupart des femmes qui travaillaient dans la police avaient un mari ou un ami qui en faisait partie lui aussi et, comme il y avait dix hommes pour une femme dans la corporation, la pression du côté de la demande était à la fois énorme et impossible à satisfaire. Le frère aîné de Johansson était propriétaire immobilier et vendeur de voitures. Il était riche, roublard, ignare et grossier. Mais il était capable de lire dans l'esprit de ses amis, aussi bien que de ses ennemis, comme dans un livre ouvert. Un jour, Johansson l'avait taquiné à propos de sa belle secrétaire blonde en laissant entendre que, sans doute…

« Si tu veux un bon conseil, lui avait répondu son frère, il ne faut pas mélanger les genres. »

Il était grand temps de procéder à un gambit, comme on dit aux échecs. Il arrivait que ça marche avec les durs à cuire, alors il n'y avait pas de raison que ça rate avec un officier de police intérimaire, de sexe féminin, originaire de Sundsvall.

— Au fait, lança Johansson avec un sourire détendu, comment va ton mari ? Il y a longtemps que je ne l'ai pas vu.

Elle encaissa le coup et dissimula fort bien sa surprise au moyen de son verre de vin. Puis elle le regarda avec un sourire, ce qui creusa sur son front une petite ride de préoccupation.

— Il va sûrement bien. Je ne savais même pas que vous vous connaissiez.

— Il a eu le poste qu'il sollicitait ? reprit Johansson, soucieux de retrouver le contact avec la réalité.

— Tu veux dire comme adjoint au préfet de police ? La ride avait disparu.

Johansson hocha la tête.

— Il a pris ses fonctions l'été dernier. Il est comme un poisson dans l'eau. Je ne sais pas si c'est à cause de la distance qui sépare Växjö de Sundsvall… Je ne peux pas dire que ça ait contribué à nous rapprocher, au sens figuré du terme, mais c'était peut-être le but de la manœuvre.

Elle sourit à nouveau.

— On ne se connaît pas intimement, répondit Johansson en levant son verre.

Comment peux-tu rester avec un imbécile pareil ? se demanda-t-il in petto.

Sur l'allée en dessous du foyer d'étudiants, Bäckström et Wiijnbladh avaient entamé tambour battant leur enquête à propos de ce décès. Wiijnbladh avait commencé par prendre au flash quelques photos du corps inanimé et, sitôt qu'il avait baissé son appareil et commencé à marmonner quelque chose d'inaudible dans un petit magnétophone de poche, Bäckström s'était mis à fouiller les poches du cadavre. Cela ne prit pas beaucoup de temps. Le défunt portait un jean, un tee-shirt blanc sur lequel il avait passé un pull-over gris foncé à col en V. Son pied droit avait conservé sa chaussette et une grosse chaussure d'un modèle assez semblable à des rangers ; le pied gauche, uniquement la chaussette. Dans la poche droite du jean, Bäckström trouva un portefeuille. Il en examina rapidement le contenu en claquant la langue de plaisir.

— Venez voir ça, les gars, dit-il en faisant signe à Stridh et Oredsson d'approcher. Je crois qu'on tient une pièce importante pour l'enquête, pour employer les termes du métier.

Il montra une carte d'identité plastifiée avec photo.

— John P. Krassner… b point… Je suppose que ça veut dire *borned*[1], ça. *July fifteen nineteenhundredfiftythree*, poursuivit-il en faisant de son mieux pour ne pas trop écorcher ce qu'il lisait. John P. Krassner, né le 15 juillet 1953, traduisit-il ensuite, très content de lui. Ça me fait l'effet d'être un Américain qui a décidé de tirer sa révérence. Un de ces éternels étudiants qui s'est perdu dans ses bouquins.

Stridh et Oredsson se contentèrent de hocher la tête d'un air indifférent, mais Bäckström ne se découragea pas pour autant. Il se pencha en avant et rapprocha la carte d'identité de la tête du cadavre. Il était

1. Nous laissons au personnage la responsabilité de cette forme fautive. *(N.d.T.)*

manifeste que cette partie du corps avait touché le sol en premier. Elle paraissait avoir été écrasée à partir du sommet, c'est-à-dire que le haut du crâne avait été enfoncé vers le menton ; la face et les cheveux étaient couverts de sang coagulé. Les traits du visage étaient impossibles à distinguer tant celui-ci était déformé. Mais Bäckström n'en eut pas moins un sourire de triomphe.

— Qu'est-ce que vous en pensez ? Moi, je dirais qu'ils se ressemblent comme deux gouttes d'eau.

Stridh eut une grimace de dégoût mais ne dit rien. Oredsson dévisagea Bäckström sans piper. Sale porc, pensa-t-il.

— Bon, reprit Bäckström en se redressant pour regarder sa montre. (Déjà 21 h 30, pensa-t-il, il s'agit de faire vinaigre.) Si vous voulez bien faire transporter le cadavre à l'institut médico-légal, les gars, Wiijnbladh et moi on va jeter un coup d'œil à l'appartement.

— Qu'est-ce qu'on fait de la chaussure ? demanda Oredsson.

— Mettez-la dans un sac et emportez-la avec le corps, trancha Wiijnbladh avant que Bäckström ait eu le temps de dire quoi que ce soit. Et, puisque vous allez appeler le PC... dites-leur de nous envoyer quelqu'un de la voirie pour nettoyer un peu.

— Exactement, crut bon d'acquiescer Bäckström. C'est dégueulasse, ici. Et toi, ajouta-t-il en regardant Oredsson, n'oublie pas d'enlever ton espèce de ruban.

— Certainement, obtempéra Oredsson avec un hochement de tête. (Un jour, je te coffrerai pour ivrognerie sur la voie publique, pensa-t-il. Et quand tu te mettras à hurler que tu es de la police, je t'enfoncerai un rouleau entier de ce ruban dans le cul.) Entendu, monsieur l'inspecteur, dit-il en regardant Bäckström avec un sourire : enlèvement du ruban, exécution.

Il est complètement marteau, songea ce dernier. Je ne voudrais pas être un Suédois moyen et avoir affaire à un cinglé pareil.

C'était la chambre à la fenêtre ouverte et, d'après le panneau d'affichage apposé dans le vestibule, elle se situait au quinzième étage : l'une des huit semblables disposant d'une cuisine commune le long du même couloir. Bien que l'on fût vendredi soir, le PC avait réussi à mettre la main sur le gardien de l'immeuble. Son bureau se trouvait dans un bâtiment annexe à moins de cent mètres de là. Il avait poussé un soupir, disant que ce n'était pas la première fois que ce genre de chose arrivait, mais il avait promis de venir immédiatement et avait tenu parole. Cinq minutes plus tard, il pénétrait dans le couloir de la partie de l'immeuble dans laquelle se trouvait la chambre, désignait du doigt la porte dont il s'agissait et donnait la clé à Wiijnbladh.

— Vous n'avez plus besoin de moi ? demanda-t-il de façon rhétorique. Mais il faudra me rendre la clé quand vous aurez terminé.

Wiijnbladh ouvrit. Juste derrière la porte, ils découvrirent une penderie et, sur la droite, une salle de bains avec douche. Droit devant, ils virent une chambre d'assez petite taille dont l'unique fenêtre était ouverte. L'ensemble couvrait au maximum vingt mètres carrés.

— Tu peux aller interroger les autres occupants du couloir pendant que je prends des photos ? demanda Wiijnbladh en se tournant vers Bäckström.

Celui-ci hocha la tête. Cela lui convenait fort bien : il faisait froid comme dans le trou du cul d'un Esquimau, dans cette chambre, et il n'avait pas l'intention d'attraper une pneumonie à cause d'un dingue qui avait jugé bon de sauter par la fenêtre.

Pendant le temps que Wiijnbladh prenait ses clichés, il avait jeté un coup d'œil dans la cuisine – vide – et, par mesure de sûreté, dans le réfrigérateur. Celui-ci ne contenait hélas rien de très attirant. Des noms étaient apposés sur des cartons de lait, des concombres sous plastique et diverses boîtes au contenu mystérieux. Quelle bande de radins ! se dit Bäckström. Même pas une bière ou une boisson gazeuse à l'intention d'un policier assoiffé. Il frappa à toutes les portes et appuya sur toutes les poignées du couloir mais les chambres étaient fermées à clé, sans exception, et, s'il y avait quelqu'un dans l'une de ces pièces, il était clair que cette personne n'avait pas l'intention d'ouvrir.

La chambre était petite et le ménage n'avait pas été fait récemment. Elle était meublée de façon banalement spartiate : un lit, une table de chevet, une applique électrique, dans le coin opposé un fauteuil très simple devant un lampadaire, sur le mur de la fenêtre une étagère à livres et, de l'autre côté, un bureau et une chaise.

— Il a tout ce qu'il faut, commenta Bäckström.

Les types qui ne travaillaient pas, comme les étudiants, ne devaient, selon lui, avoir ni à manger ni de quoi se loger, mais ce genre de confort pouvait passer, à la rigueur. L'occupant actuel de la chambre ne semblait pas s'être installé pour un séjour de longue durée ni être très soigneux. Les objets personnels n'étaient pas nombreux : une valise, un peu de vêtements et quelques livres au titre en anglais. Sur le lit, qui n'avait pas été fait, était posé un manteau court molletonné et, en dessous, traînait une paire de chaussures très usagées. Ce n'était pas véritablement un repaire de drogué mais, si celui qui logeait là ne se secouait pas, cela ne tarderait pas à le devenir.

C'était le bureau qui était le mieux rangé. Dessus, on apercevait du papier et des enveloppes, des stylos, des agrafes, une gomme et des rubans destinés à la petite machine à écrire fort pratique qui était posée au milieu. Une feuille de papier portant un texte en anglais était engagée derrière le rouleau. Rien qu'une demi-douzaine de lignes, mais elles étaient assez parlantes pour un vrai pro comme Wiijnbladh.

— En résumé, commença-t-il d'un air très satisfait, je crois que tout ce que nous avons vu plaide pour le suicide. Si tu observes cette fenêtre, ajouta-t-il en désignant la croisée maintenant close dont l'entrebâilleur arraché gisait sur le sol, tu noteras qu'il a brisé le système de sécurité. Lorsque celui-ci est en place, il n'est possible d'ouvrir la fenêtre que de quelques centimètres. Pour aérer la pièce, ce genre de chose.

Bäckström hocha la tête d'un air tout aussi satisfait. Wiijnbladh aimait beaucoup s'entendre parler, mais la musique qui sortait de sa bouche avait tout pour lui plaire, cette fois.

— Et puis il y a ce message qu'il a laissé sur sa machine à écrire. Il est en anglais, mais je peux affirmer qu'il exprime un grand dégoût de la vie, une sorte de…

Wiijnbladh chercha ses mots mais, comme ses connaissances en anglais était fort limitées – pour être gentil –, il eut du mal à les trouver.

— Enfin, c'est une lettre d'adieu tout à fait caractéristique, conclut-il en mettant encore plus de poids dans ses paroles.

Bäckström hocha une fois de plus la tête. Ils étaient dans le même bateau, de toute façon, alors il pouvait accomplir ce petit effort.

— Sans oublier la porte. Qui était fermée de l'intérieur.

— En effet, approuva Wiijnbladh.

Au moyen d'une banale serrure à pêne, se dit-il. Il y en a, je vous jure…

— Eh bien, je crois qu'on n'a plus rien à faire ici, conclut Bäckström en regardant sa montre.

Il n'était encore que vingt-deux heures quinze et, en se pressant un peu pour rentrer, il aurait même le temps d'appeler au téléphone l'homme au chien qui avait assisté à la scène. Ce petit détail viendrait mettre la touche finale à une enquête au-dessus de tout reproche et bientôt il pourrait aller siroter une bonne bière, bien méritée, au bistrot du coin.

Johansson avait quitté l'établissement en galante compagnie, dans cet état d'esprit fort agréable que l'on ressent lorsque certaines décisions pas très simples à prendre ont été repoussées à plus tard et que, par voie de conséquence, toutes les éventualités ont été sauvegardées. Il l'avait raccompagnée jusqu'à son hôtel, près de Slussen, et s'était assez facilement laissé convaincre de prendre une dernière bière au bar.

— Dans une semaine, on fêtera la fin du cours. On peut espérer t'y voir ? demanda-t-elle.

La tension avait disparu. Elle était penchée en avant, le sourire aux lèvres, et frottait légèrement son ongle sur le revers de la main droite de Johansson. Les siennes étaient à la fois puissantes et minces.

Johansson secoua la tête d'un air de regret.

— Dans une semaine, je serai dans l'avion pour les États-Unis. Je vais rencontrer un tas de gens d'Interpol et du FBI, précisa-t-il avec un soupir. Il y a des fois où je me demande s'il n'y a pas quelqu'un, là-haut, qui fait exprès de m'embêter, ou si je suis simplement incapable de planifier mon emploi du temps.

— Mon pauvre ! soupira-t-elle. Tu mènes vraiment une existence bien ennuyeuse. Pour ma part, je vais suivre un autre cours, à Härnösand, avec nos personnels civils. Ça va être passionnant, ajouta-t-elle avec un nouveau sourire.

Johansson saisit l'occasion d'emmêler leurs doigts. Mais discrètement, très discrètement. Un simple contact cutané. Pas la moindre pression.

— Je vais t'acheter quelque chose de beau pour Noël. Quelque chose qu'on n'a pas ici.

— Une étoile de shérif en or massif ? questionna-t-elle en pouffant de rire et en exerçant une pression un peu plus forte sur sa main.

— Oui. Ou alors une casquette de base-ball bleue, avec FBI marqué dessus.

Bäckström se tenait toujours dans la salle de permanence, quoique minuit fût passé depuis une demi-heure, et il se sentait d'une humeur massacrante. Wiijnbladh et lui avaient apposé les scellés sur la porte du suicidé alors qu'il n'était même pas vingt-deux heures trente, et, lorsque poindrait l'aube de la prochaine journée, cette triste histoire serait sur le bureau des hommes de garde à Östermalm. Des policiers chevronnés comme Wiijnbladh et lui n'avaient pas de temps à perdre avec des affaires aussi banales. C'était bon pour les flics de base des commissariats de quartier.

Tout avait marché comme sur des roulettes et ils s'apprêtaient à refermer la porte lorsque ce satané black avait rappliqué en compagnie d'une petite pute d'étudiante suédoise au rouge à lèvres mauve ; quant à ce qu'ils avaient en tête, pas besoin d'être un as de la police pour s'en douter. Bäckström avait pensé contourner l'individu pour prendre l'ascenseur, mais ce lâche de Wiijnbladh avait voulu faire du zèle. Il avait montré sa carte de police et s'était mis à parlementer avec le bronzé dans son misérable anglais. Ensuite, la petite pute s'était mise de la partie, elle aussi, tantôt en suédois, tantôt en anglais, et ç'avait été le commencement de la fin. Il pouvait pas s'être suicidé, ce type, il était vachement bien, pas déprimé le moins du monde, et bla-bla-bla et bla-bla-bla.

Il avait dû finir par faire la grosse voix et leur dire de téléphoner le lundi suivant. Pour plus de sûreté, il leur avait donné le nom et le numéro de poste d'un collègue de la criminelle qui était toujours en congé de maladie, à cette époque de l'année, en raison de graves problèmes d'alcool. Ainsi, ils avaient enfin pu quitter les lieux, mais un précieux quart d'heure de sa vie avait été gâché.

Quand Bäckström avait pris place derrière son bureau pour renouer les fils de cette triste histoire, un autre cinglé s'était présenté. Ce gros nigaud de Stridh avait compris les instructions de travers et transmis un procès-verbal d'interrogatoire du témoin. Deux pages entières de texte dactylographié à interligne simple, pour une affaire qui pouvait être réglée en dix lignes, et incompréhensible, en plus. D'après le témoin Gustaf Adolf Nilsson, en retraite anticipée, il apparaissait que ce n'était pas lui mais son chien qui avait entendu ce fou de Krassner sauter par la fenêtre. Or, malgré la finesse de son ouïe, le cabot avait été tué par une chaussure tombée mystérieusement du haut de l'immeuble.

Qu'est-ce que c'est que ça : en retraite anticipée ? se demanda Bäckström. C'est le langage qu'utilisent les services sociaux pour désigner un poivrot qui veut rien faire de ses dix doigts mais qui a réussi à faire avaler un bobard quelconque par une employée naïve – une socialiste, bien entendu – de la caisse de maladie. Va te faire foutre ! se dit Bäckström en composant le numéro de téléphone de Vindeln.

Un quart d'heure plus tard, l'affaire était dans le sac, comme toujours quand c'est un vrai pro qui s'en charge.

Bäckström retira le procès-verbal de sa machine à écrire et le corrigea au stylo à bille en parcourant ce texte bref mais explicite dans lequel on ne trouvait nulle trace, d'ailleurs, d'un chien qui n'était pas encore enterré[1].

« Interrogé par téléphone, le témoin Nilsson a déclaré, en substance, ce qui suit. Vers dix-neuf heures cinquante, il se trouvait dans Körsbärsvägen, en dessous du foyer d'étudiants Nyponet. Il affirme qu'il a alors perçu un bruit provenant de l'un des étages supérieurs du bâtiment. En levant les yeux, il a vu le corps d'une personne de sexe masculin qui avait sauté par une fenêtre, tombait le long de la façade et venait frapper le sol à quelques mètres de l'endroit où se tenait le témoin. Après avoir eu lecture de cette audition au téléphone, le témoin déclare en approuver les termes. »

Cette dernière phrase était un pur mensonge mais, comme Nilsson n'était pas du genre à enregistrer ses conversations téléphoniques avec la police, cela ne portait pas à conséquence. En outre, ce pauvre type avait paru très perturbé quand Bäckström lui avait parlé. Il devait être reconnaissant que quelqu'un l'ait aidé à mettre en place tous les morceaux du puzzle, se dit Bäckström en glissant les feuilles de papier dans une pochette en plastique et en joignant un bordereau d'envoi manuscrit à l'intention de ses collègues d'Östermalm.

Il regarda sa montre : une heure cinq, mais il n'y avait toujours pas de presse. Il lui restait même du temps pour mettre à exécution une idée qui lui était venue pendant qu'il rédigeait le procès-verbal. Les petits ruisseaux font les grandes rivières, songea-t-il en pliant son

1. Jeu de mots avec une expression signifiant « anguille sous roche ». *(N.d.T.)*

manteau avant de le dissimuler sous un dossier qu'il avait trouvé sur l'étagère. Il prit le dossier sous son bras et la pochette en plastique dans l'autre main, gagna discrètement la réception et glissa la pochette sous la pile du courrier destiné à la police d'Östermalm. Puis il passa la tête par la porte du bureau du commissaire.

— C'est au sujet de ce suicide que tu m'as dit d'aller voir, dit-il en désignant le dossier qu'il portait sous le bras.

— Il y a un problème ? demanda le commissaire en fronçant les sourcils.

— Non. C'est évident que c'est un suicide mais, comme il s'agit d'un citoyen américain, l'affaire risque d'être délicate et je voudrais vérifier certaines choses dans les archives.

— Et alors, quel est le problème ? s'enquit le commissaire sans froncer les sourcils, cette fois, mais d'un air perplexe.

— Eh bien, les heures supplémentaires. J'aurais dû partir il y a déjà plus d'une heure.

— D'accord. Tu n'auras qu'à marquer le temps que ça te prendra.

Ça alors ! songea le commissaire en fixant le dos de Bäckström qui se dépêchait de filer. Ce type qui n'arrête pas de magouiller. Il a peut-être été touché par la grâce, pensa-t-il, mais au même moment le téléphone se mit à sonner et il eut autre chose à penser.

Enfin libre, exulta Bäckström en franchissant la grille donnant sur Kungsholmsgatan pour mettre le cap sur le bistrot le plus proche, avant de jeter le dossier vide dans la première corbeille à papier qu'il trouva sur son chemin.

À minuit, Lars Martin Johansson était déjà dans son lit de Wollmar Yxkullsgatan, à écouter sonner les cloches de l'église Sainte-Marie. Belle femme, pensa-t-il. Avec laquelle il est agréable de parler, aussi, encore qu'elle soit dans la police, naturellement. Je me demande si elle est mariée avec cet imbécile de Växjö ou si elle est seulement en ménage avec lui. Mais on ne peut pas tout avoir. À moins que… on puisse tout avoir, justement. Cette nouvelle pensée le ragaillardit étonnamment. À chaque jour suffit sa peine et peut-être aurait-il tout dès le lendemain, justement. Il tendit le bras pour éteindre la lampe de chevet, se mit sur le côté droit, le bras sous l'oreiller, et au bout d'une ou deux minutes il dormait aussi profondément qu'à l'accoutumée.

Vindeln était dans sa salle de séjour. Il avait posé le panier de Kalle sur la table, près de la fenêtre. Il caressa son pelage, très doux, et l'animal resta aussi immobile que s'il dormait. Le lendemain il prendrait les dispositions nécessaires pour l'enterrement. Il serait toujours temps d'y penser. Il essuya une larme du revers de la main. Il vaut mieux que j'entrouvre la fenêtre, pensa-t-il. Les chiens de berger n'aiment pas la chaleur.

L'agent Stridh était rentré chez lui directement après la fin de son service. En vue de la nuit, il s'était coupé une tranche de pain de bonne taille et très nourrissante sur laquelle il avait disposé toutes sortes de bonnes choses qu'il avait sorties de son vaste réfrigérateur. Ainsi qu'une bière bien fraîche. Il était maintenant allongé sur le divan de sa salle de séjour, en train de lire la biographie que Winston Churchill avait rédigée sur son ancêtre, le duc de Marlborough. Celle-ci représentait près de trois mille pages, réparties en quatre volumes, mais comme il n'avait pas à se présenter sur son lieu de travail avant le lundi après-midi, il avait tout son temps. Un grand homme, se dit Stridh, à la différence de ce fou moustachu qui avait tenté de détruire le monde par le feu et qui aurait presque réussi s'il n'y avait pas eu le vieux Winston. Curieux qu'il n'ait pas été célibataire, pensa Stridh en s'installant confortablement sur le canapé et en ouvrant le second volume à l'endroit où il avait interrompu sa lecture la fois précédente.

Son jeune collègue Oredsson, lui, avait passé un survêtement et était descendu dans la salle de musculation du sous-sol. La lumière était toujours éteinte à cette heure de la journée, et soulever de la fonte après le service était désormais pour lui une sorte de bain purificateur. Cela l'aidait à replacer ses nouvelles impressions et ses expériences dans un contexte plus vaste. Il avait compris dès le premier jour que c'étaient les étrangers qui étaient responsables de presque tous les crimes commis en Suède, mais comment venir à bout du problème ? Étant donné la situation politique, il était impensable de les renvoyer tout bonnement chez eux, ce qui aurait pourtant été la solution la plus simple. Mais que faire, sinon, et comment parvenir à une situation politique dans laquelle les mesures nécessaires deviendraient possibles ? Ça valait la peine d'y réfléchir, se dit-il. Et d'en discuter avec des collègues en qui on pouvait avoir confiance. Car il avait également compris dès le premier jour qu'il n'était pas le seul à penser de la sorte.

Wiijnbladh était en train de se masturber dans son lit en pensant à ce que fabriquait sa femme, cette nuit-là. Cela faisait déjà plusieurs années qu'il avait découvert, en empruntant une voiture de service pour la filer, qu'elle ne sortait pas avec des amies, comme elle le prétendait. Elle s'était rendue directement chez un collègue d'Älvsjö, divorcé depuis quelques mois, et, comme la lumière s'était éteinte très rapidement, pas besoin d'être dans la police pour comprendre que ce n'était pas la première fois. Pour sa part, il était resté assis la moitié de la nuit dans sa voiture glaciale, à fixer ces fenêtres noires et à agiter toutes sortes de pensées. Puis il était rentré chez lui et n'avait jamais soufflé mot de l'affaire ni trahi en aucune manière ce qu'il ressentait.

Il ne savait pas où ni avec qui elle passait cette nuit-là. Elle n'était pas chez son collègue d'Älvsjö, c'était au moins une certitude, car ce dernier s'était pendu six mois auparavant et Wiijnbladh avait eu le rare plaisir de couper la corde qui le suspendait au tuyau de la buanderie. C'était un devoir fort pénible, même pour des hommes aussi aguerris que ceux de la police scientifique. Mais il fallait bien qu'il y ait des gens pour s'en charger et Wiijnbladh s'était porté volontaire.

Comme quoi une chose qui commence bien peut se terminer vachement mal, se dit Bäckström en baissant ses yeux embrumés par l'alcool en direction du verre de bière qu'il avait réussi à faucher, au bar, pendant que son légitime propriétaire était en train de danser. Il s'était rendu dans un endroit de Kungsgatan surtout fréquenté par des collègues ou par des membres de corporations diverses et variées telles que pompiers, gardiens de nuit et chauffeurs d'ambulance. Ainsi qu'une sacrée collection de personnel de santé mais, pour un vieux guerrier bardé de cicatrices comme lui, la concurrence n'avait rien d'insupportable.

Tout avait donc commencé pour le mieux. Il était tombé sur un collègue de la criminelle qui voulait à tout prix être muté au service des agressions et s'était figuré que Bäckström était l'homme qu'il fallait pour lui arranger ça. Mais ce sale radin ne lui avait offert que deux misérables bières – alors il pouvait toujours se l'accrocher, son transfert. Puis Bäckström avait rencontré une Finlandaise grassouillette avec qui il avait baisé l'été précédent. Elle bossait comme aide-soignante et vivait dans un trois-pièces minable, au diable vauvert dans la banlieue sud. Mère célibataire, bien entendu. Il avait encore la sensation des pièces de Lego sous la plante de ses pieds quand il s'était éclipsé discrètement, le lendemain matin. Elle ne devait d'ailleurs pas avoir une très bonne mémoire car, malgré sa dernière visite, il avait réussi à la taper d'un billet de cent. Elle lui avait aussi donné un baiser mouillé sur la joue, mais elle venait de partir, maintenant, elle aussi. Difficile de dire où. Il ne restait plus, dans ce bistrot presque vide, que quelques poivrots et une vieille bonne femme qui s'était affalée dans un coin et s'était endormie.

Putain de société, putains de gens et putain de vie qu'ils mènent, songeait Bäckström. Tout ce qu'on pouvait espérer, c'était un bon gros meurtre dans lequel planter ses dents, pour montrer ce qu'on savait faire.

Samedi 23 novembre

L'inspecteur Bo Jarnebring, de la Brigade centrale des recherches et mandats de Stockholm, n'était pas du genre à travailler le samedi, s'il avait le choix, mais depuis deux semaines ses possibilités en ce domaine s'étaient trouvées singulièrement réduites. Il avait en effet pris son nouveau poste de commissaire et de chef de la section criminelle de la police d'Östermalm. Ce n'était certes qu'à titre intérimaire et, espérait-il, pour assez peu de temps, mais son entourage avait été extrêmement étonné. Jarnebring était connu pour être le contraire d'un carriériste, il crachait toujours vers le haut et négligeait rarement une occasion de râler contre ses chefs, aussi haut placés fussent-ils. En outre, son travail d'enquêteur était peut-être la principale composante de son identité. Pendant plus de quinze ans, il avait été en poste à la Brigade centrale, et il nourrissait la conviction que, en ce qui concernait son existence de policier, il ne pouvait rien souhaiter d'autre que vivre et mourir ainsi.

Un mois auparavant, il avait, avec un certain nombre de collègues spécialisés dans le même domaine que lui, pris le ferry pour Helsingfors, en Finlande, afin de participer à un séminaire. Ces rencontres étaient une tradition de longue date, nécessaires, malgré tout, dans la planification d'une activité parfois aussi marquée par l'urgence que les recherches. Sans parler de leur caractère naturellement bohème et parfois très impressionniste.

Cela avait été très agréable, comme toujours. Il connaissait tout le monde et c'étaient des gens sur qui on pouvait compter. Le matin, on avait passé en revue divers personnages de truands, anciens et nouveaux, et raconté les habituelles histoires de hauts faits. Puis on avait interrompu les négociations pour déguster un déjeuner fort copieux, ce que l'on n'avait pas manqué de prendre en compte quand on avait établi le programme de l'après-midi. Entre autres choses, on avait invité le chef de la section criminelle de la police d'Östermalm, qui devait parler de ses expériences, assez variées, en tant qu'enquêteur sur le plan local. C'était un Blanc très marrant et, tout en s'étant laissé aller à l'hérésie, il restait un vieil enquêteur, au fond de son âme et de son cœur. Parfait pour la reprise, après le déjeuner. C'était un conférencier fort distrayant mais, après coup, on ne se rappelait pas un seul mot de ce qu'il avait dit. Il s'agissait d'autre chose : rencontrer de vieux amis et collègues dans une ambiance détendue afin, le soir venu, d'avoir l'occasion de débattre d'autres sujets que les vieux truands.

Cette fois-là, malheureusement, les choses avaient très mal tourné. Tard dans la nuit, la petite troupe encore capable de se tenir debout s'était réunie dans la cabine de la direction de la conférence pour une dernière tournée et, afin d'abréger une longue histoire, Jarnebring avait sectionné le tendon d'Achille du chef de la section criminelle de la police d'Östermalm. En effet, celui-ci n'était pas seulement un conférencier distrayant, mais aussi un homme très robuste et un champion en matière de bras de fer et du même exercice pratiqué avec les jambes. Finalement, il ne resta plus en compétition que lui et Jarnebring, qui, vingt-cinq ans auparavant, courait en deuxième position dans le relais quatre fois cent mètres au cours du match annuel contre la Finlande et qui avait pris l'habitude de ne jamais abandonner la partie.

On fit valoir que, au cours de la discussion clôturant la journée, l'un des conférenciers avait eu la malchance de poser le pied de travers en se levant pour aller résumer la séance au tableau noir. Tout le monde était bien sûr à jeun mais, la mer étant assez forte, l'accident avait pointé son vilain nez. C'était donc un accident du travail caractérisé, piètre consolation pour celui qui dut marcher avec un pied dans le plâtre pendant un mois.

Jarnebring observait des règles simples et évidentes dans la vie. Pour lui, la discrétion était une affaire d'honneur. Si l'on se trouvait mêlé à quelque chose, on veillait à faire le ménage derrière soi et, dans les cas les plus graves, on y procédait pour les copains. Depuis une quinzaine de jours, il remplaçait donc le chef de la section criminelle de la police d'Östermalm et il n'y avait rien à ajouter à cela.

Malheureusement, cela avait aussi influé sur sa propre vie. La dernière en date de ses petites amies, qui travaillait à la sécurité publique dans le quartier de Norrmalm, l'avait quitté tôt le matin pour un poste de commandement qui s'était soudain libéré et il n'avait rien à espérer de ce côté-là. Pas question pour lui, non plus, de s'entraîner, car on fait cela pendant les heures de service et, en tant qu'ancien sportif de haut niveau, il savait à quel point il est important de s'en tenir à un programme bien établi. Il était également exclu d'aller rendre visite à son infortuné collègue à la jambe dans le plâtre. Celui-ci était parti avec sa femme pour une maison de repos du Värmland, afin de se rétablir pour de bon, aux frais de la princesse.

Quand Jarnebring eut pris sa douche et son petit déjeuner, puis feuilleté le journal du matin, il n'était encore que neuf heures et il avait devant lui une fin de semaine longue comme un marathon et donc peu séduisante pour un sprinter comme lui. Dans ces circonstances, il avait décidé d'appeler son ancien ami et collègue Lars Martin Johansson, à la Brigade criminelle nationale. Pour cela, il lui avait d'abord fallu se persuader lui-même car, la dernière fois qu'ils s'étaient rencontrés, ils s'étaient heurtés violemment, pour une bagatelle, un truand yougoslave que Jarnebring et ses collègues, non sans peine et en recourant à des moyens assez peu conventionnels, avaient réussi à faire mettre là où il aurait dû être depuis le début, à savoir en prison. Cela n'avait rien d'un exploit mais Johansson, qui avait donné des signes inquiétants de fléchissement dans ses convictions depuis qu'il avait quitté la lutte contre la criminalité pour aller se reposer derrière un bureau de plus en plus vaste, avait perdu le contrôle de ses paroles, traité Jarnebring de tous les noms et quitté la table en plein milieu d'un bon dîner.

Une fois, ça passe, et je ne suis pas rancunier, songea celui-ci, magnanime, en composant le numéro de son ancien ami et collègue. Mais personne ne répondit, cela ne sonnait même pas occupé et, avant que Jarnebring eût compris ce qui se passait, il avait soudain franchi le seuil du commissariat de police d'Östermalm, dans Tulegatan. Il salua le collègue en uniforme assis au guichet et celui-ci lui rendit son salut.

— Comment ça va ? demanda Jarnebring. Rien à signaler ?

— Deux ou trois vols à la roulotte, quelques rixes qui ont entraîné des dégâts dans une boîte de Birger Jarlsgatan, un cas de violence conjugale dans Karlavägen, mais c'est plutôt à la brigade des agressions de s'en charger, et puis… ajouta-t-il en feuilletant ses papiers, ah oui : un suicide. Un Américain qui a été pris d'un coup de folie et a sauté du haut de ce foyer d'étudiants de Valhallavägen.

— Un Américain des États-Unis ?

— Oui, un citoyen américain, confirma le collègue en uniforme. Né en 53, je crois. Les papiers sont dans ton casier. Je viens de les recevoir de la permanence.

Olle Hultman, se dit Jarnebring, dont le visage s'éclaira d'un sourire. Il ne fallait pas oublier que c'était bientôt Noël.

Au moment où Jarnebring avait appelé Johansson, celui-ci était déjà au travail depuis plus d'une heure. Noël approchait, il n'allait pas tarder à changer d'affectation et il devait mettre un peu d'ordre dans pas mal de choses. Il ne faut pas rester les deux pieds dans le même sabot, à notre époque, pensa-t-il en feuilletant le tas de papiers posé devant lui. Il avait d'abord fini d'organiser son voyage, qu'il envisageait avec plaisir. L'avion de Stockholm à New York, puis correspondance immédiate pour Washington, où on viendrait le chercher en voiture pour l'emmener au centre de formation du FBI à Quantico, Virginie. Cinq jours de cours sur les méthodes les plus avancées de lutte contre une criminalité sans cesse croissante – c'était du moins ce qui figurait sur le programme – et retour à New York, où il serait libre tout le week-end. Il se frottait les mains à cette idée. Il aimait cette ville, où il était déjà allé une fois. Assez différente de Stockholm – sans parler de Näsåker – et parfaite pour qui voulait élargir le champ de ses expériences.

Ensuite, il s'était mis à rédiger un rapport. Au cours d'une enquête sur un triple meurtre dans les faubourgs sud de Stockholm, deux ans auparavant, la police était hélas passée à côté de deux des cadavres. Le troisième, on n'avait pas pu le manquer, car il gisait dans l'ascenseur de l'immeuble. Mais, celui-ci étant assez petit, l'assassin avait jeté les deux autres dans le puits et le sort avait voulu que ce soit le concierge qui les découvre, deux jours plus tard. Pour comble de malheur, le médiateur avait eu vent de l'affaire et était, pour une fois, si bien informé qu'on avait des raisons de soupçonner qu'un membre de la cinquième colonne s'était infiltré dans les rangs de la police et furetait partout. Mais on ne l'avait pas trouvé non plus.

— Sans doute un collègue qui s'estime victime d'une injustice, avait suggéré Wiijnbladh tandis qu'ils prenaient le café au laboratoire de la police scientifique.

Les collègues avaient acquiescé. Y compris cet idiot d'Olsson, qui avait obtenu le poste de chef intérimaire de ce service, lequel aurait dû revenir à Wiijnbladh, s'il y avait eu une justice en ce bas monde.

Le médiateur avait alors demandé un rapport à la direction de la police nationale : cet incident ne traduisait-il pas un certain manque de professionnalisme dans le travail des enquêteurs ?

Le directeur de la police nationale était un juriste haut placé ayant effectué sa carrière dans les cabinets ministériels et ignorant tout du travail de ses subordonnés, ainsi que ses plus proches collaborateurs.

— On pourrait demander ça à Johansson, avait proposé le directeur, il a laissé un très bon souvenir lors de son passage à la criminelle.

Personne n'avait eu d'objection à formuler.

Le directeur de la police nationale appréciait beaucoup Johansson. Ce n'était pas seulement un « vrai policier », il en avait aussi l'air et parlait même avec l'accent du Norrland. De plus, il était capable de s'exprimer de façon compréhensible, à la fois par oral et par écrit. « Un homme remarquable, avait-il déclaré en plus d'une occasion. On dirait même qu'il est… enfin… cultivé. »

Johansson n'avait aucune idée de ces considérations bureaucratiques, pour sa part, en dépouillant les papiers que la police de Stockholm lui avait remis et en louvoyant entre le Charybde du professionnalisme et le Scylla de la collégialité. On pourrait peut-être prendre ça à la légère, songea-t-il. Les trois victimes étaient des Turcs, ainsi que l'assassin, et l'affaire se résumait à ce que, en langage d'initiés, on appelait un règlement de comptes entre trafiquants de drogue. Comme on le sait, les Turcs sont en général petits, bruns et difficiles à repérer, en particulier dans les puits d'ascenseur. Une excellente occasion s'offrait, après dix ans d'absence, de partager à nouveau le siège avant d'une voiture de patrouille avec Jarnebring et de revoir ses anciens collègues enquêteurs. Johansson poussa un soupir, croisa les mains derrière la tête et se rejeta en arrière sur son fauteuil. Il va falloir peser chaque mot au milligramme, pensa-t-il.

Olle Hultman était certes un vieil enquêteur. Il n'aurait plus manqué que cela. Un enquêteur de la vieille école connaissant non seulement le nom et l'adresse de tous les voyous mais aussi chacun des tatouages de leurs bras couverts de traces de piqûres. Lorsque Jarnebring était arrivé dans son service, Olle Hultman était devenu son mentor et chacun était d'avis que le travail d'enquêteur était et resterait la raison de vivre de celui-ci.

— Quand on l'aura mis à la retraite de force, il viendra s'asseoir dans le parc devant l'hôtel de police, pour donner à manger aux pigeons, et, six mois après, il sera mort, confia son chef à Jarnebring. Alors, profites-en pour apprendre. Des types comme Olle, ça ne court pas les rues.

Toutefois, le moment venu, la prédiction ne s'était pas réalisée. Au contraire. Olle Hultman avait saisi la première occasion pour partir à la retraite, à l'âge de cinquante-neuf ans, et avait aussitôt pris un emploi d'huissier à l'ambassade des États-Unis. Il n'avait pas tardé à s'y rendre indispensable dans les grandes comme dans les petites choses et, depuis quelques années, il était le chef non officiel du service des affaires délicates et clandestines de l'ambassade. De quelque malheur que pût être frappé le personnel de celle-ci, et les citoyens américains de façon générale, sur le territoire suédois, Olle Hultman était l'homme de la situation. Il connaissait tout le monde et chacun l'appréciait. Les gens de la police, bien entendu, mais il disposait aussi de contacts à tous les postes stratégiques, depuis les gardes-côtes et la douane jusqu'aux contractuelles préposées au stationnement, en passant par les inspecteurs des impôts.

Cette fois-ci, elle était rentrée à trois heures et demie et il lui fallut un bon moment avant de pénétrer dans la chambre et de se glisser dans le lit. Wiijnbladh feignit de dormir et finit sans doute par s'assoupir pour de bon. Il se réveilla à huit heures et, malgré la brièveté de son sommeil, il avait les idées claires. Sa femme dormait à poings fermés, elle ronflait légèrement et avait bavé sur l'oreiller. Je devrais te tuer, pensa Wiijnbladh, qui rassembla ses vêtements en silence et passa sans bruit dans la salle de séjour, où il s'habilla. Il décida de partir pour le travail, même si sa permanence ne commençait que dans quelques heures.

À peu près au moment du réveil de Wiijnbladh, Stridh avait posé son livre, s'était installé confortablement sur son canapé et endormi. Bien qu'il ressemblât à Oscar II, le roi n'était pas son cousin. Il se proposait de visiter en rêve Blenheim Palace, d'errer parmi les salles très hautes de plafond et baignées de lumière et de s'arrêter un moment dans la chambre où sir Winston était né, avant d'aller prendre un lunch nourrissant au pub le plus proche.

Jarnebring avait appelé Hultman sur son portable et, une minute après, celui-ci le rappelait. Une autre minute plus tard, Jarnebring l'avait mis au courant de l'affaire : décès d'un citoyen américain, non pas de couleur mais blanc, né en 53 et, d'après des sources encore non vérifiées, toujours actif dans le domaine du journalisme. On avait en effet trouvé une carte de presse parmi ses affaires personnelles. Selon les agents de permanence, il s'agissait d'un suicide, mais il avait décidé d'aller voir cela de plus près et, si Hultman voulait l'accompagner, rien ne s'y opposait. Un service en vaut un autre, pensa-t-il sans le dire à voix haute.

— Tu soupçonnes un coup tordu ? demanda Hultman.

— Non, mais je n'ai rien d'autre à faire.

— Eh bien, c'est pas de refus, commenta Hultman, non sans chaleur dans la voix. Il y a des moments où on regrette le bon vieux temps, tu sais. Je propose qu'on prenne ma voiture, pour le cas où il y aurait des trucs que je pourrais ramener à l'ambassade. Je peux être à ton bureau dans dix minutes.

— Je t'attends sur le pas de la porte, répondit Jarnebring avant de raccrocher.

Il se leva, effectua quelques mouvements d'assouplissement des épaules, prit le holster qui contenait son arme de service et l'accrocha sur sa hanche gauche. Eh bien voilà, se dit-il avec un sourire de contentement.

Bäckström se réveilla à peu près à l'heure à laquelle il aurait déjà dû être au travail. Il n'était pas dans une forme épatante. La chambre sentait la sueur et les relents d'alcool, et, en testant son haleine contre la paume de sa main, il comprit qu'il fallait faire quelque chose. Je vais prendre une douche, décida-t-il, même si seuls les pédés en prennent plus d'une par semaine. Lavage de dents, gargarismes, pastilles pour la gorge, au moins un sachet dans la poche. Au travail, l'attendait ce pasteur piétiste de commissaire auquel il avait dû se frotter la nuit précédente et Bäckström n'était pas homme à prendre des risques inutiles. Qu'est-ce qu'ils veulent, à la fin ? s'énerva-t-il en laissant l'eau couler sur son corps d'une blancheur totale. On bosse la nuit entière et tout ça pour quoi ?

Au même moment, le téléphone sonna. C'était le cul-bénit qui l'appelait et lui demandait sur un ton plutôt acide s'il lui était arrivé quelque chose.

— Non, y a simplement que j'ai bossé jusqu'à cinq heures du matin et que je ne me suis pas réveillé à l'heure. Mais je viens.

Il y en a, je vous jure, se dit Bäckström, qu'est-ce qu'ils trimballent. Il lui avait même présenté des excuses, ce pauvre type.

Il s'agissait seulement de trouver un slip propre. Celui qu'il portait la veille exhalait une odeur qui n'inspirait pas trop confiance. Bäckström fouilla dans le panier de linge sale et finit par en trouver un qui n'empestait pas trop. Ça s'arrangera, se dit-il, tout content. Comme toujours quand c'est un vrai pro qui s'en charge.

Jarnebring avait certes l'air d'un truand, parlait comme un truand et se comportait trop souvent comme un truand mais, en tant que policier, il ne laissait guère à désirer. Il était rapide, malin, efficace et avait le flair de la bête fauve pour les faiblesses humaines. En compagnie de Hultman, il constituait l'une des moitiés d'un couple dépareillé. Jarnebring était grand et fort, vêtu d'une veste d'hiver qui lui descendait jusque sous la taille afin de dissimuler son arme de service, un jean et des chaussures à semelles en caoutchouc qui ne risquaient pas de déraper s'il devait se lancer à la poursuite de quelqu'un. Hultman était petit et mince, paraissait plus jeune que ses soixante-quatre ans et portait un costume gris à simple rangée de boutons, passé sur un gilet et un pardessus bleus, contre le froid de novembre.

Lorsqu'ils furent à l'endroit où Krassner avait touché le sol, une dame d'un certain âge s'arrêta sur l'allée, en dessous d'eux.

— Vous êtes de la police ?

Jarnebring constata avec un certain plaisir que la question s'adressait à Hultman.

— Oui, répondit celui-ci avec le même sourire d'initié que les entrepreneurs de pompes funèbres qui connaissent leur métier. Nous enquêtons sur un décès. Mais il n'y a pas de quoi vous inquiéter.

La vieille dame secoua tristement la tête.

— J'ai entendu dire par un voisin que c'est un de ces pauvres étudiants qui a sauté par la fenêtre. C'est bien triste. À leur âge.

Ce fut au tour de Jarnebring de hocher la tête d'une façon analogue à celle de son vieux mentor. La dame secoua encore une fois la sienne, eut un petit sourire et poursuivit son chemin.

Au total, il leur avait fallu quatre heures, à partir du moment où Hultman était passé chercher Jarnebring devant le commissariat d'Östermalm jusqu'à celui où il l'avait déposé au même endroit. Mais ils avaient eu le temps de faire un certain nombre de choses. Ils s'étaient d'abord rendus sur le lieu du décès de Krassner. Puis ils étaient allés voir son appartement et parler avec quelques-uns des étudiants qui logeaient dans le même couloir. Aucun d'entre eux ne connaissait très bien la victime. Il n'était là, en sous-location, que depuis un peu plus d'un mois et n'avait pas eu l'air de désirer fréquenter ses voisins. Il était d'ailleurs nettement plus âgé qu'eux. Celui avec lequel les deux hommes s'étaient surtout entretenus était un étudiant sud-africain qui avait exprimé de sérieux doutes quant au fait que Krassner se soit suicidé mais, lorsque Jarnebring l'avait poussé dans ses retranchements, il avait été incapable de dire pourquoi.

Ils avaient surtout consacré du temps à fouiller la chambre de Krassner. Entre le mur de la salle de bains et l'armoire de toilette, Jarnebring avait trouvé un sac en plastique contenant cinq cigarettes de marijuana – ce n'était pas la première fois à cet endroit – qui avait échappé à l'attention de leurs collègues Bäckström et Wiijnbladh. Par ailleurs, il n'y avait rien de sensationnel à signaler. Il demeurait certes des points d'interrogation mais il y en avait toujours en pareil cas et ils avaient passé le plus clair de leur temps à rassembler les objets personnels de Krassner et à en faire deux tas : Hultman devait en rapporter un à l'ambassade, afin de l'expédier aux parents de la victime, aux États-Unis ; quant à l'autre, plus petit, Jarnebring estimait devoir le conserver jusqu'à ce que l'enquête soit terminée. Le premier des deux était surtout constitué de vêtements et le second de papiers personnels. Hultman avait l'habitude de ce genre de choses. Jarnebring rédigea le procès-verbal, tandis qu'il procédait à la répartition et dictait ce qu'il fallait inscrire dans chaque rubrique.

Après la visite à l'appartement, ils s'étaient rendus chez le témoin, Gustav Adolf Nilsson, qui habitait non loin de là, dans Surbrunnsgatan. Jarnebring et Hultman l'avaient déjà rencontré auparavant dans l'exercice de leurs fonctions mais, comme il ne semblait pas se souvenir d'eux, ils n'en avaient soufflé mot. Nilsson, ou Vindeln comme il préférait s'entendre appeler, avait paru affecté et en même temps soulagé. Il était en effet parvenu à obtenir une place dans le cimetière des animaux et certains de ses voisins avaient promis d'assister aux obsèques de son chien.

— Je l'ai mis sur le balcon en attendant, dit-il en désignant la porte de la tête. Les chiens de berger n'aiment pas la chaleur, expliqua-t-il.

Le reste avait été pure formalité. Ils s'étaient d'abord rendus à l'ambassade pour déposer les affaires de Krassner qui n'étaient pas nécessaires à l'enquête. Le commissariat d'Östermalm était certes plus proche mais, comme Jarnebring avait accepté avec plaisir une visite guidée de l'ambassade, on avait procédé dans l'ordre inverse. Et quatre heures, montre en main, après que Hultman fut passé le chercher devant les locaux de la police, ils étaient de retour au même endroit.

Hultman s'arrêta, coupa le moteur et se tourna vers Jarnebring avec un sourire.

— Scotch ou bourbon ?

— Tu ne pourrais pas m'avoir une caisse d'un peu de tout ? suggéra Jarnebring. Ma petite amie n'est pas très forte sur le whisky et c'est bientôt Noël.

— Pas de problème. Panier garni. Autre chose, ajouta Hultman avec un sourire paternel : tu as quelque chose de particulier à faire, ce soir ?

Jarnebring secoua la tête.

— Tu n'aurais pas un costume, une chemise blanche et une cravate, par hasard ?

Jarnebring acquiesça, se doutant de la suite.

— Alors, je voudrais te demander si je pourrais avoir le plaisir de t'inviter à un bon dîner.

— Bien sûr, répondit Jarnebring avec un sourire. Est-ce qu'il faut que j'amène une ou deux filles un peu girondes ? La mienne n'est pas disponible mais elle a une ou deux collègues qui ne sont pas mal de leur personne.

— Ah, les vieux souvenirs ! soupira Hultman, surtout à l'intention de lui-même. On évoquera d'abord le bon vieux temps, puis tu me raconteras ce qui s'est passé depuis que je suis parti et, pendant ce temps-là, on se tapera la cloche. Quant à savoir ce que tu feras après, je n'ai pas l'intention de m'en mêler, du moment que tu prendras soin de toi.

Johansson avait travaillé toute la journée à son rapport sur les deux cadavres égarés. Il ne termina que vers dix-neuf heures, intellectuellement parlant. La rédaction de son point de vue sur la question devrait attendre le lendemain. Puis il prit un taxi pour rentrer chez lui, se prépara un repas très simple et passa le restant de la soirée à regarder la télévision. À minuit, il dormait profondément, couché sur le côté droit, le bras glissé sous l'oreiller.

Hultman avait tenu parole. Ils avaient commencé à manger à dix-neuf heures trente et n'avaient cessé que peu avant minuit, juste avant que Hultman ne regarde sa montre et ne sorte sa carte Gold. Ils s'étaient séparés dans la rue, devant le restaurant, avec force salutations et promesses de bientôt se revoir. Puis Hultman était rentré chez lui, tandis que Jarnebring continuait à marcher dans la nuit stockholmoise.

Stridh s'était réveillé à temps pour les informations du matin. Puis il avait mangé un peu de *pyttipanna*[1] avec des œufs et des betteraves, et bu deux bières. Il était maintenant allongé sur son canapé, prêt à attaquer le troisième volume. Enfin, se dit-il en s'installant confortablement, je vais enfin prendre connaissance des intrigues politiques de la Hollande du XVIIIe siècle, avant la bataille de Blenheim.

Comme très souvent, la journée de Wiijnbladh avait été placée sous le signe de la souffrance intérieure. Il avait surtout pensé à diverses façons de supprimer sa femme mais, comme aucune d'entre elles n'était assez douloureuse ni dépourvue de risques pour lui, puisqu'il n'avait aucun moyen d'être certain que Bäckström et ses collègues seraient chargés de l'enquête, cela ne lui avait apporté qu'un piètre soulagement. Lorsqu'il avait fini par se secouer et rentrer chez lui, il avait trouvé un mot de sa femme, sur la glace de l'entrée, l'informant qu'elle était partie chez sa sœur, à Sollentuna. Je me demande de quoi elles vont parler, s'interrogea Wiijnbladh avec un frisson.

Bäckström, lui, avait passé une bonne journée, même si les choses avaient paru mal s'annoncer lorsque son chef lui avait collé sur le dos une affaire de violences conjugales. Qu'est-ce que c'est que ça : violences conjugales ? avait-il pensé. Tout policier digne de ce nom savait qu'il s'agissait de bonnes femmes prises de boisson qui ne désiraient rien d'autre que de voir leur poivrot de mari les tabasser. Les femmes aiment la manière forte, il le savait par expérience personnelle, mais certaines s'obstinent à épicer la vie conjugale en

1. Plat typiquement suédois constitué de pommes de terre et de morceaux de bœuf bouilli. *(N.d.T.)*

allant de temps en temps pleurnicher chez monsieur l'agent. Il faudrait leur flanquer une bonne tournée, à la place, conclut-il tout en se rendant au domicile de la plaignante, au volant de sa voiture de service. Curieusement, elle habitait Karlavägen et cela avait assez piqué sa curiosité pour l'inciter à se porter volontaire pour l'entendre.

Sacrée baraque, constata-t-il en se laissant tomber sur le canapé de la victime. Y a du fric, ici, et l'explication de la plainte était sans doute qu'elle avait tenté d'en extorquer un peu plus encore à son type et que celui-ci en avait eu marre et lui avait fichu une beigne. Mais l'occasion ouvrait certaines perspectives. Elle était assez gironde, la bonne femme. Bon, elle avait sûrement plus de quarante balais mais elle avait des grosses miches et elle savait sûrement se servir de sa chatte, si c'était un pro comme Bäckström qui la mettait.

— Alors, madame Östergren, dit-il, si vous voulez bien me raconter ce qui s'est passé. Prenez votre temps et essayez de commencer par le commencement, même si ça peut vous paraître difficile en ce moment.

Mme Östergren hocha la tête en pleurnichant. Ma parole, mais je suis en train de bander, pensa Bäckström, tout content, la tête légèrement de côté.

— Allons, madame Östergren, reprit-il sur le ton de la compassion, ça va s'arranger, vous verrez. Nous allons bientôt voir le bout du tunnel, ajouta-t-il.

Ou plutôt le bout de ta moule, ma salope, se dit-il.

Trois heures plus tard, Bäckström était à la permanence en train de mettre cette audition par écrit. Si ce cher M. Östergren n'était pas coffré avec ça, il ne le serait jamais. Sa bonne femme avait maintenant le numéro de téléphone de Bäckström, tant au travail qu'à son domicile personnel, alors le mari n'avait pas de souci à se faire : Si elle mord à l'hameçon, je vais lui faire son affaire, songea Bäckström en retirant la feuille de papier de la machine à écrire. Il était grand temps d'aller se jeter une ou deux bières derrière la cravate, pensa-t-il encore en corrigeant les plus grosses de ses fautes avec son stylo à bille.

Oredsson avait passé la journée en compagnie d'une dizaine de ses plus proches camarades. Tous étaient affectés à l'ordre public et parmi eux il y avait trois filles, mais elles étaient très bien quand même. L'un s'était fait prêter une ferme abandonnée par un parent d'un certain âge et on avait d'abord procédé à des exercices d'assaut et de libération d'otages, avec munitions à blanc, naturellement, puis on avait préparé un barbecue et bu une ou deux palettes de bière, en bavardant de choses et d'autres pour faire plus ample connaissance.

— Ce genre de chose, faut s'y préparer à l'avance, expliqua Mikaelsson, qui travaillait à la Brigade d'intervention et savait donc de quoi il parlait. Ça n'est pas un truc à propos de quoi on peut commencer à baratiner une fois que c'est arrivé.

C'est un Blanc, se dit Oredsson, et, le soir, on devait se retrouver en ville et montrer ce qu'on savait faire.

Impossible de dénicher un endroit plus sûr, se réjouit Jarnebring en regardant autour de lui dans ce vaste bar. Il se trouvait dans une boîte de Kungsgatan surtout fréquentée par des policiers, des pompiers, des vigiles et autres, ainsi qu'au moins deux compagnies d'infirmières. Il avait tout de suite eu une touche. Deux collègues de la police montée, du sexe féminin, dont une au moins semblait très décidée à se faire monter elle-même à la place de sa petite amie, temporairement éloignée.

— Tu es drôlement sapé, lui dit-elle. Je t'ai encore jamais vu en costard, mais ça te va bien.

— Service, service, rétorqua Jarnebring en haussant les épaules d'un geste d'excuse. Je suis à Östermalm, maintenant, alors j'ai été invité à dîner à l'ambassade des États-Unis. Pensez-y, les filles, quand vous ferez le tour de Djurgården sur vos canassons. Soyez sages, ajouta-t-il avec un sourire en coin.

— Sinon ?

Elle est vachement bien, se dit Jarnebring. La soirée a à peine commencé et j'ai déjà ce qu'il me faut.

Il élargit encore un peu son sourire, se pencha en avant et lui murmura quelque chose à l'oreille. Elle pouffa de rire, mais son amie eut soudain l'air sur ses gardes. Une fuite possible, s'inquiéta Jarnebring. Comment la colmater ?

Bäckström était d'excellente humeur. En gagnant ce bistrot, il avait déjà organisé dans sa tête le premier dîner entre hommes à l'intention de ses collègues de la Brigade des agressions, dans son nouvel appartement de Karlavägen. Ils vont en avoir plein la vue, les pauvres diables, pensa-t-il en évitant de passer par le vestiaire. Il avait pris soin de laisser son manteau dans son bureau de Kungsholmsgatan afin d'éviter d'avoir à payer pour ce genre de service. Ce qui ne l'empêcha pas de dévisager le préposé, au passage, en le traitant intérieurement d'usurier.

Comme il était fauché – pas un kopeck en poche – il s'était aussitôt mis en quête d'une victime à taper, mais il n'y avait pas grand monde. En revanche, un vacarme d'enfer provenait du parquet de danse et le bar était couvert de verres et de bouteilles abandonnés. Il s'était livré à une approche discrète, derrière un gros type en costume qui lui tournait le dos et causait avec deux blondes qu'il avait vaguement le souvenir d'avoir déjà vues quelque part. C'est un vigile quelconque qui revient de l'enterrement de son paternel et qui veut faire le fier avec son beau costume, se dit Bäckström en laissant ses doigts se refermer sur un demi presque plein de bière forte. Ça y est, ajouta-t-il en le tirant doucement vers lui et en tournant le dos au type en costume, ça marche à tous les coups. Il poussa un soupir de satisfaction en portant à ses lèvres le breuvage bien mérité mais, au même moment, les choses se gâtèrent.

Soudain, le type en question tendit une main velue, grosse comme un battoir et avec des doigts à l'avenant, qui lui prit le verre des siennes.

— Fais gaffe, mon salaud, je suis de la police, dit Bäckström d'un air menaçant mais, au même moment, il se rendit compte que c'était Jarnebring.

Il se déguise, maintenant, ou quoi ? pensa-t-il, sachant pertinemment, comme tous ses confrères, qui était Jarnebring. Un mois auparavant, ce foutu psychopathe avait cassé la jambe d'un collègue plus âgé pour lui piquer son poste. J'aimerais savoir combien il en a refroidi, songea-t-il encore. Soudain, il eut l'impression qu'un grand trou noir se creusait à l'endroit de sa poitrine où se trouvait le cœur.

Jarnebring sirota la bière qu'il venait de récupérer, afficha un grand sourire et désigna de la tête la glace derrière la rangée de bouteilles du bar.

— Tu vois cette glace ? Eh bien, je t'observe dedans depuis le moment où tu es entré.

Bäckström avait une bonne réplique sur le bout de la langue mais, pour une raison ou pour une autre qu'il ne saisit pas, il s'abstint de la prononcer et se contenta de hocher la tête.

— Je crois que tu devrais rentrer chez toi, tu m'as l'air un peu surmené, poursuivit Jarnebring en échangeant un regard de connivence avec le barman.

— C'est ça, va dormir, ajouta le barman. On n'a pas besoin de toi, ici, d'ailleurs. Tiens-toi-le pour dit.

Bäckström haussa les épaules, tourna les talons et s'éloigna. Il avait pensé effectuer une fausse sortie, en réalité, mais l'espèce de gorille qui se tenait près de l'entrée l'avait de toute évidence à l'œil et il lui décocha son plus beau sourire, ouvrit la porte en grand et lui montra la sortie avec un grand geste du bras droit en s'inclinant de façon exagérée.

— Merci de votre visite, monsieur l'inspecteur.

Je vous tuerai, mes salauds, pensa Bäckström.

Oredsson et ses copains étaient attablés à quelques mètres du bar et ils avaient tout vu. Est-ce qu'il pense comme nous ? se demanda celui-ci. Ce que j'ai entendu dire de lui m'incite à le croire et on bosse au même endroit. Il sentit une vague d'excitation lui monter dans la poitrine.

Il neigeait, quand Bäckström se retrouva dans Kungsgatan. De gros flocons blancs tombaient en virevoltant comme des rappels en provenance de cette immensité noire qui s'étendait au-dessus. Soudain, il fit la grimace comme un jeunot ou une vieille connasse. Je les tuerai, les salauds, pensa-t-il, merde.

— Je vous tuerai, bande de salauds ! cria-t-il dans le vide de la rue à l'adresse d'un taxi qui passait par là. Saloperie de gens, saloperie de société, saloperie de vie, continua-t-il à monologuer.

Dimanche 24 novembre

Johansson avait consacré son dimanche à la rédaction de son rapport sur les deux cadavres égarés. Il avait pesé chaque mot au milligramme, ainsi qu'il se l'était promis, et, comme cela lui avait pris pas mal de temps, il était déjà sept heures du soir lorsqu'il rentra chez lui. Ensuite, il s'était confectionné un dîner assez simple, avait lu un livre en anglais sur le trafic international de la drogue et, vers minuit, il dormait profondément, comme il en avait pris l'habitude depuis longtemps.

Tu commences à te faire vieux, se dit Jarnebring en feuilletant les papiers concernant la mort de John P. Krassner. La nuit précédente, tout avait marché comme sur des roulettes. Ils n'avaient même pas eu besoin de danser l'un avec l'autre, ils s'étaient simplement assis à une table dans le coin le plus calme qu'ils avaient pu trouver. L'amie en avait profité pour prendre congé et filer avec un étalon fort connu de la Brigade d'intervention de Stockholm. Quant à lui, il avait raccompagné sa touche chez elle. Ils avaient fait tout le chemin à pied, alors qu'elle habitait là-bas, à Gärdet, et, une fois arrivés, il n'y avait plus qu'une seule décision à prendre.

Elle lui avait souri, mais dans ses yeux était passée une expression qui indiquait qu'elle le jaugeait.

— Alors, dit-elle, qu'est-ce qu'on fait ? Tu veux

monter prendre une tasse de thé ? Ou bien rentrer chez toi ? À moins que tu ne désires un moment de réflexion supplémentaire ?

Il avait d'abord pensé prétexter le travail, le lendemain. Au lieu de cela, il avait simplement secoué la tête.

— Je vais rentrer, répondit Jarnebring. Il est possible que j'aie un gros trou à la place de la tête mais, vu que… enfin, tu sais… je crois que je vais rentrer.

Elle avait eu du mal à dissimuler son étonnement. Puis elle avait haussé les épaules, lui avait souri, s'était penchée en avant et l'avait embrassé sur la bouche.

— Tu n'auras à t'en prendre qu'à toi-même ! lui avait-elle lancé avant de pousser la porte d'entrée de l'immeuble.

Tu es un lâche, avait pensé Jarnebring en descendant la rue. Ou alors tu commences à te faire vieux.

Mais cette pensée était si désagréable qu'il l'avait rejetée aussitôt.

Donc il était assis là, derrière un bureau où il n'avait rien à faire, image du Devoir personnifié, alors que, en tant que commissaire et chef de service, il n'avait pas droit aux heures supplémentaires. Je commence à devenir comme Johansson, remarqua-t-il en continuant à feuilleter ses papiers. Il y avait trois possibilités : meurtre, suicide ou accident.

Il semblait peu probable qu'il s'agisse d'un accident. Krassner mesurait un mètre soixante-quinze mais la fenêtre était placée assez haut sur le mur et largement au-dessus de ses hanches. En outre, elle était équipée d'un entrebâilleur qui empêchait de l'ouvrir de plus d'une dizaine de centimètres. Ce dispositif avait d'ailleurs été arraché et les marques sur le bois paraissaient de fraîche date. Les trous des vis sentaient encore le bois. À supposer que Krassner ait été pris d'un besoin soudain et irrépressible d'air frais, qu'il ait arraché l'entrebâilleur et se soit penché à l'extérieur, il n'aurait pas dû basculer et tomber. Oublions ça, se dit Jarnebring en biffant la troisième éventualité.

Il ne restait plus que le meurtre ou le suicide. Qu'est-ce qui plaidait en faveur d'un meurtre ? Rien, en fait. Pas le moindre signe d'effraction ni de lutte, aucun mobile connu, manifeste ou plausible, pas d'arme du crime et même pas de circonstance propice. Quel genre d'assassin pouvait pénétrer dans une chambre d'étudiant et, sans faire de bruit ni laisser de traces, tuer celui qui y logeait ? Huit petites chambres aux parois très minces, serrées les unes contre les autres le long du même couloir, et, si Krassner avait été le seul présent dans l'une d'elles lorsque cela s'était passé, le meurtrier pouvait difficilement compter là-dessus comme sur un fait certain. Oublions aussi le meurtre, décida Jarnebring sans pouvoir s'empêcher d'éprouver un léger sentiment de regret, étant donné son degré de déformation professionnelle.

Il ne reste plus que le suicide, poursuivit-il. Et qu'est-ce qui plaidait en faveur de cette hypothèse ? Tout ce que nous savons de cette affaire et, si nous ne sommes pas très bien informés sur le compte de la victime, ce n'est pas notre faute. Cette lacune, Hultman ne tarderait d'ailleurs pas à la combler pour lui. Il ne nourrissait aucun doute à ce sujet. Seul dans sa chambre, déprimé ou sous le coup d'une soudaine impulsion, Krassner rédige une lettre d'adieu – impossible d'interpréter cela autrement – et arrache l'entrebâilleur de la fenêtre avant de prendre sa respiration et de sauter dans le vide. Il y avait certes de meilleures façons de parvenir au même résultat, surtout du point de vue de ceux qui étaient chargés de nettoyer les lieux après coup, mais pas pour lui, pas cette fois-ci. On n'avait trouvé aucun comprimé qu'il aurait pu avaler, aucun couteau ou objet tranchant avec lequel il aurait pu se trancher la gorge ou les veines, aucune corde à laquelle se pendre et même pas un endroit auquel l'attacher. Et surtout pas d'arme à feu.

Suicide, conclut Jarnebring. Il ne s'agissait plus que de répondre aux trois questions qui se posaient encore. La première concernait la personne de Krassner. Qui était-il et que faisait-il là, au juste ? Hultman et l'ambassade vont tirer ça au clair et je suis prêt à avaler mon arme de service s'ils découvrent quelque chose qui vienne perturber mes conclusions.

La seconde concernait le témoignage de Vindeln à propos de la mystérieuse chaussure gauche de la victime, qui était tombée un bon moment après Krassner et avait eu le malheur de mettre fin aux jours du meilleur ami de Vindeln. Un berger déjà assez âgé, n'oublia pas de préciser Jarnebring, et, à supposer que ce soit un délit, il était difficile de l'attribuer à un suspect quelconque.

Le laps de temps séparant le contact de la victime avec le sol de celui de la chaussure gauche avec ce même sol avait été leur principal sujet d'entretien lorsqu'ils avaient procédé à l'audition de Vindeln. L'intervalle était de moins d'une minute, moins d'une demi-minute, mais de plus de quelques secondes, malgré tout, et Vindeln se montrait catégorique sur ce point.

« Bon, d'abord j'étais simplement là à regarder, j'étais sous le choc, bien sûr, et il a sûrement fallu quelques secondes et ça n'a rien de bizarre si elles m'ont paru un peu longues, avait-il dit avant de se racler la gorge. Ouais. Et puis je suis resté là à regarder ce type qu'était tombé et c'était pas beau à voir, je vous assure, messieurs. J'ai seulement vu une chose pareille une fois dans ma vie et y a très longtemps de ça. Un de mes copains de boulot qu'était tombé du haut de l'arche d'un pont et qui s'était retrouvé dans une péniche de chantier ancrée dans la rivière, en dessous de nous. C'était dans le nord, à Älvkarleby. On procédait à des travaux d'entretien. »

Vindeln avait soupiré.

« Dix secondes. Disons qu'il a fallu dix secondes avant que Kalle reçoive la godasse sur la tête », avait-il indiqué en reniflant, les yeux humides.

En se rendant à l'ambassade, après avoir quitté Vindeln, ils avaient discuté de cette mystérieuse chaussure. Hultman avait trouvé une explication qui ne semblait pas bête.

— Tu te souviens de ce cinglé qui a sauté de son avion de tourisme et atterri sur une plate-bande, du côté de Hässelby ?

Jarnebring se souvenait de lui et il alla jusqu'à sourire.

— Celui qui était complètement à poil en arrivant ?

— Je me rappelle qu'il lui restait ses chaussettes, mais c'est parce qu'il portait des supports-chaussettes. Je crois que c'était un directeur de société.

Jarnebring approuva. C'était exact. Il avait noté le détail des supports-chaussettes.

— Ses autres vêtements avaient été emportés par le courant d'air.

— Cette fois-là, il s'agissait d'une chute de six cents mètres. Celle-ci, c'est cinquante mètres. Mais ça suffit peut-être pour vous ôter une chaussure.

— C'est mon avis, à moi aussi, opina Jarnebring. Mais comment expliquer le décalage dans le temps ? J'ai vu la godasse seulement en photo, mais il m'a semblé que ça n'était pas des escarpins, plutôt des rangers. Ça doit tomber aussi vite qu'un corps, ces trucs. À moins qu'elle n'ait heurté…

Jarnebring s'interrompit pour réfléchir et Hultman fut plus rapide que lui :

— Le rebord d'une fenêtre, par exemple, ou autre chose.

— Pas du tout invraisemblable.

— Très vraisemblable, si tu veux mon avis.

Il ne restait donc plus que la troisième question. Il existait quatre témoins de l'événement, quatre témoins identifiés. D'une part Vindeln, d'autre part les trois personnes qui avaient appelé le PC. Or ils étaient unanimes en ce qui concernait l'heure et ils avaient sûrement raison. C'était à environ huit heures moins quatre du soir que Krassner avait entamé sa descente et, moins de deux secondes plus tard, il touchait le sol. Si seulement on avait pu faire de la chute libre à l'époque où on courait le cent mètres, se dit Jarnebring. Les autres auraient toujours pu s'aligner.

En outre, il y avait un cinquième témoin. Un étudiant africain logeant dans le même couloir que Krassner. Vers six heures et demie du soir, il avait salué ce dernier alors qu'il sortait. Ils ne s'étaient pas parlé, ils avaient seulement échangé des saluts. Krassner, chaudement vêtu, était ensuite monté dans l'ascenseur tandis que l'étudiant rentrait dans sa chambre et fermait sa porte. Une demi-heure plus tard, environ, le témoin était sorti à son tour pour aller retrouver une fille, à sept heures, au restaurant universitaire situé dans le bâtiment voisin. Or il était parti à la toute dernière minute.

« Je suis hélas souvent en retard, et pourtant je n'aime pas ça », avait-il expliqué avec un sourire d'excuse.

Une fois dans la rue, il manque de buter dans Krassner, qui rentre à nouveau. Toujours aussi chaudement vêtu, d'après les souvenirs du même témoin. Krassner lui lance un salut au passage et dit en anglais que, quand on n'a pas de tête, il faut avoir des jambes.

« Il m'a souri, il n'avait pas du tout l'air de quelqu'un qui n'a rien de plus pressé que d'aller se tuer », avait conclu le témoin et on pouvait difficilement mettre sa parole en doute.

Hélas, se dit Jarnebring. Il sort à six heures et demie. Revient en hate une demi-heure après et, à peine une heure plus tard, décide de sauter par la fenêtre. Qu'est-ce qui se passe ? Il avait cessé de neiger, il faisait quelques degrés au-dessus de zéro, le sol était boueux, glissant. Une impulsion soudaine ? « Allez, au diable tout ça. Plus question d'aller prendre une bière au bistrot. Il est grand temps que je rentre chez moi et que je saute par la fenêtre. » Et, en plus, il avait l'air content, s'il faut en croire ce nègre, rumina Jarnebring. Et si j'appelais Lidman ? N'était-il pas professeur de faculté, n'avait-il pas rédigé une thèse ou quelque chose de ce genre à propos de ce qui se passe dans la tête des gens qui vont se suicider ? Jarnebring l'avait entendu donner des conférences sur ses découvertes et il n'avait jamais écouté un orateur aussi enjoué, sur quelque sujet que ce soit. Lidman pétillait de joie, alors que les images qu'il avait montrées étaient assez fortes de café, même pour les policiers endurcis qui constituaient son auditoire.

Jarnebring chercha le numéro de Lidman dans l'annuaire, l'appela et lui parla pendant près d'une demi-heure dont les cinq dernières minutes furent consacrées à tenter d'endiguer son flot verbal. Pourtant, en reposant le combiné, il était presque aussi excité que son ami. Pas plus difficile que ça. Un comportement classique chez quelqu'un qui va mettre fin à ses jours. La seule chose qui le gênait, c'était que cet âne bâté de Bäckström soit parvenu à la même conclusion que lui. Mais, dans son propre cas, elle avait été précédée d'un travail à la fois approfondi et compétent. Comment un type pareil a-t-il pu entrer dans la police ? se demanda-t-il. Peu importait, après tout. Il était grand temps de rentrer à la maison et de retrouver Bobonne. Pourquoi ne pas passer chez Åhlén, sur le chemin du retour, et acheter cinq cents grammes de crevettes ou autres petites gâteries susceptibles de la mettre dans de bonnes dispositions ?

Jarnebring avait l'air d'un truand, parlait comme un truand et se comportait beaucoup trop souvent comme un truand. Mais, en tant que policier, il ne laissait rien à désirer. Il était rapide, malin, efficace et avait le flair de la bête de proie pour les faiblesses humaines. En quittant les locaux de la police d'Östermalm, dans Tulegatan, en cet après-midi du dimanche 24 novembre, il était d'excellente humeur. C'est un suicide, se dit-il, et il se réjouit à l'idée que, juste à temps pour Noël, son vieux camarade Hultman puisse lui livrer un panier garni de boissons fortes.

Lundi 25 novembre

Lorsque la secrétaire de Lars Martin Johansson regagna son poste, à la direction de la police nationale, à huit heures, le lundi matin, son chef était déjà à son bureau depuis plus d'une heure et paraissait d'excellente humeur.

— Voici un rapport, dit-il en lui tendant une pochette en plastique. Trois choses : je vous demande de le lire, de faire en sorte qu'il soit compréhensible et de le recopier. Des questions ?

La secrétaire prit le papier et secoua la tête avec un petit sourire.

— Moi, je vais me baigner, dit gaiement Johansson.

Il a dû faire une nouvelle rencontre, pensa la secrétaire.

Johansson avait du mal à s'entraîner à la course à pied. Ce qui le gênait n'était pas tant l'activité physique en elle-même que son incapacité à réfléchir en courant. C'était donc une perte totale de temps. En revanche, il réfléchissait très bien en marchant, même sur un rythme soutenu, et surtout en nageant. En outre, l'hôtel de police de Kungsholmen présentait l'avantage d'être équipé d'une piscine.

Johansson était un excellent nageur. Il avait appris tôt, de façon simple et dépourvue de sentiments. L'été de ses cinq ans, son frère aîné avait emmené le petit

Lars Martin jusqu'au ponton-lavoir de la rivière, l'avait jeté à l'eau et lui avait donné depuis la berge les instructions nécessaires à sa survie.

« Gigote pas comme ça. Essaie de nager comme Tarzan. »

Tarzan était le chien de la famille et un excellent nageur – meilleur que Johnny Weissmuller, en tout cas. Avant la fin de la semaine, Lars Martin nageait aussi bien que le cabot.

« Eh bien, tu es doué, mon petit, avait complimenté le grand frère. Maintenant, tu n'as plus qu'à apprendre à nager proprement. »

Au bout d'une heure dans la piscine, plus cinq minutes sous la douche et vingt dans le sauna, Lars Martin Johansson revint à son bureau, frais et dispos. Sa bonne humeur se trouva encore renforcée par le fait que sa secrétaire avait exécuté ses instructions.

— Je l'ai déjà dit mais je le redis et vous savez ce que ça signifie. Je peux vous inviter à déjeuner pour vous remercier ?

Il a vraiment fait une nouvelle rencontre, estima la secrétaire avec un sourire.

Ce déjeuner avait été parfait, mais à quoi d'autre pouvait-on s'attendre, un jour comme celui-là ? Johansson avait mangé une côte de porc grillée aux pommes de terre sautées et à la confiture d'airelles, et, quand il avait commandé un grand verre de lait froid pour l'accompagner, elle l'avait presque regardé avec les yeux de l'amour. De façon discrète, bien entendu, mais quand même. Pour sa part, elle picorait parmi ses légumes et son poisson bouilli.

— Il me faut du lait, expliqua Johansson. Il est important qu'il soit froid. J'ai vu un type à la télé, un jour, dire que ça tue les vitamines des airelles, mais il n'a rien compris.

— J'ai pris ma décision, dit-elle. Je vais demander ma mutation au bureau du personnel avec vous.

— Parfait, opina Johansson en levant son verre de lait pour trinquer. Ça m'aidera à être promu et je veillerai à ce que vous en soyez récompensée.

Ça m'aidera à ficher le camp de la police, pensa-t-il. Mais il se garda de le dire. Au lieu de cela, ils trinquèrent au lait et à l'eau minérale.

— On prend un café, conclut-il en prenant l'accent du Norrland, se penchant vers elle et la regardant avec un sérieux factice. Du café bouillu, comme là-haut.

L'après-midi, Johansson reçut la visite du chef du personnel, auquel il allait succéder dans un peu plus d'un mois. C'était très informel, sans aucun but précis. Son visiteur souhaitait juste se lamenter de façon générale et peut-être prendre une tasse de café.

— Tu veux un petit gâteau avec ton café ? questionna Johansson, mais l'autre déclina.

Fatigué, miné et gentil, pensa Johansson, et maintenant ils vont se débarrasser de toi.

— J'ai besoin d'un conseil, reprit son visiteur. Ça fait bon nombre d'années que tu travailles à Stockholm, hein ? Tu connaîtrais pas un collègue du nom de Koskinen ?

Tu veux dire « Koskenkorva[1] », ricana intérieurement Johansson.

— Il est mort d'une cirrhose du foie ? s'enquit-il avec tact.

— Si seulement… soupira le chef du personnel. Non, il a été nommé à la tête du PC et on a déjà reçu six

1. Nom d'une vodka finlandaise qu'évoque facilement le nom typiquement finnois de ce collègue. *(N.d.T.)*

plaintes, dont une anonyme signée d'un groupe qui se fait appeler Pour un maintien de l'ordre efficace. Il y en a vingt-deux pages et elle contient un compte rendu détaillé des activités du commissaire Koskinen en tant qu'officier de permanence à Norrmalm. Et si ce qui figure là-dedans est vrai, c'est très grave.

— C'est sûrement vrai.

— La section syndicale de Norrmalm le soutient à fond et son chef lui a fait le plus beau certificat que j'aie jamais vu au cours de toutes mes années dans la police.

— Bien entendu. Comment se débarrasser de lui, sinon ?

C'est pourquoi on appelle ça « certificat promotionnel », pensa-t-il sans le dire.

— Qu'est-ce que tu me conseilles ? implora le chef du personnel.

— Rien, répondit gaiement Johansson. Je n'en ai aucune idée. Je n'y ai pas réfléchi.

Il y a des grands naïfs, sur terre, constata Johansson en choisissant des chemises au rayon hommes du magasin NK. Son prochain voyage rendait nécessaires certaines emplettes complémentaires en matière de garde-robe et, en outre, une de ses vieilles connaissances, maintenant responsable de la sécurité dans la plus grande des trois principales banques d'affaires, l'avait invité à dîner ce soir-là. Pourtant, ce n'était pas ce qui le préoccupait. L'affaire Koskinen se résoudra selon les principes darwinistes en vigueur dans la police, se dit-il. Il va mourir d'une cirrhose, se tirer une balle dans la tête ou se portera si mal qu'il fera l'objet d'une mise à l'écart pour raisons de santé. En revanche, il était peu probable qu'il soit mis à la porte. En règle générale, il existait toujours, non loin de là, un collègue qui pouvait venir à la rescousse de gens comme lui en cas de besoin, s'il ne s'agissait pas d'une affaire trop grave. Or de quoi pourrait-il s'agir ? Qu'est-ce qui pourrait se passer, ici ? se demanda Johansson, hésitant entre une chemise bleu foncé et une autre plus claire.

— Je prends les deux, annonça-t-il à la vendeuse, qui accueillit la nouvelle avec satisfaction.

Le soir venu, il dîna avec son ami, un ancien policier passé dans la banque et en attente d'une promotion au rang de membre de l'état-major du groupe. Ce qui libérerait le poste qu'il occupait actuellement.

— J'ai une proposition à te faire, Lars, déclara-t-il en faisant tourner son verre de vin entre ses doigts. Du genre qu'on ne peut pas refuser.

— Je suis policier. La raison pour laquelle je le suis devenu est que je rêvais de mettre les truands sous les verrous. Bien entendu, je fais autre chose en ce moment, mais je sais que ce n'est que temporaire.

Son ami parut surpris.

— Penses-y quand même, dit-il.

Jarnebring en avait eu plein le cul toute la matinée, pour employer ses propres termes. D'abord l'habituelle prière du matin avec ses collaborateurs de la section locale de la Brigade criminelle, où l'on avait passé en revue les affaires pendantes du district. Puis il avait mis sur pied un plan particulier contre les vols à la roulotte, qui avaient fortement augmenté ces temps derniers. Il avait imaginé une sorte de nichoir dans lequel ses hommes pouvaient rester à l'abri du froid, qui n'est jamais bon pour la vigilance, et emprunté du matériel à la Brigade des stupéfiants : des appareils photo, des jumelles surpuissantes et de meilleurs systèmes de communication. Les truands n'avaient plus qu'à bien se tenir.

Après un déjeuner sur le pouce, pris sur place, il coupa sa ligne téléphonique et alluma le voyant rouge près de sa porte. Il allait maintenant clore le dossier de la mort de ce Krassner. Suicide, se répéta-t-il en appelant l'institut médico-légal de Solna. Ils en étaient aux conclusions, répondit le médecin en charge, qui avait procédé à l'autopsie dès le matin.

Le corps ne présentait aucune plaie pouvant être attribuée à une cause autre que naturelle.

— Une cause naturelle ? s'étonna Jarnebring.

— Naturelle comme quand tombe cinquante mètres haut dans rue, lui répondit avec un fort accent yougoslave ce praticien connu sous le nom de Bwof et célèbre pour être un plaisantin tant qu'il ne s'agissait pas de lui-même. Crâne enfoncé, trente autres fractures. Nous, hommes, pas pouvoir voler.

Sans aucun doute, soupira intérieurement Jarnebring.

— Quoi faire avec vêtements ? interrogea Bwof. Moi avoir chaussures et vêtements ici.

Ah, les fainéants, se dit Jarnebring en pensant à ses collègues de la police scientifique.

— Les gars ne les ont pas emportés quand ils ont pris les empreintes ? demanda-t-il.

— Eux oublié vêtements. Eux pas ordre.

— Je vous envoie une voiture, répondit Jarnebring en se préparant à se brancher sur la ligne intérieure.

— Parfait. Bientôt remettre rapport préliminaire. Suicide. Nous, hommes, pas pouvoir voler.

— Merci, dit Jarnebring avant de raccrocher.

C'est à Oredsson et Stridh que fut confiée la tâche d'aller chercher les vêtements et les chaussures de Krassner à l'institut médico-légal de Solna, afin de les remettre au chef de la criminelle de leur district. Stridh resta dans la voiture pendant qu'Oredsson effectuait les formalités. C'est lui qui l'a proposé, pensa-t-il en regardant l'entrée de l'immeuble. On est bien peu de chose, ajouta-t-il mélancoliquement. Ce fut aussi Oredsson qui prit l'ascenseur pour remettre les deux sacs à Jarnebring, après leur retour au commissariat. C'est lui qui l'a proposé, rumina Stridh, toujours aussi mélancolique, en l'attendant dans le garage où était parquée la voiture.

Où est-ce que je l'ai déjà vu ? se demanda Jarnebring en apercevant le jeune agent sur le pas de sa porte. Comme il était en train de téléphoner, il lui fit signe d'entrer.

— Je peux te rappeler ? s'enquit-il avant de raccrocher. Qu'est-ce que c'est ? demanda-t-il à son visiteur.

— Les vêtements que le chef nous a demandé d'aller chercher à l'institut médico-légal. Ceux du type qui a sauté par la fenêtre du foyer d'étudiants, vendredi dernier.

— Pose-les sur cette chaise, indiqua Jarnebring en composant à nouveau le numéro de son interlocuteur.

— Au sujet des chaussures… commença Oredsson en montrant le plus petit des deux sacs.

— Oui, dit Jarnebring. Une paire de chaussures de style rangers dans un sac en plastique transparent et scellé.

— Peut-être. Mais c'est pas des chaussures ordinaires, en tout cas.

— Pas ordinaires ?

Jarnebring avait reposé le combiné et s'était rejeté en arrière sur son siège tout en observant le jeune Oredsson.

— Tu veux dire que ce ne sont pas des chaussures d'un modèle habituel ?

— Oui. Si vous voulez bien regarder dans ce journal, chef.

Il tendit à Jarnebring une grosse publication à la couverture très colorée mais, à ce moment, le téléphone sonna.

— Pose ça sur la chaise, dit Jarnebring en décrochant.

Il répondit brièvement en faisant signe à Oredsson de disposer. Ils prennent vraiment n'importe qui, maintenant, bougonna-t-il intérieurement.

— M. Johansson est en ville, déclara la secrétaire de sa voix douce habituelle. Pour affaires pressantes. Non, il ne reviendra pas de la journée… Oui, je lui dirai que vous avez appelé. Il sera là demain matin à huit heures.

Elle posa le combiné et nota sur une feuille volante : « Le commissaire Bo Jarnebring a appelé. Il demande à être rappelé d'urgence à son numéro. Important. » Puis elle regarda sa montre et ajouta le jour et l'heure, « 15 h 53 ». Jarnebring, pensa-t-elle. Comment a-t-il pu passer commissaire, celui-là ?

Jarnebring avait une légère rougeur aux joues et au lobe de l'oreille. C'était dû au fait que, contrairement à l'habitude, il était très étonné. Il lui arrivait de temps en temps d'être furieux, mais il considérait l'étonnement comme une forme de jouissance réservée aux enfants et aux intellectuels. Sur la table, devant lui, se trouvait un sac en plastique transparent dont les scellés étaient brisés avec, à l'intérieur, une grosse chaussure droite à l'allure de ranger. À côté du sac étaient posés une chaussure gauche et, juste à côté de lui sur le plateau de son bureau, un journal illustré d'un genre qui n'aurait pas dû avoir sa place dans un commissariat de police. Il y avait également une clé qui avait l'air d'être celle d'un coffre de banque ou d'une consigne automatique, ainsi qu'un petit morceau de papier portant deux lignes de texte manuscrit. Jarnebring fixa des yeux le papier. Qu'est-ce que c'est que ça, bon sang ? Sûrement un enfoiré qui me joue des tours. Qui *nous* joue des tours, rectifia-t-il.

Mardi 26 novembre

Johansson s'était réveillé tard. Lorsqu'il releva enfin le store de sa chambre à coucher, il était déjà en train de se rendre au travail, d'habitude, à cette heure-là. Au-dehors, un pâle soleil matinal brillait dans un ciel bleu. Le thermomètre fixé sur le montant de la fenêtre indiquait quelques degrés au-dessus de zéro. Parfait, se dit-il. Il est grand temps de se mettre à mener une vie digne de ce nom. D'abord une douche, puis le petit déjeuner et le journal du matin, ensuite une promenade de santé pour se rendre au bureau. Ce lieu de travail où l'on pouvait connaître le succès même si l'on prenait soin de soi, comme dans son propre cas. Sous-directeur, songea-t-il, satisfait. Si je me mets à faire ma mauvaise tête, j'obtiendrai un « certificat promotionnel » et je serai directeur de la police nationale l'été prochain.

Johansson avait battu son record sur le trajet entre son domicile de Wollmar Yxkullsgatan et l'entrée de la direction de la police nationale, dans Polhemsgatan. Sans doute grâce à la natation, se dit-il, surpris, en vérifiant une fois plus sa montre au moment où il pénétrait dans le bureau de sa secrétaire. Toujours le même petit sourire, pensa-t-il quand elle lui tendit le courrier du jour et divers autres papiers. Rien d'inquiétant, pourtant.

— Le directeur de la police m'a informée qu'il était très satisfait de votre rapport, dit-elle.

Naturellement, pensa Johansson.

— Il y a aussi un certain commissaire Jarnebring qui a appelé plusieurs fois. Dès hier après-midi et à plusieurs reprises ce matin. Ça avait l'air très important.

Jarnebring, se dit Johansson, avec des sentiments mêlés. C'était toujours son meilleur ami, quoique les choses ne se fussent pas très bien passées ces derniers temps.

— Appelez-le et je le prends dans mon bureau.

Privilège du patron, songea-t-il en s'asseyant à son bureau.

— *Long time no see*, plaisanta Jarnebring de façon assez inattendue et d'une voix qui étonna Johansson par sa gaieté.

— Il faudrait qu'on se voie.

— Exactement.

— Quand est-ce que ça t'irait ? demanda Johansson en jetant un rapide coup d'œil à l'agenda sur son bureau.

— Dans un quart d'heure dans mon bureau, répondit Jarnebring. Je peux demander à un de mes gars de t'amener, si tu désires emprunter une voiture de police, pour te changer un peu du taxi.

— Il est arrivé quelque chose ? s'étonna Johansson.

— Honnêtement, je n'en sais rien. J'espère que tu pourras m'aider, en tout cas. Alors, si tu veux bien avoir l'amabilité de te traîner jusqu'ici, je mets le café à chauffer en t'attendant.

Quelqu'un ou quelque chose avait dû toucher son cœur lorsqu'il vit son meilleur ami venir vers lui dans le couloir, et l'accolade presque étouffante dont il fut gratifié au lieu de la poignée de main à laquelle il s'était préparé ne changea rien à l'affaire.

— Entrons dans mon bureau, dit Jarnebring avec un grand sourire. Je ne veux pas que le personnel me voie pleurer.

— Tu as grandi, Lars, observa Jarnebring en examinant son visiteur. Tu commences à avoir les muscles qu'il faut quand on occupe un poste comme le tien. Si jamais le bouton de ta veste sautait et que je le prenne dans le front, Bäckström et les autres petits génies risqueraient de te soupçonner de meurtre.

Johansson posa sa tasse de café et eut un sourire plus vague qu'il n'en avait l'intention.

— Très bien, Bo, dit-il. *Let's skip the bull*[1], comme disent les Américains. Raconte-moi. Avant que tu oublies.

Jarnebring sortit une chemise très mince de la pile de papiers sur son bureau.

— John P. Krassner, Jonathan Paul Krassner, né en 1953, citoyen américain, exerçant, selon des sources encore non confirmées, l'activité de journaliste indépendant à Albany, capitale de l'État de New York, qui se trouve à une ou deux heures au nord de la ville du même nom, précisa Jarnebring en regardant à nouveau ses papiers. Arrivé en Suède il y a six semaines.

— Bon, dit Johansson, surpris.

Qu'est-ce que j'ai à voir là-dedans ? pensa-t-il.

Jarnebring se pencha sur son bureau, planta ses gros bras sur celui-ci et dévisagea son visiteur

— Comment le connais-tu ?

Qu'est-ce que c'est que cette histoire ? se demanda Johansson.

— Pas la moindre idée. Je ne le connais pas, autant que je sache je ne l'ai jamais rencontré et je ne me

1. « Trêve de conneries. » *(N.d.T.)*

souviens même pas d'avoir entendu son nom. Qu'est-ce que tu dirais d'ailleurs… ?

— Du calme, Lars, coupa Jarnebring en levant la main. Oublions ça et, avant de te mettre en rogne comme la dernière fois, je propose que tu prennes tes aises, que tu m'écoutes et qu'on se donne un coup de main.

— Pourquoi ? questionna Johansson en se calant dans son fauteuil.

— On en a pour cinq minutes mais j'ai vraiment besoin de ton aide.

— Eh bien, d'accord. Vas-y.

— À environ huit heures moins quatre du soir, vendredi dernier, le dénommé Krassner est tombé de sa chambre au quinzième étage de ce grand bâtiment où vivent des étudiants, dans Valhallavägen. Il la louait en sous-main, c'est une de ces agences internationales de logements d'étudiants qui la lui avait procurée, je crois. J'ai leur nom dans mes papiers.

— Meurtre, suicide, accident, récita Johansson. Où est le problème ?

— Très probablement suicide. Car il a laissé une lettre, entre autres. La police scientifique m'a appelé ce matin et a confirmé que c'étaient ses empreintes qui figuraient sur celle-ci. Aux endroits qu'il faut, s'il l'a écrite de sa main.

— Tu veux dire que les empreintes du cadavre sont là où il faut, mais comment sais-tu que ce sont bien les siennes ?

— Ce sont les siennes. J'en ai eu confirmation par un fax de l'ambassade.

— Ils avaient ses empreintes ? Il était repris de justice ?

— Non, mais ils ont les empreintes de tout le monde, là-bas. Les siennes, ils les lui ont prises lors de son embarquement dans un aéroport quelconque. Ils n'ont rien à signaler sur son compte à propos d'un éventuel passé criminel, cependant. C'était un jeune homme très ordinaire, quoique mélancolique.

— Suicide, répéta Johansson. Où est le problème ?

Jarnebring haussa les épaules.

— À supposer qu'il y en ait un. D'abord, je ne sais pas qui c'était, mais j'ai demandé à l'ambassade de m'aider sur ce point. Ils ont promis d'en parler aux collègues de l'endroit où il habitait, pour savoir s'ils le connaissaient.

— Bon, eh bien ?

— Il semble avoir eu la bougeotte.

Jarnebring évoqua les allées et venues de Krassner, et son propre entretien avec le professeur Lidman.

— Il m'affirme que ça n'a rien d'inhabituel. Il est fréquent que les suicidaires affichent un air heureux et qu'ils se montrent très souriants envers ceux qu'ils rencontrent. Il paraît que ça porte le nom de dépression souriante. Et soudain, pan, ça suffit, je mets fin à mes jours. Ils se comportent de façon totalement irrationnelle alors qu'ils ont l'air normaux.

— Je suis prêt à l'admettre, approuva Johansson, dont un cousin avait quitté, d'une humeur radieuse, le repas d'anniversaire de sa fille cadette pour aller se pendre dans le garage.

— Il reste la chaussure, dit Jarnebring, avant d'expliquer ses théories et celles de Hultman sans toutefois citer ce dernier.

— Ça me paraît très plausible. Je suis d'accord avec toi : suicide.

Il regarda sa montre du coin de l'œil. La chaussure a rebondi sur le rebord d'une fenêtre, sur la balustrade d'un balcon, voire sur un nichoir qu'un étudiant en zoologie a accroché à l'extérieur de sa fenêtre, pensa Johansson en souriant béatement.

— Bien sûr, reprit Jarnebring. C'est ce que j'ai pensé jusqu'au dîner, hier soir, où cette saloperie de chaussure s'est remise à me turlupiner, ajouta-t-il en affichant une mine grave et préoccupée.

— Comment ça ?

— Tu as déjà vu ce canard ? demanda Jarnebring en tendant à son visiteur le numéro du mois d'août du mensuel américain *Soldier of Fortune*.

Johansson lut le titre à voix haute en grimaçant à la vue de ces silhouettes en tenue de camouflage, sur la couverture, qui se précipitaient à l'attaque sous un feu nourri.

— On dirait une publication nazie américaine.

— *Yes*. C'est un des jeunes collègues de la sécurité publique qui m'a fourni ça. Il y en a tout un tas d'autres dans leur salle de repos. *Soldier of Fortune, The Minuteman, Guns and Ammo, The Survivalist*... énuméra-t-il en croyant bon de traduire ce dernier titre à l'intention de Johansson d'une façon à la fois approximative et parfaitement inutile. C'est le genre de publications de l'extrême droite américaine s'adressant aux membres du KKK ou autres fêlés d'armes et de munitions qui ne parlent que de casse-pipe. Pas vraiment socialo, quoi, si tu vois ce que je veux dire.

Non, songea Johansson, parce que celles-là, on ne risque pas de les trouver dans la salle de repos d'un commissariat suédois.

— Elles contiennent un tas d'annonces pour des armes et du matériel de survie, disent ce qu'il faut faire si les Russes arrivent et expliquent la façon de devenir mercenaire, d'emmerder la police et de frauder le fisc. J'en passe et des meilleures, conclut Jarnebring.

— Je ne vois pas le rapport avec la chaussure.

— Si tu regardes les annonces, page 89, tu en trouveras une pour une firme qui s'appelle StreetSmart – ce qui permet de l'abréger sous le sigle « SS ».

Johansson eut vite fait de repérer l'annonce en question, qui proposait ce qui était nécessaire pour survivre dans la « jungle où nous sommes condamnés à vivre ». Pour des raisons manifestes, les lettres SS étaient en caractères imitant les initiales que les nazis portaient sur le revers de leur uniforme.

— Je ne comprends toujours pas, s'obstina Johansson.

— La godasse, insista Jarnebring en tendant, d'un air presque amusé, une grosse chaussure gauche en cuir brun et à haute tige. C'est la même que celle que ce cabot a prise sur la tête, même si c'est purement le fait du hasard.

Puis il appuya le pouce sur la semelle et tapa de la main droite sur le talon, de fort belle taille. Il en jaillit une clé de couleur métallisée, suivie d'un petit morceau de papier de la taille d'une carte de visite.

— Abracadabra, dit-il avec un sourire de satisfaction. Chaussure à talon creux de la célèbre marque StreetSmart. On dirait une clé de coffre-fort ou de consigne automatique, sans doute aux États-Unis, ajouta-t-il en la montrant. J'ai branché l'ambassade sur cette piste, également.

— Bien, dit Johansson.

Qu'aurait-il pu dire d'autre ? Il avait vu et entendu pire que cela.

— Qu'est-ce qu'il y avait dans l'autre chaussure ? demanda-t-il.

— Elle était vide, répondit Jarnebring. Je suppose qu'il était droitier.

Probablement, se dit Johansson.

— Tu ne désires pas savoir ce qui est marqué sur le papier ? lança Jarnebring en l'observant attentivement.

Johansson ne se démonta pas et haussa les épaules. Jarnebring lui tendit le petit morceau et il put lire un texte manuscrit de deux lignes :

« *An honest Swedish cop* [1]. Commissaire de police Lars M. Johansson, Wolmar Yxkulls Gata 7 A, 116 50 Stockholm. »

Johansson regarda de nouveau le papier dont, par une vieille habitude sans doute, il tenait prudemment le bord entre l'ongle du pouce et celui de l'index. En l'occurrence, cela paraissait inutile. À en juger par les taches gris foncé, quelqu'un avait déjà passé son pinceau dessus, à la recherche d'empreintes digitales.

On dirait une carte de visite, remarqua Johansson. Environ cinq centimètres de haut sur huit de long. Pliée par le milieu.

Il regarda Jarnebring, qui affichait la mine de ses enfants, le soir de Noël, quand ils étaient petits.

— C'est quelqu'un qui se fiche de nous, assura-t-il. De moi, plus exactement.

— C'est ce que j'ai cru. Pour commencer. Mais maintenant, je suis à peu près sûr que c'est Krassner qui a écrit ce qui est marqué là.

— Raconte-moi, dit Johansson en se rejetant en arrière sur son siège, sans pouvoir s'empêcher de lorgner sur le morceau de papier.

Jarnebring s'était d'abord montré enclin à suivre Johansson. Quand il eut appris, après les efficaces recherches d'usage, que c'était le stagiaire du nom d'Oredsson qui était allé chercher les vêtements et les chaussures de Krassner et les avait déposés dans son bureau, qu'il avait également été l'un des « premiers sur place » et qu'il avait même placé ladite chaussure dans un sac en plastique, scellé celui-ci et fait parvenir le tout à l'institut médico-légal par la voiture qui avait

1. « Un flic suédois honnête. » *(N.d.T.)*

transporté le cadavre, la chose lui avait semblé claire comme de l'eau de roche. Je vais en faire du petit bois, se dit Jarnebring et, dix minutes plus tard, Oredsson et Stridh étaient assis chacun sur une chaise, dans le couloir devant son bureau. Oredsson entra le premier.

Ça va sûrement barder pour son matricule, se dit Stridh en scrutant la porte fermée. Je me demande s'ils vont le tuer. Il avait pas mal entendu parler de Jarnebring, au cours de ces années, et cela paraissait donc vraisemblable, quoiqu'on n'entendît pas le moindre bruit en provenance du bureau. Il doit frapper en silence, comme un champion de karaté, pensa-t-il, plus tristement encore.

Jarnebring cuisina Oredsson pendant un quart d'heure, sans rien révéler de ce qu'il y avait dans le talon de la chaussure. Oredsson était rouge, en sueur, et il ne tarda pas à avoir réellement peur. Une chose était sûre. Il n'avait pas la moindre idée de ce dont lui parlait Jarnebring. J'ai entendu la voix de l'innocence, songea ce dernier, surpris. Puis il renvoya Oredsson et le pria d'emmener Stridh avec lui, naturellement sans le moindre mot d'excuse ou d'explication.

— Alors, j'ai appelé Rosengren, dit Jarnebring.

— Rosengren ? répéta Johansson. Il n'est pas en retraite ? Il doit avoir pas loin de cent ans.

— Sans commentaire, répliqua sèchement Jarnebring. Je n'ai pas confiance dans les types du laboratoire. Ils parlent à tort et à travers et laissent filtrer un tas d'informations. En outre, Rosengren est le meilleur élément que je connaisse. S'il n'a pas cent ans, il en a au moins soixante-quinze. Et il sait tenir sa langue.

— Mais qu'est-ce qui t'a fait penser aux gars de la police scientifique ? s'étonna Johansson. Ils ont déjà cherché les empreintes sur ce papier.

— Je vois que tu n'es jamais allé chez Rosengren. Il

ne vit pas dans un appartement mais dans un véritable laboratoire de police criminelle. Il arrondit sa retraite en travaillant pour le secteur privé. Toute la gamme, depuis les employés qui laissent leurs empreintes sur le pot de confitures de la boîte jusqu'aux lettres des maris à leurs maîtresses.

— Je croyais qu'il était expert en graphologie.

— En effet, c'est le meilleur. Et il est capable de relever des empreintes sans se réveiller. Je lui ai apporté celles de Krassner et diverses notes de sa main que j'ai trouvées dans ses papiers.

— Et alors ?

— Ce sont celles de Krassner et de personne d'autre, et elles sont là où il faut.

— L'écriture ? s'enquit Johansson.

— Également la sienne. Typiquement américaine.

Johansson regarda une nouvelle fois le papier. Il comprenait ce que voulait dire Jarnebring : le libellé, les chiffres, l'adresse.

— Ce Krassner t'avait à la bonne, reprit Jarnebring en ricanant. Tu n'as aucune idée de la raison qui le poussait à ça ?

— Pas la moindre. On pourrait lire cette lettre qu'il a écrite ?

— Bien sûr, accepta généreusement Jarnebring en lui tendant une feuille de format A4 placée dans une pochette en plastique. J'étais curieux de voir si tu allais me le demander.

— Il connaissait le suédois ? interrogea Johansson en voyant le texte tapé à la machine.

— Absolument pas. C'est une traduction. Je n'ai pas encore récupéré l'original. J'ai eu la réponse quant aux empreintes, par téléphone. Quelle bande de fainéants ! Pourquoi est-ce qu'ils n'ont pas pris les vêtements, puisqu'ils étaient sur place pour recueillir les empreintes ?

— Qui a effectué la traduction ?

— Hultman.

— Hultman ? Celui de chez nous ?

— Oui et tu n'as pas à te faire de bile, il est encore plus calé que toi en anglais.

« J'ai passé ma vie entre la nostalgie de l'été et le froid de l'hiver. Quand j'étais jeune, je me disais que, l'été venu, je tomberais amoureux de quelqu'un que j'aimerais beaucoup et qu'alors commencerait vraiment ma vie. Mais, une fois que j'eus fait tout ce que j'avais à faire, l'été avait touché à son terme et il ne restait plus que le froid de l'hiver. Et ce n'était pas la vie que j'avais imaginée. »

Étrange, songea Johansson. C'est exactement comme les poèmes que j'écrivais quand j'étais jeune et que j'ai brûlés une fois adulte.

— Il fait l'effet d'un type sensible, observa Jarnebring.

— Mais il semble avoir eu un jugement très sûr en ce qui concerne les policiers suédois, rétorqua Johansson en se levant soudain de son siège. Qu'est-ce que tu dirais de dîner ensemble, ce soir ?

— Volontiers. Si tu me promets de ne pas te mettre à jeter les assiettes.

— À sept heures et demie au restaurant près de chez moi. Je me charge de la note, alors tu pourras être relax.

— C'est ici que tu amènes toutes tes petites femmes ? interrogea Jarnebring une fois qu'ils furent assis à la table habituelle de Johansson, dans son restaurant favori.

— Il n'y en a pas tellement que ça.

— Cuisine italienne, dit Jarnebring en jetant un coup d'œil sur la grosse ardoise du menu avec un enthousiasme modéré.

— Oui, répondit Johansson, et tu devrais l'essayer, un

jour. Mais, comme c'est moi qui invite, j'ai pris quelques dispositions particulières. Tu auras une entrecôte grillée au gratin de pommes de terre et un dessert que tu apprécieras, j'en suis sûr. En revanche, pas de hareng de la Baltique en entrée – le patron a trouvé qu'il ne fallait pas exagérer – mais un excellent saumon mariné. Parfait pour accompagner un petit verre d'eau-de-vie.

— Je ne croyais pas qu'ils connaissaient ça, dans un endroit pareil.

— Je suis client ici depuis l'ouverture, alors je peux te jurer qu'ils savent ce que c'est qu'un petit verre d'eau-de-vie. Je leur ai d'ailleurs fait cadeau de quelques-uns des miens, ceux en cristal, hauts sur pied, dans lesquels tu as bu chez moi. J'en ai hérité une douzaine de ma grand-tante. Je t'ai déjà parlé d'elle, au fait ?

Jarnebring lui fit signe de continuer.

— J'aurais voulu que tu la connaisses, enchaîna Johansson. Elle ne se mouchait pas du pied. Elle tenait l'hôtel de Kramfors à l'époque où l'alcool était encore rationné. Alors, ses verres contenaient sept centilitres et demi, la ration entière en une seule fois. Elle savait vivre, la bonne femme.

Jarnebring secoua la tête, presque ému.

— Lars, mon ami, sais-tu ce que tu es ? Au fond de ton cœur et de toi-même ? Tu n'es pas un sale bureaucrate de la direction de la police nationale, contrairement à ce que ton grade pourrait laisser croire. Au fond de ton cœur et de toi-même, tu es un gros paysan du Norrland, un de ces types madrés qui possèdent des kilomètres de forêt et des scieries au bord du fleuve. Si tu étais né cent ans plus tôt, tu serais allé boire au bar de l'opéra avec le peintre Zorn[1] et les autres, et pas avec un simple agent de police.

1. Célèbre peintre suédois (1860-1920) au talent folkloriste. *(N.d.T.)*

La Paix dorée, Rydbergs et Berns, tous les restaurants chics, quoi : tu ne parles pas de moi mais de mon grand-père maternel ou de mon grand frère, si on met à part l'époque, pensa Johansson. En outre, tu te trompes sur mon compte.

— Bonsoir, messieurs, dit le patron en s'inclinant très bas. Saumon mariné maison.

Il plaça les assiettes devant eux. Elles contenaient de grandes tranches de saumon coupées en biais, roses et rayées de blanc, avec du citron sur le côté, quelques gouttes d'huile d'olive et des épices fraîches.

— Et maintenant, les boissons.

L'un de ses serveurs apporta un plateau chargé de deux grandes bières et de deux verres à alcool pleins à ras bord qu'il plaça devant leurs couverts d'une main experte, d'abord celui de Jarnebring puis celui de Johansson. Il fit ensuite un pas en arrière et s'inclina.

— Je vous souhaite un bon appétit.

Jarnebring eut un signe de tête à l'adresse de Johansson et prit son verre d'eau-de-vie dans la main droite.

— À la vôtre, patron !

— C'est parfait, déclara Jarnebring.

Il avait terminé son entrée et vidé à deux reprises le contenu du petit verre de tante Jenny. Mais il avait déposé les épices et la tranche de citron dans le cendrier avant de s'attaquer au saumon. Puis ils avaient parlé du bon vieux temps. Comme ils étaient bons amis, il était à la fois naturel et nécessaire de remonter le temps pour revenir à une époque située avant que la carrière ne les sépare. Tandis que Johansson avait poursuivi son ascension, Jarnebring avait fait du surplace. Les années s'étaient ajoutées aux années, depuis le moment où ils partageaient les mêmes sièges affaissés des voitures de patrouille et buvaient le même café amer dans la salle de repos. Et, comme ils ne pouvaient plus, désormais, se rencontrer que pendant leurs loisirs, ils évoquaient volontiers l'époque où ils travaillaient ensemble.

Cela commençait toujours de façon identique : c'était bien mieux autrefois, tant à la Brigade des recherches qu'à celle des agressions, c'était beaucoup mieux dans la police de façon générale. Les truands eux-mêmes étaient compréhensibles, alors.

— Tu te souviens d'Otto le Tueur ? questionna Jarnebring. Et du Shérif ?

— Dahlgren, Mattsson, poursuivit Johansson, nostalgique… Et Petit-Gösta, l'Allumette, le Bronzé et le Surin. Et Bongis, tu te rappelles Bongis, Åström et Salle ? Tu te souviens de Salle, celui que les gars de la Sécurité publique coffraient dès qu'on effectuait une descente ? Et celui qu'on appelait le commissaire Toivonen et qui avait l'air d'un poivrot carélien qui aurait loupé le bateau pour rentrer chez lui ?

Ces légendes des commissariats avaient soit passé l'arme à gauche, soit été rayées des cadres grâce au système des retraites. Aucun des jeunes collègues ne les avait jamais vus assis dans le parc, derrière l'hôtel de police, en train de nourrir les pigeons.

— Pas marrants, les gars, commenta Jarnebring, mais c'étaient de sacrés bons flics.

— Ils savaient ce qui était bien et ce qui ne l'était pas, ce qui était juste et ce qui ne l'était pas, ils étaient capables de distinguer ce qui était important, ajouta Johansson, qui se sentait déjà sous l'influence des petits verres de tante Jenny mais s'efforçait de maintenir la conversation à un niveau décent.

Un mardi, se dit-il. Je ne peux pas me saouler au milieu de la semaine, bien que ce soit mon meilleur ami et que ça ait mal tourné la dernière fois qu'on s'est vus et…

— Eva-Lena, coupa Jarnebring. Tu te souviens d'Eva-Lena ?

— Eva-Lena ?

Johansson, qui considérait que la police était une affaire d'hommes, étant donné qu'il s'agissait à quatre-vingt-dix-neuf pour cent d'autres hommes, fouilla fébrilement dans ses vieux souvenirs professionnels.

— Eva-Lena, celle qui est passée chef des stups, la première femme à obtenir un poste de commissaire enquêtrice à Stockholm. Et dans tout le pays, je crois bien. Une petite bonne femme blonde et mince, un peu trop mince peut-être, mais pas mal quand même. Elle jurait comme un charretier. Tu te souviens d'elle, hein ?

Soudain, Johansson retrouva la mémoire. Il avait, à un moment de bousculade, été prêté aux stups et, dès la première nuit, avait loupé une filature élémentaire. Il avait tout bousillé, il n'y avait pas d'autre mot, parce que le type était plus malin que lui, parce que sa femme venait de le quitter, parce qu'il n'avait pas dormi depuis que cela s'était passé, parce que ses enfants l'appelaient au téléphone chaque fois qu'il essayait de prendre un peu de repos, parce qu'ils se mettaient à pleurer avant qu'il ait pu en placer une et parce que leur mère avait le temps de raccrocher avant que… Bref, il avait tout bousillé et, le lendemain matin, il avait eu droit à une engueulade.

« Comment tu expliques ça, nom de Dieu ? » avait-elle lancé.

Problèmes personnels, avait pensé Johansson, car il avait appris à l'école de police que c'était ce qu'il fallait dire. Mais, dès qu'il avait commencé à travailler, il avait compris que c'était faux et il n'avait donc rien répondu.

« Il était plus fort que moi. »

Je vais avoir un zéro pointé, avait-il pensé en voyant la surprise de son chef.

— Meilleur que toi ? Mais tous les autres aussi, hein ? J'ai entendu dire que tu es nul. C'est ce que pensent mes gars. On nous a envoyé une nullité pour nous emmerder.

Nullité toi-même, pensa Johansson.

« Il n'y a presque personne qui soit meilleur que moi », lâcha Johansson en forçant sur son accent norrlandais et en la regardant droit dans les yeux.

Il convient de préciser à son honneur qu'elle n'avait pas calé et qu'elle lui avait simplement rendu son regard. Elle avait pourtant perdu, parce que c'était elle qui avait repris la parole en premier :

« Bon, je te laisse une seconde chance. Présente-toi ici à sept heures. »

Au lieu de cela, il était allé trouver son propre chef, une des vieilles figures légendaires, et il n'y était pas allé par quatre chemins :

« Elle nous débine. Elle raconte des salades sur nous et sur toi, et je suis pas prêt à accepter ça. »

Il avait forcé sur le norrlandais, à la fin.

« Espèce de sale connasse », avait dit le chef, qui avait des cernes sous les yeux.

Il avait composé le numéro de son meilleur copain, un ancien lutteur comme lui, qui se trouvait à la tête de toute la Section criminelle, et avait ensuite rassuré Johansson.

« Tu restes avec moi, mon gars. C'est la faute de ces idiots de socialos. Faut vraiment être un salaud de socialo pour être assez con pour faire entrer des bonnes femmes dans la police », avait-il gloussé en faisant signe à Johansson de disposer.

Espèce de sale Lapon, avait-il pensé en même temps.

— Oui, je me souviens d'elle, dit Johansson. Elle était bien, drôlement bien, presque aussi bien que toi et moi.

Et puis elle s'était mise à parler comme toi et moi, à se conduire comme toi et moi, et comme tous les autres gars, et, un beau jour, elle a disparu, pensa-t-il.

— Qu'est-ce qui lui est arrivé ? s'enquit-il, tout en sachant la réponse.

— Elle a disparu, elle est partie, *nobody knows*.

Comment peut-on recruter des femmes dans la police, merde ? se demanda-t-il. Mais, puisque Johansson était commissaire de police judiciaire et avait donc au moins un pied dans la politique, il se garda de le dire.

— À la tienne, reprit Jarnebring en levant son verre. À celle de tous les gars de la Brigade des recherches et du bon vieux temps.

Qui est-ce qui nous a remis ça ? s'étonna Johansson, plus ou moins éméché. Ce n'était pas possible autrement, parce que les verres de tante Jenny étaient pleins à ras bord.

— Gustav Adolf Nilsson, dit Jarnebring avec un sourire.

Ils avaient observé une pause au milieu du plat de résistance. Johansson buvait du vin tandis que Jarnebring avait préféré continuer à la bière. Avec un petit complément dans le verre de tante Jenny, c'était parfait.

— Gustav Adolf Nilsson, né en 30, répéta Jarnebring.

— Ton témoin. Le type au cabot qui a pris la godasse sur le crâne. Drôle d'histoire. On dirait une énigme de roman policier.

— Vindeln, poursuivit Jarnebring. Tu te souviens de lui, il y a bientôt dix ans. La fois où on était chargés de cette attaque à main armée près d'Odenplan et puis de ce double meurtre pour lequel je te fiche mon billet que c'était notre collègue de la Sécurité qu'avait mis la main à la pâte. Tu te rappelles ?

— Oui. Je me souviens de Vindeln. Il connaissait la victime, ce poivrot ?

— Ça ne date pas d'hier. Mais c'est le même Gustav Adolf Nilsson, lança Jarnebring, enchanté. Alias Vindeln. Avec cette différence qu'on boit plus que lui, toi et moi, aujourd'hui.

— Je croyais qu'il était mort d'une cirrhose il y a longtemps. Avec la tête qu'il avait, à l'époque…

— Que non ! Six mois plus tard, il a hérité de sa sœur aînée, le seul parent qu'il lui restait. Elle s'était mariée avec un pentecôtiste quincaillier en gros, deux fois plus âgé qu'elle. Et donc beau-frère de Vindeln. Mais, comme il avait piqué à Vindeln la moitié de la maison de leurs parents en mettant le grappin sur sa sœur, ils ne s'étaient pas vraiment fréquentés tous les jours de la semaine. Puis le cul-bénit est mort et, dix ans plus tard, quand ça a été le tour de la veuve, tout l'héritage est revenu à Vindeln. Bien qu'elle ne lui ait pas donné de ses nouvelles pendant vingt ans. Elle avait sans doute des remords de conscience, la vieille.

— Merde alors ! s'exclama Johansson avec une émotion sincère dans la voix.

— Pour sûr. Je me disais aussi que je l'avais déjà vu quelque part, quand on est allés chez lui pour la mort de son cabot, mais c'est Hultman qui m'a remis les choses en tête quand on est partis.

Hultman était donc avec toi, pensa Johansson.

— Pas étonnant, poursuivit Jarnebring, parce qu'il avait l'air d'un athlète comparé à la fois où toi et moi on l'a vu, il doit y avoir dix ans de ça. Une vraie panthère grise, un de ces sportifs norrlandais maigres comme un cent de clous. Plein de fric, grâce à l'héritage, mais ne buvant plus une goutte depuis ce jour-là. Il paraît qu'il a dit que, quand on avait autant de flouze que lui, on était obligé de cesser de picoler. Il a arrêté du jour au lendemain et dit adieu à ses vieux copains de beuverie. Il vit toujours dans sa vieille baraque de Surbrunnsgatan, même si elle est passée sous le régime de l'accession à la propriété, mais il en a profité pour mettre la main sur le logement d'à côté. Il a abattu le mur, il est devenu trésorier de la coopérative et est maintenant sobre comme un chameau.

— Merde alors ! répéta Johansson. Ce vieux soûlard.

— Sûr. J'ai oublié de te le dire quand tu es venu me voir parce que tout ce que j'avais en tête, c'était cette chaussure… Quelle sale histoire, une vraie énigme de roman policier.

— Oui, je n'ai toujours pas la moindre explication, dit Johansson. Autant que je sache, je n'ai jamais vu ce Krassner.

Une chaussure à talon creux et dans ce talon la clé d'un coffre-fort aux États-Unis, jusque-là rien que de très normal. S'il n'y avait eu ce morceau de papier, songea Johansson. Un papier qui portait son nom et son adresse, alors que ceux-ci ne figuraient pas dans l'annuaire et que très peu de gens, en dehors de sa famille et de ses amis les plus proches, savaient où il vivait, et que sa secrétaire, pas plus que quiconque au travail, n'aurait jamais communiqué son adresse personnelle.

— C'est tout bonnement un mystère, soupira-t-il. Un mystère absolu.

— J'ai d'abord cru que c'étaient les collègues de la Sécurité publique qui voulaient t'emmerder, confia Jarnebring.

Moi aussi, pensa Johansson en se versant la dernière goutte de la bouteille de vin. J'aurais dû continuer à la bière comme Jarnis. Celui-ci avait d'ailleurs fait remplir à nouveau le petit verre de tante Jenny mais il paraissait toujours en état de procéder à une arrestation, ce qu'on n'aurait pas vraiment attendu de lui.

Ils vont devoir me faire un « certificat promotionnel », ajouta-t-il, tout ragaillardi à cette idée.

— Où est-ce que j'en étais ? demanda Jarnebring en avalant une bonne gorgée de bière. Ah oui, les collègues de la Sécurité publique, à qui tu as causé bien du souci il y a un ou deux mois.

En sa qualité de chef de la Brigade criminelle nationale, Johansson avait conduit une enquête interne sur l'une des équipes de patrouille dans la capitale. Il n'y était pas allé de main morte, certains avaient même tâté de la taule pendant quelques jours, mais tout semblait maintenant rentré dans l'ordre. Ils avaient été relâchés, avaient repris leurs fonctions mais été privés de véhicule, du moins provisoirement, et faisaient seulement l'objet d'une plainte qui irait sûrement se perdre dans les sables du tribunal correctionnel de Stockholm.

— Ces salauds-là, lâcha Johansson du fond du cœur. Comment on peut laisser des types pareils entrer dans la profession ?

— Ah ça, c'est sûr. Et tu n'as qu'un mot à me dire si tu veux leur régler leur compte mais, quant à cette chaussure, ils sont blancs comme neige. Ils ne se doutent de rien.

— Je suis bien d'accord avec toi.

— La godasse de Krassner. Pour des raisons qui nous échappent, il a mis ton adresse sur un bout de papier et l'a cachée dans le talon de sa chaussure. Mais où est passé le dessert, au fait ?

Une vraie énigme de roman policier, se dit Johansson en cherchant du regard son ami, le patron du restaurant. *An honest cop*, pensa-t-il.

— À propos de cette lettre, reprit Johansson.

Ils avaient terminé le dessert et en étaient au café arrosé. Pour Johansson, c'était plutôt pour la forme mais, après une demi-bouteille d'eau gazeuse, il se sentait nettement plus en forme.

— Oui, répondit Jarnebring, qui ne semblait pas vraiment se rendre compte de la quantité d'alcool qu'il ingurgitait.

— Tu m'as dit que c'était une machine électrique. Tu as examiné le ruban, parce que je suppose que c'était une à cassette, si je t'ai bien compris ?

— Bon sang, Lars, je suis quand même dans la police, non ? Oui, j'ai examiné la cassette et la seule chose qu'elle porte, c'est ce qu'il y a sur la lettre. Pour qui me prends-tu, enfin quoi ? s'insurgea Jarnebring en buvant une grande gorgée de son ballon de cognac.

— Et la corbeille à papiers... ?

— Et la corbeille à papiers, tout ce qu'elle contenait, c'était l'emballage de la cassette en question. Je te l'ai déjà dit.

— Mais tu m'as dit, aussi, que ce type était ici depuis un mois et demi, s'obstina Johansson. Qu'est-ce qu'il a fabriqué pendant ce temps-là ? Il a forcément fait quelque chose.

— Je suppose qu'il a médité sur la vie et sur l'avenir. Par ailleurs, je ne crois pas qu'il en ait fichu lourd. Il devait avoir autre chose en tête.

— Pendant plus d'un mois, insista Johansson, dubitatif.

— Un peu plus de six semaines et demie. J'ai vérifié, il est arrivé à Arlanda, en provenance de New York, le dimanche 6 octobre. Et il a sauté le vendredi 22 novembre.

— Et ces livres qu'il y avait dans sa chambre ? De quoi parlent-ils ?

— Un peu de tout, répondit Jarnebring avec un sourire dont Johansson ne comprit pas le sens. D'une part, des polars en anglais qu'il a l'air d'avoir lus, à en juger par leur état. Et puis des bouquins sur la Suède, son histoire et sa vie politique, tous en anglais aussi. *Sweden the Middle Way, The Paradise of Social Democracy*, j'ai la liste complète sur le procès-verbal, si ça t'intéresse.

Modérément, se dit Johansson.

— Bon sang, Lars, reprit Jarnebring en se penchant par-dessus la table pour poser la main droite sur son bras, détends-toi. Il y a sûrement une explication très simple et évidente.

— Je t'écoute, répliqua Johansson sans pouvoir s'empêcher de sourire.

— Imaginons la chose suivante. Un de ces cinglés d'extrémistes américains arrive chez nous pour d'obscures raisons et dans les dispositions d'esprit qu'ont toujours les gens de son espèce. Un soir, dans un bistrot, il rencontre un gars de chez nous qui pense comme lui, ils bavardent, ils s'entendent bien et causent de ce qui les réunit, indépendamment de leur pays d'origine.

— De quoi, par exemple ?

— Du fait que les types comme toi et moi sont des vraies merdes. Des flics, les plus beaux salauds que la terre ait portés.

— Je vois ce que tu veux dire. Il a entendu ça dans la bouche de l'un de ces gosses.

— Parfait, approuva Jarnebring. Et, par là-dessus, un de nos excités de gauchistes se rappelle qu'il – ou elle, je suis sûr que c'est une nana, à bien y réfléchir – a lu dans le journal qu'il existe des exceptions, même parmi la racaille de la racaille.

— Ah bon.

— Et alors elle se met à raconter ce qu'elle a lu dans le journal à propos de toi et de ta croisade contre nos collègues qui patrouillent en ville et de ce vieux poivrot qu'ils auraient tué, selon certains. Krassner se met à fantasmer et se dit : Ce type-là, je vais l'immortaliser, moi. Il écrit ton nom et le planque dans sa godasse. Sacré romantique, hein, et si tu ne m'offres pas un coup à boire pour faire passer ça, je m'en paie deux moi-même. Qu'est-ce que tu veux ?

— Laisse-moi réfléchir, dit Johansson, qui avait autre chose en tête qu'un gin-tonic.

— Bon. Tu te rappelles l'édito de notre petite *Pravda* nationale, le soir du jour où tu as mis les collègues à l'ombre ? Tu te souviens, y en avait une demi-page.

— Maintenant que tu en parles, j'en ai vaguement le souvenir, mentit Johansson, qui aurait été capable de le citer par cœur.

— Le titre, c'était « Un flic honnête », non ?

— C'est vrai, admit Johansson, évasif.

— Exactement. Les collègues et moi, on s'est bien fendu la gueule en lisant ça. Lars Martin Johansson, flic de base, l'un des nôtres, même s'il est passé pas mal d'eau sous les ponts depuis qu'on partageait les mêmes bagnoles et les mêmes chiottes, en train de devenir ministre, on aurait dit. Le seul de toute l'histoire de la police suédoise dont on ait jamais dit du bien, dans ce canard. Et puis un vrai poulet, pas un de ces petits mecs qu'on voit de nos jours.

— À ce point-là ? demanda Johansson, qui commençait à s'inquiéter.

— Arrête ton char. On te connaît. Alors, il vient, ce verre, oui ?

— Je m'en occupe, répondit Johansson en faisant discrètement signe à son copain le patron.

Mais comment pouvait-il, ou elle, connaître mon adresse ? s'étonna-t-il.

Mercredi 27 novembre

La soirée s'était terminée tard. Jarnebring l'avait raccompagné chez lui et ils étaient restés à picoler jusqu'à une heure du matin. Johansson avait alors regardé sa montre et déclaré que cela suffisait pour lui, en tout cas, et si Jarnebring avait l'intention de rester, il avait le choix entre le canapé de la salle de séjour et celui du bureau. Jarnebring l'avait remercié de sa proposition et avait préféré prendre un taxi pour rentrer chez lui. Il avait un peu envie d'un câlin et elle s'était montrée beaucoup mieux disposée, ces derniers temps. Sans doute a-t-elle appris ce qu'on dit de bien sur mon compte, songea Jarnebring, tout content.

Réveillé à six heures, comme d'habitude, Johansson s'était levé, avait pris deux comprimés contre le mal de tête et un grand verre d'eau, avait mis le réveil à huit heures et s'était rendormi. Il devait se rendre à Lidingö à dix heures mais comme il ne devait être qu'auditeur, lors de ce séminaire, il n'avait pas à s'inquiéter. Si ce n'était à cause de ce satané morceau de papier.

Bref, il se trouvait maintenant là où il devait être, d'après l'agenda sur son bureau, mais tandis que les orateurs se succédaient à la tribune, là-bas, ses pensées vagabondaient librement et, chaque fois, elles revenaient à ce bout de papier.

Comment s'est-il procuré mon adresse ? se répétait-il, incapable de lâcher cette idée. Je ne figure pas dans l'annuaire. Au bureau, personne ne la donne et aucun membre de ma famille ou de mes proches non plus. D'un autre côté, ce n'était pas un tour de force de l'obtenir, pour qui le voulait vraiment. Mais que comptait en faire Krassner ? Johansson avait une bonne mémoire des noms, des visages et des actes. C'était inévitable, dans le métier. Au cours des dernières vingt-quatre heures, il n'avait donc pas cessé de fouiller dans ses souvenirs, mais non : pas le moindre Krassner.

À supposer que Jarnebring soit dans le vrai. Que Krassner soit un de ces excités voulant se pousser du col et se donner des airs d'agents secrets en se baladant avec des chaussures à talon creux. Talon creux, se répéta-t-il. Sur les milliers de truands de tous calibres qu'il avait rencontrés au cours de ses années dans la police, il n'avait pas souvenir d'un seul ayant porté des chaussures à talon creux. En revanche, bon nombre d'entre eux n'avaient pas de chaussures du tout. La came, se dit-il alors. En effet, certains choisissaient de dissimuler la marchandise de cette façon. Dans la maison, on racontait même cette histoire à dormir debout d'un nègre déjà immense qui avait tenté de passer un demi-kilo d'héroïne à la douane d'Arlanda dans des chaussures en peau de crocodile à semelle compensée d'une épaisseur impressionnante. Quant à savoir si c'était vrai, il l'ignorait et ce n'était pas le plus important. Peut-être devait-il en parler avec les gars des stups ? Mais comment s'y prendre ? maugréa-t-il. D'ailleurs, s'il connaissait bien Jarnebring, c'était déjà fait. Je me demande ce qu'on va avoir pour déjeuner, préféra-t-il conclure en regardant sa montre.

Jarnebring n'était pas du genre à se mettre martel en tête inutilement. Pour lui, Krassner était une affaire réglée. Il ne restait plus qu'à clore l'enquête et à la ranger dans les archives. Il avait l'intention de le faire dès que Hultman lui aurait appris ce qu'avaient trouvé ses collègues américains sur la personne de Krassner. Il était déjà persuadé que cela ne changerait pas grand-chose. Suicide, se répéta-t-il, après quoi il consacra la matinée à des questions pratiques et l'après-midi à l'entraînement. Quant à ce qu'il faisait après le travail, cela ne regardait que lui.

Bonnes nouvelles, se dit Wiijnbladh. Si Radio-Cancan disait la vérité, c'était le chef par intérim de la Brigade criminelle nationale, le commissaire Lars Martin Johansson, qui avait rédigé le rapport sur les collègues qui n'avaient pas vu ces deux cadavres dans le puits d'ascenseur. Il a l'habitude de passer sur le corps des autres, il ne risque donc guère de négliger cet amateur d'Olsson quand il s'agira de faire tomber des têtes. Olsson n'était certes pas sur le lieu du crime, ce jour-là, il était ailleurs, mais cela ne faisait que souligner à quel point il négligeait ses devoirs. N'était-il pas le patron de l'équipe de la police scientifique dans laquelle travaillaient les collègues en question ? Ce poste aurait dû lui revenir… mais il n'était pas trop tard. Il suffisait qu'il se mette en frais un peu plus que nécessaire pour fêter le soixantième anniversaire du patron de la brigade, puisque c'était lui qui recueillait les fonds et organisait le dîner.

Le lundi matin, Bäckström avait repris le poste dont il était titulaire à la Brigade des agressions et il apportait un cas à peu près réglé de violences conjugales. Normalement, il ne se serait pas sali les mains avec une histoire aussi minable mais les choses étaient ainsi faites, maintenant, que ses chefs avaient cédé à la pression politique d'une bande de bas-bleus et de cinglées de gauchistes et avaient mis sur pied une section spéciale d'enquête pour les violences sur les femmes, à laquelle tous les pédés plus ou moins avoués avaient demandé à être affectés, bien entendu. Violences sur les femmes ? s'indigna Bäckström. Une bande de poivrotes qui n'avaient besoin que d'une chose et ne demandaient que ça : se faire tanner la couenne de temps en temps. Le problème, c'était le cas actuel : un gros tas de graisse, avec des miches comme des citrouilles, et son soûlard de mari qui était encore en taule. Bäckström avait fait ce qu'il fallait pour ça.

Il avait d'abord pensé jouer les Sigge Fürst[1] et demander tout bonnement à son chef de clore l'enquête lui-même. D'une part elle était à peu près terminée, d'autre part aucun nouveau meurtre ne le réclamait. Rien qu'un tas de vieilles affaires non réglées dans lesquelles aucun être humain normalement constitué n'aurait la force de mettre le nez, mais le problème était plus compliqué que cela. Le supérieur de Bäckström était un vieil idiot de deux mètres de haut et pesant cent trente kilos qui se mettait en boule pour un rien. Lorsque Bäckström le vit, le lundi matin, il avait une gueule de bois carabinée et seul un candidat au suicide très déterminé aurait osé lui poser la question. Bäckström décida donc d'adopter un profil bas et de ne souffler mot de cette histoire. Tout ce dont il avait besoin, c'était d'une ou deux auditions complémentaires de la pauvre victime. Il avait déjà la moitié de la bite dans sa chatte, il l'avait compris à sa voix quand il lui avait parlé au téléphone, et, dans le pire des cas, il pouvait toujours changer la date du procès-verbal.

---

1. Nom d'un célèbre acteur suédois qui incarnait le policier bon enfant. *(N.d.T.)*

Jarnebring n'était pas celui qu'il paraissait être, remarqua Oredsson et, après avoir parlé avec ses camarades plus âgés, il avait compris pourquoi. De toute évidence, c'était un vieux copain et collègue de Johansson, ce traître qui était passé chef de la criminelle nationale. Dommage, pensa Oredsson. Si on voulait s'attaquer pour de bon aux truands, il était important que des types comme Jarnebring soient du bon côté de la barricade.

En rentrant chez lui, Stridh alluma la télévision pour regarder le journal télévisé du soir. Mais il n'y avait que les salades habituelles et il éteignit. Ça ne finirait jamais, et sa seule consolation était qu'il ne tarderait pas à être de nouveau en congé.

Jeudi 28 novembre

Hultman n'était pas du genre à laisser traîner les choses, se réjouit Jarnebring, et les collègues américains non plus. En allant chercher son courrier, après la prière du matin, il trouva un fax de l'ambassade des États-Unis. Celui-ci contenait un procès-verbal d'audition dressé par la police d'Albany, État de New York, quelques brèves lignes officielles de l'attaché juridique ainsi qu'une lettre manuscrite de Hultman résumant l'essentiel : plus de dix ans auparavant, Krassner avait tenté de mettre fin à ses jours en sautant du balcon de la maison dans laquelle il logeait. La police locale avait déterré une vieille enquête sur cette affaire. On avait également entendu sa petite amie de l'époque et, en bref, elle confirmait les soupçons que Jarnebring avait nourris dès le début : Krassner était un individu pour le moins compliqué. Il avait déjà tenté de se suicider, et de la même façon.

En tant que tentative de suicide, la première n'avait pas été très réussie : Krassner s'en était tiré avec une commotion cérébrale et une jambe cassée. Tu t'es amélioré, cette fois, se dit Jarnebring en décidant de clore l'enquête dès qu'il aurait le rapport définitif du médecin légiste. Suicide, se répéta-t-il une fois de plus, et le plus simple était d'oublier ce fichu bout de papier qui portait le nom de son meilleur ami. Peut-être aussi cette stupide chaussure à talon creux. La clé de coffre-fort, il pouvait l'avoir trouvée ailleurs et il suffisait de l'ajouter au reste dans le procès-verbal. Je n'ai pas l'intention d'écrire un roman d'espionnage, songea-t-il, alors c'est aussi bien que ça reste entre Lars Martin et moi.

Perplexe, Johansson sentait la moutarde lui monter au nez. Il avait d'abord tenté de mettre un peu d'ordre dans ses idées en veillant à être très occupé. Avant l'heure du déjeuner, il avait réussi à faire le ménage, de façon rapide et efficace, dans toutes les vieilles rancœurs et autres bagatelles qui ne méritaient que de sombrer dans un oubli définitif. Après le repas, il s'était plongé dans une vieille proposition de réorganisation des activités de la Brigade criminelle nationale dont l'auteur lui-même ne se souciait plus depuis longtemps… Puis il appela Jarnebring au téléphone.

— Bon, répondit celui-ci. Viens, on va parler de ça.

Jarnebring avait mentionné le message de l'ambassade mais celui-ci n'avait pas semblé produire une grosse impression sur son meilleur ami. Pas plus que le fait qu'il ait décidé de ne rien dire, dans son rapport d'enquête, de ce satané morceau de papier ni de la chaussure à talon creux. Johansson paraissait n'avoir même pas entendu cela.

— Bon, lâcha Jarnebring avec un soupçon de résignation dans la voix, en quoi je peux t'être utile ?

— Tu m'as dit que tu avais une photo de Krassner. Je pourrais te l'emprunter ?

— Qui as-tu l'intention d'interroger ?

— Je n'ai pas l'intention d'interroger qui que ce soit. Mais je n'arrête pas de penser à ce truc et ça me rend dingue.

— Tu vas trop vite en besogne. Tu vas te planter. Mais bon. Rien d'autre que je puisse faire pour toi ?

— La lettre qu'il a écrite. Je pourrais l'emprunter aussi ?

— Je pensais faire figurer l'original dans le dossier, mais s'il te suffit d'une copie, d'accord.

— Ça m'ira très bien.

Jarnebring acquiesça avec un petit sourire et sans doute avait-il le don de double vue, car tant la photo de Krassner que la photocopie de sa lettre étaient déjà glissées dans la pochette en plastique qu'il tendit à Johansson.

— Rien d'autre ? demanda-t-il en se calant dans son fauteuil, les mains jointes derrière la nuque.

— Non, pourquoi ?

— Tu m'inquiètes, Lars. Non pas parce que tu t'excites inutilement à propos de ce cinglé, tu as toujours été de nature à te biler pour rien. Mais parce que tu m'as l'air un peu rouillé. Qu'est-ce que tu penses de ça ?

Jarnebring sortit une nouvelle pochette du tiroir de son bureau et la donna à Johansson. Elle contenait une dizaine de photos d'hommes de l'âge de Krassner et lui ressemblant passablement.

Johansson sourit à contrecœur.

— Je n'avais pas l'intention d'entendre qui que ce soit. C'est toi qui es chargé de cette enquête.

— Non, bien sûr, soupira Jarnebring. Mais suppose que tu changes d'avis, malgré tout. Ce serait dommage si celui à qui tu vas causer n'a pas le choix entre plusieurs clichés. Tu t'inquiètes pour rien, répéta-t-il. Ah, j'oubliais : les photos, je te demande de me les rendre.

— Naturellement. Mais je pense à autre chose. Le ruban de la machine à écrire, tu l'as toujours ?

— C'est une de ces cassettes en plastique pour machines à écrire portatives de marque Panasonic. Elle a uniquement servi à rédiger la lettre dont tu as copie. J'ai moi-même vérifié la concordance entre les deux et je peux t'assurer, Lars, que chacune des frappes qui sont restées sur le ruban de la cassette et chaque rature effectuée à l'aide du correcteur se retrouvent sur le papier.

Jarnebring regarda son interlocuteur d'un air d'expectative.

— J'ai appris une chose très tôt, poursuivit-il comme s'il réfléchissait à voix haute. Dès avant qu'on se connaisse.

D'un signe de tête, Johansson l'encouragea à continuer.

— S'il faut vraiment que tu fasses quelque chose qui prend du temps, veille à ce que ce soit fait comme il faut, parce que, sinon, autant laisser tomber. J'ai passé plus d'une heure à vérifier la concordance entre cette lettre, le ruban et le correcteur.

— Seulement ! s'écria Johansson, admiratif.

— Oui. Mais il faut dire, aussi, que le vieux Rosengren m'a donné un coup de main.

Une fois descendu dans le garage et assis dans sa voiture, Johansson sortit de son porte-documents la pochette contenant la lettre et la photo de Krassner. Au revers du cliché, Jarnebring avait accroché, à l'aide d'un trombone, ce petit morceau de papier si contrariant. Malgré le plastique, Johansson vit aussitôt qu'il s'agissait de l'original.

Bon, se dit-il.

Vendredi 29 novembre

Ça va barder pour mon matricule, s'inquiéta Bäckström lorsque la secrétaire du patron de la brigade l'appela sur le téléphone interne pour lui faire savoir que celui-ci voulait le voir immédiatement. Cette grosse salope, se dit-il. Elle m'a poignardé dans le dos et qu'est-ce que je vais pouvoir inventer, maintenant ?

La veille, il avait rendez-vous à six heures du soir chez cette victime de violences conjugales qui habitait Karlavägen. Une brève audition, quelques propos qui faisaient chaud au cœur pour la mettre en condition, et ensuite : à la casserole. On va s'envoyer en l'air pour un voyage comme tu n'en as encore jamais fait, se délectait-il à l'avance.

Or, une fois sur place, personne n'était venu ouvrir à son coup de sonnette. Il avait insisté et fini par entrebâiller la boîte aux lettres pour voir s'il n'était pas arrivé quelque chose. Tout ce qui s'était produit, c'était que le voisin avait passé sa sale trogne par la porte de son appartement et lui avait demandé s'il pouvait faire quelque chose pour lui. Un vieux chauve, maigre et mal luné, avait pensé Bäckström en se demandant s'il allait lui fourrer sa carte de police sous le nez ou simplement lui dire d'aller se faire voir. Puis, avant qu'il ait pu faire l'un ou l'autre, le vieux lui avait crié de ficher le camp de là, sans quoi il appellerait la police. Comme il n'avait pas envie de discuter le bout de gras sur ce palier avec ces petits nazis de la Sécurité publique – pour une raison ou pour une autre, il avait pensé à cet imbécile d'Oredsson –, il avait battu en retraite sur des positions préparées à l'avance, à savoir un bistrot chinois non loin de là, où il s'était installé au bar pour mieux réfléchir. Le « bal », avait-il ricané intérieurement en imitant la prononciation défectueuse des Chinois.

« Une glande bièle », avait-il commandé à l'Asiatique qui tenait le bar, mais celui-ci n'avait pas le sens de l'humour et n'avait même pas souri.

Après un ou deux demis de plus, il était sorti afin de rôder un peu autour de la maison de la femme. La lumière était éteinte à toutes les fenêtres.

Il avait donc cherché un autre bar, bu quelques bières de plus et fini par lui téléphoner depuis une cabine. Personne n'avait répondu. Après plusieurs sonneries, le répondeur s'était mis en marche et Bäckström avait raccroché.

Ensuite, les choses s'étaient enchaînées. Nouveau bar, nouvelles bières, nouvelle tentative au téléphone et, soudain, il s'était retrouvé devant sa boîte habituelle de Kungsgatan. Il avait d'abord jeté un coup d'œil prudent par la devanture. Elle était presque vide et il n'y avait guère que cette sale pute d'aide-soignante qu'il avait baisée l'été précédent. Elle était là, main dans la main avec un de ces débiles de vigiles. Il avait pourtant décidé d'entrer.

— C'est complet, lui avait annoncé le gorille qui montait la garde à l'entrée.

— Comment ça, complet ?

— C'est toujours complet, avait insisté le gorille. Je crois d'ailleurs que t'as assez bu comme ça.

Si tu me redis ça encore une fois, je te tue, avait pensé Bäckström. Il avait cependant tourné les talons pour rentrer chez lui. Il s'était versé les dernières gouttes d'une bouteille qu'il avait achetée lorsqu'il avait reçu sa paie et avait appelé à nouveau la femme. Cette fois, il avait laissé un message sur le répondeur. Qu'est-ce que j'ai pu lui dire, déjà ? se demanda-t-il en franchissant le seuil du bureau du chef de la brigade.

Celui-ci s'appelait Lindberg. Quelques années plus tôt, il avait succédé à l'une des figures légendaires de la police stockholmoise. Comme tout le monde en avait plus qu'assez de ces personnages historiques, certains des doyens de la brigade s'étaient concertés avec le syndicat pour que l'on nomme Lindberg à son poste, l'avantage, avec lui, étant qu'il n'avait aucune idée sur rien. C'était un petit gros, incapable, selon Bäckström, et qui donnait toujours raison à celui qui parlait en dernier.

Le problème était le chef de ce chef, déjà installé dans le fauteuil du visiteur et apparemment au bord de l'apoplexie. Il s'appelait Fylking et, d'après le registre du personnel, avait rang de commissaire. Mais son nom prêtait à un jeu de mots avec « poivrot » et tout le monde avait adopté ce surnom, plus simple et plus pratique à mémoriser. Bäckström s'était contenté de le saluer de la tête en le voyant et avait pris place sur une chaise, près de la porte, pour être plus proche de l'issue de secours en cas de malheur. Tiens, t'es pas encore mort d'une cirrhose, pensa-t-il seulement.

— Vous vouliez me parler, chef ? demanda-t-il.

— Oui, acquiesça Lindberg. C'est à propos de cette femme de Karlavägen, Mme Östergren, qui a subi des violences conjugales. Son avocat m'a appelé et…

— Tu n'es plus à la criminelle ? coupa son chef.

— Je ne comprends pas, bafouilla Bäckström.

— Réponds, lança Poivrot. Tu croyais que tu allais pouvoir te la faire, cette salope de la haute, hein ? Celle qui a essayé de faire coffrer son mari.

— Bon, tenta d'intercéder Lindberg, il ne faut pas se fâcher à cause de cette… enfin, de cette plaignante. On sait qu'elles sont parfois embêtantes, dans ces cas-là. Tu le sais, toi en particulier, Fylking, ajouta-t-il en lorgnant vers le visiteur installé dans le fauteuil.

Et toi, bon sang ? pensa celui auquel s'adressait la remarque. Tu n'as jamais éclairci la moindre affaire.

— Espèce d'obsédé sexuel, dit-il à la place, avec un regard mauvais à Bäckström.

Heureusement qu'on n'est pas né de la dernière pluie, se félicita Bäckström une demi-heure plus tard, une fois rentré dans son bureau. Il ne s'était pas trompé. Cette sale pute s'était servie de lui et avait tenté de le poignarder dans le dos, mais elle avait commis une erreur. Elle avait eu beau faire, ça ne marchait pas avec les vieux pros de son espèce. Apparemment, elle avait remis la cassette de son répondeur à son avocat, qui l'avait donnée à son tour à Lindberg, et son poivrot de chef à lui avait insisté pour qu'ils l'écoutent, alors que Lindberg et lui avaient déjà convenu que ces débiles de la Brigade des violences sur les femmes allaient se charger de l'affaire.

Mais c'est là où tu t'es foutu le doigt dans l'œil, pensa-t-il, car il avait eu un trait de génie.

Ils avaient d'abord écouté la bande du répondeur et le message était peut-être un peu bizarre, comme toujours quand on est inquiet et qu'on appelle au milieu de la nuit. Mais Bäckström ne s'était pas démonté.

— Je ne vois pas le problème, avait-il dit. C'est elle qui a insisté pour que je vienne l'entendre chez elle, parce qu'elle n'avait pas la force d'aller jusqu'au commissariat. Alors, quand j'ai vu qu'elle n'ouvrait pas, je me suis inquiété, évidemment.

— Et tu l'as appelée au téléphone ? avait demandé Poivrot d'une voix douce.

— Oui. Je n'avais pas de raison de faire autre chose, même si j'ai redouté le pire, un moment

— À une heure et demie du matin ?

— Il doit y avoir une erreur. C'était beaucoup plus tôt que ça.

L'heure est pas enregistrée, sur ces bandes-là, avait-il pensé.

— Tu es tellement ivre qu'on distingue à peine ce que tu racontes, l'avait coupé Poivrot.

— Ivre ! s'était exclamé Bäckström. J'étais à jeun, mais je me lavais les dents. J'allais juste me coucher. Il était un peu plus de dix heures, je crois. J'étais en train de me laver les dents, je vous dis, c'est pour ça que je parle pas très distinctement.

Génial.

— Ah bon, avait dit Lindberg en levant les mains comme les pasteurs pentecôtistes. Eh bien, je crois que l'affaire est réglée.

On peut penser ce qu'on veut de Bäckström, se dit le commissaire Fylking, mais c'est un malin. Un flemmard et un nul. Et un chaud lapin, apparemment, même s'il était difficile de comprendre comment il en était capable, vu sa propension à lever le coude. Tiens, au fait, je m'en jetterais bien un derrière la cravate, songea-t-il en lorgnant le dossier de format A4, sur l'étagère, dans lequel il avait dissimulé la bouteille qu'il gardait dans son bureau. Il regarda sa montre. Non, pas avant midi. En outre, il avait oublié d'acheter des pastilles pour la gorge. Je me demande où il est allé chercher cette histoire de brossage de dents.

Comment se fait-il que Fylking soit surnommé Poivrot ? s'étonna Bäckström. Simple : c'est facile à se rappeler. Comment supprimer un type comme Poivrot ? À supposer que je l'invite à dîner, que j'achète un peu de hareng de la Baltique et des boulettes de viande pour la frime, et surtout beaucoup d'eau-de-vie. Une caisse entière et trois ou quatre palettes de bière forte. Je lui en verse jusqu'à plus soif – c'est le cas de le dire – et je l'aide à avaler les derniers petits verres. Non, ça n'est pas assez sûr et puis ça reviendrait vachement cher.

De plus, c'était vendredi et il était grand temps de vaquer à ses missions habituelles en dehors du service officiel.

Vindeln est norrlandais, se dit Johansson, il possède un chien depuis longtemps et il est abstème. Il se lève donc de bonne heure. Il consulta sa montre et décida d'aller lui parler avant de se rendre au travail. Mais pourquoi est-ce que je fais ça ? se demanda-t-il soudain, dans un accès de découragement, alors qu'il attendait le taxi dans la rue.

En tout cas, il ne s'était pas trompé, estima-t-il une fois assis dans le salon de Vindeln, une tasse de café devant lui. De vieux meubles sombres démodés, de gros tapis de prix sur le sol, une pendule au-dessus du canapé et le tout d'une propreté à manger par terre. Il avait déjà noté, aussi, le grand portrait sur le buffet, près de la fenêtre. Dans un cadre en argent décoré.

— C'est Kalle, soupira Vindeln. Il avait treize ans.

— J'aime bien les bergers du Jämtland, moi aussi, mentit Johansson.

Son père et ses frères avaient toujours eu une autre race, plus courte sur pattes, et il n'avait jamais rien trouvé à y objecter.

— Tu es chasseur, toi aussi, je suppose ?

— Oui, répondit Johansson en forçant sur son accent.

— Chez toi, là-haut, dit Vindeln, plus sur le ton de l'affirmation que de l'interrogation.

— Oui, j'ai encore mes parents, même si mon père commence à se faire vieux.

— Ça a bien marché pour toi, commenta Vindeln en regardant du coin de l'œil la carte de visite que Johansson avait posée devant lui sur la table. Commissaire principal, c'est pas de la pisse de chat, ça.

— Oui, ça n'a pas mal marché.

— Moi, j'ai filé un mauvais coton pendant un certain temps.

— Ta santé ? demanda Johansson, tout en sachant fort bien de quoi il retournait.

— L'alcool, avoua Vindeln. Le pire des maux qu'on puisse connaître sur cette terre. J'ai réussi à me sortir des griffes du Malin et y en a d'autres que moi qui peuvent te jurer que c'était à la dernière minute.

Vindeln prit un gâteau sur le plat et lui sourit soudain.

— C'est bien qu'on réussisse dans la vie, nous autres, les gars du Norrland. Ça a pas été facile, pour sûr, mais combien on est à faire partie du gouvernement, maintenant, hein ? Des Stockholmois, des Scaniens et autres, y en a treize à la douzaine, mais des Norrlandais ? C'est quand les temps se font durs qu'on pense à nous, ah ça, oui.

C'est vrai, se dit Johansson. Mais qu'est-ce que je fais ici, au juste ?

Il lui avait montré les photos. Celle de Krassner mais aussi les neuf autres que lui avait remises Jarnebring. Vindeln s'était contenté de secouer la tête en désignant les clichés.

— Il était méconnaissable. J'habite le secteur depuis que je suis arrivé à Stockholm, mais je connais pas un seul de ces types. Lequel est-ce ?

— Lui, dit Johansson en désignant la photo de Krassner.

— Jamais vu. Il a fait quelque chose ? Je veux dire : en plus d'avoir tué Kalle ?

— Pas que je sache.

— J'ai entendu dire qu'il était américain. C'est tes collègues qui sont venus ce week-end qui m'ont appris ça. Un grand type, un vrai pin du Norrland, avec un autre plus petit qu'avait l'air d'un P-DG. Mais ils étaient sympas, tous les deux, j'ai pas à me plaindre d'eux.

Manquerait plus que ça, pensa Johansson.

— Je pense à une chose, lança Vindeln alors qu'ils étaient dans l'entrée en train de prendre congé.

— Oui, quoi ?

— J'ai parlé à ma voisine, Mme Carlander, une dame très bien, elle est veuve, mais faut dire qu'elle a bientôt quatre-vingts ans…

— Et alors ?

— Je lui ai dit que c'était un Américain.

— Ah bon.

— Oui, parce qu'elle les a vus quand ils étaient en train de discuter, à l'endroit où il a eu son accident. Tes collègues, je veux dire… Elle avait appris ce qui est arrivé à Kalle, c'est pour ça qu'on en a parlé et alors je lui ai dit qu'ils m'avaient dit que c'était un Américain.

Ma parole, mais il s'est remis à boire, pensa Johansson, qui fut aussitôt pris de scrupules à cette idée.

— Aucune importance. Ce n'est pas un secret. Au revoir et merci pour le café et les gâteaux.

— C'est de bon cœur, répondit Vindeln, qui suivit du regard son visiteur en train de descendre l'escalier. Je crois qu'elle a parlé à un Américain, à la poste, un jour, ajouta-t-il en direction du dos de Johansson.

— Pardon ? lâcha celui-ci en se retournant.

— C'est lui, confirma Mme Carlander en montrant la photo de Krassner. J'ai compris aussitôt qu'il était américain en l'entendant parler, mais il avait un accent new-yorkais assez distingué. Mon mari a été chef des ventes chez SKF, aux États-Unis, et on y a vécu assez longtemps, expliqua-t-elle.

— Racontez-moi ça.

Mme Carlander pensait que c'était plus d'un mois auparavant. Elle n'était pas très sûre du jour mais, à la fin de chaque mois, elle prenait les factures qu'elle avait à payer et se rendait à la poste avec, alors c'était sans doute à ce moment-là. Et puis, c'était quand la pension de réversion de son mari était créditée sur son compte, elle n'avait donc pas besoin de se soucier de procéder à un virement depuis son compte en banque.

Je n'en doute pas, se dit Johansson en regardant autour de lui l'appartement meublé avec goût. Elle n'a pas à se plaindre, Mme Carlander.

— Je pourrais signer un ordre de virement postal, mais je m'y perds un peu dans toutes ces nouveautés alors je trouve que c'est plus sûr d'aller à la poste, comme ça on peut se renseigner en cas de besoin. Et ils sont très gentils, là-bas, surtout le receveur, une femme adorable.

Johansson ne contesta pas.

— Où se trouve-t-il, ce bureau de poste ?

— Oh, c'est notre bureau à nous, c'est ce qu'on dit, nous les vieux du quartier. Le petit bureau de Körsbärsvägen. Juste au coin, avant le foyer d'étudiants, mais de l'autre côté de la rue, bien entendu. Comme c'est pas loin, on peut y aller à pied.

Johansson avait vaguement le souvenir d'être passé devant, un jour ou l'autre.

— Bien sûr, ils vont le fermer.

On sentait dans sa voix la peine que lui causait la marche inexorable du temps.

— Ah bon ?

— Mais oui. On a fait une pétition, tous les habitants du quartier. Ils ne peuvent quand même pas nous priver de tous les services de proximité, ces politiciens.

Oh si, pensa Johansson in petto.

— C'est sûrement le matin. Que j'y suis allée, je veux dire. Y a pas beaucoup de monde, le matin, et on aime pas trop faire la queue, nous autres.

— Bien entendu. Qui aime ça, d'ailleurs ?

— C'est pour ça que je m'en souviens. J'étais vraiment en colère contre lui.

Environ un mois auparavant, le matin où Mme Carlander s'était rendue à la poste de Körsbärsvägen, le bureau était à peu près vide quand elle était entrée. Il n'y avait qu'un seul client. Il parlait en anglais avec l'employée, au seul guichet ouvert.

— J'ai tout de suite entendu qu'il était américain. Mon mari et moi, on a vécu là-bas pendant presque dix ans. SKF avait ses bureaux à Manhattan, à l'époque, et nous habitions à moins d'une heure plus au nord, près de l'Hudson, dans une petite localité qui s'appelait Montrose. Gerhard faisait le trajet matin et soir, et moi j'élevais les enfants. Ils sont grands, maintenant, et ils ont des enfants eux-mêmes.

Johansson l'avait déjà deviné en apercevant les portraits de famille encadrés sur le petit bureau.

— Où est-ce que j'en étais ? demanda soudain Mme Carlander et une lueur passa dans ses yeux gris lorsqu'elle retrouva le fil de ses idées. C'est ça qui était drôle, j'ai soudain reconnu… enfin, la façon de parler, un peu traînante et nonchalante, qu'ont les gens qui habitent à l'intérieur de l'État de New York, je veux dire ceux qui sont un peu distingués ou qui veulent en avoir l'air. Le genre Nouvelle-Angleterre, même si ce n'est pas vraiment de là qu'ils viennent.

— Vous étiez en colère contre lui, je crois ?

— Il voulait envoyer une lettre et l'employée ne parlait pas très bien anglais, alors j'étais un peu en colère contre elle aussi, je crois. Pendant un moment, j'ai pensé m'en mêler et lui proposer mes services comme interprète, mais on ne veut pas s'imposer, n'est-ce pas ?

Non, se dit Johansson en lui faisant signe de continuer. Ce n'est sûrement pas son genre.

— Bref, j'ai fini par me mettre vraiment en colère, parce qu'il n'en finissait pas, et j'ai du mal à rester debout très longtemps. Mais, juste au moment où j'allais dire quelque chose, le receveur est venu se charger de lui. C'est une femme charmante, vous devriez la rencontrer, monsieur le commissaire. Mais c'est curieux qu'on l'appelle receveur. Pourquoi pas receveuse ? On dit bien coiffeuse, habilleuse… Ce n'est pas logique.

Johansson préféra ne pas entrer dans des considérations linguistiques qui le dépassaient.

— Vous souvenez-vous de ce qui n'allait pas, à propos de cette lettre, madame ? préféra-t-il demander.

— Ah, non, pas vraiment. Mais je sais qu'elle a résolu la difficulté, cette gentille dame.

— Vous ne vous rappelez pas son nom ?

— Son nom, son nom ? Son prénom, c'est Pia, ça, j'en suis sûre. Son nom de famille, je le sais pourtant, mais je perds parfois la mémoire, vous savez. L'autre jour, je ne savais même plus le nom du nombril. J'étais au téléphone avec un de mes petits-enfants et je n'arrivais plus à le retrouver. Il a dû penser que sa grand-mère était folle, le pauvre.

— Ce n'est pas grave. Dans la police, on retrouve facilement les noms. Avec le prénom et le lieu de travail.

— Je suis certaine que vous le retrouverez, monsieur le commissaire. Et je peux vous dire qu'elle n'est pas du genre à passer inaperçue des hommes, cette femme.

Bon, ça a assez duré, se dit Johansson avec un sourire à l'adresse de Mme Carlander.

— Eh bien, merci, madame…

— Vous ne voulez pas me dire ce qu'il a fait, monsieur le commissaire ? La drogue ou des vilaines choses comme ça ?

— Non, pas que nous sachions, Il n'est soupçonné de rien.

— Ah bon, dit Mme Carlander, pas très convaincue.

— Non. Nous cherchons seulement à savoir qui il était.

Mme Carlander hocha la tête mais ne parut toujours pas entièrement convaincue.

Elle n'avait pas tort sur un point, Mme Carlander : Pia n'était pas du genre à passer inaperçue des messieurs. Elle avait la poitrine généreuse mais la taille mince, les yeux bleus et les cheveux bruns coupés court. En outre, elle s'appelait Hedin, comme l'explorateur. Ses jambes ne sont pas mal non plus, on dirait, pensa Johansson, mais, comme ils se tenaient chacun d'un côté du guichet, il ne pouvait pas en être absolument sûr.

Johansson avait décliné son identité et lui avait remis sa carte de visite. Il avait aussi noté qu'elle avait été plus surprise, en la voyant, que ses simples nom et titre ne l'auraient justifié.

— En quoi puis-je vous être utile, monsieur le commissaire ? s'enquit-elle avec un sourire très aimable.

Il lui tendit la photo de Krassner.

— Je crois que vous avez parlé à cet homme il y a environ un mois. Il avait besoin d'aide pour envoyer une lettre.

Elle prit la photo et Johansson vit qu'elle reconnaissait immédiatement le visage. Puis elle eut un nouveau sourire et désigna la carte de visite qu'elle avait posée sur le guichet.

— Vous n'auriez pas une carte professionnelle, monsieur le commissaire ? Je ne voudrais pas avoir l'air de faire des difficultés, mais nous avons nos règles, nous aussi.

Allons bon, se dit-il en se demandant combien de cours sur la sécurité administrative elle avait pu suivre. Il lui tendit sa carte de police avec un sourire d'excuse et, à la différence de presque tout le monde, elle l'examina avec attention. Puis elle sourit à nouveau.

— C'est exact. Je le reconnais. C'est lui que j'ai aidé à vous envoyer cette lettre, monsieur le commissaire.

Quoi ! Qu'est-ce qu'elle dit ? sursauta Johansson. Sans doute Pia Hedin était-elle aussi perspicace que lui, car elle lui indiqua de la tête l'intérieur du local.

— Si nous allions nous asseoir chez moi ? proposa-t-elle. Nous serions plus tranquilles pour parler.

C'est vrai qu'elle a de belles jambes, pensa Johansson en la suivant dans son bureau avec un peu de baume au cœur.

Un peu plus d'un mois auparavant, Krassner était venu au bureau de poste de Körsbärsvägen afin d'envoyer une lettre au commissaire Lars Martin Johansson, poste restante, bureau de Stockholm 4, Folkungagatan, quartier de Söder. Pia Hedin reconnut lui avoir apporté son aide, mais ne précisa pas pour quelles raisons.

— C'était une requête un peu étrange. Nous n'avons pas l'habitude de recevoir du courrier en poste restante, ici, et les rares fois où cela arrive, c'est en provenance de l'étranger. Comme vous le savez sûrement, monsieur le commissaire…

— Nous pouvons nous tutoyer, entre fonctionnaires…

— Quand on envoie un courrier en poste restante à l'un de nos bureaux, il y reste un mois, trente jours plus exactement, après quoi on le retourne à l'envoyeur. Si le destinataire n'est pas venu le chercher entre-temps, bien entendu.

Il connaissait mon adresse, se dit Johansson. Alors, pourquoi diable ne m'a-t-il pas écrit chez moi, et non pas à la poste, et, en plus, au bureau que je fréquente régulièrement ?

— Je réfléchis, avoua Johansson avec son sourire le plus charmeur. Mais je n'avais aucune idée que j'avais une lettre qui m'attendait poste restante.

— J'ai compris cela il y a une semaine. Elle nous est en effet revenue.

Enfin, se dit Johansson. La vérité ne va pas tarder à se manifester. Mais procédons par ordre.

— Naturellement, rien ne s'oppose à ce qu'on envoie du courrier poste restante dans la même localité. Mais on ne peut pas dire que ce soit fréquent. Je peux le garantir. Je me souviens de lui avoir proposé d'essayer de trouver ton adresse, pour être sûre qu'elle arrive.

— Qu'est-ce qu'il a dit, alors ?

— Il m'a expliqué que vous aviez convenu de procéder ainsi.

Tiens, tiens, songea-t-il.

— Bien entendu, j'ai été plutôt surprise du titre du destinataire… de ton titre. J'ai trouvé ça passionnant.

— Qu'est-ce que tu as pensé ? questionna Johansson en ajoutant pour lui-même : Quel sourire elle a !

— Eh bien, que c'était un de ces tuyaux qu'on fait parvenir discrètement. Il n'avait pas l'air ivre ni bizarre ou quoi que ce soit. Il a même proposé de me montrer un papier d'identité, mais je lui ai répondu que ce n'était pas nécessaire en pareil cas. J'étais sûre que ce n'était pas de la drogue, car c'était une lettre tout à fait ordinaire, d'une épaisseur normale et ne contenant que du papier, c'était évident au toucher. Ce que j'ai pensé ? Je me suis crue dans un film d'espionnage, un moment, et j'ai trouvé ça passionnant.

Elle a vraiment l'air enchantée, nota Johansson.

— Bon. Pourrais-tu aller la chercher pour que je la voie ?

— Impossible, malheureusement.

Pourquoi ça : impossible ? pensa Johansson.

— Il avait demandé que la lettre lui soit retournée quand elle reviendrait ici. Alors, je l'ai renvoyée à l'adresse qu'il avait indiquée. Pas plus tard qu'hier.

Oh, non ! hurla intérieurement Johansson.

— Pourquoi ?

— Je lui ai expliqué le système de la poste restante : la lettre reviendrait ici un mois après, si elle n'était pas retirée. Alors il m'a dit que, s'il n'était pas venu la chercher au bout d'une semaine, il désirait que je la fasse suivre à son adresse aux États-Unis. Il m'a expliqué qu'il habitait le foyer d'étudiants de l'autre côté de la rue mais qu'il avait l'intention de rentrer chez lui dans un mois à peu près, il ne savait pas le jour exact de son départ. Il ne voulait pas qu'elle reste chez nous et il refusait de la faire suivre au foyer car il n'y logeait que provisoirement. Et, comme nous n'aimons pas avoir un tas de courrier en souffrance, j'ai fait ce qu'il m'avait demandé. Une faveur spéciale, en quelque sorte, ajouta-t-elle avec un petit sourire.

— Où l'as-tu envoyée ?

— À l'adresse qu'il m'avait indiquée aux États-Unis, bien qu'elle m'ait paru un peu bizarre.

— Comment ça ?

— Il était de passage, il logeait au foyer d'étudiants, de l'autre côté de la rue, il serait sans doute rentré chez lui dans un mois, si la lettre nous revenait nous aurions pu la garder une semaine et ensuite la faire suivre à son adresse personnelle s'il n'était pas venu la chercher avant.

— Qu'est-ce qu'il y a de bizarre ?

— Il désirait la faire suivre à quelqu'un d'autre. Une

femme. Je me suis dit qu'il y avait là-dessous quelque chose dont je n'avais pas à me mêler. Mais j'ai gardé un double de l'envoi, avec le nom et l'adresse de cette femme, je peux donc te la montrer, si ça t'est utile.

— Oui, dit Johansson. Volontiers.

« Sarah J. Weissman, 222 Aiken Avenue, Clinton Park, Rensselaer, NY 12144 USA », lut-il.

Qui est-ce ? s'étonna-t-il.

— J'ai vérifié l'adresse. On est un peu curieuses, nous les femmes, tu sais.

Ça se voit à tes yeux, pensa-t-il. Tu trouves ça plus drôle que moi, maugréa-t-il ensuite.

— Et alors ?

— Le code postal est celui de l'adresse, en effet. Mais je n'ai pas vérifié si la destinataire existe vraiment. Je ne sais d'ailleurs pas si c'est possible. Tout le reste est exact, sinon. Rensselaer se trouve un peu au nord de New York.

À l'intérieur de l'État de New York, se dit Johansson. Ça colle, là aussi.

— Vous avez l'air préoccupé, monsieur le commissaire. Il y a quelque chose d'autre que je peux faire ?

Si vraiment les yeux sont le miroir de l'âme, pensa-t-il, je n'ai pas d'inquiétude quant à tes dons. En revanche, je me demande si je peux me fier à ta discrétion.

— Peut-être.

— Voyons un peu, reprit-elle. Il faut parfois essayer d'avoir confiance dans ses semblables.

— Est-ce que tu es du genre à… tenir ta gueule ? demanda Johansson en se disant au même moment qu'il aurait peut-être dû employer une autre expression.

— Oui, assura-t-elle en hochant fermement la tête.

— Bon. En bref, le problème est le suivant. Je n'ai

jamais vu ce Krassner. Je ne savais même pas qu'il existait. Je suis certes, pour l'instant, le patron de la Brigade criminelle nationale (bref moment de bonheur, pensa-t-il) mais Krassner n'est pas l'un de nos informateurs. Si c'était le cas, nous ne traiterions pas l'affaire de cette façon. Ce que j'aimerais que tu m'expliques, c'est pourquoi on écrit poste restante à un membre de la police qu'on n'a jamais rencontré, et sans le lui dire. Les chances qu'il reçoive ce qu'on lui envoie doivent être égales à zéro, en pareil cas.

— Certainement. Mais il y a autre chose que je ne comprends pas.

Johansson lui fit signe de continuer.

— C'est comment tu as eu vent de la chose. Je veux dire : tu viens me trouver ici, mais comment as-tu su ?

Fine mouche, pensa Johansson. Qu'est-ce que je peux répondre sans trop m'avancer ?

— C'est le fait du hasard. Pourquoi m'envoie-t-il une lettre de façon telle qu'il est à peu près certain que je ne la recevrai jamais et même que je n'en serai jamais informé ? remarqua-t-il pour détourner la conversation.

— Le mieux serait de l'interroger, lui, et, s'il est déjà rentré chez lui et que c'est si important, tu peux obtenir l'aide de la police américaine, non ? Vous disposez d'une forme de collaboration internationale. On en a une, nous, à la poste, et parfois ça fonctionne très bien.

Elle sourit à nouveau, enchantée.

Aïe ! se dit-il. Pourvu qu'elle ne me prenne pas pour un idiot.

— Le problème, c'est que je ne peux pas.

Mais ne me demande pas pourquoi, ajouta-t-il pour lui-même.

— C'est toi, ce policier dont on a tellement parlé dans les journaux il y a un mois ?

Johansson se contenta d'opiner du bonnet.

— Il a peut-être entendu parler de toi. Les journaux t'ont tressé des couronnes, et ça n'est pas tellement habituel, s'agissant de la police. Il comprend le suédois ?

— Je ne crois pas, mais je n'en suis pas sûr. Et puis il a parfaitement pu parler à quelqu'un. Je veux dire : à quelqu'un qui comprend le suédois.

Elle réfléchit comme Jarnebring, pensa-t-il, mais la ressemblance s'arrête là.

— Imagine un peu que ce soit ça. Suppose qu'il ait des activités secrètes ou dangereuses et qu'il veuille se procurer une sorte… d'assurance. J'ai déjà lu ça dans des polars. Des gens qui déposent leurs documents secrets chez des amis en qui ils peuvent avoir confiance, des avocats, des journalistes, ou alors dans un coffre à la banque. Pour le cas où il leur arriverait malheur.

Johansson avait eu la même idée cinq minutes auparavant. Il n'y avait qu'un seul hic.

— Oui, mais comment l'aurais-je su ?

— Tu es ici, n'est-ce pas ? Tu l'as donc bien su.

— C'est vrai, reconnut-il. Mais je n'ai toujours pas la moindre idée de ce dont il s'agit.

— Exactement, dit-elle avec un peu plus de fièvre encore. Et c'est précisément ce qu'il voulait. Tant qu'il ne s'est rien passé, tu n'avais pas à savoir. Il n'a pas eu besoin de son assurance. Tu m'as dit toi-même que tu es ici par le fait du hasard.

Johansson sourit.

— Tu n'as jamais envisagé d'entrer dans la police ?

— Non, jamais, répondit-elle en lui rendant son sourire.

— Alors, merci de ton aide.

— Ce n'est pas grand-chose, protesta-t-elle sur un ton qui trahissait à quel point elle était ravie. Faismoi signe, la prochaine fois que tu seras dans l'embarras.

Tentatrice, se dit Johansson, qui se sentit soudain fort misérable.

Quelle salade ! s'impatienta Johansson. Qu'est-ce que ça cache, au juste ? Il s'était d'abord arrêté au commissariat d'Östermalm pour rendre les photos à Jarnebring. Celui-ci ne se trouvait pas dans son bureau, ce qui lui avait évité une perte de temps et des explications. Puis il s'était rendu à son travail et maintenant il était assis derrière son bureau, plongé dans ses pensées : Qu'est-ce que je peux avoir en commun avec le défunt John Krassner et une certaine Sarah Weissman dont on peut espérer qu'elle est toujours en vie, elle ? Des Américains dont tout ce qu'il savait, en gros, c'était que le premier était mort en sautant par la fenêtre de sa chambre d'étudiant. Et que sais-tu de toi-même ? s'interrogea-t-il. À y réfléchir sérieusement… Wiklander, se dit-il aussitôt.

— Pouvez-vous me dénicher Wiklander ? demanda-t-il à sa secrétaire par l'Interphone, alors qu'elle était à moins de cinq mètres de lui, de l'autre côté du mur.

Je n'ai pas envie de courir partout aujourd'hui, ajouta-t-il pour lui-même.

Wiklander était brun et maigre, grand et musclé, et il avait dix ans de moins que Johansson. Il travaillait à la Brigade des recherches de la criminelle nationale, avec beaucoup de compétence. Si jamais quelqu'un avait l'idée – paradoxale en soi – de donner un visage au mutisme, Wiklander était tout indiqué. Il se tenait maintenant là, dans le bureau de Johansson, à flairer comme un chien de chasse juste avant qu'on détache sa laisse.

— Qu'est-ce que je peux faire pour toi, chef ?

— Me trouver un numéro de téléphone et vérifier si l'adresse correspond, expliqua Johansson en tendant un papier portant une indication manuscrite.

— Sarah Weissman. Vérifier l'adresse et trouver son numéro de téléphone. Bien, chef, conclut Wiklander d'une voix qui trahissait une légère déception. Rien d'autre ?

— Si, pour ne pas que tu fasses cette tête-là. Je veux que tu agisses discrètement, sans que personne le sache.

— Tu veux dire : nos chers collègues ? s'enquit Wiklander, qui n'était certes pas un imbécile.

— Exactement. Tous nos collègues, quels qu'ils soient et où qu'ils soient. Et personne d'autre non plus, d'ailleurs.

— Entendu. Si elle a le téléphone, tu auras son numéro.

— Parfait.

Un quart d'heure plus tard, il apportait le numéro en question, inscrit sur le morceau de papier que lui avait remis Johansson.

— Tu as fait vite.

— Pas très, répliqua modestement Wiklander. Voilà son numéro et il correspond à l'adresse.

— Dis-moi un peu comment tu t'y es pris, demanda Johansson, curieux, en désignant sa montre avec un sourire interrogateur.

— J'ai oublié. Je ne sais pas de quoi tu parles, chef.

Le plus simple serait de l'appeler, décida Johansson en fixant le morceau de papier d'un œil morne. Quelle heure est-il ? Bientôt midi ici, ça fait presque six heures là-bas. Ce ne serait peut-être pas un très bon moment. Et, le lendemain, il partait lui-même pour les États-Unis.

Le monde est plein de coïncidences, soupira-t-il.

Johansson n'avait pas téléphoné à Sarah Weissman. En revanche, Jarnebring l'appela chez lui, ce soir-là.

Guilleret, il lui demanda comment avançaient les recherches.

— Combien de gens veux-tu qu'on coffre et as-tu besoin de l'aide d'une patrouille ? gloussa-t-il.

— Pas vraiment. Je suis passé chez Vindeln pour bavarder un peu avec lui, mais ça n'a rien donné.

— Comment ? feignit de s'étonner Jarnebring. Ça n'a rien donné ?

— J'ai pensé qu'il l'avait peut-être déjà rencontré par hasard. Je veux dire : que Vindeln avait peut-être vu Krassner auparavant, étant donné qu'ils vivaient dans le même coin. Une supposition, simplement.

— En d'autres termes : tu as fait chou blanc.

— Exactement : chou blanc.

— Il semblerait que ce bon Krassner n'ait pas eu beaucoup de relations.

— Comment ça ?

— J'ai parlé à l'ambassade, cet après-midi, c'est-à-dire à Hultman. Il semble que Krassner n'avait pas de famille. Hultman était un peu ennuyé, parce qu'il leur faut quelqu'un à qui envoyer ses affaires.

Ça, ce n'est pas mon problème, se dit Johansson.

— Et la seule personne sur laquelle nos collègues de là-bas ont pu mettre la main, c'est une ancienne petite amie à lui. Mais, d'après elle, c'est terminé entre eux depuis dix ans. Selon Hultman.

Une ancienne petite amie, se dit Johansson et, en même temps, la sonnette d'alarme retentit en lui.

— Je ne comprends pas. Hultman aurait parlé à une ancienne petite amie de Krassner ?

— Tu es ivre ou quoi ?

— Non, parfaitement à jeun. Un peu fatigué, peut-être.

— Je vois. Eh bien, nos collègues américains ont tenté de savoir qui était Krassner et ils ont parlé à une de ses anciennes petites amies. J'ai d'ailleurs une copie de son audition. Mais, pour commencer, elle dit qu'il y a une dizaine d'années qu'elle a rompu avec lui…

— Continue, j'écoute.

— Cesse de m'interrompre, alors. Où en étais-je ?

— Sa petite amie a rompu avec lui il y a dix ans.

— Ah oui, reprit Jarnebring avec l'emphase de ceux qui viennent de retrouver le fil de leurs idées. Et ensuite, elle ne semble pas avoir été l'une de ses admiratrices les plus ferventes.

— C'est peut-être pour ça qu'elle a rompu.

— Sûrement, mais on dirait que Krassner ne s'en doutait pas, parce que c'est elle qu'il a indiquée comme étant son plus proche parent. En outre, on a trouvé un testament par lequel il lui lègue tout ce qu'il a, jusqu'au dernier sou. Je ne suis pas en mesure de dire ce que ça représente, mais je suis prêt à parier ma chemise qu'il ne s'agit pas de milliards.

— Elle s'appelle comment ? questionna innocemment Johansson.

— Sarah quelque chose. J'ai ça au bureau.

Sarah J. Weissman, pensa Johansson en se mordant la langue pour se taire.

— Bon. Pour être franc, j'en ai par-dessus la tête, de cette histoire.

— C'est agréable à entendre. Alors…

— Quoi ?

— En fait, je t'appelais pour te souhaiter bon voyage. Prends soin de toi, là-bas.

— Merci. Toi de même.

De plus en plus bizarre, se dit Johansson en raccrochant.

Samedi 30 novembre

Le samedi 30 novembre, tôt le matin, Lars Martin Johansson prit l'avion pour New York, accompagné de deux commissaires de la Brigade criminelle nationale. D'excellents policiers et des types sympas.

Fuck you Krassner and fuck you Weissman, se dit Johansson. Je vais m'accorder un peu de bon temps et peut-être même apprendre des choses qui pourront m'être utiles.

— Je prendrais bien l'apéro, déclara-t-il avec un petit sourire en coin.

— C'est exactement ce que je pensais, répondit son collègue de la Brigade des stups en hochant pensivement la tête.

— Curieux, c'est aussi l'idée qui m'est venue, ajouta celui d'Interpol. La vie est parfois très étrange.

II

En chute libre, comme dans un rêve

Stockholm, années 1970, années 1980

À l'automne 1976, la DST[1] suédoise avait mis en place une structure externe destinée à renforcer le dispositif de sécurité la concernant. Celle-ci avait reçu le nom de « cellule de sûreté intérieure et de protection contre les fuites » et constituait la partie la plus secrète d'une activité en elle-même secrète. On avait alors pris plusieurs mesures pour se mettre à l'abri des regards indiscrets. On avait ainsi créé, comme paravent, une banale firme de conseils en management, avec bureau en ville, sans rien qui puisse permettre de remonter, à partir de là, jusqu'aux registres et fiches de paie, déjà secrets, des services de sécurité.

Les contrats liant cette firme à l'organisation mère qu'elle était chargée de surveiller et de protéger étaient bien entendu entourés de toute la discrétion possible. Ils étaient du ressort exclusif du chef du service opérationnel, qui, en réalité, se trouvait déjà à la

1. Nous employons le sigle convenu en français, étant bien entendu que les structures ne sont pas strictement les mêmes dans les deux pays. *(N.d.T.)*

tête de l'ensemble de la DST. Mais, étant donné le caractère des missions de la cellule, cette solution s'était révélée loin d'être idéale, en particulier parce qu'elle limitait les possibilités de surveillance des différentes branches de l'organisation.

Dès l'année suivante, on avait donc procédé aux premiers changements. On avait instauré une cellule spéciale au sein de la grande cellule, sur la base de laquelle on avait installé un réseau d'informateurs couvrant les différents secteurs d'activité. On espérait en même temps que la plupart de ceux-ci n'auraient pas conscience d'exercer une double fonction, consistant d'une part à effectuer leur propre travail et, d'autre part, à signaler ce qu'ils faisaient eux-mêmes, ainsi que leurs collègues, au moyen de rapports horaires quotidiens et de listes perpétuellement mises à jour concernant non seulement les documents consultés mais aussi leurs contacts internes et externes. Le syndicat maison avait naturellement soulevé des objections mais, comme il n'était que l'ombre d'une véritable organisation professionnelle et n'avait pas la moindre idée de ce dont il s'agissait réellement, ces critiques n'avaient pas pesé lourd.

On avait conservé la cellule externe sous la même forme que précédemment, en gros. Le flot des renseignements n'avait pas tardé à croître fortement mais le prix à payer était le fait qu'un nombre plus important de personnes, au sein de l'organisation mère, avaient désormais connaissance de son existence. Au total, cela illustrait le dilemme classique de toute activité policière de cet ordre. En fin de compte, cela revenait à un puzzle et il n'est sans doute pas nécessaire de préciser que, pour ceux qui devaient jouer à ce jeu, la tâche était d'autant plus aisée s'ils disposaient de l'ensemble des pièces. Sur le plan méthodologique, en revanche, c'était une catastrophe de vouloir tenir à l'abri du regard du plus grand nombre de gens possible à la fois l'activité elle-même et le puzzle terminé. À quelque côté qu'appartiennent les gens en question.

Parmi le petit nombre d'initiés qui étaient au courant de cette activité, on savait aussi que cet édifice était l'idée du sous-directeur Berg. Ce dernier dirigeait le service opérationnel, mais il n'avait jamais soufflé mot de son rôle en la matière et, parmi ses supérieurs, c'était considéré comme bon signe. Berg lui-même était bien placé pour avoir une meilleure appréciation des choses, ayant copié le tout sur la DST allemande – aussi bien dans la conception générale que dans les moindres détails –, car, là-bas, on disposait d'une longue tradition en ce qui concernait cet aspect du travail de police.

Grâce à ses connaissances historiques et à ce qu'il savait sur les services étrangers de renseignements, Berg avait élaboré une stratégie quant à la façon de développer cette nouvelle activité. Son but ultime était un service secret, voire une organisation entière échappant à tout contrôle démocratique, qui surveillerait non seulement la DST elle-même mais aussi les activités dites officielles au sein de la police, de l'armée ainsi que de tout autre organisme ou groupe, public ou privé, dont les activités risquaient de mettre en danger le pouvoir politique. N'était-ce pas cette mission qui, historiquement, était à l'origine des services de renseignements de tous les États du monde ? Contrôle démocratique, se disait Berg. Excellente expression, dans un contexte où il fallait se montrer minutieux quand on évoquait sa mission devant un public souvent ignorant et hostile qui saisissait toutes les occasions de présenter les défenseurs de ladite démocratie comme des ennemis.

À la différence de ses homologues tant à l'Ouest qu'à l'Est, la DST suédoise employait presque exclusivement des policiers. Elle ne disposait d'aucune tradition intellectuelle ou universitaire et Berg était convaincu que c'était là sa force principale. Elle demeurait à l'abri de ces pédés d'Oxford ou de Cambridge, issus de la bonne société, prêts à vendre la nation à l'ennemi pour une partie de jambes en l'air dans un hôtel minable d'un pays tiers, de ces théoriciens incapables de concevoir la moindre idée s'ils ne pouvaient pas l'exposer aussitôt au cours d'un séminaire quelconque devant une poignée de leurs semblables. Une organisation pure, constituée uniquement de policiers, avait-il plaisir à penser.

Au cours des années, on avait enregistré de grands succès, très mérités, à la fois au sein de l'organisation dans son ensemble mais peut-être aussi et surtout à l'intérieur de cette partie d'elle-même qui était l'enfant chéri de Berg et ressemblait chaque jour un peu plus à ce service échappant à tout contrôle démocratique qu'il avait en tête. On avait eu de la chance et de la malchance, gardé le bon et changé le mauvais à son avantage, bref on avait maîtrisé la situation.

On avait d'abord eu la chance de démasquer un espion dans ses propres rangs. Il s'agissait d'un ivrogne qui avait vendu à l'ennemi des informations sur ses fonctions secrètes au sein de la police avec à peu près autant de discrétion qu'un vendeur de légumes sur le marché et à des prix qui n'étaient guère plus élevés. Résultat : prison à vie, éloges médiatiques et petites tapes de félicitations sur l'épaule, de la part de l'homme de la rue et du pouvoir politique.

Puis on avait joué de malchance. Des éléments hostiles d'extrême gauche avaient répandu le bruit que c'étaient en fait les services israéliens qui avaient mis la main sur l'espion suédois. Avec leur habituelle absence de délicatesse, ils l'avaient enlevé à l'aéroport de Beyrouth et l'avaient conduit dans un cul-de-basse-fosse bien choisi où ils avaient braqué un pistolet sur sa tempe en l'invitant à soulager son cœur. Ensuite, après à peine plus d'un jour, ils l'avaient ramené à l'aéroport et mis à bord d'un avion en partance pour Copenhague, en prenant soin d'avertir leurs collègues suédois de l'arrivée du cadeau.

Vrai ou non, cela avait causé certains problèmes. Berg n'était pas homme à évoquer ses activités devant les médias, quelle que fût la pression. Mais le ministre de la Justice, responsable sur le plan politique, avait soulevé la chose lors de leur réunion hebdomadaire et, pour des raisons connues seulement de Berg et de lui, il avait choisi de paraître plus préoccupé que contrarié. N'y avait-il pas des éléments de vérité dans ces allégations pour le moins stupéfiantes ?

Berg avait secoué énergiquement la tête. Pas le moindre, mais, comme souvent en pareil cas, cette vérité était du genre à ne pouvoir être évoquée ni discutée, même en comité très restreint. En fait, c'était la cellule chargée de la sécurité interne qui avait flairé la piste de cet espion et la face externe de cette cellule qui s'était chargée de la partie pratique du travail. Cette activité étant du genre dit « sensible » et devant être protégée à tout prix, Berg avait pris contact avec les Israéliens et mis sur pied l'interpellation, en liaison avec eux. On avait ensuite concocté une histoire à dormir debout sur la façon dont cela s'était passé et divulgué la « nouvelle » auprès des adversaires via les canaux habituels.

— Ils ont avalé ça tout cru et on a fait d'une pierre deux coups, résuma Berg avec un signe de tête amical à l'adresse du ministre interloqué.

Exactement comme toi, même si c'est en sens inverse, ajouta-t-il in petto.

— Tu peux être sûr que ça ne sortira pas de cette pièce, répondit le ministre avec chaleur.

Avoir un espion dans ses propres rangs était certes un bien mais, en même temps, ce n'était pas quelque chose sur quoi on puisse tirer indéfiniment des traites ; à la longue cela risquait de tourner à l'aigre. De plus, c'était inutile. Le renseignement consistait surtout à bonifier les informations que l'on recueillait, à gérer les risques envisageables et à les moduler pour le bien de l'organisation. Ainsi pouvait-on créer les conditions de sa propre croissance.

Ce dont il s'agissait véritablement, c'était de menaces réelles ou supposées, de dangers et de scénarios d'anticipation, de pronostics et de mesures préventives. Il aurait donc fallu être un parfait imbécile pour ne pas comprendre qu'en la matière un dossier bien rédigé, solidement étayé et distribué avec discernement était supérieur à tous les détournements d'avions, attentats à la bombe et assassinats de politiciens, pour obtenir des crédits. Sur ce point, nous avons beaucoup à apprendre des Allemands, estimait Berg, qui avait étudié en détail la façon dont ils avaient géré l'héritage de leurs terroristes nationaux. Nous ne leur arrivons pas à la cheville, poursuivait-il. Au début des années 1980, le moment était donc déjà venu d'une nouvelle réorganisation.

On avait commencé par baptiser « section de protection opérationnelle » la partie de ses activités qui se déroulait au sein de la maison. D'une part, cela sonnait mieux, c'était un peu plus large et flou, et donc un peu plus suédois, bureaucratiquement parlant ; d'autre part, la charge de travail avait augmenté et on avait dû, entre autres choses, constituer une équipe chargée d'examiner et de bonifier la masse d'informations que l'on traitait dans le cadre de l'activité générale. Il fallait faire flèche de tout bois, dans la chasse aux crédits. Berg avait pris soin de le souligner en donnant le coup d'envoi, même s'il ne l'avait pas dit en ces termes.

On avait conservé les opérations extérieures. Celles-ci avaient certes pris des proportions telles qu'on avait dû créer une organisation de plus pour leur servir de couverture, ce qui avait été à l'origine de problèmes de direction et de coordination qu'on avait choisi de résoudre dans le cadre d'une fondation. Mais la stratégie de base, ainsi que la finalité du travail, restait la même.

La cellule particulière ainsi créée, dite « des menaces réelles ou supposées » – Berg y pensait souvent et avec fierté comme à son enfant en matière de marketing –, avait débuté de façon très réussie. On s'était d'abord attaqué à la situation dans les Balkans. Depuis le début des années 1970, les Yougoslaves avaient valu bon nombre de satisfactions à la DST suédoise. Des extrémistes croates avaient abattu l'ambassadeur serbe du pays, puis leurs camarades les avaient tirés de prison en détournant un avion – ce qui avait constitué en fin de compte un excellent prétexte à un accroissement des crédits destinés à lutter contre cette nouvelle forme de terrorisme.

Là n'avaient pas été ses seuls mérites. Le flot de réfugiés yougoslaves n'avait fait qu'augmenter et, parmi eux, les conflits politiques n'étaient pas minces. Il existait aussi bon nombre de délinquants caractérisés qui passaient volontiers la nuit à conspirer dans des salles de réunion enfumées. D'où un nouvel accroissement des crédits destinés aux recherches, à la surveillance et aux écoutes téléphoniques, ainsi qu'aux frais d'interprétation. Ces derniers s'étaient accrus de plus de 2 000 pour cent en moins de cinq ans.

Ensuite la bulle s'était dégonflée et, dans ses moments de déprime, Berg se disait que ces Yougos ne supportaient pas la bonne chaleur des intérieurs suédois. Les actes de terrorisme qu'on avait agités comme un chiffon rouge devant un taureau n'avaient pas eu lieu et, alors que les crédits ne cessaient d'augmenter au fil des années, le camp adverse avait tout simplement refusé de fournir ces horreurs que la DST avait promises aux politiciens. Les clubs de jeu clandestins, les attaques à main armée et un ou deux règlements de comptes sanglants parmi les truands yougoslaves, c'était bel et bon, mais, dans l'optique de Berg, très nettement insuffisant. On avait commencé à renâcler, côté politique, et, parmi les collègues qui se consacraient aux tâches officielles, on entendait dire de plus en plus souvent que les Yougoslaves étaient désormais de leur ressort et que la DST aurait mieux fait de se consacrer à d'autres missions.

La situation, qui n'était déjà guère satisfaisante, menaçait d'empirer et, devant cette perspective, la « cellule d'analyse et de traitement de l'information » – comme il avait choisi d'appeler, dans ses moments les plus solennels, la section sur les menaces réelles ou supposées – avait décidé de s'attaquer pour de bon au problème des Balkans. On avait opéré la synthèse d'un tas de vieilles analyses stratégiques obtenues du service de renseignements militaire suédois et des collègues étrangers ; on envisageait depuis plusieurs années l'effondrement prochain de la République yougoslave et le chaos qui ne manquerait pas d'en résulter à la fois sur place et en Europe. Et il n'avait pas été plus difficile que cela de fabriquer un rapport d'un contenu alarmant pour ceux qui étaient chargés de veiller sur la sécurité de la nation, rapport évidemment classé urgent et « secret défense », avec diffusion limitée au sein du personnel politique. Les crédits supplémentaires étaient arrivés presque par retour du courrier.

Bien entendu, on ne s'était pas arrêté là et on avait aussitôt déterré le problème kurde. La paix et la concorde ne régnaient pas toujours entre les réfugiés kurdes en Europe et, dans le pire des cas, il arrivait qu'on échangeât des coups de feu. Hélas, on se tuait seulement entre compatriotes, ce qui, du point de vue de la DST, était fort regrettable sur le plan économique. Le collègue allemand de Berg connaissait le même problème que lui et, comme les Kurdes ne semblaient pas décidés à se placer eux-mêmes sur le plan politique, on avait décidé d'y remédier.

On avait commencé par accroître la pression exercée sur les informateurs dont on disposait parmi les réfugiés en leur faisant comprendre dans les termes les plus clairs que, s'ils n'étaient pas capables de fournir autre chose que leur salade habituelle à propos d'un projet d'assassinat sur la personne d'un marchand des quatre-saisons un peu trop bavard, ils n'auraient plus qu'à boucler leurs valises et à « rentrer en Turquie ». L'argument avait porté car, en l'espace d'un ou deux mois, on avait obtenu des informations inquiétantes de la part de plusieurs indics, tant en Suède qu'en Allemagne. Il était manifeste que des groupes extrémistes kurdes projetaient des attentats contre des politiciens en vue dans les pays où ils avaient eu la chance de pouvoir se réfugier. Résultat : nouvelle arrivée des crédits. Enfin, songeait Berg, qui avait réussi à prouver qu'il était possible d'utiliser un ancien berger des montagnes des alentours de Diyarbakir comme source de financement.

En se reportant beaucoup plus tard, au début des années 1980, Berg se disait que cela avait été la période la plus heureuse de sa vie. Il avait certes eu du pain sur la planche, mais il s'était bien amusé et les succès avaient été nombreux. Mais ensuite, les ennuis s'étaient accumulés. Il lui avait d'abord fallu faire face à un changement de majorité. Il avait certes très vite compris que les partis bourgeois ne resteraient pas éternellement au pouvoir et, si on avait eu l'idée bizarre de lui poser la question, il aurait répondu que, pour sa part, il n'avait aucune opinion politique. Encore que, s'il avait vraiment eu le choix… eh bien, si.

Les bourgeois avaient été faciles à manipuler, car ils n'avaient pas l'habitude des gens comme lui. Les socialistes étaient plus coriaces, l'expérience le lui avait enseigné. Berg était dans le coup depuis longtemps et six années à attendre leur fromage leur avaient sérieusement creusé l'appétit. Sitôt le résultat des élections connu, il avait fait le ménage dans son carnet d'adresses, emmené ses plus proches collaborateurs dans un endroit sûr et passé trois jours entiers à analyser la situation. Analysé était d'ailleurs peu dire. Ils avaient tout examiné depuis A jusqu'à Z. Ne dit-on pas qu'un homme prévenu en vaut deux ? Alors, plusieurs…

Le nouveau gouvernement avait à peine pris ses fonctions que les services de renseignements militaires avaient procédé à l'offensive qu'on pouvait attendre d'eux, au moyen de leurs contacts au sein de la direction du Parti social-démocrate. Berg était mieux préparé que ses prédécesseurs. La veille de la réunion au cabinet du Premier ministre, il avait fait parvenir la dernière analyse de la situation sur le front du terrorisme et fait en sorte qu'elle soit épicée d'extraits des conclusions du renseignement militaire. En quoi y aurait-il eu contradiction ?

Après la réunion, Berg avait choisi de revenir à pied de Rosenbad[1] à son bureau de Kungsholmen. En marchant sous le soleil d'automne, il se surprit à fredonner quelques notes du chœur de la *Neuvième symphonie* de Beethoven : *Alle Menschen werden Brüder*. Et, en prenant place derrière sa table de travail, il eut

1. L'équivalent de notre hôtel Matignon. *(N.d.T.)*

le plaisir de constater que les papiers qu'il avait demandés au cours du week-end précédent étaient devant lui, sur le haut de la pile.

Il avait d'abord pris connaissance du profil des nouveaux ministres, secrétaires d'État et autres personnels politiques et experts désormais en poste. Une bonne partie de ces derniers figuraient d'ailleurs dans les registres de la DST jusqu'à la veille de ce jour. À juste titre et avec des dossiers gros comme des maisons, nota Berg avec un sourire en coin. Mais le grand nettoyage d'automne avait opéré des miracles et tous les papiers qui risquaient de causer des désagréments inutiles se trouvaient désormais en lieu sûr, hors de ces murs. Dans une semaine, il rencontrerait le comité en charge des questions de renseignement et de sécurité, et on allait parier, parmi ses collaborateurs, quant à savoir qui proposerait de rendre visite aux archives de la DST. Il existait trois possibilités et les chances étaient à peu près égales entre elles.

Parmi les membres du service affectés aux opérations extérieures, on avait procédé à une analyse des personnages politiques importants avec lesquels l'organisation mère allait devoir collaborer. Il s'agissait d'une douzaine de personnes, au total, dont une large majorité était maintenant en fonction à Rosenbad et se répartissait entre le cabinet du Premier ministre, celui de la Justice et celui de la Défense. Tous avaient fait l'objet d'un portrait spécialement conçu à l'intention des services de sécurité, dans lequel l'accent était mis sur leurs points d'intérêt et penchants particuliers en ce qui concernait les questions touchant à la sûreté du pays.

Sur cette base, on avait ensuite dressé une liste de priorités, conçue en fonction du client, des domaines et des questions qu'on pouvait juger susceptibles de flatter les goûts de ces nouveaux consommateurs. Pour l'instant, tous ses analystes étaient occupés à sélectionner les objectifs dont il conviendrait de faire état lorsque, dans une quinzaine de jours – même si, sur ce point, les paris étaient ouverts –, il faudrait déclarer quels étaient les problèmes que l'on considérait depuis longtemps comme étant les plus sérieux.

Pour un vieux renard comme Berg, cette liste n'avait rien d'excitant. Elle comportait tous les articles standard en stock depuis longtemps, tels que le contrôle des personnes occupant des postes sensibles ou la surveillance des partis extrémistes. C'était la même préoccupation dans tous les cas et, au fond, il s'agissait seulement de faire un peu le ménage en déplaçant le centre d'intérêt de quelques degrés afin que tout puisse continuer comme avant. Naturellement, il était évident qu'il faudrait maintenant placer en tête de liste les nazis et les extrémistes de droite, mais cela irritait Berg. Il ne disposait pas de ressources inépuisables et, selon lui, il y avait de meilleurs moyens de dépenser de l'argent que d'avoir à l'œil quelques centaines de morveux égarés et à moitié débiles qui n'étaient pas capables de marcher au pas sans avoir ingurgité une dizaine de bières.

Il se réjouissait pourtant de sa propre contribution à cette liste de priorités. Considérant l'histoire de la DST suédoise, c'était une nouveauté qui, à terme, pouvait s'avérer excellente et le fait que c'était son pauvre type de neveu qui lui eût suggéré cette idée ne la rendait pas moins bonne. Le père de Berg avait été agent en province, bien avant la création de la police nationale. Il avait eu deux fils, tous deux policiers. Pour Berg, les choses avaient bien tourné, et même au-delà de toute espérance, alors que pour son frère aîné c'était le contraire. Lorsque Berg était sorti de l'école de police, il avait commencé sa carrière à la sécurité publique de Stockholm. Il avait mis ses loisirs à profit pour passer le baccalauréat en suivant des cours par correspondance. Puis il avait pris un congé pour étudier le droit à temps plein, en vivant sur ses économies. Il avait obtenu son diplôme en l'espace de trois ans alors qu'il en fallait en général cinq et, quand il avait sollicité un emploi de procureur, on l'avait accueilli à bras ouverts. La plupart de ses nouveaux camarades étaient d'origine aussi modeste que lui. Quand il eut passé dix ans comme procureur, la DST prit contact avec lui. La police était devenue nationale, les services de sécurité avaient été réorganisés et constituaient maintenant une section particulière au sein de la direction de celle-ci. Il fallait changer beaucoup de choses et Berg avait été l'un des premiers à qui on s'était adressé. Dix ans plus tard, il était le grand patron du secteur.

Son frère, lui, s'était marié dès sa sortie de l'école et avait commencé sa carrière dans les mêmes fonctions que lui, également à Stockholm. Il s'était vite retrouvé père de trois enfants et face à de nombreuses difficultés en rapport avec l'argent, l'alcool et sa femme. Celle-ci l'avait alors quitté en emmenant les enfants. Pour sa part, ayant eu la mauvaise idée de conduire une voiture de patrouille alors qu'il était sous l'empire de l'alcool, il avait percuté un kiosque, été mis à l'amende et s'était vu infliger une peine avec sursis. Sur le plan disciplinaire, il avait été suspendu, son traitement avait été réduit et on lui avait offert un poste d'employé de bureau au service des objets trouvés. Il y était resté cinq ans et, l'été où son propre fils prenait ses fonctions d'agent de la sécurité publique dans le centre de Stockholm, il avait emprunté une voiture de service, était allé jusqu'à Vaxholm et, une fois là-bas, avait continué droit devant lui, sur le ponton des vapeurs.

Berg était convaincu que bon sang ne saurait mentir mais, s'agissant de son propre neveu, cette certitude avait été mise à mal en plus d'une occasion. Lors de l'accident de son frère – c'était ainsi qu'on qualifiait l'événement –, il s'était donné du mal pour ramener son jeune neveu dans le droit chemin. Comme la différence d'âge entre eux n'était que de douze ans – et, dans ses moments de solitude, il remerciait le ciel qu'elle n'ait pas été plus grande –, il avait tenté d'être pour lui comme un grand frère. L'histoire avait prouvé que c'était peine perdue.

Ce neveu avait eu des mauvaises notes pendant toute sa scolarité. Il s'était taillé une solide réputation de redoublant dès la première année de l'école élémentaire et les idées qu'il exprimait souvent n'étaient pas de celles qui figuraient sur l'échiquier du Parlement suédois.

Mais il était grand et fort, il avait un grand-père, un père et un oncle qui étaient ou avaient été dans la police, et, lorsqu'il avait demandé à suivre leur exemple, il avait été accueilli à bras ouverts.

Sa carrière s'était déroulée sous les meilleurs auspices et, depuis quelques années, il commandait la patrouille ayant, et de loin, fait l'objet du plus grand nombre de plaintes parmi la police de Stockholm. Sans s'en douter le moins du monde, il possédait un trait qui le rendait à la fois utile et utilisable pour l'organisation.

Berg n'ignorait pas que la grande majorité des policiers votaient pour le parti de droite connu sous le nom de « parti des modérés ». Mais il savait aussi que beaucoup d'entre eux le faisaient faute d'alternative plus radicale et c'était justement ce qui lui ouvrait des perspectives d'action. Il s'agissait donc de commencer par établir la liste des éléments subversifs au sein de la police et, ensuite, d'étendre cela à leurs homologues des forces armées. Ils étaient d'ailleurs nombreux à se fréquenter par-dessus la barrière entre le civil et le militaire, et les voies de pénétration étaient donc faciles à emprunter.

Berg avait rédigé le long document qui avait servi de base au rapport sur les éléments et les mouvements antidémocratiques au sein des institutions chargées d'assurer la sécurité du pays et il avait pris soin de souligner qu'il y avait deux organisations qui, historiquement, s'étaient révélées extraordinairement dangereuses pour le pouvoir politique : à savoir l'armée et ses propres services de sécurité. Il avait conclu en disant que ceci était une question importante mais hélas très négligée, à laquelle on consacrait cependant un intérêt croissant depuis un certain temps. Il fournissait aussi une explication à la situation actuelle : « Le fait que la démocratie suédoise ait été l'une des plus stables en Europe au cours du XXe siècle est sans doute l'une des principales raisons pour lesquelles l'intérêt pour cette question a été si peu marqué au sein des services de sécurité. »

Il avait suffi de douze jours – et non de quinze – pour que Berg et ses collaborateurs soient convoqués au ministère pour rendre compte de leur liste de priorités. En règle générale, ce genre de réunion se tenait à trois : le ministre de la Justice, son conseiller juridique et Berg lui-même. Mais, cette fois-là, une personne de plus se tenait dans la pièce. Une semaine plus tôt, le Premier ministre avait fait savoir à Berg qu'il avait l'intention de charger ses propres services de certaines questions de sécurité et qu'il avait donc décidé que son expert dans ce domaine participerait à ces réunions. Il laissait aussi entendre qu'il comptait que Berg lui indique sans délai s'il avait des objections contre cette décision.

Il y avait près de sept ans qu'on ne s'était pas adressé à Berg de façon aussi autoritaire. Cela avait de faux airs de mise en garde voilée, voire d'avertissement.

Berg savait aussi bien que le Premier ministre et son expert que ce dernier était depuis plusieurs années rangé dans la catégorie des individus présentant des risques en matière de sécurité. Toute la question était de savoir si le Premier ministre et celui dont il s'agissait étaient encore mieux informés que cela et savaient, par exemple, que Berg avait fait supprimer de son dossier différentes informations, afin que l'intéressé ne se doute pas qu'il les connaissait. Il avait ruminé cela la moitié de la nuit, jusqu'à se voir comme dans un miroir reflétant un autre miroir placé derrière lui et multipliant son image à l'infini. Le lendemain, il avait envisagé de convoquer son collaborateur le plus proche, à savoir le commissaire divisionnaire Waltin, à la tête des opérations extérieures, afin de conférer avec lui. Mais le moment n'était pas à la faiblesse et il avait rejeté cette idée. Ne laisse jamais deviner ce que tu penses, attends de voir, se dit Berg. En outre, il ne savait pas s'il pouvait avoir entièrement confiance en Waltin.

Je me fais peut-être du souci pour rien, songea Berg et, à en juger par ce qui avait été dit, leur réunion s'était déroulée dans la bonne entente ; il n'avait rencontré que des objections très marginales de la part de ses supérieurs. Le nouveau ministre de la Justice s'était d'abord étonné que les Kurdes nourrissent des projets subversifs aussi ambitieux, à en croire le tableau que Berg avait brossé de façon « si méritoire », mais il n'était pas si étonné que cela, en fin de compte, car, « pour aborder les choses sur un plan plus personnel », il avait compris depuis longtemps qu'il y avait « quelque chose de louche là-dessous ».

— À propos des Kurdes, précisa-t-il.

Je n'ai pas besoin de m'inquiéter à son sujet, se réjouit Berg.

Le nouveau venu ne s'était guère manifesté. On avait même pu croire, à un moment, qu'il s'était endormi, penché en arrière sur son fauteuil, les yeux fermés, mais, quand Berg avait abordé la question des éléments antidémocratiques en poste dans la police et dans l'armée, il s'était soudain réveillé en entrouvrant ses lourdes paupières.

Berg n'aimait pas son regard, ni l'air qu'il avait. Il paraissait presque s'amuser et Berg avait eu le sentiment désagréable qu'il ne le regardait pas mais l'observait, comme s'il avait été un objet et non un être humain. Puis il s'était soudain mis à rire au point de faire tressauter son gros ventre et il avait hoché la tête avec un grand sourire en direction de Berg, sans bouger les paupières d'un millimètre.

— Écoutez « la raison tonner en son cratère », avait-il cité en secouant une fois de plus son gros ventre. Quand allons-nous avoir le loisir de déguster ce bon cigare ? Je meurs d'impatience.

— D'après mes collaborateurs, nous pourrons vous soumettre une première liste au début de l'année prochaine, répondit Berg.

— Le temps des miracles n'est pas révolu, apparemment, déclara l'expert particulier auprès du Premier ministre, après s'être de nouveau calé dans son fauteuil, paupières baissées et un sourire amusé sur les lèvres.

Le lendemain, il avait rencontré Waltin en lieu sûr. Celui-ci avait apporté les papiers prélevés sur le dossier de l'expert en question et dorénavant conservés en dehors des murs. Berg, de son côté, avait sur lui ce qui restait dans son service. Puis il était monté dans son bureau, en haut de l'immeuble, et avait pris connaissance de l'ensemble des pièces tandis que Waltin tirait sur le bras d'un bandit manchot qui, pour d'obscures raisons, avait été placé dans la salle de réunion, juste en dessous des pieds de Berg. À intervalles réguliers, il percevait un léger bruit métallique à travers le plancher et, en une occasion au moins, il entendit Waltin pousser un cri de joie.

Dans le dossier, trois pièces inquiétèrent Berg et il se reprocha de ne pas en avoir pris connaissance avant la réunion de la veille. Elles remontaient toutes à une vingtaine d'années et avaient trait à l'époque du service militaire de l'expert. D'après le premier de ces documents, il avait été affecté, à sa propre demande, à un régiment de fusiliers très ordinaire, là-haut, dans le Norrland. Mais, un mois plus tard, il avait été muté à l'état-major à Stockholm, sur demande expresse de celui-ci auprès du commandant du régiment. Il y était resté un an, dans un service chargé de mettre au point du « matériel pédagogique non classé secret défense » à l'intention des conscrits et des sous-officiers de l'armée de terre. Lors de sa démobilisation, quinze mois plus tard, il était toujours soldat de deuxième classe.

L'autre document contenait deux tests d'intelligence passés lors de son incorporation. Le premier était celui que doit subir chaque nouvelle recrue et il avait donné des résultats de telle nature qu'il se trouvait rangé dans la catégorie supérieure, comme environ 2 % de chaque classe. Rien d'exceptionnel à cela. Berg, pour sa part, avait été placé dans la catégorie juste en dessous, mais il y avait là quelque chose qui ne cadrait pas avec l'affectation de cet expert dans un régiment banal. On aurait au moins dû lui en proposer une autre.

Il était revenu, une semaine plus tard, subir un autre test. Berg n'était pas très au courant de ce qui concernait les tests psychologiques mais il était capable de lire le suédois. À la dernière page, le psychologue avait ajouté une note manuscrite. « L'intéressé a obtenu les résultats maximum au Stanford

Binet dans sa version élargie. Selon les classements actuellement en vigueur, cela signifie qu'il fait partie d'une proportion de la population totale du pays qui représente environ un centième de mille de ladite population. » Un sur cent mille.

Le troisième document était constitué d'une unique feuille de papier et de l'enveloppe qui la contenait. L'adresse était manuscrite : « Police criminelle de Stockholm, Hôtel de Police, Kungsholmen. » À partir de là, elle avait, en suivant des voies obscures, atterri dans les archives de la DST. L'expéditeur était anonyme mais, à en juger par le contenu et ce qui était dit entre les lignes, il apparaissait que ce dernier avait travaillé comme commandant administratif de la section pédagogique de l'état-major, à Stockholm, où il avait, entre autres, été chargé des permissions des conscrits.

Ce correspondant anonyme écrivait pour signaler un abus manifeste. Dès le premier jour de son affectation, l'un des conscrits avait déposé une permission l'autorisant à s'absenter pendant les deux semaines suivantes. À l'expiration de ce délai, il était revenu en déposer une autre de la même teneur. Le commandant avait trouvé cela si étrange qu'il avait demandé à l'intéressé de patienter, le temps de vérifier l'authenticité du document auprès de l'officier qui l'avait délivré. Il avait alors été « traité de façon extrêmement rude par l'officier en question, qui [lui] avait enjoint, sur un ton arrogant, de ne pas [se] mêler de ce qui ne [le] regardait pas ». À son retour dans son bureau, il avait constaté : « Le conscrit était déjà parti et, comme cet abus manifeste se poursuit depuis près d'un an, je me tourne vers vous pour signaler le fait. La situation sur mon lieu de travail n'est hélas pas de nature à me permettre d'en discuter avec mon supérieur. »

— Qu'est-ce que tu penses de ça ? demanda Berg. Waltin et lui avaient pris place sur le canapé de la salle de réunion et il avait eu le temps de boire une demi-cafetière pendant que son collègue réfléchissait.

— On dirait qu'on a un espion sur les bras, repartit Waltin avec un sourire en coin.

Deux sur trois, pensa Berg en soupirant intérieurement. L'autre était le conseiller juridique du ministre de la Justice, qui participait toujours aux réunions hebdomadaires depuis de nombreuses années, que son supérieur soit bourgeois ou social-démocrate. Il avait aussi une autre casquette en tant que juriste du commandant en chef, avec grade de général de division en poste auprès de l'état-major.

Ce dernier personnage ne faisait pas beaucoup de bruit. Les rares fois où il avait pris la parole, c'était pour répondre à une question et cela avait presque toujours trait à la procédure juridique. Il était à la fois agréable et discret. Un érudit à l'ancienne mode, avait pensé Berg, mais, comme il n'était pas homme à se laisser abuser par une bonne mine et comme le juriste en question était chargé du procès-verbal de leurs réunions, Berg avait fait procéder à un contrôle de routine. Ses hommes avaient passé une semaine entière dans une camionnette glaciale, au cœur d'un hiver très rude, devant la somptueuse maison de l'intéressé dans le faubourg chic de Lidingö, sans obtenir la moindre chose à signaler. Le huitième soir, en revanche, les informations s'étaient mises à pleuvoir dru et, selon le rapport d'enquête que Berg avait trouvé sur son bureau, le lendemain matin, il s'était passé les choses suivantes :

« À 2 h 18, l'objet de la surveillance est sorti sur le balcon de sa chambre, à l'étage supérieur de la maison. Peu après, il s'est, non sans mal, mis au garde-à-vous, a levé un verre de champagne dans sa main droite et lancé un quadruple vivat à Sa Majesté le roi. Il n'était alors vêtu que d'un caleçon court à bandes latérales jaunes, de sa veste d'uniforme portant les insignes de son grade de général de division, ainsi que de la casquette à visière qui l'accompagne. Il a ensuite entonné les premières strophes de l'hymne royal. La porte du balcon s'est alors ouverte de l'intérieur, une femme nue est sortie et a fait rentrer l'objet de la surveillance dans la maison. À notre avis, cette personne du sexe féminin peut être identifiée comme étant son épouse et, en l'occurrence, elle nous a paru particulièrement gaie. Certaines activités semblent s'être ensuite déroulées dans la chambre mais, étant donné que la porte était fermée et les rideaux tirés, leur nature exacte nous a échappé. À 5 h 30, la lumière s'est éteinte dans la chambre. »

Comment peuvent-ils savoir que c'était du champagne ? s'était demandé Berg en plaçant le rapport dans le broyeur à papier.

Avant de se séparer, Waltin et lui convinrent de mettre la pédale douce sur le volant militaire du recensement des éléments antidémocratiques. On ne pouvait se fier au ministre et, deux contre un, c'était un de trop.

— Je crois qu'il vaut mieux adopter un profil bas avant de voir comment ça va tourner, déclara Berg.

— Oui, c'est ce qu'il y a de mieux à faire, jusqu'à ce qu'on sache si c'est du lard ou du cochon, opina Waltin.

Comment quelqu'un d'aussi doué peut-il être socialo ? pensa-t-il.

Les choses s'étaient parfois bien passées et parfois mal, mais Berg était resté en poste. Les choses s'étaient parfois bien passées et parfois mal mais, dans les deux cas, les jours s'étaient ajoutés aux jours, étaient devenus des mois puis des années, et Berg était toujours là. En même temps, il lui semblait que son environnement, à savoir sa mission et les gens chargés de la concrétiser, se refermait autour de lui. Non pas pour le prendre affectueusement dans ses bras, ce qui aurait d'ailleurs été difficile car il préférait une bonne poignée de main à distance respectueuse, mais pour le préparer à quelque chose d'autre. Berg avait alors passé une journée en lieu sûr pour analyser sa situation à fond, avec lui-même comme unique interlocuteur.

Son collaborateur le plus proche était Waltin. Celui-ci avait dix ans de moins que Berg et, les fois où il pensait à son futur successeur – ce qu'il répugnait à faire –, c'était Waltin qu'il voyait devant lui. Ils avaient une histoire commune, des secrets en commun, en certaines occasions ils avaient même échangé des confidences personnelles. De plus, il était le mentor de Waltin. Et, quant à leur mission commune, c'était également à Waltin qu'il avait donné pour tâche d'en protéger le cœur, le point sensible, le plus secret de tout, ce qui ne devait jamais être révélé ni mis en péril : les opérations extérieures.

Rien non plus ne disait qu'il pouvait se fier à Waltin. Tous les contrôles auxquels il avait fait procéder sur sa personne avaient été négatifs, il n'avait noté aucun signe qu'il y eût quelque chose qui ne collait pas. Pourtant, il y avait quelque chose qui n'allait pas. Berg sentait que c'était là, mais il était incapable de mettre le doigt dessus.

Tous les collaborateurs de Berg étaient consciencieux, méticuleux, travailleurs. Ceux qui ne l'étaient pas, il s'en débarrassait ou les affectait à des postes où leurs défauts pouvaient devenir des atouts et servir les intentions de leurs supérieurs. Mais cela ne marchait pas à tous les coups.

Lors de la réunion de la semaine précédente avec ses patrons, il avait consacré la plupart du temps à évoquer les bruits inquiétants qu'avait recueillis la section chargée de la surveillance des Kurdes. Le dernier en date des ministres de la Justice – ressemblant comme deux gouttes d'eau à ses prédécesseurs – avait perturbé cette séance de travail :

— Ce Kudo, qui est-ce ? Ce n'est pas suédois, comme nom. On dirait un étranger, un Africain ?

— Le commissaire Kudo est à la tête de la section de surveillance des Kurdes, expliqua Berg. C'est lui qui a réuni et rédigé le dossier qui retient notre attention.

— Ah bon, alors je comprends, dit l'expert particulier auprès du Premier ministre en soulevant ses paupières d'un millimètre ou à peu près. C'est pour ça qu'il a signé ce rapport.

— Je veux dire : son nom, reprit le ministre, qui ne se laissait pas démonter si facilement. Il n'est pas africain ?

— Il me semble que son père est arrivé ici après la guerre, venant d'Estonie. Je crois que Kudo est un nom estonien.

— J'aurais cru que c'était lui qui l'avait fabriqué de toutes pièces[1], commenta l'expert, les paupières baissées et avec son éternel petit sourire. Supposons, à titre d'hypothèse, ajouta-t-il avec un signe de tête en direction de Berg, que son père se soit prénommé Kurt et sa mère Doris. Cela aurait donné KuDo au lieu d'An-

1. Rappelons que les Suédois sont encouragés à changer de nom et à emprunter des patronymes fabriqués de toutes pièces et tranchant sur ceux en -son, qui prêtent beaucoup trop à homonymie. *(N.d.T.)*

dersson. Encore heureux qu'il ne l'ait pas écrit avec un trait d'union : Ku-Do, précisa-t-il en accentuant les deux syllabes et en regardant le ministre.

— Exactement, dit celui-ci en pouffant de rire. Dans ce cas-là, je l'aurais sûrement pris pour un Japonais. Comme dans « judo », ajouta-t-il en donnant un coup de coude à son conseiller juridique, qui eut un sourire poli mais ne pipa mot.

— Si cela revêt une importance quelconque, je peux m'informer et vous communiquer la réponse, suggéra Berg.

Bougre d'idiot, il ne débite que des bêtises, pensa-t-il.

— Ce serait parfait, acquiesça l'expert avec une chaleur exagérée dans la voix. Je peux encore accepter, à la rigueur, qu'il ne sache ni réfléchir ni écrire, car nous n'avons pas le choix, mais je n'ai pas confiance dans ces gens qui changent de nom.

Qu'est-ce que tu veux dire, au juste ? pensa Berg.

Un message voilé, se dit-il quelques heures plus tard. Il était assis à son bureau et venait de prendre connaissance du dossier de Werner Kudo. Né Werner Andersson, fils de Kurt Andersson et de sa femme Doris, née Svensson.

Quelle négligence de ma part ! pensa-t-il.

Il n'avait pas été facile de recruter des gens pour la section kurde. Trouver des gens consciencieux, méticuleux et travailleurs, et, en même temps, capables de gober les histoires de plus en plus fantaisistes que leur balançaient des indicateurs soumis à des pressions sans cesse croissantes. Werner Kudo s'était avéré l'homme idéal, depuis le jour où il avait confié, sous le sceau du secret, dans la salle où il prenait le café avec l'un des informateurs clandestins de Berg, qu'il y avait des lutins dans la ferme du Småland où il avait grandi. De petits hommes vêtus de bure qui surveillaient de près les gens, les animaux et les bâtiments du foyer de ses parents, avait-il expliqué à son collègue, qui avait hoché la tête pour l'inciter à poursuivre et enregistrait chacune de ses paroles.

C'était aussi Berg qui avait trouvé le partenaire idéal de Kudo. Celui-ci s'appelait Christer Bülling – également un patronyme d'emprunt – et il travaillait à la section de prospective de la police de Solna. C'était le préfet de police de Stockholm qui avait suggéré son nom. Au cours d'un repas, il avait parlé d'un jeune collègue de Solna qu'il avait rencontré au cours d'une réunion et qui avait produit sur lui une impression inoubliable.

« C'est le collègue le plus intelligent que j'aie jamais rencontré parmi la jeune classe. Les autres l'appellent le Prof, c'est dire », avait conclu le préfet, et cela avait piqué la curiosité de Berg.

Entre autres choses, Berg avait appris que la beauté réside essentiellement dans l'œil de celui qui la contemple et, comme il était en même temps persuadé que le préfet de police de Stockholm était le collègue le plus naïf qu'il eût jamais rencontré, il avait pris contact dès le lendemain avec Waltin pour lui demander de rassembler des éléments sur ce Christer Bülling, alias le Prof.

— Pourquoi l'appelle-t-on le Prof ? demanda Berg lorsqu'il rencontra Waltin une semaine plus tard.

— D'après l'un de ses camarades de classe du cours préparatoire, il paraît que c'est dû au fait qu'il était le seul à porter des lunettes. Il avait les oreilles décollées, aussi, et l'air un peu marrant, de façon générale. Je pensais pour ma part que c'était à cause de ses notes, poursuivit Waltin, mais d'après l'un de nos psychologues maison, les enfants ne pratiquent pas l'ironie de la même façon que les adultes.

— Ce n'est donc pas vraiment un as.

— Non, pas vraiment, soupira Waltin. Si tu le désires, je peux te faire passer le résultat de ses tests d'incorporation dans l'armée. D'après le psychologue…

— C'est bon, coupa Berg. Autre chose ?

— Bülling a été très rapidement exempté de service extérieur. Le médecin traitant de l'administration a recommandé de ne plus le laisser aller sur le terrain. Il paraît qu'il souffre d'agoraphobie et qu'il a des difficultés de contact. Il est bloqué presque jusqu'à l'autisme.

— Il ne risque donc pas d'aller jacasser un peu partout.

— Oh non ! En revanche, il adore lire. D'après le toubib, ça fait partie du cas. Il semble que ça contribue à apaiser son angoisse. À la prospective, on est très satisfait de ses services et il est très bien noté.

Je n'en doute pas, se dit tout bas Berg.

— Tu as l'intention de le recruter ? demanda Waltin.

— Pour les Kurdes, en tant qu'enquêteur et analyste. Qu'est-ce que tu en penses ?

Waltin approuva du chef.

— Kudo et Bülling, se délecta-t-il à dire. Le duo idéal. Et perspicaces, avec ça.

Mais Kudo et Bülling étaient en train de causer des difficultés. L'affaire kurde échappait à tout contrôle car ces deux-là se prenaient, ainsi que leur mission, trop au sérieux, jugeait Berg. Ils ignoraient la raison pour laquelle on avait créé la section où ils travaillaient et étaient incapables de la découvrir par eux-mêmes. Lors de la dernière réunion avec le ministre de la Justice, les choses avaient failli mal tourner. Curieusement, c'était aussi le ministre qui avait fait cette découverte déplaisante dans des papiers que Berg aurait dû lire avec plus de soin.

— Je m'interroge sur ces écoutes clandestines, dit le ministre.

— Oui, répondit Berg en le regardant sans broncher.

— Qu'en est-il au juste ? Je ne trouve pas cela dans le texte de la loi. Est-ce que cela figure dans l'une de ces ordonnances secrètes ?

— S'il s'agit d'écoutes téléphoniques, elles sont régies par un…

— Non, coupa le ministre, qui prit pour une fois l'air un peu contrarié. Je ne parle pas des téléphones, ils ne se parlent quand même pas au téléphone dans la même pièce ? Il doit donc s'agir de ces enregistrements auxquels vous procédez en dissimulant des micros dans les murs, les plafonds, les meubles ou je ne sais quoi.

— Je comprends, acquiesça Berg d'une voix hésitante. On peut dire que, sur ce point, la situation juridique n'est pas très claire… N'est-ce pas, Gustav ?

Sous le regard de Berg, le conseiller juridique baissa la tête dans ses papiers et n'eut pas l'air très désireux de clarifier la situation.

— Je crois que Gustav a la réponse, insista Berg. Combien d'entre nous ont eu la chance de tenir entre leurs mains aussi bien les plateaux de la balance de dame Justice que le glaive du pouvoir ? poursuivit-il, mielleux.

— Eh bien, expliqua le conseiller en se raclant la gorge, comme il vient d'être dit, c'est une question extrêmement compliquée que vous soulevez là, monsieur le ministre, et, pour gagner du temps, je propose que nous la traitions après la réunion. Je suis à votre disposition, si vous le désirez et en avez le temps. Mais, pour être bref, poursuivit-il après s'être à nouveau raclé la gorge, je dirais que je suis entièrement d'accord avec vous pour estimer qu'il s'agit là d'un point de droit extrêmement délicat.

Le ministre de la Justice eut l'air aussi heureux que lorsque son institutrice, au cours préparatoire, lui avait donné un bon point au cours de la leçon de calcul.

— Je m'en doutais presque, dit-il, très content de lui. Où en étions-nous, avant que je ne vous interrompe ?

Il a eu de la chance, quand même, songea Berg une fois relativement en sécurité derrière son bureau. L'expert du Premier ministre n'était pas présent. Il avait fait savoir qu'il avait un empêchement. Il avait de plus en plus souvent des empêchements, ces dernières années. Aucune objection, pour Berg.

Le lendemain du jour où il avait été nommé juriste auprès du commandant en chef des forces armées, la secrétaire de celui-ci avait appelé le conseiller au téléphone pour lui demander quand il aurait le temps de passer chez le tailleur.

— Chez le tailleur ? s'était étonné le conseiller.

— Pour faire prendre les mesures de votre uniforme, avait expliqué la secrétaire.

Je ne veux pas d'uniforme, avait pensé le conseiller, sous le coup de la peur, mais, avant d'avoir le temps de le dire, il avait soudain été frappé par l'idée que, si la nation entrait en guerre ou dans un conflit quelconque, il risquait d'être obligé de revêtir l'uniforme. C'était inscrit noir sur blanc dans la loi.

Il n'avait rien osé dire à sa chère femme. Ils s'étaient rencontrés dans une association de juristes libéraux, quelque temps plus tôt, et s'étaient mariés l'année suivante. Avoir un général dans la maison ne figurait sans doute pas en tête des désirs conjugaux de son épouse.

Un soir, après un bon dîner, alors qu'ils étaient assis dans leur salon de musique et s'apprêtaient à écouter un excellent enregistrement de la *Deuxième symphonie* de Mahler, il avait pris son courage à deux mains et lui avait raconté cette affreuse histoire.

— Mon pauvre petit, lui avait-elle dit en lui tapant sur le bras pour le consoler. Il ne faut pas en faire un monde. Monte le passer, pour que je voie de quoi tu as l'air. Je te promets de ne pas éclater de rire.

Elle avait tenu parole. Au lieu de cela, ses yeux s'étaient illuminés d'une curieuse façon et elle l'avait regardé comme jamais auparavant. C'est ainsi que cela avait commencé.

La première fois, ils avaient joué à la guerre. Comme sa belle-mère, à lui, était norvégienne et que sa femme parlait parfaitement la langue de ce pays, la Suède avait eu le droit d'occuper la Norvège. C'était inévitable. Il avait d'abord revêtu l'uniforme entier. Sauf les chaussures, bien entendu, qu'il avait ôtées pour monter sur le lit, et cette satanée casquette qui avait glissé de sa tête à plusieurs reprises, mais le reste, oui. Expérience inoubliable. Ils étaient ensuite sortis sur le balcon pour respirer un peu et, pendant qu'il était là, il en avait profité pour trinquer à la santé de Sa Majesté le roi. Sa femme était malheureusement sortie pour le faire rentrer de force, reprendre les négociations et arrêter les dernières clauses de la paix. Puis les choses avaient continué de la sorte. C'était comme dans un rêve, avait pensé le conseiller. Jusqu'à maintenant. Car il était évident que cet affreux fouineur de Berg était sur leur piste, à sa femme et lui.

— Qu'est-ce qu'on fait ? demanda-t-il en regardant sa femme d'un air triste.

Comme elle est belle ! pensa-t-il. Mais ce qui a un commencement doit aussi avoir une fin, conclut-il.

— Bah. N'en fais pas un monde. Les uniformes, ça se loue.

Je n'avais pas pensé à ça, dut-il admettre in petto.

— J'ai l'intention de jouer les infirmières, lança sa femme avec un éclair de malice dans ses beaux yeux bruns. Comment va mon petit bonhomme ? Il me semble que tu n'étais pas très en forme, ces derniers temps, non ?

Lors de la réunion de la semaine suivante, le conseiller avait demandé l'inscription d'une point particulier à l'ordre du jour, sous la rubrique « questions diverses ». Et, comme c'était la première fois depuis que Berg était de la partie, cela n'avait pas contribué à calmer ses appréhensions. La convocation, rédigée en termes énigmatiques, ne lui fournissait aucun indice et il avait été sur des charbons ardents jusqu'à ce que vienne le moment de la réunion. Sa seule consolation était que l'expert du Premier ministre avait une fois de plus fait savoir qu'il avait un empêchement.

— Eh bien, commença le conseiller en se raclant la gorge, comme je l'ai déjà annoncé à mon supérieur vénéré… (il adressa alors un signe de tête au ministre de la Justice, qui lui répondit de la même façon, tandis que Berg se demandait ce qu'il faisait là), je viens de démissionner de mon poste de juriste auprès du commandant en chef des forces armées. Avec effet immédiat. Mon successeur sera nommé dès la fin de cette semaine.

— C'est bien regrettable, opina Berg.

— J'ai considéré, enchaîna le conseiller sur un ton d'une froideur inattendue, que l'inventaire auquel vous êtes en train de procéder sur les éléments antidémocratiques au sein de la police et de l'armée risquait de me placer dans une situation de conflit d'intérêts. J'ai donc décidé de le résoudre de cette façon.

— C'est peut-être une sage décision, commenta Berg sur un ton aussi neutre que possible.

— Sûrement, dit le conseiller en le regardant. Même en l'absence de preuves concrètes, je préfère prévenir que guérir.

— C'est exactement ce que j'allais dire, coupa le ministre avec une cordialité hypocrite dans la voix. Nous nous sommes tous quelque peu interrogés à ce propos, dans cette maison. Le Premier ministre est d'ailleurs venu me trouver à ce sujet, l'autre jour, après le Conseil des ministres. Où en êtes-vous de votre enquête, Berg ? Cela fait un bon moment qu'elle est en cours.

Qu'est-ce qui se passe ? s'étonna Berg.

— Qu'en est-il de cette maudite revue d'effectifs de nos collègues ? demanda Berg une fois qu'il eut rejoint Waltin, quelques heures plus tard.

— Elle progresse fort bien, dit Waltin. Ou très mal, si l'on veut. Tout dépend de l'angle sous lequel on considère la chose.

— Avons-nous quoi que ce soit de concret ? s'enquit Berg. La meute commence à aboyer, à Rosenbad.

— Des tas.

— Parfait.

[illegible]

lais faire un bon petit [illegible] ? Le seul problème était

III

Entre la nostalgie de l'été et le froid de l'hiver

Quantico, Virginie, au mois de décembre

Dimanche 1er décembre

Johansson s'était endormi à dix heures le samedi soir mais, dans sa tête, il était quatre heures du matin le dimanche. Lorsqu'il se réveilla, il était toujours cette heure-là pour lui, car il se trouvait au centre de formation du FBI à Quantico, dans l'État de Virginie, alors que, manifestement, sa tête était encore chez lui, à Stockholm, le dimanche matin. Et il se sentait en pleine forme, personnellement.

Il faisait noir comme dans un four, au-dehors. Mais la journée promettait d'être belle. Sur le panneau d'affichage de la réception, le bulletin météo local annonçait une journée sans pluie, quelques degrés au-dessus de zéro, et du soleil : ici, on ne laissait rien au hasard parmi ce qui était prévisible. Et si je suivais le conseil de mon grand frère ? pensa Johansson. Ou alors, si j'allais faire un bon petit tour ? Le seul problème était qu'il restait trois heures avant l'aube et que les mesures de sécurité étaient sévères à l'intérieur du périmètre. Il eut un petit sourire en coin en imaginant les titres des journaux : « Un haut responsable de la police suédoise abattu par le FBI au cours de sa promenade matinale. » Pas question, non plus, de petit déjeuner, car la cantine n'ouvrait qu'à sept heures. En outre, il disposait d'une chambre avec douche, à la différence de ses collaborateurs, qui n'étaient pas aussi haut placés que lui et devaient en partager une avec les autres occupants du couloir.

Il avait donc suivi le conseil de son grand frère et était entré dans la cabine en pensant à une femme à laquelle il avait parlé une seule fois dans sa vie et qui se trouvait maintenant à environ sept mille kilomètres au nord-ouest. Je me demande ce qu'elle fait en ce moment, songea-t-il. Car il est peu probable qu'elle soit à son travail, à la poste, un dimanche. Puis il avait regagné son lit et achevé de lire un roman anglais qu'il avait acheté pour le voyage et, lorsque la cantine ouvrit enfin, il fut l'un des premiers à prendre place dans la queue. Grand-frère avait raison, se dit-il en mangeant des œufs brouillés et du bacon accompagnés d'une tranche de pain de seigle. C'est même excellent pour l'appétit.

Pendant la jeunesse de Johansson, son aîné de dix ans avait assuré l'essentiel de son éducation. Il était l'avant-dernier de sept enfants et leurs parents étaient à la tête d'une grande ferme. Ils avaient donc d'autres chats à fouetter que le petit Martin. Cette éducation n'avait certes rien eu de traditionnel et elle aurait eu de quoi effrayer un pédopsychologue, mais Johansson n'avait jamais eu à s'en plaindre. Son grand frère avait toujours fait preuve de gentillesse avec lui. Il avait le premier cessé de l'appeler « petit frère », il lui avait appris à nager à l'âge de cinq ans, l'avait emmené à la chasse peu de temps après et avait rossé ses autres frères, à doses savamment mesurées, quand ils se montraient méchants envers lui. En outre, il l'avait initié aux mystères de la vie d'adulte.

Alors que Lars Martin avait sept ans, son frère lui avait, dans un moment d'intimité, montré ses revues porno. De grosses bonnes femmes à l'énorme poitrine qui n'avaient pas plus de poil entre les jambes que Lars Martin en personne. Il y avait sûrement un truc, avait-il pensé, lui qui avait l'habitude d'aller au sauna.

— Tu peux attendre d'avoir du poil sur la bite pour regarder ça, lui avait annoncé son frère. Mais tu le verras bien toi-même. Je veux dire : quand tu auras du jus, avait-il conclu de façon énigmatique.

Lars Martin s'était contenté de hocher la tête. Que répondre ?

— Je les ai toujours devant moi quand je me branle, avait ajouté son grand frère en mettant une grosse pincée de tabac à chiquer dans sa bouche. Ça facilite les choses, tu sais.

Se branler ? s'était interrogé Lars Martin.

— Ben oui, quoi, avait poursuivi le grand frère. Y a pas de bonnes femmes, ici. C'est pas comme à Kramfors.

Depuis trois mois, il travaillait en tant qu'apprenti bûcheron auprès de la SCA, à Kramfors. Il n'était donc plus seulement son grand frère, il avait vu le vaste monde, aussi.

Qu'est-ce qu'il raconte ? s'était demandé Lars Martin, perturbé. Pas de bonnes femmes ? Y en a plein, ici. Maman, Elna, les sœurs et les tantes. Et la voisine, la Nordlund. Et on pouvait dire tout ce qu'on voulait mais elle était encore plus grosse que les bonnes femmes des revues qu'il venait de regarder.

Ensuite, tout s'était compliqué encore un peu plus.

Son frère l'avait regardé avec gravité et lui avait ébouriffé les cheveux.

— Tu verras ça plus tard. Pas besoin de te branler si y a des bonnes femmes dans le coin. Mais, sinon, fais-toi ton affaire deux ou trois fois par jour.

Kramfors, les bonnes femmes, se branler, se faire son affaire, s'était dit le petit Lars. De quoi est-ce qu'il parle ?

— Parce que, sans ça, tu risques d'avoir des ennuis, avait précisé son frère, avec une mine de grand sérieux.

— Quels ennuis ? avait questionné Lars Martin parce que, ce mot-là, au moins, il le connaissait. Comment ça ?

— Ben oui, quoi. Des ennuis avec ta prostate.

— Ma prostate ? avait répété Lars Martin, ébahi.

— Tu connais le grand-oncle Einar. Ils ont été obligés de l'emmener à l'hôpital en plein milieu de la nuit et de lui enfoncer une estrade[1] entière dans la bite pour qu'il puisse enfin pisser.

Une estrade ? avait pensé Lars Martin, qui en avait vu une à l'école pendant toute l'année. Le grand-oncle était certes grand et fort, mais quand même… Comment était-ce possible ?

— Une estrade ?

— Oui, une estrade comme ils en ont à l'hôpital, avait indiqué le grand frère avec une voix qui trahissait le sérieux de l'affaire. C'est Bergqvist qui me l'a dit quand je suis allé à la chasse avec lui, peu après. Tu te rends compte, hein ? Une estrade, ben merde…

Bergqvist était le médecin du coin, aussi apprécié des patients qu'il appréciait lui-même la boisson, et le

---

1. Le grand frère confond un mot qui veut dire « estrade » avec un autre signifiant « cathéter, sonde ». *(N.d.T.)*

grand frère allait souvent jouer les rabatteurs pour lui à la chasse. La source était donc fiable. Mais quand même : une estrade ! Heureusement, c'était une estrade d'hôpital, mais elle ne pouvait pas être beaucoup plus petite que celle de l'école, puisque le docteur était deux fois plus gros que l'institutrice.

— Alors, n'oublie pas : si y a pas de femmes dans le secteur, branle-toi. Et au moins deux ou trois fois par jour, sans ça t'auras des ennuis, je te garantis, avait conclu le grand frère.

Il se trouvait maintenant dans la Mecque de la police occidentale, tel un pèlerin venu du Grand Nord. Il était d'excellente humeur, en partant au pas de course pour sa promenade matinale, après le petit déjeuner. Mais il n'y avait ni minaret ni muezzin, car cette Mecque-là était située à moins de cent kilomètres au sud de Washington, à l'embouchure du Potomac, enfouie à l'abri des regards indiscrets au milieu des douces collines boisées de Virginie.

Au centre se dressaient une vingtaine de bâtiments en brique et pierre crépie, édifiés dans une sorte de style fonctionnaliste d'après-guerre et reliés entre eux, au niveau du sol, par un réseau de couloirs vitrés. Ils abritaient des bureaux, des laboratoires, des salles de gymnastique, une piscine, une bibliothèque, des salles de classe et de réunion, ainsi qu'un cinéma. Sans oublier un restaurant, une cafétéria et trois grands bâtiments contenant plusieurs centaines de chambres de six à dix mètres carrés, destinées aux conférenciers, aux élèves et aux hôtes de toute nature séjournant pour des durées diverses dans le centre de formation.

On se croirait dans une université américaine, se dit Johansson, qui n'était certes jamais allé dans l'une d'elles mais n'en avait pas moins une idée très arrêtée et, dans l'ensemble, tout à fait exacte de ce à quoi ressemblait un de ces petits établissements de fondation récente. Un vrai campus, comme on les imagine. Mais la ressemblance s'arrêtait là.

À quelques kilomètres de là se trouvait une petite ville, Hogan's Alley, avec son tribunal, son église, son école, sa poste, sa banque, ses magasins, son théâtre et son casino, et le tout avait un caractère en commun : celui d'être bidon. C'était en effet là qu'on se livrait aux exercices d'entraînement et qu'on mettait au point les tactiques policières les plus élaborées, face à des acteurs incarnant des meurtriers, des gangsters, des dealers, des cambrioleurs, des escrocs. Une sorte de Disneyland à l'intention de ceux qui voulaient jouer aux gendarmes et aux voleurs, constata Johansson en mettant le cap sur la campagne avoisinante et ses douces collines boisées.

Elles étaient parsemées d'obstacles, de parcours santé et de pas de tir. L'endroit n'était pas vraiment fait pour les promenades, même au pas de course sous un ciel sans nuages. Il ne tarda pas à le comprendre au spectacle du sol labouré par les marques de chaussures et aux regards vitreux que lui lançaient au passage des joggers épuisés courant dans tous les sens autour de lui. Merde alors, se dit-il. Ils ne sont pas en train de s'entraîner : ils essaient de se tuer. Ce n'est pas une université, peuplée d'enseignants et d'étudiants, c'est un camp militaire destiné à un ordre de chevalerie, avec ses châteaux forts et ses fortifications, ses salles d'escrime et sa piste de tournoi, où on s'entraîne à la guerre sainte.

Lorsqu'il revint de sa promenade matinale, sa bonne humeur s'était donc évaporée et il avait les pieds couverts de boue. En regagnant sa chambre, il s'allongea sur son lit afin de lire. Il avait alors dû s'endormir car, lorsqu'il ouvrit les yeux, il vit que le jour avait baissé, à l'extérieur, et comprit qu'il avait manqué le déjeuner. Je me rattraperai au dîner, dans une heure, se consola-t-il. Après, il s'était installé au pub, avec ses deux collègues de la police criminelle suédoise. Ils avaient pris chacun une bière et bavardé de choses et d'autres. Sur un point, ils étaient d'accord à un degré touchant. Cela leur rappelait un peu trop l'armée, cet endroit. Mais la nourriture était bonne, c'était propre et bien tenu, leurs hôtes étaient chaleureux. Cela ne faisait que renforcer le côté ordre monastique, selon Johansson.

— J'ai été faire un tour à l'extérieur, déclara le commissaire des stups, à la fois drogué d'entraînement et membre d'une confrérie. Ils couraient comme s'ils avaient un chalumeau aux fesses. J'ai été obligé de passer la surmultipliée pour avoir la paix.

— Moi, je me suis contenté d'une bonne petite balade le long de l'artère principale, lâcha Johansson, qui préférait ne pas mentionner ce qu'il avait vu aux alentours.

— Hoover Road, ainsi appelée en mémoire de John Edgar Hoover, patron du FBI pendant près de cinquante ans et fondateur de cet endroit où nous sommes en train de nous régaler d'une bonne bière avant d'aller nous pieuter, précisa le commissaire de la section suédoise d'Interpol en levant son verre.

— Je croyais qu'il avait créé le FBI dans son ensemble, dit Johansson.

— C'est là que vous vous trompez, chef, répliqua l'homme d'Interpol en essuyant la mousse de sa lèvre supérieure. Le Bureau a été fondé dès 1908, c'était à l'origine un simple département du ministère de la Justice. Hoover n'est arrivé qu'en 1924 et n'était que le troisième patron de la boîte. En revanche, c'est lui qui a fondé le centre de formation où nous nous trouvons.

— On en apprend tous les jours, convint Johansson avec un petit sourire, tandis que son collègue des stups se penchait en avant, se raclait la gorge en arborant une mine de conspirateur et faisait un petit geste entendu de la main droite.

— J'ai entendu dire qu'il était à voile et à vapeur.

— Très intéressant, opina l'homme d'Interpol. Au cœur des événements, chef du FBI, macho comme on n'en fait plus, profondément conservateur, croyant, membre de la droite américaine la plus bigote, traquant sans trêve le moindre écart de conduite un tant soit peu libéral, pour ne pas parler de ce qui est de gauche, mais ça ne l'a pas empêché de vivre en concubinage avec un autre agent du FBI. Ils logeaient sous le même toit et, officiellement, l'autre était son chauffeur, son ordonnance et son garde du corps, mais tous ceux qui étaient un peu au parfum savaient ce qu'il en était. Et que le plus gradé des deux se mettait en robe dans les grandes occasions.

— Y en a, je vous jure ! lâcha l'homme des stups.

— Espérons qu'ils s'aimaient, commenta Johansson sur un ton neutre en levant son verre.

Lundi 2 décembre – vendredi 6 décembre

Les journées avaient passé vite. Planifiées à l'avance, quadrillées depuis longtemps au moyen d'un emploi du temps prévu à la minute près, dont le contenu était strictement conforme au programme. Trois repas par jour, une demi-heure pour le petit déjeuner, une heure pour le déjeuner et une heure et demie pour le dîner. Après cela, une bière au pub, comme activité sociale « libre » prenant fin à dix heures. Réunions plénières ou en groupe restreint, conférences, séminaires, et une heure par jour, figurant elle aussi dans l'emploi du temps, réservée à l'entraînement.

Tous les membres du personnel de l'endroit, aussi bien les jeunes recrues que les agents spéciaux, les instructeurs et les grands patrons, avaient l'air d'avoir été clonés sur le modèle d'une sorte d'agent type dont la formule était conservée, dans le plus grand secret, au siège de la direction, à Washington. Taille moyenne, cheveux coupés court, le dos très droit et le regard braqué sur l'interlocuteur, larges épaules et taille fine, grosses cuisses et mollets de même. Et presque toujours des pieds imposants et de petites mains adipeuses.

Les bruits, les voix, les uniformes. Le bruit sourd des pistolets à silencieux en provenance du pas de tir, les détonations sèches des fusils des tireurs d'élite et les quintes de toux des armes automatiques. Des hurlements dans Hogan's Alley, preuve qu'un exercice de libération d'otages était en train de s'y dérouler. Des recrues en colonnes par deux dont les rangers frappaient le sol en rythme, des voix qui s'élevaient en chœur sur le trajet d'un exercice à un autre mais dont les propos étaient impossibles à distinguer, des casquettes de base-ball bleues, des vestes de ronds-de-cuir bleues, des pantalons pendant sur les hanches et dont les jambes étaient enfoncées dans la tige des rangers. *Yes, Sir, good morning, Sir, no, Sir, good evening, Sir*.

Le mercredi avait été la journée la plus agréable. Le matin, deux heures avaient été réservées à l'entraînement et Johansson avait échangé ses promenades quotidiennes, qui se limitaient désormais à l'artère centrale, contre une visite à la piscine. La veille, il avait acheté un maillot de bain, orné comme le reste de l'emblème du FBI, dans la boutique de souvenirs du centre. Il avait hésité un moment devant une casquette de base-ball bleue décorée de la même façon et avait fini par en faire aussi l'acquisition. Au cas où.

Une fois à la piscine, il était tombé sur le *special agent* Backstroem, dont les origines suédoises avaient fait l'hôte tout désigné de la délégation scandinave mais qui semblait avoir été fabriqué au siège central, comme les autres.

— *Sir*, dit Backstroem, rentrant le ventre, bombant la poitrine et le regardant fixement dans les yeux. Vous avez l'intention de vous baigner, *Sir* ?

Non, pensa Johansson, qui n'avait fait connaissance de Backstroem que depuis trois jours mais le haïssait déjà avec l'ardeur dont est capable un Norrlandais. En fait, je voulais aller à un concert des Vikings et c'est pourquoi je me suis rendu à la piscine du centre de formation du FBI, à soixante-dix kilomètres au sud de Washington, simplement revêtu d'un maillot de bain.

Il opina du chef comme le péquenaud qu'il était.

— Oui, approuva-t-il, je me suis dit que j'allais profiter de l'occasion, puisque le hasard m'a amené ici.

— *Very good, Sir*, obtempéra Backstroem sans pouvoir s'empêcher de lorgner du coin de l'œil le matériel de sauvetage accroché au mur.

— Je vous serais reconnaissant si vous pouviez me chronométrer.

— *Yes, Sir, very good, Sir*. Combien de longueurs, *Sir* ?

— Cinquante, dit Johansson en se laissant glisser dans l'eau de façon aussi contrôlée qu'un phoque du haut de son rocher.

Au bout de quarante longueurs, Backstroem devint comme fou. Il courait le long du bord de la piscine en agitant les bras, montrant son chronomètre et levant un nombre variable de doigts. Lorsque Johansson se hissa hors du bassin en se passant la main sur sa tête pour en chasser l'eau, Backstroem était au bord de l'apoplexie.

— *Sir*, vous êtes un nageur extraordinaire, *Sir*, dit-il en tapant sur son chronomètre avec l'index.

Johansson le gratifia d'un sourire et d'un signe de tête.

— Si on veut. Il y a longtemps que je ne pratique plus régulièrement. Où est la douche ?

Backstroem lui montra le chemin, le corps penché en avant, d'un large geste de la main. Pourvu qu'il ne soit pas tombé amoureux de moi, se dit Johansson.

La conférence d'après déjeuner n'avait pas été mal non plus. Johansson était au petit nombre de ceux qui avaient été sélectionnés pour prendre connaissance des toutes dernières découvertes de la partie « intellectuelle » de la lutte perpétuelle contre la criminalité. Il allait apprendre comment on dessine le profil psychologique des auteurs inconnus de violences caractérisées. Le conférencier était un instructeur de l'unité récemment mise sur pied auprès du FBI pour l'étude du comportement et, même s'il avait vingt ans de plus que l'agent Backstroem, il était clair qu'il avait été fabriqué au même endroit. Une demi-heure avait été prévue pour la discussion, après la conférence.

Pas plus compliqué que ça, se dit Johansson. D'après ce qu'il avait retenu de la conférence, tous les meurtriers en série pouvaient être rangés en six catégories. Ou bien ils étaient asociaux et se moquaient éperdument de ce qu'on faisait et pensait autour d'eux. Ou alors ils étaient antisociaux et détestaient leur entourage, quoi qu'il fasse ou pense. Et dans les deux cas, quand il s'agissait de passer à l'acte, ils pouvaient être organisés en bande ou non, ou encore les deux à la fois. Trois fois deux, ça fait six, il avait appris cela dès le cours préparatoire.

Qu'est-ce que c'est ? s'était-il également demandé en voyant les horribles images que le conférencier leur montrait, à l'aide de son projecteur, avec l'enthousiasme à la fois paisible et pathologique qui, manifestement, était le signe distinctif des experts en matière de profil psychologique.

Ah oui, c'est un ver luisant qui est allé frapper chez son voisin, lequel vient d'acheter un canari jaune. Or il déteste les possesseurs de canaris jaunes, ce ver luisant. Il les déteste tous. Alors, quand le voisin a ouvert la porte, il lui donné un grand coup de clé à molette sur la tête. Puis il l'a tiré dans le hall et lui a asséné un ou deux autres coups pour plus de sûreté. Cela l'a tellement excité qu'il a eu envie de chier sur le tapis du voisin et, une fois le pantalon remonté, il avait déjà oublié ce qu'il avait voulu dire. Il a même oublié de relâcher le petit oiseau. Après ça, il est sorti en marchant dans la mare de sang et il est rentré chez lui. Et là, il s'est installé devant la télé pour se goinfrer de bonbons.

— Eh bien, messieurs, dit le conférencier en prenant l'air important des ignares qui ont la chance d'avoir la solution marquée devant eux, dans le manuel, qu'est-ce que vous pensez de ça ? Qui veut suggérer une réponse ?

Ça m'a tout l'air d'un antisocial agissant en bande, pensa Johansson mais, avant qu'il ait eu le temps de lever la main, son collègue de criminelle danoise avait déjà répondu : un vieux birbe plus amer que la moyenne, qui, malgré ses trente ans de service, s'obstinait à dénicher ceux qu'il cherchait. En plus de cela, il parlait étonnamment bien anglais.

— C'est le voisin le coupable.

Le conférencier eut l'air ébranlé. Il se mit aussitôt à débiter tout un baratin, à parler de mère célibataire, de père absent, de placement en famille d'accueil, d'énurésie infantile, d'école buissonnière et de cas répétés de cruauté envers les animaux, mais cela ne masqua que partiellement sa défaite.

— Tu l'as bien eu, dit Johansson à son collègue danois après la fin de la conférence et d'une discussion extrêmement stimulante, alors qu'ils se préparaient à la pause obligatoire prévue au programme.

— N'est-ce pas ? dit le Danois. Je les déteste, tous ces intellos.

— Il y a trois règles à observer, dit Johansson avec un sourire.

— Ah, lesquelles ?

— Il faut que tu te fasses une opinion, que tu ne compliques pas inutilement les choses et que tu détestes le hasard.

— Tu es un bon garçon, Johansson, répondit le vieux Danois dans sa langue nationale, avec une chaleur inattendue dans la voix et en passant le bras autour des épaules de son collègue. Et si on se tapait une bonne bière, maintenant ?

Le jeudi, il appela Jarnebring à Stockholm. D'une part pour savoir s'il s'était passé quelque chose. D'autre part pour obtenir l'adresse de Krassner. Il ne savait pas vraiment pourquoi mais, comme il avait fait le déplacement, il pouvait en profiter pour aller voir cela de près. Et peut-être parler à un voisin ou à un autre, éventuellement. Prêter l'oreille. La coller contre le rail, comme on fait pour savoir si un train arrive. Il avait déjà l'adresse de l'ancienne petite amie de Krassner, il l'avait notée dans son carnet avant de partir, sans y attacher vraiment d'importance.

— Comment va ? demanda Jarnebring. Tu passes ton temps à boire de la bière et à flirter, ou tu bosses, aussi ?

Après le badinage initial d'usage, Johansson en vint au fait.

— Et l'affaire Krassner, où en est-elle ? s'enquit-il innocemment, en passant.

— Tu ne lâches jamais le morceau, toi, dit Jarnebring. Je l'ai classé hier, ce salaud-là : suicide.

— Tu n'aurais pas son adresse, par hasard ? Je veux dire ici, en Amérique.

— Qu'est-ce que tu veux en faire ? Aller déposer une gerbe sur sa tombe ?

— Non. Mais je me disais que, puisque j'ai fait le voyage…

— Tu pourrais en profiter pour aller voir où il perchait, causer un brin avec les voisins, laisser traîner tes oreilles…

— C'est à peu près ça.

— Bien sûr. Mais ne fais pas de bêtises, tu veux ? Je l'ai ici. Tu as de quoi écrire ?

— Vas-y.

— Le vendredi après-midi, alors que Johansson et ses deux camarades de voyage étaient dans l'avion de

New York, et s'étaient fait servir chacun un petit whisky en compensation de cette lavasse de bière américaine qu'ils avaient bue pendant la semaine, son collègue des stups éclata soudain de rire.

— Qu'est-ce que tu as ? demanda Johansson.

— Je repensais au colloque précédent auquel j'ai assisté. Quand les stups ont tenu un congrès sur le ferry de Finlande.

— Et alors ?

— Eh bien, on ne peut pas prétendre que c'était tout à fait comme cette fois ! répondit l'autre en se remettant à rire.

— Je vois ce que tu veux dire, conclut Johansson avec un hochement de tête.

IV

En chute libre, comme dans un rêve

Stockholm à l'automne

Cet automne-là n'avait guère été propice à la cueillette des champignons, se disait Berg en repensant à celui qui avait précédé les événements. Sa femme et lui possédaient une petite ferme près de la côte, au nord-est de Stockholm, et en général ils y ramassaient pas mal de champignons après l'été. C'était agréable de se promener en forêt avec ses pensées pendant que sa femme fouillait les buissons. Et cela mettait un peu de beurre dans les épinards, pour utiliser une comparaison un peu osée. Il était certes à la tête de son service et gagnait plus que presque tous ses collègues dans la corporation, mais les petits ruisseaux font les grandes rivières.

Cela n'avait hélas pas été le cas cet automne-là, car ses patrons du monde politique s'étaient montrés très pressants et l'expert du Premier ministre s'était de nouveau mis à assister aux réunions. Si vraiment il était aussi intelligent qu'on le disait, Berg aurait pu concevoir pour lui de nombreuses autres façons d'utiliser les dons de Notre-Seigneur. Il ne faisait même plus preuve d'ironie, se contentant de remarques perfides, et l'interprétation de ses propos mobilisait l'ensemble des capacités analytiques de Berg. Mais, après beaucoup de souffrances et de tourments, le premier rapport sur « les mouvements et éléments antidémocratiques au sein des services officiels de police de Stockholm » était enfin prêt.

À la fin, Berg avait dû intervenir personnellement pour mettre un peu d'ordre à la fois dans le contenu et dans la forme, quoique ses collaborateurs eussent fait de leur mieux et qu'il eût affecté certains de ses meilleurs subordonnés à ce travail. Des gens qui auraient certes été plus utiles ailleurs. Malheureusement, c'était lui-même qui avait délimité le champ de l'enquête et avait donné son titre au rapport ; il devait avoir à le regretter au cours de diverses réunions, cet automne-là, et, à un certain moment, il n'avait pas été loin d'être acculé dans un coin où il aurait pu perdre le contrôle de la situation.

Naturellement, son pauvre type de neveu figurait dans le dossier, c'était inévitable ; mais, une fois le travail terminé, il avait dû constater que ce seul fait avait autant sollicité son énergie psychique que l'ensemble du rapport. Devait-il citer les noms des collègues faisant l'objet de cette enquête, quand il rendrait compte du travail à ceux qui l'avaient commandé ? Bien sûr que non, c'était contraire à toutes les règles établies et pouvait entraîner des risques considérables. Cela allait-il donner cours à des bruits plus ou moins fondés ? Probablement. Se verrait-il poser des questions à ce sujet ? Sans doute pas. Cela pourrait-il être utilisé contre lui, quoi qu'il fît ou eût fait ? Très certainement.

Le rapport n'était pas très long. En comptant les annexes, il comprenait une bonne centaine de pages et, quant à son contenu humain, il incluait un nombre analogue de personnes ayant pour trait commun de travailler à la sécurité publique dans le centre de Stockholm. Ils avaient tous, soit en groupe, soit individuellement, exprimé des idées extrémistes de droite, voire franchement nazies. La façon dont ils l'avaient fait variait aussi beaucoup. Certains avaient proféré ouvertement, dès que l'occasion s'en présentait, des propos péjoratifs, voire haineux, à l'égard de leurs collègues féminins, des immigrés, de ce qu'on qualifiait couramment de gibier de potence, des sociaux-démocrates et de la gauche en général. C'est-à-dire à peu près tout le monde sauf eux-mêmes. Il y en avait aussi qui s'étaient conduits de façon peu convenable en public. Qui portaient par exemple la croix gammée au dos du revers de leur veste, qui faisaient le salut hitlérien au bistrot, qui trinquaient à la santé d'Adolf Hitler en ajoutant qu'il faudrait descendre le Premier ministre ou faire de la chair à saucisse de tous les immigrés.

Il y avait même un noyau qui était organisé de diverses façons et tenait des réunions régulières tout en faisant preuve de beaucoup de prudence et de discrétion envers le monde extérieur. C'était naturellement parmi ceux-là que Berg avait trouvé trace de son propre neveu, une silhouette de premier plan à tous égards. « L'agent B semble jouer un rôle prépondérant sous ce rapport. Il convient cependant de noter que son supérieur direct n'a que du bien à dire de lui et le cite comme l'un des meilleurs éléments de son district, se faisant remarquer par sa conduite et son jugement. »

Ces gens-là tenaient leurs réunions dans des locaux qu'ils louaient pour la circonstance mais aussi dans les commissariats ; ils se livraient à des exercices en commun et autres activités de loisir en plein air, dînaient ensemble « entre hommes » et sur invitation, écoutaient des conférences sur l'excellence du régime sud-africain, sur la pensée politique de Hitler, sur la raison pour laquelle les lauréats du prix Nobel étaient nègres et sur le fait que toute la presse était vendue à la gauche. On jouait des marches militaires allemandes et, avant, après et pendant le repas, on faisait le salut hitlérien. « Il convient cependant de noter que, lors de ces réunions, la consommation d'alcool reste modérée », avait tenu à préciser l'informateur de Berg dans l'un des rapports d'enquête qu'il avait établis.

Remise du rapport dans le salon bleu, au sixième étage de Rosenbad. Au-dehors luisait un pâle soleil de septembre et c'était maintenant que les choses désagréables allaient commencer, se dit Berg.

— Si j'ai bien compté, annonça l'expert du Premier ministre en observant Berg avec son perpétuel petit sourire déplaisant, ce qui n'est pas toujours facile pour celui qui s'intéresse aux mathématiques (là, petit ricanement que Berg se contenta d'enregistrer d'un hochement de tête), le nombre des personnes concernées se monte à cent cinq ou cent quinze, qui semblent avoir en commun… disons un certain faible pour… le brun et le noir en matière politique, termina-t-il en dégustant ses propres paroles.

Nouveau hochement de tête de la part de Berg. Où veut-il en venir ? se demanda-t-il.

— Quel est l'effectif total de la base de ton enquête ?

— Entre douze et quinze cents. Je regrette de ne pas pouvoir fournir un chiffre plus précis.

Alors, tu vas te livrer au petit jeu des pourcentages ? pensa Berg.

— Moi, j'ai obtenu des plus hautes autorités de la police de Stockholm le chiffre de neuf cent soixante-dix. Ce qui donnerait une proportion de onze à douze pour cent. Si j'ai bien calculé de tête.

Ne fais pas le malin, pesta Berg in petto.

— Cela me paraît correct, mais l'effectif de référence me semble un peu faible. Je suis à peu près certain qu'ils sont nettement plus de mille.

— S'ils sont quinze cents, comme vous le dites, cela nous ferait une proportion de sept à huit pour cent. Ce serait presque une consolation, ajouta-t-il avec un ricanement.

— Sept pour cent est déjà trop, concéda Berg.

— Ce chiffre de neuf cent soixante-dix, je l'ai obtenu du préfet de police de Stockholm mais, selon vous, il aurait sous-estimé ses effectifs de plus de cinquante pour cent ?

Le flic le plus naïf de Suède et le seul à voter pour les socialos, à en croire ce qu'il dit lui-même, alors c'est possible qu'il ait commis cette erreur, songea Berg.

— C'est sans doute moi qui suis mal informé, concéda-t-il. De toute façon, c'est déjà trop.

— Cette centaine que vous nous signalez, dit l'expert avec l'air de penser à voix haute, est-ce que c'est la partie émergée de l'iceberg ou pensez-vous avoir eu la chance de détecter l'effectif au complet ?

— Il faut toujours compter sur le fait qu'un certain nombre puissent nous échapper.

— Cela voudrait donc dire qu'un certain nombre auraient ces idées-là tout en adoptant un comportement normal sur le plan humain, c'est-à-dire en s'abstenant de crier *Heil Hitler*, de chanter des chants nazis et de porter la casquette à tête de mort…

— Le risque existe, c'est exact. Malheureusement.

— Le genre de ceux qui se contentent d'être d'accord sans le dire, de noter leur personnel d'une certaine façon et pas d'une autre et qui font en sorte, au moyen de mesures purement administratives, qu'aucune femme ne soit affectée à des postes en contact avec le public et qu'aucun immigré ne soit admis à l'école de police. Si on se contente de cela, on ne figure pas dans votre enquête, n'est-ce pas ?

En effet, pensa Berg. Comment pourrait-il en être autrement ? Mais il se garda de le dire.

— C'est exact, admit-il en se mordant aussitôt la langue.

— Exact ? répéta l'expert, qui eut l'air de déguster une friandise. Alors, j'ai l'impression que la méthode laisse quelque peu à désirer.

Tire-toi de ce mauvais pas, se dit Berg. Retourne-lui l'argument.

— J'interprète cette réponse comme signifiant que vous avez réfléchi à la chose. Avez-vous des propositions concrètes à me faire ?

— Tout dépend de ce qu'on entend par propositions. Mais, qu'ils soient cinq ou quinze pour cent, il est clair qu'il faut trouver un moyen de nous en débarrasser. De préférence immédiatement ou alors dans les meilleurs délais. Ce dont nous parlons, c'est de la police suédoise, pas des SS, des SA ou de la Gestapo – même pas de la Hestapo, comme il a été de bon ton de le dire, à un certain moment, en jouant sur les mots[1].

Il est vraiment naïf, se dit Berg. Quelqu'un comme lui devrait quand même savoir que le syndicat n'accepterait jamais ça.

— Je crains hélas que cela n'aille à l'encontre de la législation sur la sécurité de l'emploi et des intérêts des organismes professionnels. Pour ne citer que certains obstacles parmi d'autres.

Par la suite, les choses ne s'étaient pas arrangées. On avait débordé de près de deux heures sur l'horaire

1. En utilisant les mots « police suédoise secrète » on peut très facilement parvenir à ce sigle. *(N.d.T.)*

prévu. Et impossible de trouver un prétexte pour filer à l'anglaise. D'autant que c'était peut-être précisément ce qu'ils espéraient.

— Je pensais surtout à votre remarquable note sur les services de sécurité et sur l'armée, qui les présente comme la principale menace contre la démocratie, dit l'expert. Non pas sur ceux qui se baladent en uniforme et sur lesquels porte l'enquête. Ce ne sont pas les agents de la sécurité publique qui m'empêchent de dormir.

Il pensait tout haut, à nouveau.

— Moi non plus, coupa le ministre, enchanté pour la première fois depuis une demi-heure. Plus depuis que j'ai cessé de conduire, ajouta-t-il avec un petit rire.

— En effet, convint poliment Berg. Eh bien ? ajouta-t-il à l'adresse de son tortionnaire particulier.

— Vos propres collaborateurs, les qualifieriez-vous de plus ou de moins fiables que ceux que vous venez d'évoquer à notre intention ?

— C'est évidemment une tout autre catégorie, insista Berg. Un comportement, des opinions ou des points de vue de ce genre-là ne seraient jamais tolérés parmi nous.

On regagne enfin la terre ferme, pensa-t-il.

— Les agents des services de renseignements sont donc plus intelligents que les policiers ordinaires, explicita l'expert. Plus surveillés, moins bavards, bref, parfaitement normaux dans leur comportement extérieur. Mais surtout moins bavards, n'est-ce pas ?

— En effet, acquiesça Berg, sentant fort bien vers où on se dirigeait.

Heureusement qu'ils sont moins bavards, se dit-il en lui-même.

— J'en conclus que si l'on fait le salut hitlérien lors de l'entretien d'embauche, on n'est pas pris dans les services de renseignements. Pas facile à étudier, un groupe pareil.

— Qu'est-ce que vous voulez dire ? demanda Berg.

— Plus intelligents, moins bavards, comportement tout à fait normal. Mais quelles idées ont-ils, au juste ? Ils sont tous dans la police, ils ont la même origine, la même formation, les mêmes expériences. Nombre d'entre eux sont d'ailleurs policiers de naissance.

— J'ai une parfaite confiance en tous ceux qui travaillent chez nous, affirma Berg en mettant encore plus de poids dans ses propos.

— C'est là que nous divergeons, répliqua l'expert. Ces cinglés manifestes, ceux qui n'hésitent pas à proclamer ce qu'ils pensent et ce qu'ils feraient, auraient plutôt tendance à me rassurer. Ce sont les autres qui m'inquiètent.

En observant Berg derrière ses paupières mi-closes, l'expert reprit :

— De façon très concrète, en essayant de nous mettre dans la tête de ces gens-là et de laisser de côté le contenu matériel et les considérations quantitatives… Je parle de ces prétendus collègues qui figurent dans cette enquête. À quoi trouvent-ils le plus à redire ? En matière de personnes, de phénomènes sociaux ou autres, de faits ? Quel est leur plus petit dénominateur commun ?

— Le Premier ministre. Si vous entendez par là une personne en particulier, c'est malheureusement le Premier ministre qui fait surtout l'objet de leur bile.

— C'est donc pour cela qu'ils utilisent son portrait comme cible au cours de leurs activités de plein air, conclut l'expert avec un large sourire.

— Je n'ai pas connaissance de ce fait, répondit Berg.

Rejeté en arrière sur son fauteuil, les paupières mi-closes, les mains jointes sur son gros ventre, l'autre n'eut pas l'air de l'entendre. Et il ne souriait plus.

Il est complètement cinglé, ce type, se dit Berg.

Avant de se séparer, ils avaient déclaré que c'était une question extrêmement grave, à suivre attentivement, et qu'il convenait de placer en tête des priorités. Il fallait aussi élargir le champ de l'enquête. Qu'en était-il dans le reste du pays ? Comment la situation se présentait-elle au sein des services de renseignements et de l'armée ? Et ces menaces contre le Premier ministre et le sommet politique de l'État ?

On désirait disposer dans les meilleurs délais d'éléments complémentaires. À la fois en largeur et en profondeur. Et sans reculer devant des faits déplaisants. Pour le côté pratique de la chose, on faisait confiance à Berg et à ses collaborateurs. Mais qu'est-ce qui se passe ? se demanda le commissaire, une fois sur le siège arrière de sa voiture de fonction, sur le chemin du retour vers son bureau de Kungsholmen. Il faisait déjà sombre à l'extérieur. C'était bientôt l'hiver. Qu'était-il advenu de l'été ? Où était-il passé ?

À son retour, il avait espéré voir Waltin afin d'examiner la situation. Mais tout ce qu'il trouva, ce fut un message de sa secrétaire l'avertissant que Waltin l'avait attendu le plus longtemps possible mais avait été obligé de se rendre en ville pour affaire urgente. On ne pouvait malheureusement pas le joindre sur son portable, mais il donnerait de ses nouvelles le lendemain de bonne heure.

— Si vous n'y voyez pas d'inconvénient, j'ai l'intention de filer, moi aussi, dit-elle avec un large sourire.

Ils s'étaient donc rencontrés le matin suivant. Waltin était aussi en forme et bien habillé que d'habitude et il sentait toujours autant l'après-rasage. Berg lui-même avait repris un peu de poil de la bête. Il avait certes eu tellement de mal à s'endormir qu'il avait fini par renoncer, se lever, passer dans son bureau et jeter ses idées sur le papier. Il s'était ensuite livré à une nouvelle tentative, mais le succès avait été limité. Vers quatre heures du matin, il avait sombré dans une torpeur rêveuse et, au petit déjeuner, sa femme lui avait suggéré de se mettre en congé de maladie.

« Je suppose que je ne peux pas te venir en aide ? » lui avait-elle demandé.

Berg avait secoué la tête et, une heure plus tard, il était derrière sa table de travail. Avant de quitter son domicile, il avait pris soin de passer les notes de la nuit au broyeur. Waltin avait dû se contenter d'un morceau de papier ne comportant que trois points et que Berg avait accompagné d'un bref résumé de ce qui s'était passé la veille.

— Eh bien, commença Waltin en lui rendant le papier, on dirait qu'il va nous falloir des crédits supplémentaires. Et qu'on va s'avancer en terrain glissant.

Berg lui fit signe de continuer.

— Premier point : élargir, approfondir et compléter notre enquête sur certains collègues. Rien que ça va nous poser certains problèmes, pour ne pas dire plus.

— Lesquels ?

— Sur le plan pratique, d'abord, pour la recherche des informations. Je vais te donner un exemple. L'un de mes recruteurs s'est intéressé, il n'y a pas longtemps, à un informateur. Celui-ci va terminer sa formation pour entrer dans la police dans quelques mois et il est déjà stagiaire à la sécurité publique d'Östermalm. Il m'a l'air tout à fait indiqué pour infiltrer les cercles sur lesquels nous enquêtons.

— Mais ?

— Le problème, c'est qu'il figure déjà parmi les suspects. Nous avons eu de la chance de nous en apercevoir à temps.

Et combien nous ont échappé ? se demanda Berg en poussant un gros soupir intérieur.

— Supposons que nous parvenions à aller un peu plus profond et à mettre vraiment la main sur ces… éléments… au sein de la corporation.

— Et alors ?

— C'est le résultat qui sera préoccupant et, si on tente d'y faire quelque chose, on peut aussi bien… Tu sais ce que je veux dire, ajouta-t-il avec un haussement d'épaules. On n'est plus des bleus, ni toi ni moi. Qu'est-ce qui nous arriverait, d'ailleurs, on n'a pas le goût du suicide, ni l'un ni l'autre… Et tu es bien placé pour le savoir, puisque tu as un de ces types dans ta famille.

— Qu'est-ce que tu suggères ?

— D'abord : gagner du temps. Il faut faire traîner les choses. Profiter de nos difficultés pour leur expliquer la raison pour laquelle ça tarde tant, en nous gardant d'y remédier.

— Et ensuite ?

— Mettre la pédale douce sur ce que nous leur avons déjà fourni. Ils en savent beaucoup trop. On a commis une erreur.

Je n'avais pas le choix, se dit Berg. Sinon, c'était cette nullité de préfet de police qui prenait ma place.

— D'accord. Si tu veux bien réfléchir à la chose et me faire une proposition concrète.

— Quand te faut-il ça ? demanda Waltin avec son sourire prévenant.

— De préférence tout de suite mais, puisque c'est toi, ça peut attendre demain matin.

Waltin est malin, songea Berg. Il pense comme moi. Toute la question est de savoir si je peux avoir autant confiance en lui qu'en moi.

Cela attendra, décida Berg. Bon sang, il me reste encore dix ans à tirer.

— Menaces et risques présumés de menaces contre des personnalités politiques de premier plan.

— Sur ce point, je peux les noyer sous les informations, répondit Waltin qui, pour une raison ou pour une autre, en parut enchanté. Correspondance, conversations téléphoniques, tuyaux, dénonciations, rapports de surveillance, écoutes. Tout ce que tu voudras. Il n'y a qu'à se baisser pour ramasser.

— Qu'est-ce qu'on fait, alors ? On les affole ou on les rassure ?

— Selon moi, un peu des deux : on leur fiche un peu la trouille tout en leur expliquant que l'avantage de ce genre de types, c'est d'être plus forts en gueule qu'autrement.

Entendu, fit Berg d'un simple signe de tête.

— Et ce pauvre type d'expert qu'ils nous ont collé sur le dos ? Est-ce qu'il existe des menaces contre lui ?

— Pas la moindre, répondit Waltin.

— Personnalité unanimement respectée ? Populaire dans tous les milieux ?

— J'ai peine à le croire. L'explication la plus simple est que presque personne n'est au courant de son existence et que ceux qui le sont n'ont pas connaissance de ses véritables fonctions. À part quelques personnes très haut placées. Si tu veux, je peux laisser traîner mes oreilles. Essayer de savoir s'il y aurait quelque chose, malgré tout.

— Non, laisse tomber. Ce n'est pas lui qui va m'empêcher de dormir.

Je n'aurais peut-être pas dû dire ça, pensa Berg. C'est un peu imprudent de ma part.

Après le déjeuner, Berg avait reçu Kudo et Bülling à la demande expresse de ces derniers. Ce qu'ils avaient à dire était de nature telle qu'ils ne pouvaient le confier à d'autres que lui. Et ils étaient ponctuels car, lorsque Berg arriva, avec une minute de retard, ils l'attendaient déjà dans son bureau.

Ils forment un tandem plutôt dépareillé, nota Berg en les saluant. Kudo était petit, brun, maigre, en bonne forme physique, bien habillé et manifestement soucieux de produire une bonne impression. Il respirait la vigilance et, comme les autres de son espèce que Berg avait rencontrés au cours de ces trente dernières années, il faisait ce qu'il pouvait pour casser le poignet de ceux dont il serrait la main. Bülling, lui, était grand, blond et dégingandé, dodelinait de la tête et vous regardait par-dessous quand il vous saluait. Sa main droite était d'ailleurs moite de sueur et, dès que Berg l'eut lâchée, il la fourra rapidement dans la poche de sa veste de velours avachie.

Ce dernier trait fit retentir une sonnette d'alarme dans l'esprit de Berg. « Le fait de suer abondamment des mains peut indiquer une importante consommation de neuroleptiques », avait-il entendu lors d'une session de formation continue au cours de laquelle on était censé apprendre la façon de se protéger en temps utile contre ses propres subordonnés. Je ferais bien de prendre contact avec notre psychologue, se dit Berg en en remettant un peu dans les sourires qu'il adressait à ses deux visiteurs. Il fallait éviter que l'un de ses collaborateurs ait une attaque dans son propre service.

— Prenez place, je vous en prie, proposa-t-il avec un geste de la main droite.

— Il s'agit du PKK, dit Kudo d'une voix qui trahissait la gravité de la situation.

— Partiya Karkeren Kürdistan, décrypta Bülling, tête baissée.

— Je sais : Parti des travailleurs du Kurdistan, traduisit Berg en maudissant intérieurement tous ces sigles. Jadis connu sous le nom de Révolutionnaires kurdes. Continuez.

Ce dont il s'agissait, très concrètement, c'était d'une conversation téléphonique qu'on avait écoutée moins d'une semaine auparavant et qui avait ensuite requis l'ensemble des capacités du groupe d'analyse. À vingt-deux heures trente-sept, Semir G., « activiste kurde très connu », avait appelé au téléphone son voisin, Abdullah A., autre « activiste kurde très connu » et habitant lui aussi un immeuble locatif de Terapivägen, à Flemingsberg. Après avoir devisé de choses et d'autres, en kurde, pendant près d'une demi-heure, on en était soudain venu au fait.

Kudo observait Berg avec le même sérieux dans le regard que s'il avait été un petit lutin vêtu de bure dans la ferme où il avait grandi.

— Et ils se sont mis à parler de mariage, lâcha-t-il.

— Comme vous le savez, chef, « mariage » est un nom de code pour « attentat », marmonna Bülling, sans détacher le regard du bureau. C'est le mot qu'ils emploient quand ils vont abattre quelqu'un.

Berg se contenta de hocher la tête. Il n'ignorait pas que cela pouvait signifier autre chose, comme manifestation, voire… mariage, ou toute autre activité collective d'un genre non précisé.

— Ils ont donc l'intention de tuer quelqu'un, insista Kudo, les yeux aussi noirs que le canon d'un pistolet.

À moins qu'il n'y ait quelqu'un qui se marie, pensa Berg, et nous savons tous à quoi ça peut mener, à terme.

— Ce que je me demande, c'est pourquoi ils parlent de ça au téléphone, objecta Berg. Ils habitent le même immeuble, non ?

— Nous n'avons pas encore tiré ça au clair, admit Kudo en appuyant ses propos d'un grand hochement de tête.

— Nous y travaillons, marmonna Bülling.

— Savons-nous qui c'est ? demanda Berg.

— Qui ça ? questionna Bülling en jetant un coup d'œil inquiet en direction de la porte.

— Lequel de leurs déserteurs ou adversaires idéologiques ont-ils l'intention de tuer ? précisa Berg. Savons-nous comment il s'appelle ? ajouta-t-il pour plus de sûreté.

— Cette fois-ci, il ne s'agit malheureusement pas d'un mariage ordinaire, expliqua Kudo en baissant la voix pour bien souligner la gravité de la chose. Ils parlent d'agneau.

— D'agneau ? interrogea Berg en le regardant d'un air perplexe. Comme dans « côtelette d'agneau » ?

— Oui, marmonna Bülling. Alors, on est persuadés que, cette fois, ils vont descendre quelqu'un d'autre, probablement une personnalité. Sans doute un de nos politiciens de haut rang.

— Qu'est-ce qui vous fait croire ça ? s'enquit Berg.

— Ils vont faire rentrer de l'agneau, indiqua Bülling. Et puis ils vont acheter du vin et faire venir deux poètes.

Il avait fallu à Berg un bon quart d'heure pour tirer au clair la base factuelle de la conclusion à laquelle était arrivée la section kurde du groupe d'analyse, à savoir l'imminence d'un attentat contre un politicien suédois de haut rang.

— Je vais vous lire la transcription de la bande d'écoute, chef. Comme ça, vous pourrez vous faire une idée par vous-même.

Allez-y, pensa Berg en opinant du chef.

— C'est donc Semir G. qui aborde la chose. Celui qui a appelé, précisa Kudo, l'air finaud. Et il dit ceci, mot pour mot, je cite l'enregistrement…

Accouche, se dit Berg.

— Je cite : « On va avoir un mariage, bientôt. Il va falloir acheter des gâteaux, des pâtisseries et des brioches mais, cette fois, il faudra acheter un agneau, aussi. Et puis du vin et faire venir deux poètes. » Fin de citation.

Kudo appuya ses propos d'un signe de tête avant de poursuivre :

— Je cite : « Faire venir deux poètes ? » Fin de citation, c'est Abdullah A. qui pose la question. Je cite : « Cette fois-ci, on va acheter un agneau et du vin et avoir deux poètes. » Fin de citation. C'est Semir G. qui répond. Voilà, c'est tout. Peu de temps après, ils mettent fin à la conversation avec les salutations d'usage.

Berg soupira intérieurement.

— Ils n'ont encore jamais prévu d'offrir de l'agneau, expliqua Kudo. Quand il s'agit d'abattre un des leurs, ils parlent seulement de pâtisseries, de gâteaux et de brioches. Parfois uniquement de brioches.

— Comment interprétez-vous ça ? interrogea Berg.

— Il s'agit sans aucun doute d'une personne haut placée qui ne fait pas partie des leurs, répondit Kudo avec un sourire de triomphe.

— Et puis ils ont prévu deux poètes, intervint Bülling. Normalement, ils se contentent d'un.

— Le mot « poète » est leur nom de code pour « meurtrier », et le fait qu'ils en ont prévu deux montre bien qu'ils mijotent un gros coup.

— Et le vin, ajouta Bülling avec un coup d'œil en coin en direction de son acolyte.

— Eh oui, opina Kudo, le vin. Normalement, ils n'en parlent pas non plus et, d'après nous, c'est d'une part pour souligner l'agneau, pour ainsi dire, et d'autre part pour faire comprendre qu'il ne s'agit pas d'un de leurs hommes politiques.

— Les musulmans ne boivent pas de vin, susurra Bülling en tordant mystérieusement son grand cou.

— Bon, dit Berg en joignant les mains sur son ventre. Ça mérite réflexion. Rédigez-moi une note à ce sujet, en faisant état de tous les indices dont vous disposez. Y compris ce que nous ont communiqué nos collègues allemands.

Je croyais que la plupart des Kurdes étaient chrétiens, se dit-il à lui-même.

— Prenez votre temps, leur conseilla-t-il en les regardant gravement. La semaine prochaine suffira.

Waltin avait assigné à trois de ses collaborateurs de la section des enquêtes internes la mission de réunir ce que Berg avait demandé. Il avait aussi affecté l'un de ses propres analystes à la direction et à la répartition des tâches. Il avait personnellement d'autres chats à fouetter.

— Le Premier ministre et ses services, le gouvernement, les hauts fonctionnaires, les politiciens de haut rang, quel que soit leur parti. Je veux que vous me répartissiez les menaces qui pèsent sur eux par catégories, je veux savoir comment on en a eu connaissance et je veux que vous dressiez le portrait de ceux qui sont à leur origine. Hamilton, ajouta-t-il en désignant l'un de ses collaborateurs, vous aidera en ce qui concerne les détails. Des questions ?

— Combien de temps en arrière faut-il remonter ? demanda une des enquêtrices, qui semblait avoir au plus vingt ans et pouvait difficilement passer pour être dans la police.

Belle petite chose, songea Waltin, en avançant le menton de la façon la plus virile possible pour souligner ses capacités dans les domaines les plus divers.

— Jusqu'aux dernières élections.

— Mais ça va faire des tonnes ! s'étonna-t-elle.

— En effet. C'est le but de la manœuvre.

— Est-ce qu'il faut rechercher quelque chose de spécial, une personne, un groupe ou une organisation particulière ? interrogea l'un des autres enquêteurs, un jeune homme qui avait l'air d'avoir au plus vingt-cinq ans et portait un chandail bleu sur lequel était marqué « Stanford University ».

— Non, il s'agit seulement d'une synthèse. Une sorte d'enquête sociologique, si vous voulez.

Je me demande si ce chandail est le signe d'un véritable séjour là-bas, pensa Waltin.

— D'autres questions ? ajouta-t-il en regardant le troisième du groupe, un jeune homme de vingt-cinq ans qui avait plutôt l'air d'un membre d'un groupe pop.

— Non, répondit l'intéressé en secouant la tête. Je n'ai jamais de questions à poser.

Ils sont bien, tous, se dit Waltin en prenant l'ascenseur pour descendre au garage. Pourquoi ne pas recruter la brune dans ma petite entreprise à moi ?

Berg était allé passer le week-end dans sa maison de campagne. Afin de jouir de quelques heures avec sa femme, cueillir des champignons, prendre un bon dîner et peut-être rendre visite à ses parents, qui habitaient non loin de là. Mais il n'était allé ni chez eux ni cueillir des champignons. Il s'était avéré que son père et sa mère étaient partis dans l'archipel d'Åland. Quand sa femme et lui s'étaient réveillés, le samedi matin, il tombait des cordes et cela avait continué toute la journée. Ils avaient alors fait du feu dans la cheminée puis sa femme avait entamé la lecture d'un gros roman et à peine répondu à ce qu'il lui disait. Pour sa part, il était resté plongé dans ses propres pensées la plupart du temps. Pourquoi n'avons-nous jamais eu d'enfants ? se demanda-t-il. Nous ne pouvions pas en avoir nous-mêmes, mais pourquoi n'en avons-nous pas adopté pendant qu'il en était encore temps ? Cette idée l'affligea tellement qu'il préféra penser à son travail. En général, cela le calmait et c'est ce qui se passa cette fois aussi.

Pour le déjeuner, sa femme avait préparé une omelette aux champignons, lesquels avaient été cueillis précédemment. Le tout accompagné de pain, de beurre et de fromage.

— De la bière ou de l'eau ? s'enquit-elle.

— Tu n'as pas du vin rouge ?

Elle le regarda, surprise.

— Il s'est passé quelque chose ?

— Non. Pourquoi me demandes-tu ça ?

— Tu ne prends pas du vin rouge au déjeuner, d'habitude.

— Non, répondit Berg en souriant légèrement. Tu n'en veux pas un verre, toi ?

— Mais si. Si tu en bois toi-même. Il nous en reste pas mal de la Saint-Jean, tu le sais très bien, d'ailleurs.

— On n'a qu'à prendre celui d'Espagne. La caisse qu'on m'a donnée à l'ambassade.

Le déjeuner avait été excellent. Après cela, ils avaient pris le café, sa femme était retournée à son roman, et, pour sa part, il s'était offert un troisième verre de vin rouge et s'était allongé sur le canapé.

Qu'est-ce que je vais faire de Kudc et de Bülling ? se demanda-t-il. Je ne peux pas les larguer. Les choses étaient trop engagées et elles lui survivraient probablement, à lui aussi. Aussi mince fût-il. il existait naturellement un risque que les Kurdes organisent un jour un « mariage » en dehors du cercle des leurs et Berg n'avait pas l'âme de quelqu'un qui creuse sa propre tombe. Une probabilité si minime qu'il est impossible de la calculer, quelqu'un comme moi ne peut pas se permettre de la négliger, se dit-il. Et, grâce au vin rouge ou pour une autre raison, il sut soudain quoi faire de Kudo et Bülling.

Le lundi matin, il les avait convoqués et, cinq minutes après que sa secrétaire eut reposé le combiné, ils étaient devant lui. Kudo était penché en avant, prêt à bondir, et Bülling avait les yeux rivés sur le tapis.

— Bon, dit Berg. J'ai pensé à vous depuis l'autre jour.

— Qu'est-ce qu'on peut faire pour vous, chef ?

— Je crois que nous allons être obligés d'informer la hiérarchie locale. Et, étant donné la confidentialité de la chose, nous devrons limiter cela au préfet de police.

— Pas d'autres restrictions ?

— Si. Les renseignements dont vous m'avez fait part la semaine dernière resteront entre nous. En revanche, libre à vous de donner des informations d'ordre général sur les personnes impliquées et sur leurs activités.

— Qu'est-ce qu'on fait à propos de Semir G. et d'Abdullah A. ? marmonna Bülling.

— Bien entendu, il faut communiquer à leur propos aussi, sur leur personnalité et leurs activités. À l'exception de la conversation téléphonique que nous avons évoquée la dernière fois.

C'est cet idiot qui m'a fait prendre Bülling, se dit-il une fois qu'ils l'eurent quitté. Ce ne serait que justice de renvoyer le cadeau à l'expéditeur. Et puis, ils pourraient rendre service, sur le plan pratique, pour une fois. Voyons si ça va marcher.

Cela avait marché, en fait, dès la réunion suivante avec son patron. Au début, tout s'était très bien passé. Malgré la présence de l'expert du Premier ministre, Berg avait commencé par parler de l'enquête sur les éléments antidémocratiques dans la police et l'armée. Le travail battait son plein mais, étant donné le caractère sensible de la mission, il fallait avancer prudemment. Cela va prendre du temps, ne manqua pas de souligner Berg, sans prêter attention au léger ricanement de l'une des personnes assises autour de la table.

Puis il avait donné une version légèrement retouchée de la tentative malheureuse de recrutement de Waltin. Les politiciens adoraient ce genre d'histoire. Berg le savait d'expérience et cela ne se démentit pas en cette occasion.

— Je suis heureux d'apprendre cela, dit le ministre, soulagé. Je veux dire : que vous avez échoué cette fois-ci. Ou plutôt que vous avez réussi sur le plan général parce que vous avez échoué sur un point de détail, pour ainsi dire, si vous comprenez ce que j'entends par là, précisa-t-il, le regard braqué sur Berg.

Finalement, il avait abordé le travail en cours à propos des menaces réelles ou supposées contre le gouvernement en place et ses proches collaborateurs. Sur ce point-là non plus, on ne ménageait pas ses efforts.

— Ils mettent les bouchées doubles et je pense que, dès notre prochaine réunion, je serai en mesure de vous faire part de ce que nous aurons trouvé.

— Ce n'est qu'une partie du travail, objecta le ministre, préoccupé.

— Malheureusement oui, convint Berg en hochant lourdement la tête.

— Et ces Kurdes, ajouta le ministre, qui paraissait dans une forme inhabituelle, est-ce qu'ils se tiennent tranquilles, ou bien… ? L'autre jour, j'ai lu un article qui n'avait rien de très drôle, dans le *Svenska Dagbladet*.

— Je me demande comment il se fait qu'il ait été publié là, dit l'expert avec un ricanement déplaisant.

— Sur ce point, je peux dire que nous avons la situation bien en main, déclara Berg avec un signe de tête à l'adresse du ministre et sans se soucier de l'autre.

Le ministre répondit par un signe d'appréciation mais l'expert eut l'air encore plus enchanté que lui.

— Vous ne le savez peut-être pas, mais je suis allé à un mariage kurde, une fois, dit-il en observant Berg entre ses paupières mi-closes. C'était très sympathique et on a très bien mangé, aussi. Je me souviens que nous avons eu de l'agneau grillé et que nous avons bu du vin de leurs montagnes.

Bon, se dit Berg une fois dans sa voiture pour revenir à Kungsholmen. Qu'est-ce que j'ai appris ? Que Kudo et Bülling, ou plutôt Kudo seulement, car on peut dire ce qu'on voudra de Bülling mais il n'est pas très bavard, a eu la langue un peu trop bien pendue, malgré les instructions qu'il a reçues en sens contraire. Et que ce grand nigaud de préfet de police a l'oreille de l'expert du Premier ministre… Mais c'est parfait, tout ça. Ce genre d'information est toujours bon à savoir.

Qu'est-ce qu'il a voulu me dire ? Il est évident qu'il y avait un message là-dessous, car qui inviterait quelqu'un comme lui à son mariage ? Même pas un Kurde. Quelle est la teneur de ce message ? Qu'il est au courant de ce que je fabrique et qu'il m'a à l'œil ? Sûrement. Qu'il faut que je fasse attention ? Sûrement aussi. Mais pourquoi me le dit-il ? Pour se faire remarquer ? C'est possible, mais peu probable. Pour me déstabiliser, même si c'est au risque de me faire voir un peu trop son jeu ? Ou alors les choses sont-elles graves au point que…

Berg fut interrompu dans ses réflexions par son chauffeur, qui se raclait la gorge.

— Excusez-moi de vous interrompre, chef, mais nous sommes arrivés, lui dit-il en l'observant d'un œil inquiet dans le rétroviseur, après avoir parqué la voiture dans le garage.

— Ah oui. C'est vrai, j'étais plongé dans mes pensées.

Les choses seraient-elles graves, reprit Berg pour lui-même une fois dans l'ascenseur, au point qu'il puisse se permettre de me montrer son jeu ? De l'étaler sur la table dans le seul but de me secouer, parce qu'il possède d'autres cartes qui sont bien meilleures que celles-là ? Qui donc ? Qui m'a trahi ? Sans doute Waltin, se dit-il, et il eut soudain aussi froid au cœur que les fois où il pensait aux enfants que sa femme et lui n'avaient pas eus.

Lors de la réunion de la semaine suivante, il fit état de ce que lui avait remis Waltin quant aux menaces réelles ou supposées dirigées contre des politiciens et des hauts fonctionnaires des services gouvernementaux, du Parlement ou des autorités capitales pour la sécurité du pays. Waltin avait fait un excellent travail. Quel que fût son degré de fiabilité, c'était incontestable et il était lui-même très satisfait de la façon dont il avait bâti son exposé. Il avait commencé par traiter rapidement les autres autorités et le Parlement pour se concentrer ensuite sur les menaces que l'on pouvait considérer comme pesant sur les services gouvernementaux et ceux qui y travaillaient.

En guise d'entrée en matière, il avait tracé le portrait de ces différentes menaces : celles qui provenaient de l'étranger, les complots de nature politique à l'intérieur du pays, les actes de terrorisme inspirés de l'extérieur, ceux inspirés de l'intérieur, les groupes politiques extrémistes et les actions susceptibles d'être menées par ceux qu'il qualifiait de « fous isolés » – formule dont il était aussi fier que des autres. Cet avis semblait d'ailleurs partagé par le ministre lui-même, qui avait ponctué son exposé de manifestations verbales ou gestuelles d'approbation. De même que son conseiller juridique, car Berg l'avait lu dans ses yeux, malgré le fait que, fidèle à son habitude, il n'avait rien dit. L'expert du Premier ministre, lui, était resté les yeux clos, mais il n'avait ni ricané ni gloussé, ni exprimé le moindre point de vue, et c'était le plus bel éloge qu'on pût attendre de sa part.

— Et maintenant, dit Berg en faisant apparaître une nouvelle diapositive au moyen du projecteur qu'il avait apporté, nous approchons du cœur du problème. Comme vous le voyez sur ce schéma, le nombre des menaces contre le gouvernement et les personnes qui en sont proches a fortement augmenté depuis le changement de majorité aux dernières élections.

L'expert choisit ce moment pour glousser – il n'avait rien dit, seulement gloussé de cette façon si énervante qui était la sienne. J'attends qu'il se manifeste ouvertement ? se demanda Berg.

— Le nombre des menaces contre le gouvernement et les personnes qui en sont proches a augmenté de plus de mille pour cent depuis le changement de gouvernement. Sous le précédent, nous en avions de l'ordre d'une centaine par an, alors que le chiffre tourne maintenant autour de mille.

— Affreux, commenta le ministre de la Justice. Pour ma part, j'ai reçu une lettre piégée voilà environ un an.

— Cette affaire est comptabilisée, bien entendu, répondit Berg, très sûr de lui, et nous avons bon espoir de trouver les coupables. Nous savons déjà qu'ils appartiennent à un groupe nazi qui se situe très loin à l'extrême droite.

— C'est une bonne chose qu'ils soient toujours là, siffla l'expert. Mais vous parlez de bombe, poursuivit-il en regardant Berg. C'est bien ce paquet contenant trois pièces de feu d'artifice sur la mèche desquelles un jeune débile quelconque nourrissant des penchants pour la pyrotechnie a collé un frottoir ?

— Il est certain que nos techniciens n'ont pas été très impressionnés, reconnut Berg. Et c'est le bon côté de la chose. Car, s'il est exact que le volume a fortement augmenté, ainsi que vous le constatez, l'image est partiellement différente si nous considérons les différentes affaires prises isolément. Il s'agit presque exclusivement de menaces proférées par téléphone ou de divers envois postaux, surtout des lettres, et juridiquement parlant cela relève plutôt d'offenses publiques que de menaces au sens strict du terme. Ce que nous entendons dire le plus souvent, par exemple, c'est que notre Premier ministre est un espion russe…

— Mais c'est scandaleux ! s'exclama le ministre.

— Rassure-toi, dit l'expert en se penchant en avant pour caresser le ministre sur le bras. Je l'ai à l'œil, ce petit coquin.

— Mais si, mais si, s'obstina le ministre en retirant son bras. Pour ma part, elles ne m'amusent pas, ces menaces, et ma fem… enfin mon amie… était très inquiète quand elle a entendu parler de la bombe que j'ai reçue.

— Bien entendu ! s'écria l'expert. Mais ce n'était pas la même amie, n'est-ce pas ? Je veux dire… que maintenant, ajouta-t-il en faisant tressauter son gros ventre.

— Tu prends ça à la légère, toi, riposta le ministre, mais dites-moi, Berg, quel genre de gens est-ce, ceux qui se livrent à ce genre de choses ?

— Toutes sortes de gens, si nous entendons par là leur origine sociale ou professionnelle. Il est évident que ceux qui présentent des problèmes psychologiques sont surreprésentés, mais nous avons de tout, depuis des comtes et des barons, des médecins et des directeurs de société, jusqu'à de simples ouvriers, des étudiants, des chômeurs, des malades de longue durée et des psychotiques. Il faut souligner que nombre d'entre eux sont des immigrés, mais presque tous les membres de ce groupe semblent avoir agi pour des motifs personnels plus que par conviction politique extrémiste.

— Les forces de l'ordre, dit l'expert. Les policiers et les militaires, ceux dont vous nous avez parlé il y a une semaine. Qu'en est-il d'eux ?

— Ce que je vous ai exposé aujourd'hui, ce sont uniquement des affaires ayant fait l'objet d'une plainte. Que l'auteur des faits soit connu ou inconnu. Les personnes visées par mon rapport précédent, dont nous avons nous-mêmes trouvé les données, ne sont pas incluses dans ce décompte. Mais il existe bien entendu des membres de la police et des militaires dans la liste des affaires ayant fait l'objet d'une plainte. Par exemple, ce commissaire de la brigade criminelle de Stockholm qui a appelé les services du Premier ministre à partir de son poste professionnel pour proférer des menaces contre lui et contre sa secrétaire. Il est d'ailleurs toujours en fonction, l'affaire ayant été classée parce qu'il n'a pas été possible d'établir les faits, qu'il a niés.

Berg se racla la gorge avant de continuer :

— Nous avons une demi-douzaine d'officiers, le plus gradé étant lieutenant-colonel d'un régiment de chasseurs, qui ont exprimé des points de vue pour le moins déplacés sur le gouvernement, et cela devant des conscrits ou des subordonnés. Bref, il y a un peu de tout.

— Serait-il injuste de dire que la liste des affaires ayant fait l'objet d'une plainte contient surtout des fariboles, alors que vous disposez par ailleurs de faits dénotant des menaces plus caractérisées et dont les auteurs présumés sont d'un tout autre calibre ? demanda l'expert en regardant Berg avec l'air d'attendre impatiemment une réponse.

— Non, répondit celui-ci. Je suis d'accord avec cette façon de décrire la situation. C'est ainsi que nous le ferions, mes collaborateurs et moi.

Qu'est-ce qui se passe ? s'inquiéta Berg. Je n'ai même pas besoin de le dire. Il le dit pour moi.

Après la fin de la réunion, il avait rencontré Waltin. Il l'avait d'abord félicité pour l'excellent document de base qu'il lui avait fourni et avait ensuite exposé comment il voyait la façon dont les choses s'étaient déroulées.

— Une bonne séance de travail, donc, conclut Berg. J'ai vraiment eu le sentiment que nous étions enfin sur la même longueur d'onde.

Waltin acquiesça. Il avait l'air satisfait, mais pas d'une manière qui paraissait exagérée ou suspecte : simplement satisfait. Je dois me tromper, se dit Berg. J'ai besoin d'une semaine de vacances.

Bien sûr, Waltin n'avait aucune idée des soupçons que Berg nourrissait à son égard ces derniers temps et, même s'il en avait eu, cela ne l'aurait guère préoccupé. Il avait d'autres choses en tête. L'une d'elles était cette petite brune au corps de garçon et au petit derrière bien ferme qui était en ce moment assise sur une chaise de la section de surveillance intérieure. Devant son gros, son très gros ordinateur. Il avait d'abord eu l'intention de s'informer de l'âge qu'elle avait mais, à la réflexion, il avait décidé de ne pas le lui demander. Elle avait l'air d'une lycéenne alors qu'elle devait avoir au moins vingt-cinq ans et c'était très bien ainsi.

Ces derniers temps, il était venu de plus en plus souvent les voir, elle et ses camarades de travail. Hamilton, ce nobliau puritain qui était son subordonné direct, faisait d'ailleurs de plus en plus triste mine. Il faudra m'y résigner, songea Waltin avec un sourire.

Cette fois, elle était seule dans le bureau et il n'avait donc pas eu à gâcher un temps précieux à tirer un rideau de fumée en faisant la conversation avec ses collègues masculins.

— Vous faites bien de venir, dit-elle. J'ai besoin d'aide. Il faut que je vous demande quelque chose.

— J'écoute, dit Waltin en tournant vers elle son meilleur profil et en arborant un sourire viril et pourtant dégagé, sans pour autant négliger d'approcher sa chaise de la sienne.

Ma petite Jeanette[1], se dit Waltin, qui sentit son pantalon commencer à le brider.

— Nous venons de recevoir un ou deux renseignements qui m'intriguent, poursuivit-elle en fronçant les sourcils.

Délicieuse, observa Waltin, cette petite ride qui se creuse sur son front tandis qu'elle mord le stylo qu'elle tient dans sa petite main. Si seulement elle zézayait, aussi. Dans ce cas-là, il aurait même pu envisager de prendre la responsabilité de ses actes.

— Dites-moi ça, la pria-t-il en croisant sa jambe droite sur la gauche et en desserrant, en passant, son nœud de cravate.

— Il s'agit d'un journaliste américain. Il est arrivé à Arlanda dimanche dernier, en provenance de New York, et j'ai déjà reçu deux tuyaux à son sujet.

— Comment s'appelle-t-il ? interrogea Waltin en se penchant pour lire plus facilement le texte qui s'inscrivait sur l'écran de son ordinateur.

Quel parfum délicieux, se dit-il. L'odeur d'une peau très rose et bien lavée.

— Jonathan Paul Krassner, couramment appelé John, dit-elle. Né en 1953.

---

1. En suédois, le prénom ne prend qu'un *n*. *(N.d.T.)*

V

Entre la nostalgie de l'été et le froid de l'hiver

New York, État de New York,
du 6 au 8 décembre

Vendredi 6 décembre

À leur arrivée à New York, Johansson et ses camarades furent accueillis pas un vent glacial ; il s'empressa d'acheter une veste épaisse et une paire de bonnes chaussures. Je me demande s'ils en vendent à talons creux, se dit-il avec un sourire à l'adresse de lui-même, une fois dans le magasin, sa grosse chaussure d'hiver à la main.

— Comment appelle-t-on ça ? questionna-t-il en anglais, désignant le talon.

— *Heel, Sir*, répondit le vendeur. Vous désirez un autre modèle de talon ?

— Non, répondit Johansson. C'est parfait comme ceci. Je vais les enfiler immédiatement, si vous voulez bien mettre les vieilles dans un sac.

Le soir, ses deux camarades et lui étaient allés dîner au restaurant. Ils avaient d'abord envisagé de se rendre dans un établissement suédois qui avait bonne réputation et se trouvait à proximité de leur hôtel mais, après discussion, ils avaient arrêté leur choix sur un restaurant italien que leur collègue d'Interpol connaissait depuis sa précédente visite à New York.

— Si on aime la cuisine italienne, il est parfait, dit-il. Ce sont des collègues d'ici qui me l'ont indiqué la dernière fois que je suis venu. Il paraît qu'il est fréquenté par les pontes de la mafia locale et c'est bon signe.

— Pas question de hareng de la Baltique et de petit verre d'eau-de-vie, alors, objecta le collègue des stups. Au lieu de ça, on va prendre une balle dans le dos et se retrouver avec la tête dans son assiette de spaghettis à la bolognaise.

— Tu te goures complètement, répliqua Johansson. Des harengs, tu en auras tant que tu voudras une fois rentré au pays. Et même pendant toute la période de Noël, si tu veux.

Et, comme c'était lui le chef, ses désirs furent des ordres.

— J'ai un excellent restaurant italien à quelques rues de chez moi, mais je dois dire que leur risotto, ici, est difficile à battre, déclara Johansson un peu plus tard.

— C'est les truffes qui font la différence, précisa l'homme d'Interpol, qui n'en était pas à son premier dîner aux frais de la princesse.

— Les petits copeaux noirs ? s'enquit le collègue des stups, l'air méfiant. Je me demandais, justement.

— C'est un champignon plutôt étrange, expliqua l'homme d'Interpol. Il paraît que ce sur quoi il pousse le mieux, c'est le sang humain, du moins si on en croit les légendes, et surtout sur du sang frais.

— Tu ne pourrais pas attendre un peu pour parler de ça ? Surtout maintenant qu'on s'est jeté un peu de rouge derrière la cravate, reprit l'homme des stups en levant son verre. Si elles avaient été un peu plus grosses, je les aurais mises sur le côté de mon assiette, mais elles étaient trop petites.

— Tu devrais essayer de râper un peu de truffe sur tes harengs, suggéra Johansson avec un sourire. Un compromis entre la cuisine suédoise et l'italienne, en quelque sorte.

— Je me contente de la suédoise : hareng, pommes de terre à l'aneth et petit verre d'eau-de-vie, soupira l'homme des stups, l'air nostalgique.

— Quels sont vos projets pour demain, messieurs ? demanda l'homme d'Interpol pour changer de conversation. Si ça vous intéresse, je peux vous organiser une petite visite d'étude sur le terrain. J'en ai parlé à des amis cet après-midi.

Intéressant, pensa Johansson. Cette femme qui connaissait Krassner, je peux l'appeler le matin. S'il faut vraiment que je le fasse…

— Ça me paraît intéressant, dit-il à voix haute. J'ai l'intention de faire quelques achats de Noël le matin mais, l'après-midi et le soir, je n'ai rien de prévu. Je n'ai pas d'objection à aller tâter du doigt les voyous locaux.

— Moi de même, opina l'homme des stups avec une lueur dans les yeux. Ça fera très bien dans le rapport que je remettrai à mon chef sur ce voyage. Pas un instant de répit, où qu'on soit sur terre et sept jours sur sept. C'est le lot de la police, ajouta-t-il avec un sourire en direction de Johansson.

— Eh bien, alors, c'est entendu, conclut l'homme d'Interpol.

Samedi 7 décembre

Johansson avait attendu dix heures du matin pour appeler l'ancienne amie de Krassner. Il avait le sentiment qu'elle était du genre à se lever tard quand elle pouvait, et cela risquait fort d'être le cas un samedi matin. En outre, il avait beaucoup hésité avant d'aller jusqu'à soulever le combiné. Le plus simple serait de laisser tomber tout ça. De faire sienne la théorie de Jarnebring selon laquelle il s'agissait d'un suicidé à moitié cinglé qui, pour des raisons inconnues et sans doute dépourvues d'intérêt, avait décidé de dissimuler un morceau de papier portant le nom, l'adresse et le grade de Johansson dans le talon creux de sa chaussure. *A shoe with a heel with a hole in it*, traduisit-il dans l'idiome local pour se mettre en situation.

Mais il avait fini par renoncer à cette idée. C'était un fieffé curieux depuis ses jeunes années et cela ne s'était pas amélioré avec l'âge. Le coup du talon creux était un peu trop gros pour qu'il puisse y résister. Ce qui ne signifiait pas qu'il était judicieux d'appeler cette fille, si c'était uniquement pour apaiser sa propre curiosité. Professionnellement parlant, il valait toujours mieux se présenter sans s'être annoncé et venir frapper à la porte de l'intéressé. Voire s'abstenir de frapper, parfois. Mais ce n'est pas le cas cette fois, se dit Johansson, alors, comment faire ?

Avec l'aide de la réceptionniste de son hôtel, il avait pris certaines mesures préparatoires dès la veille. Il avait d'abord vérifié le numéro que lui avait donné Wiklander. Non pas qu'il n'eût pas confiance en lui. Celui-ci était un policier presque aussi capable que lui au même âge, mais mieux vaut vérifier une fois de trop que pas assez. Comme le nom de Sarah J. Weissman figurait dans l'annuaire, il n'avait eu aucun mal à procéder à cette opération et à constater que l'adresse était bien celle qu'il avait notée dans son carnet : 222, Aiken Avenue, Rensselaer, État de New York.

Il avait en outre découvert que Rensselaer était situé juste à côté d'Albany, capitale de l'État de New York, comme chacun ne le sait pas. Comme qui dirait Solna ou Sundbyberg par rapport à Stockholm.

— Comment arriver là-bas ? avait-il demandé.

— En prenant le train à Grand Central Station, lui avait expliqué la réceptionniste. Il y en a pour moins de trois heures, par un rapide. Les liaisons sont fréquentes, même pendant le week-end, je peux vous procurer un horaire, si vous le désirez. Et puis le trajet est très joli, on longe l'Hudson River, avait-elle ajouté avec un sourire. Pas vraiment comme ici, avait-elle précisé en désignant la rue, juste devant le hall, d'un signe de tête.

Je me demande si c'est aussi joli que de longer l'Ångermansälven, songea Johansson.

Je peux prendre le train dimanche matin, décida-t-il. M'orienter un peu dans le secteur et échanger quelques mots avec son ancienne amie, puisque je suis venu jusque-là. Le plus pratique était de lui parler au téléphone auparavant. Rien ne laissait penser que c'était une de ces petites délinquantes qui prenaient leurs jambes à leur cou si un flic suédois appelait pour dire qu'il souhaitait s'entretenir avec elles au sujet d'un ancien copain. Mais sait-on jamais ? Et puis tant pis, pensa-t-il en composant son numéro.

Après une demi-douzaine de sonneries, le répondeur automatique de Sarah Weissman se déclencha. Elle avait une voix gaie et vive, peut-être s'était-il donc trompé en ce qui concernait ses habitudes matinales.

« Bonjour. Vous êtes bien chez Sarah, mais je suis absente. Laissez-moi un message. »

Ah bon, se dit Johansson, penaud, en raccrochant.

Au cours de l'après-midi, il avait d'abord rendu visite, avec ses deux camarades, au commissariat du sud de Manhattan. À part la taille, cela ressemblait fort à tous les postes de police qu'il connaissait. Puis leurs collègues les avaient emmenés au restaurant le plus proche, dans lequel il était possible de prendre un bon repas, riche en calories, à prix réduit. À condition d'être dans la police, naturellement.

— *Never kick ass on an empty stomach*[1], leur déclara leur hôte avec un large sourire.

Le *detective lieutenant* Martin Flannigan, se dit Johansson, très ému. Tu pourrais aussi bien t'appeler Bo Jarnebring et être patron par intérim de la brigade criminelle du quartier d'Östermalm. Et tu as le prénom qu'il faut, aussi.

Le lieutenant Flannigan et ses collègues voulaient leur permettre d'assister à une opération montée contre les agressions en pleine rue dans Manhattan. C'était le genre d'affaire qu'on prenait très au sérieux, surtout à l'approche de Noël, et au moins dans certains secteurs de l'île.

1. « Ne bottez jamais le cul de quelqu'un le ventre vide. » *(N.d.T.)*

— *It's a decoy*, expliqua Flannigan. Mais ça marche très bien avec les truands les plus bêtes.

Decoy, se dit Johansson. Un leurre. Comme lorsqu'il tirait sur les canards, au bord du fleuve, pendant sa jeunesse. Il allait d'abord placer les appeaux qu'il avait hérités de son grand-père, puis il sortait le kayak pour aller se poster dans les roseaux et attendre que les canards se mettent à passer, au crépuscule. Un soir, il en avait abattu plus qu'il ne pouvait en transporter en une seule fois. Quel âge avais-je ? se demanda-t-il.

Sitôt la tombée de la nuit et les truands sortis du bois, on avait gagné une rue secondaire propice. L'un des gars de Flannigan s'était déguisé en clochard, était allé se poster à l'entrée d'un immeuble et avait feint de se trouver mal, en prenant soin de déposer près de lui un sac en papier dont dépassaient plusieurs cartouches de cigarettes.

— Des sèches au menthol, avait précisé Flannigan pour expliquer la couleur verte des paquets. Ne me demandez pas pourquoi, mais les nègres en raffolent.

Johansson et Flannigan s'étaient installés à la fenêtre d'un petit bar, de l'autre côté de la rue. Le premier geste de Flannigan avait été de commander une bière pour chacun d'eux. C'est moi le plus verni, se dit Johansson en pensant à ses deux camarades, en planque avec leurs collègues locaux dans divers véhicules garés le long de la rue.

— On va voir si ça mord, ricana Flannigan. À la tienne, ajouta-t-il en levant son verre.

Il n'avait pas fallu attendre plus d'un quart d'heure, mais le premier poisson qui avait gobé l'appât et l'hameçon n'avait pas la couleur prévue. C'était une droguée blanche dans la trentaine. Elle était d'abord passée près du clochard endormi, s'était arrêtée au coin de la rue, puis avait regardé autour d'elle. Elle était ensuite revenue sur ses pas, avait ralenti à la hauteur du clochard et jeté un dernier coup d'œil aux alentours avant de prendre le sac en papier.

— Œil d'aigle, ironisa Flannigan.

— Police, ne bougez pas !

Et, une minute plus tard, elle était assise à l'arrière d'un panier à salade, les mains menottées derrière le dos.

Cela avait continué ainsi jusqu'à ce que la voiture soit pleine. Bilan : une droguée, deux vrais clochards et quelques petit morveux qui, à une exception près, avaient la couleur de peau qu'il fallait. On avait ramené ce petit monde au poste du sud de Manhattan et, ensuite, Flannigan les avait conduits à son bistrot favori, où on avait avalé bon nombre de bières, où on s'était raconté ses exploits respectifs, comme à l'accoutumée, et où on avait fait ce qu'on pouvait pour perpétuer la culture commune à toute la police occidentale.

Ils sont sympas, ces gars, s'était dit Johansson avant de s'endormir dans sa chambre d'hôtel. Mais je n'aimerais pas travailler ici.

Dimanche 8 décembre

Le dimanche, les collègues de Johansson s'étaient envolés tôt le matin pour Stockholm. Pour sa part, il s'était rendu à pied à Grand Central Station et avait pris le train pour Albany. À en juger d'après la voix enregistrée sur le répondeur, elle avait l'air gaie, agréable et parfaitement normale. Pas du tout le genre qu'il s'était imaginé, s'agissant d'une ancienne petite amie de John P. Krassner, qui avait le mauvais goût de se promener avec l'adresse personnelle des autres dans le talon creux de sa chaussure.

VI

En chute libre, comme dans un rêve

Stockholm au mois d'octobre

— Il s'agit d'un journaliste américain, dit la stagiaire Jeanette Eriksson. Il est arrivé à Arlanda dimanche dernier, en provenance de New York, et j'ai déjà reçu deux tuyaux à son sujet.

Elle montra cela sur l'écran de son ordinateur, tandis que Waltin se penchait en avant pour mieux voir. Il n'a qu'à me prendre sur ses genoux pendant qu'il y est, s'irrita-t-elle.

— Comment s'appelle-t-il ? demanda Waltin en posant, comme par hasard, sa main juste à côté de la sienne.

— Jonathan Paul Krassner, couramment appelé John, né en 1953. Domicilié à Albany, pas très loin de New York.

Il est pas mal, quand même, remarqua-t-elle in petto, si on aime les vieux.

— On a déjà quelque chose sur lui ? demanda Waltin en tambourinant sur le bureau avec le bout des doigts.

— Pas ici. Si vous désirez savoir ce qu'il en est par ailleurs, il faut que j'aie l'autorisation de mon chef.

Je me demande si c'est une vraie Rolex qu'il a au bras. Si oui, elle a dû lui coûter la peau des fesses, pensa Eriksson. Et elle avait l'air vraie, c'était incontestable.

— Ne nous affolons pas, dit Waltin en souriant de toutes ses dents. Quel est le problème ?

— Ce n'est peut-être pas exactement un problème, répondit Eriksson en haussant ses frêles épaules. Le premier tuyau est arrivé avant-hier et je me suis contentée d'en prendre note. L'informateur était un de nos journalistes de la télévision publique. Je le connais, d'ailleurs. J'ai l'impression qu'il a des difficultés en matière d'alcool et d'imagination.

Je me demande s'il croit que je vais déplacer mon pied, pensa-t-elle.

— Qu'est-ce qu'il avait à raconter ?

— Il est tombé sur Krassner au club de la presse, dans Vasagatan, mardi dernier dans la soirée. J'ai l'impression que c'était au bar, mais il ne l'a pas précisé. Il désirait joindre son contact chez nous, mais celui-ci est sur une affaire, en ce moment, et je n'ai pas voulu le déranger. D'après notre informateur, en tout cas, Krassner avait l'air de s'intéresser de façon suspecte, ce sont ses propres termes, à nos relations de travail avec les autres services de sécurité occidentaux. Il aurait mentionné les Allemands, entre autres, et la façon dont nous nous servons d'eux pour échanger des tuyaux avec les Américains.

— Qu'est-ce qu'il peut vouloir dire par là ? Quels Allemands ? s'enquit Waltin avec un sourire finaud.

— En effet, acquiesça Eriksson en lui rendant son sourire.

En fait, il est vraiment beau mec, songea-t-elle.

— C'est là qu'intervient le second tuyau. Il est arrivé il y a une ou deux heures. Il provient d'un autre informateur, qui dit qu'il faut qu'on le contacte sans tarder à propos d'un journaliste américain du nom de John P. Krassner.

— Ah ah. Qui est-ce ?

— C'est pour ça que j'ai besoin d'aide. Son identité est protégée et elle est en dehors de mes compétences. Priorité de premier rang, aussi bien chez nous qu'auprès de l'état-major, et j'ai pour instruction de faire suivre sans délai, soit auprès de mon chef de service, soit de vous.

Ça n'a pas l'air de lui déplaire, se dit-elle.

— Étant donné que mon chef est parti déjeuner en ville et que ça risque de durer un certain temps, et comme vous vous trouviez passer par là… expliqua-t-elle avec une lueur dans les yeux.

Bon prétexte pour lui, non ? ajouta-t-elle pour elle-même.

— Notez que vous m'avez transmis l'information, répondit-il en regardant sa montre. Tirez-moi ça sur papier pour que je l'emporte et je vous ferai signe dans la journée. Ouvrez un dossier au nom de ce Krassner, aussi, avec priorité assez élevée, jusqu'à ce qu'on sache de quoi il retourne.

Ça marche comme sur des roulettes, se félicita Waltin un moment plus tard. Berg n'avait pas soulevé d'objection et avait plutôt eu l'air de penser à autre chose. Après avoir pris connaissance de l'identité de l'informateur, Waltin était devenu de plus en plus curieux. Il l'avait déjà rencontré à deux reprises auparavant, chaque fois en lieu sûr, et n'avait pu éviter de noter avec quels égards Berg le traitait. D'après le peu que celui-ci lui avait confié, une fois leur visiteur reparti chez lui, il avait aussi compris que ce n'était pas seulement un professeur de mathématiques en retraite de l'École supérieure de technologie de Stockholm. En outre, il semblait que la question, plus délicate et plus personnelle, de ses rapports futurs avec la petite demoiselle Jeanette Eriksson allait se résoudre de la façon la plus naturelle possible. On peut penser ce qu'on voudra de Berg, se dit-il, mais il se fiche éperdument des femmes et c'est parfait pour quelqu'un comme moi.

Mais, lorsqu'il avait appelé ce professeur de mathématiques, il s'était heurté à des problèmes imprévus.

— J'entends bien ce que vous me dites, monsieur le commissaire, répondit le professeur d'une voix grincheuse de vieillard, mais, au risque de paraître têtu, je préfère parler au sous-directeur en personne.

— Le problème, c'est qu'il est en déplacement, mentit Waltin. Je viens de m'en entretenir avec lui au téléphone et, comme vous nous avez demandé de nous mettre en contact avec vous dès que possible, mon supérieur m'a chargé de l'affaire.

Et puis je suis commissaire divisionnaire, espèce de vieux schnock, lâcha tout bas Waltin.

— J'entends bien ce que vous me dites.

— Oui, M. Berg est convaincu qu'il s'agit d'une affaire importante, puisque vous avez pris la peine de nous contacter.

— S'il en est convaincu, je ne comprends pas pourquoi il ne peut pas venir ici.

— Mais je viens de vous dire qu'il est en déplacement…

Tu m'as l'air de t'être fait une idée fausse de ton importance, pour des raisons historiques que j'ignore, vieux grincheux. Mais on va remédier à ça.

— Où est-il ?

— Pardon ?

Pour qui se prend-il ? explosa-t-il intérieurement.

— Je vous ai demandé où était M. Berg. Est-ce si difficile à comprendre ?

Et, en plus, il est atteint de gâtisme.

— Un homme dans votre position, répondit-il avec une cordialité feinte, comprendra sûrement pourquoi je ne peux répondre à une telle question. Encore moins par téléphone. Je propose donc de venir chez vous pour que nous puissions discuter de la chose en toute tranquillité… Allô ?

Il a raccroché, le salaud, se dit Waltin, incrédule. Il m'a raccroché au nez.

Quand il avait fini par mettre la main sur Berg, dans son bureau, il avait déjà perdu la moitié de l'après-midi. En outre, Berg s'était amusé de la chose d'une façon qui ne lui avait pas plu.

— Je sais, lâcha Berg avec un sourire. Il a des bons et des mauvais côtés, Johan. Quand il travaillait à la Sécurité militaire, pendant la guerre, il paraît qu'il a boxé un commandant de l'état-major qui avait caché sa bouteille de whisky. Dans le civil, il était professeur à l'université d'Uppsala mais, à l'armée, il n'était que caporal. Puis il s'est fait muter au service technique, pour être plus près de ses ordinateurs adorés.

— Si tu veux parler de la Seconde Guerre mondiale, ça peut expliquer la chose. Il a passé pas mal d'eau sous les ponts depuis ce temps-là. Le temps s'en va, comme disait le poète.

— Pourtant, il n'est pas atteint de sénilité. C'est lui qui a mis en place notre système de codes et de cryptage des messages. Il nous a épargné des millions en frais d'informatique. Nous sommes entrés en contact l'un avec l'autre, pour raisons de service, voilà six mois, et il était aussi vif d'esprit qu'il l'a toujours été. Tu sais ce qu'on va faire ? Je vais l'appeler pour lui parler et, si tu acceptes de m'accompagner, je vais te présenter en bonne et due forme.

— D'accord, approuva Waltin en haussant les épaules.

Que pouvait-il dire d'autre ?

Puisque j'ai décidé d'avoir confiance en toi, pensa Berg.

Le professeur Johan Forselius vivait dans un immense appartement vétuste de Sturegatan. Ils avaient dû attendre un bon moment qu'on les fasse entrer puis avancer à tâtons le long d'un couloir plongé dans l'obscurité avant de parvenir, tout au bout, dans un bureau très enfumé.

— C'est la faute de cette maudite aide ménagère, grommela le professeur. Je lui ai dit tout l'automne de changer les lampes du couloir, mais elle est bouchée. Elle est polonaise et je ne comprends pas un mot de ce qu'elle baragouine.

Forselius se moucha bruyamment dans sa main et essuya celle-ci sur la jambe de son pantalon.

— Si vous voulez du café, messieurs, il faudra vous servir vous-mêmes, continua-t-il en regardant Waltin d'un air mauvais, pour ma part je préfère un petit cognac.

Le professeur se laissa ensuite tomber dans un fauteuil en cuir assez fatigué et fit signe à Berg de s'asseoir. Puis il regarda de nouveau Waltin, un peu plus aimable, cette fois.

— Qu'est-ce que tu en dis, Claes ? demanda Berg en s'adressant à Waltin. Un petit café ne se refuse pas, hein ?

— En effet, répondit chaleureusement Waltin. La cuisine est par ici, je suppose ? ajouta-t-il avec un geste vers l'intérieur de l'appartement, plongé dans l'obscurité.

— Si vous tombez sur une cuisinière, c'est que vous êtes là où il faut, observa le professeur avec un ricanement satisfait. Le cognac est dans le passe-plats. Apportez la bouteille, au fait, pour le cas où Erik en voudrait. Car je suppose que c'est vous qui conduisez.

Waltin se contenta d'un sourire aimable.

Deux mois plus tôt, le professeur Forselius avait reçu une lettre des États-Unis, envoyée par un certain John P. Krassner qui se disait chercheur et écrivain, en train d'écrire un ouvrage sur la situation en Europe, du point de vue de la politique de sécurité, depuis la Seconde Guerre mondiale. Il avait l'intention de venir en Suède et sollicitait une interview. Cela n'avait rien d'inhabituel pour un homme comme Forselius. Il était célèbre pour avoir décrypté divers codes pendant la guerre et c'était un conférencier fort connu parmi les militaires et les services de sécurité du monde occidental. On lui faisait des propositions en ce sens tous les mois, bien que ses fonctions proprement militaires eussent pris fin plus de vingt ans auparavant. Et il avait fait comme toujours en pareil cas : il avait jeté la lettre au panier.

— Qui voudrait parler avec un type pareil ? commenta Forselius en avalant une bonne rasade de son verre de cognac. Mais, avant-hier, on a sonné à la porte. J'ai d'abord cru que le service de l'aide ménagère m'avait envoyé une de ces sales étrangères, mais il s'est avéré que c'était ce fichu Krassner, qui m'avait écrit pour me demander une interview et venait me trouver chez moi.

Berg hocha la tête. Ah, le service de l'aide ménagère.

— Et tu l'as laissé entrer ?

— Hum, dit Forselius en humant son cognac avec délices. J'ai d'abord pensé le mettre à la porte, ce morveux, parce que c'est un petit bonhomme et, malgré mon âge, je n'aurais pas eu beaucoup de mal.

Forselius grogna de satisfaction et lança à Waltin un regard presque friand.

— Mais alors il m'a dit quelque chose qui a piqué ma curiosité.

— Raconte, dit Berg.

— Il avait des salutations à me transmettre d'une vieille connaissance.

Le professeur but une nouvelle rasade de son ballon tout en lançant un regard soupçonneux à Waltin par-dessus le bord du verre.

— Oui, une vieille connaissance de l'époque de la guerre et des années qui ont suivi, précisa Forselius en hochant la tête, l'air surtout intéressé par le contenu de son verre.

— Ne t'inquiète pas de la présence de Claes, intervint alors Berg. En dehors du fait que c'est mon plus proche collaborateur, j'ai une confiance totale en lui.

Est-ce que ça ne paraît pas bizarre de le préciser ? se demanda-t-il.

Forselius opina du chef, apparemment pour lui-même. Puis il se redressa, sourit et secoua la tête.

— J'entends ce que tu dis, Erik. J'entends ce que tu dis.

— Eh bien ? insista Berg, sourire aux lèvres.

Forselius secoua une fois de plus la tête et posa le verre sur la table, près du fauteuil.

— J'ai peur que cela doive rester entre nous deux, dit-il. Ensuite, tu feras ce que tu voudras.

Un vieillard qui essaye de se rendre intéressant, s'irrita Waltin, une fois retourné dans la voiture, tout en tentant de lire le journal du soir qu'il avait acheté dans la boutique de l'autre côté de la rue.

Il avait fallu une bonne demi-heure avant que Berg ne vienne le rejoindre. Sans rien lui demander, Waltin avait démarré et mis le cap sur Kungsholmen mais, quand ils s'étaient retrouvés pris dans une circulation de plus en plus dense à hauteur d'Odenplan, il n'avait pu se retenir plus longtemps.

— Eh bien alors, chef ? Pouvez-vous vous confier à un simple ouvrier de la onzième heure ?

— Je te demande de ne pas le prendre mal, mais je crois qu'il va falloir que j'y réfléchisse d'abord. Pour l'instant, je me contenterai des grandes lignes.

Waltin hocha la tête sans quitter les feux des yeux.

— Ce Krassner devait transmettre les salutations d'une vieille connaissance de Forselius, datant de l'époque de la Seconde Guerre mondiale. De la même génération que le respecté professeur, d'ailleurs. L'autre travaillait alors à l'ambassade des États-Unis, ici, à Stockholm. Si tu vois ce que je veux dire.

La CIA, pensa aussitôt Waltin.

— D'après Krassner, c'était le frère aîné de sa mère, maintenant décédé. Mort au printemps dernier, semble-t-il.

— Mais en assez bonne santé pour penser à envoyer des salutations, ricana Waltin.

— En effet. Mais peut-être a-t-il aussi laissé échapper des choses qu'il n'aurait pas dû dire.

— Qu'est-ce que tu veux que je fasse ?

— Savoir ce que Krassner vient faire dans notre chère patrie, dit Berg avec un léger sourire. Et les renseignements d'usage sur sa personne, bien entendu.

— Sans prendre contact avec les Allemands ?

— Tant qu'on ne saura pas où ça nous mène, il faut que ça reste dans la maison.

Aucun contact avec l'extérieur, pensa-t-il. Les Américains, c'est toujours très délicat, et les Russes sont capables de montrer les dents, quand ils se fâchent.

— Je peux t'emprunter des enquêteurs ? demanda Waltin.

— Bien sûr. Prends ce dont tu as besoin.

Jeanette, dix-sept ans, se dit Waltin avec le sourire d'un loup dont les perspectives s'améliorent d'heure en heure.

— Autre chose, dit Berg, une fois la voiture au parking.

— J'écoute.

Pourquoi sourit-il comme ça ? s'interrogea Waltin.

— Forselius a remarqué ta montre, précisa Berg en désignant la Rolex en or.

— Et alors ? Je suppose qu'il en a conclu que ce sont les Russes qui me l'ont offerte ?

— C'est à peu près ça, répondit Berg avec un sourire. Je lui ai expliqué que tu la portais déjà la première fois que je t'ai vu et donc bien avant que tu entres dans nos services.

— Et ça l'a impressionné ?

— Je ne crois pas qu'il soit atteint de sénilité. Sur ce point, je pense que tu fais erreur, mais il est vrai qu'il est de plus en plus bizarre au fil des ans.

C'est donc ça, jubila Waltin : il est bizarre, comme tous les sacs de merde un peu distingués.

— Je lui ai répondu que cette montre était un cadeau de ta vieille mère. J'ignorais, se dit Waltin en se contentant de hocher la tête.

Qu'est-ce que je fais, maintenant ? se demanda Berg, une fois en sécurité derrière son grand bureau.

Si les suppositions de Forselius étaient fondées, cela lui ouvrait certaines perspectives. Entre autres, une bonne occasion de clore le bec à ce jeune émule de Forselius qui sévissait à Rosenbad. Il avait déjà oublié Waltin et sa montre en or. Cela faisait des années qu'il avait cessé de s'en froisser et, depuis que Waltin était chargé des opérations extérieures, c'était plutôt à considérer comme un bien.

Celui-ci était allé trouver la stagiaire Jeanette Eriksson pour l'informer de trois choses. D'abord qu'elle travaillait désormais pour lui et rien que pour lui. Ensuite, qu'elle n'avait plus à s'occuper que de Krassner, et enfin – détail pratique non sans importance – que le dossier Krassner grimpait dans l'échelle des priorités, et que seuls elle et lui auraient connaissance de son contenu. Excellente raison pour des contacts de nature un peu plus intime, pensa Waltin en lui adressant son plus beau sourire.

— Si ça ne t'effraie pas de faire un petit tour sur le terrain, insinua-t-il.

— Pas du tout. Aucun problème. Je n'ai encore jamais rencontré un seul type qui arrive à croire que je sois dans la police.

Hum, hum, se dit Waltin, conscient de la fragilité de ses rêves.

— Rassemble tous les renseignements que tu pourras trouver et on se revoit après le week-end, conclut-il avec un petit sourire paternel, du genre de ceux qu'on adresse à des jeunes filles comme elle.

D'abord établir des relations de confiance, avant d'en venir aux choses sérieuses.

Jeanette Eriksson avait non pas dix-sept ans, mais vingt-sept. Quand elle était plus jeune, son apparence n'avait pas manqué de lui causer certains désagréments. Maintenant, c'était aussi bien un avantage qu'un inconvénient et, quant à Waltin, elle comprenait sa façon d'envisager la chose. Ce n'était pas la première fois qu'elle devait faire face à la réaction d'hommes comme lui. Après cette seconde rencontre, elle s'était rendue directement dans son nouveau bureau car, désormais affectée à ce qu'on appelait une mission spéciale, elle se voyait attribuer un bureau avec clé et codes particuliers, et tous les signes extérieurs de l'importance de sa tâche. Une fois à l'intérieur, elle avait dressé la liste de ce qu'il fallait découvrir sur Jonathan P. Krassner, communément appelé John, né en 1953 à Albany, État de New York, États-Unis d'Amérique.

Elle avait commencé par appeler son collègue de la PAF d'Arlanda afin de savoir si l'entrée de Krassner dans le pays, moins d'une semaine auparavant, avait fait l'objet d'une note particulière. Mais non. Comme il venait des États-Unis, on n'avait même pas enregistré sa réponse à la question obligatoire de savoir s'il venait pour affaires, tourisme ou quelque autre raison. Dommage que tu n'aies pas eu la peau un peu plus foncée, se dit-elle par pur réflexe.

Puis elle s'était entretenue avec le collègue qui était le contact de leur informateur auprès de la télévision publique et lui avait demandé, au nom de son chef et pour des raisons dans lesquelles elle n'avait pas à entrer, de lui fournir dans les meilleurs délais et de façon aussi détaillée que possible tout ce que leur homme avait pu remarquer quand il avait rencontré Krassner. L'idée qu'elle puisse s'informer directement ne l'avait même pas effleurée. Si elle devait être amenée à côtoyer Krassner, elle ne voulait pas risquer de la part de son nouvel entourage des réactions qu'elle ne pourrait contrôler, ni dévoiler son visage et son identité à un informateur aussi notoirement peu fiable.

Après un week-end fort occupé, elle en savait pas mal, le dimanche soir, sur le compte d'une personne ayant accédé à la dignité de «projet» affecté d'un budget confidentiel. Waltin avait paru satisfait. Il désirait la voir dès le lendemain matin et, pour des raisons qu'il ne pouvait révéler, il fallait que ce soit en dehors de la maison. Il lui avait donné l'adresse d'une entreprise située sur Norr Mälarstrand, à cinq minutes à pied de leur lieu de travail – ce qui n'avait pas manqué de lui paraître très excitant, étant donné ce qu'elle avait entendu murmurer dans les couloirs sur les opérations dites extérieures.

Il me traite comme la gentille petite fille à son papa, songea Jeanette Eriksson en raccrochant mais, en même temps, cette idée ne lui déplaisait pas totalement. C'était plutôt assez piquant.

La gentille petite fille de M. Claes, se dit Waltin, de son côté, et pour lui, c'était très attrayant.

Berg avait passé le week-end à réfléchir à ce que lui avait confié Forselius. Comme toujours lorsqu'il s'agissait de questions de sécurité très compliquées, il s'était enfermé dans le bureau de sa maison de Bromma, muni de feuilles de papier et d'un stylo. Ces feuilles, il prenait toujours grand soin de les détruire personnellement, à chaque fois, dès qu'il estimait être parvenu au terme de ses réflexions. Sous ce rapport, l'histoire des services secrets était édifiante. Elle était pleine de gens qui avaient laissé traîner des papiers et autres objets personnels, ouvrant ainsi des pistes que l'adversaire n'avait eu aucun mal à suivre.

Quand ils avaient quitté leur appartement en ville pour venir habiter ce quartier un peu périphérique de Bromma, sa femme l'avait taquiné à plusieurs reprises. « C'est magnifique, lui avait-elle dit, de disposer enfin d'une cheminée, pour que tu ne sois plus obligé de faire du feu dans l'évier de la cuisine afin de brûler tous tes papiers. » Berg avait bien pris la chose, et pour cause. Il ne fallait pas dire du mal des broyeurs modernes, il en possédait un du dernier modèle chez lui, mais le feu avait un pouvoir de destruction supérieur à tout le reste. On mettait d'abord le feu et ensuite il suffisait de veiller à bien écraser et disséminer les cendres.

Ce que lui avait dit Forselius posait trois sortes de questions. D'abord celle, fondamentale, de savoir s'il y avait du vrai dans ses réflexions ou si c'était le fruit de son imagination, point que Berg avait discuté en détail avec lui. Forselius était connu pour son esprit critique, en particulier vis-à-vis de lui-même, de ses propres capacités intellectuelles, de ses motifs et de l'origine de ses pensées. « Dans le monde où je vis, il n'existe de place ni pour le mensonge ni pour les illusions », avait-il confié à Berg dès leur première rencontre.

Bien entendu, ce dernier n'avait pas manqué de tenter de le pousser dans ses retranchements. Que pensait-il des soupçons que Krassner avait semés dans son esprit ?

— Si on me demandait de parier, je mettrais mon argent sur l'idée qu'il sait quelque chose, que ce qu'il sait est vrai et que les choses sont graves au point qu'il est en mesure de prouver que ça l'est.

À ce moment, Forselius s'était mis à rire doucement en se servant un nouveau cognac.

— Ce qu'il sait et dans quelle mesure il le sait ? Bah, avait-il répondu à sa propre question en haussant les épaules.

— Tu n'as aucune idée sur ce point ?

— Pas vraiment. S'il n'avait pas été de la famille de mon vieil ami, j'aurais sans doute estimé qu'il cherchait à se rendre intéressant. Ou alors qu'il fouinait un peu partout, comme les baveux à prétentions humanistes.

Là, Forselius avait pris une bonne rasade de cognac.

— Comme tu le vois, tout ça est lié, vrai ou pas. Si c'est faux, oublie-le et fais quelque chose d'autre. Si c'est vrai, au moins en partie, on suit la piste. Qu'est-ce qui est vrai et qu'est-ce qui ne l'est pas ? Une fois qu'on le saura, on pourra se hisser au niveau supérieur de cette affaire. Ce qui est vrai est-il suffisamment intéressant et, si oui, pour qui ? De toute façon, ce sont des questions empiriques et puis tu disposes de ce type à la montre en or pour faire le gros boulot.

Il avait alors ricané au point de déclencher une légère quinte de toux.

— Comme quand on décrypte un code.

— Enfin... En théorie peut-être, mais c'est sans importance une fois qu'il faut que tu le fasses. Tu es un type bien, Berg, tu n'es pas bête, c'est vrai, mais dans le monde qui est le mien...

Le reste se résuma à un geste des mains.

— Je sais, je sais, avait dit Berg avec un sourire qui le dispensait de continuer. Mais les maths n'ont jamais été mon fort, à l'école.

Il faudra que je me contente de ça, songea Berg, mais comment amener Waltin à faire son possible sans lui fournir toutes les pièces du puzzle ? En ce qui le concernait personnellement, il savait exactement quoi décider. Pas un mot à quiconque des soupçons de Forselius. Il fallait d'abord être en terrain un peu plus sûr et, plus tard, il saurait comment se comporter sur le plan situé le plus haut dans son univers à lui. C'est-à-dire qui informer, et de quoi.

Dans ces sphères éthérées où se mouvaient Forselius et ses semblables, et où le chaos lui-même pouvait être ordonné, décrit et expliqué à l'aide de symboles et de fonctions, il n'y avait naturellement aucune place pour les perturbations d'ordre humain comme celles qui assaillirent Berg lorsqu'il revint sur son lieu de travail, le lundi matin.

— Bonjour, lui dit sa secrétaire. Vous êtes invité à un déjeuner très chic.

— Quand ça ?

— Aujourd'hui même. L'expert du Premier ministre vient d'appeler pour demander si vous avez le temps de déjeuner avec lui. Il souhaite que vous le rappeliez.

— De quelle humeur était-il ? questionna Berg, qui n'eut pas plus tôt prononcé ces paroles qu'il les regretta.

— Très aimable. Pourquoi ? Il s'est passé quelque chose ?

Berg secoua la tête. Si j'ai le temps ? Il faudrait plutôt me demander si j'ai le choix. Bien sûr que non.

En apparence, rien n'avait changé : mêmes paupières mi-closes, mêmes lèvres arquées de façon irritante, même façon de se rejeter en arrière sur sa chaise, y compris quand il était en train de manger. Ce qui inquiétait Berg, c'était sa façon de s'attacher uniquement à ce qu'il disait et à la façon dont il le disait. Il s'était en effet montré parfaitement aimable et s'était comporté en hôte prévenant. De plus, cela s'était déroulé dans un endroit très sélect : l'une des petites salles à manger de Rosenbad.

Son attitude, ainsi que le choix de l'endroit perturbaient beaucoup plus Berg que si l'autre l'avait attrapé par le collet pour lui donner un coup de boule. C'est sûrement le but de cette manœuvre tordue. Alors : du calme, du calme.

— Heureux de t'avoir à déjeuner, Berg, commença l'expert en levant son verre d'eau minérale.

— Tout le plaisir est pour moi, répondit-il en levant son verre de bière.

— J'ai trouvé notre dernière réunion très positive. J'ai eu le sentiment que nous nous rapprochions des questions que nous avons à traiter, toi et moi.

Tu fais dans l'ironie, maintenant, mon salaud ? se demanda Berg, qui se contenta d'opiner du bonnet.

— Ne te méprends pas : je ne suis pas en train d'ironiser, reprit l'expert en balayant l'objection d'un geste de la main gauche. Ce que je veux dire, c'est que toi et moi, chacun de notre côté, nous sommes prisonniers de ce qui nous entoure.

Où veux-tu en venir ?

— Voilà bien des années, alors que je faisais mon service militaire en un lieu dont je n'ai pas le droit de parler mais que tu n'ignores pas, j'ai rédigé un essai sur la guerre en miroir.

— Très intéressant, je t'écoute.

— Bien entendu, mon exposé était fondé sur la mission spéciale dont j'étais investi à l'époque. J'étais sous les ordres de quelqu'un, tu t'en doutes, et mon patron ne se mouchait pas du pied. C'était un vieux type très doué et particulièrement malcommode, et je n'avais que dix-huit ans.

Forselius, songea Berg, maintenant je le sais et il sait que je le sais ; alors pourquoi tient-il à ce que je sache qu'il sait, lui aussi ?

— En fait, cela traitait de ce que nous nous exprimons, en paroles, par écrit, par gestes, au moyen des regards et par tous les moyens possibles et imaginables. Par exemple, en ne disant ou en ne faisant rien du tout. Ou en nous abstenant de réagir de la façon à laquelle s'attend notre adversaire.

Berg avait posé fourchette et couteau, et écoutait en dodelinant de la tête.

— Le message idéal dans le meilleur des mondes, peuplé d'êtres bons… À quoi ressemble-t-il ? D'abord :

il est véridique. À tel point, en fait, que l'émetteur ne s'y est pas trompé. Ce qu'il ou elle dit est vrai, tout simplement. De plus, il est important à la fois pour celui qui l'émet et pour celui qui le reçoit et, dans le meilleur des mondes, tous les messages sont évidemment bons. Ils sont profitables pour les deux parties, mais aussi pour le monde qui les entoure.

— Le meilleur des mondes, répéta Berg qui sentit une étrange paix, comme il n'en avait pas éprouvé depuis longtemps.

— Compare-le avec celui dans lequel nous vivons, toi et moi. Je n'ai pas pu éviter de voir ce que tu pensais quand j'ai évoqué le fait que je connaissais Forselius, quoique tu aies une *poker face* à faire pâlir un croupier.

L'expert eut un sourire à l'adresse de Berg et, soudain, il n'eut plus l'air ironique du tout.

— Merci pour le compliment. Mais l'aurais-tu remarqué si tu n'avais pas parlé de Forselius ?

— Sans doute pas. J'ai une question très simple à te poser. Les soupçons de Forselius sont-ils fondés ? Je n'ai pas à l'esprit des évidences telles que le fait que notre gouvernement social-démocrate et notre noble et neutre patrie aient couché avec les États-Unis et les puissances occidentales, en matière de politique de sécurité, depuis que nous avons su comment la guerre allait se terminer.

— Ça nous fait gagner du temps, coupa Berg avec un petit sourire.

— Exactement, et c'est moi qui te le dis, alors tu peux te détendre et déguster ce moment. Tu sais, je sais, tous les autres comme toi et moi savent. Il y a même des professeurs d'économie politique et d'histoire moderne qui savent ; leur affectation lors de leur service militaire et au cours de la guerre n'a pas été le fait du hasard, pas plus que la guerre psychologique.

Même des types comme Guillou[1] savent, alors peu importe que les médias n'aient pas informé les autres. Il serait d'ailleurs grand temps qu'ils le fassent, pour que nous puissions priver nos ennemis mal intentionnés d'un de leurs arguments préférés.

— Le hic, c'est notre neutralité proclamée, dit Berg, qui se sentait plus sûr de lui et plus vif d'esprit qu'il ne l'avait été depuis longtemps.

— Évidemment. Dans notre monde, à nous, il n'existe rien qui soit à cent pour cent bon ou mauvais. Nous sommes aussi prisonniers de nos compromis et tant que, ici, nous ne serons pas sûrs de la façon dont ça va tourner là-bas, nous serons les champions du monde des compromis.

— Je crois que ce que tu viens de dire est un bon résumé de la politique suédoise de l'après-guerre.

— Et nous ne sommes pas les premiers à nous en apercevoir, toi et moi.

— Certes pas.

— Mais nous risquons de nous retrouver coincés et c'est à nous qu'il revient de nous tirer nous-mêmes, ainsi que nos employeurs, de ce mauvais pas. Et si nous ne sommes pas à la hauteur de ce qu'on attend de nous, ça risque de barder pour notre matricule…

— Donnons-nous la main pour réussir. Et oublions tous les miroirs.

Le lundi matin, peu avant huit heures, Jeanette Eriksson pénétra dans le bâtiment de Norr Mälarstrand où Waltin lui avait fixé rendez-vous : un immeuble de style fonctionnel avec de grands balcons du haut desquels on

1. Auteur de romans d'espionnage qui ont battu tous les records de vente, en Suède et ailleurs dans le monde, mais jamais publiés en France, et personnage de premier plan de la vie nationale en raison de ses interventions dans le débat public. *(N.d.T.)*

avait une très belle vue sur le lac et les hauteurs de Söder, de l'autre côté. L'entreprise où elle devait se rendre se situait au deuxième étage mais, à en juger d'après les plaques apposées dans l'entrée, un certain Waltin habitait également tout en haut. Si c'était son domicile, il devait avoir une vue splendide, supposa Eriksson. Le bureau n'était pas mal non plus : un peu exigu mais clair, moderne, fonctionnel, meublé de façon sobre. Certainement plus cher que cela n'en avait l'air. Waltin, lui, était bien habillé, rasé de près, efficace. Il lui offrit du café tout frais. Passionnant, ce type, pensa-t-elle. Je me demande comment il est vraiment.

— Alors, Jeanette, raconte-moi.

En ce qui concernait Krassner en tant qu'individu, elle n'avait pas grand-chose à rapporter. Pas encore, car il fallait tenir compte du fait que c'était le week-end, aux États-Unis également, et comme elle ne pouvait emprunter le raccourci habituel, cela prendrait sans doute un certain temps. En revanche, elle l'avait « logé », comme on dit.

— Il habite au quinzième étage du foyer d'étudiants Nyponet, dans Körsbärsvägen, un de ces couloirs avec huit chambres et une cuisine commune. Il a eu la sienne en sous-location par l'intermédiaire d'une organisation internationale pour le logement étudiant.

— Qui habite dans le même couloir que lui ?

— L'une des chambres est vide, son occupant est retourné vivre chez ses parents, apparemment. Il est originaire d'Östergötland et étudie le droit. Sa mère a eu un grave accident voilà un mois. En ce qui concerne les six autres, mis à part Krassner, ce sont des étudiants tout à fait ordinaires, d'une vingtaine d'années. Tous des garçons ; il ne semble pas qu'ils soient séparés des filles, dans cet immeuble, pourtant. Mais je peux vérifier.

Waltin ébaucha un sourire.

— Bon. L'un d'eux est à l'école de technologie, le deuxième à celle de commerce, le troisième à l'Institut des sports, un autre étudie l'économie politique, un autre encore la sociologie et le dernier le traitement de l'information. Ils sont tous suédois, à l'exception du dernier, un étudiant sud-africain. C'est un Noir et il bénéficie d'une bourse de la centrale syndicale LO pour ce semestre. Il est plus âgé que les autres, puisqu'il a vingt-huit ans. Il est né à Pretoria.

Naturellement, se dit Waltin, les socialos ont un faible pour les nègres, les Arabes et tous les autres bronzés qu'ils attirent dans ce pays.

— On a quelque chose sur eux ?

— Non, ni chez nous, ni dans les autres services officiels. Hormis le genre de bêtises que font volontiers les adolescents. Le sportif semble avoir été un peu remuant au lycée, mais à part ça, non. Ce sont tous des étudiants suédois ordinaires, des provinciaux.

Waltin hocha la tête. Ce vieux débile avait réussi à lancer Berg dans une affaire complètement idiote. Toute la question était de savoir comment s'en acquitter sans perdre trop de temps en travail inutile.

— As-tu des idées sur la suite des opérations ?

— Je pensais commencer par apprendre qui il est. Mais, comme je l'ai déjà dit, ça va prendre du temps et j'ai donc quelques autres idées que je pourrais mettre à exécution.

— J'en ai une, moi aussi.

— Laquelle ? s'étonna Eriksson.

Waltin donna un petit air mystérieux à son sourire.

— Laisse-moi m'occuper de sa biographie et je te promets un portrait détaillé pour la fin de la semaine. Sans tricher.

— Sans tricher ? s'étonna-t-elle à nouveau.

Il a l'air vraiment très fort, se dit-elle en elle-même.

— Sans tricher, répéta solennellement Waltin en tendant le pouce droit.

Il est deux fois moins gros que le mien, se dit Waltin, en voyant le sien[1]. Et, en la considérant devant lui, recroquevillée dans le coin de son grand canapé avec son petit pouce dans sa petite bouche et les larmes qui coulaient sur ses petites joues très rondes, il ressentit l'excitation bien connue.

Sitôt qu'elle fut partie, Waltin passa dans les toilettes pour se soulager. Il l'avait penchée en avant sur le lavabo, en serrant très fort sa petite nuque, et avait pressé son bas-ventre contre elle, par-derrière, de façon à la fois décidée et brutale, afin qu'elle sache bien, dès le début, de quoi il retournait. Après coup, il s'était lavé soigneusement les mains et avait appelé une de ses nombreuses relations d'affaires, qui avait une filiale aux États-Unis.

Jeanette Eriksson était rentrée tout droit dans son studio de Solna et s'était changée, afin d'avoir l'air d'une étudiante. Comme elle avait étudié la criminologie pendant plus d'un an, elle n'eut pas trop de mal. Puis elle prit le métro pour revenir en ville et, après quelques minutes de marche, elle pénétra dans l'entrée du foyer Nyponet. Elle savait exactement ce qu'elle allait faire et comment. L'appareil photo et le reste, elle l'avait dissimulé sous les livres, dans son sac d'épaule.

Waltin lui aussi savait ce qu'il allait faire. Il avait demandé à sa relation d'affaires de s'informer un peu au sujet d'un jeune Américain qui tentait de lui vendre

---

1. Signe que le pari est tenu, comme chez nous quand on se tape dans la paume. *(N.d.T.)*

une idée commerciale. Avant d'aller plus loin, il désirait naturellement savoir si ce jeune homme était digne de confiance : « Ses idées sont bonnes, mais on aime bien savoir si c'est du lard ou du cochon. » En outre, c'était un peu délicat et, comme toujours, très pressé. En revanche, le coût de l'opération n'avait aucune importance du moment que le travail était bien fait.

— Je suis ton homme, Claes, lui avait répondu son ami. Nous sommes en cheville avec une excellente agence de détectives privés de New York. Je les mets tout de suite sur l'affaire.

Je me demande combien il pense que ça va lui rapporter personnellement, se dit Waltin. Il le remercia chaleureusement pour le service et mit fin à la communication.

L'étudiante Jeanette Eriksson avait sonné à plusieurs reprises à la porte du couloir dans lequel logeait Krassner avant que l'une des chambres ne s'ouvre. Un homme dans la trentaine, en jean, tee-shirt et chaussettes, en sortit. Il n'était pas peigné et avait l'air plutôt mécontent d'être dérangé.

C'est lui, songea-t-elle en lui adressant son plus beau sourire féminin.

— Excusez-moi, je cherche un copain qui loge ici. Taille moyenne, pas très fort, cheveux bruns, yeux bleus, visage maigre aux mâchoires accentuées et fossette au menton. Assez beau gosse, quoi.

Krassner, car ce ne pouvait être que lui, poussa un soupir de contrariété.

— *Sorry, I don't speak Swedish*[1], répondit-il sans faire mine de la laisser entrer.

C'est à ce moment que Daniel était arrivé.

1. « Désolé, je ne parle pas suédois. » *(N.d.T.)*

— *Maybe I can help you*[1], proposa-t-il en souriant de toute la blancheur de ses dents.

Ils sont tous pareils, les mecs, constata Jeanette Eriksson une demi-heure plus tard, lorsqu'elle et son nouvel ami Daniel M'Boye se retrouvèrent assis l'un en face de l'autre, chacun devant une tasse de mauvais café, dans la cafétéria du foyer. Daniel s'était montré très serviable : le copain qu'elle cherchait avait malheureusement dû interrompre ses études lorsque sa mère avait eu un accident.

— C'est quelqu'un que tu connais ? avait-il questionné avec une compassion qui semblait sincère.

Elle s'était tirée de la situation avec brio : un vieux copain de lycée. Elle ne le connaissait pas très bien mais elle avait entendu dire qu'il étudiait le droit et elle aurait voulu lui emprunter des livres pour ses propres études. Enfin, ce n'était pas grave, elle pouvait s'adresser à quelqu'un d'autre.

— Je peux t'offrir une tasse de café ?

Elle avait hésité juste ce qu'il fallait.

— J'avais l'intention d'en prendre une à la cafétéria, avait-elle répondu avec un sourire un peu plus franc encore et presque émouvant. D'accord.

C'est presque trop facile, avait-elle pensé.

Daniel avait commencé par parler de lui-même, puis il lui avait demandé ce qu'elle faisait et elle avait répondu à la perfection : elle étudiait la criminologie, ça marchait comme ci comme ça, elle était en deuxième année mais ne savait pas exactement ce qu'elle ferait, elle logeait dans un studio à Solna, comme ci comme ça aussi, boulot dodo la plupart du temps, pas terrible, mais elle avait la vie devant elle, n'est-ce pas ?

1. « Je peux peut-être vous aider ? » *(N.d.T.)*

— Ton copain avait pas l'air très heureux, lui. Celui qu'a pas voulu me laisser entrer. Plutôt déplaisant.

— Je le connais à peine, expliqua Daniel avec un sourire. Ça fait qu'une semaine qu'il est là. Il est américain. Un type un peu bizarre.

— Je l'ai trouvé vieux pour un étudiant, dit Jeanette avec le sourire qu'il fallait. Il est dans quelle discipline ?

— Il m'a dit qu'il était en train d'écrire un livre. Un truc politique, je crois, sur la Suède et les affaires du pays. C'est pas vraiment ma branche, à moi, avoua M'Boye avec un grand sourire, en se penchant vers elle.

Ça suffit pour aujourd'hui, décréta Jeanette en lui rendant un petit sourire timide. Bien entendu, elle lui avait donné son numéro de téléphone, après s'être fait prier juste ce qu'il fallait, à nouveau. Ce numéro confidentiel qu'elle s'était fait attribuer l'après-midi même et dont elle espérait bientôt se débarrasser.

La réunion de cette semaine-là avec ses patrons s'était déroulée sans anicroche, pour une fois. Berg avait passé en revue diverses questions : les Yougoslaves, les Kurdes, la suite de l'enquête sur les éléments antidémocratiques…

— Ça progresse lentement, mais ça avance.

L'expert avait hoché la tête, de façon peu appuyée mais approbatrice.

Après la réunion, il avait entraîné Berg à l'écart.

— Quelles nouvelles ?

— J'espère avoir quelque chose pour toi vendredi. On n'ose pas trop se hasarder à l'extérieur de la maison, c'est pourquoi ça prend un peu de temps pour savoir qui il est.

— Vous faites bien, commenta l'expert en tapotant le bras de Berg, à la surprise de celui-ci.

Il a l'air soucieux, se dit-il. Pourquoi ? Que sait-il que j'ignore ?

— Quelles nouvelles ? demanda Berg à Waltin, assis de l'autre côté du bureau, en train de rectifier le pli de son pantalon, pourtant déjà parfait.

— Ça progresse lentement mais sûrement. Tu veux voir la tête qu'il a ?

Waltin lui tendit une pochette en plastique contenant divers clichés.

Les photos de Krassner avaient été prises au téléobjectif alors qu'il sortait du foyer : rangers, jean, grosse veste molletonnée, tête nue en une occasion, bonnet de laine en une autre, gros plans d'un visage maigre et volontaire. Un type avec des idées, songea Berg, qui n'aima pas beaucoup ce qu'il vit.

— On sait quelque chose de ses habitudes ?

— Il semble qu'il reste chez lui la plupart du temps, à taper à la machine. Il est allé à la bibliothèque municipale, à celle de l'université et à la Nationale. Hier soir, il est descendu au club de la presse prendre une ou deux bières. Il est rentré chez lui à pied, ensuite. La lumière de sa chambre ne s'est éteinte que vers deux heures du matin.

— Tu as assez de personnel ?

— Oui.

— Quelqu'un l'a approché ?

— Oui.

— Quelqu'un de chez nous ?

— Oui.

— Comment est-il ?

— Solitaire, un peu bizarre, il fait l'effet d'être un peu dans les nuages. Salue ses voisins mais ne fréquente personne. Colle un cheveu sur sa porte quand il sort. Tu vois le genre.

Berg voyait très bien.

— Il reste donc surtout à écrire dans sa chambre ?

— Oui. Il n'arrête pas de taper sur sa petite machine, on dirait.

— De quoi vit-il, alors ? interrogea Berg, qui n'aimait pas du tout ce qu'il entendait, maintenant. D'amour et d'eau fraîche ?

— De hamburgers de chez McDonald's et d'une pizza de temps en temps.

Mauvais, ça, se dit Berg. Très mauvais.

Le mardi soir, le contact de Waltin donna de ses nouvelles au téléphone. Il avait réussi à obtenir certains renseignements et se demandait s'il devait les faxer. Il en espérait d'autres, mais pas avant la semaine suivante.

— C'est un drôle de pistolet, poursuivit le contact. Est-ce que je peux te demander quelle idée il essaie de te vendre ?

— Bien sûr, répondit Waltin. Ce n'est pas un grand secret. Ça a trait aux médias. Il a des idées intéressantes sur la façon de développer certains produits médiatiques.

— Ah bon. Alors, je serais prudent si j'étais à ta place.

Jonathan P. Krassner, connu sous le prénom de John dans la vie de tous les jours, était né le 15 juillet 1953 à Albany, dans l'État de New York, et il était le seul enfant de Paul Jürgen Krassner, né en 1910, et de Mary Melanie Buchanan, née en 1920. Ses parents s'étaient mariés l'année d'avant sa naissance et avaient divorcé l'année d'après.

Le père aurait été représentant de commerce. Après le divorce, il était allé vivre à Fresno, en Californie. On ignorait la suite de ses aventures et il n'y avait aucune trace d'éventuels contacts avec son fils, en tout cas. John avait grandi chez sa mère, qui travaillait comme infirmière dans une clinique catholique non loin d'Albany. Elle était morte d'un cancer en 1975.

Après l'école élémentaire et le lycée, d'où il était sorti avec des notes nettement au-dessus de la moyenne, Krassner avait entrepris des études d'économie politique, de sociologie et de journalisme à l'université de l'État de New York, à Albany, et obtenu un diplôme correspondant à une licence suédoise. Puis il avait été employé comme stagiaire dans un journal local, avait ensuite poursuivi ses activités dans une chaîne de télévision, toujours sur le plan local. Au bout de quelques années, il était revenu au journal dans lequel il avait commencé sa carrière, avec le statut de journaliste d'investigation équipé de sa propre *byline* pour les clichés. Après deux ans de travail, il avait fait les titres du journal grâce à une série de reportages ambitieux : « Les réfugiés devenus gangsters » (en anglais : *From Refugee to Racketeer* – Ça sonne toujours mieux dans cette langue, se dit Waltin).

D'après John P. Krassner, une famille vietnamienne respectée pour sa réussite économique aurait mis sur pied un immense syndicat du crime camouflé derrière une façade de restaurants, de boutiques de quartier et de laveries automatiques, à Albany et dans les environs. Cette nouvelle avait fait beaucoup de bruit dans la localité pendant un certain temps. La police et le procureur s'étaient intéressés à l'affaire mais n'avaient pas tardé à clore leur enquête. En revanche, la famille vietnamienne en question n'avait pas pris la chose à la rigolade. Elle avait attaqué le journal et son propriétaire en justice, lui réclamant un nombre respectable de millions de dollars pour diffamation aggravée, porté plainte contre certains pour discrimination raciale et entrepris une action au sein des tribunaux via les politiciens locaux et une association nationale de *boat people* vietnamiens. Après conciliation, le journal avait fait amende honorable et versé d'importants dommages et intérêts. Krassner avait évidemment été mis à la porte.

Ses activités ultérieures étaient mal connues. Il avait d'abord vendu la maison qu'il avait héritée de sa mère et où il avait vécu après la mort de celle-ci, et était allé vivre chez un oncle maternel, le seul parent qu'il lui restait. Il s'était inscrit aux cours du soir de l'université et avait obtenu une maîtrise de « journalisme d'investigation ». Pour survivre, il avait effectué divers petits boulots d'ordre intellectuel, exercé comme free-lance auprès de certains médias, donné des cours de journalisme et, pendant une brève période, été rédacteur dans une agence de publicité de Poughkeepsie, à une centaine de kilomètres au nord de New York et à peu près autant au sud d'Albany.

Waltin feuilleta les documents qu'il venait de recevoir : l'excellente synthèse de ces renseignements effectuée par l'agence de détectives, les copies jointes de l'acte de mariage et du jugement de divorce des parents, le bulletin de naissance de Krassner, le relevé de ses notes et une photo de classe de l'époque du lycée, les copies de son permis de conduire et de son diplôme universitaire, le certificat de décès de sa mère et un nombre assez volumineux d'articles de presse parmi ceux qui lui avaient valu ses malheurs. Tout en bas de la pile, Waltin trouva aussi la nécrologie de son oncle et la copie du testament de celui-ci. C'était là que cela commençait à devenir intéressant.

Cet oncle, John Christopher Buchanan, lui aussi appelé John dans la vie de tous les jours, était né en 1908 à Newark, dans l'État de New Jersey, et avait « paisiblement quitté ce monde, chez lui, à Albany, au cours de l'après-midi du 16 avril », soit six mois très exactement avant que Waltin ait l'occasion de prendre connaissance de sa vie et de son œuvre. Après la fin de ses études secondaires, il s'était inscrit à l'université de Columbia, où il avait obtenu son doctorat en sciences politiques en 1938. À l'époque de Pearl Harbor, il enseignait à la Northwestern University, près de Chicago, mais, « en vrai patriote qu'il était », il avait quitté le monde universitaire pour devenir officier de réserve.

Après avoir servi à l'état-major de Washington dans des fonctions non précisées, il avait, à la fin de la Seconde Guerre mondiale, été transféré en Europe avec le grade de capitaine. Trois ans plus tard, en 1947, le lieutenant-colonel Buchanan était nommé attaché militaire adjoint à l'ambassade des États-Unis à Stockholm, où il était resté pendant plus de quatre ans. La suite était moins bien établie, à nouveau, mais en 1958 il avait quitté la carrière militaire avec le grade de colonel et repris l'enseignement pour occuper un poste de professeur en « histoire européenne contemporaine » à l'université de l'État de New York à Albany. En 1975, l'année où sa sœur était morte de son cancer mais sans que les deux événements soient liés, apparemment, il avait « fait valoir ses droits à la retraite pour jouir d'un repos bien mérité, après une vie glorieuse au service de la nation ».

Je me demande s'il buvait, se dit Waltin. Sinon, il n'aurait pas dû s'arrêter là.

Le plus intéressant était toutefois son testament. Après l'inévitable inventaire des biens qu'il laissait, la maison où il habitait, diverses liquidités investies en banque et dans des fonds de pension, sa bibliothèque, une collection de « souvenirs militaires de la Seconde Guerre mondiale », des meubles, tableaux et autres, John C. Buchanan avait légué ses « biens, tant matériels qu'intellectuels à [son] plus proche parent, cher ami et fidèle écuyer, John P. Krassner ».

Les biens matériels avaient été faciles à évaluer. D'après l'état dressé par le notaire, ils s'élevaient à 129 850 dollars et 50 cents, déduction faite des taxes, frais d'inhumation et de succession. D'après l'agence de détectives, ils étaient sans doute d'un montant deux fois plus élevé, en raison des habituelles astuces fiscales d'usage lorsque quelqu'un qui n'est pas tout à fait pauvre quitte ce bas monde. Quant aux biens intellectuels, il n'en était pas soufflé mot, en revanche.

— Mais c'est fantastique, dit Jeanette Eriksson à son chef si élégant, en souriant à la fois avec les yeux et avec la bouche.

Comment il a fait, bon sang ? Il est vachement fort, pensa-t-elle.

Waltin eut un sourire de modestie et un petit mouvement des épaules pour écarter le sujet.

— On verra ça plus tard.

Berg n'eut pas l'air aussi enchanté.

— « Je lègue tous mes biens, tant matériels qu'intellectuels… » Qu'est-ce qu'il pouvait bien vouloir dire par « intellectuels » ?

— Je suppose qu'il entendait par là ses notes, ses papiers, son journal intime, ses albums de photos de l'époque où il était en activité, que sais-je ? rétorqua Waltin.

Tout le monde n'est pas comme toi, Erik, ajouta-t-il in petto.

Berg se passa la main sur le menton.

— Ça ne me paraît pas très vraisemblable. C'est une mesure élémentaire, de la part d'un chef de service, de veiller à ce genre de choses vers les dernières années de l'intéressé. Ce serait contraire à la règle de base… Bon, il faut absolument qu'on sache ce que mijote ce type.

— Ses biens intellectuels ? répéta l'expert en regardant Berg avec son habituel sourire en coin. Qu'est-ce qu'il entendait par là ?

— C'est ce qu'il faut trouver, répondit Berg. J'ai du mal à croire qu'il ait fait le déplacement jusqu'ici pour recueillir des informations sur le temps que son oncle a passé à l'ambassade américaine de Stockholm.

— J'ai pris connaissance d'échantillons du « journalisme d'investigation », comme on dit, de Krassner. Son contenu tant sur le plan factuel qu'intellectuel, pour ne pas parler du plan linguistique, ne me fait pas vraiment sauter au plafond. Surtout si on pense que Buchanan était son oncle.

— Il faut qu'on sache ce qu'il mijote, répéta Berg avec encore plus d'emphase.

— Je te serais très reconnaissant d'y parvenir, conclut l'expert sans l'esquisse d'un sourire.

Waltin n'avait pas confiance en Forselius. C'était un vieillard sénile dont l'existence ne devait pas avoir beaucoup de sens. En outre, il ne parvenait pas à comprendre pourquoi cette affaire était tellement importante. L'histoire politique de la Suède méritait certes tout le respect qu'on pouvait lui accorder, Berg l'avait affirmé chaque fois que Waltin l'avait interrogé, mais en général les médias finissaient par oublier ce genre d'histoire au bout d'une ou deux semaines de tintamarre et, pour sa propre part, cela le laissait froid. Il préférait vivre dans le présent et son chef ne lui laissait d'ailleurs pas le choix.

Malgré les doutes qu'il nourrissait, Waltin avait dû appeler des renforts. Il avait considéré cette affaire comme une façon simple et pratique d'approcher la petite Jeanette, qui n'avait que dix-sept ans, en réalité. Parmi les mesures qu'il avait envisagées, il n'y avait pas place pour tout un tas de jeunes collègues bourrés de testostérone. Il suffisait amplement qu'elle ait jugé bon d'opérer des manœuvres d'approche auprès de ce nègre qui logeait dans le même couloir que Krassner. Les nègres avaient des bites énormes, Waltin le savait pour l'avoir lu dans une thèse qui traitait de la longueur et de la grosseur de la bite de classes de conscrits dans divers pays. C'était une étude internationale menée sous l'égide de l'ONU et les chiffres des États africains étaient proprement effrayants. En outre, il l'avait constaté de ses propres yeux lorsque ses collègues allemands l'avaient traîné dans un sex-club privé, près de Wiesbaden, quelques années auparavant, après une réunion internationale sur la sécurité.

Il n'avait pas été simple de recruter une équipe efficace d'enquêteurs et, avant que tout soit en place, il avait détaché certains éléments de ses propres services. Il s'était efforcé de faire contre mauvaise fortune bon cœur et avait pris soin d'informer la petite Jeanette que le seul auquel elle devait rendre compte, dans son nouveau rôle de coordination, c'était lui-même. Mais le fait qu'elle soit entourée d'autres collègues – et il s'agissait exclusivement de jeunes policiers bien entraînés qui n'avaient qu'une seule idée dans leur petite tête aux cheveux coupés court – suffisait à le perturber. L'un d'entre eux s'appelait Martinsson mais était connu sous le surnom de la Bite ; quel nom extraordinairement remarquable pour quelqu'un qui était dans la police… Il venait d'avoir trente ans, jouait de la guitare, écrivait des chansons et portait toujours de longs cheveux qui oscillaient sur ses épaules. Il avait mérité son surnom dès l'école de police, sûrement après avoir culbuté pas mal de potiches, comme disaient certains pour désigner les membres féminins des services de police. C'était Waltin en personne qui l'avait déniché aux stups de Solna, un peu plus d'un an auparavant, mais ce n'était pas vraiment le genre d'individu qu'il désirait laisser tourner longtemps autour d'une jeune fille innocente qui n'avait que dix-sept ans, comme Jeanette.

Bref. Tôt le matin du jeudi 31 octobre, le supérieur direct de Martinsson avait appelé Waltin au téléphone. Le commissaire divisionnaire pourrait-il lui accorder quelques minutes, en compagnie du jeune Martinsson ? Ils avaient peut-être trouvé un moyen d'approcher Krassner.

— Dis-moi tout, demanda Waltin à Martinsson, assis de l'autre côté de son immense bureau, en train d'admirer son reflet dans la glace située derrière le dos de Waltin. Ton chef, ici présent, ajouta-t-il avec un signe de tête en direction de Göransson, de dix ans son aîné et légèrement chauve, m'informe que tu as une ouverture à nous proposer.

Martinsson hocha la tête. Les manches de sa chemise soigneusement remontées, pour qu'on ne manque pas de remarquer les muscles bien développés de ses avant-bras, il se mit à feuilleter un carnet de couleur noire.

— Je le pense, chef. C'est moi et le collègue qui avons pris le relais de la filature, hier soir.

— Bon, approuva Waltin en pinçant le pli de son pantalon.

— Il est allé au club de la presse, comme d'habitude. Je suis entré avec lui. Il a parlé avec certaines de nos grosses têtes et en particulier ce Wendell, de l'*Expressen*, qui était en compagnie de certaines petites jeunes – dont une qui avait des miches, je vous dis que ça. Toujours très bien entouré, ce type.

Viens-en au fait, si tu ne veux pas te retrouver derrière le volant d'une voiture de patrouille, pensa Waltin.

— Il est parti juste avant une heure et, pour une

fois, il était un peu rond, parce qu'il avait avalé cinq grandes bières alors qu'en général il en prend que deux. C'est un petit bonhomme, précisa Martinsson.

Qu'est-ce que ça a à voir là-dedans ? s'interrogea Waltin, qui était d'une taille guère au-dessus de la moyenne.

— Alors, je l'ai pris en filature.

Sans blague, tu l'as pas surveillé depuis un hélicoptère ? songea Waltin, qui commençait à fatiguer.

— Et ensuite ?

— Il s'est dirigé tout droit vers la « place de la neige » et qui est-ce qu'il a rencontré, là-bas ? Svulle Svelander, bien entendu.

— Svulle ?

— Jan Svulle Svelander, le dealer et camé bien connu, qui est dans le business depuis l'incendie d'Eldkvarn. Il est tellement tatoué qu'on dirait un tapis persan et il a un casier judiciaire gros comme ça.

— Et qu'est-ce qu'ils ont fait ? demanda Waltin, pour le plaisir.

— Krassner a acheté de la came à Svulle. Et pas qu'un peu, je vous le garantis.

VII

Entre la nostalgie de l'été et le froid de l'hiver

Albany, État de New York, dimanche 8 décembre

Cela ne ressemblait pas vraiment à l'Ångermansälven car, là-bas, le paysage était plus plat, la vallée moins encaissée, et la rivière roulait ses flots gris et lents entre les hauteurs couvertes de forêts vertes qui se confondaient avec le bleu du ciel à l'horizon. Ce ciel qui était toujours bleu, en été, lorsque Lars Martin, papa, maman et tous ses frères et sœurs prenaient voiture et caravane pour descendre jusqu'à Kramfors faire des provisions, dire bonjour à tante Jenny, profiter de la vie citadine, manger du hareng et des boulettes de viande, regarder papa boire des petits coups dans les verres en cristal taillé de tante Jenny.

— Ça va, les petits ? demandait toujours papa avec un clin d'œil dans leur direction, juste avant de s'en jeter un derrière la cravate.

Puis il ébouriffait la tête de Lars Martin, parce que c'était le plus petit de ceux auxquels il pouvait encore faire cela. Sa sœur cadette était encore plus jeune, mais si petite qu'elle restait en général dans son berceau et pleurait quand maman ne lui donnait pas la tétée. Papa ne l'ébouriffait donc jamais.

Un jour, en sortant dans la cour de la ferme, Lars Martin avait vu son père soulever le berceau et la voiture d'enfant, et ensuite faire un tour, avec la petite sœur et le reste, en disant quelque chose que Lars Martin n'avait pas entendu. Il avait serré tout cela dans ses bras, fourré la tête dans le berceau et marmonné quelque chose. Lars Martin avait alors décidé de partir. Il avait suivi la vieille route forestière en direction du sud, vers Näsåker, pendant longtemps. Au bout de plusieurs heures, il avait été incapable de retrouver le chemin du retour, mais son grand frère avait soudain surgi devant lui, l'avait pris par le bras et lui avait demandé ce qu'il croyait qu'il faisait, au juste, bon sang de merde. Ensuite, Lars s'était contenté de regarder les épaules de son frère pendant le trajet de retour, mais ce n'était pas aussi loin qu'il croyait. Il n'avait pas tardé à cesser de pleurnicher, aussi.

C'était bien autre chose, se dit Lars Martin, depuis sa place très confortable, près de la fenêtre, dans un compartiment de première classe. Car ce n'était pas un fleuve du nord de la Suède mais une rivière américaine, parfois profonde et parfois très peu, parfois très large et parfois pas du tout, et, dans l'ensemble, elle ressemblait à celle des films qu'il allait voir, en matinée, à la maison du Peuple, à Näsåker, quand il était enfant. On y entendait les tambours résonner, dans le lointain, les Indiens allumaient des feux de camp pour s'envoyer des signaux de fumée, puis la cavalerie arrivait au galop, à la dernière minute, dans une grande sonnerie de trompettes, et lui et les autres jeunes de Näsåker et des alentours sifflaient en trépignant de joie.

Il n'avait pas découvert le moindre Indien mais, au bout de moins d'une heure, il avait vu la bannière étoilée claquer au vent, en haut d'une pointe, de l'autre côté de la rivière. West Point, conclut-il, et il eut l'impression de sentir un vent de droite souffler sur lui lorsque l'aigle de l'histoire vint ainsi l'effleurer de son aile. Deux heures plus tard, il était arrivé. Il y avait des tourbillons de neige dans l'air, il faisait près de moins dix degrés et un seul taxi attendait, sur le parking devant la gare.

— *Twohundredandtwentytwo Aiken Avenue*, indiqua-t-il au chauffeur en se calant sur le siège arrière et en se demandant ce qu'il allait dire.

Si tant est qu'elle soit chez elle, pensa-t-il sur un mode qui manquait de gaieté car, soudain, il en était arrivé à regretter ce voyage, voire d'être venu aux États-Unis.

Il faut que je dise au taxi d'attendre que je sois sûr qu'elle est chez elle, songea-t-il, une fois la voiture arrêtée devant une grande maison blanche avec porche, toit mansardé, au moins deux bow-windows et un arbre de Noël illuminé près de l'allée menant au garage.

— Attendez-moi ! lança-t-il au chauffeur, qui haussa les épaules et marmonna quelque chose qu'il n'entendit pas.

Elle est grande, cette maison, observa Johansson. Sarah devait donc avoir de la famille, bien que son nom fût le seul à figurer dans l'annuaire du téléphone. Mais, s'il y avait un homme au foyer, il semblait ne pas beaucoup aimer pelleter la neige. Johansson se félicita une fois de plus d'avoir acheté des chaussures neuves en Amérique. Il se trouvait maintenant sous le porche, il apercevait de la lumière à l'intérieur de la maison et il entendait même de la musique. Trop tard pour reculer, maintenant. Johansson poussa un soupir, prit sa respiration et appuya sur le bouton de la sonnette.

Elle était petite, avec de grands cheveux roux frisés. Mignonne, jugea Johansson en la voyant lui adresser un signe de tête poli mais prudent lorsqu'elle nota du coin de l'œil la présence du taxi, en bas, dans la rue.

— Je voudrais voir Sarah J. Weissman, déclara-t-il poliment.

— Oui. C'est moi.

— Mon nom est Lars M. Johansson.

— Enfin, dit-elle en souriant de toutes ses dents. Le flic suédois honnête. Vous pouvez dire que je vous ai attendu.

VIII

En chute libre, comme dans un rêve

Stockholm au mois de novembre

L'enfance de Waltin avait tourné autour de la maladie, de la souffrance et de la mort, et sa mère l'avait très tôt initié à cela. Aussi loin qu'il pouvait se rappeler – ses premiers souvenirs remontaient à l'âge de trois ans –, elle avait perpétuellement été mourante de toutes les maladies depuis A jusqu'à Z dans le dictionnaire médical. Leur existence commune était quotidiennement placée sous le signe du drame et ils étaient ballottés entre ses calculs biliaires, ses occlusions intestinales, ses migraines et ses crises d'asthme. Et aussi d'autres maladies à plus longue échéance, comme le cancer, qui la rongeait intérieurement, tandis que le psoriasis, l'eczéma et diverses sortes d'allergies s'en prenaient à sa peau. Son cœur de mère, flamme vacillante, envoyait ses globules anémiques dans des vaisseaux sanguins atrophiés et encrassés, tandis que ses poumons, son foie et ses reins ne cessaient de refuser de fonctionner. Elle passait donc son temps dans les hôpitaux, les maisons de repos et les cabinets médicaux, tandis que le petit Claes et son éducation étaient confiés à une gouvernante un peu arriérée que sa mère avait héritée de son propre père, lequel, heureusement, avait été un homme riche ayant eu le bon goût de mourir jeune.

De son père, Waltin n'avait guère de souvenirs, étant donné qu'il était perpétuellement absent et avait fini par disparaître pour de bon alors que Claes avait cinq ans. Il était parti en Scanie pour se marier avec sa maîtresse. Sa mère avait alors eu l'occasion rêvée de compléter son stock de maladies au moyen de variantes relevant de la psychiatrie.

Très tôt, Waltin avait promis à sa mère d'être médecin quand il serait grand. Lorsque ses camarades et lui capturaient des bourdons et des sauterelles pour les enfermer dans des boîtes d'allumettes, les autres jouaient à faire semblant d'écouter la radio alors que lui dessinait une croix rouge à la craie sur sa boîte et se comportait comme si c'était une ambulance. Les malades, à l'intérieur, étaient souvent en piteux état et ils étaient emmenés sans délai à la clinique du professeur Waltin, qui les opérait à l'aide d'instruments chirurgicaux pris dans la boîte à ouvrage de sa mère. Mais, en général, les cas étaient désespérés, les soins inutiles et la mortalité totale. On peut dire que seule sa mère, ou presque, survivait, année après année, en dépit de risques de décès qui atteignaient des proportions astronomiques.

Lorsqu'elle finit par quitter ce bas monde, ce fut de la façon la plus inattendue. Ivre de porto et bourrée de médicaments, elle était un jour tombée du quai à la station de métro d'Östermalm alors qu'elle se rendait comme toujours chez le médecin. Il avait donc fallu une rame entière pour mettre fin à ses souffrances terrestres. Son fils, pour sa part, était entré à l'université pour étudier le droit. Il avait renoncé depuis longtemps à la médecine, ce qui n'était pas une mauvaise idée étant donné les notes qu'il avait obtenues à la fin de ses années de lycée. Sur le plan humain, en revanche, sa formation était déjà terminée : il mentait comme il respirait, c'était un psychopathe charmeur très porté sur les femmes, qu'il haïssait du fond de son cœur mais sans en avoir conscience, et la mort de sa petite maman avait été sa première grande chance dans la vie.

Il avait également trouvé à temps son testament, ce qui lui avait évité certaines privations : un document d'une vingtaine de pages qui s'ouvrait sur une longue liste de dons à diverses organisations, la plupart en relation avec la lutte contre les maladies, mises à part celles de nature tropicale. Elle avait aussi prévu un enterrement grandiose et la liste des membres éplorés de la famille et des invités comportait une cinquantaine de noms de médecins en exercice dans la capitale. Claes avait inventé une solution plus simple : un cercueil en carton que la paroisse distribuait gratuitement aux indigents, ni fleurs ni couronnes, aucun invité, et, sitôt terminée cette émouvante cérémonie au cours de laquelle il n'avait cessé de pleurer, il prit ses dispositions pour faire incinérer la vieille et répandre ses cendres dans un bosquet du cimetière nord, où il ne courait aucun risque de se retrouver un jour par hasard.

Sa chance ne s'était pas démentie au cours des années suivantes. Claes Waltin avait obtenu son diplôme de juriste avec des résultats tels qu'on aurait à peine voulu de lui au tribunal de Haparanda pour juger des Lapons. Ils ne lui permettaient même pas de devenir procureur stagiaire. Il ne lui restait plus qu'à tenter la carrière d'officier de police. Il avait passé les épreuves nécessaires avec brio et fêté son succès en enfonçant un barreau de chaise dans le vagin d'une femme du peuple, mais un peu trop profondément.

Heureusement, celle-ci avait eu le bon goût de ne pas porter plainte et de se contenter d'un dédommagement financier dans ses moyens à lui. Pour sa part, il avait décidé de déployer des efforts pour être plus précis, par la suite, dans le domaine sexuel. Ses fantasmes étaient choses fragiles et ses instincts le poussaient sans cesse sur le fil du rasoir ; ils étaient déjà assez pénibles en eux-mêmes sans qu'un entourage peu compréhensif soit informé de ces penchants un peu particuliers.

Puis il avait rencontré Berg, qui n'était pas – et de loin – aussi malin que tous le croyaient, et celui-ci l'avait engagé dans les services de sécurité. Le moment venu, lorsqu'on se mit à développer les opérations extérieures, on l'avait nommé à la tête de celles-ci. Waltin s'y était montré à la fois efficace, apprécié de tous et invulnérable pour l'essentiel. Il existait naturellement des problèmes, mais ceux-ci étaient faits pour être résolus et, pour sa part, il avait rarement échoué. Il n'en avait d'ailleurs pas l'intention, maintenant qu'il s'agissait de trouver ce que manigançait le mystérieux John P. Krassner entre ses allées et venues depuis le foyer où il logeait, diverses bibliothèques et archives, et ses visites vespérales quotidiennes au bar du club de la presse, dans Vasagatan.

Cet imbécile de Martinsson lui avait trouvé une ouverture et, comme c'était l'affaire de Berg, il avait évoqué cette éventualité avec lui. Que dirait-il d'en faire une affaire de stups ? Procéder à une petite perquisition, mettre Krassner au trou quelque temps et lui flanquer la trouille, afin de procéder en toute tranquillité à l'inventaire de ses biens matériels et intellectuels ? Berg s'était montré pour le moins réticent, d'une façon qui prouvait qu'il avait préparé ses arguments en sens contraire.

Selon Berg, Krassner était malin. Waltin se demandait comment il pouvait le savoir car, d'après sa propre petite informatrice, il avait l'air plutôt inquiet, tendu et de plus en plus paranoïaque. Il ne fallait donc sous aucun prétexte l'alerter avant de savoir le genre de secrets dont il était détenteur. Si ce n'étaient que des fantasmes, Berg ne verrait aucune objection à ce qu'on mette fin à cette affaire par une inculpation pour infraction à la législation sur les stupéfiants, ce qui vaudrait à Krassner un séjour de quelques mois dans un établissement pénitentiaire suédois, suivi de pas mal d'années d'interdiction de séjour. Mais, tant qu'on n'était pas sûr, c'était exclu. À supposer que Krassner ait du solide, une interpellation pour trafic de stupéfiants risquait de se retourner contre eux et de passer pour une pure et simple provocation de la part des services de renseignements, en d'autres termes pour des preuves fabriquées de toutes pièces dans le but de masquer des horreurs d'un calibre bien supérieur.

— Et on sait tous les deux ce que ça donne, déclara Berg. Pense un peu à l'affaire IB[1] : ils étaient sortis de taule avant que l'encre du jugement soit sèche, les gars. Une année à l'ombre pour espionnage, ce n'est même pas une mauvaise plaisanterie.

Waltin s'était contenté d'opiner du bonnet car il imaginait déjà les conséquences pratiques et, comme ce serait lui qui serait chargé de s'en dépatouiller, il n'avait aucune raison de les évoquer avec quiconque, surtout pas avec celui qui était son supérieur hiérarchique.

— Je compte sur toi, Claes, et, en plus, je crois que le temps presse, désormais, acheva Berg d'un ton grave qui mettait fin à toute discussion.

---

1. Affaire retentissante des années 1970, qui vit Jan Guillou et son collègue Peter Bratt révéler l'existence d'un système de fichage politique des citoyens. *(N.d.T.)*

Il ne restait donc plus qu'un banal cambriolage, songea Waltin. Ou plutôt un cambriolage pas banal, car la victime ne devait pas se douter qu'elle avait reçu de la visite dans ce logement très provisoire qui n'en jouissait pas moins du même statut que les autres domiciles. Ce n'était pas la première fois que Waltin montait ce genre d'opération. Il n'y avait d'ailleurs pas de quoi fouetter un chat puisque la disposition législative secrète dont le gouvernement avait gratifié les services de renseignements leur donnait, à lui et à ses collaborateurs, tous les moyens d'action dont ils avaient besoin.

Ce qui le préoccupait, ce n'étaient pas les problèmes légaux mais la réalisation sur le plan pratique. Il était bien entendu impensable de s'introduire par l'extérieur en passant à travers une fenêtre fermée de l'intérieur, située au quinzième étage, même s'il avait eu la possibilité de descendre quelqu'un au bout d'une corde à partir de la chambre de l'étage au-dessus. Comme elle était louée à un activiste d'extrême gauche bien connu qui mettait ses loisirs à profit pour vendre *Le Prolétaire* devant les boutiques du monopole d'État de l'alcool et passait le reste de son temps à ruminer diverses activités subversives, inutile d'envisager cette solution. En outre, des centaines de personnes vivaient juste en face, de l'autre côté de la rue, et l'expérience enseignait qu'il y en aurait toujours au moins une pour s'apercevoir de ce qui se passait et appeler aussitôt le PC de la police. Et, comme on pouvait compter que le monte-en-l'air se casserait la figure et se tuerait, il ne manquerait sans doute pas de voitures de patrouille n'ayant rien d'autre à faire que de répondre à ce genre d'appel.

Ne restait donc plus que la voie normale. C'est-à-dire la porte de ce couloir sur lequel donnaient huit chambres, celles dans lesquelles sept locataires différents s'entassaient sur un peu plus de cent mètres carrés, et celle de Krassner, qui, pour comble de bonheur, était la dernière au fond. Ces locataires n'étaient d'ailleurs pas comme les autres. Deux d'entre eux étaient connus de la DST comme membres de mouvements d'extrême gauche. Le troisième était ce nègre que les syndicats socialo avaient fait venir et point n'était besoin d'être un as du renseignement pour deviner son appartenance politique. Le quatrième était Krassner lui-même, à forte tendance paranoïaque, à en croire ses collaborateurs. Il restait ce sportif bien entraîné qui avait donné un coup de boule à un vigile dès ses années de lycée, plus le technicien supérieur et l'étudiant de l'école de commerce, sur lesquels il ne disposait pas de renseignements négatifs. Un public de rêve pour un cambriolage du genre de celui qu'il avait à l'esprit, se dit Waltin avec un sourire amer.

Les serrures n'avaient rien de compliqué et il avait été facile de se procurer le double des clés de la porte du couloir et de celle de la chambre de Krassner, grâce à la complicité d'un homme intègre travaillant pour le syndic qui gérait l'immeuble. Il n'avait pas eu le moindre scrupule à aider la police dans sa lutte contre la came. Il avait des enfants et savait ce qui était en jeu. « Coffrez-les, ces salauds de dealers », avait-il dit. Quand on travaillait au niveau de Waltin, les clés ne posaient jamais de difficultés, d'autres choses étaient beaucoup plus préoccupantes. Comment se débrouiller pour que l'un de ses plus sûrs collaborateurs puisse pénétrer dans la chambre de Krassner sans se faire repérer, afin de se consacrer tranquillement, pendant au moins une heure, à l'inspection de ses papiers et de ses autres objets personnels ? La petite Jeanette Eriksson avait offert ses services, mais c'était exclu, pour des raisons qui n'avaient rien à voir avec les risques. Dans le monde de Waltin, ce genre d'opération n'était jamais confié à des jeunes femmes. Il suffisait qu'elle ait dû se servir de ce nègre pour les premières manœuvres d'approche. Il s'agissait maintenant de lui faire regagner le bercail le plus tôt possible.

Krassner semblait méfiant, ce qui n'avait rien d'étonnant si l'on se souvenait de qui il avait été le « fidèle écuyer ». Dès ses premières visites à Daniel M'Boye, Jeanette en avait profité pour se rendre à la cuisine et avait remarqué qu'il avait « collé des cheveux » sur sa porte en sortant.

Dans le cas présent, il s'agissait d'un petit morceau de papier qu'il plaçait sur la bordure supérieure de la porte et qui, naturellement, ne serait plus en place si quelqu'un ouvrait pendant son absence. Petite mesure de précaution tout à fait banale parmi les membres de la police, les criminels et les êtres méfiants de façon générale.

Cette méfiance empêchait également de procéder à l'évacuation du couloir sous un prétexte quelconque tel qu'une situation du genre alerte à l'incendie. Cette solution allait aussi à l'encontre du principe de discrétion qu'il plaçait en tête de ses exigences en matière de pratique professionnelle. Aussi peu d'intervenants, agir aussi peu et de façon aussi peu visible que possible. De la microchirurgie, en quelque sorte, selon Waltin.

Le vendredi soir paraissait le moment le plus propice pour une visite chez Krassner. En général, les étudiants sortaient en boîte ou ailleurs, s'ils n'étaient pas en pleines révisions ou n'avaient pas décidé de faire la fête chez eux. Ce serait donc pour le vendredi 22 novembre au soir, décida Waltin après avoir consulté son calendrier et en avoir discuté avec la petite Jeanette. Ils savaient que deux des occupants de ces chambres, au moins, rentraient chez leurs parents pour le week-end et qu'un autre était invité en ville. Ils avaient aussi fait en sorte que deux autres encore obtiennent des billets gratuits pour un concert pop, alors qu'ils n'avaient pas réussi à s'en procurer par leurs propres moyens. Le Noir, Jeanette s'en chargerait et quant à Krassner, c'était à lui, Waltin, qu'il revenait. Forselius, pensa-t-il. Il était grand temps que ce vieux filou mette la main à la pâte. Il ne restait plus qu'un détail. Trouver un collaborateur assez sûr qui soit capable d'effectuer l'opération. C'était alors qu'il avait pensé à Hedberg. Tout naturellement, puisque c'était le seul en qui il eût une confiance totale.

IX

Entre la nostalgie de l'été et le froid de l'hiver

Albany, État de New York, dimanche 8 décembre

La pièce où ils avaient pris place était vaste et claire, ornée d'une cheminée et d'un imposant bow-window, les murs disparaissaient sous les livres, un énorme canapé était placé devant la cheminée et on voyait également des grands fauteuils à repose-pied. Ces meubles avaient été choisis par quelqu'un de nettement plus âgé que la personne qui recevait Johansson et ayant, à en juger par sa tenue vestimentaire, des goûts nettement plus conventionnels. Sans doute la maison de ses parents, se dit-il. Des intellectuels assez bien pourvus.

Elle lui avait offert du thé et, comme Johansson se refusait à compliquer inutilement des choses fort simples de nature, il avait accepté, bien qu'il eût préféré du café.

— À moins que vous ne préfériez du café ? demanda-t-elle en le servant dans une grande tasse en céramique.

— Le thé me convient parfaitement, répondit-il poliment.

Les tasses sont à elle, en tout cas, songea-t-il. Mais, par ailleurs, il n'y avait pas grand-chose qui cadrait. Si Krassner était bien le cinglé qu'il s'était imaginé, il convenait mal à la femme assise en face de lui : souriante, penchée en avant, extrêmement présente, la curiosité brillant dans ses grands yeux bruns. Pas vraiment une ancienne petite amie éperdue de chagrin.

— Je meurs de curiosité, commenta-t-elle.

Je me demande si je peux avoir confiance en elle, pensa-t-il.

— *Well*, je ne sais pas trop par où commencer.

— Par le commencement, répondit-elle en souriant un peu plus. C'est le plus facile.

D'accord. Qu'est-ce que j'ai à perdre, au juste ?

— Eh bien, ça commence par une chaussure à talon avec un trou dedans.

— Une chaussure à talon avec un trou dedans ? Vous voulez dire une chaussure à talon creux[1] ?

Où avais-je la tête ? Bien sûr que c'est ainsi que ça s'appelle.

— Oui, à talon creux, admit-il.

— Oh, mon Dieu ! s'écria-t-elle, enchantée. Je parie que c'est John qui la portait.

— En effet. Mais ce n'est pas pour cette raison que je suis ici.

Toujours commencer par le commencement. Il avait parlé de ce fichu papier portant son nom, son grade et son adresse personnelle, trouvé dans le talon creux de Krassner, du suicide, de cette lettre au circuit plutôt bizarre et dont il n'avait pas encore pris connaissance, de la véritable raison de sa venue aux États-Unis, des

1. Ces deux répliques, ainsi que certaines autres, sont en anglais dans le texte. *(N.d.T.)*

questions qu'il se posait personnellement et des raisons d'ordre très privé qu'il avait de se trouver en ce moment assis sur le canapé de cette femme. Quant à l'inquiétude qui le taraudait, il n'en avait pas soufflé mot, en revanche.

Elle, pour sa part, n'avait rien dit. Elle s'était contentée d'écouter en hochant la tête et d'oublier de boire son thé. Elle avait cessé de sourire quand il avait évoqué le suicide de Krassner et hoché la tête à deux reprises, après cela. Des yeux graves et très présents.

— Eh bien, voilà, termina Johansson, avec un grand geste de conclusion.

— Vous avez eu raison de venir. En fait, j'ai essayé de vous joindre.

Mazette, ça ne traîne pas, pensa-t-il.

— Vous allez pouvoir lire sa lettre. Mais j'ai peur qu'elle ne vous éclaire guère, même si elle est assez instructive quant à la personnalité de John.

— Vous aviez l'intention de parler un peu de vous, d'abord, n'est-ce pas ?

— C'est exact. Et tous les policiers ne sont pas stupides, hein ?

— Pas tous.

Elle avait donc parlé d'elle et de John P. Krassner, son ancien petit ami, et, si elle s'était exprimée de la même façon à l'occasion d'un banal interrogatoire de police, cela aurait valu une gloire éternelle et impérissable à celui qui la questionnait.

Sarah J. Weissman (le J. voulant dire Judith) était née en 1955. Elle était fille unique et ses parents étaient divorcés depuis dix ans. Sa mère s'était remariée et vivait à New York, où elle travaillait comme correctrice chez un éditeur. Son père était professeur de sciences économiques et la maison où ils se trouvaient lui appartenait. Cinq ans plus tôt, on lui avait offert une chaire à Princeton et sa fille était alors venue habiter la maison, provisoirement, dans l'attente qu'il se décide à la vendre. Comme il y réfléchissait toujours, elle vivait encore là.

— Une famille juive typique, résuma Sarah avec un grand sourire. Non pas à la mode traditionnelle et pénible, mais plutôt sur le plan pratique. Vous n'avez pas manqué de remarquer le sapin de Noël, pouffa-t-elle. Ici, c'est important, le sapin de Noël.

— Oui.

— Et pelleter la neige. C'est mon voisin qui s'en charge pour moi, en général, même si cela lui vaut de se faire attraper par sa femme. Mais, en ce moment, ils sont en Floride.

— Je peux m'en charger, si vous voulez, proposa Johansson, car il avait appris cela dès ses jeunes années.

À la fois ce qu'il devait dire et la façon de procéder.

— J'en suis persuadée, mais il paraît que le temps va se radoucir la semaine prochaine, alors je vais courir le risque d'attendre.

— Quel métier faites-vous, personnellement ?

Il s'avéra que la réponse à cette question était loin d'être univoque. Après avoir passé ses examens d'anglais et d'histoire à l'université, elle avait commencé par effectuer des remplacements chez divers éditeurs de New York, sa mère lui ayant ouvert certaines portes. Depuis plusieurs années, cependant, elle travaillait surtout à rassembler et vérifier des faits à l'occasion de la parution de certains livres.

— Aussi bien de fiction qu'à caractère documentaire. En ce moment, je suis sur un roman qui traite de la guerre de Sécession, un des best-sellers de la maison. Je suis très bien vue de l'auteur et il refuse de travailler avec qui que ce soit d'autre.

Je le comprends, songea Johansson.

— Il m'a même demandée en mariage, ajouta Sarah avec un petit rire de contentement. C'est ce qui fait que nous traversons une petite crise, ajouta-t-elle en redevenant soudain sérieuse. John, reprit-elle, il faut que je vous parle de John, je promets de ne plus m'égarer.

Puis elle avait parlé de John, en effet. Il lui avait suffi d'un quart d'heure et, quand elle en eut terminé, Johansson estima que toutes les pièces du puzzle étaient maintenant en place. Tu ne t'es pas trompé, au moins, pensa-t-il.

— Vous êtes satisfait ? demanda-t-elle avec l'air contente d'elle-même, au moins.

— Oui, dit Johansson en souriant malgré lui. Je comprends mieux.

— Je l'ai vu immédiatement. Que vous aviez du mal à relier tout ça.

Sarah et John s'étaient rencontrés à l'université. Elle avait dix-huit ans, elle était jeune et innocente. Il avait deux ans de plus qu'elle et, à l'en croire, il avait beaucoup d'expérience et était quelqu'un de passionnant. Il n'était pas mal de sa personne, en plus de cela, et, quand ses parents avaient divorcé, elle leur avait répliqué en allant vivre avec John dans un logement pour étudiants, sur le campus de l'université.

— Papa détestait John, précisa-t-elle, ravie. Comme j'ai toujours adoré mon père plus que quiconque, je suppose qu'on peut dire que c'était logique. Je veux dire : que John et moi nous mettions en ménage. Mon père est quelqu'un de très intelligent, poursuivit-elle, de nouveau sérieuse. Il l'est tellement qu'il n'a jamais rien fait dans le domaine pratique et que, concernant John, il avait parfaitement raison.

Elle resta sans rien dire un instant avant de continuer :

— Le père de John a filé avec une autre femme alors qu'il était encore petit, c'est pourquoi il a grandi avec sa mère et le frère de celle-ci. Oncle John – on lui avait donné le prénom de son oncle – lui a servi de substitut paternel au cours de sa jeunesse.

— Oui, dit Johansson.

Qu'est-ce que je peux répondre ? pensa-t-il.

— Deux Irlandais madrés, menteurs, toujours assoiffés et bourrés de préjugés. Il y a de quoi devenir juif pour moins que ça, résuma Sarah Weissman sans l'ombre d'un sourire. Sa mère est morte d'une cirrhose du foie environ un an après notre rencontre et je crois que le frère de celle-ci, l'oncle de John, donc, est mort de boisson, lui aussi. Il est décédé le printemps dernier. C'était un type vraiment désagréable. Professeur d'université, également, mais ici, à la New York State University. Ils ont fini par être obligés de le mettre à la porte malgré son passé très particulier et le fait que c'était notre cher gouvernement qui le rémunérait.

— Pourquoi ça ?

— J'y viens.

Une fois encore, il n'y avait pas de fumée sans feu. Peu importait que ce soit dû à la génétique, au milieu ou à un peu des deux : de toute façon, elle avait payé les pots cassés. Le jeune John était très calé, en partie réellement mais pour l'essentiel de façon fictive. Il avait fait un peu de tout, mais presque toujours en parasitant les autres et principalement son oncle.

Sarah n'avait pas tardé à s'en apercevoir, une fois en ménage avec lui, et les choses avaient mal tourné. Dès la première année, il avait, malgré son âge relativement tendre, commencé à boire beaucoup, en digne Irlandais qu'il était, et à fumer encore plus – en dépit du fait qu'il était irlandais, cette fois –, ainsi qu'à sortir avec d'autres filles, en macho qu'il était devenu. Il avait fini par lui taper dessus, car c'est ainsi que se comporte « un vrai mec quand sa bonne femme fait des histoires ».

— Alors, j'ai rompu avec lui. Il me frappait très fort et, après coup, je remerciais le bon Dieu de tous les coups qu'il me donnait. Et puis j'ai rompu. Mais il m'a fallu plus de deux ans pour en arriver là.

— Je vois.

— Il a tenté de se suicider, reprit Sarah en affichant maintenant un large sourire. Une belle mise en scène, je peux vous assurer. Nous habitions au premier étage. Il y avait donc au plus cinq mètres entre notre balcon et la pelouse, en dessous. Il était donc impossible de se tuer de cette façon et c'était sûrement ma faute, ça aussi. En tant que suicide, c'était aussi bidon que le reste de ce qu'il inventait.

— Et pourtant, vous héritez de lui. Maintenant qu'il l'a fait pour de bon.

— C'est bien de lui. S'il s'avisait de quelque chose qui ne collait pas, il l'ignorait, tout simplement. Il n'a jamais accepté que je rompe avec lui. Il n'a pas cessé de me donner de ses nouvelles, alors que ça date d'une dizaine d'années. Il était capable de me téléphoner en plein milieu de la nuit, souvent pour me dire qu'il avait rencontré une nouvelle fille, précisa Sarah avec un soupir qui paraissait trahir une certaine émotion. Et il racontait à tous ceux qui voulaient l'entendre qu'on était toujours ensemble.

— Ah bon ?

Que répliquer à ça ? se demanda-t-il.

— Il était un peu bizarre, non ? ajouta-t-il en souriant, pour voir quelle serait sa réponse.

— Il était complètement marteau, oui. Mais ce n'était pas ça, le gros problème.

— Qu'est-ce que c'était, alors ?

— C'était un bon à rien, répondit-elle en pesant sur toutes les syllabes.

— Cette lettre qu'il m'a écrite… il serait possible de la voir ?

— Bien sûr. Je vais aller la chercher. Mais il y a une chose que je ne comprends pas vraiment.

— Allez-y.

— Vous dites qu'il s'est suicidé. Vous en êtes sûr ?

Meurtre, suicide, accident, se répéta Johansson. Il avait ensuite expliqué les conclusions auxquelles Jarnebring et lui étaient parvenus, en insistant particulièrement sur la lettre d'adieu que Krassner avait laissée.

— La feuille de papier était encore dans sa machine à écrire, celle sur laquelle elle a été tapée, nous avons comparé chacune des traces laissées par les touches sur le ruban qu'il a utilisé et, en plus, ce sont ses empreintes digitales que nous avons trouvées sur la lettre. Aux bons endroits.

— Une lettre d'adieu. Selon vous, il aurait laissé une lettre dans laquelle il dit qu'il va se suicider ?

— Oui. C'est ainsi que nous l'interprétons : une lettre qu'on rédige avant de mettre fin à ses jours.

— Serait-il possible de la voir ?

— Bien entendu. J'en ai un exemplaire, une photocopie de l'original, précisa-t-il. L'original, lui, est resté à Stockholm, dans le dossier d'enquête.

Il sortit la feuille de la poche intérieure de sa veste et la tendit à Sarah.

— Voilà.

« J'ai passé ma vie entre la nostalgie de l'été et le froid de l'hiver. Quand j'étais jeune, je me disais que, l'été venu, je tomberais amoureux de quelqu'un que j'aimerais beaucoup et qu'alors commencerait vraiment ma vie. Mais, une fois que j'eus fait tout ce que j'avais à faire, l'été avait touché son terme et il ne restait plus que le froid de l'hiver. Et ce n'était pas la vie que j'avais imaginée[1]. »

Sarah posa la feuille et regarda Johansson.

— C'est ça, la lettre que vous pensez que John a écrite ?

— Oui.

— Oh non, dit-elle en secouant énergiquement la tête.

— Pourquoi ?

— Je n'en crois rien. Je le sais et je peux vous donner un million de bonnes raisons pour ça.

— Je vous écoute.

— N'allez pas croire que je sois jalouse, lâcha-t-elle avec un sourire en coin. Ce n'est pas non plus parce qu'il a rabâché pendant dix ans que j'étais la seule femme de sa vie, car il le faisait même après m'avoir battue. Ce n'est pas ça.

Qu'est-ce que c'est, alors ? se demanda Johansson. Ce n'est pas moi qui ai partagé la vie de ce type, s'irrita-t-il soudain.

— Je ne suis pas dans la police mais je suis bonne en anglais. L'anglais d'Amérique, l'anglais des îles Britanniques, le *pidgin English*[2], l'anglais-va-te-faire-foutre, l'anglais-n'importe-quoi. Je suis même aussi bonne en anglais de Sa Majesté la reine. Comment dire ? John n'était pas meilleur en anglais que la plupart des Américains et il n'a sûrement pas écrit ça.

— Ah non ?

— Sûrement pas, répéta Sarah. Puisque vous allez me le demander, de toute façon, à mon sens

1. Cette « photocopie de l'original » est, bien entendu, en anglais. *(N.d.T.)*

2. Version abâtardie parlée à l'origine en Extrême-Orient, équivalent approximatif de notre « petit-nègre ». *(N.d.T.)*

celui qui a écrit ça n'est ni anglais ni américain. Si vous désirez une hypothèse, c'est quelqu'un dont l'anglais n'est pas la langue maternelle mais qui l'écrit et le parle couramment. Certainement un homme, parce que les femmes n'écrivent pas de cette façon-là, un homme doué et cultivé, qui semble en outre avoir des dispositions pour la poésie ou peut-être, plus exactement, qui caresse des ambitions poétiques.

Comme moi quand j'étais jeune, pensa Johansson, qui hocha la tête en s'efforçant d'avoir l'air vif. Elle est un peu trop maligne, ajouta-t-il pour lui-même. Il faut que je reste sur mes gardes.

— Ce n'est pas quelque chose de connu ? Je veux dire une citation ?

— Non. Ce n'est pas assez bon pour ça.

— Hum, fit Johansson en se donnant l'air de quelqu'un qui réfléchissait profondément. Je pense pourtant que c'est votre ancien copain qui l'a écrite. Sur le plan technique, je veux dire, ajouta-t-il très vite en voyant qu'elle allait protester. Voici ce que je pense. Je crois que c'est lui qui a tapé ce texte sur sa machine à écrire. C'est lui qui a glissé la feuille de papier dedans et qui l'a rédigé. Il a même procédé à des corrections du genre de celles qu'on effectue quand on recopie quelque chose et qu'on s'aperçoit qu'on s'est trompé. Et je pense que quelqu'un l'y a forcé.

Sarah ne parut pas insensible à ce raisonnement et hocha la tête.

— Se pourrait-il qu'il ait recopié un texte écrit par quelqu'un d'autre ?

— Je suis prête à le croire. Ça ressemble à John.

— Pourquoi, alors ?

— Je l'ignore, répondit-elle. Mais ce n'est pas ça le problème.

— Qu'est-ce que c'est, alors ?

— John n'aurait jamais mis fin à ses jours, martela Sarah.

— Comment le savez-vous ?

— Il s'aimait beaucoup trop lui-même. Il aurait préféré mourir plutôt que de se suicider, affirma-t-elle avec un sourire.

— Et cette lettre qu'il m'a envoyée ? rappela-t-il.

— Je vais la chercher. Elle est dans mon bureau.

Peut-être un peu rondelette, observa Johansson en la regardant s'éloigner dans l'entrée. Mais elle a l'air agile. Même si ça n'a rien à voir avec notre affaire.

Enfin, se dit Johansson lorsque, trois bonnes minutes plus tard, elle revint en tenant à la main la lettre de Krassner.

C'était une enveloppe blanche ordinaire, de format C5, couverte de timbres, de cachets et de mentions portées par la poste, sans compter les trois adresses manuscrites. Elle avait été décachetée, mais soigneusement, à l'aide d'un coupe-papier.

— C'est moi qui l'ai ouverte, expliqua Sarah. Mais nous verrons ça plus tard. Lisez.

D'après le premier cachet, elle avait été envoyée du bureau de Körsbärsvägen à celui de Johansson, situé dans Folkungagatan, dans le quartier de Södermalm, à Stockholm, le vendredi 18 octobre. Elle était adressée à « Commissaire Lars M. Johansson, Poste restante », le tout d'une belle écriture féminine.

C'est celle de Pia Hedin, se dit Johansson et, pour des raisons qu'il ne comprenait pas lui-même, son cœur se mit à battre un peu plus vite.

D'après le deuxième cachet, elle avait été retournée au bureau de Körsbärsvägen le lundi 18 novembre. Elle y était restée jusqu'au jeudi 28 novembre, jour où la même écriture féminine l'avait fait suivre à John P. Krassner, c/o Sarah J. Weissman, 222, Aiken Avenue, Clinton Park, Rensselaer, NY 12144 USA.

Inutile de se soucier des empreintes digitales, décida Johansson, qui se surprit pourtant à tenir, par réflexe, l'enveloppe par le coin gauche et entre l'ongle du pouce et celui de l'index, pour extraire soigneusement la feuille de papier dactylographiée de format A4, pliée par le milieu.

— Vous faites vraiment ça à la manière policière, plaisanta Sarah.

— Déformation professionnelle, que voulez-vous !

— J'aime bien la façon dont vous vous y êtes pris. Est-ce que les détectives suédois ont toujours des gestes aussi doux ?

— Pas tous, repartit Johansson avec un léger sourire.

Le texte donnait l'impression d'avoir été écrit sur la machine de Krassner. La missive était brève, datée du jeudi 17 octobre, et portait comme destinataire « Commissaire Lars M. Johansson ». Ce dernier traduisit pour lui-même au fil de sa lecture :

« Cher commissaire Lars M. Johansson,

« Je m'appelle John P. Krassner. Je suis chercheur et journaliste américain. Nous ne nous connaissons pas mais votre nom m'a été communiqué par l'un de mes contacts suédois, journaliste très connu, qui m'a déclaré bien vous connaître et d'après qui vous êtes un fonctionnaire de police suédois à la fois honnête, non corrompu et très capable, qui ne recule pas devant la vérité, aussi effrayante qu'elle puisse être.

« Si je vous écris cette lettre, c'est par mesure de sécurité et, si vous avez l'occasion de la lire, cela voudra hélas dire que j'ai très probablement été tué par des membres du service de renseignements militaire suédois ou de la DST de votre pays, ou encore par le GRU soviétique.

« La raison pour laquelle je me trouve en Suède est que je suis en train de mettre la dernière main à un grand reportage d'investigation auquel je travaille depuis plusieurs années. Je le publierai, sous la forme d'un livre, l'an prochain. Celui-ci sortira chez un grand éditeur américain mais il ne m'est pas possible, à ce jour, de vous dire lequel. Pourtant, les faits que je rapporte sont de nature à modifier la situation en matière de politique de sécurité en Europe du Nord et en particulier dans votre pays.

« Je possède une abondante documentation à l'appui de ce qu'on pourra lire dans mon livre. Celle-ci est en lieu sûr, ainsi que le manuscrit du livre, dans un coffre bancaire que je possède. J'ai donné instruction à mon ancienne amie Sarah Weissman de vous les remettre, pour que vous veilliez à ce que justice soit faite dans votre propre pays.

« Sincères salutations,

« John P. Krassner »

Qu'est-ce que c'est que ce truc ? ne put s'empêcher de penser Johansson en regardant son hôtesse.

— C'est une lettre typique de John P. Krassner, assura-t-elle avec un léger sourire, comme si elle avait pu lire dans ses pensées. Je le sais, parce que j'en ai reçu une ou deux centaines comme ça au cours des dix dernières années.

Ah bon.

— Je ne comprends pas ce qu'il veut dire. Il est vrai que la Suède possède un service de renseignements militaire et une police civile chargée de la sécurité du pays, mais je peux vous garantir qu'ils ne passent pas leur temps à assassiner les gens. Surtout pas les journalistes américains.

— Ah ! Vous pensez donc que ce sont les Russes qui l'ont fait ! s'exclama Sarah en clignant les yeux.

— J'ai beaucoup de mal à le croire. À en juger par la façon dont il est mort, je veux dire.

— Moi aussi. Et si je n'avais pas été avisée qu'il était bel et bien mort, j'aurais jeté cette lettre comme toutes celles qu'il m'a envoyées. Elle était dans ma boîte aux lettres quand je suis revenue de New York, vendredi dernier. Je suis allée travailler là-bas quelques jours. En principe, je ne lis pas le courrier des autres mais, étant donné ce qui s'est passé… enfin, vous comprenez.

— Je comprends.

— Il m'en a envoyé une analogue voilà à peu près un mois, reprit Sarah. Il me disait qu'il était en mission secrète en Suède. C'était bien de lui. Toute la vie de John a été une *top secret mission*. Il était complètement à côté de la plaque, parfois. Pendant que nous vivions ensemble, il collait des cheveux sur la porte quand on sortait pour s'assurer que personne ne pénétrait chez nous pendant notre absence. J'osais à peine dormir, la nuit.

— C'est tout ce qu'il disait ?

— Il parlait de vous, aussi. Il disait que l'un de ses, entre guillemets, « informateurs secrets suédois », fin de citation, lui avait donné le nom d'un, ouvrez les guillemets, « flic suédois honnête », fermez les guillemets. Et, si quelque chose lui arrivait, il fallait que je fasse en sorte que vous receviez la lettre qu'il vous avait envoyée poste restante, ce qui était en fait une sorte de garantie que vous ne l'auriez jamais. Mais, John étant celui qu'il était…

Sarah conclut sa phrase par un haussement d'épaules éloquent.

— Sacrée merde, lança Johansson avec un sourire.

— C'est peu dire. En plus, il fallait que je veille à faire des copies des documents secrets que je dois vous remettre. Pour que ma mère et moi puissions trouver un éditeur acceptant de publier son prétendu livre.

— Je comprends. J'ai l'impression qu'il était dérangé, ce type.

— Alors, oubliez ce bobard au sujet d'un grand éditeur dont il ne pouvait malheureusement pas dire le nom. C'était un éditeur à la John, c'est-à-dire qui n'existait que dans sa tête.

— Je pourrais lire la lettre qu'il vous a envoyée ?

— Non. Impossible, parce que je l'ai jetée. Je les ai toutes jetées et vous auriez fait de même.

Johansson pensa soudain à la clé qui se trouvait dans le talon creux.

— Et ces papiers ? demanda-t-il. Ceux qu'il gardait dans son coffre, à la banque, selon lui ? Vous savez de quoi il s'agit ?

— Aucune idée. La seule chose que je sache, c'est que c'est mon coffre, à moi.

Un peu plus d'un an auparavant, un mois après la mort de l'oncle de John, celui-ci avait demandé à Sarah de louer un coffre à la banque en son nom à elle, mais pour son compte à lui. Il en avait besoin pour conserver certains « documents secrets et très sensibles » sur lesquels il travaillait. Elle avait d'abord refusé mais il était revenu plusieurs fois à la charge, jusqu'à ce qu'elle accepte. Elle avait cependant mis certaines conditions.

— Que je dispose de l'une des clés et que, s'il y déposait quoi que ce soit qui puisse être suspecté d'illégalité, je porte aussitôt le paquet à la police.

— Et il a accepté ?

— Bien entendu. C'était ce qu'il espérait. Que j'aille fouiner dans son petit coffre et que je sois sa petite complice secrète.

— Avez-vous jamais vérifié ce qu'il y avait dans ce coffre ?

— Oui. Au bout d'un mois, j'ai profité de ce que je passais à la banque, un jour.

— Et alors ? Qu'avez-vous trouvé ?

— Il était vide. C'était bidon, comme le reste, avec John.

Après cela, elle n'avait jamais renouvelé l'opération. Même après avoir reçu la lettre qu'elle avait jetée. Ensuite, elle avait appris sa mort et cela n'avait plus aucune importance. Et quand elle avait lu la lettre de John à Johansson, c'était le vendredi soir et la banque était fermée pour le restant de la semaine.

— Elle ouvre demain matin à neuf heures. Si vous voulez bien attendre, je pourrai vous donner vos papiers.

Puisque je suis ici, autant faire les choses à fond, estima Johansson.

— Connaissez-vous un bon hôtel, ici ?

— Oui, dit Sarah avec un sourire. Le meilleur c'est le Weissman Excelsior, et vous pourrez même y disposer du lit de mon petit papa.

— Je ne voudrais pas vous déranger.

— Vous ne me dérangez pas le moins du monde. Mais il y a une chose que j'aimerais savoir.

— Oui ?

— J'ai essayé de vous appeler au téléphone hier. Après avoir lu la lettre que John vous a envoyée, j'ai tenté de vous joindre chez vous. En Suède.

— Je suis sur liste rouge.

— Je sais. C'est ce que m'ont dit les renseignements téléphoniques de Stockholm. Je vous ai alors appelé à votre bureau. John affirmait que vous étiez le chef de *The Swedish National Police Board*, le FBI suédois. Le *Big Boss*, quoi.

Rien que ça, pensa Johansson avec un sourire.

— Et qu'est-ce qu'ils vous ont répondu ?

— De rappeler lundi, aux heures de bureau, et que j'aurais alors votre secrétaire. J'ai aussi eu quelqu'un de permanence, qui a été très poli mais m'a répondu qu'il n'était pas possible de vous parler.

— Avez-vous indiqué votre nom ?

Pourquoi les bonnes femmes sont-elles aussi curieuses ? se demanda-t-il.

— Naturellement. J'ai dit que je m'appelais Jane Hollander, que je travaillais à la police de l'État de New York, à Albany, et que c'était une affaire urgente.

Johansson poussa un soupir.

— Jane et moi sommes de vieilles camarades d'école, précisa Sarah en pouffant de rire. Elle est vraiment dans la police et travaille vraiment où je l'ai dit. C'était donc presque vrai, mais ça n'a servi à rien.

— Heureux de l'apprendre.

— Et puis voilà que vous venez sonner à ma porte. Pas plus difficile que ça.

— En effet.

— Comment fait-on ? Comment avez-vous eu connaissance de cette lettre et de mon adresse ? Je meurs de curiosité.

— Le hasard, le simple fait du hasard.

— Dommage, ironisa Sarah. Moi qui croyais que c'était grâce à votre puissance de déduction.

— Vous vouliez me dire quelque chose à propos de l'oncle de John, reprit Johansson, désireux de changer de sujet de conversation.

— Oui, c'était quelqu'un de vraiment affreux. Heureusement qu'il est mort le printemps dernier. Mais je pensais que je pourrais vous conduire jusque chez lui, pour que vous voyiez à quoi ça ressemble. John y vivait, lui aussi, voilà environ deux ans.

— Cela ne vous pose pas de difficultés ?

— Pas la moindre. La maison m'appartient, vous savez. John l'a d'abord héritée de son oncle et maintenant c'est moi qui hérite de John. J'ai l'intention d'en faire don afin qu'elle serve de colonie de vacances pour les jeunes drogués noirs de New York.

— Très intéressant, dit Johansson d'un voix neutre.

— Bien sûr. L'oncle de John n'avait pas assez de mépris pour eux. Il est vrai qu'il détestait tout le monde, mais particulièrement les jeunes drogués noirs de New York. Il se retournera dans sa tombe à la vitesse d'une pale de rotor quand il saura ça. Et puis ensuite, nous pourrons aller dîner. Je connais un très bon restaurant vietnamien, pas très loin d'ici.

Vietnamien, se dit Johansson. Heureusement que Jarnebring n'est pas ici.

Il fallait d'abord régler certains détails pratiques. Johansson avait alors emprunté le téléphone de Sarah pour appeler son hôtel à New York. La chose avait fini par se régler, non sans quelque argumentation et promesse de dédommagement. Il suffisait qu'il libère la chambre avant trois heures de l'après-midi le lendemain et, comme il ne devait se présenter à Kennedy Airport qu'à six heures, il avait le temps de passer à la banque dès l'ouverture, attraper le train pour New York, aller à l'hôtel pour boucler sa valise, payer la note et prendre un taxi pour l'aéroport, où il pourrait procéder à ses achats de Noël. L'avion le ramènerait ensuite directement à Stockholm, où il arriverait le mardi après-midi. C'était réalisable, et, s'il avait quelques minutes en trop, il appellerait son bureau pour demander que l'un de ses collègues vienne le chercher à Arlanda.

Puis il était retombé en enfance : c'est-à-dire qu'il avait pelleté de la neige comme pendant ses jeunes années. La voiture de Sarah était bloquée dans le garage et, tout bien considéré, surtout en pensant au lendemain, c'était une meilleure solution que le taxi. Il s'était attelé à la tâche en veston mais l'avait achevée en bras de chemise et, quoiqu'il fît dix degrés en dessous de zéro, il se sentait en pleine forme. La porte du garage était bloquée par le gel, elle aussi, mais en tirant très fort, les pieds solidement plantés sur le sol, il était parvenu à l'ouvrir. À l'intérieur du garage se trouvait sa récompense : un magnifique break Volvo.

— Vous avez une Volvo ! s'extasia-t-il. Pourquoi ne m'en avoir rien dit ?

— *Surprise, surprise*.

Ce fut Johansson qui conduisit, c'était plus pratique étant donné que son hôtesse s'était drapée dans un grand manteau de laine rouge à capuche qui lui tombait jusqu'aux pieds, et qu'elle portait des bottes fourrées et de gros gants de laine. On ne lui voyait guère plus que le bout du nez.

— C'est papa qui me l'a donnée, pour des raisons de sécurité routière. Mais je la trouve beaucoup trop grande.

— Votre père était un homme avisé : c'est l'une des voitures les plus sûres qui soient.

— Grande, sûre et suédoise. Vous vous sentez un peu chez vous, alors.

Je me demande si elle s'intéresse à moi, se dit Johansson.

Sur la route, ils s'étaient arrêtés dans un grand centre commercial où Johansson avait fait l'emplette d'un lot de sous-vêtements, d'une chemise et d'une brosse à dents. Il n'eut pas à chercher longtemps : pour une raison ou pour une autre, tous ces articles étaient rassemblés sur une seule et même étagère, comme s'ils l'attendaient.

Quel étrange pays ! songea-t-il.

— Puis-je vous aider, monsieur le détective ? plaisanta Sarah.

Elle avait rabattu la capuche de son manteau et ses cheveux roux frisés formaient une auréole autour de sa tête.

— Ce n'est pas la peine, merci, répondit Johansson en désignant l'étagère sur laquelle étaient placés tous les articles qu'il désirait.

— Prévoir pour ceux qui ne prévoient pas, commenta-t-elle avec un sourire.

C'est la femme la plus futée que j'aie jamais rencontrée, se dit-il.

Puis ils s'étaient rendus dans la maison où avait habité John avant de partir pour la Suède et d'y trouver la mort.

C'est vraiment sinistre, jugea Johansson, qui n'avait pas peur des mots. La maison se situait sur une hauteur, à cinquante mètres de la route. Elle était en brique, mais tout avait noirci avec le temps, et elle était en effet assez grande pour héberger une colonie entière de jeunes drogués. Style néogothique américain, début du XXe siècle, sorte de mausolée à la gloire de tout ce qu'il y avait de triste au monde et dissimulant ses secrets derrière de grandes fenêtres à vitraux.

— Charmant, n'est-ce pas ? demanda Sarah.

— Je pense que vous devriez la vendre. Autrement, ils vont s'administrer des overdoses, les pauvres petits.

Au rez-de-chaussée, un vaste hall s'ouvrait sur une salle de séjour encore plus vaste. Des meubles sombres et imposants de l'époque de la Grande Guerre ; sur le manteau crasseux de la cheminée était alignée une série de cadres contenant des photographies, et la tapisserie portait des traces carrées et rectangulaires attestant la présence de tableaux sur ces murs, jadis. Une porte double entrouverte donnait accès à la salle à manger, mais Johansson n'eut besoin que d'y passer la tête pour perdre l'appétit. En outre, le ménage n'avait pas été fait depuis fort longtemps, les cendriers regorgeaient de mégots ou de paquets de cigarettes vides et écrasés, des trognons de pomme desséchés et des journaux gisaient sur le sol ainsi que des piles de livres, en équilibre précaire, prélevés sur une bibliothèque quelconque. Au milieu de la pièce étaient rassemblés des meubles de jardin en rotin, sommairement recouverts d'un tapis usé à motif oriental.

— N'est-ce pas que c'est magnifique ? pouffa Sarah.

La seule chose que Johansson regarda de près, ce furent les photographies sur le manteau de la cheminée : une vingtaine, au total, placées dans des cadres en argent, en étain ou en bois, représentant une ou plusieurs personnes et semblant avoir été prises sur une période d'environ cinquante ans. Quelqu'un se retrouvait sur tous ces clichés, sauf un : une femme au début de l'âge adulte. Elle observait le photographe d'un œil sévère, le buste haut, et portait un chignon et une robe à col.

— La mère de John, expliqua Sarah. La raison pour laquelle elle a un regard pareil, c'est qu'elle est complètement saoule, comme d'habitude. Pour le reste, c'est toujours l'oncle de John, le colonel, en compagnie de diverses personnalités de sa connaissance.

— Vous dites : le colonel. Je croyais qu'il était professeur d'université ?

— On parlera de ça plus tard, quand vous aurez regardé toutes ces photos si flatteuses pour lui.

Ce n'était pas une mauvaise façon de présenter la chose. Sur le cliché qui le montrait à l'âge le plus tendre, il était représenté en grande tenue universitaire, avec cape noire, chapeau à plateau et grosse chaîne. Sur les autres, il apparaissait soit en uniforme, soit en costume à double rangée de boutons et larges revers. En fonction de sa tenue, il faisait le salut militaire ou serrait la main d'autres hommes, tous plus âgés que lui et, à en juger par la pose qu'ils adoptaient, de plus haut rang. Johansson reconnut aisément deux d'entre eux. Le premier, il l'avait souvent vu dans son manuel d'histoire, à l'école : le président Harry S. Truman, courtoisement penché en avant, serrait la main du colonel-professeur, figé dans un garde-à-vous impeccable, le regard fixe. À qui diable est-ce qu'il me fait penser ? se demanda Johansson.

Sur l'autre photo, il était en grand uniforme et saluait militairement un petit homme au visage de bouledogue qui avait l'air de regarder ailleurs – impossible de dire quoi, car c'était hors champ –, le chef légendaire du FBI et le fondateur du centre de formation de Quantico : John Edgar Hoover en personne. Il ressemble à quelqu'un, cette pensée poursuivait Johansson et il ne pouvait s'agir de Hoover, car celui-ci ne ressemblait qu'à lui-même.

L'un de ces clichés était de nature plus intime que les autres. Le colonel, la quarantaine, en compagnie d'un homme un peu plus âgé, tous deux en costume à double rangée de boutons, un large sourire à l'adresse de la personne qui prenait la photo, et se tenant par l'épaule. À l'arrière-plan, le palais royal de Stockholm par un beau jour d'été ; et le soleil faisait briller l'eau de Strömmen. C'est sûrement pris devant le Grand Hôtel, conclut Johansson, surpris. Par réflexe, il retourna le cadre et put lire, écrit à la main : « Camarades de combat, Stockholm, juin 1945. »

— C'est ma ville, indiqua Johansson en tendant la photo à Sarah, bien qu'il fût né au fin fond du pays, au nord de Näsåker. C'est Stockholm, on voit le palais royal derrière.

— *Very nice*, dit poliment Sarah. Mais savez-vous qui il serre dans ses bras ?

— Aucune idée.

— Hoover, lui, vous l'avez reconnu ! Mais le fait est que, chez nous, cet homme est presque aussi légendaire que lui. Il s'appelait Bill Donovan mais, pour tous, c'était Wild Bill. C'est lui qui a été le premier patron de ce qui est devenu la CIA – pendant la guerre, ça s'appelait OSS : *Office of Strategic Services*. Je crois que c'est en 1948 qu'ils ont changé le nom.

Ah, se dit Johansson en hochant la tête. Mais à qui peut-il bien ressembler ? se répéta-t-il une fois de plus. Ce n'est pas à Wild Bill Donovan, même si l'oncle colonel et lui ont un air de famille.

C'est dans l'escalier pour monter à sa chambre qu'il trouva la réponse : ce pauvre type de Backstroem, bien sûr ! À part la différence d'âge, ils pourraient être jumeaux monozygotes.

— *Special agent Backstroem*, dit-il tout haut.

— Pardon ? demanda Sarah.

— Non, rien. Je pensais à voix haute.

On a bien raison d'appeler ça l'esprit de l'escalier, songea-t-il.

En haut, un nouveau hall donnait sur un étroit couloir dans lequel s'ouvraient une demi-douzaine de portes qui débouchaient à leur tour sur des chambres à coucher de taille variable. Ainsi que des toilettes et une petite salle de bains.

— Je vais commencer par vous montrer la chambre du colonel.

Colonel ? Professeur ? Deux cordes à son arc et deux casquettes sur sa tête.

La chambre du colonel John C. Buchanan était naturellement la plus grande de la maison. Elle disposait en outre d'une salle de bains particulière. Les meubles en disaient long sur l'homme qui y avait vécu, même si c'était de façon sommaire. Le long de l'un des murs était placé un lit haut et étroit dont la tête, le pied et le cadre étaient en acajou. Le matelas était resté en place, mais sans literie. Il était encadré par deux tables de chevet de la même essence et, sur celle qui se trouvait à droite de l'oreiller, était posée une lampe en fer forgé de modèle ancien, avec abat-jour en parchemin.

Un bureau anglais et un fauteuil du même style à haut dossier, tapissé de cuir vert et à larges montants, meublaient le mur opposé. Au-dessus de la table on distinguait une dizaine de marques claires sur le papier peint qui correspondaient sûrement à l'emplacement de tableaux et de photographies, mais la table elle-même était vide, à part un plumier en maillechort.

Les deux grandes fenêtres donnaient sur la rue et, de là, on pouvait voir la Volvo noire de Sarah. De lourds doubles rideaux de couleur sombre. En face, sur le mur du couloir, un gros coffre-fort à combinaison datant des années 1970, dont l'impressionnante porte était entrouverte. L'intérieur était vide.

— Vous dites toujours le colonel, observa-t-il. Mais vous avez commencé par me dire qu'il était professeur à l'université de la ville.

— Oui. Sur le plan formel. Juste avant la guerre, il avait rédigé une thèse d'économie politique. Je ne l'ai jamais lue, mais mon père l'a consultée quand j'ai commencé à fréquenter John. En réalité, il était officier. Il l'est devenu quand nous sommes entrés en guerre et je crois qu'il n'a cessé de l'être qu'au début des années 1960, quand on lui a offert ce poste à l'université de la ville. C'était un secret de Polichinelle. Ils sont allés jusqu'à créer un poste pour lui, une chaire d'histoire européenne contemporaine ou quelque chose comme ça, et ses conférences ont attiré une certaine attention, pour dire les choses gentiment, mais il se faisait toujours appeler colonel et rien d'autre.

— Qu'est-ce qu'il faisait, dans l'armée ?

— Officier de renseignement. Il travaillait pour la CIA, tout simplement, ou l'OSS, comme ça s'appelait avant. Je vous l'ai déjà dit, n'est-ce pas ? Il a servi en Europe, dans votre pays, entre autres. Il a été plusieurs années en poste à l'ambassade de Stockholm. Vous avez d'ailleurs vu la photo, en bas.

— Vous êtes certaine qu'il travaillait pour la CIA ?

— Absolument. Tout le monde le disait. John n'arrêtait pas d'en parler et, d'ailleurs, quelle autre raison aurait-il eue de serrer quelqu'un comme Bill Donovan dans ses bras comme il le fait sur la photo ?

Et pourquoi les ont-ils pris dans cette position ? s'étonna Johansson. C'est presque une faute professionnelle, dans ces cercles-là.

— L'avez-vous rencontré ?

— Je l'ai vu quelquefois, quand John et moi vivions ensemble. Il appréciait aussi peu de voir John me fréquenter que mon père de savoir que je l'avais rencontré. Sur ce point, au moins, ils étaient parfaitement d'accord. Il ne m'aimait pas.

— Pourquoi ? Il était aussi fou que son neveu ?

— Parce que je suis juive.

— Ah, je comprends.

Que répondre à ça ? se demanda-t-il.

Puis ils étaient passés dans la chambre de John. Bien plus petite et dépourvue de salle de bains mais meublée de la même façon, dans l'ensemble, à part le coffre-fort et les doubles rideaux. En revanche, elle était équipée d'un poste de télévision, d'un magnétoscope et d'une radio à magnétophone. On voyait nettement que quelqu'un l'occupait récemment encore. Et que ce quelqu'un n'était pas particulièrement ordonné.

— Le ménage n'a jamais été le fort de John, expliqua Sarah.

Ce n'est pas ça, le problème, pensa Johansson. Où sont les traces de la personne qui a vécu ici ?

Sur le mur, au-dessus du bureau, était accrochée une vieille peinture à l'huile représentant des chevaux paissant dans un champ. C'était très certainement un legs de son oncle et, en tant qu'œuvre d'art, de qualité discutable. Il y avait aussi quelques affiches encadrées, dont la plus remarquable était une photo, prise à contre-jour, d'une jeune et vulnérable Marilyn Monroe, penchée par-dessus une rambarde.

Sur la table de chevet était posé un radio-réveil. La table de travail était couverte de ce qu'on y trouve généralement : une tasse à café non lavée contenant des trombones, des agrafes et des pièces de monnaie, un certain nombre de stylos, une montre bon marché dont le bracelet était hors d'usage, du papier pour machine à écrire et des enveloppes. Une lampe de bureau réglable en hauteur, fixée sur un socle en fer très solide. Divers livres de poche, uniquement des policiers ou des thrillers. En revanche, pas d'étagère à livres, d'almanach, de carnet de notes, d'albums de photos, de bandes vidéo ou de cassettes audio personnelles. Rien de tout cela.

Il en allait de même dans la grande armoire sur le mur, en face du lit : vestes, jeans et chaussures, chemises, sous-vêtements et chaussettes, le tout dans un savant désordre où le propre voisinait avec le sale. Sur le sol était posé un sac de golf contenant une demi-douzaine de clubs et, glissée au milieu, une carabine automatique à canon court de calibre 12 et de marque Remington Peacemaker. Le chargeur était plein et, pour plus de sûreté, une cartouche était engagée dans le canon.

— À quoi lui servait-elle ? questionna Johansson en extrayant la cartouche et en mettant le cran de sûreté.

— Je n'en sais rien, dit Sarah sans l'ombre d'un sourire. C'est bien de lui. Enlevez-la d'ici, s'il vous plaît.

Pour finir, ils avaient fait le tour de la maison. Ils étaient même montés dans le grenier et descendus à la cave. La première impression de Johansson n'avait fait que se confirmer. Ce dont il devait se souvenir le plus nettement, c'était la quantité gigantesque de bouteilles vides qu'ils avaient trouvée dans la cave. Une montagne de bourbon, de scotch et de whisky irlandais, plus quelques centaines d'autres ayant contenu de la vodka de fabrication américaine. En voyant cela, Sarah avait eu un grand sourire, une fois de plus.

— J'espère que je n'ai pas oublié de vous dire qu'il buvait comme un trou, le vieux, pouffa-t-elle de plaisir.

Puis ils avaient fermé la porte à clé et étaient partis pour le restaurant vietnamien, à cent mètres de là dans la même rue. L'établissement était illuminé par des lampions et un sapin de Noël se dressait devant l'entrée.

La cuisine était excellente. Ils avaient commencé par un potage à base de quelque chose qui ressemblait à des algues et qui, d'après Sarah, en était véritablement. Après, ils avaient commandé des sortes de raviolis vietnamiens fourrés de minces bandes de poitrine de canard fumé. Johansson avait bu de la bière tandis que Sarah prenait du vin blanc de Californie, sans arrêter de parler et de sourire.

Il lui avait d'abord posé des questions sur la maison qu'ils venaient de visiter. Où étaient passés tous les tableaux, livres, objets d'art et autres biens personnels qui devaient se trouver dans une bâtisse de cette taille ? D'après Sarah, ils avaient été vendus au cours des ans, sans doute pour la raison qui avait causé le décès de son propriétaire.

— Je ne sais pas de quel ordre sont les retraites des anciens de la CIA, commenta-t-elle en pouffant de rire. Si vous voulez le savoir, il faudra appeler leur bureau de Langley.

Il y avait dix ans qu'elle n'avait pas été reçue dans cette maison et, d'après ses souvenirs, l'endroit n'avait jamais été meublé de façon très remarquable, même à l'époque où le colonel percevait un salaire de professeur d'université.

— Beaucoup de bric-à-brac. Pas énormément de livres et, quant aux tableaux, ils étaient à peu près du genre de celui avec les chevaux que vous avez vu dans la chambre de John. Ce dont je me souviens le mieux, c'est qu'il était très fier de sa collection de ferraille à usage militaire : casques, épées, médailles, ce genre de trucs. Ça n'a pas dû rapporter des millions, mais ce n'était pas totalement dépourvu de valeur non plus. Ce pays regorge de loufoques qui raffolent de ces choses-là.

Johansson avait ensuite fait dévier la conversation sur John, à partir de la chambre dans laquelle il logeait. Ce qui l'avait perturbé « en tant que flic », ce n'était pas tant la propreté très relative des lieux, car il avait vu bien pire dans son existence, mais le fait que le cochon qui vivait là semblait ne pas nourrir le moindre intérêt pour quoi que ce soit. Quand on était un policier du genre de Johansson, on n'aimait pas du tout cela.

Sarah avait opiné du chef. John était un négligent qui, en même temps, était dépourvu de tout intérêt pour ce qui, de façon générale, pouvait apporter des satisfactions à l'être humain. Pour lui, un lit était uniquement fait pour dormir, les vêtements pour s'habiller et se protéger du froid, de la chaleur, de la pluie ou de la neige, et la nourriture pour calmer la faim.

— Mais boire de la bière, on pouvait le faire tout le temps, en revanche.

— Il devait pourtant s'intéresser à quelque chose, dans la vie ? s'obstina Johansson.

Pas à grand-chose, d'après Sarah. Il lisait presque exclusivement des romans policiers ou d'espionnage, ou autres navets de ce genre, et, quand il regardait la télévision, il semblait surtout prendre plaisir à zapper sans arrêt.

— Il ne s'intéressait même pas au sport. Le sac de golf que vous avez vu, je pense qu'il l'avait hérité du colonel. Je sais qu'il a fait partie d'un club, pendant un certain temps, mais il l'a quitté quand ils ont commencé à admettre des joueurs de couleur.

Charmant garçon, pensa Johansson.

— Il n'aimait même pas la marche à pied, il trouvait que c'était une perte de temps. Quand nous sortions, à l'époque où nous vivions ensemble, il allait toujours se placer dans le coin le plus sombre du bar pour boire de la bière en reluquant les filles, l'air mystérieux. Et moi, je le trouvais passionnant.

— Mais il faisait quand même bien quelque chose, s'entêta Johansson, qui se piquait de plus en plus au jeu.

— Son grand sujet d'intérêt, c'était lui-même. Je ne crois même pas qu'il s'intéressait aux femmes, malgré les conquêtes dont il se vantait. Je pense que c'était de famille. Son oncle était pareil. Tout ce qu'il disait ou faisait avait uniquement trait à d'autres hommes. Les femmes, ça n'existait pas pour lui. Un vrai de vrai. Mais, bien entendu, il n'avait jamais assez de mépris pour les « pédés ».

— John avait-il des amis ?

— Des tas ! ironisa Sarah. Qu'est-ce que vous croyez ?

John vivait dans son petit monde, où il n'y avait pas de place pour des amis. Il n'y avait que de petits et de grands filous, des espions et des terroristes, et, comme il était l'un des rares chevaliers blancs qui existaient encore dans le monde, il était investi d'une mission.

— Les démasquer et les faire coffrer. C'est ça, la vie, pour les gens comme John. Pourtant, il aimait bien les gens comme vous. Les flics grands et forts. Mais, si vous l'aviez rencontré, je crois que vous lui auriez botté les fesses au bout de cinq minutes. Je suis sûre que c'est pour ça qu'il est devenu journaliste, conclut-elle.

John avait travaillé dans cette branche durant plusieurs années et, pendant une période, il avait même été célèbre comme reporter pour une chaîne de télévision locale.

— Comme il était joli garçon, personne n'écoutait ce qu'il disait. Mais, ensuite, il lui est venu des ambitions et il s'est fait embaucher par notre plus grand quotidien local en qualité de journaliste d'investigation. Alors, ça a chié des bulles, pour parler vulgairement.

Si tel avait été le cas, c'était, d'après Sarah, surtout à cause du restaurant où ils étaient en train de dîner, et celui qui avait chié les bulles en question c'était non pas John personnellement, mais son oncle le colonel. L'établissement était en effet la propriété d'une famille vietnamienne arrivée là comme *boat people* à la fin des années 1970. Elle avait assez rapidement connu le succès, sur le plan financier, dans sa nouvelle patrie et possédait maintenant une dizaine de lieux de commerce à Albany et dans les environs : restaurants, laveries automatiques, épiceries de quartier, mais aussi un entrepôt de matériaux de construction et un motel assez important.

Au début des années 1980, cette famille avait ouvert cet établissement à un jet de pierre de la maison du colonel, et c'est alors qu'il était devenu enragé pour de bon. D'après lui, les Vietnamiens étaient tous des canailles, l'Ennemi avec un grand E. « Ce ne sont pas de vrais guerriers, mais des gangsters qui tuent par-derrière », affirmait-il. Et quant aux deux cent mille d'entre eux qui s'étaient réfugiés aux États-Unis, c'étaient soit des taupes communistes, soit des déserteurs qu'il aurait fallu fusiller sur-le-champ. Il avait alors réussi à se passer de boire le temps de faire le tour de ses voisins avec une pétition, mais ceux-ci n'avaient montré qu'un intérêt très modéré pour la chose, alors que les clients devenaient de plus en plus nombreux dans le restaurant. La situation était donc grave et le colonel avait réussi à enrôler son neveu dans sa croisade.

— Ce n'était d'ailleurs pas très difficile, hélas, soupira Sarah. Quoi qu'il en soit, John est parvenu à faire publier par son journal le début d'une série d'articles affirmant qu'une mafia vietnamienne s'était installée dans la ville. Il y a été mis fin au bout de deux numéros, et, pour résumer l'histoire en quelques mots, le journal a dû débourser une coquette somme en dédommagement et John a été mis à la porte.

La déformation professionnelle poussa Johansson à demander :

— Est-ce que c'était en partie vrai, ce qu'il disait ?

— Je crains que non. C'était bidon, comme le reste, avec John.

En dessert, ils avaient pris des fruits mais, quand Sarah avait commandé du thé vert, Johansson avait eu un moment d'hésitation.

— Vous croyez qu'ils ont du café dans un endroit comme celui-ci ? s'enquit-il en baissant la voix.

— Bien sûr que oui. Les Vietnamiens ne sont pas des imbéciles, vous savez. Si j'étais à votre place, je prendrais un double express.

Elle est vraiment charmante, apprécia Johansson. Un peu trop vive d'esprit, peut-être – mais cela, il le garda pour lui.

Johansson prit le volant de la Volvo noire de Sarah pour rentrer. Il avait certes bu deux bières mais, comme ils avaient passé près de trois heures au restaurant, cela n'avait pas trop d'importance. À leur retour, ils s'étaient installés dans la salle de séjour pour bavarder un peu. Sarah lui avait demandé s'il désirait du vin, du whisky ou autre chose, mais il avait décliné. Il ne savait pas pourquoi lui-même, il avait simplement dit non et c'est pourquoi il advint ce qu'il advint. Au bout de peu de temps, la conversation se mit à languir. Elle l'accompagna jusqu'à sa chambre, lui souhaita bonne nuit et se haussa sur la pointe des pieds pour lui donner un léger baiser sur la joue, en souriant, mais ce fut tout.

Johansson se lava les dents, enfila ses vêtements de nuit neufs et se glissa dans le lit du père de Sarah, qui était à la fois assez grand et assez dur pour lui. Cinq minutes plus tard, il dormait sur le côté droit, le bras sous l'oreiller comme toujours quand il était chez lui, mais sans suivre les conseils de son frère aîné. Il ne pouvait quand même pas faire cela dans le lit du père de cette femme, décida-t-il juste avant de s'endormir.

X

En chute libre, comme dans un rêve

Stockholm au mois de novembre

Malgré tout, Berg demeurait confiant ; on pouvait même dire qu'il l'était de plus en plus. Cette affaire Krassner n'avait certes rien de bon, mais elle n'avait rien fait apparaître de vraiment alarmant non plus. Les informations recueillies de la bouche de Waltin indiquaient plutôt le contraire. Ce type était drogué et, vu la quantité qu'il avait achetée, il n'était pas impossible – au besoin, s'il apparaissait qu'il détenait certains secrets et si la chose risquait de s'ébruiter – pour la police et le procureur de le présenter aux médias sous les traits d'un dealer cynique et non pas comme un intello consommateur de haschisch. En pareil cas, il ne s'agissait pas de savoir si les déclarations d'Untel ou Untel étaient vraies, mais qui les proférait.

D'après Waltin et ses collaborateurs, il existait d'autres signes que Krassner n'était pas en pleine possession de ses moyens. Il était méfiant, tendu presque jusqu'à la paranoïa, et cela ne risquait guère de lui conférer beaucoup de crédit, au cas où son oncle aurait été un peu trop bavard à propos de faits et gestes pouvant avoir des conséquences pour Berg et pour les intérêts qu'il était chargé de surveiller. Malgré tout le respect qu'on pouvait éprouver pour la politique suédoise en matière de sécurité et indépendamment de savoir si on évoquait la réalité des événements ou seulement la partie qui parvenait à la connaissance du public, l'oncle de Krassner n'était plus en fonction depuis près de trente ans. Il était mort, en outre, et Krassner ne pouvait donc espérer aucun appui de la part de son informateur. Il ne faut pas voir du danger là où il n'y en a pas, conclut Berg, qui put, à partir de ce moment, envisager la situation avec plus d'optimisme.

Dans le meilleur des cas, au contraire, elle pouvait tourner à son avantage. N'avait-elle pas normalisé ses rapports avec l'expert du Premier ministre ? C'était déjà une bonne chose. Même si c'était dû au fait que, au moins pour l'instant, celui-ci avait plus besoin de Berg que Berg de lui, il n'y avait pas à s'en désoler. Cela lui fournissait une occasion de reprendre l'initiative et il pouvait espérer regagner le terrain perdu. Au cours de la première réunion hebdomadaire du mois de novembre avec ses patrons, Berg avait décidé de ne soulever que deux questions, choisies avec soin. Et par lui-même, bien entendu.

Mais il n'avait pu éviter de prononcer un bref exposé de la situation. Il avait d'abord évoqué le recensement des éléments antidémocratiques dans la police et dans l'armée qui était en cours. « Cela ne va pas vite, je suis le premier à le reconnaître, mais cela avance », déclara-t-il avec force. Personne n'avait eu de questions à poser ni d'objections à soulever.

Berg avait donc pu passer aux Yougoslaves – « on dirait que le calme règne, en ce moment » – et conclu par l'habituelle formule rituelle à propos des Kurdes. C'est alors que le ministre de la Justice s'était réveillé et que tout avait failli mal tourner, en dépit des efforts de Berg.

— Ce Kudo ? demanda le ministre. Que devient-il ? Il y a longtemps qu'on n'a pas eu de ses nouvelles.

Dieu merci, soupira Berg sans faire mine de rien.

— Cela se déroule selon nos prévisions, répondit-il. Je leur ai dit de tâcher de pénétrer un peu plus profond dans les aspects spécifiquement ethniques de… enfin, de la communication entre eux. La façon dont ils échangent leurs messages secrets, ce genre de choses. Nous sommes souvent confrontés à de délicats problèmes d'interprétation.

— Oui, il serait intéressant de les rencontrer, un jour, dit le ministre. Ce Kudo et son bras droit… comme s'appelle-t-il, déjà ?

— Bülling, compléta rapidement Berg, désireux de passer à autre chose.

— C'est ça. On dirait presque un nom allemand.

— Ou un nom d'emprunt, déclara l'expert avec un léger soupir.

— Tu veux dire comme dans « flic[1] », lâcha le ministre, très content de lui car, s'il était bête, ce n'était pas de cette façon-là. Dans ce cas-là, c'est drôlement bien trouvé, et même presque téméraire, non ?

— Ça tombe bien, car c'est quelqu'un de téméraire, enchaîna l'expert en regardant le ministre, les yeux toujours mi-clos. Sans exagérer, je crois pouvoir affirmer que Bülling est l'agent le plus courageux, voire le plus téméraire de notre police.

— Ah bon, dit le ministre en se penchant pour entendre mieux. Serait-il possible d'en avoir des preuves, en confidence ?

— Il ne faut pas que ça sorte d'ici, hésita l'expert. Vous ne savez peut-être pas que c'est lui qui a sauvé

1. Jeu de mots facile – mais intraduisible – entre Bülling et *byling. (N.d.T.)*

ces enfants dans la crèche qui a brûlé, à Solna, il y a quelques mois.

— Maintenant que vous le dites, je crois m'en souvenir vaguement.

— Le bâtiment entier était en flammes, mais Bülling s'est jeté dans le brasier et a sorti les gosses jusqu'au dernier. Il a fait quatorze tours en en prenant un sous chaque bras à la fois, ce qui donne près de trente au total, si je sais bien compter. Mais s'il n'avait pas pu emprunter le caleçon ignifugé du Fantôme, Bülling en personne n'y serait pas arrivé.

— Ne te fiche pas de moi, protesta le ministre, vexé.

— Qu'est-ce qui vous fait croire ça ? demanda l'expert en regardant l'autre comme un objet certes intéressant, mais sûrement pas un être de chair et de sang.

Et Berg avait enfin pu en venir au fait.

Il s'était bien préparé. Il avait d'abord fait dresser une liste des personnes pouvant, à divers égards, constituer un risque pour le Premier ministre et son entourage. Il s'était montré très sélectif à ce propos et, selon ses collaborateurs, n'avait retenu que ceux qui « méritaient d'être pris au sérieux ». Il n'avait donc pas inclus ceux qui, alors qu'ils buvaient un coup chez le voisin devant la télévision, avaient juré, en voyant le Premier ministre : « Ce salaud-là, je vais lui faire la peau, moi. » Même s'ils faisaient partie de la défense territoriale et possédaient un AK4, l'arme de base de l'armée suédoise pendant longtemps, ou consacraient leurs loisirs à la chasse ou au tir de compétition, comme c'était le cas de beaucoup d'entre eux. Ils étaient même si nombreux qu'on avait des raisons de soupçonner que ce genre d'activité constituait une partie importante de leur profil personnel.

Leurs voisins et leurs proches constituaient aussi un groupe important, semblait-il, car la police du pays –

voire les services de renseignements eux-mêmes – recevait chaque jour des tuyaux plus ou moins anonymes au sujet de respectables citoyens suédois « ayant promis, à l'occasion de telle ou telle réunion entre amis, d'abattre le Premier ministre ». Tous ces « poivrots, cinglés et forts en gueule », Berg avait choisi de les ignorer car il y en avait des centaines dans les rapports d'enquête qui s'entassaient sur son bureau. Au bout du compte, il restait vingt-deux personnes qu'on pouvait suspecter, pour l'instant, de vouloir passer à l'acte. Et ceux qu'il considérait comme les plus dangereux étaient naturellement ceux qui ne faisaient pas trop état de leurs intentions.

Sur le plan sociologique, ils formaient un groupe intéressant, en particulier parce qu'ils se répartissaient sur l'ensemble de l'échelle sociale : par exemple un comte possédant un château dans le Sörmland, près de Stockholm, avec forêt et terres attenantes, et ne parlant certes guère mais disposant, en revanche, de moyens financiers considérables. Il était notoirement violent, aimait prendre des risques et était très capable de passer à l'acte, sur le plan pratique. Dans le bâtiment B de l'hôtel de police de Polhemsgatan, il était depuis longtemps connu sous le surnom d'Anckarström[1] et, en une occasion, Berg était intervenu personnellement dans une affaire délicate. Ayant appris que le Premier ministre acceptait une invitation à un dîner en sélecte compagnie auquel « Anckarström » était convié, il en avait aussitôt informé le secrétariat général du gouvernement. Le Premier ministre avait alors fait état d'un empêchement de dernière minute et Berg s'était épargné à la fois une bonne migraine et des dépenses inutiles en matière de gardes du corps.

---

1. Assassin du roi Gustave III, en 1792. *(N.d.T.)*

La liste comprenait aussi un milliardaire suédois domicilié à Londres. Il avait laissé derrière lui un procès pour fraude fiscale dans lequel l'État suédois lui réclamait un nombre respectable de centaines de millions et, à partir de son exil plus que doré, il appuyait, depuis plusieurs années, diverses campagnes dirigées contre le Parti social-démocrate, le gouvernement et surtout le Premier ministre en personne. Lors d'un dîner privé au West India Club de Londres, il avait aussi exprimé des ambitions bien plus vastes et promis dix millions à celui ou ceux « susceptibles de faire en sorte que le Gustave III de notre temps ait la fin qu'il mérite ». D'après l'informateur de Berg, présent à ce dîner, cet incitateur présumé était alors parfaitement sobre et très sérieux en proposant ce marché sans forcer la voix. « Il avait plutôt l'air de s'amuser », avait conclu l'indicateur.

Au sein des services de Berg, ce milliardaire avait reçu le nom de code de Pechlin[1], à l'initiative du patron lui-même. En effet, il s'intéressait beaucoup à l'histoire de son pays, qui constituait ses lectures favorites, en dehors de ce qui avait trait au service. L'histoire, c'était reposant, selon lui. Aussi cruelle et sanglante qu'elle ait pu être, c'était du passé et il n'avait pas à s'en préoccuper. Quoi qu'il en soit, ces deux hommes et quelques autres demeuraient des exceptions, malgré tout, et le gros de la troupe des vingt-deux était situé là où on pouvait s'y attendre en pareil cas. La moitié d'entre eux étaient des criminels au passé lourdement chargé et deux se trouvaient même sous les verrous pour meurtre.

L'un des deux était un terroriste yougoslave et, comme il était « à l'ombre », ce n'était pas lui-même

1. Intrigant notoire, à la même époque que le précédent. *(N.d.T.)*

mais son entourage immédiat qui était source de préoccupations. Il avait conservé des contacts avec au moins trois de ses compatriotes qui étaient des repris de justice notoires, semblaient très décidés et restaient en liberté, eux. Ils étaient en outre difficiles à surveiller, très discrets, et ils parlaient une langue que peu de gens comprenaient dans le pays. Bref, ils avaient tout des mafieux, dans leur comportement comme dans leurs fréquentations.

L'autre assassin était un Suédois sans cesse en procès, qui nourrissait une haine profonde et implacable contre l'État suédois de façon générale et sa justice en particulier. Mais ce n'était pas un chicanier ordinaire. Il était très capable sur le plan technique et, au cours de ses années d'activité, il était parvenu à fabriquer, à sa façon artisanale, plusieurs bombes qui avaient fonctionné assez bien pour lui valoir la prison à vie pour meurtres. C'était une figure de proue pour les individus de son espèce et, comme presque tous ses admirateurs étaient en liberté, il représentait une épine dans le pied de Berg. Il avait aussi manifesté, ces derniers temps, un intérêt inquiétant pour le Premier ministre et au moins deux de ses collègues du gouvernement.

La demi-douzaine restante possédait ceci en commun d'être tous des hommes et d'avoir un casier judiciaire vierge. Mais, par ailleurs, c'était un joyeux méli-mélo. Deux d'entre eux étaient plus intéressants que les autres, en l'occurrence. De véritables cauchemars du point de vue de la sécurité, se disait Berg à ses moments les plus sombres. L'un était un ancien parachutiste et sous-officier de cette arme à l'école de Karlsborg. Il avait quitté l'armée dix ans plus tôt, avant de disparaître sans laisser de traces. Une de ses amies avait signalé cette disparition à la police, mais l'affaire avait été classée quand elle avait reçu une carte postale de Turquie, par laquelle il lui annonçait qu'il ne désirait plus la voir, qu'il la remerciait pour « un souvenir inoubliable, au moins » et la priait de ne pas déranger la police à cause de lui car il allait « très bien » et n'avait pas l'intention de « rentrer au pays de sitôt ». La jeune femme avait montré cette carte à la police, qui lui avait posé les questions habituelles, avait comparé l'écriture de la carte avec d'autres messages de la même main et ensuite classé l'affaire. On n'avait jamais tiré au clair ce que c'était que ce « souvenir inoubliable » mais, selon la petite chronique locale, la jeune femme en question aurait sauté en parachute au moins une fois dans sa vie.

Un an plus tard, environ, il avait fait sa réapparition en Suède et on l'avait repéré à l'occasion d'une vaste opération de surveillance d'une organisation d'extrême gauche. Mais cela avait été un coup de chance. L'agent de la DST qui l'avait reconnu l'avait eu comme officier au cours de son service militaire dans les paras et il le décrivait comme devant figurer tout en bas de la liste s'il devait se choisir un ennemi. Le passé de l'individu, le contexte dans lequel il avait été vu et l'avis de celui qui l'avait reconnu avaient aussitôt contribué à accroître l'intérêt des enquêteurs pour sa personne.

« Vous savez, il est capable de tuer de ses propres mains la moitié d'entre nous, bon sang. »

C'est ainsi que le commissaire en charge de l'affaire avait résumé la chose.

Comme ni lui ni son collègue de la Sécurité militaire ne l'avaient envoyé jouer les taupes, on pouvait dire que c'était l'homme qu'il fallait à l'endroit qu'il ne fallait pas. À croire que les gauchistes portaient des lunettes munies de verres épais comme des culs de bouteille. Libre à eux, naturellement, de se balader dans ce qu'ils prenaient pour des tenues de prolos, cela ne faisait que faciliter leur identification et, tant qu'ils auraient des mains aussi blanches que celles de sténodactylos, ils pouvaient hurler tous les slogans qu'ils voudraient pour annoncer que la classe ouvrière, qu'ils étaient désormais à peu près les seuls à représenter, allait prendre le pouvoir par la force.

Tant qu'ils n'étaient pas aptes à déjouer un antivol de voiture, pour ne pas parler de fabriquer une bombe capable d'exploser, ni à mettre un coquard à l'un de ses collègues, ils le laissaient froid. Mais ce n'était pas le cas de cet ancien para.

Malgré tous ces efforts, on n'avait rien trouvé. Le para avait disparu de nouveau et, comme il était capable de tirer dans une pièce de monnaie à cinq cents mètres de distance, le supérieur du commissaire de police colérique avait décidé qu'il était grand temps de s'adresser à des gens qui n'étaient pas de la maison.

— Ce n'est pas le genre de type qu'on inviterait à prendre le thé chez soi, alors je crois qu'il vaut mieux en parler aux Allemands, trancha cet homme qui était à la fois cultivé et très doux de caractère, en dépit de son grade.

Les Allemands avaient donné de leurs nouvelles six mois plus tard en envoyant une photo prise par une caméra de surveillance, qui, d'après l'un de leurs spécialistes en matière d'interprétation des clichés, montrait l'ancien parachutiste « avec une probabilité voisine de la certitude ». Elle avait été réalisée à partir d'un appareil disposé de façon à couvrir le parking d'un établissement de crédit agricole dans la petite ville de Bad Segeberg, à cinquante kilomètres de Hambourg. Ce jour-là, précisément, il y avait l'équivalent de plus de cinq millions de couronnes suédoises en caisse. Peu avant la fermeture, trois hommes masqués étaient entrés et avaient raflé le tout en brandissant des pistolets automatiques, sans doute de fabrication israélienne et de marque UZI. Cette attaque portait distinctement la « marque d'une action terroriste », avait déclaré le patron de la sécurité du Schleswig-Holstein. Ensuite, les trois hommes avaient bien entendu disparu dans la nature et, si les Suédois pouvaient fournir des renseignements sur leur compatriote, les Allemands leur en seraient naturellement très reconnaissants.

Le lendemain, l'ancien parachutiste avait été l'objet de l'opération Olga, mise au point par la section opérationnelle des services de sécurité suédois. La raison pour laquelle on avait choisi ce nom n'était pas de tromper l'ennemi, même si on n'y voyait pas d'inconvénient, mais celui qui faisait l'objet de ces recherches avait été connu sous le surnom d'Olga pendant son temps sous les drapeaux. Bien sûr, vous deviez vous garder de l'utiliser devant lui, cela aurait été comme signer votre arrêt de mort. Pourtant, la raison de ce surnom était plutôt flatteuse. Dans toute l'académie militaire de Karlsborg, il n'y avait en effet qu'une seule et unique personne qui était plus intraitable que l'homme en question, et c'était Olga, la responsable de la cantine.

Six mois plus tard, on avait mis fin à l'opération Olga et on savait alors à peu près tout sur la personne visée jusqu'au moment où elle avait quitté l'armée. Mais, après cela, c'était le mystère à peu près complet, sauf que, « avec une probabilité voisine de la certitude », il avait, six mois plus tôt, attaqué une banque en Allemagne du Nord et entretenait des liens qui semblaient assez étroits avec un groupe d'extrême gauche suédois qui plaçait la question de la Palestine en tête de son ordre du jour. Pour sa part, en revanche, il avait pratiquement été englouti. Jusqu'à ce jour,

Le compte rendu de Berg avait impressionné ses auditeurs. Le ministre de la Justice avait presque l'air sous le choc.

— Eh bien, je suis un peu effaré d'entendre ça, résuma-t-il. On n'aime guère penser qu'il existe de telles gens.

Il s'était ensuite lancé dans de longues considérations sur l'époque du roi précédent. Il avait évoqué le jour où, enfant, il avait accompagné son père à la maroquinerie Palmgren, derrière le Théâtre national, pour aller chercher les bottes neuves de son papa, et où ils avaient vu entrer le souverain en personne, qui avait salué amicalement tous les présents.

— Il se déplaçait seul, à part son ordonnance, mais c'était pour ne pas qu'il ait à payer lui-même. Il se promenait dans le centre de Stockholm et personne n'aurait eu l'idée de lui dire un mot déplacé, conclut le ministre en secouant la tête d'un air triste.

Le conseiller juridique avait lui aussi pris la parole. Lorsque Berg avait évoqué, sans le nommer, le comte qui vivait dans le Sörmland, il avait soudain ouvert la bouche. Pour la première fois en dehors du domaine qui était le sien, mais il faut dire qu'il était d'ascendance noble, tant du côté paternel que maternel.

— C'est hélas un de mes parents, avait-il regretté. Mais uniquement par alliance, s'était-il empressé de préciser en voyant le sourire satisfait de l'expert.

Ce dernier, pour sa part, avait dit exactement ce que Berg attendait qu'il ne dise pas.

— Combien de personnel faudrait-il pour assurer une surveillance totale de ces types ?

— Une surveillance totale ? avait répété Berg pour être sûr que celui qui avait posé la question était conscient de ce qu'elle impliquait.

— Oui, une surveillance totale : vingt-deux équipes, avait précisé l'expert avec force.

— C'est impossible. Je n'ai pas assez d'effectifs. En outre, ceux dont je dispose ont autre chose à faire, comme vous ne l'ignorez pas, messieurs.

L'expert s'était contenté de hocher la tête.

— Autre chose, avait-il ajouté. Combien en existe-t-il dont vous n'avez pas connaissance ? Je veux dire : en dehors de ce groupe dont il a été question ?

— Des centaines, répondit Berg. Sûrement des centaines.

Il ne pose pas cette question pour son propre compte, pensa-t-il. Il désire me l'entendre dire aux autres. Mais pourquoi ?

Bannière au vent et brandissant haut les couleurs, il avait alors évoqué les renseignements que le patron du service des gardes du corps avait rassemblés.

— J'ai fait procéder à un calcul de ce qu'a coûté la sécurité du Premier ministre au cours des trente derniers jours avant cette réunion.

Pendant dix-sept de ces trente journées, le Premier ministre avait effectué une tournée dans le pays et à l'étranger, et, si on avait demandé son avis à Berg, il aurait pu y demeurer plus longtemps que cela. Dans ces cas-là, il restait en effet sous la protection de ses propres gardes du corps, en général renforcés par des membres du service opérationnel ainsi que par le personnel de la police locale. Le mieux, selon Berg, était lorsque ce personnage voyageait à l'étranger car, alors, les procédures étaient autres et les mesures de sécurité gigantesques, comparées à celles dont devait se contenter Berg. Le pire, au contraire, était lorsqu'il se trouvait dans son bureau ou à son domicile.

— Au cours de treize de ces trente journées, il n'a bénéficié d'aucune autre protection que celle fournie par l'entreprise de vigiles que nous avons postée devant l'entrée de son immeuble. Au cours de toutes ces journées sans exception, il a été totalement seul, en une ou plusieurs occasions, à l'extérieur de Rosenbad ou chez lui. Au total, cela représente plus de vingt périodes pouvant aller de quinze minutes à plusieurs heures, pour aller chez lui à pied, sortir en ville pour manger ou faire des courses. Voilà quelle est la situation, si vous voulez le savoir, asséna Berg avec la gravité qu'exigeaient les circonstances.

— Oh là là, Berg ! gloussa l'expert.

— Je répète que je ne l'ai pas fait prendre en filature. Ces renseignements, je les ai obtenus d'une autre façon. Le Premier ministre est de notre responsabilité, à mes gens et à moi, du point de vue de la sécurité, ainsi que cinq autres personnes classées dans la même catégorie que lui. Vous connaissez maintenant le tableau et vous pouvez déduire le reste.

— Je vais lui en toucher deux mots, annonça l'expert sans paraître ironique, indifférent, ni même las. Mais il ne faut pas se faire trop d'illusions. Il est comme il est et c'est lui le patron, pas moi.

— Je lui en parlerai également, déclara le ministre de la Justice. On peut y compter.

— Alors, expliquez-lui qu'on n'est plus à l'époque de l'ancien roi, dit l'expert derrière ses paupières mi-closes.

Depuis une quinzaine de jours, Waltin préparait un cambriolage et ce n'était pas la première fois. Cela remontait à l'époque où il n'avait que quinze ans et était encore au collège. Cette fois, il n'avait pas l'intention de voler quoi que ce soit. Simplement de jeter un coup d'œil sur certaines choses. Il s'était introduit chez un camarade de classe parti aux sports d'hiver avec sa famille. Cela n'avait pas été très difficile. Il s'était procuré un double des clés de leur appartement longtemps auparavant et était déjà plusieurs fois allé rendre visite à son camarade chez lui, ce qui lui permettait d'avoir une bonne connaissance des lieux. En réalité, c'était la mère de son camarade qui l'intéressait. Une belle femme, petite et mince, très racée et ne ressemblant pas du tout à son goret de fils.

Expérience magnifique. Il avait passé plusieurs heures à explorer le grand appartement plongé dans le silence et l'obscurité. Il avait enfilé des gants de chirurgien et s'était éclairé au moyen d'une petite lampe de poche grosse comme un canif qu'il s'était procurée dans un magasin de loisirs. Et il n'avait guère cessé de bander pendant tout ce temps. Il avait procédé de façon systématique, sans laisser la moindre trace derrière lui. Dans un album conservé dans la chambre à coucher des parents, il avait fini par trouver ce qu'il cherchait : une photo de la mère de son camarade. Nue comme un ver, elle souriait au photographe de la façon la plus éhontée et, à en juger par l'arrière-plan, cela se passait dans leur résidence secondaire, dans l'archipel, où il était également allé. Mais il avait été un peu déçu, aussi, car elle tenait par la main son camarade, qui avait déjà l'air d'un petit cochon dix ans auparavant, et puis elle avait de plus gros seins qu'il ne l'aurait pensé. Au moins à cette époque.

Il avait d'abord été tenté d'emporter la photo, de découper la partie montrant le petit porc, de faire une copie du reste et de la lui envoyer anonymement, accompagnée de quelques lignes bien tournées laissant entendre qu'il y en avait d'autres, et de plus croustillantes encore, à moins qu'elle n'accepte de le rencontrer… Mais il en avait été dissuadé par ces gros seins blancs un peu écœurants à voir. Il avait donc laissé la photo là où elle se trouvait et s'était contenté de se masturber en s'efforçant de masquer avec les doigts de la main gauche aussi bien le petit goret que les grosses miches. Cela avait très bien marché, au prix d'un léger délai supplémentaire, et, une fois satisfait, il avait étalé une bonne couche de sperme sur son porcelet de camarade et sur les seins de sa mère.

Il était parti en emportant quelques bijoux en or et des bouteilles d'un excellent vin français. Par la suite, il avait mis les bijoux en gage et en avait tiré une somme rondelette. Quant au vin, il l'avait bu en solitaire, dans sa chambre, tandis que sa petite maman était en train de mourir, comme d'habitude, dans la pièce d'à côté. Il semblait d'ailleurs que tout soit allé comme sur des roulettes et que la famille de son camarade ne se soit même pas rendu compte de cette visite clandestine. Le cochon s'était montré aussi pleurnichard et peu discret qu'à l'accoutumée ; s'il avait été au courant d'un cambriolage commis dans son appartement, le collège tout entier en eût été informé avant la récréation du matin.

Ce temps-là était loin. Désormais, Waltin ne se livrait plus qu'à des cambriolages professionnels, et ses capacités en la matière n'avaient jamais été mises en doute parmi le petit nombre de gens qui avaient l'honneur de lui prêter assistance sur le plan pratique. Cette fois, pourtant, tout ne se présentait pas au mieux. D'une part, il n'était pas particulièrement motivé. Que pouvait détenir d'intéressant quelqu'un comme Krassner ? Si on lui avait offert de parier, il n'aurait pas misé un kopeck sur un crétin pareil. D'autre part, l'affaire se révélait délicate. Les détecteurs, caméras de surveillance et systèmes d'alarme étaient une chose, mais plus ils étaient sophistiqués, plus il était drôle de les déjouer. En revanche, sept jeunes gens n'ayant pas leurs yeux dans leur poche et entassés comme des sardines dans un espace minuscule, c'était une autre paire de manches.

Il fallait à tout prix les éloigner, pour que l'endroit soit désert. Le nègre, Jeanette s'en chargerait : il n'aimait guère cette solution, mais il n'en avait pas trouvé d'autre. Les cinq derniers, leur cas semblait réglé : deux devaient rentrer chez leurs parents et un troisième aller retrouver sa petite amie, enfin les deux autres avaient apparemment l'intention de rester dans leur chambre et de boire un peu, pour se préparer, avant de sortir en ville. Mais Jeanette avait réussi à leur dénicher des billets pour un concert pop, alors qu'ils n'y étaient pas parvenus par eux-mêmes, et il serait sans doute débarrassé d'eux également. Ne restait plus que le gros morceau : Krassner en personne.

C'était la moindre des choses que ce vieux birbe de Forselius mette la main à la pâte. N'était-ce pas lui qui était à l'origine de l'affaire, avec ses supputations ? Pourtant, il avait naturellement opposé une résistance acharnée quand Waltin était allé le trouver pour lui parler de la chose.

— J'entends bien ce que tu dis, avait-il répété à une ou deux reprises.

— Vous êtes le seul à qui je puisse me fier, insista Waltin pour le flatter.

Il avait certains contacts dans le monde du journalisme, mais il préférait ne pas courir le risque.

— Je suis heureux d'entendre ça, dit Forselius, un peu requinqué. Il faut le descendre, ce petit salopard.

Bien sûr, songea Waltin. *Fine with me*[1], mais qu'est-ce qu'on fait, à la place ?

— Vous ne pourriez pas l'inviter chez vous pour lui raconter quelques petits souvenirs de guerre, à vous et à son oncle ?

— Un morveux pareil ? pouffa Forselius. Tu ne trouves pas que les choses vont assez mal comme ça ?

1. « Pas d'objection en ce qui me concerne. » *(N.d.T.)*

— Dieu me protège, je me disais seulement que, pendant qu'on y était, on pourrait concocter un bobard.

Il s'était penché en avant dans le vieux fauteuil de cuir et hochait la tête de façon aussi flagorneuse que sa situation le lui permettait.

— Vous pensez à l'époque où c'était le professeur Forselius qui tenait les miroirs[1], maugréa le vieux en tendant le bras pour attraper la carafe de cognac. Mais les temps ont changé.

De quels miroirs parle-t-il ? s'alarma Waltin. Il délire ou quoi ?

— Mais oui, mais oui, reprit Forselius en avalant une bonne gorgée de cognac et en essuyant du revers de la main les quelques gouttes restées collées à ses lèvres. Et comment veux-tu que je le contacte, le bougre, bon sang ? Il n'a sûrement pas le téléphone dans sa chambre, à ce maudit foyer.

— Écrivons-lui une lettre, suggéra Waltin.

Ils écrivirent donc une lettre aux termes de laquelle Forselius invitait Krassner chez lui le vendredi 22 novembre à dix-neuf heures. Depuis sa précédente rencontre avec l'Américain, le professeur s'était replongé dans de vieux papiers et avait trouvé certaines choses qui pouvaient lui être utiles pour son travail et qu'il aurait plutôt destinées à son oncle, si celui-ci était encore en vie, mais, puisque lui-même s'intéressait…

— Espérons qu'il va répondre, le bougre, marmonna Forselius.

— Sans aucun doute, déclara Waltin.

---

1. Allusion à la « guerre en miroir » et aux théories de la désinformation. *(N.d.T.)*

— Sinon, il faudra que vous inventiez autre chose, susurra Forselius.

— On verra bien, dit Waltin en se levant.

— Je me souviens d'un Polonais. C'était juste après la guerre. Et puis on était pressés. Et c'était bigrement important.

— Eh bien ? J'écoute.

— Bah, peu importe. C'était juste après la guerre et les règles du jeu étaient différentes à cette époque. Mais on s'est quand même débarrassés de lui. Il le fallait, soupira Forselius.

Je me demande s'ils l'ont descendu, ce Polonais à propos duquel il parlait dans sa barbe, ce vieux filou, songea Waltin une fois dans la rue. Dans ce cas, c'était pratique. Mais, comme les temps avaient changé, il avait choisi une autre solution, que Berg avait acceptée, à sa grande surprise. Plus étonnant encore : il avait soudain paru se désintéresser totalement de l'affaire.

— S'il n'y a pas d'autre solution, eh bien alors… avait dit Berg en tendant la paume des mains. Je suppose que ce sont des gars de chez nous qui s'en chargeront.

— Oui. On va lui mettre le grappin dessus et, ensuite, ce sera aux stups de s'occuper du reste sans mentionner l'expéditeur. Je connais quelqu'un qui peut s'occuper de ça aussi.

Puis il s'était entretenu avec Göransson et Martinsson. Aucun problème, ils n'avaient qu'à faire ce qu'il leur disait. Se poster devant le foyer et si Krassner sortait avant dix-neuf heures, le vendredi soir, le suivre pour s'assurer qu'il se rendait bien chez le vieux Forselius. Le garder à l'œil tant qu'il y serait et avertir si quelque chose ne se déroulait pas comme prévu. Une fois Krassner sur le chemin du retour, ils pourraient disposer.

S'il ne sortait pas, ils monteraient lui mettre le grappin dessus. Ils l'emmèneraient à la Brigade criminelle de Kungsholmen et le placeraient en garde à vue sous l'inculpation de délit en relation avec la législation sur les stupéfiants. Le moins de paperasse possible, et très vite direction les collègues des stups, en leur précisant qu'ils n'avaient pas à se soucier de procéder à une perquisition, puisque d'autres s'en chargeaient.

— On est bien d'accord ? questionna Waltin.

— Oui, chef, répondit Martinsson en gonflant les biceps en direction de la glace, derrière le dos de Waltin.

Göransson, lui, s'était contenté de hocher la tête mais, d'un autre côté, il était beaucoup plus grand que Martinsson.

Surtout ne pas oublier de récupérer la lettre de Forselius, pensa Waltin.

Il n'avait certes pas dit grand-chose à la stagiaire Jeanette Eriksson mais, comme elle avait vingt-sept ans et qu'elle n'était pas bête, elle avait deviné le reste.

De toute évidence, il s'agit d'une perquisition, pensa-t-elle. Du genre à effectuer dans la discrétion. Après cela, elle n'avait plus réfléchi à la chose, elle avait d'autres sujets de préoccupation qui lui paraissaient plus urgents et plus ennuyeux. Les billets pour le concert pop avaient été faciles à trouver. En fait, c'était Waltin qui les avait pris, même si l'idée lui revenait à elle.

Daniel et elle étaient en train de boire le café dans la cuisine lorsque Tobbe et Patrik étaient venus les rejoindre. Ils se connaissaient depuis le lycée et l'époque où ils jouaient dans le même groupe musical, c'est-à-dire plusieurs années avant de se retrouver dans le même couloir de ce foyer. Ils étaient très amers car, quoique s'étant relayés pour faire la queue pendant des heures, ils n'avaient pu obtenir de billets pour le concert de leur groupe favori, le vendredi suivant. Elle n'avait jamais entendu parler de celui-ci mais elle avait saisi l'occasion par les cheveux.

— Je pense que je peux vous en réserver, affirma-t-elle.

— T'occupe, dit Tobbe en avalant quelques bonnes gorgées de la bouteille de bière qu'il avait apportée.

— Comment ça ? interrogea Patrik.

— Y a un de mes ex qui bosse dans un boîte de disques, mentit Jeanette. Quand je lui demandais des billets, il m'en trouvait toujours.

Krassner en personne constituait un os bien plus gros. Un jour, alors qu'elle était dans la cuisine commune en train de lire, il était soudain venu s'asseoir en face d'elle. Et, malgré le sourire qu'il affichait, elle comprit que cela n'allait pas être très agréable.

— Qu'est-ce que tu lis ? interrogea-t-il en attrapant la couverture de son livre.

— Une étude sur la criminalité, répondit-elle dans son meilleur anglais scolaire, en s'efforçant d'avoir l'air un peu offensée, mais juste ce qu'il fallait.

— La criminologie est une matière obligatoire à l'école supérieure de police, affirma-t-il plus qu'il ne le demanda.

Attention à ce que tu vas dire, mon petit, pensa Jeanette en s'efforçant de prendre l'air de n'avoir que dix-sept ans.

— Je ne sais pas, répondit-elle. Je ne crois pas, mais c'est enseigné à l'université de Stockholm, où je suis en seconde année.

Krassner eut un sourire moqueur et afficha la mine de celui qui en sait trop pour se laisser abuser par quelqu'un comme elle.

— Tu es presque tout le temps dans cette cuisine, remarqua-t-il.

— C'est pour que Daniel et moi puissions étudier ensemble, lâcha innocemment Jeanette. J'espère que ça te dérange pas ?

Krassner secoua la tête, se leva, s'arrêta sur le pas de la porte et la regarda avec son désagréable sourire d'insinuation.

— *Take care, officer*[1], dit-il avant de lui tourner le dos et de disparaître dans sa chambre.

Jeanette n'avait pas répondu. Elle l'avait simplement regardé, l'air étonnée, comme quelqu'un qui ne comprend pas. Où veut-il en venir ? s'interrogea-t-elle. Il sait quelque chose ? Pas très vraisemblable, voire invraisemblable. Aurait-il des doutes ? Certainement, parce qu'il est du genre à en nourrir. Qu'est-ce qu'il veut ? Me mettre à l'épreuve.

— Il a l'air complètement cinglé. Je te jure, il est malade, ce type, ça se voit à ses yeux, résuma Jeanette lorsqu'elle rencontra Waltin le même soir.

— Il sait peut-être quelque chose.

— Non, mais je crois que pour lui je ne présente aucun intérêt.

— Tu n'as pas vraiment l'air d'un agent de police suédois, fit Waltin avec un sourire paternel. Il veut voir ta réaction.

— Sûrement. Il me teste, malgré le fait que j'ai l'air que j'ai, et ça en dit long sur lui.

— Tu es obligée d'être dans la cuisine ? Il n'y a pas d'autre possibilité ?

— Non. Pas si je veux pouvoir passer devant sa porte pour essayer d'entendre ce qu'il fait.

1. « Prenez garde à vous, madame l'officier de police. » *(N.d.T.)*

— C'est bientôt fini, annonça Waltin en souriant de toutes ses dents pour la consoler de son mieux. Et je ne connais personne qui soit plus capable que toi de faire ça.

J'ai une autre raison de rester dans la cuisine, ajouta Jeanette, mais je crois que tu n'aimerais pas la connaître et, comme c'est bientôt fini, il va falloir que je m'y fasse.

La principale raison qu'elle avait de rester dans la cuisine avait pour nom Daniel, ou M'Boye, comme elle l'appelait quand elle parlait de lui avec Waltin et les autres collègues. Que ce soit bientôt fini ou pas, Daniel et elle en étaient à leur sixième semaine. Or c'était un jeune homme tout à fait normal mais, bien qu'ils se fussent déjà vus plus de vingt fois et qu'ils eussent passé un certain nombre d'heures dans sa chambre, où ils s'étaient consacrés à diverses activités sauf à celle à laquelle ils auraient dû sacrifier, elle n'était jamais allée plus loin que lui donner un léger baiser et le laisser la prendre dans ses bras.

Il doit trouver que je ne suis pas normale, conclut Jeanette. C'est une chance qu'il soit ce qu'il est.

Daniel n'était pas seulement grand, fort et doué. Il était aussi gentil et bien élevé, et, dès qu'il eut compris que Jeanette n'était pas une « Suédoise » au sens où on entend généralement ce terme à l'étranger, il avait décidé de faire appel à tout ce que sa personnalité pouvait comporter de prévenant et de patient. Mais, malgré cela et pour parler simplement, la stagiaire Jeanette Eriksson avait dû bosser comme un… nègre pour protéger la partie de son corps que Daniel – dans un moment freudien où il avait perdu les pédales – avait qualifiée de « petite chatte ». Jeanette n'aimait pas ce qu'elle était obligée de faire. Lorsque l'air commençait à devenir irrespirable dans la chambre de Daniel, elle ne voyait donc pas d'autre voie de salut que de s'enfuir dans la cuisine commune. Les prétextes qu'elle inventait n'étaient même pas tirés par les cheveux, c'était pire que cela. Heureusement, cela allait bientôt se terminer. Elle disparaîtrait de sa vie et il rentrerait en Afrique du Sud pour y passer le reste de son existence. Elle pouvait seulement espérer que les traces qu'elle laisserait dans cette vie ne seraient pas trop profondes.

Tard le jeudi soir, Forselius appela Waltin au téléphone et, à ce moment, ce dernier avait déjà commencé à planifier en détail sa solution de rechange. Berg l'avait appelé pour sa part au cours de l'après-midi et il l'avait alors avisé qu'on semblait s'orienter vers une arrestation pour délit de stupéfiants, après tout, puisque Forselius n'avait toujours pas donné de ses nouvelles. Berg parut se résigner à cette idée.

Ah bon, avait-il lâché, c'est peut-être aussi bien, après tout.

Ce n'est qu'ensuite que Forselius téléphona, avec son air de conspirateur des plus beaux jours.

— C'est moi, dit-il sur la ligne sécurisée de Waltin.

Ah, salut, vieux filou, pensa Waltin. Tu m'appelles au milieu de la nuit en prenant la voix du « troisième homme », hein ?

— Heureux de vous entendre, répondit-il poliment.

— Je voulais uniquement te dire que tout va se passer comme prévu. Nous venons de nous mettre d'accord, lui et moi.

— Parfait. Je vous donnerai de mes nouvelles.

Je me demande s'il faut que je téléphone à Berg pour lui dire qu'on est revenus au plan A, s'interrogea Waltin. Mais ça peut attendre, conclut-il et, à la place, il appela Hedberg pour lui donner le feu vert. C'était lui qui devait effectuer le gros du boulot et Waltin ne voulait pas le laisser attendre la décision.

Mon meilleur collaborateur, se dit-il avec chaleur. Hedberg était muet comme une tombe mais faisait toujours ce qu'on lui disait. Il y avait des moments où il pensait qu'ils étaient frères. Comme si Hedberg était ce frangin qu'il n'avait jamais eu. Et quand on pense à tout le mal que les collègues peuvent dire de lui… songea Waltin.

XI

Entre la nostalgie de l'été
et le froid de l'hiver

Albany, État de New York, lundi 9 décembre

La météo locale avait promis un radoucissement de la température après le week-end, mais elle avait omis de parler de la neige. Lorsque Johansson se réveilla, le lundi matin, elle tombait à gros flocons et le Norrlandais qu'il était comprit aussitôt que la circulation n'allait pas être facile. Sarah semblait d'ailleurs du même avis, quoique née à Manhattan.

— Mon Dieu, dit-elle, vous avez vu le temps qu'il fait ? Il faut qu'on se dépêche si vous ne voulez pas manquer votre train.

Johansson avait pris une douche, s'était habillé et avait replacé ses quelques objets personnels dans le sac fort pratique qu'il avait acheté pour une bouchée de pain dans la boutique de souvenirs du FBI. Il n'en eut pas pour plus d'un quart d'heure et, une fois descendu, il trouva son hôtesse dans la cuisine, en plein petit déjeuner. Douchée de frais, très en forme et pimpante, elle avait été plus rapide en besogne que lui car, lorsqu'elle était venue le réveiller, elle était encore en robe de chambre.

Curieuse femme, se dit le Suédois, ce qui, dans la langue de sa région d'origine, était un grand compliment.

— Comment voulez-vous votre œuf? demanda Sarah.

Il eut droit à des œufs brouillés, à du bacon, à des toasts, à du jus d'orange frais et à une grande tasse de café, que Sarah agrémenta d'un joyeux bavardage à propos de tempêtes de neige et autres accidents météorologiques qu'elle avait connus, dans la région d'Albany, au cours de sa brève existence. Jusque-là, cela avait été parfait mais, une fois qu'elle avait abordé le sujet des précipitations, les choses s'étaient gâtées.

La banque n'était située qu'à quelques kilomètres. Sarah était cliente de l'agence locale de la Citybank, non loin de l'université. Mais, comme la Volvo n'était pas équipée de pneus neige et que le monde ambiant était d'un blanc immaculé, ils n'étaient pas arrivés à destination sans avoir glissé et dérapé à plusieurs reprises.

À l'intérieur de l'agence, en revanche, c'était le calme parfait, dû à l'absence presque totale de clients.

— Quel temps! s'exclama Sarah en baissant la capuche de son grand manteau rouge.

— Oui, on dirait qu'on va avoir un Noël blanc, opina la caissière avec un grand sourire. Tu vas rester chez toi ou aller à New York?

Elles se connaissent bien. Pourvu qu'elles ne se mettent pas à jacasser trop longtemps, se dit Johansson en jetant un coup d'œil inquiet à sa montre.

Elles avaient toutefois réduit leur bavardage au minimum compatible avec la politesse. Puis Sarah avait porté son nom et son numéro de coffre sur un papier, et adressé un grand sourire à un gardien d'un certain âge, en uniforme, posté à l'entrée d'un couloir.

— Ce monsieur est avec moi, c'est mon nouvel assistant, avait-elle annoncé en désignant Johansson.

Le gardien s'était contenté d'un sourire paternel à l'adresse de Sarah et d'un autre, plus neutre, à son compagnon. Deux minutes plus tard, ils pénétraient tous deux dans la salle des coffres et Sarah introduisait sa clé dans l'un d'eux, parmi les plus grands.

Je me demande si cette clé est identique à celle du talon creux, s'interrogea Johansson.

— Voyons, dit Sarah.

Elle lui décocha un clin d'œil de conspirateur et ils se prêtèrent main-forte pour sortir la boîte et la poser sur la table avoisinante.

— Qui l'ouvre ? Vous ou moi ?

— Le coffre est à votre nom, répondit Johansson.

— Non, je préfère que ce soit vous, dit Sarah avec un sourire. Ce sera mon cadeau de Noël.

Des papiers, uniquement des papiers, nettement moins qu'il ne se l'était imaginé, mais un tas de vingt centimètres d'épaisseur environ, malgré tout, répartis entre diverses pochettes en plastique et séparés par de minces couvertures de dossiers en carton dont l'une, au moins, avait l'air assez ancienne.

— C'est sûrement le manuscrit de son livre, supposa Sarah, qui avait déjà commencé à fouiller dans la pile. Il est plus gros que je ne le pensais, pouffa-t-elle en lui tendant une liasse d'une bonne centaine de pages dactylographiées.

Johansson la prit et la feuilleta rapidement tout en parcourant les pages. Sur le dessus figuraient le titre et le nom de l'auteur, en gros caractères: *The Spy that went East*, par John P. Krassner. Puis venaient, au début, la préface, la table des matières et une série de pages entièrement rédigées. Par la suite : des titres de chapitres, des colonnes tapées à la machine et des notes manuscrites difficiles à déchiffrer.

Il est à peu près aussi ordonné en matière de travail littéraire que pour faire le ménage dans sa chambre, constata Johansson en soupesant la liasse.

— Un livre à la John, dit Sarah. Il existe surtout dans la tête de son auteur. Je vais vous faire une proposition, ajouta-t-elle en désignant le tas de papier posé sur la table. Fourrez tout ça dans ce sac si pratique décoré de ce bel emblème et lisez-le une fois que vous serez au calme. Mais n'en attendez pas trop. John et Hemingway, ça fait deux, si vous voyez ce que je veux dire.

— Il désirait que vous en gardiez copie. Je ne vais pas pouvoir prendre le train de onze heures, dans ce cas.

— Oublions ça. Jamais de la vie. Ses papiers, j'ai plutôt envie d'en faire ce que vous pensez.

Eh bien, se dit-il, elle n'est pas rousse pour rien.

Une fois dans la voiture, elle lui expliqua sa façon de voir la chose.

— Vous me trouvez peut-être très amère, mais depuis dix ans je ne veux plus rien avoir à faire avec John. J'ai tiré un trait sur lui quand j'ai rompu. Mais, étant donné qu'il ne sait pas ce que c'est qu'un non, j'ai dû continuer à me le coltiner. J'en avais pourtant plus que marre de lui et de ses lubies, par-dessus la tête de ces deux-là : lui et son nazi d'oncle.

— Mais vous héritez d'eux.

— C'est vrai. Il était comme ça, John. Il n'arrivait pas à comprendre que non, c'était non… Je n'ai jamais souhaité sérieusement sa mort et je la regrette vraiment. Savez-vous ce que j'ai l'intention de faire ?

Il secoua la tête.

— Je vais faire don de tout ça à des œuvres charitables.

— Vous n'envisagez pas d'y voir plutôt des dommages et intérêts ? suggéra-t-il malicieusement.

La baraque doit valoir un bon paquet, si elle n'est pas trop hypothéquée, pensa-t-il.

— Pas question, répliqua Sarah. J'ai largement ce qu'il me faut, je ne veux rien lui devoir et surtout pas m'occuper de ses papiers ridicules et de ses élucubrations. J'ai l'intention de le laisser reposer en paix et surtout pas de l'aider à continuer à faire des histoires depuis l'endroit où il se trouve maintenant. D'ailleurs, il est sûrement au ciel. Il faut être très porté sur le pardon, quand on est Dieu et qu'on veut avoir des Irlandais pour disciples.

Je la reconnais bien là, se dit Johansson.

— Voici ce que je propose, enchaîna-t-il. Je prends connaissance de ces papiers au calme et, si j'estime qu'ils contiennent des choses dont vous devez être informée, je vous en avise.

— Bon, dit Sarah en haussant les épaules. Mais j'ai peine à imaginer ce que ça pourrait être.

Ils n'arrivèrent pas à l'heure à la gare mais, comme le train avait lui-même une demi-heure de retard, ils furent en avance. Johansson gara la voiture sur le parking et il eut mauvaise conscience en lui rendant les clés.

— Vous êtes sûre que vous allez pouvoir rentrer chez vous ?

— Je vais prendre un taxi. Je reviendrai la chercher quand le temps sera un peu moins mauvais. Il paraît que ça va se radoucir. Prenez soin de vous, d'ailleurs, car vous allez nettement plus loin que moi.

Puis elle avait baissé la capuche de son manteau rouge, s'était mise sur la pointe des pieds, l'avait pris dans ses bras et avait déposé un gros baiser, avec sa bouche en forme de cul-de-poule, sur la sienne.

— *Take care, detective,* ajouta-t-elle. N'oubliez pas de m'appeler si vous repassez par ici.

Le train était bondé. Il n'était donc pas pensable de lire les papiers de Krassner. Le retour à New York prit cinq heures au lieu des trois prévues et il ne lui resta plus beaucoup de battement avant l'heure de son avion.

Mais, après être sorti de terre à Grand Central Station, il constata qu'il avait cessé de neiger et comprit que ses problèmes de transport étaient terminés pour cette fois.

À sept heures et demie, l'avion du soir de la SAS à destination de Stockholm gagna son altitude de croisière à l'horaire prévu. Les signaux de bord s'étaient éteints ; derrière le rideau, on entendait le bruit des chariots de service et on percevait une bonne odeur de nourriture. Quant aux papiers de Krassner, Johansson les avait mis dans sa valise. Il les lirait à son arrivée au pays.

Je crois que c'est la plus fine mouche que j'aie jamais rencontrée, se dit-il. En plus, elle est jolie. Comment a-t-elle pu partager la vie de ce dingue de Krassner ?

Je ne comprendrai jamais les femmes, soupira-t-il.

XII

Entre la nostalgie de l'été et le froid de l'hiver

Stockholm, du 22 novembre au 10 décembre

Vendredi 22 novembre

Hedberg s'était préparé en temps utile. Il aimait cela, même pour des tâches assez simples comme celle-ci. Waltin et lui avaient déjeuné ensemble, évoqué les conditions et les buts de l'opération, et décidé qui ferait quoi.

— Je veux savoir ce qu'il fabrique, résuma Waltin. Mais sans qu'il s'aperçoive lui-même que j'en suis informé, bien entendu.

— Tout ce qu'on sait, c'est qu'il écrit quelque chose ?

— Probablement de nature à faire scandale. Selon divers penseurs politiques, cela pourrait revêtir une certaine importance pour la sécurité du pays, ce qui explique qu'on fasse appel à notre modeste contribution.

— Parfait, dit Hedberg en se levant. Je te donne de mes nouvelles dès que c'est fait.

Après le déjeuner, il avait regagné l'appartement que Waltin lui avait procuré. C'était bien mieux que l'hôtel, où il y a toujours un tas de gens qui peuvent remarquer votre présence à l'endroit et au moment qu'il ne faut pas. Et puis il faut régler la facture. Alors que, quand on était logé par Waltin, il n'y avait jamais à payer la note ; on pouvait être presque certain de ne pas rencontrer âme qui vive en entrant ou en sortant. Il ne manquait apparemment pas d'appartements libres, Waltin, car Hedberg n'avait jamais logé deux fois au même endroit et le réfrigérateur était toujours bien rempli, en fonction de ses desiderata.

Hedberg avait ensuite dormi quelques heures. Il aimait se sentir bien reposé avant d'aller au boulot. Il était plus sûr de ne pas commettre d'erreurs, ainsi. On lui avait dit à dix-neuf heures. Le couloir serait vide de ses occupants ; il pourrait agir sans être dérangé et, de préférence, aussi vite que possible. Dès dix-huit heures, il s'était donc présenté sur place pour repérer les lieux. La première chose qu'il avait remarquée était la camionnette bleue que quelqu'un avait parquée à un endroit d'où on avait vue sur l'entrée de ce foyer d'étudiants.

Bande d'amateurs, avait pesté Hedberg avant de regagner son propre véhicule, stationné un peu plus loin. Pourquoi ne s'étaient-ils pas trouvé, à proximité, un perchoir où ils ne couraient aucun risque d'être découverts ? Pour sa part, il n'avait pas l'intention de se faire tirer le portrait par qui que ce soit. Surtout pas par des collègues.

— Le voilà. Bon sang, il n'est pas en retard, déclara le stagiaire Martinsson en voyant Krassner sortir du bâtiment à grands pas décidés.

— Dix-huit heures trente-deux, précisa Göransson en

notant cela dans un petit carnet posé sur le tableau de bord. Je suppose qu'il veut absolument être à l'heure.

C'est un mal pour un bien, songea Hedberg. Il avait d'abord aperçu le dos de Krassner mais, la rue étant mal éclairée, il n'était pas certain d'avoir bien vu. Mais alors la camionnette bleue avait soudain bougé et était allée prendre position à moins de cent mètres derrière l'homme qui disparaissait dans la rue. Eh bien, allons-y, se dit Hedberg, c'est pas le moment de s'amuser.

De toute évidence, Krassner avait décidé de gagner Sturegatan à pied. Il avait en outre eu l'obligeance de choisir le bon trottoir. Il avançait d'un pas pressé et ils n'avaient donc guère de difficulté à se tenir à distance convenable, bien qu'ils fussent en voiture.

— Foutu amateur, pouffa Martinsson. Si j'étais lui, j'aurais marché sur l'autre contre-allée. Ils pigent donc pas qu'il faut toujours faire face à la circulation ?

— Si j'étais toi, je lui serais reconnaissant, dit Göransson. Il doit faire environ moins dix, dehors. T'es plus au chaud dans la voiture, non ?

Avec toi au volant, comme toujours, pensa Martinsson, car ce n'était pas un hasard si Göransson s'était installé à la place du chauffeur, cette fois encore. T'aurais besoin d'un peu d'exercice, espèce de grosse loche, se dit-il sans aller jusqu'à s'exprimer à voix haute.

Hedberg fut très content de lui-même en se regardant dans la glace de l'ascenseur qui l'emmenait au seizième étage. Il avait vraiment l'air d'un dépanneur, avec son bleu de travail, sa ceinture et sa boîte à outils en tôle dans laquelle il avait dissimulé son appareil photo et le talkie-walkie dont il avait besoin pour que ces deux farceurs, dans la camionnette bleue, puissent le prévenir si Krassner s'avisait soudain de leur jouer un tour à sa façon.

— Il a vingt minutes d'avance, constata Martinsson en voyant le dos de Krassner disparaître dans l'entrée de l'immeuble de Forselius. Est-ce qu'on signale qu'il est arrivé ?

— Oui, répondit Göransson. On va faire le tour du pâté de maisons et aller se poster un peu plus bas. C'est mieux d'être du même côté que la maison.

— D'accord, approuva son compagnon en appuyant à trois reprises sur le bouton de sa radio portative pour lancer le message.

Ah, se dit Hedberg en entendant sa radio grésiller dans sa boîte à outils. L'objet de la surveillance est à bonne distance et on a près de vingt minutes d'avance sur l'horaire. Qu'est-ce que je fais, moi, dans ce cas-là ?

— Je prendrais bien un hamburger, dit Martinsson.

— C'est pas le moment, objecta Göransson.

— Y a une boutique juste à côté du parc Tessin, lâcha innocemment Martinsson. Y en a pour cinq minutes.

— Bon, d'accord, soupira Göransson. J'en prendrais bien un, moi aussi. Avec du fromage, de l'oignon, beaucoup de moutarde et de ketchup. Et puis un café. Un café au lait.

Bon, j'y vais, maintenant, décida Hedberg, qui attendait depuis près de cinq minutes dans l'escalier situé entre le quinzième et le seizième étage. Il avait devant les yeux la porte vitrée du couloir où logeait Krassner. La lumière y était certes allumée, mais c'était normal et l'endroit semblait désert. Une fuite d'eau, pensa-t-il avec un sourire discret, en sortant les clés de sa poche. Les fuites d'eau, ça peut pas attendre.

Pas ici, pas là… ah voilà, se dit Hedberg en laissant courir ses doigts entre le chambranle et la porte de la chambre de Krassner. Il humecta le petit morceau de papier avec sa langue, fit jouer la serrure et replaça soigneusement le papier là où il était. Puis il se glissa dans l'entrée, plongée dans l'obscurité, et referma lentement la porte derrière lui en maintenant la poignée abaissée. C'est vide, se rassura-t-il avant de la lâcher. Au boulot, maintenant.

— Vachement bon, ce hamburger, lâcha Martinsson en rotant pour mieux souligner sa satisfaction.

— Pas terrible, lâcha Göransson.

Toujours d'aussi mauvais poil, pensa Martinsson.

— Cinq minutes de plus ou de moins, c'est pas la mer à boire et ça vaut mieux que de manger son hamburger cru. Il est encore que sept heures cinq, bon sang.

— C'est vrai, admit Göransson. Dix minutes non plus, d'ailleurs. Et puis on est bien placés : à une centaine de mètres, avec vue directe sur l'entrée de l'immeuble.

— Je prends le premier relais, si tu veux en écraser un peu, proposa Martinsson.

Tout plutôt que fumer le calumet de la paix avec un mauvais coucheur comme toi, pensa-t-il.

— Bon, d'accord, dit Göransson.

Pourquoi ne lui ai-je pas donné rendez-vous dans sa chambre ? se dit Jeanette Eriksson en regardant sa montre avec inquiétude. Sept minutes de retard, le collègue chargé du boulot doit me maudire. Enfin, bon, calme-toi, ma petite, tu sais très bien pourquoi tu préfères le voir au-dehors. Bois ta bière, c'est aux frais de la princesse, et efforce-toi de n'avoir l'air de rien. Le quart. J'attends jusqu'au quart et, s'il n'est pas arrivé, je prendrai contact par radio.

Hedberg avait commencé par la salle de bains. Douche, siège de toilettes, lavabo, armoire de toilette avec glace, carrelage, et un tapis en plastique qui avait l'air presque neuf et solidement collé sur le sol. Il avait enfilé des gants en caoutchouc et recouvert ses chaussures d'une protection analogue, non sans avoir pris la précaution de poser sa radio portative sur le bureau, afin d'être sûr de l'entendre si quelqu'un cherchait à le prévenir. Entre l'armoire de toilette et le mur, il trouva un sachet en plastique contenant quelques cigarettes roulées de façon assez grossière. De la marie-jeanne, conclut-il après avoir reniflé et avant de replacer l'ensemble là où il l'avait trouvé. Voyons dans l'entrée, maintenant. Une étagère, trois penderies surmontées d'un espace de rangement. Fastoche.

Alors, tu viens, oui ou non ? se dit Jeanette en regardant sa montre. C'est à ce moment-là qu'elle le vit. Quatorze minutes plus tard que prévu et un sourire d'excuse aux lèvres.

— Désolé d'être en retard, dit Daniel en se penchant vers elle, la prenant dans ses bras et l'embrassant sur la joue.

— Y a pas de mal, répondit Jeanette en s'efforçant d'avoir l'air un peu contrariée, mais sans plus.

— Je te propose d'aller dans un restaurant mexicain de Birger Jarlsgatan, reprit Daniel en venant s'asseoir près d'elle. Qu'est-ce que tu en dis ?

Cinq ou dix minutes à pied, pensa-t-elle. Elle aurait préféré rester à proximité, pour le cas où il arriverait quelque chose, mais, d'un autre côté, rien ne l'y obligeait, dans les instructions qu'elle avait reçues de Waltin. Il suffisait qu'elle fasse en sorte d'éloigner M'Boye de sa chambre pendant au moins une heure et qu'elle donne de ses nouvelles à l'issue de ce délai. Bon, se dit-elle. Ça ne me fera pas de mal de marcher un peu.

— D'accord, acquiesça-t-elle avec un sourire.

Les penderies fixées au mur étaient à peu près vides. Mais à un endroit, en dessous, la plinthe bougeait. Hedberg se mit à genoux, sortit un couteau de poche et força légèrement sur le petit panneau, qui céda. Ah, jubila-t-il en enfonçant la main dans l'espace vide et en retirant un gros paquet de feuilles glissé dans une pochette en plastique.

Sur la première page était noté *The Spy that went East*, par John P. Krassner. Il écrit un polar, ce type, pensa Hedberg, perplexe, en feuilletant la liasse. Le manuscrit n'était pas très long et n'avait d'ailleurs même pas l'air terminé, à en juger par le nombre de corrections et d'ajouts portés à la main. Comment vais-je pouvoir prendre tout ça en photo ? se demanda-t-il. Au même moment, il entendit un bruit de pas devant la porte.

Waltin était en train de regarder un film porno dans son grand appartement de Norr Mälarstrand. C'était une de ses bandes favorites et, originellement, elle faisait partie d'un lot assez important que les hommes de Berg avaient saisi chez un Yougo quelconque. Mais, comme elle était trop bien pour être passée lors des fêtes du personnel au bureau, il l'avait gardée pour lui. Elle montrait un héros vêtu de cuir assouvissant ses fantasmes sur une nana à gros seins suspendue au plafond de sa chambre. C'était une histoire bien racontée, très édifiante, même si, pour Waltin, elle montrait un peu trop le personnage féminin. C'était le genre qu'il détestait, avec de grosses miches blanches qui ballottaient dès qu'elle bougeait. Heureusement, elle se voyait infliger le traitement qu'elle méritait.

Les pas s'étaient éloignés dans le couloir. Puis Hedberg avait entendu la porte du palier se refermer. Je croyais que l'endroit devait être désert, se dit-il en poussant un soupir de soulagement. Il gagna alors la chambre sur la pointe des pieds, jusqu'au bureau, et étala les pages du manuscrit sur l'espace disponible. La lampe ou le flash ? se demanda-t-il en sortant son appareil de la boîte à outils. La lampe, décida-t-il. Ça ira plus vite et ça risque moins de se voir du dehors. Il disposa l'éclairage comme il convenait et se mit à photographier. Il doit bien y en avoir une centaine de pages, s'irrita-t-il. Est-ce que je vais avoir assez de pellicule ? Il ne traîna donc pas en besogne et, au bout de deux minutes, il avait déjà épuisé le premier rouleau. Juste au moment où il en glissait un nouveau dans l'appareil, il entendit la porte du couloir se refermer. Quelqu'un qui vient, songea-t-il en éteignant la lampe et en gagnant l'entrée sur la pointe des pieds.

Curieux qu'il soit aussi patient, se dit Jeanette en adressant son plus beau sourire à son commensal. Voilà six semaines qu'ils se connaissaient et tout ce qu'elle lui avait accordé, c'était de la prendre dans ses bras et de l'embrasser sur la joue. Il n'avait pas tenté de la forcer, même pas de la persuader. Or, à en croire Waltin, sa mission prendrait fin le soir même. Mais ce à quoi elle avait surtout réfléchi ces derniers jours, c'était la façon de mettre fin à leur relation sans le blesser inutilement.

— Tu dois me trouver drôlement ennuyeuse… commença-t-elle.

— Non, répondit Daniel en posant sa grosse main sur la sienne. Tu n'es pas comme les autres filles que j'ai connues, mais je respecte ta façon de… enfin, tu vois.

Il haussa ses larges épaules avec un sourire en coin.

— Et puis tu me plais. Tu me plais même beaucoup, ajouta-t-il en serrant sa main.

Zut alors, pensa la stagiaire Eriksson. Elle hocha la tête avec un sourire timide, en gardant les yeux baissés sur la table. Un peu comme l'aurait fait la petite Jeanette.

Waltin haletait de plaisir en sirotant son whisky, pendant que les coups de fouet résonnaient dans ses haut-parleurs Bang & Olufsen, entrecoupés par les cris de cochon égorgé de l'actrice.

— Tu vas voir ce qui t'attend, susurra Waltin, enchanté, car il était à la fois excité et un peu ivre.

À ce moment précis, le téléphone sonna sur sa ligne sécurisée, son téléphone rouge à lui.

Naturellement, soupira-t-il en arrêtant la bande. Huit heures et quart, remarqua-t-il en regardant son bracelet-montre et en décrochant. C'était sûrement Hedberg et cela signifiait que tout s'était passé comme prévu.

— J'écoute, dit-il.

— Dans moins de trois semaines, je rentre chez moi, annonça Daniel. Tu veux m'accompagner ?

Il lui adressa un grand sourire charmeur révélant ses dents blanches mais elle eut l'impression que c'était surtout pour masquer le sérieux de sa question.

— Je sais pas, peut-être plus tard. Il faut d'abord que je passe cet exam et puis je dois fêter Noël chez mes parents.

Ça, au moins, c'est vrai, se dit-elle.

— Il faut que tu viennes en Afrique du Sud, c'est un pays fantastique, tenta-t-il.

Sûrement, pensa Jeanette. Mais comment est-ce que je vais faire pour me sortir de là, d'abord ?

— Tout s'est bien passé ?

— Oui, dit Hedberg.

— Quelque chose d'intéressant ?

— *Nada.*

— *Nada ?* Rien ?

— Une piaule d'étudiant dégueulasse, pas mal de papiers, la plupart de ceux qui sont rédigés se trouvent sur son bureau. Pas mal de notes manuscrites en tout genre.

— C'est tout ?

— Oui. J'ai pris en photo ce qui était sur le bureau. J'ai l'impression qu'il est en train d'écrire un polar.

— Un polar ? Qu'est-ce qui te fait croire ça ?

— La première page. Elle est tapée à la machine et y a marqué *The Spy that went East*, par John P. Krassner. Ça ressemble à la page de titre d'un polar, non ?

— *The Spy that went East* ?

— Oui, ça veut dire : L'Espion passé à l'Est, non ? Chez les Russes, quoi.

L'Espion passé à l'Est ? se répéta Waltin. Plutôt curieux, comme titre. Et passé… en venant d'où ?

— Rien d'autre ? Je veux dire : le livre lui-même, ce genre de choses ?

— Y a un certain nombre de pages plus ou moins rédigées. Je les ai prises en photo. L'essentiel était sur le bureau, mais ça n'en faisait pas beaucoup. Il m'a suffi de trois rouleaux de pelloche, alors ça doit pas être un grand écrivain.

— Tu as pu vérifier sur le ruban de sa machine combien il en a écrit ?

— Oui. Il était presque neuf.

Tu t'es monté le bourrichon, espèce de vieux filou, ragea Waltin en pensant à Forselius.

— Bon, à demain, suggéra Waltin.

— Pas d'objection, répondit Hedberg. Je vais aller me pieuter de bonne heure, tu pourras me passer ton coup de fil dès que tu voudras.

Waltin avait d'abord pensé appeler le PC particulier de la DST et leur demander d'avertir Göransson et Martinsson qu'ils pouvaient disposer. Mais il en était venu à penser à cet imbécile de Martinsson et avait conclu que cela ne leur ferait pas de mal de rester là où ils étaient, au moins jusqu'à ce qu'ils donnent eux-mêmes de leurs nouvelles. Il faisait près de moins dix, dehors, et la température à l'intérieur de cette vieille camionnette qu'il leur avait prêtée n'allait pas tarder à descendre à peu près au même niveau. Il ne restait plus qu'à espérer que le vieux Forselius retiendrait Krassner la moitié de la nuit, pendant que Martinsson se gèlerait les glaouis dans la rue. Et puis il désirait voir la fin de son film. Il l'avait certes déjà passé un nombre incalculable de fois mais il l'appréciait de plus en plus. Alors bon, se dit-il en se versant un nouveau whisky et en saisissant la télécommande.

Ils étaient restés au restaurant pendant près de deux heures et, une fois dans la rue, elle avait eu l'intention de prendre congé, de lui dire qu'elle l'appellerait le lendemain et de rentrer chez elle. Mais, pour une raison ou pour une autre, cela ne s'était pas passé ainsi. À la place, ils étaient revenus à pied jusque chez Daniel, en marchant d'un bon pas à cause de la température. Ils avaient même fini par faire la course et, en franchissant le seuil du foyer, il l'avait regardée avec ses grands yeux et son doux sourire pour lui demander si elle désirait prendre une tasse de thé. Elle avait accepté et était montée dans l'ascenseur avec lui. Qu'est-ce que tu es en train de faire, ma petite Jeanette ? s'inquiéta la stagiaire Eriksson.

La première heure, tu parles, songea Martinsson en lorgnant en direction de ce paquet qui ronflait sous une couverture à l'arrière de la camionnette. Ça en faisait bientôt trois, oui, et il était maintenant frigorifié, malgré la couverture qu'il avait drapée autour de ses jambes et les vieux journaux qu'il avait mis sous ses fesses dans le vain espoir d'atténuer le froid qui montait à travers le siège.

Je gèle comme un foutu SDF, s'énerva Martinsson. Et Göransson, lui, il doit avoir du sang esquimau dans les veines, même s'il a pris presque toutes les couvrantes de la bagnole. Et pendant ce temps, le camé se goberge là-haut, bien au chaud. Je vais lui régler son compte dès qu'il pointera le nez dehors, moi, et…

— Merde ! jura-t-il soudain à haute voix et du fond du cœur, en actionnant la clé de contact.

Elle les vit sitôt dans le couloir et toutes les sonnettes d'alarme retentirent en même temps dans sa tête. Heureusement, Daniel avait pris la direction des opérations et elle avait eu le temps de réfléchir. C'était un autre Daniel que celui qu'elle connaissait. Grand, noir et menaçant, ne se laissant pas marcher sur les pieds mais n'ayant sûrement pas saisi, non plus, que ceux à qui il barrait le chemin étaient des flics. Merde, se dit la stagiaire Jeanette Eriksson, qu'est-ce qui se passe et qu'est-ce que je fiche là, moi ?

Le film était terminé. Le whisky ne l'était pas, lui, et il y en avait d'autre, si Waltin en avait envie, mais non. Mieux valait un bon vin rouge. C'était plus doux, plus coulant, et on ne perdait pas la tête de la même façon, quel que fût le degré d'ivresse, mais il n'avait pas envie de vin non plus. Tout ce qu'il éprouvait, c'était une légère contrariété. Du gâchis de personnel, se dit-il. Il s'agissait de faire rentrer la petite Jeanette au bercail et de veiller à lui faire exécuter des tâches plus importantes. Au même moment, le téléphone sonna. Il est plus de dix heures, s'étonna-t-il. Pour une raison ou pour une autre, ce fut ce vieux filou de Forselius qu'il imagina au bout du fil. Comment avait-il pu obtenir ce numéro ?

— J'écoute.

— Coupe le moteur, bon sang, Martinsson, dit Göransson en passant une tête ébouriffée entre les sièges. On peut pas le laisser tourner comme ça, enfin.

J'espère que t'as bien roupillé, pensa Martinsson, mais, avant qu'il ait pu lui envoyer quoi que ce soit dans les dents, on les appela sur la radio.

— Oui, dit Martinsson en coupant le moteur. J'écoute.

— Vous pouvez rentrer chez vous, les gars, lui annonça son collègue sur les ondes. Je viens d'avoir le chien de tête au bout du fil.

— Rentrer chez nous, répéta Martinsson.

C'est pas vrai, pensa-t-il.

— Ouais. Il vous fait savoir que c'est bon pour ce soir et qu'il veut vous voir demain. Mais il vous fera savoir à quelle heure au cours de la matinée.

Göransson avait déjà tendu la main pour couper le contact, bien qu'il n'eût pas encore eu le temps de se glisser entre les sièges.

— Tu vois pas d'objection à conduire ? demanda-t-il.

— D'où appelles-tu ? s'écria Waltin.

Calme-toi, se dit-il.

— Depuis un poste situé dans le vestibule de… enfin, tu sais où, répondit la stagiaire Jeanette Eriksson.

— Bon. Voici ce qu'il faut faire. Marche un peu dans la rue et prends un taxi pour venir chez moi. Comme ça, on pourra parler calmement.

Qu'est-ce qui se passe, bon sang ? se demanda-t-il.

En attendant la petite Jeanette, Waltin avait procédé à un brin de toilette. Il s'était lavé les mains, le visage, les aisselles et les dents, et avait chassé à coups de déodorant l'odeur de whisky qui pouvait être restée collée à sa peau. Puis il avait changé de chemise pour en passer une plus sportive, de couleur crème, avec ses initiales brodées à la soie bleue sur la poitrine. Et, tout en se faisant beau, il avait cogité.

Il risque d'y avoir des éclaboussures, jugea-t-il. Plusieurs choses ne collaient pas, d'ailleurs. D'après ce qu'il avait conclu du coup de fil de Hedberg, à huit heures et quart, lorsque celui-ci l'avait appelé depuis l'appartement qu'il lui avait procuré, il avait effectué sa mission sans anicroche, entre sept heures et huit heures moins le quart, à vue de nez, on verrait ça plus précisément par la suite.

D'après Göransson et Martinsson, ces deux nullards dont il faudrait se débarrasser au plus vite, Krassner aurait franchi le seuil de l'immeuble de Forselius dans Sturegatan dès sept heures moins vingt. Et, quand ils avaient été renvoyés chez eux, trois heures plus tard, il y était encore.

Fort étrange, en vérité, se dit Waltin, car, d'après le PC de la police de Stockholm, il serait tombé d'une fenêtre située au quinzième étage du foyer d'étudiants de Körsbärsvägen, à huit heures moins cinq et à environ un kilomètre du lieu où il était censé être en train de bavasser de l'époque de la guerre froide avec un vieux filou plus très lucide. En outre, ces indications de temps et de lieu étaient hors de doute, puisqu'il les avait vérifiées lui-même – par des voies détournées, bien entendu. Krassner était-il jamais allé chez Forselius ? Le plus simple était de poser la question à l'intéressé, se dit-il, mais, en même temps, cela pouvait attendre. Parvenu à ce stade de ses pensées, il fut interrompu par la sonnerie discrète de l'Interphone. La petite Jeanette, songea-t-il, tout guilleret et plein d'ardeur prospective.

Mon Dieu, pensa Jeanette en regardant autour d'elle, stupéfaite, dans la salle de séjour de Waltin. Comment un simple officier de police peut-il avoir les moyens de s'offrir un tel appartement ? Même un commissaire divisionnaire.

— Comment ça va ? demanda Waltin en la scrutant avec un léger sourire qui recelait une certaine gravité.

— Très bien. J'ai tout de suite compris qu'il était maboul. Je l'ai déjà dit, mais je ne pensais pas qu'il l'était au point de sauter par la fenêtre, ah, ça non.

— On verra ça plus tard. Tu veux quelque chose à manger ?

— Non, j'ai mangé il y a pas longtemps.

— Je peux peut-être t'offrir à boire, alors ? Un verre de vin, si tu veux ? poursuivit-il en affichant toujours son sourire préoccupé.

— Un verre de vin alors, si je ne suis pas la seule à en prendre.

— Je crois qu'on en a bien besoin tous les deux, confirma-t-il.

Pour pouvoir en venir aux choses sérieuses, toi et moi, ajouta-t-il in petto.

Un quart d'heure plus tard, les morceaux du puzzle commencèrent à se mettre en place. La petite Jeanette était assise, recroquevillée sur son canapé, en train de déguster un second verre de vin. Elle était concentrée, mais en même temps vulnérable, et semblait harassée, d'une façon à la fois séduisante et excitante.

— Si j'ai bien compris, tu as retrouvé M'Boye dans ce restaurant universitaire peu après sept heures. Puis vous vous êtes rendus à pied dans celui de Birger Jarlsgatan. Vous avez passé deux heures là-bas et vous êtes revenus ensemble à sa chambre, dans ce foyer. Où vous êtes arrivés à neuf heures et demie environ.

Waltin la regarda avec des yeux doucement interrogateurs. Qu'est-ce que tu allais faire dans cette chambre, espèce de petite chienne ? pensa-t-il.

— Oui. Et alors on est tombés sur les collègues de la police de Stockholm. Ils en avaient terminé avec la chambre de Krassner et se préparaient à partir mais Dan… M'Boye s'est mis en rogne et leur a demandé qui ils étaient et ce qu'ils faisaient là. Il ne comprenait pas qu'ils étaient de la police. J'ai eu peur qu'il leur vole dans les plumes, pendant un moment.

Jeanette hocha la tête, mais surtout à l'intention d'elle-même, apparemment, et but une gorgée de vin.

— Qu'est-ce qu'ils ont dit ? Les collègues, naturellement.

— Eh bien, il y a eu une discussion assez vive entre eux et M'Boye. Ils ont raconté qu'il s'agissait d'un suicide et qu'ils en étaient certains, mais ils n'ont pas voulu dire pourquoi et M'Boye a refusé de se contenter de ça.

— Tu sais pourquoi ? Pourquoi il ne les a pas crus ?

— Sans doute parce qu'ils étaient de la police et qu'il n'aime pas les flics, répondit Jeanette en haussant les épaules. Et puis parce que c'était mal parti dès le début. L'un des deux s'est montré assez désagréable. L'autre était plus normal, c'est un type de la police scientifique qui s'est présenté comme tel.

— Et toi ?

— Non. J'ai fait ce que j'ai pu pour rester en dehors de tout ça. Je n'ai même pas eu besoin de décliner mon identité. Ils semblaient plutôt pressés de déguerpir.

— Ils ne t'ont pas reconnue, ni l'un ni l'autre ?

— Non, répondit Jeanette en souriant.

— Tu en es sûre ?

— Absolument sûre. Quand ils sont partis, j'ai entendu le type de permanence, le petit gros, assez dégoûtant, me traiter de petite pute d'étudiante.

— C'est triste d'avoir des collègues pareils. Tu ne connais pas leurs noms ?

— Le petit gros n'a pas dit comment il s'appelait, mais l'autre si.

— Tu t'en souviens ?

— Oui. Wiijnbladh. Inspecteur Wiijnbladh.

C'est pas vrai, songea Waltin, aux anges. Wiijnbladh, ce pauvre petit merdeux.

— Tu le connais ? demanda Jeanette.

— Non. Ça ne me dit rien. Je ne crois pas avoir jamais entendu son nom. Tu sais, reprit-il, c'est une histoire assez triste à laquelle on se trouve mêlés à cause d'un pauvre homme qui a l'air gravement malade sur le plan psychique et, s'il y a quelque chose que je me reproche, c'est de ne pas avoir assez écouté ce que tu m'as dit à propos de ce Krassner.

— Il ne faut pas. Je crois que je n'ai pas souligné assez clairement…

Waltin l'interrompit en secouant la tête.

— Jeanette, on est dans la police, toi et moi. Nous avons pour mission de veiller sur la sécurité du pays mais, malheureusement, la plupart des types à qui on a affaire dans notre boulot sont plus ou moins cinglés. Et on n'est pas des assistantes sociales, ni des médecins et surtout pas des pasteurs. Tu entends ce que je te dis ?

Apparemment oui, car elle opinait du chef, l'air à la fois grave et concentrée.

— On ne va pas se mêler de l'enquête sur le suicide de ce Krassner, poursuivit-il. C'est aux collègues de Stockholm de s'en occuper. Elle suivra son petit bonhomme de chemin, même si je vais veiller à ce qu'on soit informés. Mais j'ai le sentiment que, en ce qui nous concerne, cette triste histoire est réglée. Malheureusement, elle s'est mal terminée, mais on n'y peut rien. Ce qu'on peut faire, en revanche, c'est ceci.

Elle le regardait en hochant la tête. Attentive, obéissante et prête à suivre ses instructions. Parfait.

— Pour nous, un seul impératif : profil bas.

En attendant, je vais adopter une autre position entre tes cuisses, pensa-t-il. Mais il ne le dit pas à voix haute, car cela ne la regardait pas.

Samedi 23 novembre

Lorsque Waltin se réveilla, le samedi matin, la petite Jeanette était couchée près de lui, dans son lit. En matière de séduction, il avait déjà été confronté à des tâches plus rudes. Quand il l'avait conduite dans la chambre, elle n'avait pas opposé de résistance et, pour cette première fois, il avait réfréné ses désirs et n'avait pratiqué que deux coïts normaux, dans l'ensemble. Il s'était montré résolu mais pas brutal, et elle dormait maintenant dans la position du fœtus, la tête enfouie dans un oreiller. Waltin était resté un moment à la contempler, toujours très content de ce qu'il voyait. Ça s'annonçait bien. Tout ce qu'il fallait, désormais, c'était de la précision, de la concentration et un plan de dressage minutieux. Mais, comme les bases étaient bonnes, il pouvait prendre le temps qu'il fallait, puisque cela en valait la peine.

Puis il était passé dans la cuisine préparer le petit déjeuner, avait mis la table devant la fenêtre et la magnifique vue qu'on avait de là, et s'était donné beaucoup de mal tant sur le contenu que sur la manière. Quand tout avait été terminé, il était allé la réveiller au moyen d'un léger baiser sur le front et elle était maintenant assise en face de lui. Encore à moitié endormie, revêtue de l'une de ses robes de chambre à lui, beaucoup trop grande pour elle, les cheveux ébouriffés et le visage non maquillé. Elle eut l'air à la fois étonnée et enchantée quand elle comprit que la tasse posée devant elle ne contenait ni du café ni du thé.

— Un cappuccino au chocolat, pouffa-t-elle. Oh, que c'est bon ! Je ne crois pas en avoir bu depuis que j'étais petite.

C'est le but de la manœuvre, pensa Waltin en lui caressant la nuque.

— J'avais l'intention de t'inviter à dîner ce soir, dit-il en laissant son pouce s'attarder sur l'arrière de sa tête. J'aurais aimé pouvoir te consacrer la journée entière, poursuivit-il avec le regret charmeur qu'exigeait la situation, mais je dois hélas régler certains détails d'ordre pratique avant que nous puissions penser l'un à l'autre.

La petite Jeanette hocha gravement la tête, comme le font les enfants quand ils comprennent qu'il se prépare quelque chose d'important.

— On va faire comme ceci, reprit-il en entrelaçant ses doigts dans les siens, deux fois plus petits. Je ne veux pas que tu retournes dans ce foyer d'étudiants. En revanche, je désire que tu surveilles ce M'Boye pour ne pas qu'il te mêle à quoi que ce soit. Tu peux lui téléphoner ?

— C'est lui qui devait m'appeler chez moi ce matin. Il n'a pas le téléphone dans sa chambre, seulement dans le couloir.

— Évite de l'utiliser. Rappelle-toi : profil bas. Garde M'Boye à l'œil pour ne pas qu'il fasse des bêtises. Tu crois que tu y arriveras ? demanda-t-il avec un grand sourire et en lui serrant la main.

Jeanette opina du chef.

— Bien. Alors, de mon côté, je vais tirer au clair cette triste histoire.

Il avait d'abord fixé rendez-vous à Hedberg dans le petit appartement qu'il lui avait prêté dans le quartier de Gärdet. Son acolyte avait l'air frais et dispos, et il lui avait offert du café fraîchement passé. Mais pour sa part, il avait décidé d'attendre un peu avant de parler du suicide de Krassner.

— Alors, raconte, dit-il en sirotant son café brûlant.

D'après Hedberg, il n'y avait pas grand-chose. Il avait vu Krassner quitter le foyer vers six heures et demie et, dix minutes plus tard, après avoir reçu le feu vert par radio, il s'était mis au travail. Une heure après, il avait terminé, ramassé ses affaires, était rentré chez lui et avait appelé Waltin pour lui faire son rapport.

— C'était une petite piaule d'étudiant assez bordélique, avec pas grand-chose dedans. Surtout des papiers et je les ai pris en photo, indiqua Hedberg en désignant les trois rouleaux de pellicule sur la table. Et puis quoi d'autre ? ajouta-t-il en donnant l'impression de se creuser les méninges. Ah oui : quelques cigarettes de marie-jeanne planquées derrière l'armoire de toilette. Je les lui ai laissées, conclut-il avec un sourire.

— Quelle impression t'a-t-il faite ?

— Quelle impression ? Euh, j'ai plutôt eu l'idée que celui qui logeait là était un peu timbré. On aurait dit une piaule de camé, avec des affaires qui traînaient un peu partout et le drap tirebouchonné au pied du lit. Ça t'aurait pas beaucoup plu, conclut-il avec un sourire.

Bon, passons, se dit Waltin, qui avait du mal à supporter les détails trop intimes, même dans la bouche d'un collaborateur aussi apprécié que Hedberg.

— Un peu timbré, donc ?

— Oui, un de ces camés complètement déjantés. Et pas malin, en plus. Le coup du morceau de papier sur la porte, je l'ai flairé tout de suite.

— Et tu l'as remis en place en partant, bien entendu.

— Ça fait partie des mesures de routine élémentaires.

— Pas de complications ?

— Pas vraiment. Je voudrais cependant faire remarquer que le couloir n'était pas désert comme prévu, après sept heures. Alors que j'étais déjà dans la chambre, j'ai entendu quelqu'un qui marchait à l'extérieur et sortait par la porte du palier. Puis quelqu'un d'autre est entré, a fait demi-tour et est sorti à nouveau. J'ai eu l'impression que c'était le même, qu'il avait oublié quelque chose et qu'il était revenu le chercher.

M'Boye, songea Waltin, qui avait encore dans les oreilles ce que lui avait dit Jeanette. Les nègres, ça n'a pas le sens de l'heure.

— Je suis désolé, dit Waltin, compatissant. Y a des gens qui sont incapables de respecter un horaire.

— C'est pas grave. Je l'ai entendu, mais lui m'a pas vu et y a donc pas eu de mal.

Bon, conclut Waltin. Il ne reste plus qu'un os.

— Il y a seulement un petit problème, dit-il.

Hedberg se contenta d'avoir l'air intéressé.

— Krassner s'est fait la peau.

— Arrête ! s'exclama Hedberg, ébahi. Quand ça ?

— À huit heures moins cinq, hier soir. Double saut périlleux par la fenêtre de sa chambre.

Il n'avait pas été facile de convaincre Hedberg de la véracité de la chose, et ses objections étaient à la fois logiques et convaincantes.

— Je trouva ça bizarre. Il était presque huit heures moins vingt quand j'ai quitté le couloir. Un quart d'heure seulement avant qu'il se jette par la fenêtre, selon toi ?

— Oui. Il a fait vite, c'est vrai.

— Et puis il aurait rédigé une lettre d'adieu ? Elle

a pas dû être longue, cette bafouille, parce que, sans ça, on serait tombés l'un sur l'autre.

— Il est possible qu'il l'ait écrite avant et qu'il l'ait eue sur lui en rentrant.

Hedberg secoua la tête, toujours pas convaincu.

— Je persiste à trouver ça bizarre. Il faut au moins un quart d'heure pour venir à pied de Sturegatan, alors, pour se jeter par la fenêtre à huit heures moins cinq, il a pas dû rester beaucoup de temps à son rendez-vous. C'était quoi, au juste, qu'il allait faire ?

— En effet. Il y a beaucoup de bizarreries, dans cette affaire.

— Oui, beaucoup. Et, s'il est revenu au foyer, comment se fait-il que les collègues chargés de le surveiller m'aient pas prévenu ?

Bonne question, pensa Waltin.

— On verra ça, dit-il en mettant les rouleaux de pellicule dans sa poche. Je te donnerai de mes nouvelles quand je le saurai.

Qu'est-ce que j'oublie ? se demanda-t-il en se levant. J'oublie quelque chose, mais quoi ?

— Autre chose. Il faut que tu m'aides.

— Tu veux dire : la lettre ? Celle qui lui fixait rendez-vous ?

— En effet. Celle par laquelle Forselius lui demandait de venir chez lui. Tu l'as trouvée ?

— Non. En tout cas, elle était pas dans sa chambre. J'en suis sûr. Pas plus la lettre elle-même que l'enveloppe.

Bon sang ! pensa Waltin.

— Espérons qu'il l'avait pas sur lui, ironisa Hedberg.

Waltin n'était pas du genre à prendre des risques inutiles. Si Krassner avait eu la lettre de Forselius dans sa poche quand il avait sauté par la fenêtre, il était trop tard. En revanche, il était encore temps, selon toute probabilité, de prévenir Forselius, afin qu'il n'ait pas la langue trop bien pendue si la police de Stockholm venait lui poser des questions. Et puis il y avait une quantité impressionnante de bonnes raisons de tirer au clair ce que Krassner et lui avaient fait ou s'étaient dit au cours de leur entrevue, qui avait apparemment été bien plus courte que prévu.

Forselius parut moins heureux qu'à l'accoutumée de voir Waltin. Après ses habituelles jérémiades sur le fait que c'était samedi matin et qu'il avait des « affaires importantes », il avait fini par se résigner à le recevoir dans son appartement plongé dans l'obscurité, comme toujours, en robe de chambre et le verre de cognac à la main.

— Comment cela s'est-il passé avec Krassner ? entama prudemment Waltin.

— Avec Krassner ? demanda Forselius en observant Waltin, l'air perplexe. Tu veux savoir comment ça s'est passé avec Krassner ?

— Oui, dit Waltin avec un sourire amical. Racontez-moi ça.

— C'est gentil de ta part de vous en inquiéter. Ça s'est très bien passé.

— Magnifique. De quoi avez-vous par…

— Il n'est pas venu, ce petit salaud, coupa Forselius en se donnant du courage au moyen d'une gorgée de cognac.

— Pas venu ?

— Je te le répète : il n'est pas venu.

— Qu'est-ce que vous avez fait, alors ?

Espèce de vieil imbécile, pensa-t-il.

— Je l'ai attendu un bon moment. Puis je me suis mis à lire un livre très intéressant sur les processus stochastiques et les fonctions harmoniques. Je l'ai là, quelque part, si ça t'intéresse.

— Vous n'avez pas eu l'idée de m'appeler ? s'étonna Waltin.

On était pourtant convenus de ça, espèce de vieux chnoque, se dit-il.

— Non, dit Forselius, apparemment très surpris. En revanche, j'ai prévenu ton patron.

Manquait plus que ça, jura intérieurement Waltin.

— Et qu'est-ce qu'il a dit ?

— Pas grand-chose. Ou bien il n'était pas chez lui, ou alors il a préféré ne pas répondre.

— Vous lui avez laissé un message ?

— Je ne laisse jamais de message sur les répondeurs, répliqua Forselius. C'est contraire à nos principes, non ?

Lorsque Waltin informa Forselius que Krassner était mort, le vieux hocha la tête d'un air satisfait. C'était une excellente occasion de savoir ce que ce « petit salaud » faisait au juste et, quant à la nouvelle qu'il s'était suicidé, elle le laissa froid.

— Bien sûr, dit-il avec un clin d'œil entendu. Si toi ou tes collègues venez frapper à ma porte, je ne manquerai pas de prétendre qu'il m'a paru très déprimé la dernière fois que nous nous sommes vus.

— Dans ce cas, je préférerais que vous disiez la vérité, contra Waltin en se forçant à la politesse. À savoir qu'il a demandé à vous rencontrer mais qu'il n'est pas venu.

Et puis que tu restes assez sobre pour ne pas parler de nous, pensa-t-il.

— Ah bon, c'est pendant ce temps-là qu'il s'est fait la peau ? demanda Forselius en passant le plat de sa main sur sa gorge ridée.

Waltin se contenta de sourire intérieurement et, cinq minutes plus tard, il avait pris congé de façon très polie.

Sur le chemin du retour, Waltin passa par le garage du service. La camionnette bleue était parquée à l'endroit habituel et avait été nettoyée grossièrement. Dans la poubelle, à cinq mètres de là, près de l'entrée, quelqu'un avait en revanche fait preuve d'une négligence inexcusable. Le sac noir qu'elle contenait était presque vide mais, sur le dessus des déchets qu'elle renfermait, il y avait un sac en papier contenant une canette vide, une tasse en plastique écrasée et divers morceaux de papier, traces d'un dîner de hamburgers pour deux personnes. Pour plus de sûreté, c'était accompagné d'un reçu de la boutique du parc Tessin.

Dans quel monde vivons-nous si les commissaires divisionnaires doivent passer leurs week-ends à fouiller dans les poubelles ! soupira tristement Waltin, en tâtant du bout de son stylo, dégoûté, ces restes peu appétissants. Qu'est-ce que je vais faire, comment me débarrasser de ces deux minables ?

Il avait d'abord regagné son bureau et s'était entretenu avec quelqu'un de connaissance, chargé de certaines questions de sécurité auprès du ministère des Affaires étrangères. Cela ne posait pas de problèmes, puisque Waltin était prêt à assumer les coûts supplémentaires. On prit donc aussitôt la décision commune d'un exercice mis en œuvre d'urgence et dans des conditions réalistes. Une heure plus tard, Göransson et Martinsson arrivaient dans son bureau. Ils semblaient avoir bien dormi, tous les deux, et, dès le début, une chose fut manifeste : ni l'un ni l'autre n'était au courant de la mort de Krassner.

— Je vous écoute, déclara Waltin en se rejetant en arrière sur son grand fauteuil et en formant une croisée d'ogives parfaite avec ses doigts.

— Euh, commença Göransson en fouillant dans son

carnet de notes, eh bien, l'individu est sorti de chez lui à dix-huit heures trente-deux. Il a descendu Körsbärsvägen en marchant d'un bon pas et il a continué le long de Valhallavägen sur le trottoir de gauche. Il est arrivé sur le lieu prévu pour le rendez-vous, au numéro 60 de Sturegatan, à dix-huit heures quarante-deux, et il est entré aussitôt. Dix minutes plus tard, donc, résuma Göransson en se raclant discrètement la gorge une fois de plus et en lançant un rapide regard latéral, un peu inquiet, à son jeune collègue.

— Très bien, approuva Waltin. Et vous, qu'est-ce que vous avez fait ?

— On a pris position dans notre véhicule à une centaine de mètres plus loin, dans Sturegatan, répondit Göransson en lançant un nouveau regard à Martinsson. On a estimé que c'était le meilleur endroit.

— Sans aucun doute, acquiesça Waltin. C'était toi qui conduisais, Martinsson ?

Celui-ci s'arracha à contrecœur à la contemplation de son reflet dans la grande glace placée derrière le dos de Waltin.

— Non, dit-il, c'était Göransson.

Ce dernier eut une grimace de déplaisir à l'adresse de son jeune collègue. Il eut d'ailleurs du mérite, car il s'efforça de le faire en cachette.

— À quelle heure avez-vous pris position ?

— À environ dix-huit heures quarante-trois… enfin, à une minute près, disons.

De mieux en mieux, se dit Waltin.

— Et qu'est-ce qui s'est passé, ensuite ? poursuivit-il en se penchant sur son bureau pour souligner sa curiosité.

Absolument rien, selon les deux coéquipiers. Ils étaient simplement restés assis là – certes sur le siège avant d'une camionnette Dodge, mais avec des yeux de lynx – jusqu'à ce qu'on les appelle à la radio, alors qu'il était déjà plus de vingt heures, pour leur dire qu'ils pouvaient rentrer chez eux,

— À vingt-deux heures huit, précisa Göransson après s'être raclé encore une fois la gorge et avoir regardé dans son petit carnet noir.

— Tout ça figure noir sur blanc dans notre rapport, comme d'habitude, confirma Martinsson pour venir en aide à son collègue.

— Eh bien, c'est parfait, conclut Waltin.

Pas de doute, ils sont entraînés à mentir, pensa-t-il, décidé à se débarrasser d'eux avant que cette candeur naturelle qui leur avait valu leurs fonctions ne lui joue des mauvais tours.

— J'ai une mission spéciale à vous confier, messieurs, reprit-il à voix haute. Urgente, en plus, et qui nécessitera un séjour à l'étranger d'une semaine ou deux. Le ministère des Affaires étrangères a en effet besoin de surveiller discrètement une délégation un peu composite de politiciens, de diplomates et de militaires. Pour ça, il me faut deux hommes en qui je puisse avoir vraiment confiance. Quoi qu'il puisse se passer, ajouta-t-il sur un ton grave.

— On vous écoute, chef, répondit Göransson, qui se léchait déjà les babines en pensant aux grasses indemnités de séjour à l'étranger.

— À l'étranger, répéta Martinsson, qui avait plus de mal à masquer son plaisir et était déjà en train de mettre son maillot de bain dans sa valise.

— On peut être à Arlanda dans deux heures s'il le faut, déclara Göransson, prêt à tous les sacrifices.

— Ce ne sera pas nécessaire, contra Waltin. Il suffira que vous soyez à la gare centrale avant six heures.

En partance pour un endroit où je vous garantis que vous allez vous geler le cul et où vous ne trouverez pas de hamburgers au coin de la rue, garda-t-il pour lui.

— Le train ? s'étonna Göransson, déçu.

— Le train ? crut bon de répéter Martinsson, ému au point d'oublier de se regarder dans la glace.

— Je crois que ce voyage sera très instructif pour vous, insista Waltin. Le reste, ou du moins ce que vous aurez besoin de savoir, vous en serez informés en temps utile.

C'est sûr qu'ils ne vont pas l'oublier de sitôt, pensa-t-il. Un train russe de la pire espèce, en plein hiver, et avec le genre de service à bord qui a fait la réputation de ce pays dans le monde entier.

— Les voyages forment la jeunesse et même l'âge adulte, n'est-ce pas ? Vous aurez un passeport diplomatique et vous n'avez donc pas à vous inquiéter de solliciter un visa.

Au cours de l'après-midi, Waltin s'informa discrètement sur l'enquête de la police de Stockholm sur la mort de Krassner. D'après son contact, qui s'était entretenu avec le patron de la brigade de permanence, l'affaire était presque close. Il ne restait plus à régler que quelques détails dont allait se charger le commissariat d'Östermalm.

— Ça m'a l'air d'un cas typique de suicide, résuma le contact de Waltin. On se demande bien sûr comment on peut avoir l'idée de se jeter du quinzième étage, mais c'était un étudiant, ce type, non ? Alors, il devait être un peu dans les vapes.

J'aime entendre ça, pensa Waltin en décidant d'attendre le début de la semaine pour prendre connaissance des photos de Hedberg. De même que pour aviser Berg, qui se trouvait à l'étranger afin de rencontrer des personnalités et ne pouvait donc être dérangé. Enfin libre, se dit Waltin, heureux de pouvoir se consacrer à des activités plus gratifiantes.

La stagiaire Jeanette Eriksson n'avait plus rien à faire non plus. Daniel l'avait appelée au téléphone juste avant le déjeuner et il s'était montré aussi prévenant que d'habitude. Cette fois, il s'était inquiété d'elle, en plus. Jeanette avait répondu ce qu'on pouvait attendre. Que c'était triste, ce qui était arrivé, même si elle ne connaissait pas vraiment Krassner et s'il lui avait surtout fait l'effet d'un type bizarre et pas très sympathique. Pourtant, cette nouvelle l'avait remuée, car elle l'avait croisé dans la cuisine quelques jours plus tôt. Mais elle avait souligné très fortement qu'elle ne voulait pas avoir affaire à la police. Elle n'en avait certes rien dit à Daniel jusque-là, mais son expérience de la police suédoise était loin d'être bonne. Pourtant, elle n'avait rien à se reprocher.

— Ils traitent tout le monde comme des criminels, y compris les innocents.

Daniel l'avait rassurée : elle n'avait rien à craindre et pouvait avoir une totale confiance en lui. Même si la police se manifestait auprès de lui, il se garderait de l'impliquer dans cette affaire. Ce Krassner était un type bizarre et Daniel était d'ailleurs persuadé qu'il était raciste. À propos de la police suédoise, il avait déclaré qu'elle ressemblait hélas à celle de l'Afrique du Sud et, quant à l'expérience qu'il avait de celle-ci, il préférait ne pas se prononcer à ce sujet.

— La police est pas très regardante, se contenta-t-il de dire. Peu importe d'où viennent les candidats à la fonction et moi, pour ma part, j'ai jamais rencontré de policier qui soit normal et humain.

Comme d'habitude, Jeanette devait aller voir sa vieille maman malade, pendant le week-end. C'était un de ces mensonges qu'elle avait soigneusement préparés, dès le début, et la sortie de secours à laquelle elle avait le plus souvent recours. Ils décidèrent donc de reprendre contact au début de la semaine suivante et de se retrouver en ville pour aller déjeuner quelque part.

Bon, se dit Jeanette en raccrochant. Elle pouvait enfin commencer à organiser sa soirée.

Bon, se dit Waltin en rentrant dans son appartement de Norr Mälarstrand. Il était grand temps de commencer à organiser la soirée.

Lundi 25 novembre

En arrivant sur son lieu de travail, le lundi matin, Waltin se sentait frais et dispos, il avait les idées claires et une sensation fort agréable dans le bas-ventre. Il venait de passer trente-six heures entre quatre murs avec Jeanette Eriksson. À l'exception du temps qu'il leur avait fallu pour restaurer leurs forces par la nourriture et le sommeil, il ne l'avait pas lâchée d'une semelle et tout avait marché comme sur des roulettes. Les femmes sont soumises de nature, Waltin le savait grâce à une longue expérience personnelle mais il lui arrivait aussi, surtout avec les plus jeunes, de buter sur des obstacles imprévus qui tenaient à ces conceptions erronées maintenant diffusées par les médias et les groupes de gauche. À son tour, cela causait certains blocages mentaux qui empêchaient les femmes de se laisser totalement aller à la jouissance comme toute femme digne de ce nom.

La petite Jeanette, elle, avait répondu avec beaucoup de naturel aux signaux qu'il avait émis dans sa direction, même s'il ne s'agissait encore que d'influence intellectuelle, et elle était très douée sur le plan physique. Ce frêle corps de garçon, cette façon de fermer les yeux tandis qu'il travaillait ses zones érogènes et ces petits efforts pathétiques auxquels elle se livrait pour réfréner l'orgasme. La seule chose qui le dérangeait, lui, c'était ce triangle sombre de poils frisés qui couvrait le bas de son ventre. Mais il se promettait de remédier à ce détail au cours du week-end suivant.

Il est temps de lui serrer la vis, décida Waltin, très content de lui, et, juste à ce moment, son téléphone rouge sonna.

Berg avait passé le week-end avec ses collègues allemands. Ils s'étaient retrouvés dans un hôtel très confortable d'une station thermale non loin de Wiesbaden, et pour une fois il avait eu la possibilité d'emmener sa femme. Les Allemands avaient prévu un emploi du temps charmant pour ces dames, et ses collègues et lui avaient pu travailler au calme pendant que leurs épouses visitaient diverses curiosités de la vallée du Rhin. Les dîners, en revanche, avaient été pris en commun. Le vendredi soir, son hôte avait fait les honneurs d'un buffet, simple mais bien garni, à l'épouse de Berg, tandis que, lors du repas de gala du samedi soir, c'était à lui qu'était revenue la place d'honneur.

On peut vraiment faire confiance aux Allemands, songeait Berg. Ces gens-là ont le sens des convenances, en matière de relations humaines, tant sur le fond que sur la forme.

Le samedi soir, sa femme et lui avaient pris l'avion pour Copenhague. Elle avait poursuivi presque immédiatement par un vol en correspondance pour Stockholm, car elle avait des cours à donner dès le lundi matin, tandis qu'il embarquait à bord de l'hydroglisseur à destination de Malmö et se rendait à l'hôtel Savoy, où il dîna et alla se coucher de bonne heure.

Le lundi matin, il avait prévu une réunion avec ses collègues de la section locale de Malmö. Avant d'entrer en séance, il avait téléphoné à sa secrétaire, car cela faisait deux jours et demi qu'il n'avait pu utiliser une ligne sécurisée.

— Waltin vous demande de le rappeler, l'informa-t-elle. À propos de Citizen Kane, ajouta-t-elle en se disant qu'elle avait déjà entendu ce nom quelque part, mais où ?

Krassner, se dit aussitôt Berg. En repensant à cela, bien longtemps après, il se souvint qu'il avait eu aussitôt un désagréable pressentiment. Sans pouvoir préciser pourquoi, au juste. Mais il n'avait aucun doute à ce sujet.

Waltin lui avait fait l'effet de ne pas être très soucieux. Un peu comme s'il n'avait rien à voir avec toute cette affaire.

Cela avait d'ailleurs beaucoup étonné Berg. Aussi bien alors que par la suite.

— Comment ça s'est passé ? s'enquit-il.

— De façon parfaite, assura Waltin. Je crois qu'on s'est fait du souci pour rien.

Pas moi, mais toi, avait-il pensé in petto.

— Comment ça ?

— Je viens de prendre connaissance de ce qu'on appelle ses travaux intellectuels et ça ne vole pas haut, je peux te le dire.

Il a pourtant tapé à la machine plusieurs heures par jour pendant un mois et demi, s'étonna Berg.

— Je t'écoute.

— Une cinquantaine de pages de notes ou plutôt d'élucubrations. Un peu de tout, y compris le brouillon de quelque chose qui pourrait être un polar ou un récit documentaire, à moins que ce ne soit un compromis entre les deux.

— De quoi s'agit-il ?

— Je suggère qu'on parle de ça quand on se verra, rétorqua Waltin sur le ton de quelqu'un d'enchanté.

Pour faire court, disons que toi et moi, et d'autres dans la maison, avons déjà eu la même idée.

Ah, se dit Berg. C'est bien ce que je pensais.

— Autre chose ?

— Oui : il s'est fait la peau vendredi soir, annonça Waltin sur un ton qui ne risquait pas de le ranger au nombre de ceux qui étaient affligés par cette nouvelle.

— J'arrive, dit Berg. Envoie quelqu'un me chercher à l'aéroport.

Encore un qui perd la tête, pensa Waltin.

Berg et Waltin avaient passé l'après-midi ensemble et, au moment de se séparer, ils n'étaient contents ni de l'un ni de l'autre, même s'ils le cachaient parfaitement.

Il y a en lui quelque chose de négligé, se disait Berg. Une certaine puérilité, un manque de maturité.

— Profil bas, dit-il. Je prends dès maintenant la direction des opérations. Mais je te tiendrai informé, naturellement.

Waltin haussa les épaules, dans son costume de chez le bon faiseur. Il va bientôt pouvoir être nommé à la tête de la section kurde, pensa-t-il. Il y fera bon ménage avec les deux autres débiles.

— *Fine with me*. Mais tu t'inquiètes pour rien.

Waltin avait commencé par lui rapporter ce qu'ils avaient fait. Tout s'était passé comme prévu, d'après lui. Leur homme s'était introduit dans la chambre, avait fait ce qu'il fallait et était reparti sans avoir été repéré, comme il convenait. Göransson et Martinsson s'étaient certes comportés comme des idiots et avaient perdu la piste de Krassner, mais il fallait dire qu'il avait eu beaucoup de chance. Il avait trouvé la mort, c'était vrai, mais personne ne l'avait aidé. Quant à savoir s'il était sous l'influence de la drogue, s'il avait voulu essayer une paire d'ailes ou s'il avait soudain compris à quel point il avait raté sa vie, c'était plus que Waltin ne pouvait en dire et, de toute façon, cela ne les regardait pas. Krassner ne concernait plus les services de sécurité, à supposer que cela eût jamais été le cas. Voilà quelle était son opinion bien arrêtée.

— Si nous avons un reproche à nous adresser, c'est peut-être celui-là, justement : ne pas nous être rendu compte à quel point il était cinglé, ajouta Waltin. Il a complètement perdu la tête. Je te suggère de jeter un coup d'œil sur les papiers que nous avons trouvés chez lui, conclut-il en tendant la liasse de photos à Berg.

Je n'y manquerai pas, tu peux en être sûr, pensa Berg.

— Où sont Göransson et Martinsson ? demanda-t-il.

— En voyage d'études. Il m'a semblé qu'il valait mieux les éloigner un peu.

— Ils en savent long ?

— Ils ne savent pas que Krassner s'est tué. Mais il est probable qu'ils le sauront un jour ou l'autre. Ils ne savent même pas qu'ils ont perdu sa piste. Et, bien entendu, ils ne se doutent absolument pas que je sais ce qu'ils ont fait au lieu d'effectuer leur boulot.

— Eriksson ?

— Aucun risque de ce côté. J'avais l'intention de la récupérer dès que Stockholm aurait classé l'affaire Krassner. Je lui ai dit de prendre ses distances, ne t'inquiète pas à son sujet.

Waltin et moi, pensa Berg. Ça fait deux. Plus Göransson, Martinsson et Eriksson, ça fait cinq. Avec l'homme de Waltin, quel qu'il soit – question qui pouvait d'ailleurs, elle aussi, attendre sa réponse –, ça faisait six. Et Forselius, pensa-t-il soudain. Ça commence à être un peu trop. Comme disent les voyous, trois personnes peuvent garder un secret si deux d'entre elles sont mortes.

Sitôt Waltin parti, il alla trouver sa secrétaire et lui demanda d'appeler un taxi. Il avait déjà chassé l'idée de rester au bureau. Mieux valait rentrer chez lui, à Bromma, et réfléchir à la situation là-bas, au calme. Peut-être laisser passer la nuit en espérant qu'elle porterait conseil ou, dans le meilleur des cas, faire de beaux rêves qui lui affirmeraient que Waltin avait raison, malgré cette négligence qui était la composante essentielle de son charme juvénile.

— On m'a appelé ? questionna-t-il en s'efforçant de sourire gentiment à sa secrétaire.

C'est un roc, cette femme, se dit-il, un vrai roc.

— L'expert auprès du Premier ministre pour les questions de sécurité souhaite que vous preniez contact avec lui dès que possible.

Et de huit, maintenant.

Mardi 26 novembre

Berg dormit mal et eut des cauchemars mais, en arrivant au travail, tôt le matin, il se vit accorder quelques jours de répit. L'expert du Premier ministre avait appelé pour dire qu'il désirait le rencontrer mais qu'il avait eu un empêchement et qu'il était maintenant en train de procéder à des entretiens de nature politique qui allaient sûrement durer un certain temps. C'est pourquoi il s'était adressé au ministre de la Justice, qui allait d'ailleurs contacter Berg au cours de la journée, et ils étaient convenus de repousser la réunion au vendredi. Ce n'était pas, en soi, un bon jour mais, si Berg et lui pouvaient se voir pendant une heure avant d'entrer en séance, ce serait parfait.

— Un vieil ami m'a appelé pendant le week-end pour m'informer, avait précisé l'expert.

Il ne s'appellerait pas Forselius, par hasard, ce vieil ami ? pensa Berg. Tu es devenu bien bavard, tout d'un coup.

— Vendredi matin à neuf heures, c'est parfait en ce qui me concerne, répondit Berg.

— Eh bien, d'accord. Et s'il se passe quelque chose, tu peux toujours me toucher à Harpsund[1].

---

1. Résidence campagnarde du Premier ministre, où ont souvent lieu de discrets pourparlers. *(N.d.T.)*

Berg promit de se manifester aussitôt, en cas de besoin. Ne pas confondre les gens d'en haut et le vulgum pecus, se dit-il en raccrochant.

Berg avait consacré le reste de la journée à Krassner. Pour commencer, il avait envisagé de confier le tout à l'un de ses plus fidèles collaborateurs mais, après avoir pesé le pour et le contre – il y avait quelque chose qui le tracassait, dans cette histoire –, il avait décidé de ne se fier qu'à lui-même. Du moins au début et jusqu'à ce qu'il soit sûr que les choses ne risquaient pas de dériver dans une direction regrettable.

Il avait entamé son travail en examinant les photos de la perquisition clandestine. Il en découvrit au total une centaine, agrandies au format A4 et d'excellente qualité. Une douzaine montraient différentes parties de la pièce, prises sous différents angles. Elle était en effet sale et fort mal rangée, comme les piaules de drogués qu'il avait vues quand il était jeune policier affecté à l'ordre public, et le désordre qui régnait sur le bureau ne laissait guère présager un travail simple et continu effectué dans des conditions harmonieuses.

Le reste de ces photos ne représentait rien d'autre que des papiers, des feuilles de papier blanc contenant une quantité variable de texte, rédigé tantôt à la machine, tantôt à la main. Une partie avaient d'abord été chiffonnées, puis lissées pour être photographiées. On pouvait simplement espérer qu'elles avaient ensuite été chiffonnées à nouveau et replacées là où elles se trouvaient à l'origine. C'était aussi là que les problèmes commençaient. L'écriture de Krassner – on était bien forcé de supposer que c'était lui qui avait tenu la plume – était difficile à déchiffrer et l'ensemble restait assez énigmatique, car bien entendu rédigé en anglais d'un bout à l'autre, et surtout dans un langage souvent abrégé, voire codé. Il en allait d'ailleurs de même des pages dactylographiées, souvent constituées de brefs paragraphes ou de lignes isolées sans rapport les unes avec les autres, qui semblaient plus former un brouillon ou des notes en vue d'un plan que les différentes parties d'un récit. Ce n'est pas le manuscrit d'un livre, constata Berg. À une exception près et en considérant les choses sous un angle positif, cela pouvait représenter la base de quelque chose qui devait être conçu comme pouvant, un jour, devenir un livre.

L'unique exception ressemblait en effet à la page de titre d'un ouvrage et, sans être trop au fait de la question, Berg estima que c'était la manifestation assez banale des affres de l'écrivain. *The Spy that went East*, par John P. Krassner. Sur cette page, il inscrivit un beau petit 1, au crayon, dans le coin supérieur gauche de sa copie. Plus facile pour se repérer par la suite. Il avait l'intention de commencer par tenter de mettre un peu d'ordre dans ce matériau pour lui donner l'aspect de quelque chose qui ressemblerait à un récit. On verrait par la suite de quoi il pouvait retourner, au juste.

Il y a au total quatre-vingt-cinq pages de longueur variable, conclut-il après les avoir comptées à deux reprises en mouillant son index. Soixante et une d'entre elles, pliées, froissées ou chiffonnées, semblaient provenir du tas placé sur le bureau et le plancher avoisinant, alors que, à en juger par les clichés représentant l'intérieur de la chambre, les vingt-quatre autres semblaient avoir constitué une pile relativement bien ordonnée sur le bureau – par ailleurs assez mal rangé – de Krassner.

Berg avait d'abord fait deux tas de ces feuilles – celles qui étaient chiffonnées et celles qui étaient à peu près triées – afin de tenter de déterminer si ce qui se trouvait dans chacun d'eux était d'un niveau intellectuel ou d'un contenu différent de l'autre, mais il n'avait guère été avancé après cela. Au bout d'une bonne heure de lecture, il était seulement parvenu à la conclusion que, de toute évidence, il s'agissait d'une part des pages que l'auteur avait terminées ou rejetées et, d'autre part, de celles qu'il n'avait pas eu le temps de rejeter. Ce type a vraiment l'air cinglé, se dit Berg, et, pour une raison ou pour une autre, il avait pensé à Waltin. Bien habillé, souriant et persuadé, à sa manière, que Krassner était un détraqué totalement dépourvu d'intérêt avec lequel ils perdaient leur temps.

Il avait aussi eu, à plusieurs reprises, l'occasion de méditer sur la mauvaise qualité de son anglais. Au sens absolu et surtout au sens relatif, Berg parlait mieux cette langue que la plupart de ses collègues au sein de la hiérarchie policière. Pas comparé à Waltin, naturellement, mais celui-ci avait suivi une voie très différente de la sienne. Dans les circonstances de la vie quotidienne et sociale, il se tirait fort bien d'affaire mais, là, il se sentait désespérément handicapé. L'anglais n'était pas son fort, point à la ligne, et plus d'une fois il s'était étonné que certains de ses camarades de travail soient assez peu lucides pour soutenir qu'ils parlaient couramment cette langue. Et pour croire manifestement que c'était vrai, alors que leur anglais était encore pire que le sien.

Avant qu'il ne se mette à la tâche, sa secrétaire lui avait fourni un gros dictionnaire technique anglais-suédois auquel il avait souvent recours en des circonstances analogues. Après le déjeuner, elle avait dû aller lui chercher plusieurs autres ouvrages plus spécifiquement américains et incluant les mots d'usage courant, l'argot et les abréviations. Pourtant, au bout de plusieurs heures de vains efforts, il avait fini par renoncer. Il avait alors coché les mots, expressions et passages qu'il ne comprenait pas, demandé à sa secrétaire de les recopier et fait venir l'une des meilleurs linguistes du service.

Elle me rappelle un peu Marja quand elle était plus jeune, songea Berg, qui pensait souvent à sa femme, en adressant un sourire aimable à l'assistante convoquée de façon très impromptue.

— Vous ne pourriez pas m'aider à traduire certaines choses ? demanda-t-il en lui tendant la liste. De l'anglais en suédois, ajouta-t-il presque d'un ton d'excuse.

La femme regarda rapidement la feuille et hocha la tête.

— Je pense que oui. Pour quand vous faut-il ça ?

— Dès que possible.

Une heure plus tard, elle était de retour.

— Eh bien ? Vous avez réussi ?

— Je crois que je suis parvenue à traduire l'essentiel. Dans certains cas, j'ai fait figurer plusieurs solutions possibles, avec la plus vraisemblable en tête.

Elle lui tendit quelques pages soigneusement tapées à la machine et glissées dans une pochette en plastique rouge.

— Dites-moi un peu, demanda Berg, qui a écrit ça ? Quelle sorte de personne ?

— Oh là là ! protesta-t-elle avec un sourire. Je ne suis pas spécialiste de psycholinguistique.

— Faites de votre mieux.

— Un Américain, sans aucun doute. Ni jeune ni vieux, je dirais entre trente et quarante ans. Universitaire, ayant l'habitude d'écrire, peut-être même journaliste, et, dans ce cas, je crois savoir qui est son grand modèle.

— Ah bon ? Qui ça ?

— Hunter S. Thompson. Il y a de fortes traces de ce journalisme désormais connu sous le nom de « gonzo[1] » dans sa façon d'écrire, même si j'ai le sentiment que le contexte ne convient pas pour cela, ici.

— Gonzo, vous dites ?

— Comment vous expliquer ? Pour décrire un événement ou une personne, ce qui importe, du point de vue journalistique, ce n'est pas l'événement en lui-même ou la personne mais les sentiments qu'éprouve le journaliste en face d'eux. Ce qui est intéressant, c'est ce qui se passe dans la tête de celui qui rédige l'article.

— Ça me semble très pratique. Ça doit gagner beaucoup de temps.

— Sûrement. Mais, sous la plume de quelqu'un de talentueux, cela peut être à la fois intéressant et divertissant. Comme chez Hunter S. Thompson dans ses meilleurs moments. Dans les moins bons, hélas, il est parfaitement incompréhensible.

— C'est vrai que c'est un peu risqué, si c'est la vérité qu'on recherche.

— En Suède, le meilleur exemple de journalisme gonzo est sans doute Göran Skytte.

Skytte, se dit Berg. Est-ce que ce n'était pas ce grand Scanien affreusement imbu de lui-même qui était de mèche avec cet horrible Guillou ?

— Skytte serait donc un Hunter S. Thompson suédois ?

— Enfin, bon. J'ai un petit ami qui joue au hockey en quatrième division. Ça ne veut pas dire que ce soit un Gretzky.

— Et ce type-là, alors ? insista Berg en désignant les feuilles de papier dans la pochette rouge.

1. Mode d'écriture très personnel, qui tend à rapprocher le lecteur du reporter, désormais associé au nom de Hunter S. Thompson. *(N.d.T.)*

— Je dispose d'une base qui est un peu mince pour juger, mais je dirais volontiers que Skytte lui est supérieur.

— Skytte est meilleur ?

— Sans aucun doute. En matière de journalisme gonzo, Thompson joue en première division du championnat de Suède de hockey sur glace, Skytte en quatrième division, et ce type-là ne sait pas encore se tenir sur ses patins.

— Malgré le fait que c'est du journalisme gonzo ?

— Peut-être plutôt à cause de ça. Je peux vous demander quelque chose ?

Elle vit qu'il hésitait.

— Oui. Mais je ne peux pas promettre de vous répondre.

— Ces mots et expressions que vous m'avez demandé de traduire… Je crois avoir compris qu'il s'agit de notes, de brouillons ou de textes devant servir à un livre.

— Oui. C'est exact.

— Ce que je me demande, c'est s'il s'agit d'un ouvrage à caractère documentaire. Autrement dit, s'il vise à évoquer certains faits.

— Oui. Je suppose que c'est ce que veut faire l'auteur, en tout cas.

Et c'est ça qui est très embêtant, pensa-t-il.

— Et le reste des documents se présente pareillement ?

— Oui. On peut le dire, répondit Berg.

Pour l'essentiel, heureusement, pensa-t-il.

— Dans ce cas, je crois que l'auteur aura de graves problèmes de crédibilité. Et puis je ne trouve pas qu'il écrive très bien.

Journalisme gonzo, se dit Berg en refermant la porte derrière elle. Et, pour la première fois au cours de cette triste journée, il eut presque envie de rire.

Lorsque Berg put enfin mettre un terme à sa journée de travail et rentrer chez lui, il était près de vingt-deux heures. Au vu du bilan, il aurait aussi bien pu passer son temps à autre chose de plus important mais, quant au résultat, il avait de quoi s'estimer content. Il avait résumé ses observations et ses conclusions dans une note de deux pages, c'est-à-dire juste assez longue pour l'exposé qu'il avait l'intention de prononcer, le vendredi matin, lorsqu'il verrait l'expert du Premier ministre. Le contenu des cogitations de Krassner étant ce qu'il était, il avait hâte de voir ce moment arriver. Indépendamment de la fiabilité de ce qui était manifestement, et malgré tout, conçu comme un récit à caractère documentaire.

The Spy that went East. L'identité de cet espion, il l'avait devinée avant même de se mettre à lire ce que Krassner avait écrit, car il en avait entendu parler bien des fois au cours des années qu'il avait passées dans la grande maison de Polhemsgatan. Pendant celles où le gouvernement actuel avait été dans l'opposition, il y avait même eu, dans les cercles les plus fermés des services de sécurité, des forces puissantes qui avaient œuvré pour qu'une enquête préliminaire soit diligentée à ce sujet. Berg avait heureusement réussi à éviter cela, avec l'aimable assistance du directeur de la police nationale de l'époque. Mais il n'était toujours pas sûr de comprendre exactement le titre du livre de Krassner. *L'Espion passé à l'Est*. Mais venant d'où ? Du Nord, du Sud, de l'Ouest ? Le plus probable était l'Ouest, mais Krassner n'avait fourni aucune indication sur ce point, dans ses papiers, tout en ayant eu un oncle qui avait travaillé bon nombre d'années pour le compte des services américains. Toutefois, on pouvait espérer qu'il avait trépassé conformément aux règles en vigueur quant à la cause qu'il avait servie.

Ce type ne semblait pas en pleine possession de ses moyens, se répéta-t-il en se rejetant en arrière sur le siège de la voiture.

— Excusez-moi, patron, mais nous sommes arrivés, lui dit son chauffeur après s'être discrètement raclé la gorge.

— C'est plutôt à moi de m'excuser, répondit Berg. J'ai dû m'assoupir.

Mercredi 27 novembre

Enfin une nuit de sommeil sans partage. Dès le petit déjeuner, Berg avait conclu qu'il s'était inquiété pour rien, qu'on avait des choses plus importantes à faire et qu'on pouvait avantageusement confier à un collaborateur discret et fiable le soin de tirer au clair les circonstances exactes du suicide de Krassner. Persson, pensa-t-il juste au moment où les premiers rayons du soleil pénétrèrent dans la cuisine.

— Bonjour, bonjour, lança-t-il jovialement à sa secrétaire sitôt franchi la porte de son bureau. Demandez à Persson de passer me voir, s'il vous plaît.

Berg connaissait Persson depuis plus de trente ans. Ils étaient dans la même année à l'école de police et, deux ans plus tard, ils avaient partagé le siège avant d'une des voitures radio de la police de Stockholm au cours d'un été assez peu mouvementé, tandis que leurs collègues plus âgés et titulaires prenaient des vacances à la campagne avec leur famille. Ensuite, Berg avait commencé à grimper les échelons menant au sommet de la pyramide, alors que Persson avait opté pour une solution moins risquée et était demeuré à la base. Vingt ans plus tard – et, dans le cas de Persson, avec autant de kilos en plus autour de la taille –, leurs chemins s'étaient croisés par hasard en ville. Persson était maintenant enquêteur à la Brigade des cambriolages.

Il existait certes des boulots plus passionnants mais cela faisait partie de la vie, n'est-ce pas... Une semaine plus tard, il prenait ses fonctions auprès de Berg, et ni l'un ni l'autre n'avait eu de raison de regretter cette décision.

— Je t'écoute, dit Persson en prenant place sur le siège du visiteur, devant le grand bureau de Berg, sans même attendre la permission de celui-ci, en vertu de leurs anciennes années de galère en commun.

— Il faudrait que tu t'informes discrètement à propos d'un suicide probable intervenu vendredi soir.

— Hum, fit Persson en opinant du chef.

Cinq minutes plus tard, Berg avait mis son ancien camarade de formation au courant de tous les détails et pouvait maintenant se consacrer à des tâches plus importantes que ce dément de Krassner.

— Des questions ? demanda Berg.

— Non, répondit Persson, qui se leva, salua de la tête et sortit.

Un agent de police à l'ancienne, pensa affectueusement Berg en voyant le dos imposant de Persson disparaître par la porte de son bureau. Aussi scrupuleux, discret, intraitable et charmant que son père, le garde champêtre, alors célèbre au sein de la corporation.

Deux heures plus tard, sa belle humeur avait disparu : on était à nouveau dans la mouise. Kudo et Bülling avaient demandé à le voir sans délai sous prétexte que leurs « analyses de certaines communications téléphoniques laissaient clairement attendre un prochain attentat contre une personnalité politique suédoise de haut rang, mais dont l'identité n'est pas précisée ».

— Je m'interroge sur un point, leur dit Berg de façon aussi pointilleuse que le permettait la situation.

Il y a marqué, ici, je cite : « une personnalité politique suédoise de haut rang, mais dont l'identité n'est pas précisée »…

— En effet, confirma Kudo.

— C'est ça, crut bon d'ajouter Bülling, sans détacher le regard du tapis.

— Mais que signifie « identité non précisée » ? Est-ce qu'on a son prénom ? Ou ses initiales…

À lui ou à elle, au fait, pensa soudain Berg, qui sentait les premières atteintes d'une migraine gagner ses tempes.

— Négatif, lâcha sèchement Kudo.

— Nous ne connaissons pas le prénom de la personnalité politique en question, marmonna Bülling.

— Ni son nom de famille ? insista Berg.

On peut toujours souhaiter que ce soit Fälldin, se dit-il. Cela faciliterait sans aucun doute les opérations de surveillance[1].

— Négatif, persista Kudo.

— Nous ne possédons donc ni le nom ni le prénom de cette… personnalité politique suédoise dont l'identité n'est pas précisée.

— C'est ça, chef, approuva Kudo d'un signe de tête.

— Mais elle est de haut rang, tint à spécifier Bülling d'une voix pâteuse.

Espérons que ce n'est pas le père Noël, au moins, pensa Berg en lui-même.

— Voilà ce que nous allons faire, dit-il à voix haute.

Cinq minutes plus tard, de retour à son bureau, il annonçait à sa secrétaire qu'il allait travailler chez lui pendant le restant de la journée et qu'il ne devait être dérangé qu'en cas de guerre, de révolution ou de coup

1. Ce politicien centriste suédois était en effet originaire d'une région peu peuplée du Norrland, où il aimait se retirer. *(N.d.T.)*

d'État – même s'il n'avait pas exprimé cela de cette façon.

— Je vous appelle un taxi, offrit la secrétaire.

Le pauvre, pensa-t-elle. Il a l'air épuisé. Pourquoi ne prend-il jamais de vacances ?

Jeudi 28 novembre

Au cours de la journée du 28 novembre, le commissaire Persson mit un terme à la série de discrètes questions relatives à l'enquête de la police de Stockholm concernant le suicide du citoyen américain John P. Krassner, désormais défunt, qu'il avait entamée la veille : suicide « probable », était-il marqué dans la demande d'enquête. Et, comme son vieil ami et collègue qui lui avait confié cette mission était en visite auprès de la section de Luleå des services de sécurité, il dut attendre le lendemain pour lui faire son rapport.

Et puis, basta ! songea Persson en décidant de rentrer chez lui plus tôt que d'habitude.

Vendredi 29 novembre

Berg avait d'abord vu Persson. Il avait réservé une heure à cet effet mais, Persson étant ce qu'il était, ils en eurent terminé au bout de vingt minutes. Krassner avait mis fin à ses jours, il n'y avait tout simplement pas la place pour une autre éventualité. C'était également la conclusion à laquelle étaient parvenus les enquêteurs de la police de Stockholm. L'affaire était déjà close, même si elle n'allait l'être formellement que quelques jours plus tard.

— Je m'interroge sur ses déplacements juste avant… eh bien qu'il ne se jette par la fenêtre, objecta Berg, pas encore débarrassé de la sourde inquiétude qui le taraudait. Il semble avoir pris sa décision très tardivement.

D'après Persson, cela n'avait rien d'étrange, c'était au contraire un comportement typique de suicidaire. On se rend à un rendez-vous fixé à l'avance et, au moment précis où on y arrive, on change d'avis et on fait demi-tour. On se balade un peu en ville, on rentre chez soi et on passe à l'acte.

C'est vrai qu'il n'avait rien de très rationnel, ce type, admit Berg.

Il ne restait plus qu'un détail gênant, selon Persson. En fouillant un peu dans les circonstances de ce drame, on ne pouvait manquer de constater que Göransson et Martinsson avaient quelque peu gâché l'ouvrage, et ce n'était pas vraiment grâce à eux si l'homme de Waltin avait eu le temps d'agir et de quitter la chambre de Krassner avant que celui-ci n'y revienne.

— On se demande à quoi ils pensent, ces gars-là, conclut Persson. S'il avait eu son mot à dire, ils auraient été renvoyés sans délai sur la voie publique. Dans ce cas, il pourrait se charger de leur flanquer la trouille de leur vie.

— Oui, consentit Berg, mais je préfère attendre que les choses se soit calmées un peu.

Il se fait vieux, se désola Persson in petto.

Persson s'était levé pour partir mais, avant cela, il avait fait quelque chose d'inattendu.

— Autre chose, fit-il en regardant Berg.

— Je t'écoute, acquiesça celui-ci, qui entendit aussitôt diverses sonnettes d'alarme retentir dans sa tête.

— Waltin.

— Eh bien ?

— Débarrasse-toi de ce fumier.

— Tu as quelque chose de précis ?

— Non, pas vraiment, répondit Persson en haussant ses larges épaules. J'ai pas confiance en lui, c'est tout.

— Tu as entendu dire quelque chose ? s'obstina Berg.

— Non, mais il est faux comme un jeton, ce type, lâcha Persson avant de disparaître.

Qu'est-ce que je fais ? se demanda Berg, et c'était maintenant un véritable carillon qui retentissait dans sa tête.

Ensuite, il était parti pour Rosenbad rencontrer l'expert du Premier ministre, qui avait l'air las et les yeux rouges. Il n'a pas l'air dans son assiette, nota Berg. Il avait dû se passer quelque chose dans leurs relations entre eux, car l'idée que son vieux bourreau ne se portait pas bien le déprimait d'une façon inexplicable. Berg était entré prudemment en matière et avait commencé par rendre compte des circonstances du suicide de Krassner : constatations sur place, lettre d'adieu, conclusions du médecin légiste, dépositions des témoins et observations auxquelles avaient procédé ses propres hommes pendant la période au cours de laquelle ils l'avaient eu sous surveillance. Tout, absolument tout, convergeait vers une seule et même conclusion : le suicide.

L'expert s'était contenté de hocher la tête et d'afficher son petit sourire en coin, paupières mi-closes comme il se devait.

— Nous nous consolerons de sa perte, gloussa-t-il.

Ah, je te reconnais là, pensa Berg.

— Oui, poursuivit l'expert comme s'il raisonnait à voix haute. Une de nos connaissances communes affirme que c'est vous qui l'avez tué.

Il va falloir que je fasse quelque chose à propos de Forselius, se dit Berg. Il a l'air complètement gaga.

Après cela, ils en étaient enfin venus au fait.

— Dis-moi, demanda l'expert du Premier ministre, qu'est-ce qu'il faisait au juste, ce type ?

Les résultats de la perquisition effectuée par les hommes de Berg – celui-ci prit soin de souligner qu'il s'agissait d'une perquisition et qu'elle était parfaitement légale au vu de la législation partiellement secrète qui régissait ses activités – prouvaient que Krassner était en train d'écrire un livre mais qu'il ne semblait pas être très avancé dans sa rédaction. Le peu dont on avait pris connaissance était très décousu, pour ne pas dire incompréhensible. En outre, son suicide mettait un terme définitif à la chose.

— De quoi parle-t-il, ce livre ? demanda l'expert en regardant Berg, l'air intrigué, soudain en bien meilleure forme.

— De ton chef. Ou plutôt, ajouta-t-il par souci d'exactitude, je crois qu'il devait parler de ton chef.
— Explique-toi.

Le matériau dont Berg avait pris connaissance contenait essentiellement des brouillons de description de la situation d'ensemble. Il était question de l'affreux passé du Parti social-démocrate et de ses éternelles magouilles entre capitalisme et communisme, de sa quasi-alliance avec les nazis au cours de la guerre et du fait que, depuis le début, il avait été entre les mains de corrompus et de débauchés. Branting[1] avait des liaisons féminines et n'était en fait qu'un capitaliste déguisé qui visait seulement à assurer ses propres intérêts au cas où… Per-Albin[2] avait lui aussi des maîtresses et se laissait graisser la patte par les directeurs de sociétés en compagnie desquels il jouait au poker et s'adonnait à des beuveries. Krassner tenait cela d'une source suédoise sûre, dont le grand-père maternel avait été l'un des corrupteurs les plus actifs et avait confié cela sous le sceau du secret à la mère de son informateur. De plus, il était devenu multimillionnaire à la suite d'une souscription nationale lancée à l'occasion de son cinquantième anniversaire, dont il avait empoché intégralement le bénéfice.
— Tiens, tiens, dit l'expert, enthousiaste. J'ai toujours pensé que Per-Albin était un malin. Et Tage[3], alors ? De quel genre de turpitudes est-il coupable, lui ?

1. Hjalmar Branting (1860-1925), figure de proue de la social-démocratie suédoise, un peu le Jaurès de son pays. *(N.d.T.)*
2. Per-Albin Hansson (1885-1946), Premier ministre de 1932 à 1946, fondateur de ce socialisme *social* connu sous le nom de *folkhemmet* (littéralement : « le foyer du peuple »). *(N.d.T.)*
3. Tage Erlander (1901-1985), figure de proue de l'après-guerre suédois et prédécesseur d'Olof Palme à la tête du gouvernement. *(N.d.T.)*

— Erlander n'est cité nulle part dans les documents que nous avons examinés.

— Étrange. Les gens du Värmland ont toujours été connus pour être finauds. Ils boivent sec et sont drôlement fainéants, comme les nègres de *La Case de l'oncle Tom*.

Ose un peu dire ça au cours d'une campagne électorale, lança Berg in petto.

— Bon, reprit l'expert en le regardant attentivement, je vois que tu as gardé le meilleur pour la fin. Mon chef bien-aimé, de quels méfaits s'est-il rendu coupable ?

— À part le fait qu'il ait été espion à la solde des Russes depuis le milieu des années 1960, il semble s'être tenu tranquille, dans l'ensemble, dit sèchement Berg.

— De quelles preuves dispose-t-on ?

— Rien d'autre que ce que tu as pu lire entre les lignes dans les colonnes du *Svenska Dagbladet*[1].

Ou ce que j'ai entendu moi-même dans les couloirs de la maison, ajouta Berg pour lui-même.

— C'est tout ? demanda l'expert, presque déçu.

— C'est tout. La seule conclusion qu'on peut en tirer, c'est qu'on s'est fait de la bile pour rien.

Ensuite, les objections avaient surgi et, soudain, Berg avait retrouvé son vieil adversaire.

— Il y a quatre choses que je ne comprends pas bien, dit celui-ci. Je sais qu'il y en a beaucoup d'autres par ailleurs mais, dans ce cas précis, il y en a quatre.

— J'écoute, se résigna Berg, dont la tête résonnait à nouveau de sonnettes d'alarme, certes faibles et lointaines, mais cependant assez nettes.

---

1. Ce journal est en effet réputé refléter l'opinion d'une droite bon teint. *(N.d.T.)*

— La raison première de nos inquiétudes n'était pas Krassner mais son oncle, n'est-ce pas ? Où est-il, là-dedans ?

D'après Berg : nulle part.

— Je me souviens qu'il m'a été rapporté qu'il passait des journées entières à taper sur sa machine, et tout ce que vous trouvez, c'est une petite centaine de pages de notes diverses et pour la plupart rejetées, alors qu'il est censé avoir été à l'œuvre depuis six semaines. Aurait-il planqué quelque chose quelque part et, dans ce cas, où ?

D'après Berg, rien ne laissait penser qu'il ait dissimulé des documents d'information ni des pages qu'il aurait rédigées lui-même. Pas en Suède, de toute façon.

— Le matériau dont tu as pris connaissance semble porter principalement sur le parti et ses chefs. Cela me fait l'effet d'un tableau destiné à servir d'arrière-plan à autre chose. Ce serait en outre une excellente raison de venir travailler ici.

— Tu veux dire qu'il disposerait d'autres documents chez lui, aux États-Unis ? s'étonna Berg.

Qui porteraient sur ton chef ?

— Oui.

— Je ne suis pas en position de me prononcer sur ce point. Mais, si leur qualité est du même ordre que ce que nous avons trouvé, il n'y a pas de quoi nous inquiéter.

Tu ne vas quand même pas me prier de demander aux Allemands de poser la question aux collègues de là-bas, soupira-t-il intérieurement.

— Enfin, je ne comprends pas le titre de son livre : *L'Espion passé à l'Est* ?

— Moi non plus, reconnut Berg.

Je suis heureux d'entendre ça, pensa l'expert, car c'était précisément la réponse qu'il souhaitait.

La réunion hebdomadaire qui avait eu lieu ensuite s'était déroulée sans incident et le ministre avait surtout paru penser au week-end qui s'annonçait. Berg avait passé le plus clair de son temps à rendre compte de deux enquêtes en cours sur des délégations étrangères. L'une portait sur des soupçons d'espionnage concernant des réfugiés et l'autre sur un cas hélas réel d'espionnage industriel à propos duquel le ministère des Affaires étrangères s'opposait à des mesures d'expulsion. Aucun des présents n'avait de question à poser. Pourtant, les sonnettes d'alarme retentissaient toujours dans la tête de Berg.

C'est ainsi, se dit-il en montant dans sa voiture devant Rosenbad. Heureusement que c'est bientôt le week-end.

Première semaine de décembre

Qu'est-ce qui se passe, au juste ? se demanda la stagiaire Jeanette Eriksson en prenant place sur sa chaise, au travail, le lundi matin, après avoir passé le week-end avec son nouveau petit ami, le commissaire principal Waltin. Car c'était bien ainsi qu'il fallait le désigner, malgré la différence d'âge, non ? Elle avait aussi le derrière sensible, inconvénient de plus car le confort de la pièce affectée aux opérations spéciales n'était plus qu'un souvenir. De même que l'affaire Krassner dans son ensemble, qui était désormais le genre d'histoire dont personne ne parlerait plus et sur laquelle le grand chef en personne avait hermétiquement refermé le couvercle. Alors que tout cela avait si bien commencé, une semaine – ou dix jours, plus exactement – auparavant, médita cette jeune femme qui avait toujours le sens des dates, que ce soit au travail ou dans le domaine privé. Mais, dans le cas présent, il fallait plutôt parler d'une chose qui avait débuté d'une façon et avait continué d'une autre.

Krassner était donc du passé et Daniel n'allait pas tarder à l'être également. Lors de leur dernière rencontre, elle lui avait fait gober une histoire à dormir debout selon laquelle l'état de santé de sa mère perpétuellement malade s'était soudain aggravé ; elle était obligée de rentrer chez elle, dans le nord du pays, pour aider son père à s'occuper d'elle et de ses jeunes frères. Comme d'habitude, Daniel avait fait preuve d'une compassion sans limite mais, pour sa part, elle avait encore un peu plus honte. De cette histoire, il ne restait plus que Waltin, car c'était désormais lui qui décidait, jusque dans les moindres détails, de la façon de faire le ménage après l'opération Krassner, de même que c'était lui qui occupait la place principale dans sa vie privée et avait manifestement l'intention de le faire de telle façon qu'elle n'ait pas envie de le raconter à qui que ce soit. Ainsi ce sac de bonbons qu'il lui avait d'abord donné, le samedi, avant de le lui reprendre pour des raisons qui n'auraient même pas pu être évoquées dans la colonne des échos scabreux du plus grand journal du soir.

Qu'est-ce qui se passe, au juste ? se demanda la stagiaire Eriksson, en essayant de trouver la position la moins douloureuse possible pour ses fesses, sur sa chaise, avant de s'attaquer aux tâches de routine de la journée.

Le mardi 3 décembre, la police de Stockholm avait clos son enquête sur la mort soudaine de John P. Krassner. Le suicide était désormais établi et hors de doute, il était même attesté noir sur blanc et, avant la fin de la journée, l'inspecteur Persson avait pris copie, avec sa discrétion coutumière, de l'ensemble du dossier.

Les objets personnels de Krassner, ou plutôt le peu qu'il avait laissé derrière lui, avaient en revanche échappé à ses griffes car l'ambassade avait déjà eu le temps de les renvoyer aux États-Unis. Ce dernier point avait légèrement inquiété Berg, qui avait, entre autres choses, demandé si l'on n'avait pas retrouvé une certaine lettre d'invitation. Ce genre de papier merdeux, on le jette aussitôt qu'on le trouve, avait non seulement pensé mais rétorqué Persson.

Berg s'était contenté d'opiner du bonnet mais, pour plus de sûreté, on avait également demandé un avis d'expert de la part de l'un des consultants en psychiatrie du service. C'était un médecin compétent de la vieille école, qui avait déjà apporté son aide en plusieurs occasions et n'avait pas déçu cette fois non plus. D'après lui, la lettre d'adieu de Krassner prouvait que celui-ci était « fortement dépressif » et que les « idées de suicide qu'il nourrissait depuis longtemps » avaient fini par « revêtir un aspect presque compulsif et partiellement hallucinatoire ».

Enfin, se dit Berg, car il était grand temps de jeter cette triste histoire aux oubliettes, avec les autres du même genre.

L'ordre du jour de la réunion hebdomadaire avait été assez disparate mais on y avait, entre autres, évoqué la conscience très relative que le Premier ministre avait des questions touchant à sa propre sécurité.

— Comme je m'y étais engagé, je lui en ai touché deux mots après le dernier Conseil de gouvernement, déclara le ministre de la Justice sans cacher sa fierté.

— Et qu'est-ce qu'il a dit, alors ? demanda l'expert, la mine gourmande mais les paupière mi-closes.

— Il a promis d'y réfléchir.

— C'est un progrès considérable dont je ne peux que vous féliciter, glousse l'expert. Je ne gâcherai donc pas votre plaisir, messieurs, en vous confiant ce qu'il m'a dit, à moi, lorsque j'ai évoqué cette question devant lui.

On n'avait pas pu en savoir plus.

Après la réunion, l'expert avait entraîné Berg à l'écart pour lui poser une question très simple mais très délicate.

— Ce Waltin ? avait-il demandé. Est-ce quelqu'un en qui tu as une confiance illimitée ?

Il faut que je m'occupe de Forselius, s'était soudain souvenu Berg, en colère contre lui-même. Ça ne peut pas continuer ainsi.

— Si je comprends bien, cela vient de Forselius, commenta-t-il.

L'expert eut alors un geste ambigu pour laisser entendre qu'il n'avait l'intention ni de confirmer ni de démentir.

— Eh bien, disons, commença prudemment Berg, que je pense qu'il s'agit surtout d'un manque d'atomes crochus entre individus et, pour répondre franchement à ta question, je peux simplement dire que, jusqu'ici, je n'ai jamais eu de raison concrète de me méfier du commissaire divisionnaire Waltin.

Mis à part des puérilités d'ordre tout à fait privé sur lesquelles il n'y a pas lieu de se pencher ici, pensa Berg.

Cette fois, l'expert se contenta d'un geste balayant toute objection.

— Et tu es naturellement conscient du problème structurel ?

— Je ne suis pas sûr de ce qu'il faut entendre par « problème structurel », répondit Berg, toujours aussi prudent.

Le reste de la conversation s'était déroulé sur le plan des principes, peut-on dire. C'était en effet la formule qu'on employait lorsque quelqu'un comme l'expert du Premier ministre faisait la leçon à quelqu'un comme Berg. D'après le premier, le problème structurel de Berg était la suite logique de la façon dont il avait conçu le contrôle au sein de son secteur. Qui devait contrôler le dernier contrôleur de cette chaîne ? Surtout s'il était aussi bien masqué que Waltin et ses fonctions extérieures.

— C'est un problème insoluble, admit Berg.

Il n'y a que les gens comme toi pour aimer en parler, pensa-t-il.

Nullement insoluble, selon l'expert et vu du haut de sa position. Ce dont il s'agissait, au contraire, c'était uniquement d'adopter une démarche dialectique dans la façon d'envisager l'organisation et ses activités. Intégrer la concurrence et les conflits dans la structure était une excellente façon de contrôler également ce à quoi se consacraient les différentes composantes.

— Mais alors, adieu la tranquillité dans le travail, objecta Berg.

Démarche dialectique, ironisa-t-il intérieurement. Je me demande s'il est communiste. Cela ne figurait nulle part dans son dossier, mais cette façon de raisonner pouvait inspirer des doutes légitimes.

— Penses-y, insista l'expert avec un haussement d'épaules qui mettait fin à la discussion.

Soudain, les sonnettes d'alarme se mirent à retentir dans la tête de Berg.

Le vendredi, Berg avait informé Waltin que l'affaire Krassner était désormais classée et, quoique ce fût, au fond, une histoire sérieuse qui aurait pu se terminer nettement plus mal, Waltin avait fait preuve de sa légèreté habituelle. Un haussement d'épaules dans une veste de bonne coupe, pensa Berg et, si je n'y prends pas garde, je vais me retrouver avec une commission d'enquête parlementaire sur les bras.

— Quelles mesures comptes-tu prendre à l'égard de ce semi-débile qui n'arrête pas d'écluser du cognac ? s'enquit Waltin, qui n'était pas du genre à mâcher ses mots.

— Je m'en occupe activement, répondit Berg, qui avait déjà décidé de modifier le classement de Forselius dans l'ordre des priorités mais n'avait pas l'intention de le dire à qui que ce soit, surtout pas à Waltin.

— Si tu veux, je peux lui présenter la facture, proposa celui-ci avec un sourire de loup rassasié. Il m'a coûté pas loin de mille heures de boulot.

— Eh bien, on verra ça.

Dans le pire des cas, tu n'auras qu'à mettre ta montre en gage, pensa-t-il, même s'il se garda de l'exprimer à haute voix.

Il se contenta de donner quelques directives générales concernant la suite des opérations : le recensement des éléments antidémocratiques dans la police et dans l'armée, les Kurdes et autres organisations terroristes, les menaces pesant sur le Premier ministre et autres piliers de la nation, pour ne citer que les principales.

Nous poignarder nous-mêmes dans le dos, Krassner et les autres zozos, ça me paraît une excellente répartition du travail, se dit Waltin.

— *Fine with me*, se contenta-t-il de répondre.

Pour sa part, il avait d'autres chats à fouetter.

Le samedi, l'expert du Premier ministre avait rencontré son vieux maître et mentor, le professeur Forselius, au dîner de Noël de la société Turing[1]. C'était une réunion informelle, certes, mais en smoking et grande tenue universitaire, à la mémoire de l'un des plus célèbres parmi ceux qui avaient également passé leur vie entre la nostalgie de l'été et le froid de l'hiver et avaient choisi d'y mettre fin de leur propre main, lorsque le froid, autour d'eux, s'était fait un peu trop vif.

Ce dîner de Noël avait toujours lieu le premier samedi du mois de décembre, car on préférait s'y

1. Alan Turing, mathématicien anglais et grand spécialiste en matière de codage au cours de la Seconde Guerre mondiale, qui se suicida une fois la paix revenue. *(N.d.T.)*

prendre à l'avance, et les formes, la façon de procéder et le nombre des membres étaient les mêmes depuis l'époque de la guerre froide. D'abord un buffet d'apéritif assez simple permettant de prendre, debout, un ou deux petits verres d'eau-de-vie et près duquel même les professeurs d'université les plus affligés par la goutte pouvaient bavarder de façon détendue. Puis un dîner bourgeois à la mode traditionnelle qui se terminait toujours en faisant passer la carafe de porto autour de la table, dans le sens des aiguilles d'une montre, avant d'aller prendre le café et le cognac dans l'un des petits salons.

Forselius avait entraîné son ancien élève à l'écart et leur avait fait prendre place à tous deux, chacun dans un fauteuil, dans le coin qu'il considérait comme le plus propice à des conversations privées, tournant autour de ce qu'on pouvait considérer comme relevant de la législation nationale en matière de secret-défense.

— Es-tu professeur d'université ou bien les socialos te paient-ils tellement mal que tu n'as pas les moyens de t'acheter un smoking neuf ? grommela Forselius en désignant les feuilles de chêne entourant le col de velours noir de l'expert.

— Je te remercie de me poser la question mais je jouis toujours de mes prérogatives et, quant à mon salaire, il me sert à me payer un cheval.

Tu n'as pas changé, vieux chnoque, se dit-il avec la chaleur qui est la conséquence naturelle d'un bon dîner.

— Fais attention à ces salauds-là, enjoignit Forselius. La prochaine fois, ça pourra bien être toi qui passeras par la fenêtre.

— Ceux à qui j'en ai parlé affirment que c'est lui qui a mis fin à ses jours.

Et je promets de faire attention à moi dès que nous entrerons en campagne électorale, pensa-t-il.

— Évidemment, pouffa Forselius. C'est le type à la montre en or qui dit ça ?

— Reprends-moi si je me trompe, mais est-ce que ce n'est pas toi qui as pris contact avec lui ?

— Avec Berg, oui. C'est un type bien, lui, un peu naïf comme tous les flics, mais simple, sympathique et très agréable au boulot. Il fait toujours ce qu'on lui dit.

Ben tiens, se dit l'expert, qui appartenait à une autre génération que son mentor.

— Qu'est-ce que tu crois que j'aurais dû faire ? demanda-t-il.

— T'arranger pour que ce soit l'état-major qui se charge de l'affaire. C'est ce qu'on combinait toujours, de mon temps. Tu n'ignores pas ce que la DST pense de gens comme toi et ton chef ? Il est très bien placé pour savoir, lui, d'ailleurs.

Il y a des moments où tu radotes, songea l'expert, mais il garda cela pour lui.

— Pourquoi diable la DST descendrait-elle un type comme Krassner ?

— Il y a des moments où je m'inquiète pour toi, lâcha Forselius en regardant son ancien élève d'un air de sévérité. Pour mettre les pattes sur ses papiers, naturellement.

— Ce que tu appelles ses papiers ne contenaient guère que des bêtises… non, uniquement des bêtises, en fait.

— C'est ce qu'ils disent. Mais toi, qu'en penses-tu, à bien y réfléchir ?

Que ce n'étaient que des bêtises, pensa l'expert, mais il n'avait pas l'intention d'en informer Forselius.

Waltin avait choisi de passer ce week-end-là aussi dans la ferme dont il avait hérité, dans la province de Sörmland. Son appartement de Norr Mälarstrand était certes parfait pour ses besoins ordinaires et il avait dépensé pas mal d'argent pour l'isoler sur le plan phonique et installer les équipements qu'il lui fallait pour sa documentation personnelle, mais, pour la délicate phase initiale, il était nécessaire d'être un peu plus à l'abri des indiscrets.

L'endroit était confortable et à l'écart de la grande route. Les bois et la terre étaient affermés depuis longtemps et à un prix décent pour l'époque. Le personnel de maison travaillant là depuis toujours avait été licencié et avait quitté les lieux ; il ne restait donc plus, dans le voisinage, d'oreilles ni d'yeux pouvant entendre ou voir. Autrement dit, nul secours n'était à espérer et le dressage de la petite Jeanette avait pu progresser comme prévu. Comme elle n'avait pas la moindre idée du monde dans lequel il vivait – mais qui ne tarderait pas à devenir le sien –, elle semblait concevoir cela sous la forme d'une sorte de jeu de rôles sexuel qui la séduisait plus qu'il ne l'effrayait.

Dès le week-end précédent, il avait atteint un point crucial dans leurs relations et il se félicitait du trait de génie qu'il avait eu avec ce sac de bonbons, pour l'appétit dévorant qu'elle manifestait envers la réglisse et les acidulés, pour la punition qui s'était ensuivie et pour l'excellente occasion que cela lui avait fournie d'éliminer, à l'aide de son rasoir, cette toison gênante qu'elle gardait entre les jambes. Désormais, elle était très attirante : petite et mince, avec un corps presque de garçon et ce sexe désormais dénudé. Il suffisait qu'elle laisse un peu pousser ses cheveux sur sa nuque et elle serait presque parfaite, avec deux petites queues de renard tressées. On pourrait alors vraiment parler de la petite Jeanette âgée de treize ans, rêvait Waltin avec tout l'amour et l'espoir en l'avenir dont il était capable. Il n'était pas jusqu'aux traces iconographiques de leurs rapports qui n'aient dépassé ses espérances. Il avait déjà assez d'images et d'enregistrements sonores, à la fois pour satisfaire ses propres fantasmes au cours de ses moments de solitude et pour étouffer dans l'œuf les éventuelles velléités de rébellion. Tout indiquait que Jeanette pourrait être l'une de ses plus heureuses entreprises jusque-là.

Pourquoi ne peut-il plus baiser comme tout le monde ? se demandait Jeanette Eriksson, qui, ce week-end, avait passé plus de temps allongée en travers de ses genoux et les fesses de plus en plus rouges que son amant, le commissaire divisionnaire Claes Waltin, n'en avait passé entre ses jambes à elle. Elle était harassée et avait les idées de plus en plus confuses. Krassner lui-même, quoique mort depuis plus de deux semaines, ne la laissait pas en repos. Il y avait quelque chose qui ne collait pas et elle avait fini par prendre son courage à deux mains et lui poser la question, à défaut d'autre raison pour obtenir un peu de répit. Dans le meilleur des cas pour l'amener à penser à autre chose qu'aux différentes façons de besogner son derrière.

— Il y a quelque chose que je ne comprends pas, commença-t-elle d'une voix hésitante, les yeux baissés, comme si elle avait saisi que sa situation l'exigeait désormais.

— Il y a beaucoup de choses que tu ne comprends pas, répliqua Waltin d'une voix à la fois chaleureuse et rendue épaisse par le whisky.

— C'est ce que m'a dit Dan… M'Boye le soir où on est rentrés et où on a découvert que Krassner avait mis fin à ses jours.

Je me demande si elle a baisé avec ce sale nègre, songea-t-il, mais, comme cette simple pensée lui était intolérable, il la chassa aussitôt de son esprit.

— Quand il a parlé avec les collègues, ajouta-t-elle rapidement. Wiijnbladh, le type de la police scientifique, et puis l'affreux petit gros de la Brigade des agressions.

Pour une raison qu'elle ne comprit pas, Waltin eut soudain l'air enchanté et curieux.

— Je t'écoute, dit-il.

Daniel était arrivé en retard. Ils devaient se retrouver à sept heures mais il n'était arrivé qu'un quart d'heure plus tard. Alors qu'il sortait pour aller à son rendez-vous, il était tombé, dans l'entrée du foyer, sur Krassner, qui était en train de rentrer. Il devait être environ sept heures dix ou douze. Bref, elle ne parvenait pas à faire coïncider ces heures avec celles que les collègues avaient arrêtées pour effectuer leur perquisition dans la chambre de Krassner.

— Félicitations pour ta perspicacité, Jeanette. Nous avons en effet eu plus de chance que nous ne le méritions.

Puis il lui avait avoué que son homme avait contrevenu à ses instructions et lancé l'opération dès sept heures moins vingt et alors que M'Boye se trouvait encore dans sa chambre. En outre, celle de Krassner était à la fois petite et dépourvue de tout intérêt, ce qui expliquait qu'on avait pu effectuer en une demiheure ce qu'on avait évalué à une heure.

— Une chance qu'ils ne se soient pas rencontrés, commenta Jeanette, soulagée.

— Il s'en est sans doute fallu de deux minutes, pas plus, convint Waltin en la dévorant des yeux.

Bien joué, Hedberg, mais tu ne m'auras pas, songea Waltin, qui se sentit soudain aussi guilleret que la fois où il était tombé, par hasard, sur sa petite maman en train de tituber sur le quai de la station de métro d'Östermalm.

Cinq minutes plus tard, tout était redevenu normal.

Pas de ça, Hedberg ! pensa-t-il, très content, tout en pénétrant énergiquement la petite Jeanette par-derrière, accompagné par les bruits excitants et étouffés qu'elle poussait à travers le bâillon qu'il avait appliqué sur sa bouche, de façon très professionnelle.

Qu'est-ce qui se passe, au juste ? se demanda Jeanette à voix basse, car elle ne pouvait s'exprimer tout haut.

XIII

Et il ne restait plus que le froid de l'hiver

Stockholm au mois de décembre

Mardi 10 décembre

Enfin au pays, se félicita Johansson en descendant d'avion et en sentant la terre ferme sous ses pieds pour la première fois depuis dix jours. Son collègue Wiklander s'était servi de sa carte de police pour venir à sa rencontre, à l'endroit où l'on récupère les bagages. Le reste n'avait été qu'une simple formalité, comme toujours lorsque policiers et douaniers ont affaire les uns aux autres, et, un quart d'heure plus tard, Johansson était dans sa voiture de service, en route pour la ville.

— Bon voyage, chef ? s'enquit Wiklander en louvoyant comme un voleur de voitures entre les files de véhicules.

— Très bon, dit Johansson. Nous avons bien mangé et j'ai appris une ou deux choses dont je n'avais aucune idée.

Et d'autres que je vais m'efforcer d'oublier, ajouta-t-il pour lui-même.

— Moi, j'ai été de permanence pendant le week-end, déclara Wiklander d'un air innocent. Y a une journaliste américaine qui voulait absolument vous parler, chef.

— Comment s'appelle-t-elle ? demanda Johansson, tout en connaissant déjà la réponse.

— *Detective lieutenant* Jane Hollander. Je crois qu'elle travaille à la police de l'État de New York. Elle avait l'air très pressée.

— Ah oui. Je lui ai déjà parlé avant de repartir. Au téléphone, ajouta-t-il inutilement.

Ta vigilance commence à flancher, Lars, se dit-il.

— Elle a été très aimable, reprit Wiklander.

Au téléphone, tiens, mon œil, pensa-t-il.

— Elle participait à ce cours, au centre de formation du FBI, mentit Johansson.

— Elle avait l'air pas mal, cette fille, s'obstina Wiklander, qui était un homme, malgré tout.

— Bon, elle était agréable, c'est vrai, mais on a mieux à la maison, assura Johansson avec une pointe d'accent du Norrland. Mais, poursuivit-il pour changer de sujet, est-ce qu'il s'est passé quelque chose, au pays, pendant mon absence ?

Pas grand-chose, d'après Wiklander. Färjestad était largement en tête du championnat de hockey et venait d'étriller Brynäs, ce qui réjouissait beaucoup le Värmlandais en lui, mais à part cela, non.

— C'est à peu près tout ce qui est arrivé. Ah oui, et puis Edberg a flanqué une raclée à Wilander en finale de l'open d'Australie, mais je suppose que vous le savez déjà ?

Non, songea Johansson, mais maintenant que je le sais, je vais me dépêcher de l'oublier.

— Et le temps ?

— Froid, répondit Wiklander en haussant les épaules

de façon éloquente. Vraiment froid, en fait. Les spécialistes disent que l'hiver va être rigoureux. Le type aux oreilles en forme de nageoires nous a prévenus, hier soir à la télé.

— Je voulais te demander un service, lança Johansson en pensant à autre chose.

— Je vous écoute, chef.

— C'est une affaire un peu délicate. Au regard de la police locale, précisa-t-il pour bien souligner à quel point il était délicat de se mêler de cela quand on travaillait pour la police nationale, comme lui et Wiklander.

— Ah, je comprends. Qu'est-ce qu'ils ont inventé, cette fois ?

— L'affaire est déjà classée, c'est un suicide.

— Mais vous soupçonnez quelque chose de pas clair.

— En fait, je ne soupçonne rien. C'est plutôt un sentiment que j'ai.

— Je comprends parfaitement.

Il soupçonne un meurtre et c'est un peu inquiétant, étant donné qui il est. C'est du sérieux, alors, se dit Wiklander, qui voyait en son chef un modèle tant sur le plan moral que professionnel.

À en juger par le tas de papiers qui se trouvait sur son bureau, Johansson put donner raison à Wiklander et estimer que le monde ne s'était pas effondré pendant son absence. Dans l'affaire des deux cadavres kurdes retrouvés dans un puits d'ascenseur, le médiateur avait agi avec une célérité inhabituelle et distribué des blâmes sur le thème « d'un côté…, mais d'un autre côté », qui n'empêcheraient pas les intéressés de dormir sur leurs deux oreilles, et, jusque-là, tout était parfait. Mais hélas, une nouvelle affaire avait éclaté et, cette fois, elle avait trait à ses propres services de la criminelle nationale.

Au cours d'une fête assez effrénée parmi le personnel de l'une des brigades, l'un de ses commissaires aurait tenté de violer une employée de statut civil. La dénonciation était anonyme – comme toujours, soupira Johansson – mais elle provenait sans aucun doute de l'intérieur de la maison. Le coupable présumé s'était mis en congé maladie sur les conseils de son supérieur et la victime refusait de s'exprimer sur cette affaire. La plainte avait été transmise au procureur de Göteborg pour assurer – grâce à l'éloignement géographique habituel en pareil cas – la sérénité de l'enquête, et les médias ne s'en étaient pas encore emparés, en tout cas. On pouvait toujours espérer que, d'ici là, ce serait à son successeur de s'en occuper.

Dix jours, se dit Johansson pour se redonner espoir. Ensuite, il serait en congé pour Noël, le nouvel an et les Rois, et, quand il reviendrait, il n'aurait guère qu'à vider son bureau avant de retrouver un poste beaucoup moins exposé au service du personnel de la police nationale. Je pourrai alors dîner tranquillement avec mes vieux copains, de temps en temps, rêva-t-il, se voyant déjà attablé au restaurant du coin avec sa partenaire, en train de trinquer au moyen des verres de cristal de tante Jenny.

Après un rapide déjeuner, car il n'avait pas faim et s'était contenté d'un sandwich accompagné d'une tasse de café, le décalage horaire l'avait frappé de plein fouet. Il avait certes dormi un peu à bord de l'avion et il n'était encore que deux heures à l'endroit où il se trouvait maintenant mais, soudain, sa tête lui avait dit qu'il était temps d'aller au lit après une longue journée de travail.

— Je rentre me coucher, avant de risquer de tomber de fatigue, annonça-t-il à sa secrétaire. Si vous voulez bien m'appeler un taxi, nous nous verrons demain.

À son domicile, tout était comme à l'accoutumée. Le voisin avait arrosé ses plantes, donné à manger à ses poissons rouges et trié son courrier. Le tas le plus épais était sans aucun doute celui des journaux, mais ils pouvaient attendre. Au lieu de cela, il posa ses valises dans le hall, entra directement dans sa chambre, se déshabilla, se glissa dans son lit et s'endormit sur-le-champ. Il se réveilla à huit heures du soir, frais et dispos. Il avait faim, bien que le contenu de son réfrigérateur n'eût pas de quoi inspirer de grands espoirs à un homme doté d'un appétit comme le sien. Bière, eau minérale et beaucoup trop d'eau-de-vie, remarqua-t-il tristement. Qu'est-ce que je vais faire ?

Il songea d'abord à s'habiller et à descendre jusqu'à son cher restaurant du coin. Au lieu de cela, il pénétra dans la cabine de douche et laissa l'eau couler sur son corps, afin de pouvoir mieux réfléchir. Une heure plus tard, il trouva la solution à tout. Je n'ai plus qu'à me livrer à une inspection en règle du réfrigérateur, du congélateur et du placard à nourriture, à faire preuve d'un peu d'imagination créatrice, éventuellement en m'inspirant un peu du célèbre manuel de cuisine de Kajsa Warg, se dit-il, tout content, en remplissant la cafetière et en se versant un bon cognac en récompense de ses efforts.

D'abord une tartine de pain suédois aux anchois et aux œufs, puis quelques tranches de filet d'élan décongelées au micro-ondes et passées au gril juste le temps qu'il fallait pour qu'elles restent rouges et juteuses à l'intérieur, des pommes de terre sautées et du beurre d'ail de fabrication maison : bref, un repas suédois classique, digne d'un Norrlandais de retour dans la mère patrie après avoir beaucoup souffert à l'étranger.

Puis il débrancha le téléphone pour être en paix, emporta le café, le cognac et la grosse pile de journaux dans la salle de séjour, où il s'allongea sur le canapé afin de vérifier l'exactitude du résumé que lui avait fait Wiklander de ce qui s'était passé dans le pays au cours de son absence.

Färjestad avait en effet accru sensiblement son avance en tête du championnat national de hockey sur glace et il avait fait froid pour la saison. Certains jours, la température avait oscillé entre moins dix et moins vingt, à Stockholm, mais, par ailleurs, tout semblait avoir suivi son cours normal à cette époque de l'année.

Les achats de Noël allaient battre de nouveaux records, clients et commerçants en convenaient avec un ensemble touchant. D'un autre côté, le ministre des Finances faisait preuve d'un optimisme inhabituel et, dans une grande interview, déclarait que la Suède était enfin en train de sortir du piège de l'endettement dans lequel la mauvaise gestion de l'ancien gouvernement bourgeois l'avait précipitée.

Le ministre des Finances était très populaire et là résidait peut-être l'explication principale du fait que tout allait si bien pour le parti au pouvoir. Le sondage d'opinion de décembre attribuait 44 pour cent des suffrages aux sociaux-démocrates, c'est-à-dire un point de plus que le mois précédent, encore qu'une large majorité de sympathisants aient en même temps mentionné un « manque partiel ou total de confiance » envers les leaders du même parti et envers le Premier ministre.

Pauvre diable, il n'a pas la tâche facile, se désola Johansson avec une compassion qu'il ne partageait pas, en tout cas, avec ses collègues de la police. Les journaux contenaient des pages et des pages de reportages, d'analyses politiques, d'éditoriaux, d'articles sur la vie culturelle, de causeries et de cancans purs et simples, qui avaient tous en commun de traiter des défauts personnels du Premier ministre et de ses autres insuffisances sur le plan humain.

Au cours de la brève absence de Johansson, il avait ainsi eu le temps de se voir réclamer un rappel d'impôts et promettre un « supplément fiscal d'ampleur non négligeable », d'être accusé de « porter gravement atteinte, par son arrogance, à la coopération internordique », d'avoir « exprimé des jugements totalement en contradiction avec une façon démocratique d'envisager les problèmes syndicaux » et d'avoir répondu « de façon extrêmement ambiguë » quand on lui avait demandé de s'exprimer sur la manière inqualifiable dont les Russes traitaient leurs dissidents.

En outre, il avait « incité à lutter contre le fisc » lorsque, au cours d'un déjeuner en compagnie d'un certain nombre de journalistes, il avait évoqué les derniers développement de ses ennuis fiscaux. Mais, à la différence de tous ceux qui auraient été follement applaudis pour de tels propos, les journaux du soir l'avaient, dès le lendemain, obligé à battre précipitamment en retraite. C'était, avait-il indiqué, une « malencontreuse plaisanterie proférée en privé et sans caractère officiel ».

Comment trouve-t-il le temps ? se demanda Johansson sur la base de son expérience de policier. L'unique consolation était qu'il ne se sentait pas seul dans son malheur. Le comité électoral centriste avait mis en minorité le président du parti six mois avant le congrès, ce qui attristait beaucoup Johansson pour deux raisons. D'une part parce qu'ils étaient tous deux natifs de l'Ångermanland et il demeurait fermement convaincu qu'il y avait trop peu de gens de cette région dans la politique nationale, d'autre part parce qu'il le considérait comme un type bien.

Il ne l'avait certes jamais rencontré mais il l'avait vu à la télévision et il n'était pas besoin d'être dans la police pour comprendre qu'il était à la fois honnête, sympathique et tout à fait normal. À la différence de la plupart des autres dans la même branche, s'irrita Johansson. Ce pays est en train d'aller à sa perte, pensa-t-il avec tristesse. Le seul moyen de se consoler était de verser une nouvelle rasade de cognac dans son verre presque vide.

Dans ce qu'on appelait le monde de la culture, le tableau était plus nuancé et bien difficile à saisir au premier coup d'œil. *Le Voyage en charter 2*[1] se maintenait en tête du box-office pour la quatrième semaine, avec plus d'un million d'entrées, alors que le second réalisateur le plus célèbre du pays était en proie à de graves problèmes personnels en raison des difficultés de financement de son prochain film. La mise en scène du *Lac des cygnes* prévue à l'opéra de Stockholm avait dû être retardée à cause d'une banale fracture de la jambe, tandis que Sidney Sheldon et les sœurs Collins vendaient plus de livres, à l'occasion de Noël, que « presque tous les écrivains dignes de ce nom réunis ».

Un critique terminait un long compte rendu d'une biographie de Hjalmar Branting en déclarant que ce dernier était certes à la fois un « être humain authentique et de caractère » et un « véritable humaniste », mais que ses « habitudes en matière d'alcool, ses nuits blanches et ses affaires de femmes lui auraient interdit une carrière politique de nos jours ». Ces grands cultureux ne semblent même pas lire leurs propres journaux, songea froidement Johansson avant de passer rapidement aux pages consacrées à la vie économique.

Là encore, rien de très nouveau. Comme d'habitude, des dirigeants de sociétés s'étaient récompensés eux-

---

1. Deuxième épisode d'une série de films comiques de Lasse Åberg, un peu dans la lignée de nos *Gendarmes*, qui n'ont jamais été distribués en France, ce dont il n'y a pas lieu de se désoler. *(N.d.T.)*

mêmes en s'attribuant les inévitables stock-options, tandis que ceux qui n'y avaient pas droit exprimaient leur réprobation coutumière, et la firme Fermenta, sensation boursière de l'année, poursuivait sa progression à une vitesse quasi supersonique. Les principaux analystes financiers étaient aussi venus faire leur petit numéro pour annoncer leurs conclusions. Ils déclaraient que « le cours de l'action avait dépassé le niveau sensible, techniquement parlant, de deux cents couronnes » et qu'un « certain repli ne pouvait être exclu » mais, comme Fermenta n'était pas une « banale éphémère financière » et serait, « dans un avenir proche, l'un des premiers fabricants de produits pharmaceutiques au monde », une conclusion s'imposait à celui qui savait de quoi il parlait : une « incitation sans réserve à l'achat, malgré la hausse presque exceptionnelle du cours de l'action ces derniers temps ».

Il est grand temps que je vende celles que j'ai, décida Johansson, qui avait acheté les siennes pour moins de dix couronnes quelques mois plus tôt. Grand temps d'aller me coucher, aussi, se dit-il également, en percevant à nouveau les effets du décalage horaire et en se mettant à bâiller.

Krassner attendra, décréta Johansson en se lavant les dents. Ses valises, il pourrait les défaire le lendemain car, à part les papiers qu'il avait rapportés de Rensselaer, elles contenaient surtout du linge sale. Et, quant à ces fameux documents, il avait déjà une idée de ce qu'ils contenaient et ils ne lui inspiraient qu'un dégoût croissant.

On verra à quelle conclusion parviendra Wiklander, conclut Johansson en calant l'oreiller sous sa tête ; une minute plus tard, il dormait profondément. Sur le côté droit, le bras droit sous l'oreiller, comme toujours.

Mercredi 11 décembre

L'horloge intérieure de Johansson était détraquée. D'ordinaire, il se réveillait à six heures du matin. Or il n'en était que quatre et il était déjà en bonne forme, et éprouvait le besoin d'un solide petit déjeuner. Il avait pris une douche et s'était habillé, mais son ingéniosité en matière culinaire ne suffisait plus, maintenant. L'unique œuf qui restait dans la maison avait fait les frais du dîner de gala de la veille et les filets d'anchois qui macéraient dans la boîte ne le tentaient guère à ce moment de la journée. Il se contenta donc d'une tasse de café noir et de deux tranches de pain suédois beurrées qu'il mangea en parcourant le journal du matin.

Merde alors, se dit-il en regardant sa montre, mécontent. Il n'était encore que cinq heures et demie, et pourtant il avait déjà appris par cœur le *Dagens Nyheter* et avait même gâché sa vie à lire les pages sportives.

Il avait d'abord eu l'intention de défaire ses valises, de trier son linge et de placer les papiers de Krassner sur la table de son bureau mais, pour des raisons qui n'étaient pas claires dans son esprit, il ne s'était pas attelé à la tache. Au lieu de cela, il avait gagné son lieu de travail en marchant d'un bon pas, le long des quais, par un froid vif et une humidité perçante qui vous mordaient les joues et le bout du nez. En le voyant franchir le seuil de la réception de Polhemsgatan, le gardien de nuit écarquilla des yeux rouges de manque de sommeil.

— Il est arrivé quelque chose ?

— L'avenir appartient à ceux qui se lèvent tôt, répliqua Johansson avec une feinte cordialité, malgré ses tiraillements d'estomac et le fait qu'il lui faudrait attendre encore une heure pour les apaiser à la cafétéria de la piscine.

Lorsque sa secrétaire arriva, peu avant huit heures, comme toujours, il avait déjà fait place nette sur son bureau, la page de son agenda était d'un blanc immaculé et devant lui s'étendait une longue journée de travail pendant laquelle il pourrait errer dans les couloirs de la maison et dire des bêtises avec les collègues. À condition qu'il ne se produise rien d'exceptionnel et d'urgent qui nécessitât son intervention. Mais pourquoi serait-ce le cas ? Cela n'arrivait jamais, d'ordinaire, se dit Johansson en saluant poliment sa plus proche collaboratrice.

— Vous n'auriez pas quelques minutes ? lui demanda-t-elle d'un air coupable qui l'instruisit aussitôt de ce dont il s'agissait.

Elle a changé d'avis, devina-t-il.

— Bien sûr que si. Allons nous asseoir dans mon bureau.

Elle avait en effet changé d'avis et elle tourna autour du pot pendant cinq minutes.

— Il faut que vous restiez ici, c'est évident, acquiesça gentiment Johansson. Qui sait combien de temps j'exercerai mes fonctions au service du personnel, en ce qui me concerne ? Même pas moi.

Les femmes ! pensa-t-il.

— Dites-moi si un nom vous vient à l'esprit, reprit-il. Je ne demande pas des miracles, il suffit qu'elle soit aussi bonne que vous, ajouta-t-il en forçant un peu sur l'accent norrlandais.

Je m'en balance, pensa-t-il lorsqu'elle quitta la pièce.

Ensuite, il consacra une bonne heure à aller dire bonjour à ses collègues, à parler de choses et d'autres, surtout de truands de longue ou de fraîche date. Vers dix heures, il s'excusa, regagna son bureau et appela son courtier à la banque.

— Vendez toutes mes actions Fermenta.

Le courtier tenta tous les arguments possibles et imaginables mais Johansson, qui savait y faire en matière d'argent, se montra intraitable.

— Vous voulez que je les garde ? s'étonna-t-il.

— J'ai en main les dernières conclusions de nos experts et ils considèrent qu'il reste une très large marge de gains. Ils déconseillent fortement de vendre et recommandent au contraire l'achat, même au cours actuel.

Je me demande si ce sont les mêmes petits malins qui m'ont déconseillé d'acheter il y a trois mois, pensa Johansson. Mais il est vrai que ça ne valait qu'un bouton de culotte, alors.

— Bon, dit-il. Voici ce qu'on va faire. Je veux que vous vendiez mes actions Fermenta et j'attends au bout du fil que vous ayez fini.

— Eh bien, c'est fait, maugréa le courtier après avoir marmonné à côté du combiné pendant une demi-minute.

— Parfait. Vous savez ce que disait le vieux Ford… celui de la Ford T ?

— Non, admit le courtier, toujours amer.

— Ce qui est dans la poche est dans la poche, assena Johansson avant de raccrocher.

Bon, qu'est-ce que je fais, maintenant ? s'interrogea Johansson en consultant sa montre et en se calant dans son fauteuil de bureau. Il n'était encore que dix heures. Toujours rien à faire. Il avait d'abord eu l'idée farfelue de bigophoner à Wiklander et de lui proposer ses services, mais l'officier de police judiciaire en lui avait immédiatement fait valoir qu'il ne fallait même pas y penser, car c'était trop délicat pour un homme de son rang, et inutile, en plus, étant donné l'importance probable de la question.

Il se mit alors à tambouriner de mécontentement sur son bureau. L'agent de police qu'il était au fond de lui-même s'était soudain réveillé, avait refusé de s'écraser et éprouvait le besoin d'une bonne petite enquête à l'ancienne. Qu'est-ce qu'il disait déjà, le pauvre type, dans cette lettre que je ne devais jamais lire ? Que c'était un journaliste suédois très connu qui lui avait donné mon adresse personnelle. Or il ne pouvait s'agir que d'une seule personne et, faute d'autre occupation, il pouvait aussi bien régler cette affaire.

Dans le bureau de son grand journal du soir, Wendell eut l'air à la fois flatté et enchanté lorsque Johansson l'appela pour lui proposer de déjeuner ensemble.

— Tu as quelque chose d'intéressant ? s'enquit-il, curieux, sachant parfaitement que Johansson avait souvent du solide.

— Pas vraiment. J'ai simplement pensé qu'il serait agréable de se voir. Ça fait assez longtemps.

— Je comprends, répondit Wendell, l'air mystérieux. On parlera de ça de vive voix.

Tu t'avances un peu, pensa Johansson.

Tous les vrais policiers détestent les journalistes et Johansson n'était pas une exception à la règle. C'était

Wendell qui était l'exception, et Johansson l'avait élevé à ce rang bien des années auparavant, lorsqu'il avait commencé à grimper vers les sommets de la hiérarchie policière et ressenti le besoin d'un homme comme lui. Ils s'étaient mis à se rendre mutuellement des services et, jusque-là, ils avaient tous les deux gagné à ce petit jeu. Wendell était également le seul journaliste à posséder l'adresse du domicile de Johansson, mais uniquement à usage personnel et pour des livraisons d'ordre confidentiel. Cependant, il semblait avoir trahi sa confiance et l'avoir fournie à Krassner. Comme Johansson pouvait difficilement déménager pour la seule raison que Wendell était trop bavard, il convenait de mettre les choses au point de la façon la plus catégorique.

Par ailleurs, il n'avait rien de particulier contre lui. C'était un type bien, qui aimait autant que lui les côtés agréables de la vie tels que la bonne chère, la boisson et les femmes. Il avait lui aussi un restaurant italien favori, où on venait de leur apporter un grand plateau de charcuterie en guise de mise en bouche.

Les affaires d'abord, décida Johansson en adressant un geste amical à Wendell.

— Tu connais un journaliste américain du nom de Krassner ?

Wendell eut soudain l'air sur ses gardes.

— Je l'ai rencontré plusieurs fois au club de la presse, dans Vasagatan. Il est venu ici pour un travail, un livre qu'il écrit, du genre top secret, mais ça fait un bon moment que je ne l'ai pas revu, alors je suppose qu'il est rentré aux États-Unis. On a parlé de toi, en fait, une fois.

Johansson lui fit signe de continuer.

— Je ne sais plus comment c'est venu. Il me semble qu'il m'a demandé s'il y avait des flics honnêtes dans ce pays.

Wendell ébaucha un petit sourire et leva son verre de bière, comme pour trinquer à cette idée, avant de boire une gorgée.

— Et qu'est-ce que tu lui as dit ?

— Je crois me souvenir que je lui ai répondu que j'en connaissais un, en tout cas. J'ai sans doute cité ton nom, ça oui. C'était au moment où on te voyait partout dans les médias sous les traits du principal défenseur de la justice.

— Pourquoi voulait-il entrer en contact avec quelqu'un comme moi ? Il désirait des renseignements ?

— Je ne crois pas. Entre nous, c'est un type bizarre. Je n'ai jamais compris véritablement de quoi il s'occupe, si ce n'est qu'il a l'intention de faire la révélation du siècle, bien entendu.

Wendell secoua la tête, compatissant.

— Il s'est mis en rapport avec toi ? Si j'étais à ta place, je serais assez prudent avec ce bon Krassner.

— Il m'a envoyé une lettre bizarroïde. Je n'y ai rien pigé, mais, comme il me l'a adressée chez moi, je me suis dit que j'allais te poser la question.

— Oublie ça. Il ne me viendrait jamais à l'idée de donner ton adresse personnelle. Tout ce à quoi il a eu droit, c'est celle de ton boulot, à la Brigade criminelle de la police nationale, je crois d'ailleurs lui avoir dit qu'elle était dans l'annuaire.

Hum, se dit Johansson.

Puis ils avaient parlé d'autres choses, mangé du veau aux pâtes et du tiramisu en dessert.

Ils avaient aussi bu, tant de la bière que du vin, et, au café, Wendell avait demandé à Johansson de l'excuser un instant, comme d'habitude.

— La vessie, tu comprends. Mais on se prend aussi une petite grappa, hein ?

Comme d'habitude, également, il avait accroché son veston au dossier de sa chaise et, dès qu'il eut disparu par la porte des toilettes, Johansson glissa la main dans sa poche intérieure et en tira son carnet d'adresses. Bien tenu, d'une écriture irréprochable. À la lettre J, il trouva son propre nom avec adresses personnelle et professionnelle, et ses trois numéros de téléphone.

Les détails commencent à se mettre en place, se dit-il en rangeant le carnet et en cherchant à capter le regard d'un serveur.

— Une grappa pour chacun, demanda-t-il juste au moment où Wendell revenait, et ensuite ils parlèrent de tout sauf de Krassner.

Le déjeuner avait été très agréable. Johansson avait insisté pour régler la note et, après avoir payé, il souligna que c'était lui qui en assumait personnellement le coût en la laissant ostensiblement sur la table. Puis il avait prié Wendell de l'excuser, pour passer aux toilettes avant de partir. Ce dernier en avait profité pour faire main basse sur la note, comme à son habitude. Son journal pouvait se charger de cela et il est tout à son honneur de dire que jamais il ne mentionnait le nom de ses divers informateurs au verso. Il savait seulement prendre soin de ses intérêts et, en l'occurrence, la victime en avait les moyens.

Ils se séparèrent et Wendell retourna à son journal tandis que Johansson prenait un taxi pour rentrer chez lui. Indépendamment du fait que Noël approchait, il n'avait pas l'intention de revenir sur son lieu de travail avec une haleine qui empestait la bière, le vin et la grappa. Il laissait cela à d'autres.

Il avait fini par défaire ses bagages, trier son linge sale, le répartir entre les deux paniers de la salle de bains, accrocher dans la penderie ce qui n'avait pas besoin d'être lavé et poser sur la table de son bureau les cadeaux de Noël qu'il avait achetés. Il ne restait plus que les papiers que lui avait légués Krassner, mais la répulsion qu'il éprouvait à leur vue ne s'était pas amoindrie depuis sa rencontre avec Wendell. En les mettant dans sa valise, à New York, il les avait glissés dans le sac en plastique qu'on lui avait donné quand il avait acheté ses chaussures neuves et ils y étaient toujours.

Qu'est-ce que je fais ? se demanda-t-il en soupesant le sac, qui n'était pas très lourd. Il éprouvait le même pressentiment désagréable. Il ne voulait pas les emporter au bureau car ils n'avaient rien à faire là et ils lui appartenaient en propre. Ils lui avaient été remis par la personne qui avait hérité de tous les biens de Krassner et pouvaient donc être considérés comme une prise légitime.

Des problèmes, se dit-il, mais ils n'avaient pas trait à lui et pouvaient donc attendre. Je vais les emporter chez mon grand frère. Là-bas, je pourrai les lire au calme car, tant qu'à les lire, autant le faire vraiment. Il replia le sac en plastique et le posa sur l'étagère de son bureau, à côté des livres qu'il avait eu l'intention d'emporter pour les lire pendant le congé de Noël. Il avait trouvé ce qu'il cherchait. La part de travail à effectuer pouvait attendre qu'il se sente prêt.

Avoir la chance de trouver ce qu'on cherche est, pour les archivistes – ce métier qui confine à la vocation –, quelque chose de si rare et de si précieux qu'ils ont inventé un mot pour cela : *Finderglück*. Ce terme allemand n'est pas très facile à traduire mais il indique bien que c'est une question de chance. Il ne faut naturellement pas le prendre au sens de « bonheur », car il n'est nullement garanti que cela en soit la conséquence.

Pour un archiviste de profession, la réaction de

Johansson n'avait rien d'étrange. Parmi ces gens-là, on est conscient des sentiments que suscite une telle circonstance : le doute, l'hésitation, la gueule de bois mentale, voire, dans les cas les plus graves, l'angoisse et le repentir qui peuvent se manifester une fois qu'on est là, avec sa trouvaille entre ses petites mains. Sans oublier l'éventualité que ce qu'on a trouvé prouve qu'on s'est trompé de A à Z dans ses théories.

Johansson n'était certes pas un archiviste mais, au cours de ses années de flic de base, il avait consacré des centaines d'heures à ce qui, en langage policier, est connu sous le nom d'enquête interne, à savoir rechercher la vérité ou ses traces dans divers fichiers. Il était donc familier des sentiments qu'entraînent aussi bien les réussites exceptionnelles que les échecs constants. Un jour, il avait même retrouvé un meurtrier, et, comme la victime était un salaud de première grandeur, alors que le coupable était un type bien, il avait maudit après coup et en silence le mélange d'intuition et de méticulosité dans la recherche des détails qui l'avait mis sur la bonne piste là où tous ses collègues s'étaient égarés. Sans avoir besoin de quitter son bureau alors que les autres, eux, avaient couru dans tous les sens.

Ces papiers ne s'envoleront pas, se répéta-t-il. Et puis il avait besoin d'une petite sieste, après la remise à l'heure de son horloge interne et un bon déjeuner à l'italienne qu'il avait, en outre, payé de ses propres deniers. Quant à ce dont il avait besoin pour survivre, il en avait déjà fait l'emplette en rentrant chez lui, dans Wollmar Yxkullsgatan.

Quand il se réveilla, il n'était encore que sept heures du soir mais il se sentait en forme et il ne songea pas un seul instant à Krassner ni à ses papiers. De plus, Jarnebring l'appela alors qu'il était sous la douche et, comme c'était bientôt Noël, il avait poursuivi sa campagne de mondanités et invité ce dernier à dîner, cette fois dans son excellent restaurant de quartier. Jarnebring n'avait élevé aucune objection et s'était contenté de proposer le même menu que la fois précédente, pour ne pas prendre de risques inutiles. Une heure plus tard, ils étaient donc assis l'un en face de l'autre et levaient les verres de cristal de tante Jenny au-dessus d'un magnifique canapé de sardines, tomates, basilic et mozzarelle.

— Délicieux, opina Jarnebring en se gargarisant de son petit verre. Les macaronis, ce n'est pas des bronzés comme les autres.

Non, se dit Johansson. Ils ne vous serviraient jamais de la saucisse bouillie avec du pain blanc et de la salade de crevettes.

— Alors, raconte, dit Jarnebring, en avalant un canapé de plus et hochant la tête d'un air entendu en direction de son verre vide. *Spare me no details*, disait Humphrey Bogart.

Johansson avait alors parlé de sa visite au FBI et de sa rencontre avec ses collègues de New York mais s'était gardé de souffler mot de celle avec Sarah Weissman et des papiers de Krassner.

— Et ce cinglé d'Américain, tu l'as laissé tomber ? s'enquit Jarnebring.

— Oui. J'ai abandonné l'affaire quoique, hier, j'aie fini par trouver comment il s'était procuré mon adresse personnelle, et, sur ce point, tu avais entièrement raison. C'est en effet un de nos petits génies nationaux qui la lui a donnée. Je viens de lui parler. Apparemment, Krassner cherchait à établir un contact avec la police suédoise. Ne me demande pas pourquoi, mais c'est ainsi.

— Tous les mêmes, ces baveux, pouffa Jarnebring, qui détestait les journalistes. Tu aurais dû en faire du petit bois, de ce salaud qui a donné ton adresse.

— L'indulgence est une vertu première, protesta Johansson avec un petit sourire. Et toi, comment ça va ?

Du côté de Jarnebring, tout baignait, comme on dit. Le collègue au tendon déchiré était en bonne voie de guérison et allait reprendre son service à mi-temps après les fêtes. L'autre moitié, ce serait à quelqu'un d'autre que Jarnebring de l'assumer, pour que celui-ci puisse être de nouveau affecté à la Brigade des recherches et y travailler un peu pour de bon. En outre, sa concubine – c'était sûrement le terme exact, car il vivait la plupart du temps chez elle, encore que le bail fût à son seul nom à elle – avait fait preuve d'excellentes dispositions ces derniers temps.

Hultman lui avait aussi réservé une surprise. Non seulement il était venu le trouver avec la cargaison promise, mais il avait aussi eu le bon goût de compléter les liqueurs et autres boissons de bonne femme par un carton entier du bourbon favori de Jarnebring. Naturellement, il s'était gardé d'en faire état devant Johansson. Celui-ci était sans aucun doute son meilleur ami mais, dans ces sphères supérieures où il se mouvait désormais, il valait mieux ne pas savoir certaines choses. Jarnebring avait préféré une autre solution et l'avait invité à un dîner de Noël chez lui.

— Qu'est-ce que tu dirais de jeudi prochain ? Mon amie et moi sommes tous deux en congé, ce jour-là. J'ai fait des provisions, tu t'en doutes, ajouta-t-il avec un clin d'œil.

— Ça me va très bien.

— Elle a une jolie copine, tu sais, confia Jarnebring en baissant la voix et en se penchant par-dessus la table. Une collègue qui bosse à Norrmalm, pour l'instant. Qu'est-ce que tu en penses ?

— Ça me paraît une excellente idée. C'est quelqu'un que je connais ?

Qu'est-ce que je pourrais répondre d'autre ? se demanda-t-il.

— Absolument pas. Elle est ici pour quelques mois seulement. Normalement, elle est affectée à l'ordre public à Skövde. Une belle fille, pas d'enfant, pas de copain.

— Quel âge a-t-elle ?

— Bah, fit Jarnebring en haussant les épaules. Comme moi, juste assez mûre.

Ah bon, se dit Johansson, soudain un peu déçu. Mais peut-être était-ce parce que son pantalon le serrait un peu trop à la ceinture ou à cause de sa côte de porc extrêmement appétissante, au marsala et à la polenta, à laquelle il avait simplement touché. En tout cas, il y avait quelque chose.

— Excellente idée, répéta-t-il.

Il faut absolument que j'aille à la piscine demain matin, pensa-t-il en écartant son assiette.

— Si tu n'en veux plus, je peux la finir pour toi, suggéra Jarnebring, les yeux luisants de gourmandise.

Ils étaient ensuite restés à boire jusqu'à la fermeture et ensuite Johansson avec décliné la traditionnelle tournée complémentaire à la maison, en prétextant à la fois les effets du décalage horaire et la nécessité de se rendre très tôt au bureau, le lendemain. Jarnebring n'avait insisté que pour la forme.

— Tu travailles trop, Lars. Et tu n'as pas assez d'exercice physique. Viens avec moi un de ces quatre, si tu veux ?

Puis il avait fait quelque chose de très inhabituel. Il s'était penché en avant et avait passé son gros bras autour des épaules de Johansson et l'avait serré contre lui.

— Prends soin de toi, Lars, on se voit dans une semaine.

C'est sûrement cette nourriture italienne, songea Johansson, surpris.

Une fois couché, il eut du mal à dormir, contrairement à son habitude. Le sentiment de découragement ne lâchait pas prise. Les femmes, se dit-il. Il faut que j'en trouve une. Et, là-dessus, il s'endormit.

Jeudi 12 décembre

Johansson avait entamé sa journée en passant une heure à la piscine mais, en sortant du sauna, trente minutes plus tard, il n'avait hélas pas perdu un seul centimètre de tour de taille, apparemment. En revanche, cela lui avait affreusement creusé l'appétit et il convenait d'y remédier sans tarder. Il avait donc bu deux tasses de café et mangé un gros gâteau de seigle avec boulettes de viande et sauce à la betterave rouge, à la cafétéria, afin de boucher le plus gros du trou, avant de s'installer à sa table de travail.

De la musculation, se dit-il. La question des femmes, il trouverait sûrement à la résoudre dans le courant de la journée. Il s'était d'abord interrogé au sujet de ce receveur de sexe féminin qu'il avait rencontré à la poste, alors qu'il fouinait dans le pourtour de l'affaire Krassner. Une belle femme, vraiment, qui n'avait pas l'air bête, en plus, et à laquelle il avait déjà eu recours en esprit, à une ou deux reprises, pour apaiser ses fantasmes de la façon préconisée par son frère. Mais cela posait d'importants problèmes d'ordre pratique.

Je ne peux pas l'appeler pour lui proposer une partie de jambes en l'air, pensait-il. Même si ce n'était pas l'envie qui lui en manquait. Mais c'était également impossible pour d'autres raisons. Supposons, par exemple, que l'affaire Krassner prenne un tour malencontreux, qu'elle resurgisse et que cette femme soit appelée à témoigner dans une nouvelle enquête. Dans ce cas, il serait lui-même… il préférait ne pas y penser. Tu t'es trompé de métier, Johansson, se dit-il en sentant le découragement s'emparer de lui avec une force renouvelée. Et puis, que manigançait ce pauvre type de Wiklander ? Cela faisait près de deux jours qu'il lui avait dit de s'assurer que toutes les pièces de l'enquête de Jarnebring étaient bien en place et il n'avait toujours pas reçu le moindre signe de vie de lui.

Six semaines que je n'ai pas baisé, calcula-t-il. Pas étonnant que j'aie des démangeaisons. Dans une semaine, il rencontrerait cette femme de Skövde dont Jarnebring lui disait tant de bien, mais c'était une éternité et puis ses sentiments à cette idée étaient un peu mêlés. On pouvait dire ce qu'on voulait de son meilleur ami, mais l'idée qu'il se faisait des femmes n'était pas la sienne.

Après le déjeuner, il avait quitté discrètement le bureau afin d'acheter des cadeaux de Noël et, quand il rentra chez lui, c'était déjà le soir et il était épuisé. Il avait d'abord pris un dîner assez frugal et solitaire puis regardé distraitement la télévision pendant une heure. Il était ensuite allé se coucher et s'était endormi sans trop de difficultés. Au cours de la nuit, la femme de la poste était venue hanter ses rêves et il était manifeste qu'elle ne travaillait pas dans la police.

Vendredi 13 décembre

À son réveil, Johansson se sentait d'excellente humeur, bien qu'aucune belle jeune fille ne fût venue le réveiller avec une couronne de bougies autour de la tête, comme il était de mise un jour pareil[1]. Sous la douche, déjà, il avait suivi le conseil de son grand frère. C'était une forme dépourvue de risques, et assez séduisante, de pratique érotique pour un vendredi 13, jour où il convenait d'éviter de s'exposer à quoi que ce soit. Tout en faisant chauffer son café, il avait fredonné une vieille chanson de Sven-Ingvar, un collègue qui était un vrai policier, à la différence de ces amateurs d'opéra qui semblaient peupler les commissariats imaginaires de Suède, d'Ystad[2] à Haparanda. Et, malgré les superstitions en vigueur, il devina que cela allait être une excellente journée.

Quand il arriva à son bureau, Wiklander l'attendait déjà dans le couloir. Avant de le faire entrer, il l'avait cependant envoyé chercher du café pour eux deux. Il fallait respecter les traditions. N'était-il pas, lui, allé chercher bien des tasses de café pour des

1. C'est en effet une coutume suédoise bien connue en ce jour de la Sainte-Lucie. *(N.d.T.)*
2. Les lecteurs de Henning Mankell ne manqueront pas d'identifier l'allusion. *(N.d.T.)*

collègues plus anciens, alors qu'il avait l'âge de Wiklander ?

— Alors ? demanda-t-il en se mettant à siroter sa deuxième tasse de café de la journée.

Mmm, il est tout frais, pensa-t-il en plantant les dents dans un petit pain aux raisins. C'est bon, ajouta-t-il, tout en n'aimant pas, normalement, les pains aux raisins.

— C'est un suicide, dit Wiklander. Sur ce point, je suis parfaitement d'accord avec les collègues.

— Je t'écoute.

Les premières mesures prises par les collègues de la police de Stockholm laissaient certes quelque peu à désirer – et même beaucoup, voire tout, pour être honnête – mais ensuite Jarnebring avait remis de l'ordre. La façon de raisonner et les conclusions de Wiklander cadraient d'ailleurs avec celles que Johansson avait entendues dans la bouche de son meilleur ami deux semaines plus tôt.

— Jarnebring est un type bien et on ne peut pas le berner aussi facilement que ça. Mais vous le savez mieux que moi, chef.

— Rien de bizarre, donc ?

— Euh, fit Wiklander. Les gens de la maison d'à côté y ont fourré le nez, aussi.

La DST, se dit Johansson.

— Tu en es sûr ?

— Oui. Vous vous souvenez de Persson, chef ? Celui qui travaillait aux vols avec effraction, à la police de Stockholm, il y a pas mal d'années… Il est à la DST, maintenant. Un grand collègue, costaud, pas commode, mais bon flic, vraiment bon. Je connais une fille, aux archives, qui m'a dit qu'il était venu prendre copie du dossier, la semaine passée, et qu'il lui avait dit de la boucler, sinon gare à elle.

— Elle n'a pas suivi le conseil, apparemment.

— Non, parce qu'elle n'aime pas Persson. Elle trouve que c'est un vieux birbe mal embouché.

Mais, toi, elle t'aime bien, pensa Johansson.

— C'est Krassner qu'ils avaient dans le collimateur ?

— Je l'ai cru, d'abord. Mais je n'en suis plus trop sûr. J'ai plutôt l'impression que c'est quelqu'un d'autre qui les intéressait. Un étudiant sud-africain, un Noir qui a obtenu une bourse de LO. Il est membre d'un groupe radical de défense des droits civiques dans son pays. Je suppose que c'est pour ça que LO l'a fait venir ici.

— Qu'est-ce qu'il a à voir avec Krassner ?

— Rien. Ils ne se connaissaient pas. Mais ils logeaient dans le même couloir, au foyer d'étudiants.

— Et qu'est-ce qui te fait croire que c'est lui qui intéressait nos collègues de la DST ?

— Ils ont collé quelqu'un à ses trousses.

— Quoi ?

Entre autres choses, Wiklander avait aussi posé discrètement quelques questions parmi les étudiants qui logeaient dans le couloir de Krassner. C'est ainsi qu'il avait appris que l'un d'entre eux avait une petite amie qui venait souvent lui rendre visite. Louise Eriksson, une jolie fille d'environ vingt ans qui se disait étudiante en criminologie ou autre matière à la mode, quand elle ne couchait pas avec Daniel M'Boye, bien entendu.

Ils semblaient s'être rencontrés par hasard vers la mi-octobre. Ensuite, ils s'étaient vus régulièrement et cela avait continué au moins pendant le mois de novembre. Mais, depuis, les choses s'étaient tassées et il lui avait seulement parlé au téléphone. La jeune demoiselle Eriksson s'était plus ou moins éclipsée, selon elle afin de rentrer chez ses parents pour s'occuper de sa mère malade.

— Tu as parlé à ce M'Boye ? interrogea Johansson.

— Oui. Mais j'ai eu du mal à lui tirer les vers du nez. Surtout à propos de la petite Eriksson. Un amour malheureux, peut-être.

— Est-ce qu'on a des raisons de l'alpaguer ?

Je ne vois très bien laquelle, mais enfin… se dit-il.

— Ce serait difficile. Il est rentré en Afrique du Sud hier matin.

Johansson poussa un soupir.

— Et cette Louise Eriksson ? C'est une collègue ? Elle travaille pour la DST ou elle est seulement free-lance ?

— C'est une collègue. Elle s'appelle Jeanette Louise Eriksson, en réalité, et elle a vingt-sept ans. Elle est sortie de l'école de police il y a six ans et a aussitôt été embauchée par la DST. Je crois qu'elle bosse dans leur brigade de recherches. Très mignonne, d'ailleurs, on dirait qu'elle sort de la maternelle. Elle se fait appeler Jeanette, sauf lorsqu'elle étudie la criminologie à mi-temps à l'université, car alors elle est connue sous le nom de Louise.

— Tu en es certain ?

— Oui, dit Wiklander sans avoir l'air offensé. Vous pouvez être tranquille, chef. Elle bosse à la DST, elle a un appart à Solna, elle est célibataire et étudie la criminologie à mi-temps. Le numéro de téléphone personnel qu'elle a donné à M'Boye a cessé d'exister pas plus d'une heure après le départ de celui-ci. Il était sur liste rouge dès le début, bien entendu, et aux télécoms ils secouent la tête. Le genre d'abonnement dont la DST est coutumière et c'est sûr comme pas deux qu'elle a terminé son boulot maintenant. Je me suis renseigné sur sa mère, aussi. Elle se porte comme un charme et, à en juger par la photo de son passeport, elle a le même âge que sa fille.

— Tu en as de la petite, aussi ?

— Oui, dit Wiklander avec un grand sourire. Toutes fraîches. Je les ai faites moi-même l'autre jour.

Wiklander tendit une série de clichés pris au téléobjectif et à bonne distance.

Jolie fille, pensa Johansson, et elle a vraiment l'air d'avoir dix-sept ans.

Jeanette Louise Eriksson sortant de l'immeuble de Solna où elle logeait. La même Jeanette Louise Eriksson descendant de voiture dans le garage en sous-sol du commissariat de police du pâté de maisons de Kronoberg. La petite Jeanette dans la cour du commissariat et se dirigeant vers la cantine – mais ayant plutôt l'air d'aller à l'école, vu l'angle sous lequel la photo était prise, d'en haut.

— Tu crois qu'ils l'ont mise dans les pattes de M'Boye ? Comme petite amie, avec tous les devoirs de la charge, par les temps qui courent ?

C'est un peu fort de café, même de la part de pareils imbéciles, songea Johansson, qui avait un passé syndical au sein de la police et s'intéressait toujours aux conditions de travail dans la profession.

— Oh oui. J'ai même demandé à M'Boye si c'était une affaire au lit, mais alors il a vu rouge. Comme il est costaud, je n'ai pas posé deux fois la question.

— Et il est impossible que ce M'Boye soit mêlé de près ou de loin à la mort de Krassner ? s'obstina Johansson, qui venait de penser à cette lettre qu'il n'aurait pas dû lire.

Voyons : qu'avait-il dit, au juste, ce pauvre type ? Que s'il mourait, c'était qu'il avait été assassiné soit par les services de renseignements suédois, soit par la Sécurité militaire suédoise, soit par le GRU soviétique. Au fait, est-ce que les Russes ne se servaient pas de membres des mouvements de résistance africains, d'habitude, quand ils voulaient se montrer très méchants envers l'Europe occidentale ? Il avait vaguement le souvenir d'avoir lu quelque chose en ce sens dans un mémorandum confidentiel que les barbouzes de la maison d'à côté avaient décidé de communiquer à leurs collègues des services officiels.

— Oui.

— Pourquoi ça ? demanda Johansson.

Ils ne peuvent pourtant pas toujours se tromper de bout en bout ? pensa-t-il.

— Il a un alibi. Au moment où Krassner est passé par la fenêtre, M'Boye était en train de manger dans un restaurant mexicain de Birger Jarisgatan en compagnie de notre collègue Eriksson.

— Tu en es sûr ?

— J'ai vérifié auprès du propriétaire. C'est un immigré et il n'a pas l'air d'aimer beaucoup les nègres. Il se souvenait d'eux, il a même prétendu qu'il avait appelé la police pour les avertir qu'il avait vu un gros nègre avec un petite Suédoise qui avait l'air d'aller encore à l'école. Dans le pays d'où il vient, c'est passible de la peine de mort. Il lui a fallu un bon moment pour qu'il comprenne que ce n'était pas elle qui avait été tuée.

Ça fait un peu beaucoup, réfléchit Johansson. La DST ? Il aurait eu du mal à le croire, même dans ses moments de déprime, alors qu'il était un jeune radical qui buvait trop de vin rouge. Les Russes ? Possible, car tout ce qu'il avait lu et entendu ne pouvait pas être faux. La DST en collaboration avec le GRU ? Impossible. Même au service des informations de la télévision, on n'aurait jamais eu une idée aussi farfelue.

— Qu'est-ce que tu en penses, alors ? demanda-t-il en regardant son jeune collègue avec insistance.

Il était difficile de relier le suicide de Krassner à l'intérêt que la DST nourrissait pour M'Boye. Il s'agissait sans doute d'une pure coïncidence. Krassner avait mis fin à ses jours. Il était détraqué, buvait et se droguait. Sans compter tous les autres éléments objectifs que la police avait recueillis et dont on trouvait trace dans l'enquête technique et dans le procès-verbal d'autopsie. À commencer par la lettre d'adieu qu'il avait laissée.

— C'est un suicide absolument évident, déclara Wiklander. On peut penser ce qu'on veut des collègues de la DST, mais ils ne se chauffent pas de ce bois-là. En outre, ils ne seraient pas capables de donner aussi bien le change s'ils essayaient.

— Mais as-tu une idée de la raison pour laquelle ils s'intéressaient à M'Boye ? insista Johansson.

— Bah : nègre, sud-africain, jeune, étudiant, radical, membre d'une organisation locale de résistance, financé par LO, ça suffit largement pour eux.

Oui, c'est vrai, admit Johansson. N'oublions pas que c'est vendredi 13... et il tombe de la neige, pour comble de bonheur. Comme s'il ne suffisait pas de celle qui était déjà tombée alors qu'on n'était pas encore à Noël.

Avant de quitter son lieu de travail, Johansson avait appelé une collègue qui travaillait au service des étrangers de la police de Stockholm. Elle avait le même âge que lui, était divorcée comme lui et avait des enfants presque adultes, comme les siens. Il l'avait d'ailleurs déjà appelée plus d'un mois auparavant pour une raison identique.

— Qu'est-ce que tu en dis ? avait-il demandé avec une pointe d'accent norrlandais.

— D'accord, avait-elle répondu, ravie, mais à la stockholmoise.

— Rendez-vous au bistrot à sept heures ?

— Pourquoi pas chez toi dans une heure ? avait-elle répliqué en pouffant légèrement de rire. On pourrait manger après, non ? La nourriture italienne, c'est mauvais pour la forme, tu ne trouves pas ?

Facile comme Basile, se dit Johansson, qui se sentit soudain aussi jeune qu'à l'époque où il avait la tête pleine d'expressions de ce genre.

Samedi 14 décembre – dimanche 15 décembre

Johansson avait passé le week-end avec ses enfants. Ils devaient fêter Noël et le Nouvel An à l'étranger, avec leur mère et son nouveau mari – « nouveau » depuis dix ans. Ce week-end leur offrait donc la dernière possibilité de profiter du reste de traditions que les circonstances actuelles leur avaient laissé. En dehors de cela, ils avaient passé deux excellentes journées. Le samedi, ils s'étaient promenés en ville. Il faisait froid, mais un magnifique soleil brillait du haut d'un ciel sans nuages et les enfants avaient apprécié cette balade d'une façon à laquelle il ne s'attendait pas. Mais je suppose que c'est normal quand on habite un pavillon à Vallentuna, s'était dit Johansson.

Puis ils étaient allés faire des provisions aux halles d'Östermalm, avaient déjeuné au McDonald's de Nybrogatan et acheté, sur Mariatorget, un sapin de Noël qu'ils avaient rapporté à Wollmar Yxkullsgatan, où ils l'avaient décoré de guirlandes argentées et de boules de verre de couleur. Il était certes petit, n'avait pas très bonne mine et perdait déjà beaucoup d'aiguilles, mais il répandait une atmosphère de Noël et ses enfants semblaient très contents. Ils avaient ensuite fait la cuisine ensemble et son fils avait montré des talents domestiques insoupçonnés tandis que sa fille mettait la table et la décorait. Ils n'avaient pas vraiment dégusté le menu typique de Noël, car ni Johansson ni ses enfants n'aimaient beaucoup cela, et s'étaient contentés d'un repas simple, à la suédoise, qu'ils s'étaient entraidés à préparer. Rien ne vaut les bonnes vieilles recettes, observa Johansson tandis qu'il retournait dans la poêle les filets de veau panés à la Wallenberg et que son fils se chargeait de la purée de pommes de terre.

D'abord un petit buffet froid à la suédoise, avec un assortiment de classiques nationaux : anguille fumée, saumon salé, œufs d'ablette et deux sortes de harengs de la Baltique choisis avec soin. Johansson avait bu une double ration d'eau-de-vie dans l'un des verres de tante Jenny et, en voyant le regard que lui lançait son fils au moment où il levait la bouteille d'alcool, il avait compris qu'il allait devoir lui poser la question tôt ou tard, maintenant. N'allait-il pas bientôt avoir dix-huit ans, ce petit ?

— Tu en veux un peu ? proposa Johansson. C'est bientôt Noël, après tout.

— Ah non, bon sang ! grimaça son fils.

— Ne jure pas comme ça, espèce de petit garnement ! Mais ce n'est pas un mal si tu peux éviter de toucher à l'alcool le plus longtemps possible, ajouta-t-il en bon père de famille.

Après le dîner, ils avaient procédé à l'échange de cadeaux devant le sapin, et son fils et sa fille avaient tous deux les yeux brillants, à cette occasion. Les sweat-shirts portant la marque du FBI, en particulier, avaient fait sensation. Nettement plus que les blousons de cuir à clous qu'il avait achetés à grands frais dans une boutique qu'on lui avait indiquée dans la 5e Avenue, à New York. Pour sa part, il s'était vu offrir un album de vieux classiques de musique de danse et un livre qui paraissait lisible, du moins à en juger par la quatrième de couverture. Ainsi qu'un gilet de chasse, doublé de cuir et à grandes poches, pour lequel ils s'étaient cotisés et qui avait dû creuser un beau trou dans leurs économies.

— Pour que tu puisses continuer à exterminer tous les animaux de la forêt, mon petit papa, avait dit sa fille avec un sourire.

Le dimanche, les enfants avaient dormi toute la matinée, alors que Johansson traînassait dans l'appartement, revêtu de la robe de chambre du Noël précédent. Il s'était douché, avait pris un café, lu le journal et pas mal pensé à Krassner et à cette étrange coïncidence entre son suicide et l'intérêt de la DST envers son voisin africain. Mais, en dépit de la règle qu'il s'était donnée, en pareil cas, de ne jamais croire au hasard, il n'était pas parvenu à écarter cette idée. Nous sommes quand même en Suède et ce doit être une coïncidence, malgré tout. L'exception qui confirme la règle, conclut-il afin de faire taire son cerveau. Et, comme les enfants avaient commencé à donner signe de vie, il avait préparé un bon brunch à l'américaine.

Crêpes au sirop d'érable et bacon fumé au genévrier. Le fils avait été aussi enchanté que le père et s'était servi de généreuses portions, malgré les mises en garde de sa sœur à propos de cholestérol, de surcharge pondérale, de tension artérielle et d'une mort aussi prochaine que précoce.

— Je ne comprends pas comment vous pouvez avaler ce genre de trucs, dit-elle en remuant son yaourt aux fruits. Non seulement ça a mauvais goût et ça pue, mais c'est du vrai poison. Vous ne saisissez pas que vous risquez d'en mourir ?

— Mais c'est drôlement bon, protesta son père en lui caressant doucement la joue.

Au cours de l'après-midi, il les avait renvoyés à Vallentuna en taxi et, comme il venait de recevoir l'avis de crédit de la banque à propos de la vente de ses actions, il n'avait pas regardé à la dépense.

Il faut bien les gâter un peu, se dit-il. J'ai largement de quoi vivre et cet argent sera le leur, un jour. Puis il s'était fait couler un bain, s'était préparé un bon cocktail à base de gin, de glace et de *grappo*[1] qu'il avait placé à bonne distance, avant de monter dans la baignoire pour se détendre et réfléchir calmement. Quand on prenait un bain, c'était pour se relaxer, pas pour se laver. Et la meilleure formule, c'était : eau bien chaude, cocktail très frais et beaucoup de temps devant soi.

Quel magnifique week-end ! se réjouit-il. Cela avait d'ailleurs commencé de façon excellente. Ce n'était certes pas le grand amour de sa vie mais les instincts partagés n'étaient pas un mauvais moyen de chasser la solitude passagère. Ils n'étaient même pas allés au restaurant, après coup. Un canapé très simple et un verre de vin sur le coin de la table de la cuisine s'étaient révélés à la hauteur de ce qu'aurait été un dîner de trois plats dans un restaurant italien.

Je me demande si on peut vivre ainsi, s'interrogea-t-il en faisant couler encore un peu d'eau chaude afin de rester dans ces bonnes dispositions philosophiques. La vie n'est-elle pas un mélange supportable de plaisir et d'ennui, auquel on remédie au moyen de quelques actions d'éclat passagères, quand la solitude se fait trop pressante ? Mais, à la longue, ce n'est pas tenable, conclut-il en sirotant son cocktail. Il faut quelque chose de plus durable. Qu'avait dit le poète Karl Vennberg, déjà ? « Le cri du plongeon et la lame du couteau

1. Sorte de *bitter lemon* servant à préparer des cocktails. *(N.d.T.)*

contre un œil ouvert, n'importe quoi plutôt que la même solitude à nouveau. »

Un bon poète, ce Vennberg, pensa Johansson. Il n'était d'ailleurs pas le seul de cet avis. C'était aussi l'écrivain favori du Premier ministre, il le savait pour l'avoir lu dans un livre dont il avait oublié l'auteur. Un journaliste politique quelconque de l'*Aftonbladet*, ce n'est pas ça qui manque dans ce canard, se dit-il. Mais Vennberg avait siphonné ça quelque part, lui. Il n'avait sûrement jamais abattu un plongeon, poursuivit-il avec un sourire, car des plongeons, il en avait lui-même tué pas mal depuis qu'il était petit et il entendait encore les jurons de son père lui résonner aux oreilles, les fois où il était rentré à la maison avec sa contribution au menu familial, interdite par la loi.

Je me demande si le Premier ministre a jamais abattu un plongeon, médita-t-il ensuite et, au même moment, il comprit ce qui s'était passé, exactement, lors de la mort de Krassner.

En sortant du bain, Johansson s'essuya avec grand soin, car il n'y avait pas de quoi se précipiter. Puis il passa sa robe de chambre et gagna son bureau, où il sortit le sac en plastique contenant les papiers de Krassner. Il les posa sur sa table de travail et décida de commencer par la liasse contenant le manuscrit de *The Spy that went East*.

Il trouva immédiatement. Tout d'abord la page de titre, avec le nom de l'auteur. Ensuite une table des matières encore incomplète, qui représentait deux pages de titres de chapitre et portait des corrections et des ajouts à la main. Puis il découvrit ce qu'il cherchait. Sur une page à part, une citation qui servait d'introduction au texte du premier chapitre.

Johansson traduisit au fur et à mesure qu'il lisait, ce qui n'était pas très difficile car il savait ce texte à peu près par cœur, tant dans sa version anglaise originale qu'en traduction suédoise :

« J'ai passé ma vie entre la nostalgie de l'été et le froid de l'hiver. Quand j'étais jeune, je me disais que, l'été venu, je tomberais amoureux de quelqu'un que j'aimerais beaucoup et qu'alors commencerait vraiment ma vie. Mais, une fois que j'eus fait tout ce que j'avais à faire, l'été avait touché son terme et il ne restait plus que le froid de l'hiver. Et ce n'était pas la vie que j'avais imaginée. »

Mais il y avait une indication supplémentaire, cette fois. Sur une feuille à part contenant des notes, insérée après ce chapitre : « Extrait d'une lettre de Pilgrim à Fionn, avril 1955. »

Johansson mit le manuscrit de côté, saisit une feuille de papier et de quoi écrire. Qu'avait-elle dit, déjà, Sarah Weissman, cette femme tellement douée, lorsqu'ils s'étaient vus, la semaine précédente, même s'il semblait déjà y avoir une éternité ? Que ce n'était sûrement pas Krassner qui avait écrit cela et qu'il pouvait très bien l'avoir piqué à quelqu'un d'autre. Sur ce point, elle avait raison et, maintenant que Johansson détenait la clé – ou le début de la clé – de l'énigme, il semblait que Krassner lui-même n'ait rien fait pour le cacher. L'auteur de cette citation était apparemment quelqu'un qui avait choisi de se faire appeler Pilgrim et qui, plus de trente ans auparavant, avait envoyé une lettre à une personne portant elle aussi un pseudonyme : Fionn.

Qu'avait-elle dit d'autre à propos de l'auteur ? Que c'était un homme, bien entendu, parce que les femmes n'écrivaient pas de cette façon, qui n'était ni américain ni anglais mais parlait couramment cette langue, un homme cultivé qui semblait avoir des dispositions pour la poésie ou peut-être, plus exactement, qui caressait des ambitions poétiques. Johansson, lui, avait une excellente mémoire, et ce souvenir-là était fort proche dans le temps. Sans avoir pris de notes, il se rappelait les mots exacts qu'elle avait utilisés.

« J'ai passé ma vie entre la nostalgie de l'été et le froid de l'hiver… », « Le cri du plongeon et la lame du couteau contre un œil ouvert, n'importe quoi plutôt que la même solitude à nouveau ». Le poème de Vennberg devait être plus récent, estima Johansson, mais cela n'avait guère d'intérêt, car il s'agissait de quelque chose d'autre, d'une disposition à la poésie, d'une ambition littéraire, d'une façon de voir, de ressentir et de formuler. Or on ne choisit pas par hasard son poète favori.

Le Premier ministre, se dit Johansson. Il l'avait déjà compris et cette conviction était si forte qu'elle ne laissait de place pour aucune autre. C'était le Premier ministre qui était Pilgrim, ou plutôt… qui l'avait été, plus de trente ans auparavant.

Mais qui est Fionn, alors ? À qui écrivait Pilgrim ? Facile comme Basile, songea Johansson, car il l'avait déjà deviné, et, s'il se donna la peine de prendre le volume qu'il fallait de l'*Encyclopédie suédoise* dans sa bibliothèque, c'était plus pour en avoir confirmation noir sur blanc. Finn. Fionn se dit sûrement ainsi en anglais.

« Finn, forme anglicisée du prénom gaélique Fionn, héros de la littérature irlandaise ancienne. Voir : Cycle de Finn », put-il lire.

John C. Buchanan, l'oncle de Krassner. Au printemps 1955, il ne devait pas manquer de pain sur la planche, au pire moment de la guerre froide, en sa qualité d'agent de la CIA en Europe et en Suède. En quels termes Sarah l'avait-elle décrit ? Un de ces Irlandais madrés, menteurs, toujours assoiffés et bourrés de préjugés. Mais il devait quand même posséder d'autres qualités, puisque ce n'était certes pas un mauvais agent.

C'était la seule explication possible, car si c'était bien une lettre d'adieu, elle ne disait pas adieu à la vie. Simplement, un ancien collaborateur externe de la quatrième plus grande organisation de renseignements au monde annonçait, d'une façon cultivée, recherchée et inhabituellement poétique – vu le contexte –, qu'il n'était plus de la partie. Un homme encore jeune, qui avait d'autres projets pour le reste de son existence.

Mais qu'est-ce que je peux bien avoir à voir là-dedans ? se demanda-t-il, contrarié, en cherchant du regard le cocktail qu'il devait avoir oublié dans la salle de bains. Pas un fifrelin car, indépendamment de ce qu'avaient pu faire Pilgrim et Fionn plus de trente ans auparavant, c'était cinq ans trop tard, malgré tout, pour que quelqu'un comme Johansson puisse lever ne fût-ce que le petit doigt. La prescription, ce n'est pas une mauvaise idée, se dit-il. Cela évite bien des ennuis inutiles. Pour un policier comme lui, il ne demeurait qu'un seul problème : Krassner lui-même. Qu'avait expliqué Sarah ? Qu'il aurait préféré mourir plutôt que de se suicider et, sur ce point aussi, elle avait sans doute raison. Il ne restait plus qu'à trouver comment cela s'était passé, en réalité.

Bien entendu, c'était Krassner qui intéressait les collègues de la DST dès le début, et c'était le fait des circonstances si M'Boye avait servi de portemanteau sur lequel accrocher une veste destinée à Krassner. Les services de sécurité n'étaient pas débiles au point de ne pas comprendre que les jours du pouvoir blanc en Afrique du Sud étaient comptés et qu'un type comme M'Boye ne tarderait pas à faire partie du nouveau gouvernement. LO l'avait compris, au moins, car, sinon, pourquoi l'aurait-on fait venir en Suède ? La DST ne lui a sans doute pas consacré une seconde d'attention, se dit Johansson et, à en juger par ce que lui avait dit Wiklander, celui-ci semblait ne rien avoir compris non plus.

Règle numéro un, songea Johansson en se calant dans le fauteuil de son bureau : toujours se faire une opinion. Et, au cours de plus de vingt ans dans la police, il ne se souvenait pas d'une seule fois où il avait eu aussi peu de motifs pour cela.

Règle numéro deux : ne jamais compliquer inutilement les choses. Or il n'avait jamais rien rencontré d'aussi compliqué que le prétendu suicide de Krassner. Qu'est-ce que je vais dire à Jarnis, bon sang ? soupira-t-il. Indépendamment du fait que c'est ton meilleur ami, il va penser que tu es cinglé.

Règle numéro trois : ne jamais rien mettre au compte du hasard. Sur ce point, il semble au moins que tu aies eu raison, termina-t-il en adressant un sourire au tas de papiers de Krassner, sur sa table d'habitude si bien rangée. Et, comme ce tas lui appartenait désormais, il pouvait commencer à savoir de quoi il parlait. Qu'avait-il dit, déjà, dans cette lettre dont il ne pouvait croire sérieusement que Johansson l'aurait un jour entre les mains ? « Pour que vous veilliez à ce que justice soit faite dans votre propre pays. »

Lundi 16 décembre

Le lundi matin, peu avant huit heures, Johansson appela sa secrétaire pour lui dire qu'il avait l'intention de rester toute la journée chez lui pour travailler et qu'il préférait ne pas être dérangé.

À moins d'une catastrophe, naturellement. Mais pourquoi y en aurait-il une ? se demanda-t-il.

— Je veux dire : s'il ne se passe rien d'exceptionnel, bien entendu.

— Mais vous venez demain ?

— Oui. Je viendrai mardi matin, comme d'habitude. Arrête de faire ta maligne, se dit-il in petto.

— Vous n'avez pas oublié que vous devez participer à un séminaire sur la défense totale, mardi et mercredi, n'est-ce pas ?

— Non, dit Johansson avant de pouvoir enfin raccrocher.

Il lui fallut deux heures pour parcourir le manuscrit de Krassner. Si une petite partie de ce qu'il contenait était vrai et pouvait être prouvé, il risquait d'être gênant pour celui dont il parlait. Mais, pour l'instant, ce n'était pas le contenu de ces papiers qui intéressait Johansson. Ce qui déclencha les sonnettes d'alarme dans sa tête de policier, ce fut le volume, l'ampleur et surtout la structure de ce qu'avait rédigé Krassner, le tout combiné au contenu imaginaire de ce qu'il n'avait pas eu le temps d'écrire.

Ce qu'il avait devant lui, c'était moins de cent cinquante pages dactylographiées qui traitaient du personnage principal du livre, le Premier ministre, et, que ses affirmations fussent vraies ou fausses – c'était une question secondaire à laquelle il conviendrait d'apporter une réponse par la suite –, cela se présentait de telle façon qu'un professionnel de l'édition aurait pu en faire un livre. Un ouvrage de deux cent cinquante à trois cents pages imprimées, à condition que l'auteur ait pu réaliser les ambitions qu'il annonçait dans la table des matières et transformer en texte ce qu'il restait à écrire.

Plus intéressant encore était ce qui ne figurait pas dans cette liasse. On pouvait deviner de quoi cela devait parler grâce à un plan général assez détaillé, à une table des matières qui semblait énumérer l'ensemble des chapitres prévus, avec leur titre et une brève description de leur contenu, et enfin, et peut-être surtout, aux nombreuses notes que Krassner avait ajoutées à la main. Parmi ce qui manquait, il y avait un chapitre qui devait traiter de la social-démocratie suédoise, de son histoire, de ses leaders précédents et de leurs heurs et malheurs, du rôle de la Suède au cours de la Seconde Guerre mondiale, de la politique suédoise de neutralité, de la situation en Europe du Nord du point de vue de la sécurité collective et de la menace du grand voisin oriental.

Un tableau d'ensemble, se dit Johansson, et certaines notes manuscrites lui permirent de tirer la conclusion que Krassner avait l'intention de rédiger cette partie du travail sur place, c'est-à-dire en Suède. C'était marqué en toutes lettres en divers endroits, de l'écriture à peine lisible de l'auteur : « *Sweden !* », « *to be written in Sweden* », « *write in S.* ». Il existait également des indications sur les endroits où aller puiser les informations : « Archives du mouvement ouvrier », « Archives du *Socialdemokraten* », « Procès-verbaux du Parlement », « Bibliothèque royale, Humlegården » et ainsi de suite.

Mais le plus intéressant était la conclusion qu'il fallait tirer du fait que ce manuscrit était, à l'exception d'une vingtaine de pages, constitué de photocopies. Cela signifiait qu'il existait un original, quelque part, et peut-être aussi d'autres copies par ailleurs. Les pages qui n'étaient pas photocopiées étaient disséminées, plus ou moins au hasard, un peu partout dans le texte. Peut-être s'étaient-elles simplement retrouvées dans le mauvais tas lorsque Krassner avait effectué son tri, après en avoir fait des doubles.

Johansson n'était certes pas écrivain lui-même mais, s'il l'avait été et avait traversé l'océan en avion pour rédiger un tableau d'ensemble destiné à un livre dont il pensait sûrement qu'il était en gros terminé… dans ce cas-là, raisonna-t-il, j'aurais sans aucun doute emporté ce que j'aurais déjà écrit. Pour disposer d'une base sur laquelle rédiger ces dernières pages si évidentes mais cependant nécessaires pour donner un certain tour, et non un autre, à l'ouvrage que j'aurais l'intention d'écrire.

D'où la sonnette d'alarme qui retentissait dans sa tête. Lorsque ses collègues avaient fouillé la chambre de Krassner, juste après qu'il eut sauté par la fenêtre, ils n'avaient pas découvert ce qui aurait justement dû s'y trouver, à savoir l'ensemble du matériau qu'il avait réuni pour son livre : c'est-à-dire à la fois ce qu'il avait apporté des États-Unis et ce qu'il avait rédigé au cours des six semaines passées en Suède. Il n'attendait bien entendu aucun exploit de la part de Bäckström et de Wiijnbladh, il les connaissait trop bien pour cela, et, s'il avait eu son mot à dire, ni l'un ni l'autre ne serait entré dans la police, mais ils n'étaient pas aveugles, malgré tout. En outre, Jarnebring s'était rendu en personne sur les lieux, et la seule et unique conclusion à tirer du fait qu'il n'avait trouvé aucun papier là-bas était qu'il n'y en avait pas. Qui s'était chargé du ménage, entre-temps ?

La DST, se dit-il, et, vu ce qui s'était déjà passé, deux hypothèses paraissaient plus vraisemblables que les autres. La première était qu'on avait profité de l'absence momentanée de Krassner, soit de sa propre initiative, soit parce qu'on l'avait attiré à l'extérieur, pour procéder à ce qu'on qualifiait de perquisition clandestine et emporter ses papiers. Jusque-là, tout était bel et bon, voire légal, sans doute. Johansson n'était pas trop au courant de la législation clandestine sur les aspects les plus sensibles du travail des services de sécurité, mais le peu qu'il en savait l'incitait à le penser.

Et puis voilà que Krassner revient peu après sept heures ; c'était Jarnebring lui-même qui le lui avait dit. En rentrant dans sa chambre et en constatant que ses papiers ont disparu, il est tellement déprimé qu'il plagie quelques lignes d'adieu rédigées par le personnage principal du livre qu'il a l'intention d'écrire et se jette par la fenêtre. Et c'est à ce même Premier ministre, qui, d'après Krassner en plusieurs endroits de son manuscrit, lui donne « envie de vomir » (*makes me wanna puke*, dans le texte), qu'il confie l'honneur de formuler ses dernières paroles sur cette terre ?

Impossible, songea Johansson. Pas de la part de quelqu'un qui a pris soin de déposer un stock de photocopies de tous ses documents importants dans son coffre bancaire, chez lui à Albany, et qui a sans doute aussi camouflé l'original quelque part. Pas de la part d'un type qui a une carabine automatique chargée, dont il a ôté le cran de sûreté, dans sa chambre à coucher, aux États-Unis. Pas de la part d'un Krassner qui, dès ses plus tendres années, s'est montré capable de rosser la femme de sa vie. Mais pas, non plus, de la part de la DST, car il serait plutôt stupide de procéder à une perquisition clandestine si celui chez qui on l'effectue ne peut manquer de s'en apercevoir aussitôt rentré chez lui. Il devait donc y avoir d'autres solutions, beaucoup plus satisfaisantes pour l'esprit. Telles que concocter quelque soupçon opportun, coffrer ce pauvre type et le mettre à l'ombre, le temps de procéder à l'inventaire de ce qu'il a dans sa chambre. Johansson lui-même avait déjà fait cela plus d'une fois, il savait donc de quoi il parlait.

Mais… et s'il n'y avait pas eu de papiers, malgré tout ? Peut-être les conservait-il ailleurs ? Et si les collègues de la DST n'avaient pas procédé à une perquisition clandestine ? Si Krassner avait tout simplement mis fin à ses jours ? Si, si, si, se répéta Johansson, furieux. La condition nécessaire pour en finir avec toutes ces suppositions, c'était d'aller sur place et de s'entretenir avec les anciens voisins de l'Américain. Impossible, se dit aussitôt Johansson, car, le reste mis à part, il n'en avait pas le temps.

Il appela Wiklander, qui s'était déjà rendu sur les lieux et n'était pas un incapable.

— Je suis chez moi. Je voudrais te parler. Viens prendre une tasse de café.

Un quart d'heure plus tard, Wiklander et lui étaient attablés devant du café tout frais, dans la salle de séjour de Johansson. Celui-ci avait fermé la porte de son bureau.

— Une chose m'intrigue, annonça-t-il en humant les vapeurs qui montaient de sa tasse.

Wiklander se contenta de hocher la tête.

Qu'est-ce qu'il peut savoir que j'ignore? se demanda-t-il.

— Le soir où Krassner s'est jeté par la fenêtre... combien étaient-ils à loger dans le couloir?

— Sept, y compris Krassner. Normalement, ils auraient dû être huit, mais l'un d'entre eux était retourné chez ses parents. À cause d'un membre de sa famille qui venait d'avoir un accident. Je crois que c'était son père. À moins que ce ne soit sa mère?

— Combien étaient chez eux? Je veux dire: quand il a fait le saut.

— Chez eux? répéta Wiklander avec l'air de réfléchir intensément. Krassner est d'abord sorti en ville. Il est rentré sur le coup de sept plombes. Le Noir est tombé sur lui juste au moment où il sortait lui-même. Je crois que ça figure quelque part dans l'enquête. Je disais donc ce Noir, M'Boye, qui se rendait au restaurant pour voir sa petite amie, notre collègue Eriksson.

— Et les cinq autres?

— Trois d'entre eux étaient rentrés dans leur famille pour le week-end, c'étaient surtout des provinciaux qui logeaient dans ce couloir, dit Wiklander, qui était värmlandais et rentrait chez sa petite maman, à Karlstad, dès qu'il en avait l'occasion.

— Il en reste deux. Étaient-ils dans leur chambre?

— Non... Ils auraient dû y être, mais... un moment. Voilà: ils avaient l'intention d'aller à un concert mais ils ont pas pu avoir des billets, alors ils avaient décidé de faire un peu la fête chez eux avant de sortir... et puis ils ont eu des billets, en définitive.

— Ce ne serait pas notre collègue Eriksson qui les leur aurait procurés, par hasard?

— Maintenant que vous le dites, je me souviens d'avoir pensé qu'elle avait dû drôlement bosser pour les dénicher. Mais je suppose que ce n'est pas elle qui les a payés, c'est plutôt la boîte.

Le couloir était donc désert au moment où Krassner est mort, pensa Johansson. Notre collègue Eriksson a fait ce qu'il fallait pour ça. Pas plus compliqué.

— Quel est le problème ? dit Wiklander en scrutant son chef, perplexe.

— Pas de problème, répondit Johansson avec un sourire. Je te remercie beaucoup, je sais ce que je voulais savoir, maintenant.

Il ne reste plus que la seconde hypothèse, songea Johansson après avoir reconduit Wiklander à la porte, à l'issue de ce quart d'heure de bavardage policier arrosé de café. Elle n'avait rien de très agréable, hélas. Le déjeuner, se dit Johansson. Mais d'abord une petite promenade revigorante pour se remettre les idées en place.

Les hauteurs de Söder, le lac Mälar et la ville à ses pieds, balayée par un vent glacial avec de la neige dans l'air. Pourtant, on ne pouvait guère rêver plus beau spectacle au cours d'une vie humaine. Krassner avait conservé ses papiers dans sa chambre et les collègues de la DST avaient procédé à une perquisition clandestine. Pour des raisons qui lui échappaient, ils avaient emporté lesdits papiers. Ensuite, Krassner aurait rédigé sa lettre d'adieu, en des termes empruntés à quelqu'un d'autre et au moyen d'un ruban de machine neuf, alors que ce texte figurait déjà en toutes lettres dans son manuscrit et malgré le fait qu'il aurait déjà dû frapper des milliers de caractères, sur cette machine, depuis son arrivée dans le pays. Pas de ruban usagé dans la corbeille à papiers, non plus, alors que le ménage n'était pas vraiment son fort.

Quelque chose avait dû aller de travers, se dit Johansson en sentant une main glacée lui effleurer le cœur. Il tenait pour exclu que les services secrets de sécurité suédois aient tué Krassner de sang-froid et maquillé le meurtre en suicide. Ce n'est pas ainsi que ça se passe, ici, on est en Suède, bon Dieu ! Et, étant donné celui que Krassner visait dans son livre et si c'étaient bien les collègues de la DST qui avaient mis les pattes sur ses papiers, c'était un mystère que son manuscrit ne fasse pas encore la une de tous les médias. Il devait y avoir une autre explication, et la seule qu'il arrivait à concevoir était que l'un ou l'autre des collègues chargés de l'opération avait cafouillé au point de ne plus avoir d'autre solution que le meurtre déguisé en suicide.

Cela expliquait le silence des médias. Non pas par égard pour celui que Krassner cherchait à atteindre au moyen de son livre, mais par charité bien ordonnée, laquelle commence par soi-même, comme on sait. Cela expliquait également la dose assez considérable d'habileté qu'il avait fallu pour transformer le meurtre de Krassner en suicide. Je me demande qui est derrière cela, s'interrogea Johansson. Pas question que ce soit Jeanette Eriksson. Les photos qu'il avait vues d'elle l'en persuadaient et, en outre, elle avait un alibi : M'Boye, aussi étrange que cela puisse paraître. De plus, elle n'avait pas le profil pour ce genre de boulot.

Qu'est-ce que je vais faire ? soupira Johansson. Si je mentionne mes soupçons, tout le monde – y compris mon meilleur ami – pensera que j'ai perdu la boule. Je n'ai personne à qui poser des questions et, si je me pointe pour ça à la DST, je suis sûr de me retrouver dès le lendemain au service des contraventions à Västberga. Je n'ai pas la moindre base légale pour ouvrir une petite, toute petite enquête, bien que je sois encore à la tête de la plus puissante organisation de police criminelle du pays. Du moins sur le papier.

Tout ce dont je dispose, ce sont ces papiers. Car ils m'appartiennent, à moi et à personne d'autre.

Et puis j'ai faim, aussi. Vraiment faim, comme quand on a achevé une journée entière de travail dès la fin de la matinée sans avoir eu le temps de manger un morceau. Cela, au moins, je peux y remédier, se dit-il en mettant le cap sur son cher restaurant de quartier, où on servait d'excellents repas de midi, y compris un banal lundi, une semaine avant Noël.

Après déjeuner, Johansson regagna son cabinet de travail, mit de côté le manuscrit de Krassner et ses notes, et passa en revue les autres documents. C'est alors qu'il trouva la lettre que Pilgrim avait écrite à Fionn en avril 1955 ou, plus exactement, copie de cette lettre.

Celle-ci était très ancienne, sans doute à peu près autant que la lettre elle-même, et elle avait été effectuée, sur une feuille de papier pelure jaunie, à l'aide de l'une de ces machines qui servaient jadis à cet effet, à savoir un appareil photo monté sur une table. On développait ensuite la pellicule et on pouvait tirer la copie au format désiré.

Celle-ci se trouvait, avec un certain nombre d'autres d'aspect identique, dans une vieille chemise cartonnée rouge entourée à double tour d'une ficelle de même couleur et portant une étiquette blanche collée dans le coin supérieur droit. L'étiquette comportait trois lignes ; sur la première, quelqu'un avait porté, à la plume et à l'encre, d'une belle main à l'ancienne, le nom du propriétaire de la chemise : « Col. John C. Buchanan ». La suivante, de la même façon, décrivait le contenu : « *private notes, letters, etc.* ». L'ensemble portait des taches d'humidité qui avaient séché à plusieurs reprises et des ronds de verre, sans doute de whisky, devina Johansson avec une grimace en se souvenant de la pyramide de bouteilles qu'il avait vue dans la cave du colonel.

La lettre de Pilgrim à Fionn était rédigée au stylo et à l'encre, l'écriture en était vigoureuse et penchée en avant de façon agressive, mais elle restait très lisible. Aucune mention de lieu ni de date. La feuille n'était pas rayée et elle avait été pliée à deux endroits, horizontalement, de manière symétrique. La qualité du papier était difficile à déterminer mais les pliures semblaient indiquer qu'elle était assez grande. Une note avait été portée sur la copie, à l'encre, à la plume et également d'une écriture à l'ancienne: « *April 1955, exact date unknown, arrived during my visit in G*[1]. » Le colonel, jugea Johansson sans savoir pourquoi. Bien que l'enveloppe fît défaut, il eut le sentiment que Pilgrim avait envoyé cette lettre à l'adresse personnelle de Fionn.

Elle était tournée de façon directe mais non sans un certain cachet littéraire et un ton poétique. Toutefois, si l'auteur avait eu des prétentions de cet ordre en tenant la plume, il n'avait pas pour autant oublié l'objet de sa missive. Elle était brève, à peine plus longue que sa partie finale.

Johansson avait traduit la lettre en suédois et l'avait couchée sur le papier. Puis il l'avait relue et avait longuement réfléchi à son contenu. Ce n'est qu'ensuite qu'il avait tiré ses conclusions. Il ne voulait plus être de la partie, se dit-il. De toute évidence, il avait participé au moins pendant quelques années et il semblait que cette vie ait été assez riche, à en croire ce qu'il disait.

« Fionn,

« Je serais un misérable si je ne te disais pas que ton

---

1. « Avril 1955, date exacte inconnue, arrivée pendant ma visite à G. » *(N.d.T.)*

offre généreuse m'a à la fois réjoui et ému, et je serais un menteur si je prétendais que les années au cours desquelles j'ai travaillé avec toi – pour une grande et noble cause – n'ont pas été également celles qui ont eu le plus d'importance pour moi et pour mon évolution sur le plan personnel. À plusieurs reprises, cela a même été tellement risqué et passionnant que, maintenant que c'est terminé et que je me retrouve de l'autre côté, je suis un autre homme que lorsque je suis entré. Et, au moins en une occasion, j'ai eu la chance, alors que j'étais encore jeune, de tomber en chute libre, comme dans un rêve.

« Mais il est un temps pour chaque chose. Ma décision est irrévocable et cela est simplement dû au fait que ma mission a également accaparé ma vie et n'en a rien laissé. Car il en a été ainsi. J'ai passé ma vie entre la nostalgie de l'été et le froid de l'hiver.

« Quand j'étais jeune, je me disais que, l'été venu, je tomberais amoureux de quelqu'un que j'aimerais beaucoup et qu'alors commencerait vraiment ma vie. Mais, une fois que j'eus fait tout ce que j'avais à faire, l'été avait touché son terme et il ne restait plus que le froid de l'hiver. Et ce n'était pas la vie que j'avais imaginée.

« Pilgrim »

C'est fou ce qu'on peut faire avec très peu de moyens, songea Johansson et, de façon très concrète, la différence de césure entre les paragraphes de la citation l'irritait, même si elle était bonne pour la dimension poétique du texte.

L'espion qui a jeté l'éponge, se dit-il avec un petit rire en coin. Avoir fait cela à l'âge de vingt-sept ans – Johansson avait vérifié la date de naissance du Premier ministre dans son abondante documentation – traduisait un manque étonnant de maturité. Buchanan n'avait sans doute pas eu envie de rire en lisant cela, et, s'il était bien tel que Sarah l'avait décrit, Pilgrim avait dû déployer son éloquence en pure perte.

Ensuite, il rassembla les papiers de Krassner et les remit dans le sac en plastique. Étant donné qu'il était policier et non pas historien, le reste de son contenu pouvait attendre. Peut-être en ferait-il don aux archives du mouvement ouvrier, se dit-il. À moins de se moquer de tout cela comme de l'an quarante, de prendre un bon cocktail et d'aller draguer une femme agréable, car ce n'est pas la vie que j'avais imaginée – moi non plus. Je me demande s'ils sont rentrés chez eux, au service des étrangers, s'interrogea-t-il en consultant sa montre.

Mardi 17 décembre – mercredi 18 décembre

L'École supérieure de la défense organisait ce séminaire au cours duquel on devait traiter la question de la défense totale, entre le déjeuner du premier jour et celui du second. Les participants avaient été triés sur le volet, car ils n'étaient qu'une douzaine. La plupart occupaient de hautes fonctions au sein des médias, de l'industrie et de l'appareil gouvernemental.

On avait commencé à aborder le sujet dès la fin des années 1940 ; d'après l'histoire officielle, c'était Tage Erlander, le Premier ministre de l'époque, qui avait eu l'idée de réunir, sous l'égide des forces armées, des représentants de la vie économique et du secteur public, dans le but de renforcer la défense nationale. Cela expliquait aussi le choix du moment et ce concept nouveau de défense totale ; une Europe sillonnée de nouvelles frontières, de nouvelles alliances et constellations de puissances, une guerre froide entre l'Est et l'Ouest, une politique suédoise de neutralité sérieusement remise en question. Le fait que, dans une telle situation, le Premier ministre ait décidé de faire au moins régner la paix chez lui paraissait d'une logique évidente.

Cette fois, on devait se réunir dans un centre de conférences à la fois confortable et bien situé dans l'archipel, non loin de Stockholm. Pour une raison ou pour une autre, Wiklander devait y conduire Johansson en voiture.

Il désire parler de Krassner, estima ce dernier, mais, comme il n'avait pas l'intention d'en parler lui-même, il avait pris place sur le siège arrière, afin de parcourir à son aise les documents qu'on leur avait remis à l'avance. Ce n'est qu'une fois à l'est de Järna, alors qu'on était près du but, que Wiklander prit la parole :

— Il y a une chose qui m'intrigue, commença-t-il. Si vous avez le temps de m'écouter, chef ?

— Bien entendu, dit Johansson en s'efforçant d'avoir l'air sincère.

— Ça m'est venu à l'idée quand on s'est quittés, hier. Je ne sais pas si je me trompe, mais vos questions m'ont fait réfléchir. Il m'est soudain venu à l'idée que nos collègues de la DST avaient peut-être profité de l'occasion pour effectuer une petite perquisition dans la chambre de ce M'Boye et que c'était pour cette raison qu'Eriksson l'avait emmené au restaurant.

— Il m'est venu la même. C'est pourquoi je t'ai posé ces questions.

Ce n'est qu'un demi-mensonge, pensa-t-il.

— Et, pendant qu'ils sont là, ce pauvre diable s'avise de sauter par la fenêtre, ajouta Wiklander sur un ton de réelle tristesse.

— J'ai réfléchi à ça, moi aussi, admit Johansson en tentant de mettre une certaine autorité dans sa voix, au service du mensonge et de la crédibilité. Ils ont fait ce qu'ils avaient à faire, Krassner a fait ce qu'il avait à faire, lui aussi, et ils sont partis de là sans savoir que Krassner s'était jeté par la fenêtre ou s'y préparait.

— Ils devaient avoir posté des gens à l'extérieur pour faire le guet, non ?

— Dans ce cas, je suppose qu'ils étaient devant l'entrée, à l'arrière du bâtiment, tandis que Krassner sautait par-devant, répliqua Johansson, qui avait décidé de conforter Wiklander dans ses idées fausses.

— Ah, oui, peut-être. Ça me paraît pas très professionnel.

— Sur ce point, on est bien d'accord, mais, personnellement, je ne crois pas qu'ils aient effectué une perquisition.

— Vous voulez dire que…

— Qu'Eriksson et M'Boye sont sortis manger et que c'est tout.

— Hum. C'est ce que j'ai toujours pensé. Qu'il s'agit purement et simplement d'une coïncidence.

— Et je crois aussi que c'est pour cette raison qu'on a voulu jeter un coup d'œil sur l'enquête à propos de la mort de Krassner. Pour s'assurer que M'Boye n'avait rien à voir, de quelque façon que ce soit, avec lui.

— Oui, soupira Wiklander, soudain soulagé. Y a pas de doute qu'il a mis fin à ses jours. Y a pas d'autre possibilité.

— Non, conclut Johansson.

Je suis heureux de voir que tu as saisi cela, pensa-t-il.

Johansson était le seul policier de ce séminaire et en prenant connaissance de la liste des participants, deux jours plus tôt, il s'était dit que ce n'était pas de la merde de chien qui était rassemblée là – à part lui. Il y avait en effet deux directeurs de société, un conseiller à la Cour suprême, six présidents et vice-présidents généraux, deux rédacteurs en chef et un commissaire de police judiciaire, donc, qu'on avait pour la circonstance affublé du titre ronflant de « chef de la Brigade criminelle nationale ». Tous en costume cravate, naturellement, puisque seuls les Écossais faisaient la guerre en jupe.

En réalité, cela s'était déroulé de manière très pacifique. On avait certes entamé la journée par un petit *kriegspiel* dans lequel les participants avaient d'abord dû échanger leurs fonctions, par tirage au sort. Mais ce n'était pas pour partir au front, seulement pour s'assurer que les transports, l'approvisionnement en vivres, le secteur médical et la justice fonctionnaient bien. Pour le reste, il avait surtout été question de cela, précisément : comment s'assurer que les routes, le téléphone, l'électricité et l'eau fonctionnaient, comment faire en sorte que les gens ne meurent pas de faim et aient de quoi se vêtir. Et comment s'y prendre pour qu'ils se comportent « décemment », si le pire arrivait.

Au cours de la matinée du lendemain, on s'était consacré à un exercice de groupe sous la direction d'un « expert auprès du Premier ministre », à savoir cette éminence grise investie des plus hautes responsabilités dans le domaine des questions de sécurité touchant le gouvernement et l'administration centrale. Cela considéré, il se montra bien plus concret, en donnant ses directives pour cet exercice, qu'on n'aurait pu s'y attendre. Il demanda aux participants de citer, par ordre croissant en matière de risque, le nom des trois personnalités suédoises qui, selon eux, couraient le plus grand danger d'être exposées à un attentat. Évidemment, il ne s'agissait pas de n'importe qui, mais de gens haut placés au sein de la vie politique, économique ou administrative. Ou encore de célébrités nationales telles que la reine, Astrid Lindgren ou Björn Borg.

Au total, les participants avaient cité une vingtaine de noms et le Premier ministre avait très largement remporté la compétition avec deux fois plus de points que tous les autres réunis. Chacun l'avait placé en tête de liste et, pour plus de sûreté, le président d'un grand groupe de vêtements de mode avait inscrit son nom par trois fois.

— Le résultat me paraît incontestable, déclara l'expert au début de la discussion finale. Mais il serait intéressant de savoir ce qui a motivé vos choix, poursuivit-il en observant les participants derrière ses paupières mi-closes, avec un sourire sardonique aux lèvres.

Curieux bonhomme, pensa Johansson. S'il n'avait pas été aussi gros, on aurait pu le prendre pour une vipère en train de se prélasser au soleil et de faire semblant de dormir.

— Les politiciens sont volontiers sujets à controverses, risqua l'un des deux rédacteurs en chef, puisqu'il fallait bien que quelqu'un commence.

— Mon Dieu, gémit l'un des P-DG, dont le teint incitait à penser qu'il devrait surveiller sa tension, si les gens comme toi lisaient ce qu'ils écrivent, vous sauriez qu'il n'est pas le moins du monde controversé. Il suffit de lire ce que vous pondez.

— Qu'est-ce que tu veux dire ? demanda le rédacteur en chef avec un pâle sourire.

— Vous me faites l'effet d'être tous d'accord pour dire que ce type est un vrai sac de merde. Pour ma part, je n'en ai pas la moindre idée, car je ne l'ai jamais rencontré, répliqua le P-DG en dévisageant le rédacteur en chef d'un œil mauvais.

— Moi, si, déclara celui-ci en prenant un air finaud.

— Eh bien alors, c'est un sac de merde, lâcha le P-DG et l'éclat de rire que déclencha cette réplique fut assez sonore pour couvrir les molles protestations de son contradicteur.

Puis cela se déchaîna : « Arrogant », « se prend pour quelqu'un de supérieur », « injuste », « méchant », « rancunier », « très peu suédois sur le plan humain »… En outre, il était « trop intelligent », « trop cultivé », « trop disert », « trop doué » et, de façon plus générale, « trop peu digne de confiance ».

— N'oublions pas qu'il est évident qu'il a espionné pour le compte des Russes, aussi. Je n'arrive pas à comprendre comment il en trouve le temps, avec toutes ses fraudes fiscales, dit le P-DG à la tension trop élevée en regardant l'autre rédacteur en chef.

Le seul qui n'avait rien dit était Johansson. Il n'avait pas pipé et s'était contenté d'observer à la dérobée leur meneur de jeu, dont le langage corporel, à part son sourire en coin et ses paupières baissées, n'était pas différent du sien. Mais une chance s'offrit enfin à lui.

— Je crois que tout ça, c'est des bêtises, lâcha-t-il soudain, le silence se faisant aussitôt dans la pièce.

— Comment cela ? demanda l'expert en soulevant légèrement les paupières.

Excellent, se dit Johansson. Il mord à l'hameçon et je vais ferrer une grosse pièce.

— Eh bien, reprit-il avec un fort accent du Norrland, indépendamment de toutes ces raisons logiques et rationnelles qui plaident en sens inverse… et que vous savez mieux que quelqu'un comme moi… ajouta-t-il d'un air bonasse et en adressant un signe de tête au reste de la compagnie.

— *Speak up, man*[1] ! lança l'un des jeunes P-DG, qui avait suivi un cours de technique de survie à l'étranger. Tu en as trop dit ou pas assez.

— Eh bien, sur le plan purement policier, dit lentement Johansson, afin de bien appâter le poisson, sur le plan purement policier… il est à contre-emploi, comme on dit chez nous. Quelqu'un comme lui n'espionnerait jamais pour le compte des Russes. Pas lui, ah ça non, répéta-t-il en secouant la tête et chacun comprit, à le voir, que c'était impensable.

— Je suis heureux d'entendre cela de la bouche

1. « Vas-y, crache ! » *(N.d.T.)*

d'un représentant aussi distingué de nos autorités, dit le président de séance. Ce n'est pas vraiment ce qu'on chuchote un peu partout dans ce milieu.

— Dans quel sens ? demanda Johansson.

— Que le Premier ministre ne serait *pas* un espion russe, traduisit l'expert en accentuant le mot « pas ».

— Ce n'est pas ce que j'ai dit, répliqua Johansson en feignant l'étonnement et pour ferrer sa proie.

— Je croyais que vous aviez dit qu'il n'avait pas la tête de l'emploi ?

Cette fois, le meneur de jeu et expert auprès du Premier ministre avait soulevé les paupières au moins à moitié.

— Non, vous m'avez mal compris, insista Johansson en secouant la tête d'un air matois. En tant qu'espion, il est sans doute très bien dans le rôle – du moins, il l'était quand il était jeune. Mais aujourd'hui, il a trop à faire, je crois, et puis il est trop surveillé. Si vraiment il a espionné pour quelqu'un, je crois que c'était longtemps avant de devenir Premier ministre. Et, quant à le faire pour les Russes, ça, jamais.

— Je suis heureux d'entendre ça. Vous ne voyez pas pour qui il aurait pu espionner, alors ? demanda l'expert.

— Très certainement les Américains, répondit Johansson. Pour la CIA, s'il faut avancer un nom.

Je te tiens, mon vieux, songea Johansson quand l'expert changea de couleur.

— Je n'ignore pas qu'au sein de la police on nourrit d'autres idées que mon chef et moi, répliqua l'expert, un peu trop vexé pour quelqu'un comme lui.

— C'est sans doute vrai, répondit Johansson. Même si je le trouve à la fois cultivé et… intelligent.

— Mais, à vous en croire, il aurait espionné pour le compte de la CIA, rétorqua l'expert, qui fut récompensé par quelques rires étouffés.

— Il est facile de s'empêtrer. Et l'intelligence à laquelle je pense ici n'a rien à voir avec ça. Au contraire. On n'attrape pas les mouches avec du vinaigre, n'est-ce pas ? Il est facile de s'empêtrer, mais il est nettement plus délicat de se tirer d'affaire.

— Je crois que nous ne pourrons pas aller beaucoup plus loin, dit l'expert en prenant son air le plus affable. Et puis il me semble comprendre, aux bonnes odeurs que je perçois, que l'heure du déjeuner n'est pas très éloignée. Il est grand temps de mettre un terme à ce débat. Messieurs… je pense que cette séance a été extrêmement agréable, intéressante et même passionnante, et si je puis…

Et si je lui transmettais les meilleures salutations de Fionn ? se demanda Johansson en rassemblant ses notes. Mais ce n'était pas vraiment nécessaire, car il lisait maintenant en lui comme dans un livre ouvert. Et malgré son visage lourd et impassible, sa façon de se rejeter en arrière et ses paupières mi-closes, malgré tout son langage corporel, son assurance flegmatique et ses propos si bien formulés, Johansson pouvait voir qu'il avait la frousse. Je me demande combien il en sait, pensa-t-il.

Jeudi 19 décembre

À son arrivée au travail, le jeudi matin, Johansson trouva la paix de Noël en grand danger. C'était la guerre ouverte entre sa propre brigade des stupéfiants et leurs collègues du département de Dalécarlie. Ceux-ci avaient travaillé ensemble sur une grosse affaire depuis plusieurs semaines. Les suspects se trouvaient à Borlänge et à Falun. C'était également là que l'affaire avait commencé mais elle n'avait pas tardé à enfler, et à révéler des ramifications dans le reste du pays et à l'étranger. Finalement, le préfet de police de Dalécarlie avait tapé du poing sur la table et mis les choses au point. Plus question de mener l'enquête en dehors de sa juridiction, étant donné les déplacements que cela entraînait – mais il était grand temps, aussi, de partager les frais avec d'autres, s'il ne voulait pas avoir la Cour des comptes à ses basques.

Après une réunion houleuse au cours de laquelle le patron de la Brigade départementale des stups avait traité son supérieur de « sale comptable », la hiérarchie avait eu le dernier mot et, depuis trois semaines, l'affaire était suivie en commun par la police de Dalécarlie et par la Brigade criminelle nationale de Johansson. Mais personne n'était satisfait de cette situation.

Les Dalécarliens estimaient que c'était leur plus grosse affaire depuis la période faste du milieu des années 1970 et ils n'avaient aucune intention de partager les retombées de ces efforts avec des « types de la capitale » qui « bouffaient la laine sur le dos des copains » et allaient « pêcher dans les eaux des autres ». La collaboration ne s'en était pas trouvée améliorée.

À la criminelle nationale, ce n'étaient ni les frais de déplacement ni le budget qui étaient le plus gênants et on trouvait toujours des solutions. On n'était pas à court d'idées non plus et, comme ces « ploucs de flics de province » se contentaient de « racler à la surface », cette affaire commune avait tourné au bouillon de culture une fois « entre les mains compétentes de vrais policiers ».

— Ça peut finir par donner n'importe quoi, avertit le collègue de Johansson qui avait fait le voyage des États-Unis avec lui.

— Mais ils veulent frapper dès maintenant, là-bas ? demanda-t-il.

— Bien entendu, pour passer Noël tranquilles, cette bande de fainéants.

— Il faudrait quand même qu'ils aient d'autres arguments à avancer.

— Il paraît que certains de leurs gibiers de potence locaux vont partir en Thaïlande pour Noël. Alors, les types de Mora s'imaginent qu'ils vont jouer les filles de l'air pour de bon. Mais c'est des salades et, en plus, ce n'est pas eux qui sont intéressants. C'est nos bonshommes habituels qui sont derrière ça, les Turcs et puis ces Polonais dont je t'ai déjà parlé. Et ceux-là, c'est nous qui nous en occupons depuis des années. Les Dalécarliens, c'est des petits marchands de détail, conclut le Stockholmois.

— S'ils ne présentent aucun intérêt, laisse les gars de là-bas s'en occuper, conseilla Johansson.

Pour la paix des ménages, pensa-t-il. Et puis nos petits chéris à nous ne vont pas s'envoler.

— Mais ça va perturber notre propre boulot avec le gros poisson, objecta son compagnon de voyage, qui avait beaucoup changé de ton depuis la dernière fois qu'ils s'étaient vus.

— J'entends bien.

Et j'en ai entendu plus qu'assez.

— C'est eux qui ont lancé l'affaire, alors je vois mal comment on pourrait la leur retirer, trancha-t-il.

Et pourquoi on le ferait, s'interrogea-t-il.

— Bon, c'est toi qui commandes, grogna l'autre en se levant.

— Oui, c'est moi qui commande, confirma Johansson en se contentant d'afficher un sourire.

Et il y a des moments où c'est drôlement pratique, ajouta-t-il pour lui-même.

Des enfantillages, se dit Johansson, qui avait consacré sa matinée à cela, alors qu'il en aurait eu besoin par ailleurs. Par exemple pour filer en ville et acheter quelques petites douceurs à apporter chez Jarnebring, sans compter tout ce qu'il fallait, en liquide comme en solide, pour le dîner, malgré ce que ce dernier avait pu affirmer. En outre, il lui était nécessaire de se renseigner à la fois sur le lieu et sur l'heure.

Mais c'était maintenant chose réglée. Jarnebring l'avait appelé après le déjeuner pour lui donner l'adresse de sa derrière petite amie en date.

— J'ai pensé que ce serait plus pratique ainsi, expliqua Jarnebring. Les filles, tu sais, elles aiment s'occuper de ce genre de trucs. Et puis j'ai prêté ma piaule. À Rusth. Tu te souviens de lui ?

— Il faut que j'apporte quelque chose ? questionna Johansson.

Rusth ? s'étonna-t-il intérieurement. Ce ne serait pas ce type à l'haleine fétide et aux doigts crochus qui a géré à sa façon la caisse des dépenses de café ? Si oui, c'était un peu fort de café, justement.

— Non, dit Jarnebring. Je me suis occupé de tout. Sa vieille l'a foutu à la porte, continua-t-il à propos de leur collègue, je peux pas le laisser passer Noël à l'Armée du Salut. Mais j'ai pris la précaution de planquer l'argenterie, comme ça je suis tranquille.

— Tu as besoin d'un peu d'eau-de-vie ? s'enquit Johansson, qui n'aimait pas courir de risques, surtout juste avant Noël.

Ainsi, Rusth avait une femme dans sa vie, bien qu'il empestât comme un tas de fumier et eût six doigts à chaque main.

— Non, insista Jarnebring. J'en ai plein chez moi. Enfin, je veux dire : chez ma petite, je ne suis pas bête à ce point-là. Et puis je crois qu'il a un logement permanent en vue, après Noël. Je veux dire : Rusth.

— C'est sympa de ta part, acquiesça Johansson, qui avait toujours trouvé que Rusth était un sac de merde, quelle que soit l'époque de l'année.

— Alors, pas besoin de t'occuper du liquide, conclut Jarnebring.

Curieux, se dit Johansson. Est-ce qu'il aurait gagné aux courses ?

Le fait que Jarnebring eût une nouvelle petite amie n'avait rien de curieux, lui. Pour plus de sûreté, il les recrutait à l'intérieur de la maison. Nettement plus jeunes que lui, blondes comme les blés et avec de gros seins, elles étaient en général affectées à l'ordre public quand elles n'étaient pas occupées à câliner Jarnebring. C'est encore le cas cette fois, se dit Johansson lorsqu'elle vint lui ouvrir avec un grand sourire, ce soir-là. Plus intéressant était donc le fait que cet exemplaire-là avait traversé aussi bien le printemps que l'été et l'automne, et que Jarnebring semblait avoir apporté son oreiller et sa couverture, abandonnant pour un certain temps sa garçonnière du quartier de

Vasastan. Je suppose donc qu'elle dissimule des trésors de patience et d'instinct maternel sous ses dehors de fille, termina Johansson.

L'amie de Skövde était déjà là, elle aussi. Physiquement, c'était presque la jumelle de l'hôtesse de la soirée. Johansson n'avait pas manqué de noter l'intérêt qu'il éveillait en elle lorsqu'il l'avait saluée. Je me demande si elle a entendu parler de moi ou si c'est à cause de mes yeux bleus. En tout cas, ce n'est pas parce que je mange trop et que je fais trop peu d'exercice. C'est donc pour mes yeux bleus, trancha-t-il, et, dès ce moment, la soirée fut fort agréable.

Lorsqu'ils passèrent à table, dans la petite cuisine, il constata qu'il n'aurait pas eu besoin de se préoccuper du menu. Il y avait d'excellents harengs de la Baltique, du saumon mariné et de l'anguille fumée, une excellente tentation de Jansson[1], onctueuse à souhait, des boulettes de viande bien dorées et des saucisses qui grésillaient de façon appétissante quand la cuisinière les avait sorties du four. Sans compter de la bière et de l'eau-de-vie à profusion. Elle a l'air de ne pas être fauchée, en plus, se dit Johansson en se resservant d'œufs brouillés à la ciboulette fraîche hachée menu. Agréable à regarder et intéressante à écouter. Cuisinant aussi bien que tante Jenny, aussi patiente, maternelle et… sans doute pleine aux as. Que demande le peuple ?

— Je ne croyais pas qu'il existait encore des femmes comme vous, dit Johansson en trinquant avec son hôtesse. Si vous avez besoin d'un homme, un vrai, n'hésitez pas à me faire signe.

Est-ce qu'elle aime la lecture, aussi ?

---

1. L'un des classiques de la cuisine suédoise, à base de pommes de terre, d'oignons et d'anchois. *(N.d.T.)*

— Je ne pensais pas que tu avais d'autres connaissances que moi, ironisa Jarnebring sur un ton bonasse. Qu'est-ce que tu dirais d'un petit verre de genièvre pour faire passer tout ça ? proposa-t-il ensuite en pêchant un pichet ventru parmi les nombreuses bouteilles du bar.

Où a-t-il pu se procurer un stock pareil ? s'étonna Johansson. Même si la fille avait beaucoup d'argent, elle n'avait pas l'air du genre à se préoccuper d'acheter de quoi boire pour eux. Pas en pareille quantité, en tout cas, et quels que soient le nombre et la virilité de ses invités.

— C'est parfait pour moi, acquiesça Johansson, qui n'avait encore bu que trois petits verres d'alcool, dont il ne sentait nullement l'effet.

Il a sûrement gagné aux courses, pensa-t-il.

Le café et le cognac étaient servis dans la salle de séjour, avec des liqueurs et autres gâteries. En voyant cela, Johansson dut aussitôt réviser sa théorie sur un éventuel pari gagnant de son meilleur ami.

— Je me contenterai de café et de cognac, dit-il pour prévenir le geste de son hôte en direction de la profusion de bouteilles.

Il commençait en effet à ressentir l'influence de ce qu'il avait bu à table et jugeait inutile d'en rajouter.

La petite amie de Jarnebring et sa copine avaient bu de la liqueur avec délice – elles ne doivent pas aimer la lecture, conclut Johansson – et c'est alors qu'il avait obtenu la réponse aux questions qu'il se posait.

— Hum, que c'est bon ! dit l'amie en passant la pointe de sa langue sur sa lèvre supérieure. Tu pourrais peut-être demander à ton fournisseur de m'en prendre quelques bouteilles ?

— Je verrai ce que je peux faire, assura Jarnebring en levant son verre.

Hultman, pensa aussitôt Johansson. Je me demande quel service Jarnis lui a rendu. Et, si ce dernier n'avait pas été son meilleur ami, il se serait fait des cheveux pour lui.

Il était déjà plus de minuit lorsque Johansson avait fini par reprendre ses esprits et décider qu'il était temps de rentrer chez lui. Non pas qu'il se sentît vraiment rond, s'étant contenté d'eau minérale au cours de la dernière heure, mais, douze heures plus tard, il devait prendre le volant. Il valait mieux se retirer au meilleur moment.

— Je vais vous remercier pour cette soirée, dit-il. Vous avez eu la bonne idée de me l'offrir bien avant votre mariage, alors je peux vous promettre de ne pas me montrer ingrat et de vous rendre bientôt la pareille.

Jarnebring ne protesta pas mais leva les yeux au ciel quand il fut sûr que les deux femmes ne le voyaient pas. L'hôtesse émit un petit rire et l'embrassa sur la bouche. Quant à son amie, elle avait, de toute évidence, décidé de ne pas laisser passer l'occasion, elle non plus.

— Je crois que vous habitez le quartier de Söder, vous aussi, lança-t-elle avec un regard intéressé. Nous pourrions peut-être partager les frais de taxi ?

— Bien sûr, dit Johansson.

T'as vraiment fait une touche, mon vieux, pensa-t-il.

Vendredi 20 décembre

Il avait bouclé ses valises la veille. Ses vêtements, les cadeaux pour toute la famille, un peu de lecture ainsi que les papiers de Krassner, pour le cas où il aurait une journée de libre et ne trouverait rien de mieux à faire, tout cela était dans ses bagages. La voiture que son frère lui avait procurée, il était allé la chercher avant de partir pour son travail et, ensuite, il n'avait plus eu qu'à faire le tour des autres bureaux, souhaiter un bon Noël à chacun et boire beaucoup trop de café. Quant à son déjeuner, il avait décidé de le prendre sur la route. Juste avant midi, il remit un cadeau de Noël à sa secrétaire, obtint en retour un sourire étonné – ni plus ni moins étonné qu'il ne s'y attendait – et un léger baiser sur la joue en remerciement.

Une fois que ce fut fait, il prit l'ascenseur pour descendre au garage et s'installa au volant de cette grosse voiture d'emprunt qui ne lui coûtait pas un centime, car son grand frère – qui était dans la partie – y avait veillé. Puis il chargea le radiocassette d'un peu de musique de danse assez agréable et mit cap au nord. Un peu moins de quatre cents kilomètres, ça fait un peu moins de quatre heures, calcula-t-il en sortant de la ville par la rocade d'Essinge. Au peu de densité de la circulation qui se dirigeait vers le nord, il comprit qu'il était parti à temps.

XIV

Et il ne restait plus que le froid de l'hiver

Stockholm au mois de décembre

Décembre avait commencé sous des auspices plus favorables que d'habitude pour Bäckström et ses collègues de la Brigade des agressions. Au début de la semaine de la Sainte-Lucie, on avait pris le bateau pour la Finlande afin de tenir la traditionnelle conférence de Noël. On avait commencé à boire dès avant de monter à bord et, en allant pisser avant d'entrer en séance, Bäckström et les autres avaient trouvé Fylking, alias Poivrot, complètement rond dans l'escalier menant aux toilettes, avant même d'avoir vraiment quitté le port de Stockholm.

C'est trop beau pour être vrai, se dit Bäckström. Quel formidable préambule !

Ses collègues et lui étaient d'abord restés à le regarder, affalé là, immobile, la tête formant un curieux angle avec le reste du corps. Puis Rundberg, ce sale fayot, l'avait pris par l'épaule pour le secouer et s'était mis à crier qu'il fallait vite appeler un médecin. Poivrot avait alors bondi sur ses pieds, soudain, et s'était mis à les dévisager avec des yeux injectés de sang.

— Espèces de lâches ! avait-il sifflé. Pourquoi vous n'applaudissez pas ?

Puis tout était rentré dans l'ordre. Au déjeuner, Lindberg avait recommandé à plusieurs reprises que personne ne prenne plus d'un verre d'eau-de-vie, en prévision de la réunion de l'après-midi. Mais le vieux Poivrot, redevenu lui-même, également, lui avait rétorqué de fermer sa gueule et de les laisser bouffer tranquilles. Puis il avait trinqué avec Bäckström. Il s'était d'abord contenté de le regarder fixement, comme à son habitude ; ensuite, son visage s'était fendu d'un large sourire et il avait levé son verre.

— À la tienne, Bäckström, lança Poivrot. Meilleure chance la prochaine fois qu'on ira aux chiottes.

On peut penser ce qu'on veut de ce vieux Poivrot, mais c'est un dur, songea Bäckström, qui en était déjà à son quatrième verre et commençait à se laisser attendrir.

— À la vôtre, chef ! répondit-il. J'ai pas à me plaindre.

Apparemment, c'était la bonne réponse, car Poivrot sourit comme une baleine et lui offrit un cinquième verre.

Une fois arrivés à Helsingfors, Bäckström avait filé à l'anglaise. Il avait pris la précaution d'appeler un collègue finlandais ayant les mêmes goûts que lui et possédant des relations, en outre. Ils étaient allés ensemble dans un night-club où ils avaient dragué deux Estoniennes qu'ils avaient emmenées chez le collègue. Bäckström avait administré une bonne raclée à la sienne, une petite garce grassouillette à grosses miches qui savait se servir de sa chatte. Elles étaient entrées en Finlande clandestinement et ne s'étaient donc pas montrées trop exigeantes sur le prix quand Bäckström et son collègue leur avaient dit dans quelle branche ils travaillaient. Avant de se séparer, celle de Bäckström lui avait même demandé s'ils ne pouvaient pas se revoir. Pourquoi pas à Stockholm ?

Tiens, je t'en fous, ma petite pute, avait-il ricané en remontant à bord, d'un pas mal assuré, peu avant l'heure du départ. Par pure curiosité, il était descendu jusqu'à la salle de réunion qui leur était réservée et avait trouvé Lindberg en train de se livrer au jeu de la conférence professionnelle avec Krusberg, autre lèche-cul notoire, et un ou deux jeunots qui ne devaient pas avoir le choix. Bäckström s'était assis près d'eux un moment pour se reposer les pieds, pendant que Lindberg rabâchait quelque chose à propos de statistiques qu'aucun vrai policier n'avait la force d'atteindre. Puis il était allé retrouver les autres, tous réunis au bar pour se réchauffer un peu avant le départ. Ensuite, tout s'était déroulé comme d'habitude, à nouveau.

En rentrant à la brigade, la veille de la Sainte-Lucie, le vieux Poivrot avait entraîné Bäckström à l'écart et lui avait demandé s'il ne pouvait pas s'occuper des détails pratiques de la fête pour que cela ne revienne pas trop cher. Bäckström l'avait compris à demi-mot et, malgré la brièveté des délais, il avait réussi à joindre son contact à la police maritime, qui avait lui-même fixé rendez-vous à son propre contact, lequel, à son tour, avait déniché une caisse entière de divers produits liquides à un prix intéressant.

— Faudrait quand même pas qu'on soit condamnés à payer la Sécu des petits vieux simplement parce qu'on veut boire un coup, commenta Poivrot, tout content, lorsque Bäckström vint le retrouver, mission accomplie.

Puis on avait fêté sainte Lucie de manière traditionnelle et Bäckström avait été dispensé de permanence pendant la fin de la semaine. Honnête comme toujours, le vieux Poivrot lui avait déniché une mission spéciale et accordé toutes les heures supplémentaires dont il avait besoin pour reposer sa tête surmenée et passer un week-end tranquille sans avoir mauvaise conscience.

Le lundi n'avait pas mal commencé non plus. Bäckström avait à peine eu le temps de mettre les pieds à la brigade qu'un des jeunots était arrivé en coup de vent et le souffle court pour dire qu'il venait d'y avoir un double meurtre, à Bromma, qui nécessitait l'intervention immédiate de Bäckström et de ses talents professionnels.

Il avait été déçu. Malgré l'adresse, il s'agissait d'un meurtre de bougnoul très banal : un Iranien qui était devenu fou et avait abattu sa femme et sa fille. La première était certes suédoise mais à quoi pouvait-elle s'attendre d'autre, bon Dieu, en épousant un type pareil et puis en allant lui dire, ensuite, qu'elle voulait divorcer ? Y en a, je vous jure, qu'est-ce qu'elles trimballent, se dit Bäckström.

Après avoir trucidé sa femme et sa fille, le raton avait apparemment cherché à se faire la peau, mais sans grand succès. Comme c'était souvent le cas pour les types dans son genre, le courage lui avait manqué dès qu'il s'était agi de son propre bien-être. Il avait d'abord tenté de se tirer une balle dans la tête mais avait naturellement manqué son coup et s'était simplement fait la raie au milieu, sur le crâne. Lorsque les collègues étaient arrivés sur les lieux, il était dans sa cuisine en train de se taillader les poignets avec un vieux couteau à pain. C'était donc une affaire classique de bicots mais le plus râlant, c'était que ce type avait une autorisation de port d'arme pour un fusil de chasse et une carabine. Il avait même passé son permis et ces écervelés de collègues le lui avaient délivré.

Comment autoriser un mec pareil à chasser ? Et en Suède, en plus.

Le reste avait été un vrai parcours de liaison, comme on dit dans les rallyes. Heureusement, Bäckström avait mis la main sur ce petit pédé de Wiijnbladh, de la scientifique. Les constatations sur place avaient donc été expédiées en un rien de temps et il avait remis avec plaisir le bougnoul à son collègue plus jeune, qui pouvait avoir besoin de se faire la main pour le cas où ça barderait vraiment un jour. Bien sûr, c'était à ce moment-là que ça avait commencé à foirer. Comme toujours quand on n'avait pas des vrais professionnels à portée de la main. Le jeune collègue n'y était pas allé de main morte et le bon docteur en avait profité pour faire avaler une telle dose de médicaments au raton qu'il ne pouvait plus parler. Y en a, je vous jure, se répéta Bäckström. Alors que le collègue avait eu une chance incroyable de lui faire cracher le morceau pour de bon pendant qu'il était dans son lit d'hôpital avec des bleus et des tuyaux partout.

— Tu pourrais peut-être t'engager dans l'Armée du Salut, mon petit ? lui avait demandé Bäckström en regardant ce givré droit dans les yeux, lorsqu'il s'était présenté dans son bureau, après être revenu de l'hôpital, pour se plaindre qu'il ne se sentait pas à la hauteur de sa tâche.

Le médecin, lui, était un citoyen au grand cœur qui se prenait très au sérieux et ne manquait pas une occasion pour cela. Il avait fait admettre le meurtrier à l'hôpital psychiatrique et, là, celui-ci se murait désormais dans le mutisme. « Le malade est profondément déprimé, il est impossible d'entrer en contact avec lui et il court un risque certain de tomber durablement dans un état psychotique », disait le fax que Son Éminence avait fait parvenir à la brigade en réponse à la question que Bäckström avait gentiment posée de savoir s'il pouvait parler à ce type. Ils vont me le piquer, mon raton, ces salauds-là. Et puis, à Pâques, ils le laisseront sortir, comme d'habitude, et il sera dehors, libre comme l'air et frais comme un gardon, médita Bäckström, qui savait de quoi il parlait. Mais ça va pas se passer comme ça, ajouta-t-il en se précipitant chez Poivrot pour obtenir son aide.

Malheureusement, le moment semblait mal choisi. Son chef respecté avait la gueule de bois, ce qui tendait à prouver que même un ivrogne comme lui n'était pas capable de faire la fête comme jadis, avant Noël. Poivrot s'était foutu en rogne et avait tout mis sur le dos de Bäckström, alors qu'il était innocent comme l'agneau qui vient de naître. Plus question d'autres missions spéciales avant Noël. En revanche, il allait se voir confier pas mal d'autres tâches, s'il avait bien compris la chose lorsqu'il était revenu de l'hôpital sans ramener d'aveux.

— Y en a, je vous jure ! hurla Poivrot en guise de compassion et en cognant du poing sur la table.

Bäckström avait donc dû s'incliner, prendre ses cliques et ses claques, et se rendre en personne à l'hôpital pour interroger le bougnoul. Tard le soir, en plus, pour être sûr que ce salaud de docteur était chez lui pour fêter sa victoire sur la justice avec ses copains de gauche couleur vin rouge. Mais là, mon vieux, tu te fourres le doigt dans l'œil, se dit Bäckström en installant son magnétophone près du lit. Naturellement, le bicot avait joué les imbéciles et s'était contenté de rester allongé, ses yeux bruns fixés au plafond, vides et luisants de larmes, les mains jointes sur la couverture comme s'il n'avait rien à voir dans cette affaire et n'était qu'un cas psychiatrique parfaitement banal au milieu d'un tas d'innocents.

On va se marrer, se félicita Bäckström. Il alluma le magnétophone et débita les tirades habituelles en regardant le bougnoul d'un air doux et en lui montrant la photo qu'il avait apportée.

— Je sais que tu te sens pas très bien, dit-il en lui tapant amicalement sur l'épaule. Mais je crois que tu iras nettement mieux si tu soulages ton cœur.

Ce n'était pas un cliché de mauvaise qualité, il était en couleur, la mise au point était excellente et tout avait fort bien fonctionné. La fillette n'avait que deux ans et il était évident qu'elle dormait lorsque son raton de père était venu lui dire bonne nuit pour toujours. Elle portait un pyjama blanc avec de grands personnages de dessins animés et, d'après une autre photo que Bäckström avait vue dans un album sur le lieu du crime, elle était très jolie, comme tous les enfants de bougnouls, de façon générale.

Elle n'était plus très belle à voir, maintenant. Son cher papa avait passé le canon de son fusil entre les barreaux de son petit lit, appuyé l'orifice contre la base de son crâne et pressé la détente. La balle avait perforé le corps en biais et était ressortie par le ventre. Au passage, elle avait arraché tout l'intestin grêle, qui ressemblait désormais à une pelote de laine rose pâle sur son pyjama et recouvrait au moins un personnage et demi. Ce n'était pas une mauvaise photo, encore une fois, et le bougnoul n'avait eu qu'à y jeter un coup d'œil pour qu'on puisse entrer en contact avec lui à un point tel qu'on aurait dû porter plainte contre ce salaud de toubib pour son diagnostic à la noix.

Sa mâchoire s'était mise à monter et à descendre comme l'aiguille d'une machine à coudre, tandis que les larmes et la sueur lui coulaient sur le visage. Il parlait évidemment très mal suédois et, pendant de longs moments, ses propos restèrent incompréhensibles. Naturellement, il avait tenté de rejeter la faute sur sa femme. Mais Bäckström avait obtenu ce qu'il voulait. Pour cela, il avait dû ramer comme un galérien, sur son magnétophone, il avait dû maintenir de force l'homme qu'il interrogeait dans son lit, où il fallait qu'il reste s'il voulait guérir. Il n'en avait eu que pour une heure à tout mettre en place. Ensuite, la sœur avait dû venir administrer une sacrée piqûre à ce pauvre type, pour le récompenser, et avant de partir Bäckström lui avait glissé quelques mots au passage.

— Je suis sûr que tu iras beaucoup mieux maintenant que tu as tout avoué, lui dit-il en lui tapotant le bras, avec un sourire de tristesse à l'adresse de la sœur. Aïe aïe aïe, y en a qui sont vraiment à plaindre, hein ?

Elle avait dû y mettre la dose car, lorsque Bäckström partit, l'homme était allongé, les yeux dans le vide. Exactement comme une heure auparavant.

Le monde est ingrat. Le lendemain, Poivrot était arrivé, furieux, dans le bureau de Bäckström. Il n'avait pas montré de reconnaissance, loin de là. Apparemment, le bicot s'était fait la peau au cours de la nuit, après le passage de Bäckström, alors que celui-ci lui avait procuré toutes les chances possibles de soulager son cœur. Il avait donc dû effectuer ses permanences, après tout, et, étant donné l'état de ses finances après les ripailles de ces derniers temps, il n'avait eu d'autre choix que de passer Noël et le jour de l'An à bosser. Saloperie de monde, jura-t-il tristement. Saloperies d'êtres humains et saloperie de vie, ajouta-t-il pour faire bon poids.

Wiijnbladh avait eu du pain sur la planche, en sa qualité de président du comité des fêtes. Or il avait à peine mis en place tous les détails que cette grande gueule de Bäckström l'avait appelé pour lui dire qu'il avait besoin d'aide à propos d'un double meurtre. Chic type comme il était, il avait répondu à l'appel, alors que des tâches plus importantes l'attendaient. C'était une tragique histoire de famille. Un couple s'était disputé, apparemment l'homme en avait trouvé une autre et voulait divorcer, puis, dans un moment de trouble émotionnel et de confusion mentale, elle avait pris le fusil de chasse de son mari et était montée à l'étage, où elle avait d'abord abattu leur petite fille et avait ensuite retourné l'arme contre elle. En général, c'était plutôt le contraire : le mari qui tuait la femme et l'enfant, mais Wiijnbladh estimait que les traces étaient claires, à ce sujet, même si Bäckström avait refusé de l'entendre de cette oreille. Et comme il n'avait ni le temps ni l'envie de passer la journée à discuter avec Bäckström, il s'était contenté de faire ce qu'il devait afin de rentrer s'occuper de sa véritable mission : organiser la fête qui devait marquer le soixantième anniversaire du patron.

Celui-ci, qui s'appelait Holger Blenke, était un peu une légende au sein de la police scientifique. À l'origine, à l'issue de la Seconde Guerre mondiale, il était officier de cavalerie. Ensuite, dès la fin des hostilités, il avait demandé à entrer dans la police. Il avait d'abord dû effectuer des patrouilles, comme tous les autres, et avait fini par échouer à la police scientifique parce qu'il était adroit de ses mains. Il ne s'y connaissait pas seulement en chevaux mais savait aussi faire un tas de choses avec des bouts de ficelle.

Blenke était déjà là à l'époque de l'ancien patron et de la création du service. C'était auprès de lui qu'il avait gagné ses galons. On peut dire, en fait, que c'était l'ancien qui avait défriché le terrain et que Blenke avait mis en valeur les terres que l'autre lui avait léguées, songea Wiijnbladh, qui se hâta de jeter cette formule sur le papier tellement il en était satisfait. Car, en plus du reste, c'était à lui qu'il revenait de prononcer le discours en l'honneur du patron. L'ancien chef avait hélas eu des malheurs à la fin de sa vie. Tout laissait en effet penser que, sous l'empire de l'alcool, il avait tué son fils au cours d'une banale querelle de famille. Mais, comme c'était Blenke qui avait procédé aux constatations sur place, les choses avaient fini par s'arranger pour le mieux. L'affaire avait été classée comme accident et le zèle déployé par Blenke à cette occasion le qualifiait évidemment, en plus du reste, pour la succession. Bien sûr, il était exclu d'évoquer des faits aussi déplaisants dans un discours d'anniversaire et Wiijnbladh avait décidé, très tôt, de retracer uniquement les plus grands traits de l'histoire du service. N'était-ce pas cela le plus intéressant sur le plan des principes, alors que le reste n'était que ragots de commissariat ?

Malheureusement, le travail préparatoire de la grande fête ne s'était pas déroulé sans anicroche. Les avis avaient divergé et les souhaits étaient entrés en conflit les uns avec les autres. Il avait donc fallu élaborer de savants compromis à propos de tout et du reste, et il y avait eu des moments où Wiijnbladh avait dû mobiliser l'ensemble de ses ressources de diplomate pour parvenir à faire avancer les choses. On avait commencé par se disputer à propos du cadeau qu'on achèterait avec l'argent de la collecte. Olsson, qui ne manquait pas une occasion de se faire remarquer, avait proposé qu'on crée une bourse de voyage en l'honneur du patron mais, étant donné la somme rassemblée, l'idée était tombée sous son propre poids de ridicule dès le début : elle aurait à peine suffi pour un aller et retour à Wäxjö ou à Hudiksvall, si l'on incluait tous les menus frais, et on voyait mal quel savoir utile à la police scientifique on serait allé chercher dans des endroits pareils.

Wiijnbladh avait alors suggéré qu'en des circonstances comme celles-ci il fallait absolument un cadeau personnel et que, pour cela, on devait s'inspirer des centres d'intérêt et passe-temps favoris du patron. On avait donc fini par décider d'acheter une scie à moteur. L'intéressé possédait une maison de campagne sur l'île de Muskö, au sud de la ville, et sa grande passion était d'abattre des arbres sur le terrain dont il était propriétaire.

On était ensuite passé à la préparation de la fête elle-même et les choses s'étaient vraiment gâtées au sein du comité. Fidèle à son habitude, Olsson avait exposé une idée farfelue : on consacrerait l'ensemble de la journée à des conférences et travaux de groupe illustrant divers aspects du travail et des méthodes de la police scientifique. Heureusement, le reste du comité avait été unanime à rejeter cette proposition, même si tel ou tel de ses membres ne s'était pas toujours exprimé avec beaucoup de bonheur.

— Le Charbonnier se fout pas mal de ce genre de nouveautés, avait dit l'un des plus anciens du service pour résumer l'opinion générale.

Le Charbonnier était le surnom du patron, même si on évitait généralement de le prononcer en sa présence. La raison en était qu'il avait toujours été un chaud partisan de la vieille méthode classique de relevé des empreintes digitales au moyen d'un pinceau et de poudre de carbone. Les empreintes étaient d'ailleurs la grande passion de Blenke dans le cadre de sa profession. Les seules fois où il se montrait réellement ému étaient celles où il en venait à évoquer ce qu'il appelait la Grande Trahison, à savoir que, dès le début du siècle et, semblait-il, dans le reste du monde occidental, on avait abandonné la technique de la poudre de carbone au profit de substances mystérieuses, de liquides, de rayons lumineux, voire de gaz, qui produisaient des réactions chimiques sur les empreintes recherchées et qui demeuraient incompréhensibles pour les gens normaux.

« Des gaz par-ci, des gaz par-là, les seuls gaz dont on a besoin, dans la police, c'est les gaz lacrymogènes », avait dit Blenke en personne pour mettre fin à la discussion lorsque la question était venue sur le tapis au cours d'une réunion matinale.

Comme toujours, ce pauvre type d'Olsson – le docteur Olsson, ainsi que l'appelaient les collègues, alors qu'il n'avait guère suivi que la scolarité obligatoire, comme les autres – avait suggéré de s'intéresser un peu aux nouvelles méthodes, malgré tout. Mais qui pourrait le faire, puisque les manuels étaient tous rédigés en langue étrangère ? Il semblait avoir les contacts qu'il fallait, en plus. Ainsi, le médiateur l'avait innocenté, récemment, quand il avait presque saboté l'enquête au sujet du meurtre des trois trafiquants de drogue turcs, alors que Wiijnbladh avait fait son possible pour que ses services soient informés de ce qui s'était passé.

Il était clair que cet arriviste de Johansson, à la tête de la Brigade criminelle nationale, avait décidé de traiter cette affaire par-dessous la jambe et rédigé un rapport d'une indulgence stupéfiante que le médiateur avait gobé sans difficulté. Pourtant, tout cela restait inexplicable, selon Wiijnbladh. Quelle raison pouvait avoir un personnage aussi haut placé que Johansson, connu pour passer sur le corps de ses collègues s'il le fallait, de soutenir un minable comme Olsson ? C'était probablement le résultat de l'arrogance et de la flemme générales qui caractérisaient les types comme Johansson, le boucher d'Ådalen, comme l'appelaient certains collègues de l'ordre public. Pour sa part, Wiijnbladh avait rencontré un seul grand personnage, dans la corporation, qui possédât la stature morale, les connaissances et la capacité d'action, dans le domaine pratique, qu'on devrait exiger de tous ceux qui exerçaient des fonctions à ce niveau : le commissaire divisionnaire Claes Waltin, de la DST, un homme qui, de plus, avait eu le bon goût de venir parfois lui demander conseil sur divers points d'ordre technique qui intéressaient les services secrets.

S'il en avait eu le droit, il lui aurait fait parvenir une invitation au dîner d'anniversaire de Blenke mais, pour des raisons d'économies, on avait limité au strict minimum les gens ne relevant pas de la brigade. Et, vu le local et les dispositions générales que la majorité au sein du comité des fêtes avait adoptées – contre son avis express –, c'était sûrement aussi bien. J'imagine Waltin sur un ferry pour la Finlande, se dit Wiijnbladh en frémissant à cette idée.

Aux yeux de trop de ses collègues, hélas, la limite entre une banale fête et une conférence de travail était assez floue. Pour eux, ce genre de conférence était une festivité dont le coût était supporté par l'employeur, et le lieu préféré par la police de Stockholm, de loin, pour ce genre de manifestation était les ferries de Finlande. Car il se trouvait que – outre les occasions de beuverie, de commerce et de débauche – ils disposaient de locaux à cet effet. À titre d'alibi, bien entendu, songeait Wiijnbladh, et la peine qu'il en concevait allait parfois jusqu'au sentiment d'impuissance.

Il était évident, aussi, que les collègues avaient agi derrière son dos et pris contact à l'avance avec l'agence de voyages. Comme la police scientifique était, depuis de nombreuses années, l'un des clients réguliers de l'armateur, on n'avait pas eu de mal à obtenir divers avantages pour une occasion comme celle-là. Épouses, fiancées, concubines et petites amies pourraient être du voyage – gratuitement –, et Blenke se verrait offrir la plus belle cabine. Sur le prix des denrées consommables, on avait aussi obtenu des conditions exceptionnelles. Prendre le ferry de Finlande avec sa femme, pensa Wiijnbladh, soudain en proie à un désespoir sans limite.

Le voyage avait eu lieu la semaine précédant Noël. La brigade entière en était, y compris conjointes et conjoints de tous statuts possibles et imaginables, ainsi que le héros du jour accompagné de son épouse légitime et d'une demi-douzaine de proches, ce qui faisait au total plus de soixante personnes. Au début, tout s'était déroulé conformément au programme. D'abord réception au champagne – offerte par l'armateur – puis remise des cadeaux et brèves allocutions d'usage. Blenke avait d'ailleurs été très heureux de sa scie à moteur et jusque-là tout avait été parfait.

Ensuite, les choses étaient redevenues normales. On avait d'abord eu quartier libre jusqu'au repas de gala du soir et, comme on pouvait le redouter, beaucoup trop parmi les invités avaient mis ce temps à profit de la manière habituelle et pour des raisons coutumières. Quand arriva le moment du discours de Wiijnbladh, minutieusement préparé depuis des mois, l'ambiance était donc déjà tellement chaude que seuls ceux qui se trouvaient près de lui avaient pu entendre ce qu'il disait. Après le dîner, sa femme s'était éclipsée de la manière habituelle et pour ses raisons coutumières, et, comme d'ordinaire, sans qu'il puisse dire où ni en compagnie de qui. Quand elle avait regagné leur petite cabine, tard dans la nuit, il avait – comme toujours – fait semblant de dormir.

Je vais la tuer, pensa Wiijnbladh tandis que, empestant l'alcool, la sueur et le sexe et pouffant de rire, elle se déshabillait, s'allongeait sur sa couchette, s'endormait immédiatement et se mettait à ronfler. Ensuite, il avait dû s'endormir lui-même car, à son réveil, ils étaient déjà à quai. Il le comprit aux bruits de voix et autres, ainsi qu'au fait que l'eau ne clapotait plus contre la paroi de leur cabine.

Il faut que j'aille voir le temps qu'il fait, se dit-il en s'habillant aussi silencieusement qu'il le put et en se glissant hors de la cabine. Le ciel était couvert et il faisait très froid, malgré la neige dans l'air. Il n'était plus triste et ne ressentait que désespoir et impuissance. Que peut-on éprouver d'autre, quand on n'est pas capable de tuer sa femme ? Car c'était la triste vérité : il ne pourrait même pas tuer quelqu'un comme elle.

Plus on approchait de Noël, plus les nuages s'amoncelaient au-dessus de la tête de Berg. Lors de la dernière réunion – on observait une trêve pendant la période de fin d'année étant donné que tous les autres étaient en congé et qu'il ne se passait rien de particulier, en général –, il avait une nouvelle fois été dans l'obligation de soulever la question de la sécurité personnelle du Premier ministre et de la conception que s'en faisait celui-ci. D'après Berg, la conscience qu'il avait des risques qu'il courait était égale à zéro. Bien entendu, il n'en avait soufflé mot, il ne se rappelait d'ailleurs plus le nombre de fois où il avait gardé le silence à ce sujet.

Les menaces les plus anciennes n'étaient toujours pas levées. La seule nouveauté était que d'autres étaient venues s'y ajouter. L'affaire du séjour de son fils à Harvard, dont la presse avait tant parlé, semblait en effet avoir mobilisé tous ceux qui, dans le pays, cherchaient noise à la justice et il ne passait pas un jour sans qu'on annonce de nouvelles recrues dans leurs rangs.

— Je ne voudrais pas noircir la situation, dit Berg avec une franchise inattendue, et loin de moi l'idée que ces types-là puissent être comparés au Chacal et à d'autres terroristes ou meurtriers professionnels… (Parvenu à ce point, Berg observa une pause avant de poursuivre :) Mais n'oublions pas non plus que la forme la plus courante d'attentat contre des politiciens de haut rang est en réalité le fait de ce qu'on appelle des fous isolés. Un homme très simple, utilisant des moyens très simples mais capable de causer des dégâts considérables.

— D'après ce qu'on m'a rapporté, mon vénéré chef a déclaré qu'il ne voulait pas de garde du corps pendant la période de fin d'année, intervint l'expert derrière ses paupières mi-closes et avec son sourire déplaisant.

— Oui, coupa Berg. Il désire fêter Noël et le nouvel an en paix, en famille et avec quelques amis proches.

— La période bénie de la paix de Noël, ironisa l'expert.

— Ce qui m'inquiète le plus, reprit Berg, qui n'avait pas l'intention de se laisser démonter aussi facilement, c'est qu'il a apparemment l'intention de passer près d'une semaine à Harpsund.

— Je sais, je sais, car j'ai moi aussi le privilège d'une petite invitation, soupira l'expert.

— Harpsund est un cauchemar, du point de vue de la sécurité, dit Berg en regardant chacun dans les yeux.

— Vous pensez à cette sale cuisinière ? lâcha l'expert. C'est vrai que c'est un cauchemar. Si j'accepte l'invitation, je me demande si je ne vais pas emporter à manger.

— Je ne pense pas à la cuisinière, répliqua Berg, qui n'était pas d'humeur à plaisanter. Je pense à l'éventualité d'une attaque lancée par un ou plusieurs types, et vu la façon dont se présentent les choses, là-bas, ils n'ont pas besoin d'être très bien formés.

— Je n'ai pas manqué de soulever la question auprès de mon chef, argumenta l'expert. Le patron des gardes du corps que vous avez sous vos ordres est particulièrement assommant quand il s'y met et j'ai fini par renoncer à évoquer la question avec lui. Alors je m'en suis ouvert auprès du mien, mais il veut être en paix, tout simplement. Il a connu des moments difficiles, ces derniers temps, et, si je peux me permettre de le citer, je dirais qu'il considère que les chiffres concernant la criminalité dans la commune de Flen[1], au cours des prochaines semaines, ne sont pas ce qui le préoccupe le plus, pour le moment du moins. Il désire passer quelques jours seul avec sa femme et ses enfants, au calme, sapin de Noël et petits cadeaux, paix et contentement, pas de gardes du corps, pas de police d'aucune sorte, même pas un petit ange gardien avec bonnet de père Noël en faction à l'entrée.

— Moi aussi, je voudrais bien passer un Noël tranquille, contra Berg.

— Comme nous tous, intervint le ministre avec une gravité inhabituelle. Pour ma part, je vais fêter Noël auprès de ma vieille mère et, étant donné qu'elle a près de cent ans, nous désirons ne pas…

— Pouvez-vous faire en sorte qu'il n'ait pas à subir leur présence, là-bas ? questionna l'expert.

— Bien entendu, répondit Berg. Je peux même faire en sorte qu'il n'ait pas à les voir. Mais il me faudra deux fois plus de moyens pour ça.

— Eh bien, c'est décidé, trancha l'expert. Je vais prévenir mon chef pour qu'il ne sorte pas son fusil de

1. Sur le territoire de laquelle est située la résidence de Harpsund. *(N.d.T.)*

chasse et ne tire pas sur eux par erreur s'il les voit se faufiler dans le parc.

— Ce serait sans aucun doute une excellente idée.

— Mais je ne peux pas garantir qu'il ne tentera pas de leur offrir du vin chaud et des petits gâteaux au gingembre. Il a assez tendance à s'attendrir, à cette époque de l'année, et il ne faut pas sous-estimer ses facultés de… comment dites-vous déjà, dans la police… d'appréciation de la situation.

— Du vin chaud et des petits gâteaux, ça serait sûrement très bien, commenta Berg avec un vague sourire.

— Pas en quantité industrielle, naturellement, dit l'expert en levant la main en un geste de prévention.

Après la réunion, on avait déjeuné à Rosenbad, en vertu d'une tradition remontant à de nombreuses années. À l'époque où les partis bourgeois étaient au pouvoir, cela avait été agréable, la nourriture abondante et la conversation libre et plaisante. On n'avait pas non plus à perpétuellement se demander ce qu'ils voulaient dire quand ils parlaient de quelque chose, pensa Berg. Mais, cette fois, le déjeuner n'avait pas été mauvais non plus. Tout le monde, sauf Berg, qui devait retourner au bureau ensuite, avait pris un petit verre d'eau-de-vie pour accompagner l'assiette de charcuterie servie en entrée. Le ministre en avait même pris deux et l'expert sans doute trois, en se faisant discrètement servir une nouvelle tournée pendant que personne ne le regardait, alors que le conseiller juridique s'était contenté d'un demi pour ne pas avoir l'air de refuser d'être solidaire.

Au café, le ministre et le conseiller s'excusèrent en invoquant des affaires urgentes. Puis l'expert demanda à parler en particulier avec Berg.

— Bon sang, Erik, c'est quand même bientôt Noël, non ? Je ne peux vraiment pas t'offrir un cognac ?

Il avait soudain un air très différent. Presque comme un gamin qui ne sait quoi faire et désire obtenir l'aide d'un adulte.

— Un tout petit, alors, accepta Berg. Si tu en prends un.

— Bien entendu, dit l'expert, qui semblait redevenu lui-même. J'irai peut-être jusqu'à deux, d'ailleurs, mais on verra ça plus tard.

— Je t'écoute.

Noël finira peut-être par arriver, cette année aussi, malgré tout, songea-t-il.

— Tu connais un commissaire principal du nom de Lars Johansson ? demanda l'expert. Un grand Norrlandais de mon âge, patron de la criminelle nationale. Du moins par intérim, car il va être nommé à la tête d'un autre service au nouvel an.

Si je connais Lars Martin Johansson, de Näsåker ? se répéta Berg. Qu'est-ce que je peux répondre à ça ?

— Oui, dit-il.

— Comment est-il ?

Berg hocha la tête et but une gorgée de cognac plus longue que prévue, pour se donner le temps de la réflexion.

— Comment est-il ? Qu'est-ce que tu veux dire par là ?

— Eh bien, en tant que policier en charge des affaires criminelles.

— C'est le meilleur.

Et c'est vrai, en plus, s'étonna Berg au moment où il prononçait ces paroles.

— À quel point de vue ?

— Quand il s'agit de savoir comment se présentent les choses. C'est même presque inquiétant. Il y a des moments où on a l'impression qu'il est de ceux qui sont capables de voir ce qui se passe derrière les murs.

Tu me demandes ça à moi, pensa-t-il. Alors qu'il doit y avoir près de dix ans, maintenant.

— À t'entendre, on dirait qu'il est capable de marcher sur l'eau.

— Ça, je suis à peu près sûr que non.

Et il n'aurait jamais l'idée d'essayer, pensa-t-il. Pas Lars Martin Johansson.

— Il a d'autres points forts ?

— Il est discret, répondit Berg avec plus de chaleur dans la voix qu'il n'en avait eu l'intention.

Tu me demandes ça à moi ! se répéta-t-il car, en plus d'une occasion, il avait remercié le ciel à ce sujet.

— Pas vraiment une commère, quoi, précisa l'expert.

— S'il a décidé de ne pas piper mot, aucun risque. Le problème est plutôt qu'il décide toujours lui-même quand parler ou pas.

Qu'est-ce que tu cherches ? se demanda-t-il.

— C'est donc un homme qui réfléchit, soupira l'expert. Il n'a pas de défauts ou d'imperfections, comme nous autres mortels ?

— Bah. Il m'est arrivé de penser qu'une fois qu'il avait calculé ce qu'il en était, dans telle ou telle situation, le reste ne comptait pas beaucoup pour lui.

— Que justice soit faite et peu importe le reste, quoi ?

— C'est à peu près ça. Tu ne serais pas en train de me chercher un successeur, par hasard ? poursuivit-il avec un léger sourire.

— Non, vraiment pas, protesta l'expert sur un ton scandalisé. Je croyais d'ailleurs te l'avoir déjà dit. Mon chef et moi sommes tous deux extrêmement satisfaits de tes services. En ce qui nous concerne, tu peux rester en poste jusqu'à ton dernier soupir.

Et si Johansson est tel que tu le dis, il sera le dernier auquel on fera appel, pensa-t-il.

— Je suis heureux d'entendre ça. Mais, à vrai dire, je n'en ai pas toujours eu l'impression.

— Je sais, je sais, répondit l'expert, l'air presque coupable. J'ai toujours eu du mal sur ce point. Il faudrait que tu entendes ce que mes ex-femmes et mes enfants ont à dire de moi. C'est affreux. Mais on se soigne. On ne fait presque rien d'autre, Ulla-Karin et moi.

— Ulla-Karin est la dernière en date de tes femmes ? remarqua Berg avec une certaine hésitation dans la voix, car il n'avait que de vagues souvenirs de certains points du dossier personnel de l'expert.

— Mais non, bon sang. C'est ma psychiatre, ma thérapeute. Quelqu'un d'exceptionnel, en poste à la faculté de médecine, futée comme pas deux, et même comme pas dix.

Heureux de le savoir. Je me demande s'il est en train de se moquer de moi.

— Mes femmes ont toujours été complètement folles, poursuivit l'expert comme s'il se parlait à lui-même. Folles à lier, peut-on dire.

— Ça n'a pas dû être facile.

— Tout dépend de ce qu'on entend par facile. Et puis, qui a dit que la vie devait être facile ?

Bonne question, en effet, approuva Berg en lorgnant sur sa montre.

— Mais, pour en revenir à notre sujet, reprit l'expert, ce Waltin m'inquiète réellement.

Il avait à nouveau son air habituel, sans le moindre soupçon de petit sourire.

Les raisons de l'inquiétude exprimée par l'expert étaient au nombre de quatre. La première avait trait à la personnalité de Waltin. En un mot comme en mille, et sans l'avoir jamais rencontré, sans pouvoir dire pourquoi ni avec qui il s'en était entretenu, il n'avait pas confiance en lui.

— Je vois ce que tu veux dire, lâcha Berg avant de s'apercevoir qu'il avait l'air plus complaisant qu'il n'aurait dû.

Un homme dans sa position n'était-il pas toujours censé défendre ses collaborateurs ?

— Waltin n'est pas ce qu'on peut appeler un policier type, poursuivit Berg.

— Heureux de l'entendre, grogna l'expert.

— Mais je peux quand même dire ceci, conclut Berg pour sacrifier un peu aux devoirs de sa tâche. Au cours de toutes les années où nous avons travaillé ensemble, je n'ai jamais eu de reproches à lui adresser dans le service.

La deuxième raison concernait les opérations extérieures. L'expert y avait réfléchi et était parvenu à la conclusion que ce n'était pas une bonne solution à apporter aux exigences, en soi légitimes, des services de sécurité en matière de contrôle de leurs activités. Que celui qui était à leur tête soit bon ou mauvais en tant qu'être humain, cela n'avait guère d'intérêt sur le plan général. Mais, s'il était du genre de Waltin, cela risquait de tourner mal.

— Tu ne désires pas développer tes arguments ? s'enquit Berg en s'efforçant de conserver un ton neutre.

— J'ai pensé qu'on pourrait aborder ça après le nouvel an. J'y réfléchis encore, en fait.

Ah bon, se dit Berg, qui sentit soudain une lassitude familière l'envahir sournoisement.

La troisième raison tenait à l'affaire Krassner. Indépendamment de savoir s'il avait, oui ou non, mis fin à ses jours – en tant que mathématicien de formation, l'expert savait que le hasard pouvait parfois donner les résultats les plus inattendus –, cette histoire lui inspirait à la fois du dégoût et de l'étonnement. Les papiers de Krassner n'étaient qu'un tissu d'âneries sorties d'un cerveau dérangé, mais, à part le fait qu'il ne risquait guère de recevoir le prix Pulitzer, son histoire personnelle n'incitait pas à penser qu'il ait été perturbé à ce point. Où pouvait-on, d'ailleurs, trouver les traces de son oncle, qui avait occupé d'importantes fonctions au sein des services de renseignements américains pendant de nombreuses années ? À l'ambassade de Stockholm, en plus.

— Pas la moindre trace de ce vieux salaud. Nulle part, résuma l'expert pour souligner ses propos.

— Il y a hélas un risque qu'il ait dissimulé par ailleurs les documents qu'il pouvait avoir hérités de son oncle, reconnut Berg, qui y avait déjà réfléchi. Dans ce cas, je suis à peu près sûr qu'ils sont toujours aux États-Unis.

— Ils n'ont pas pu disparaître en cours de route ?

— Je ne crois pas, répondit Berg avec une certaine assurance dans la voix. Même si je suis directement concerné par ce que je dis là, je ne le crois pas. Nous sommes en général très vigilants sur ce point.

La quatrième raison se rapportait à une histoire fort déplaisante et, si elle était authentique, Berg avait réchauffé un serpent en son sein. Par chance, elle était en même temps si concrète qu'il devait être possible de vérifier. Et, si elle recelait un tant soit peu de vérité, les jours de Waltin étaient comptés, du moins auprès de lui. La seule question qui restait en suspens était de savoir où il aurait l'occasion de couler le restant de ceux-ci, dans ce cas.

— Tu ne veux pas me dire d'où tu tiens tes informations ? demanda Berg.

— Loin de moi l'idée d'offenser un homme ayant tes capacités intellectuelles, répondit l'expert avec un petit sourire.

— Merci du compliment.

L'armée, pensa-t-il. Qui d'autre ?

— Une dernière question, enchaîna l'expert qui, pour souligner que c'était bien la dernière, écarta sa tasse de café et fit semblant de se lever.

— Je t'écoute.

— Waltin et ce Johansson. Il n'y a rien entre eux ?

— Non. J'estime que c'est totalement exclu.

Qu'est-ce qu'il est en train de me dire ?

— Pourquoi cela ? Pourquoi est-ce exclu ?

— Je ne sais pas comment exprimer ça. Je dirais que, si ce que tu penses à propos de Waltin est vrai, Johansson serait sûrement le dernier avec qui il fricoterait. Car il l'aurait fait coffrer depuis longtemps.

— Et si ce n'est pas vrai ? Ils pourraient se fréquenter ?

— Je sais qu'ils se sont vus un certain nombre de fois pour raisons de service. Mais je suis aussi sûr qu'on peut l'être qu'ils ne se sont jamais fréquentés et ne se sont pas parlé sur le plan privé. Non, tu ferais mieux d'oublier ça.

— Mais pourquoi ? s'obstina l'expert.

— Johansson est un vrai policier. Il ne lui viendrait jamais à l'idée de fréquenter Waltin personnellement.

Comme Persson, se dit Berg. Ou moi-même, d'ailleurs.

— Mais Waltin, alors ? Il m'est revenu à l'oreille qu'il sait se montrer absolument charmant quand il le veut.

— Waltin n'aime pas les vrais policiers, répondit Berg. On n'est pas assez chics pour lui.

— Intéressant, opina l'expert, soudain content. Il estime que vous autres, les vrais policiers, vous êtes en fait des canailles, des sortes d'éboueurs du système judiciaire, précisa-t-il avec une délectation évidente.

— C'est à peu près ça.

Et ça te fait plaisir, mon salaud, hein ?

Une fois dans la voiture pour regagner son bureau, Berg avait soudain changé d'avis et demandé au chauffeur de le reconduire chez lui. Pour tirer au clair cette histoire à propos de Waltin que lui avait racontée l'expert, il avait besoin d'être plus au calme que sur son lieu de travail. Et puis il fallait qu'il réfléchisse à cette curieuse question finale. Il lui paraissait impossible que Johansson et Waltin « fricotent ensemble », comme l'avait suggéré l'expert, de quelque façon que ce soit. Tout simplement parce qu'ils n'avaient rien en commun, ni dans le passé, ni dans le présent ni dans l'avenir.

D'un autre côté, l'expert n'était pas un imbécile. À en croire les résultats de ses tests, conservés dans son dossier, il était aussi peu stupide qu'il est humainement possible de l'être, sur le plan purement statistique. Il fallait donc que ce soit une chose qu'il ait entendue ou comprise de travers. Et récemment, en plus. Sans doute au cours de cette conférence sur la défense totale. C'était sûrement là qu'il avait rencontré Johansson. Que lui avait dit celui-ci qui ait pu l'inquiéter au point de l'obliger à aller demander de l'aide ? Il avait dû exprimer un point de vue quelconque à propos de Krassner. Sitôt cette idée venue à son esprit, les choses commencèrent à devenir un peu plus compréhensibles pour Berg. Mais qu'est-ce qu'un homme comme Johansson pouvait savoir sur un type comme Krassner, grand Dieu ?

Sitôt franchi le seuil de sa paisible maison de Bromma, il s'était installé près du téléphone et avait appelé Persson, son fidèle collaborateur. Berg désirait qu'il s'informe de deux choses.

— Si tu peux t'amener jusqu'ici, je ferai en sorte que tu ne repartes pas le ventre vide, promit-il, toujours aussi attentionné envers quelqu'un avec qui il avait jadis partagé le siège avant d'une voiture radio.

— C'est le genre d'invitation auquel je suis incapable de résister, tu le sais, répondit Persson.

Vingt minutes plus tard, il sonnait à la porte de Berg.

Une fois que Persson eut repris des forces, ils passèrent dans le bureau de Berg avec une tasse de café et un cognac, afin d'être tranquilles. Berg confia d'abord à son ami ce que lui avait raconté l'expert. Ce fut terminé en l'espace de moins de dix minutes, sans que Persson prenne la moindre note dans son petit carnet noir.

— Eh bien ? dit Berg. Qu'est-ce que tu en penses ?

— À propos de Waltin, je suis prêt à croire n'importe quoi, mais tu le savais déjà.

— Oui. Je l'ai compris, en effet.

— Je vais vérifier. Tu avais autre chose ?

— Oui. Il s'agit de ce pauvre type de Krassner. Du moins, c'est ce que j'ai cru saisir.

— Celui qui s'est fait la peau ?

— Exactement.

— Je t'écoute.

Il fallut à Berg près d'une demi-heure pour expliquer les conclusions qu'il avait tirées de la question de l'expert quant à savoir si Johansson et Waltin « fricotaient ensemble ». Persson avait écouté sans rien dire et il resta muet même lorsque Berg eut terminé.

— Eh bien ? interrogea celui-ci. Qu'est-ce que tu en penses ?

— Je réfléchis, expliqua Persson en tendant son verre. Est-ce que je pourrais avoir un autre cognac ?

Une fois sa demande satisfaite, il resta une minute ou deux sans rien dire, sans même humer le précieux liquide. Il s'était contenté de se recroqueviller sur son siège, le regard tourné vers l'intérieur. Il finit cependant par secouer la tête, regarder Berg et lever son verre.

— Non, fit-il d'une voix hésitante. Ce socialo et toi, vous vous mettez le doigt dans l'œil, si tu veux mon avis. Oublions ça, toi et moi.

— Comment cela ?

— Un type comme Johansson ne voudrait même pas prendre un Waltin avec des pincettes.

C'est un vrai policier, pensa Persson sans l'exprimer à voix haute. Et un type bien, poursuivit-il pour lui-même, car Berg était capable de s'en rendre compte tout seul.

— Donc, si Johansson avait dit quelque chose à propos de Krassner, il ne l'aurait pas appris de la bouche de Waltin, selon toi ?

— Oublions ça, je te dis. À supposer qu'il ait dit quelque chose. C'est pure hypothèse de ta part. Tu as besoin de vacances.

— Tu ne penses pas qu'il puisse avoir appris quelque chose de Jarnebring ? s'obstina Berg. Ces deux-là, c'est toujours cul et chemise, à ce qu'il paraît.

— Qu'est-ce qu'il aurait pu apprendre de lui ?

C'est un type bien, Jarnebring, songea-t-il. Et un vrai policier, exactement comme lui et Johansson, ou Berg quand il était jeune, c'est-à-dire avant qu'il ne devienne un patron et ne se mette à regarder sous son lit à la recherche de fantômes inexistants.

— Tu estimes donc qu'il faut qu'on abandonne cette piste ? questionna Berg avec un sourire.

Étrange, pensa-t-il.

Il se sentait soudain à la fois calme et heureux, malgré tous les experts du monde et tous les collègues bizarres, avec une montre Rolex au poignet, qui lui empoisonnaient l'existence.

— Je ne crois pas que ce soit une piste. Si tu n'es pas sûr, je te suggère de demander à Johansson s'il a dit quoi que ce soit à ce socialo du gouvernement à propos de Krassner. Le mieux serait d'ailleurs que tu les interroges tous les trois : Johansson, Jarnebring et le socialo. Bonne chance !

— J'abandonne. Je vois que je m'égare.

Persson haussa ses grosses épaules.

— Il est possible qu'il ait entendu quelque chose. Les collègues n'arrêtent pas de raconter des salades. Il peut aussi avoir confié quelque chose à ce socialo. Pour voir sa réaction, à défaut d'autre raison. Ou pour le faire marcher et l'emmerder. J'ai entendu dire qu'il pouvait être aussi enquiquinant que son chef.

— À la tienne, dit Berg en levant son verre. Et joyeux Noël, à propos.

La paix soit sur tous, petits et grands, pensa-t-il.

En revanche, Berg et Johansson avaient quelque chose en commun. Malgré son inquiétante faculté de voir ce qui se passait derrière les murs, on pouvait espérer que ce dernier ne s'en doutait pas.

Environ dix ans plus tôt, Johansson, qui travaillait à l'époque à la Brigade centrale des recherches de Stockholm, avait nourri des soupçons à l'encontre d'un collègue en poste à la section des gardes du corps de la DST. D'après lui – Bo Jarnebring, son vieil écuyer et meilleur ami, avait surtout dû, en l'occurrence, jouer les utilités –, l'un des collaborateurs de Berg, de rang certes très modeste, aurait profité d'une mission de surveillance qui lui était confiée pour attaquer un bureau de poste. Comme si cela ne suffisait pas, il aurait ensuite tenté de se couvrir en abattant deux témoins qui l'avaient reconnu.

Bref, c'était une histoire à vous faire dresser les cheveux sur la tête et on pouvait se demander comment

Johansson, qui méritait le qualificatif de « vrai policier », avait pu avoir une idée aussi ahurissante. Peut-être était-ce, là encore, le résultat de cette faculté de voir ce qui se passait derrière les murs. Bien des éléments semblaient hélas lui donner raison sur la plupart des points, en l'occurrence. Berg lui-même était obligé de le reconnaître, au prix de souffrances très lourdes à porter. L'enquête avait été close très vite et le collègue en question n'avait pas été entendu – et encore moins averti des soupçons qui pesaient sur lui. Il n'avait même pas été mis à la porte, c'était trop difficile. Heureusement, au bout de quelques années, il avait décidé de son propre chef de partir et, au lieu de demander sa mutation dans les services officiels, il avait quitté la police. Berg avait soigneusement évité de s'informer sur sa destination finale.

Il n'était pas très fier de son propre rôle dans cette histoire, encore qu'il fût parvenu à la retourner à l'avantage de son service, évitant la catastrophe qu'elle aurait pu représenter si on avait laissé faire Johansson. Mais, au fond, il s'agissait de bien autre chose que d'un policier qui n'aurait jamais dû le devenir. Ce qui était en cause, c'étaient des valeurs qu'il était censé sauvegarder et pour lesquelles le prix à payer, quelle que soit l'issue finale, serait toujours trop élevé. Cela n'avait pas empêché Johansson d'être le seul à se tirer de cette affaire avec les honneurs, bien que – du strict point de vue de la justice – il eût totalement échoué.

Au cours des années qui avaient suivi, Berg s'était inquiété de ce qu'allait devenir Johansson. Se mettrait-il à courir partout, comme un chien malade de la rage, pour raconter son histoire ? Chercherait-il un appui auprès des médias, comme tant de collègues avant et après lui, indépendamment de savoir s'ils avaient tort ou raison ?

Johansson s'était avéré être celui pour lequel il passait : un vrai policier. Il n'avait jamais soufflé mot de l'histoire. Il avait fermé sa gueule, s'était secoué et avait continué comme si de rien n'était. Il avait fait carrière au sein du service qui l'avait laissé tomber, précisément. On pouvait penser ce qu'on voulait de Lars Martin Johansson, de Näsåker, et bon nombre de collègues ne s'en privaient pas, mais il ne serait venu à l'idée de personne de dire qu'il était autre chose qu'un « vrai policier ». Certains avaient même payé cher l'occasion de se faire une opinion à ce sujet.

Jamais Berg n'aurait pensé cela, donc, car il était lui-même un « vrai policier ». Il l'avait du moins été avant que la bureaucratie à la tête de laquelle on l'avait placé se soit mise à le ronger de l'intérieur. Il s'était efforcé de faire de son mieux, avec Johansson, et dans la mesure où cela pouvait être réalisé en cachette. Il avait tenté de devenir son mentor secret, son « rabbi », son « padre », son « parrain », comme disent les collègues étrangers de diverses obédiences. Il se demandait d'ailleurs pourquoi il n'existait pas de mot en suédois. Parce que ce n'était pas suédois, naturellement, ou du moins parce que ce n'était pas de ces choses dont on parlait ouvertement. Surtout par les temps qui couraient.

Le cas de Waltin était beaucoup plus simple car ce n'était pas un « vrai policier ». Berg et lui avaient aussi une affaire en commun, qui remontait même plus loin dans le temps que ses contacts unilatéralement clandestins avec Johansson. Elle avait hélas pris un tour peu agréable, ces derniers temps, et, dès le lendemain de son entrevue avec Persson, Berg décida qu'il était temps d'y remédier. Malgré la proximité de Noël.

— On est comme deux oiseaux perchés sur la même branche, dit Waltin en rectifiant, au passage, le pli de son pantalon tout neuf en tweed anglais.

Toi, tu es de plus en plus gris et triste, pensa-t-il en hochant la tête à l'adresse de son chef.

— Il faut qu'on parle de certaines choses, répondit Berg.

La conversation n'avait pas été agréable, en vérité. Les sujets que Berg avait choisi d'aborder ne le permettaient pas, en quelque sorte.

Il avait d'abord évoqué l'affaire Krassner, comme s'il ne parvenait pas à chasser ce pauvre type de son esprit, bien qu'il se soit suicidé, que leur perquisition clandestine n'ait été qu'une fâcheuse coïncidence dans le temps, qu'ils n'aient fait que ce que l'on pouvait attendre d'eux, à savoir ce que leur patron avait le droit légal d'attendre d'eux et leur avait en effet imposé, même si l'expert s'était gardé de le mettre par écrit.

— Ce que je m'efforce de te dire, déclara Berg, c'est que nous aurions pu éviter certains ennuis si tu avais suivi mon conseil et procédé à une banale interpellation pour délit de stupéfiants. Je n'exclus pas l'éventualité d'un suicide de sa part sitôt sorti de taule mais, dans ce cas, cela ne nous aurait pas éclaboussés d'aussi près.

Je n'en crois pas mes oreilles, pensa Waltin. Il a l'air aussi gaga que le vieux Forselius.

— Sauf ton respect, je ne partage pas cet avis, contra Waltin avec un sourire aimable. Je crois me souvenir que, lorsque j'ai proposé qu'on procède de cette façon, c'est toi qui as écarté cette idée. Quant à savoir pourquoi, tu ne m'en as jamais informé.

— J'ai peur que nos souvenirs ne divergent, riposta Berg en sortant une feuille de papier de l'amas sur sa table. J'ai ici une note selon laquelle nous avons discuté de la chose la veille, c'est-à-dire le jeudi 21 novembre à 16 h 05, c'est moi qui t'ai appelé…

Ce n'est pas vrai, songea Waltin sans le dire. Il se contenta de hocher la tête car, si les choses prenaient un tour pareil, il importait de ne pas se laisser aller.

— Et, d'après cette même note, poursuivit Berg, tu m'as alors avisé que vous prépariez une interpellation pour délit de stupéfiants le lendemain. J'ai aussi marqué que j'ai donné mon accord à cela.

— Bien sûr. Mais c'était parce que Forselius n'avait pas encore donné de ses nouvelles, ce qu'il n'a fait que plus tard dans la soirée. Et ça nous ramenait au plan d'origine.

— Je n'en trouve pas trace sur cette feuille. Pourquoi ne m'as-tu pas appelé pour m'avertir que tu modifiais tes projets ?

— Je crois me souvenir que tu étais chez les Allemands.

— Non, le lendemain seulement. Et, même dans ce cas, il suffisait de m'appeler là-bas. Non ?

— Oui, lâcha Waltin avec un sourire, malgré les efforts qu'il lui en coûta. Il semble que la communication n'ait pas bien fonctionné entre nous.

— J'en ai peur, en effet. Autre chose, ajouta Berg.

Il avait ensuite abordé la façon de voir du ministère quant aux opérations extérieures et le fait qu'il ne s'opposerait pas à une enquête s'il en était demandé une. Ce n'était pas d'une actualité brûlante, mais cela ne manquerait pas de venir sur le tapis au cours du printemps.

— Il faudra qu'on mette un ou deux jours de côté pour examiner tous les papiers. Au début de l'année prochaine.

— *Fine with me*, dit Waltin en se levant.

Il n'a plus le sourire, nota Berg.

Je me demande à quel résultat est parvenu Persson, s'interrogea-t-il une fois seul dans son bureau. C'est la seule lueur d'espoir en ce qui me concerne. Mais non, se corrigea-t-il, il y en a une autre, en fait, bien qu'elle soit pâle et lointaine. Celle d'être enfin débarrassé de Kudo et Bülling.

Le préfet de police de Stockholm, d'une part, Kudo et Bülling, de l'autre, s'étaient mutuellement pris d'affection. Étant donné le contexte policier, c'était presque une passion. Non pas qu'ils aient couché ensemble, ni même qu'ils aient fait un peu la fête, car c'étaient des homophobes dignes de confiance. Aucune ombre ne pesait donc sur eux à ce sujet, malgré les penchants littéraires secrets du préfet, les visions récurrentes de Kudo, qui pensait voir des lutins partout, et les bizarreries en tout genre de Bülling. Il s'agissait plutôt d'une forte communauté d'esprit, presque suprasensorielle, d'une espèce qui se manifeste seulement lorsque des êtres très doués sont réunis par un intérêt commun atteignant des dimensions qui les dépassent.

— Les Kurdes, lâcha le préfet sur un ton dicté par la gravité du moment. Messieurs, poursuivit-il en hochant la tête en direction de ses deux visiteurs, nous parlons de l'organisation terroriste la plus dangereuse dans tout l'hémisphère occidental pour le moment. J'attends de vous des conseils éclairés. Que faire ?

Enfin, se dit Kudo. Enfin un responsable qui a compris la gravité de la situation. Nécessité ne connaît pas de loi, crut-il se rappeler. Très concrètement, cette loi, c'étaient les règles de confidentialité des services de sécurité. Après cela, Bülling et lui avaient dit le fond de leur pensée à leur nouvel allié. Mais, pour commencer, ils avaient brossé le tableau d'ensemble qui s'imposait.

Ils avaient d'abord expliqué ce langage codé, à base de mariages et autres cérémonies, de poètes et d'agneaux à abattre, de gâteaux, de pâtisseries et de brioches, ainsi que la difficulté qu'il y avait à interpréter cela.

— Nous allons célébrer un mariage, abattre un agneau, faire venir deux poètes, des gâteaux, des pâtisseries et des brioches, répéta le préfet en dégustant chacun de ces mots. Comme vous, messieurs, je relève les connotations ethniques très fortes du code qu'ils utilisent.

— En effet, opina Kudo. Exactement.

— En effet, renchérit Bülling.

— Ce n'est donc pas un hasard s'ils ont choisi ce code, et pas un autre, pour leurs opérations en Occident. Mais continuez… Dites-moi comment vous avez percé à jour cette problématique à forte coloration ethnique.

Alors Kudo lui avait parlé de leur nouvel indicateur, kurde lui-même. Réfugié politique comme tous ses concitoyens mais, à la différence des autres informateurs, il s'était présenté spontanément. De plus, il était boulanger et avait un frère boucher. À eux deux, ils avaient monté une petite entreprise de restauration collective dont tous les clients étaient kurdes. Depuis des années, ils étaient donc les fournisseurs attitrés des innombrables mariages, enterrements et repas de gala kurdes.

Après s'être livré à cette analyse préparatoire, Bülling avait estimé qu'une telle constellation de circonstances favorables représentait un avantage inestimable. Leur nouvel indicateur savait forcément tout sur les marchandises à fournir et les divers arrangements de mise lors d'un vrai mariage, d'un enterrement ou d'une fête banale. Sur la base de ces connaissances spécifiques, il ne pouvait manquer de remarquer toute anomalie éventuelle dans les préparatifs de telle ou telle personne qu'ils étaient chargés de surveiller. Et, à partir de là, cette personne était prise au piège. Planifier un assassinat politique à partir des commandes à passer pour un vrai mariage était naturellement impossible. Ce serait courir à l'échec, estimait Bülling.

En outre, expliqua-t-il, ce type possédait une autre qualité et il n'était pas très étonnant que ce soit Kudo, son collègue et meilleur ami, qui l'ait découverte, car il possédait la même : leur nouvel informateur était un extralucide. Il était capable de voir les choses dans leur ensemble et dans leurs liens, ainsi que des faits qui restaient dissimulés aux yeux des gens ordinaires. Bülling avait d'abord refusé l'idée qu'il puisse en être ainsi. Vu les capacités de leur informateur, par ailleurs, c'était presque trop beau pour être vrai et les facultés d'analyse critique de Bülling le rendaient sceptique envers de telles éventualités. C'est pourquoi Kudo avait proposé de procéder à un test à caractère scientifique, et Bülling lui-même l'avait conçu et effectué. Jusque dans les moindres détails, pour ne pas laisser la porte ouverte à une autre explication.

Il avait d'abord rassemblé un certain nombre de cas que Kudo et lui avaient réussi à élucider et dont leur informateur ne pouvait avoir connaissance. Il avait ensuite formulé une vingtaine de questions concrètes, qui avaient demandé des mois d'efforts et de réflexion. Mais leur indicateur, lui, n'avait eu besoin que d'une petite heure pour trouver toutes les bonnes réponses.

Avant de venir informer le préfet de police de leur nouvelle arme dans la lutte contre le terrorisme kurde, ils s'étaient interrogés sur le point de savoir s'ils devaient aussi lui révéler que leur informateur avait le don de double vue : beaucoup de gens refusaient cette idée pour des motifs purement affectifs et parce que cela risquait de remettre en cause l'image qu'ils se faisaient du monde. Mais cela s'était terminé de façon naturelle. Vers la fin de leur entretien, Kudo avait adressé un signe de tête à leur nouvel allié et, en voyant le regard de ses beaux yeux, doux, intelligents et extraordinairement lucides, il n'avait pas été capable de se retenir plus longtemps : il avait lâché le morceau.

— Et puis il a le don de double vue, annonça Kudo. Il est capable de voir ce que les autres ne voient pas.

Le préfet s'était d'abord contenté de hocher la tête, surtout à l'intention de lui-même, semblait-il. Puis il les avait regardés avec beaucoup de sérieux et de franchise.

— Ce sont les meilleurs, dit-il. Et les plus difficiles.

Finalement, ils lui avaient parlé de la dernière en date de leurs découvertes, mais aussi la plus urgente. Il s'agissait d'un projet d'attentat contre un « politicien suédois de haut rang mais dont le nom n'était pas précisé ».

— Il nous a dit qui c'est, répliqua Kudo.

— Je vous écoute, dit le préfet.

— Le Premier ministre.

Une fois Kudo et Bülling partis, le préfet de police décida qu'il fallait avertir le Premier ministre. N'étaient-ils pas amis intimes depuis des années ? Et n'était-il pas, lui, le seul policier en qui il pût avoir confiance ? Il lui était déjà venu en aide auparavant, à une époque où ses fonctions étaient beaucoup plus modestes. Et surtout, s'il était victime d'un attentat politique, ce serait à lui, le préfet de police de la capitale, de tirer l'affaire au clair et de traîner le coupable devant les tribunaux.

Il faut que je le mette en garde avant qu'il soit trop tard, conclut-il. Ou plutôt avant qu'il se passe quoi que ce soit, rectifia-t-il afin d'exclure tout risque d'erreur.

Si Kudo, Bülling et le préfet de police avaient pu voir clair, les ténèbres n'en étaient que plus profondes autour de Göransson et de Martinsson. D'abord cette mystérieuse expédition à Petrozavodsk, où ils avaient failli mourir de froid, au cœur de l'hiver russe. Puis, une fois revenus au pays, une série de missions de surveillance absurdes et frigorifiantes qui semblaient s'enchaîner à l'infini.

La nouvelle qu'on allait de nouveau les affecter à des tâches officielles, après le nouvel an, leur avait donc apporté un grand soulagement. Ils n'avaient pas été informés des raisons de cette décision, mais on parlait de réorganisation au sein du service. La semaine précédant Noël ils avaient, à tour de rôle – Göransson en premier, car c'était le plus ancien –, été convoqués dans le bureau de l'homme à tout faire du grand patron, le commissaire Persson. Comme d'habitude en pareil cas, celui-ci était assisté du juriste du service. Ils avaient dû signer les papiers eux aussi habituels par lesquels ils se voyaient promettre un procès à huis clos, une peine de prison de plusieurs années, la ruine financière et le déshonneur personnel s'ils révélaient quoi que ce soit de leurs activités au sein des services secrets. Mais, plus effrayant encore que ces documents, avait été le commissaire en personne. Avant que Martinsson ne quitte son bureau, il lui avait confié :

— Tu as eu de la veine, mon vieux. Si on m'avait laissé décider, tu l'aurais vraiment senti passer, je te jure.

Je m'en fous et je t'emmerde, mon salaud, avait pensé Martinsson. Et, le soir même, il était allé se soûler.

Il s'était rendu pour cela dans son bistrot habituel de Kungsgatan, où ce n'étaient pas les collègues qui manquaient, si peu de temps avant Noël. On faisait la queue jusque dans Vasagatan. Deux de ceux qui étaient de patrouille en voiture radio étaient si pressés qu'ils portaient encore leur pantalon d'uniforme. Une fois à l'intérieur, on était tassés comme des sardines. Toutefois, bien que Martinsson se soit pinté à mort, cela n'avait pas été aussi agréable qu'il l'espérait. Au bout d'un moment, il avait avisé le jeune Oredsson, assis dans un coin avec deux filles. Comme ils avaient l'air plus sobres que la normale, c'était là qu'il était allé s'asseoir.

Il avait rencontré Oredsson au cours de l'été précédent car ils fréquentaient le même gymnase et étaient tombés l'un sur l'autre au cours d'une séance d'entraînement. Ils avaient donc soulevé des haltères, pris un sauna ensemble, etc. Ce genre d'activités, entre hommes, crée des liens et ils n'avaient pas tardé à en savoir assez long l'un sur l'autre. Comme il avait lui-même passé pas mal de temps à tirer au clair les opinions politiques des collègues de Norrmalm, Martinsson avait eu l'occasion d'attirer l'attention de son chef sur Oredsson. Il y avait là un futur collègue qui ne devrait pas avoir trop de mal à s'infiltrer dans les cercles en question. Il n'était pas mal, ce Oredsson. Ses idées non plus n'avaient rien de mal, car ses propos paraissaient à la fois justes et sensés, ils reflétaient fort bien la pensée des policiers de façon générale. Il était donc une taupe parfaite. Mais hélas, juste avant qu'on lui fasse la proposition, le patron avait tout annulé et, comme toujours, on avait tenu Martinsson à l'écart des raisons de cette décision. Vu ce qui lui était arrivé ensuite, cela valait peut-être mieux ainsi, se disait-il.

Alors qu'il était parti se soulager un peu aux toilettes, Oredsson était venu s'installer à l'urinoir à côté du sien.

— Comment ça va, Pille ? demanda-t-il, soucieux. Tu n'as pas l'air dans ton assiette.

— Ça va, assura Martinsson, en secouant son canon à sperme avant de le rentrer dans son pantalon.

D'une seule main, comme à l'accoutumée.

— Et ce boulot dont tu m'as parlé l'été dernier, ça s'est bien passé ? On ne s'est pas revus, depuis.

— Ça a merdé.

Et tu devrais remercier le ciel, mon vieux, pensa-t-il.

— Dommage. La DST, c'est super.

— Je n'y suis plus.

— Il s'est passé quelque chose ? insista Oredsson en le prenant par le bras.

— Y a des salauds de mouchards, commenta Martinsson en entraînant Oredsson dans un box et en refermant la porte derrière eux pour lui raconter le tour que lui avaient joué Berg et les autres dégueulasses.

Il s'était senti mieux, ensuite. Oredsson lui avait offert une ou deux bières et ils avaient trinqué en pleine communion d'idées. Quant à ces foutus papiers, ce lèche-bottes de Persson pouvait se les foutre dans son gros cul, songeait Martinsson.

Bäckström avait été de permanence pour Noël. Ce n'était pas la première fois et sûrement pas la dernière, surtout depuis que le vieux Poivrot avait piqué sa crise. Dans l'ensemble, cela ne s'était pas trop mal passé. Le syndicat avait bien manœuvré, apparemment, car on avait obtenu une salle de repos supplémentaire. Non pas que cela ait fait une grosse différence pour Bäckström, car il avait l'habitude de filer à la brigade des agressions, lorsqu'il avait besoin de se la couler douce, parce que c'était plus calme, là-bas. Mais le délégué syndical était fier comme un coq et, comme c'était un sale bavard, Bäckström avait saisi l'occasion de lui river son clou alors qu'il passait par là :

— Je croyais qu'on était là pour bosser et pas pour se tourner les pouces. Mais détrompe-moi si j'ai tort.

Le pauvre type l'avait regardé avec des grands yeux, alors que c'était Noël et que tout le monde devait être joyeux. Ensuite, le délégué à la sécurité avait pris le relais et dégoisé pendant un quart d'heure sur la nouvelle maladie, le sita ou quelque chose comme ça. Ça me concerne pas, avait pensé Bäckström, parce que moi j'encule pas et je baise pas les nègres et les camés. Et s'il fallait absolument qu'il touche à l'un d'eux, il pouvait toujours passer des gants en caoutchouc.

Il n'y avait eu que des affaires de merde, comme toujours. Rien qui soit digne d'un vrai pro comme lui. Un vol par-ci, un ivrogne au volant par-là, pas de quoi se mettre en frais. Pas pour Bäckström, en tout cas. Il avait donc piqué du nez une heure ou deux. Heureusement, il avait eu quelques motifs de satisfaction, aussi, encore que le buffet de Noël ait été razzié assez tôt dans la soirée. Trois Finlandais de malheur s'étaient introduits dans un magasin de chaussures de Sveavägen et avaient fait main basse sur cinquante godasses gauches dans la vitrine. Des petits génies, vraiment, ces Caréliens ! Et, quand la patrouille était arrivée sur place, elle en avait trouvé un qui s'était presque tranché la gorge en sortant à travers la vitre brisée. Il n'avait donc eu à s'occuper que de deux. Économisons nos forces, s'était-il dit en les mettant sous les verrous pour le reste de la nuit.

Puis la patrouille avait ramené un petit Tzigane qui avait siphonné un réservoir d'essence dans Karlsbergsvägen. C'était celle d'Adolf-le-Méchant, bien connu de tous. Ses gars et lui étaient furieux, parce que le reste de la bande avait réussi à filer. C'était un drôle de petit bonhomme, avec des pompes grandes comme des péniches et un futal beaucoup trop long pour lui, qu'il avait sûrement piqués quelque part, sans compter l'inévitable casquette de chef de tribu sur sa petite tête bouclée. Il marchait plié en deux et gémissait qu'il avait de l'essence dans l'estomac et qu'il fallait l'emmener à l'hôpital. Bäckström l'avait mis en cabane, lui aussi. Tout au fond, pour plus de sûreté et qu'il ne dérange pas les autres.

Après ça, le chef s'était mis à râler en invoquant l'âge du petit et en disant qu'il fallait que quelqu'un reste à côté de lui en attendant qu'une des bonnes femmes des services sociaux ait réussi à se traîner jusque-là pour s'occuper de lui.

— Cool, dit Bäckström. J'ai compté les doigts de ses mains et il en a six à chacune.

Le chef était un pentecôtiste qui n'avait pas le sens de l'humour. Il n'avait rien voulu entendre et, à un moment, la situation avait été assez tendue. Heureusement, le chef de tribu s'était alors pointé avec la moitié de la smala pour faire sortir le petit de là, parce qu'il n'avait que treize ans, d'après papa Taikon. Ensuite, ça avait été le cirque. Parce qu'ils ne s'étaient pas rendu compte qu'Adolf-le-Méchant et ses gars avaient profité de l'occasion pour aller se taper un petit noir des jours de fête. Et c'est comme ça qu'ils s'étaient retrouvés avec six romanos à l'ombre au lieu d'un. C'est vrai que c'est bientôt les soldes, avait songé Bäckström.

Puis il y avait eu un tas de bonnes femmes qui s'étaient fait administrer une petite raclée de Noël bien méritée. L'une d'entre elles n'était pas mal, d'ailleurs. Elle avait certes la poire en compote mais elle avait des miches sensass et elle était deux fois moins vieille que les autres. C'est un cas à traiter à part, avait décidé Bäckström avant de l'emmener dans une salle d'interrogatoire et d'allumer le voyant rouge, pour ne pas être dérangé.

Elle s'était d'abord mise à chialer, bien sûr, mais Bäckström avait prévu des serviettes en papier.

— Je comprends que c'est pas facile pour toi, avait-il remarqué avec toute la compassion dont il était capable. Relaxe-toi, prends ton temps et commence par le commencement. Tiens, je te donne ma carte de visite, au cas où tu voudrais parler à quelqu'un par la suite.

Et tu pourras te faire ramoner la chatte, aussi, dès que tu seras présentable, ajouta-t-il pour lui-même.

Quelques heures plus tôt, elle avait eu l'idée de génie de se pointer chez son ancien petit ami pour lui remettre un cadeau de Noël. Elle avait certes rompu avec lui parce qu'il buvait trop, avait d'autres femmes et se comportait de façon générale comme un imbécile. Bref, elle voulait quand même lui faire un petit cadeau. Une fois qu'il l'avait eu, il s'était mis à lui taper dessus et l'avait culbutée, en prime. Y en a, je vous jure, se dit Bäckström une fois de plus. Dans le dépôt de plainte enregistré par les collègues de la Sécurité publique, il n'était pas soufflé mot au sujet d'un viol.

— Tu ne saurais pas son nom et son adresse, par hasard ? questionna Bäckström en lui caressant le bras pour la consoler.

Allez, dehors, se dit-il tristement, car, vues de près, ses miches n'avaient plus rien d'excitant. On ne peut pas bander sur des oreilles de basset. Je me demande comment je vais pouvoir récupérer ma carte.

Il s'était d'abord entretenu avec le chef pour lui parler de ce viol que les collègues avaient omis de mentionner. Étant celui qu'il était, le chef s'était mis en rogne contre eux au point que Bäckström s'était demandé s'il n'allait pas être décoré.

— Je suis heureux de voir qu'il y a des gens qui ne sont pas nés de la dernière pluie, ici, déclara le chef. C'est bien, Bäckström, très bien. Je me charge de faire venir le docteur pour soigner la victime. Pendant ce temps-là, tu n'auras qu'à aller coffrer le coupable.

Y a pas de justice, se dit Bäckström un quart d'heure plus tard. La victime avait baisé et maintenant elle était à se reposer, bien au chaud, dans un centre médical. Le coupable, lui, avait non seulement baisé mais aussi reçu un petit cadeau et il était au chaud, également, en train de lever le coude dans son petit appart. Alors que Bäckström, lui, devait se geler les glaouis dans une voiture de service brinquebalante, en compagnie de ce collègue syndicaliste mal embouché, afin d'aller cueillir un pauvre cinglé qui perchait au diable vauvert, au fin fond de la banlieue sud. Et, s'il était encore chez lui, Bäckström risquait de fêter Noël à l'hosto avec un couteau à cran d'arrêt dans le ventre.

Sans compter ce collègue qui n'arrêtait pas de rabâcher qu'il fallait absolument qu'ils obtiennent l'assistance de la Sécurité publique avant de pénétrer dans l'appartement.

— On pourrait peut-être s'assurer d'abord qu'il est chez lui, hein ? Qu'est-ce que tu en penses ? s'enquit Bäckström.

Le collègue s'était contenté de hocher la tête. De façon pas très aimable, mais il avait au moins eu le bon goût de pas ouvrir sa gueule. Le type était chez lui. Bäckström avait entrebâillé la fente de la boîte aux lettres et entendu à la fois le bruit de la télé et celui de quelqu'un qui allait aux chiottes. Comme il avait fait le déplacement, il avait décidé de sonner : le coupable avait ouvert la porte, les avait fait entrer et leur avait demandé s'ils voulaient boire quelque chose. Une tasse de café ? Il ne pouvait pas leur offrir de l'alcool parce qu'il n'en buvait plus, pour sa part. Ça ne colle pas, s'était dit Bäckström.

C'était un type assez costaud, brun, au milieu de la trentaine et absolument sobre, d'après ce qu'on pouvait voir. L'appartement était petit, ni bien ni mal rangé. Dans la seule et unique chambre, le lit était recouvert d'un couvre-pieds mais celui-ci ne paraissait pas là pour donner le change. La télévision placée devant le canapé était allumée et, à l'évidence, le type était en train de la regarder quand ils avaient sonné. Et ce n'était même pas une cassette porno, mais un film américain très banal. Bäckström l'avait vu au cinéma.

Le seul détail qui donnait un peu d'espoir était tous ces livres qu'il avait et certaines affiches, sur les murs, qui possédaient un caractère politique, même si elles n'étaient pas franchement maoïstes. Je me demande s'il est communiste, médita Bäckström. Pendant que leur hôte, le coupable présumé, préparait le café dans la cuisine, il en avait profité pour fureter un peu. C'est alors qu'il avait découvert une cible de jeu de fléchettes accrochée sur la porte de la salle de bains. Merde, se dit Bäckström, mais c'est la tronche de notre cher Premier ministre, avec son nez crochu et tout le reste ! Ça n'avait pas dû être facile, aussi, d'appliquer son portrait sur cette cible et, en plus, la plupart des impacts semblaient au bon endroit, en plein sur le pif de ce salaud.

Y a quelque chose qui cloche, se dit Bäckström, parce qu'il ne pouvait pas être communiste, ce type.

— Pas mal, ta cible, commenta-t-il, une fois assis sur le canapé pour prendre le café. Où on peut acheter ce genre de truc ?

— Tu veux dire : le traître ? demanda leur hôte et là, maintenant, c'était sûr, il y avait quelque chose qui clochait. Je te la donne, si tu veux. Je peux en avoir autant qu'il m'en faut.

— On verra ça, répondit Bäckström, car le foutu collègue qui l'accompagnait commençait à faire la moue. On voulait te parler d'autre chose.

C'était ce qu'ils avaient fait et, comme presque toujours, il était apparu que cette petite pute avait tout inventé. Ils avaient été ensemble mais le reste était faux. Il l'avait quittée voilà six mois parce qu'il ne supportait plus de l'entendre crier et de la voir picoler sans arrêt alors qu'il tentait de cesser de boire. Et puis elle s'était pointée chez lui sans prévenir, le soir de Noël, et le fameux cadeau qu'elle lui apportait, c'était une bouteille de whisky et deux verres.

Elle s'était installée sur le canapé et avait commencé à lever le coude en le charriant parce qu'il n'en voulait pas. Comme il en avait envie, malgré tout, il s'était soudain mis en rogne, avait pris la bouteille de whisky et était allé la vider dans l'évier avant de lui dire de décamper. Elle s'était ruée vers lui et avait tenté de l'assommer avec un vase. Mais il avait réussi à l'empoigner et, finalement, à la flanquer à la porte.

— Et tu ne l'as pas baisée ? demanda Bäckström, soucieux de régler ce petit détail.

Car c'était à cause de ça qu'il était là, en train de gâcher ses plus belles années.

Bien sûr qu'il l'avait baisée, jadis, mais pas ces six derniers mois. Avant, il la faisait passer à la casserole cinq ou six fois par jour. Peut-être même un peu plus pendant le week-end, quand ils faisaient vraiment la noce.

Aïe aïe aïe, songea Bäckström, qui n'avait rien fait de ce genre depuis qu'il avait ramoné cette petite pute estonienne aux grosses miches, en sentant soudain des démangeaisons à l'entrejambe.

— Pourquoi tu l'as tabassée, alors ? demanda-t-il, car il aimait ne pas y aller par quatre chemins si cela pouvait lui faire gagner du temps.

— Je l'ai pas frappée, dit leur hôte en les regardant avec ses grands yeux bleus.

— Arrête ton char. Je lui ai parlé il y a une demi-heure et elle avait la poire en compote.

— Elle l'avait déjà en arrivant ici. Quand je lui ai demandé pourquoi, elle a pas voulu me le dire. Tu peux demander au voisin, si tu veux. C'est lui qui m'a aidé à la foutre dehors.

Ils étaient donc allés parler au voisin et, après ça, ils avaient remercié de l'accueil, étaient remontés dans la voiture et revenus au poste.

— Y a des sacrées putes, sur terre, je te jure, avait alors explosé Bäckström. Je lui flanquerais bien une tournée, moi aussi.

— Fais attention à tes propos. C'est pas des choses à dire quand on est dans la police.

— Va te faire foutre, espèce de politicien amateur, avait répliqué Bäckström, que cela démangeait depuis longtemps.

Quand il avait consulté sa montre, il était déjà minuit et quart, et c'en était fini de la fête de Noël, pour cette année, en ce qui le concernait.

Tôt le matin de Noël, Berg avait dû monter dans un taxi et se rendre à Rosenbad pour informer l'expert du Premier ministre d'une affaire diplomatique qui avait pris un tour inattendu. L'expert semblait d'excellente humeur, malgré l'heure matinale. Il lui avait offert le café, et la chose avait été réglée rapidement et sans douleur.

— Bon, dit Berg en se levant. Il ne me reste plus qu'à te souhaiter un joyeux Noël et à espérer de ne plus avoir à te déranger cette année.

— Même chose de mon côté. Et tous mes vœux de réussite pour la réorganisation. Je suppose que c'est ton plus beau cadeau de Noël depuis longtemps, ajouta l'expert avec un enjouement qui ne lui était pas habituel.

Qu'est-ce qu'il veut dire ? se demanda Berg en se laissant retomber dans son fauteuil.

— Je ne comprends pas, avoua-t-il.

— Alors, c'est parce que tu ne sais pas que les Kurdes ont l'intention d'assassiner notre Premier ministre, expliqua l'expert en leur versant une nouvelle tasse de café.

Deux jours plus tôt, le préfet de police de Stockholm avait appelé pour solliciter du Premier ministre un entretien de la plus haute importance. Comme ce n'était pas la première fois et que l'intéressé avait d'autres chats à fouetter, le préfet avait dû se contenter de l'expert. L'histoire qu'il avait racontée était, en bref, qu'il avait « reçu des informations ne pouvant être mises en doute, d'une source sûre et fort proche, selon lesquelles le PKK projetait d'assassiner le Premier ministre ».

— Je l'ai remercié de ce tuyau, dit l'expert, et, dans mon for intérieur, je me suis réjoui que tu sois enfin débarrassé de ces deux-là.

— J'ai peur qu'ils ne soient encore là, soupira Berg.

Ce n'est peut-être pas ce que j'avais imaginé, pensa-t-il.

— On verra bien, trancha l'expert en levant sa tasse de café.

Après cela, Berg était rentré à Bromma, auprès de sa femme. Ils avaient déjeuné en compagnie de sa sœur et de son beau-frère et ils étaient ensuite partis dans la région appelée Roslagen, au nord-est de la capitale, pour fêter Noël avec ses vieux parents. Cela a été une paisible fête de famille, se dit-il après son retour à Bromma, une fois sa femme et lui couchés, chacun tenant en main le livre qu'ils s'étaient offert. Puis il s'était endormi et, pour une raison ou pour une autre, il avait rêvé de l'enfant qu'ils n'avaient jamais eu. Vers trois heures du matin, il s'était levé, comme d'habitude, pour aller uriner.

Oredsson et ses camarades avaient fêté Noël à la campagne. Ils avaient procédé à un véritable sacrifice d'hiver à la suédoise, du temps du paganisme, en louant un vaste chalet de vacances dans le Hälsingland, avec tout ce qu'il fallait. Ils étaient une vingtaine – des collègues, pour la plupart. L'inspecteur Berg, qui était à la tête de l'opération, les avait d'abord conviés à une réunion au cours de laquelle Oredsson les avait informés de ce que Martinsson lui avait dit.

— Comme vous le savez sûrement, annonça Berg en les regardant d'un air grave, ce traître de la Sûreté est mon oncle et, si ça pose problème à l'un d'entre vous, j'aimerais qu'on en parle maintenant. Tout ce que je peux, c'est regretter d'avoir quelqu'un comme ça dans la famille.

Personne n'avait fait état de quoi que ce soit. Au contraire, chacun avait profité de l'occasion pour exprimer sa sympathie et souligner sa loyauté.

— Bien, reprit Berg. Qu'est-ce qu'on décide, maintenant ? Avez-vous des suggestions ? Grâce à Oredsson, nous sommes prévenus. À nous de profiter de l'avantage que ça nous donne.

On avait résolu d'adopter un profil bas jusqu'à nouvel ordre.

— On ne pipe pas mot, on serre les rangs et on ouvre les yeux et les oreilles, résuma Berg.

On avait ensuite mangé un cochon grillé et bu pas mal de bières. Peut-être même un peu trop, dans certains cas, étant donné qu'on avait projeté des exercices en commun aussi bien le jour de Noël que le lendemain.

Au petit matin, Berg avait entraîné Oredsson à l'écart et l'avait remercié de sa contribution. Puis il lui avait parlé de son père, qui était également dans la police et avait été victime d'un accident, en service commandé, quand lui-même était enfant. Alors qu'il s'était lancé à la poursuite d'une voiture, il avait perdu le contrôle de son propre véhicule, qui était tombé à l'eau, et il s'était noyé. Un engin de service aux freins défectueux, d'un côté, et, de l'autre, deux voyous à bord d'une bagnole volée qui avaient réussi à s'enfuir et n'avaient jamais été arrêtés. Résultat : un policier tué en service commandé. On peut être de la même famille et bien différents, se dit Oredsson en entendant cela. Deux frères : l'un mort en héros, l'autre traître à sa patrie.

Stridh, le collègue d'Oredsson, avait puisé largement dans ses congés compensatoires pour heures supplémentaires, en cette fin d'année. Il avait passé le réveillon en compagnie de sa sœur, seul membre de sa famille encore en vie et personne remarquable. Elle était célibataire, elle aussi, travaillait comme comptable dans une petite agence de publicité et était à la fois passionnée de cuisine et férue de lecture.

Dommage qu'elle soit ma sœur, observa Stridh en se resservant des harengs de la Baltique à la mode de Noël qu'elle avait préparés elle-même. Autrement, je l'aurais bien épousée.

Bo Jarnebring avait fêté Noël à deux, l'autre étant sa nouvelle petite amie. Enfin : relativement nouvelle. Mais ils étaient ensemble depuis l'été et cela allait de mieux en mieux entre eux. Deux semaines auparavant, ils avaient décidé de se fiancer le jour de la Saint-Sylvestre mais, pour des raisons qu'il n'aurait pu expliquer lui-même, il n'en avait rien dit à Johansson, malgré les nombreuses occasions qui s'étaient présentées.

Pourquoi ? se demanda-t-il. Parce que tu es lâche, eut-il le courage de répondre.

— Chérie, commença-t-il en allant la rejoindre dans la cuisine, j'ai réfléchi à une chose.

— Tu as faim ? C'est prêt tout de suite.

— Non. J'ai réfléchi à nos fiançailles.

— Tu as changé d'idée ? questionna-t-elle en éloignant une casserole du gaz.

On dirait qu'elle est un peu inquiète, pensa Jarnebring en affichant un large sourire.

— Non. Mais qu'est-ce que tu dirais de les célébrer maintenant, à la place ?

— Maintenant ? pouffa-t-elle. Tu veux dire : maintenant… aujourd'hui ?

— *Yes*, répondit Jarnebring en passant le bras autour de sa taille.

Il la serra contre lui tout en éteignant le gaz avec l'autre main.

— Qu'est-ce que tu fais ? Est-ce qu'on ne devait pas manger ?

— On va faire comme ceci, indiqua Jarnebring. D'abord enlever tous nos vêtements, pour que l'or se voie bien. Puis échanger nos bagues, faire la bête à deux dos et manger. Et ensuite tu auras ton cadeau de Noël, mais ce sera une surprise.

— D'accord, approuva-t-elle en commençant à déboutonner son corsage.

Après ça, j'appellerai Johansson pour lui annoncer la nouvelle, pensa-t-il. Je suis pas si lâche que ça, après tout.

L'avant-veille de Noël, le *Svenska Dagbladet* annonçait en gros caractères une offre spéciale des magasins Åhlén : PRIX CASSÉS SUR LES SOUS-VÊTEMENTS : STRING ET BAS RÉSILLE POUR SEULEMENT 99 COURONNES.

Il se galvaude, ce canard, se dit Waltin avec un léger sentiment de dégoût, tout en décapitant son œuf à la coque d'un geste bien dosé.

« Existent en rouge, noir et blanc », lut-il encore en sirotant son thé. Noir pour les gens normaux, rouge pour les prolos et les parvenus, blanc pour ceux qui n'osent pas. Ah, on en apprend de belles avant même de s'être rempli l'estomac ! soupira-t-il.

Le lendemain, il profita de ce qu'il avait à faire dans le centre-ville pour entrer discrètement chez Åhlén. Il en acheta une demi-douzaine de tailles diverses – en noir, bien entendu – et la vendeuse lui adressa un sourire qui ressemblait à une invite de la part d'une non-professionnelle.

— Faut-il vous préparer des paquets différents ? demanda-t-elle avec son sourire ambigu.

— Non. Mettez-les dans un sac, ça suffira.

Et si tu n'apprends pas les bonnes manières, je te donnerai une fessée, pensa-t-il.

Muni de ce produit de base tellement nécessaire pour lui, distrait par la vendeuse et les pensées ailleurs, il commit une erreur que quelqu'un comme lui n'avait pas les moyens de s'offrir. En sortant du magasin, il tomba sur Wiijnbladh et sur la grosse truie aux cheveux rouges qui lui servait de femme.

— Mes respects, monsieur le commissaire divisionnaire, dit cet imbécile en se pliant en deux pour le saluer. Puis-je vous présenter mon épouse ?

— Naturellement, répondit Waltin en souriant de toutes ses dents, non sans remarquer le changement d'expression de cette dernière.

Elle ne dira rien, pensa-t-il en lui tendant une main bronzée et noueuse.

— Claes, lança-t-il, toutes dents dehors. Enchanté de faire votre connaissance. Et joyeux Noël, bien entendu.

— Lisa Wiijnbladh, dit-elle en lui rendant son salut.

Cette petite pute eut le culot de lui gratter la paume avec l'ongle vernissé de son petit doigt.

— Ce serait agréable de vous rencontrer à nouveau et plus longuement, ajouta-t-elle, l'allusion passant bien au-dessus de la tête du pauvre imbécile qui l'avait épousée.

Waltin retira sa main sans cesser de sourire mais en éprouvant une sensation non ambiguë dans le bas-ventre.

C'était sûrement au printemps dernier, réfléchit-il en descendant Hamngatan à grandes enjambées et dans la bonne direction. Des gros seins blancs avec des taches de rousseur et de tout petits tétons ? Il faudra que je vérifie dans mon carnet de notes.

— Un de tes collègues ? demanda Mme Wiijnbladh sur un ton neutre, à mi-chemin entre question et affirmation.

— Quelqu'un de très haut placé à la DST, opina son mari en s'efforçant de ne pas laisser paraître son émotion. Nous avons fait connaissance il y a longtemps, ajouta-t-il en se donnant un air d'importance.

Je suis bien heureuse pour toi, mon petit vieux, pensa Lisa Wiijnbladh en sentant le mépris monter en elle, comme à l'accoutumée. Moi, j'ai seulement couché avec lui.

— Comment m'as-tu dit qu'il s'appelait, déjà ? demanda-t-elle.

Lorsque la pression se faisait trop forte en lui, Waltin s'efforçait de la relâcher le plus loin possible. Mais cela ne lui était pas toujours possible, écrasé de tâches urgentes comme il l'était. En diverses occasions, il avait été obligé de prendre des risques. Cette fois, le printemps dernier était l'une d'elles. C'était alors qu'il était tombé sur la femme de Wiijnbladh, sans savoir qu'elle était mariée et encore moins que son mari était dans la police.

— Tu n'as jamais travaillé à la DST, toi, s'avisa-t-elle soudain, alors qu'ils étaient dans le métro, peu après, pour se rendre chez sa sœur.

Qu'est-ce qu'ils feraient d'un type comme toi, d'ailleurs ? pensa-t-elle.

— Non, dit Wiijnbladh en s'efforçant de donner à cette réponse un tour aussi ambigu que possible. Pas à strictement parler.

Alors comme ça, tu es agent secret, songea-t-elle. Eh bien, ils sont pas fauchés.

Waltin s'était rendu dans un endroit assez simple du centre-ville. Public modeste, beaucoup de femmes seules, d'âge mûr ou presque, parfois même déjà plus que mûr ou sur le retour. Abandonnées, vulnérables, désespérément en quête de quelque chose de mieux ou au moins de quelques heures de compagnie. Il l'avait rencontrée au bar, où elle était assise et montrait son décolleté plongeant à tous ceux qui avaient la force d'y jeter un coup d'œil. Elle était la beauté de la soirée – mais la concurrence n'était pas féroce : cheveux roux, peau blanche, poitrine généreuse, dix kilos de trop, maquillage accentué et un petit coup dans le nez. Waltin avait aussitôt éprouvé le besoin de lui faire du mal.

Est-ce pour ça que tu es tellement nerveux que tu n'arrives pas à bander ? se demanda Lisa Wiijnbladh en sentant l'effet des cahots de la rame sur l'intérieur de ses cuisses.

— Tu en fais, des cachotteries, mon petit, dit-elle en se penchant vers lui pour lui caresser la joue.

— Bah, répondit Wiijnbladh, à la fois heureux et gêné. Il y a des choses, au boulot, dont il est difficile de parler.

Elle m'a caressé, pensa-t-il.

— Vous vous êtes rencontrés en privé, je suppose, s'obstina sa femme en tentant un sourire innocent.

— On peut dire ça comme ça, opina Wiijnbladh. On s'est fréquentés en privé.

— Et où habite-t-il ? interrogea-t-elle perfidement.

Waltin l'avait emmenée dans un de ces endroits discrets dont il disposait pour les besoins du service. S'il avait choisi celui-là, c'était parce qu'il n'y avait pas de voisins et parce que le lit était pourvu de solides montants. Le reste, il l'apportait.

— Ce que tu peux être curieuse ! esquiva Wiijnbladh.

— Avoue que tu n'en as pas la moindre idée !

— Norr Mälarstrand.

Waltin avait commencé par lui attacher les mains et les pieds aux quatre montants du lit. Puis il avait utilisé sa ceinture de cuir, comme toujours. Il en avait remis un peu, étant donné qu'elle était assez ivre, qu'elle en avait besoin et surtout parce qu'il en avait envie. Il lui avait ensuite enlevé son corsage et son soutien-gorge, avait remonté sa jupe et déchiré sa culotte. C'était plus simple ainsi, il aimait procéder de cette façon et il goûtait le bruit que cela produisait. Il avait eu le sentiment d'éclater, en la pénétrant.

— Norr Mälarstrand, répéta Lisa.

Je me demande bien pourquoi quelqu'un comme lui inviterait une merde comme toi, songea-t-elle.

— Un appartement magnifique, enchaîna Wiijnbladh. Sans compter ses œuvres d'art, poursuivit-il de même.

Que lui avait dit Waltin, déjà, en lui montrant ce faux Matisse ?

Ce n'était pas qu'elle ait refusé d'entrer dans le jeu. Elle avait participé. Elle jouissait vraiment, cette grosse truie. Malgré son ivresse, elle avait soudain eu un orgasme, s'était mise à crier et avait arqué le corps, sur le lit, malgré ses liens. Pour sa part, il avait aussitôt débandé, vidé de toute son énergie.

— Je ne savais pas que tu appréciais les œuvres d'art, objecta Lisa Wiijnbladh sur un ton aigre.

— C'est bien, les œuvres d'art, biaisa Wiijnbladh.

Je la retrouve là, se dit-il.

Il lui avait mis un bâillon et un bandeau sur les yeux et l'avait ligotée encore un peu plus étroitement. Mais cela n'avait rien changé. Alors, il lui avait rasé l'entrejambe, parce que cela lui faisait de l'effet, en général. Or tout ce qui s'était produit, c'était qu'elle avait eu un nouvel orgasme pendant qu'il faisait cela.

Il avait fini par abandonner.

— Tu devrais te lancer dans la peinture, suggéra Lisa Wiijnbladh. Comme Zorn.

— Ouais, dit Wiijnbladh en regardant sa montre. Quand est-ce que je trouverais le temps ? Est-ce qu'on ne va pas bientôt arriver ? s'irrita-t-il.

Une fois sur le canapé, ensuite, Waltin lui avait versé généreusement à boire. Elle en avait bien besoin, parce qu'elle avait mauvaise mine. Son maquillage lui avait coulé sur le visage, ses gros seins pendaient, sa jupe était relevée autour de sa taille et elle écartait les jambes pour regarder son sexe rasé. Soudain, ses larmes se mirent à couler.

— Qu'est-ce que tu m'as fait ? gémit-elle. Qu'est-ce que je vais dire à mon mari ?

— Eh bien, que tu lui réserves une petite surprise, répondit Waltin sur un ton badin, en sentant revenir la sensation familière.

Alors, tu es mariée, se dit-il.

— Tu pourrais aussi dessiner des femmes nues, s'obstina Lisa Wiijnbladh. Comment ça s'appelle, déjà, quand ils sont là à dessiner des femmes nues ?

Tu en serais même pas capable non plus, se dit-elle.

— C'est du croquis, répondit Wiijnbladh, fier d'étaler ses connaissances.

— Mon Dieu, gémit-elle, qu'est-ce que je vais dire à mon mari ?

Ses larmes coulaient maintenant à flots et elle avait l'air inconsolable.

— Je te fais confiance pour trouver quelque chose, répondit Waltin, très serviable.

Sinon, je peux t'aider, moi, se dit-il, car il avait retrouvé ses sensations et même avec plus de force encore que la fois précédente. Avant que tu te mettes à faire des conneries.

C'est bien d'être dans la police, pensa-t-il en ayant presque l'impression d'éclater, quand il la fit se relever et l'obligea à se pencher sur le bras du canapé. Il l'avait ensuite prise par-derrière tandis qu'elle hurlait comme un cochon qu'on égorge. Avant de la reconduire chez elle, il l'avait encore attachée à plat ventre, sur le lit, et lui avait administré une bonne tournée avec sa ceinture.

— Tu trouves peut-être ça drôle, badina Lisa Wiijnbladh. Un tas de femmes nues. Ça ne doit pas être très difficile de les dessiner.

— On est arrivés, annonça-t-il, soulagé, en se levant. C'est ici qu'on prend la correspondance.

Je devrais te tuer, pensa-t-il.

Il avait profité de ce qu'elle passait aux toilettes pour fouiller dans son sac à main et, une fois en possession de son nom, il lui avait suffi de jeter un coup d'œil dans l'annuaire de la police de Stockholm.

Inspecteur Göran Wiijnbladh, police scientifique. Il faut que je le voie, décréta Waltin, presque aussi excité que la fois où il avait vu sa petite maman prendre l'escalier mécanique pour descendre sur le quai de la station d'Östermalmstorg.

L'expert du Premier ministre avait fêté Noël avec son vieil ami, maître et mentor, le professeur Forselius. Tous deux avaient certes d'anciennes épouses et des enfants en plus grand nombre encore, ainsi que, dans le cas de Forselius, une quantité presque incroyable et en constante augmentation de petits-enfants et arrière-petits-enfants. Cependant, pour fêter Noël, ils n'avaient qu'eux deux, pour des raisons diverses, et cela depuis des années.

S'ils se retrouvaient toujours chez l'expert, cela n'avait rien d'étrange non plus. Forselius mangeait soit des conserves soit des repas à son club, alors que l'expert avait à sa disposition les ressources que sa vie cachée pouvait lui procurer. À en croire l'annuaire du téléphone – où il figurait bel et bien, contre toute attente –, il était domicilié à une adresse fort modeste de Söder, mais il n'y mettait les pieds que pour aller chercher son courrier ; la ligne téléphonique qui y aboutissait avait, dès le premier jour, été reliée à la grande maison particulière du quartier chic de Djursholm où il vivait en réalité. Il avait en outre une gouvernante, une cave à vin, la carte du parti et un certain nombre de millions qu'il avait placés à l'étranger avec le soin dont seuls des gens comme lui et Forselius étaient capables. Le plus curieux était qu'il avait gagné personnellement cette petite fortune avant l'âge de trente-cinq ans.

Forselius aimait plus l'expert que ses propres enfants, mais les sentiments de celui-ci envers son aîné étaient plus mitigés. Il se disait souvent qu'il préférait sans doute ses enfants, car Forselius n'était qu'un vieux ronchon, la plupart du temps uniquement préoccupé de lui-même. Pourtant, l'expert possédait une qualité exceptionnelle : il était le seul avec qui Forselius pouvait parler de choses que nul autre ne comprenait et, étant donné que les questions de ce genre constituaient sa principale raison de continuer à vivre, la réponse était évidente.

Qui diable voudrait trinquer avec lui-même, devant sa glace, le soir de Noël ? se demanda l'expert en levant son verre en direction de son seul et éternel ami.

— À la vôtre, professeur. Joyeux Noël.

— À la tienne, jeune homme, répondit Forselius en goûtant son vin. Joyeux Noël aussi.

— Alors ? questionna l'expert en le dévisageant.

— Petrus 1945.

— L'année de ma naissance.

— Une grande année pour les bordeaux.

— Une grande année un peu partout, dit l'expert, magnanime, en pensant à sa venue au monde.

— Je t'ai parlé de ce Polonais, la même année ?

— Celui que vous avez tué ? s'enquit l'expert en gloussant au point de faire tressauter son gros ventre.

— Je n'avais pas vraiment le choix, hein ?

Entrée, plat chaud, fromage et dessert, mais pas la queue d'un hareng, pas une tranche de jambon ni de pudding de Noël, aussi loin que l'œil pouvait porter. Une femme maigre, vêtue de noir, dans la quarantaine, qui n'arrêtait pas de faire la navette entre la cuisine, le couloir et l'immense salle à manger sans prononcer une parole. En cet instant précis, elle se tenait dans l'embrasure de la porte, entre la salle à manger et la bibliothèque, et échangeait un bref regard avec le maître de maison.

— Je crois que le café et le cognac nous attendent, annonça l'expert en posant sa serviette de damas et en se levant non sans peine.

Forselius se racla la gorge avec un clin d'œil entendu et se rejeta en arrière.

— Est-ce qu'elle est muette ? demanda-t-il à voix basse. Muette pour de vrai ?

— Je n'en sais rien, répondit l'expert. Elle n'a jamais prononcé une seule parole.

Au café, ils avaient l'habitude d'échanger leurs cadeaux de Noël. Toujours le même genre mais jamais identiques, pourtant, à ceux des années précédentes. Chacun remettait à l'autre une feuille pliée en quatre, qu'il ouvrait et lisait. Sur les deux morceaux de papier figurait une série de chiffres d'une longueur à faire peur, tous différents. Leurs sourcils se fronçaient alors. Ce jour-là, les plis du front de Forselius furent les premiers à s'effacer et son visage de vieillard ridé se fendit d'un sourire de satisfaction.

— J'ai gagné, encore une fois.

— Ah, vous et vos fichus nombres premiers ! grogna l'expert. J'ai un boulot à faire, moi. Et puis je suis sûr que vous avez triché au moyen de l'ordinateur géant de l'armée, ajouta-t-il sur un ton de dépit.

— Qu'est-ce qui te fait croire ça ? demanda Forselius, finaud. Peut-être suis-je plus fort que toi intellectuellement, tout simplement.

— Ha ha, ironisa l'expert, qui était un mauvais perdant mais aussi un vainqueur proprement insupportable.

Ils avaient joué au billard, bu de l'alcool pendant la moitié de la nuit, avant que Forselius ne gagne, d'un pas chancelant, la chambre d'amis située au premier étage, aux petites heures du matin de Noël. Il s'était immédiatement endormi, après avoir ôté ses chaussures avec le pied et s'être allongé sur la couverture, malgré son grand âge.

Waltin s'était préparé minutieusement. Il s'était d'abord informé sur ce qu'il y avait à savoir à propos de cette grosse truie rousse et de son pauvre type de mari. Ils n'avaient ni argent, ni éducation, ni famille célèbre. Ils vivaient dans un banal trois-pièces de banlieue et n'avaient pas d'enfant. La rouquine travaillait à la compagnie du téléphone et était surtout connue pour ses parties de jambes en l'air en compagnie d'autres hommes que son époux légitime. Sans doute avait-elle commencé comme standardiste à l'ancienne, toujours en train de boucher des trous avec des fiches, et avait-elle transposé ce principe dans sa vie sexuelle, se dit Waltin en pouffant d'un rire malicieux.

Dès qu'il s'ennuyait, il sortait les photos qu'il avait prises d'elle, ligotée et bâillonnée. À un moment, il s'était demandé sérieusement s'il n'allait pas envoyer la meilleure d'entre elles au courrier des lecteurs d'un de ces magazines porno qu'on trouvait dans presque tous les coins, là où vivaient des hommes de la classe inférieure. Mais, à la réflexion, il avait décidé de s'abstenir. J'aurai peut-être besoin d'elle à nouveau, réfléchit-il, et l'idée de ce qu'il allait faire à son petit mari le titillait plus encore.

Il avait appelé celui-ci au téléphone environ un mois après sa rencontre avec la rousse et, quand il avait décliné ses nom et qualité, ce pauvre petit merdeux s'était montré tellement flatté que Waltin regrettait de ne pas l'avoir enregistré.

— J'aurais besoin de rafraîchir mes connaissances dans le domaine technique, sans que l'ensemble du service opérationnel en soit informé.

— Naturellement, naturellement, approuva Wiijnbladh. Je vous propose samedi après-midi, parce que je serai de permanence, alors, et en général je suis seul à la brigade, précisa-t-il en bon fayot qu'il était.

Je me demande qui lui a donné mon nom, s'interrogea-t-il, et, en esprit, il se vit déjà patron de la légendaire section de police scientifique de la DST.

— *Fine with me*, répondit Waltin. Disons : à dix heures samedi matin ?

Je me demande s'il parle anglais, s'interrogea-t-il.

— Discrétion assurée, dit Wiijnbladh, en tenancier de bordel à son insu qu'il était.

Wiijnbladh était venu à sa rencontre en blouse blanche à ceinture ; il ne lui manquait plus que le stéthoscope. Sans compter les études qui vont avec, ironisa Waltin, mais, dans l'ensemble, il faisait meilleure figure qu'il ne l'aurait imaginé dans ses rêves les plus secrets et les plus érotiques. Ils avaient effectué ensemble le tour du service. Wiijnbladh lui avait fait les honneurs de l'endroit sans cesser de jacasser comme une pie tandis que Waltin bandait à moitié d'excitation.

— Voilà par exemple un Matisse qui est arrivé la semaine dernière, annonça Wiijnbladh en lui montrant un tableau que quelqu'un avait placé sur une table de travail. Faux, bien entendu, soupira-t-il en connaisseur qu'il était sûrement.

Pas possible, se dit Waltin. J'aurais cru qu'il était peint avec les pieds, ce tableau.

— J'en possède deux moi-même, déclara Wiijnbladh avec l'aplomb d'un grand seigneur. Je suis heureux de savoir que vous appréciez ce genre de chose.

Naturellement, ils avaient très vite décidé de se tutoyer. Cela faisait partie du plaisir que Waltin prenait à l'affaire. Il avait ensuite planté quelques banderilles, au fur et à mesure que l'occasion se présentait.

— C'est affreux de penser qu'on puisse faire ça à un enfant, observa-t-il en secouant tristement la tête lorsque Wiijnbladh lui montra une culotte de fillette sur laquelle l'un de ses collègues en médecine légale avait réussi à détecter des traces de sperme.

— Oui. Pouah.

— Tu as des enfants, toi aussi ? reprit Waltin, plus en manière d'affirmation que de question, puisqu'il connaissait déjà la réponse.

— Hélas, non. Ma chère épouse et moi n'avons pas eu de chance sur ce plan-là.

Et sur les autres non plus, apparemment. Pourtant, on ne pouvait l'accuser de faire preuve de mauvaise volonté, elle, pensa Waltin en s'efforçant de ne pas perdre son sérieux et d'afficher une mine de compassion.

— Pour ma part, je n'ai même pas une femme à mes côtés, dit-il.

J'ai trop à faire à baiser celles des autres, ajouta-t-il in petto.

— Ah bon, opina Wiijnbladh, qui semblait avoir la tête ailleurs. Mais le mariage n'a pas que des bons côtés, tu sais.

Et c'est lui qui dit ça ! pensa Waltin. C'est presque trop beau pour être vrai.

Pour finir, Wiijnbladh lui avait montré la salle où des centaines d'armes de toutes tailles et de tous modèles étaient entreposées. Des automatiques civils et militaires, des fusils à balles et de banales carabines à canon scié ou entier, des revolvers et des pistolets, des cannes de promenade munies de dispositifs de mise à feu, des pistolets en forme de stylo, d'autres qui tiraient des clous ou des boulons et même un masque pour abattre les animaux de boucherie.

— Ce sont surtout des saisies que nous avons effectuées à l'occasion de divers délits, expliqua Wiijnbladh. Mais nous en achetons aussi pour approvisionner notre armothèque, déclara-t-il sans avoir peur des mots.

Ça vous est plus utile qu'une bibliothèque, puisque vous ne savez pas lire, pensa Waltin.

Il y avait des armes partout : sur les murs, sur les étagères, dans des armoires et dans des cartons. Dans une vieille boîte à chaussures étaient entassées des pièces détachées que quelqu'un était apparemment en train de trier lorsqu'il s'était avisé de faire autre chose de plus pressant. Il y en avait aussi sur les tables et les établis, et une carabine à canon scié démontée avait même été déposée sur le siège d'une chaise par quelqu'un qu'on avait dû appeler à d'autres tâches.

— Impressionnant, approuva Waltin juste au moment où un téléphone sonna à l'arrière-plan.

— Nous avons environ un millier d'armes, ici. Oh, excuse-moi un instant.

— Naturellement.

Dès qu'il entendit Wiijnbladh décrocher dans la pièce voisine, et sans pouvoir dire comment cela s'était produit ni pourquoi il l'avait fait, Waltin avait plongé la main dans un tiroir à moitié ouvert, en avait extrait un revolver à canon court et l'avait glissé dans la plus profonde de ses poches.

— Excuse-moi, dit Wiijnbladh, c'est la permanence de la criminelle qui m'appelait.

— Si quelqu'un doit s'excuser, ici, c'est plutôt moi, qui te détourne de tâches plus importantes. Merci de la visite, en tout cas, c'était très instructif.

Et presque aussi agréable que la fois où il avait vu sa petite maman sortir de l'immeuble et se diriger, à l'aide de ses béquilles et avec ses singeries habituelles, vers la bouche du métro.

Comme d'habitude, Wiijnbladh et sa femme avaient fêté Noël chez la belle-sœur de celui-ci, avec son mari à moitié alcoolique et leur fils de quatorze ans, dans le pavillon qu'ils habitaient, à Sollentuna. Cela avait été aussi pénible que d'habitude, également. Ils avaient d'abord mangé, puis regardé la télévision, ensuite ils avaient distribué les cadeaux de Noël puis regardé la télévision à nouveau.

Son beau-frère s'était endormi sur le canapé, après sa dose coutumière de bière, de vin et d'alcools en tous genres. Il s'était mis à ronfler fortement, la tête inclinée à quatre-vingt-dix degrés en arrière, sur le dossier du canapé, la bouche grande ouverte. Sa femme en avait profité pour disparaître dans la cuisine en compagnie de sa sœur et boire du vin en pouffant de rire derrière la porte fermée. Le seul qui restait en compagnie de Wiijnbladh était le fils, et l'adolescent le scrutait à la dérobée quand il pensait qu'il ne le voyait pas. À en juger par son regard, il était plutôt du genre sournois et attardé. La seule consolation était qu'il allait bientôt avoir quinze ans et que Wiijnbladh pourrait alors consulter le casier judiciaire pour voir ce qu'il manigançait pendant qu'il était censé aller à l'école ou faire ses devoirs chez ses parents.

— Il faut peut-être qu'on passe aux choses sérieuses, dit Wiijnbladh, et, sitôt qu'il eut ouvert la porte de la cuisine, les deux femmes s'étaient tues.

Son épouse racontait quelque chose, il l'avait bien entendue, et, manifestement, elle riait aux larmes.

— Je crois que ton cher et tendre aimerait faire des galipettes… aussi, lâcha la belle-sœur, laissant planer un sous-entendu, et elles se remirent à rire de plus belle.

Je devrais les tuer toutes les deux, conclut Wiijnbladh.

Sitôt rentré dans son appartement de Norr Mälarstrand, Waltin décida d'appeler la petite Jeanette.

— Contrordre, ma chérie. Il semble hélas que nous allons fêter Noël en ville. Il s'est passé certaines choses qui m'obligent à rester disponible à tout moment.

— Quand veux-tu que je vienne ?

Super, se dit-elle, comme ça il me laissera peut-être tranquille jusqu'au jour de l'an.

Je me demande si elle va tenter de me contacter, médita Waltin. Ou si c'est moi qui dois le faire. Cette idée l'avait tellement excité, soudain, qu'il avait dû sortir les photos qu'il avait prises d'elle au printemps et passer dans la salle de bains pour se soulager.

Qu'est-ce qui se passe, bon sang ? se demanda Jeanette. Caviar russe et champagne pour commencer, puis foie gras et vin blanc sucré comme elle les aimait, et ensuite sole et champagne à nouveau. Pour l'instant, ils dégustaient un sorbet aux groseilles noires, la seconde bouteille de champagne était plus qu'à moitié entamée mais elle était toujours habillée. Et il était aussi tendre, prévenant et distrayant que la première fois. Et plus chic que jamais, si c'était possible.

— À la tienne, ma chérie, dit Waltin en levant son verre. Je t'ai acheté un cadeau de Noël.

Un manteau de vison à capuche, tombant jusqu'au sol ? Quand est-ce que je le porterai ? se demanda-t-elle. Dans une autre vie, sans doute. Je me demande combien il a coûté. Une ou deux années de mon salaire avant impôts, voire plus, sans doute.

— J'ai entendu dire que l'hiver allait être rigoureux, précisa Waltin avec un petit sourire. Je ne voudrais pas que tu prennes froid.

Qu'est-ce qui se passe ? se demanda la stagiaire Jeanette Eriksson, qui allait bientôt avoir vingt-huit ans.

Il faut que je joigne Hedberg, aussi, décréta Waltin en regardant la petite Jeanette qui dormait à côté de lui. Il ne l'avait ni châtiée ni bercée après tous ces verres de champagne, et elle portait uniquement son cadeau de Noël sur son corps frêle et délicat. Et puis il faudra que je fasse en sorte que Berg se calme, poursuivit-il. Pour son propre bien, à défaut d'autre raison.

Peu avant minuit, Jarnebring avait pris son courage à deux mains et appelé son meilleur ami pour lui annoncer la nouvelle.

— Je viens de me fiancer.

— Comment s'appelle-t-elle ? demanda Johansson, qui avait l'air plus gai et excité qu'à l'accoutumée, sûrement à cause d'un dîner plus arrosé que d'habitude. Je la connais ?

— Arrête ton char, Lars, coupa Jarnebring, qui n'était pas homme à se laisser perturber par ce genre de propos séniles en un jour pareil.

— Toutes mes félicitations, Bo, et joyeux Noël à tous les deux. Prends soin de toi. Et d'elle aussi, d'ailleurs, ajouta-t-il sur un ton soudain beaucoup plus grave.

Espèce de vieux Lapon sentimental ! songea Jarnebring en raccrochant. Bon sang, je dois avoir une poussière dans l'œil, se dit-il en se frottant le coin de la paupière droite.

— Il a été content d'apprendre ça ? demanda sa fiancée.

— Hum, répondit Jarnebring.

Il faut que je joigne Hedberg, décida Waltin. Ensuite, il avait dû s'endormir car, quand il leva les yeux à nouveau, le jour pointait derrière la fenêtre de sa chambre.

XV

Et il ne restait plus que le froid de l'hiver

Sundsvall pendant la période de Noël et du nouvel an

Le frère aîné de Johansson vivait au bord de la mer, à une dizaine de kilomètres de Sundsvall, dans une grande bâtisse de bois qui avait servi de résidence d'été à l'un des grands magnats du boom économique, au milieu du XIXe siècle. Elle n'avait pas rapetissé depuis que son frère l'avait acquise.

Tiens, se dit-il en vieux limier à la fidèle mémoire, il a goudronné l'accès, agrandi le parking et acheté une voiture neuve à sa femme.

Le matin de la veille de Noël, ils étaient allés à la chasse au lièvre sur l'une des îles au large, vieille tradition qui datait de leurs années de jeunesse, dans la ferme familiale près de Näsåker ; le seul ennui était que leur beagle en profitait souvent pour prendre la poudre d'escampette et qu'Elna, leur mère, faisait la tête quand ils rentraient à la maison, avec ou sans gibier.

Cette fois, les choses s'étaient mieux passées. Étant donné la physionomie des lieux, la chienne et les lièvres n'avaient pas d'autre choix que de rester sur ce petit périmètre de terre ferme. En revanche, la première était toujours en pleine action lorsque le frère de Johansson regarda sa montre et déclara qu'il était temps de rentrer s'ils ne voulaient pas manquer le déjeuner.

— Qu'est-ce qu'on fait pour la chienne ? interrogea Johansson, qui serait bien resté pour tirer un lièvre de plus.

— Il s'en chargera, dit son frère en désignant l'endroit, dans la forêt, où leur maître-chien était posté depuis une bonne heure.

— Je n'aurais pas cru qu'il y avait autant de lièvres sur ces îles, remarqua Johansson en montrant les trois cadavres d'un blanc de craie qui gisaient sur le fond de la barque, à leur retour.

— Mais il n'y en a pas ! repartit son frère.

— D'où viennent-ils, ceux-là, alors ? demanda Johansson, qui en avait abattu un et en avait manqué un autre de peu.

— C'est le maître-chien qui les a amenés la semaine dernière, avoua son frère en riant. Pour qui me prends-tu ?

Heureux de constater que tu n'as pas changé, pensa Johansson.

Le déjeuner de la veille de Noël ne marquait pas seulement le début des réjouissances, chez le frère aîné de Johansson, il en marquait aussi le point culminant. Cela n'empêchait pas qu'on mangeait toujours dans la cuisine. L'explication était qu'en abattant les cloisons entre la cuisine originelle, la salle à manger, le couloir et la véranda, et en élargissant le plafond, son frère avait obtenu un espace digne de la grande pièce commune du chef viking des temps modernes qu'il était. Le buffet était dressé au centre de la pièce pour éviter les déplacements inutiles, un grand feu flambait dans la vaste cheminée et le frère de Johansson siégeait à la place d'honneur, au bout de la table, avec sa mère à sa droite et son père à sa gauche, les enfants sur les côtés, et sa femme et Lars Martin en face de lui, à l'extrémité opposée.

— Joyeux Noël à tous, lança le frère de Johansson avec un sourire de ses grosses dents jaunies de maquignon, et en levant son petit verre d'eau-de-vie plein à ras bord.

Tu n'as pas changé, pensa Lars Martin.

Evert, le père, Elna, la mère, sept enfants, trois gendres et trois belles-filles, vingt et un petits-enfants, cinq arrière-petits-enfants. La famille était si nombreuse que, même sans l'apport extérieur de la troisième génération, la cuisine du grand-frère n'aurait pas été assez vaste si tous étaient venus. Toutefois, malgré une tradition des réunions de famille à Näsåker qui datait de plusieurs générations, la grande majorité des Johansson avaient choisi de fêter Noël chacun de son côté, comme toujours lorsque les liens sentimentaux s'atténuent : d'autres préoccupations prennent le pas, sans pour autant qu'il s'agisse de conflits profonds ni même de différends.

Pour les mêmes raisons historiques, c'était chez leur fils aîné que les parents Johansson fêtaient Noël depuis qu'ils étaient trop vieux pour réunir la famille chez eux. Papa Evert prenait place à la gauche du maître de maison, bien qu'il fût désormais ratatiné au point d'être moitié moins grand que « Petit-Evert » et ressemblât de plus en plus à une chose qu'on avait mise à sécher dans le sauna de la ferme, près de Näsåker.

Après le déjeuner était venu le moment de la remise des cadeaux dans la salle de séjour, elle aussi obtenue en abattant plusieurs cloisons, où flambait un autre feu de bois et où il y avait assez de fauteuils, de canapés et de chaises pour que chacun trouve place. Comme d'habitude, Johansson avait tenu le rôle du père Noël, affublé d'un bonnet rouge, mais il avait refusé de porter un masque en invoquant la chaleur dans la pièce et l'alcool ingurgité au cours du repas.

Lorsque tout ce qu'on avait mangé et bu finit par produire son effet, on sortit l'ultime cadeau d'un panier à linge en écorce tressée. Comme toujours, celui-ci était pour la maîtresse de maison, de la part du maître et sans que le père Noël ait eu à s'en mêler. Comme toujours, il avait coûté plus cher que tous les autres réunis et, comme toujours, il fit le tour du cercle de famille afin que chacun puisse exprimer son admiration pour la générosité, le grand cœur et les moyens financiers de son hôte.

— Pas mal, dit Johansson pour flatter son frère, en soulevant le collier qui brillait de tous ses feux.

Il est assez grand pour lui servir de ceinture, pensa-t-il avec un sourire d'appréciation à l'adresse de sa belle-sœur, toujours bien pomponnée et bronzée, quelle que soit la saison.

— Oui, c'est pas croyable ce qu'on peut avoir la belle vie, nous autres les riches, gloussa son frère, la mine joviale, en faisant un grand geste en l'air avec son gros cigare et en soufflant la fumée dans le visage de son cadet.

Fais gaffe à toi si tu ne veux pas que je t'envoie la brigade financière, bougonna intérieurement Johansson. Puis il se retira dans un coin de la pièce pour parler avec son vieux père.

— Comment vas-tu, papa ? claironna Johansson en lui tapant doucement sur la main.

— Crie pas comme ça, mon petit, je suis pas sourd, dit le père en adressant un sourire de satisfaction à son fils préféré et en lui donnant une légère bourrade dans l'estomac avec sa main libre. T'as pas l'air d'être à plaindre, toi, en tout cas, déclara-t-il en lançant un regard vers son ventre.

— Tu m'as l'air d'être en forme, répliqua Johansson un ton en dessous et avec l'attention d'un vrai fils dans la voix.

— Oh non, rétorqua le père en secouant la tête. Y a bien longtemps que j'en suis plus capable et puis d'ailleurs on parle pas de ça avec ses enfants. Mais, pour le reste, j'ai pas encore complètement perdu la boule, malgré toutes les saloperies qu'on entend à la radio ou qu'on lit dans les journaux.

Il a bientôt quatre-vingt-dix ans, il est presque sourd, maigre comme un cent de clous et ratatiné comme une vieille pomme, mais il est toujours en forme, estima Johansson.

Puis le père aborda son sujet favori. L'augmentation des chiffres de la criminalité, qui frappait de plus en plus souvent Näsåker et le voisinage. L'école avait été cambriolée et quelqu'un avait volé l'une des machines de la société d'exploitation forestière.

— Mais l'école, je te fiche mon billet que c'est ce petit salaud de fils Marklund. Il y va pourtant pas souvent, à l'école, autrement.

La machine, c'était plus grave, et quand on pensait que cela coûtait pas mal de centaines de milliers de couronnes – car elle était presque neuve – et que c'étaient probablement des gars d'un autre coin qui avaient fait le coup, ça n'aurait pas été plus mal que Lars Martin envoie quelques-uns de ses meilleurs limiers de la police nationale. Des Norrlandais de préférence, et le mieux serait qu'il vienne lui-même.

— Tu pourrais demander à ton frère de te prêter sa chienne afin d'en profiter pour chasser un peu le lièvre, ce serait joindre l'utile à l'agréable.

Pour sa part, il avait vendu ses chiens de chasse l'année de ses quatre-vingts ans.

— Elle est très bonne, il paraît, ajouta-t-il pour tenter de convaincre son fils.

Johansson poussa un soupir intérieur qui n'était pas seulement inspiré par la nostalgie d'une autre vie. Mais, avant qu'il ait eu le temps de se lancer dans une discussion qu'il préférait éviter, deux de ses neveux et nièces avaient pris le relais auprès de son père et il alla rejoindre sa mère.

De Charybde en Scylla, se dit-il, cinq minutes plus tard. Car Elna, sa mère, n'était pas seulement petite, maigre et alerte. Elle avait l'ouïe fine, elle, et elle s'inquiétait.

— Tu m'as pas l'air en très bonne santé, Lars. On dirait que tu es surmené et puis je trouve que tu as beaucoup maigri depuis la dernière fois où je t'ai vu.

C'est toujours ça, pensa Johansson, qui se sentit d'abord un peu réconforté. Mais cela ne dura pas longtemps, car sa mère ne tarda pas à enfourcher son cheval de bataille favori parmi tout ce qui l'inquiétait à propos de son petit Lars Martin.

— T'as rencontré personne ?

— Tu veux dire : une femme, maman ? répondit-il en souriant comme un bon fils.

— Qui veux-tu que ce soit ?

— J'en rencontre tous les jours, tu sais, répondit-il évasivement, pour ne pas devoir parler à sa chère mère de la petite orgie dans laquelle il s'était vautré la semaine passée.

— Tu comprends très bien ce que je veux dire, Lars,

s'obstina sa mère. Quelqu'un de régulier, avec qui tu puisses… enfin, comme ton père et moi, quoi.

Non, se dit Johansson. Pas comme vous, parce que ça n'existe plus.

Un peu plus tard, il avait demandé qu'on l'excuse, souhaité une bonne nuit à tout le monde, pris ses cadeaux – surtout des livres, dont la plupart semblaient fort convenables – et était monté dans sa chambre pour lire un peu avant de s'endormir. Pour des raisons qui lui échappèrent, il avait aussi pensé à la femme qu'il avait rencontrée à la poste de Körsbärsvägen près d'un mois plus tôt. Pia, se dit-il. Elle s'appelait Pia Hedin. Peut-être bien, après tout, songea-t-il avant de s'endormir.

Ah, la vie à la campagne, avait-il pensé quelques jours plus tard. Pour des raisons qui lui échappaient, encore une fois, c'était la vie dans la campagne russe qu'il avait en tête. Celle que menait à l'époque du tsar, avant la révolution, une minorité de privilégiés. C'est sûrement dû à quelque chose que j'ai lu, se dit-il, peut-être aussi à cause des bouleaux au bord de la mer, du calme, du farniente, de la lecture et des promenades, des repas et des bonnes nuits de sommeil. Sans doute aussi le fait d'assister aux incessantes allées et venues de son frère pour des affaires dont il préférait ne pas connaître la teneur exacte. Bien sûr, il n'était pas allé jusqu'à effectuer des promenades en traîneau à la lueur des torches, mais il n'avait pas non plus eu à entendre les loups hurler dans la nuit d'hiver. Pas de bals où le champagne coulait à flots et où les femmes en décolleté flirtaient outrageusement derrière leurs éventails déployés. Mais pas non plus d'angoisse de voir le chaud et froid attrapé à cette occasion risquer de mettre fin à votre existence.

Les jours allaient et venaient et, pour sa part, il n'était qu'un banal commissaire de police judiciaire par intérim qui allait bientôt être nommé chef de service et rechargeait ses batteries en attendant. C'était ainsi qu'il fallait voir la chose. Le samedi 28 décembre, le préfet de police de Stockholm fit la une du grand journal du soir à l'occasion de son anniversaire et, comme Johansson l'avait rencontré à plusieurs reprises, il consacra un bon quart d'heure de sa promenade à réfléchir à cette date : le jour des saints Innocents, ne put-il s'empêcher de penser. Quelque opinion qu'on puisse avoir de ce type – et, pour sa part, il en avait une très arrêtée –, il était tout sauf innocent. Ni au sens premier du terme ni à celui, plus courant mais beaucoup moins flatteur, qu'il avait pris par la suite. C'est encore pire que cela, j'en ai bien peur, se dit-il en allongeant le pas. En tout cas, c'était ce qu'il était arrivé de plus passionnant au cours de la journée.

Le soir de la Saint-Sylvestre, son frère et sa belle-sœur donnèrent un vrai repas de gala, avec champagne, serveurs engagés pour la circonstance et divers invités, les femmes en décolleté et les hommes en smoking.

— J'ai oublié de te dire que le smoking était de rigueur, lui annonça son frère. Si tu veux, je peux te prêter celui que je ne porte plus. Tu n'auras qu'à ne pas le boutonner.

Très bien, se dit Johansson. Comme ça, pas besoin d'en louer un.

Il avait même pu le boutonner. Le vêtement lui allait très bien et, en se regardant dans la glace, Johansson eut l'impression de voir un trafiquant de voitures vieillissant.

— Tu es drôlement chic, petit frère, le félicita son

aîné quelques instants plus tard en le voyant descendre.

— Dommage que tu aies les jambes aussi courtes, autrement il m'irait parfaitement.

— Garde-le, si tu veux. J'en ai d'autres, tu sais.

— Tu ne connais pas de nain à qui le donner, c'est ça ?

— Te fâche pas, petit frère. Ce soir, c'est la fête, on va s'amuser, boire, manger, danser et se montrer aimables envers les femmes. Et puis je t'ai réservé une petite surprise, à ce propos.

La surprise en question était arrivée au milieu de tous les invités, ce qui n'avait rien d'étonnant étant donné qui elle était et qui étaient les autres. De plus, elle était en décolleté, à la différence de ce qui s'était passé la dernière fois qu'ils avaient dîné ensemble dans son restaurant de quartier.

— Lars ! dit-elle, à la fois étonnée et contente. Qu'est-ce que tu fais ici ?

— Je suis chez moi, se contenta-t-il de répondre.

Comme le grand-frère n'avait pas pour habitude de laisser quoi que ce soit au hasard – surtout pas quand maman Elna se mettait de la partie, ce qui était sans doute le cas cette fois-ci également –, ils avaient été placés l'un à côté de l'autre, à table, et avaient eu le temps de parler de différents sujets.

— Tu ne m'as pas donné de tes nouvelles, contrairement à ce que tu m'avais promis, observa sa cavalière sur un ton un peu froissé.

Toi non plus, pensa Johansson en se gardant de le dire à voix haute. Au lieu de cela, il la regarda de ses beaux yeux bleus et lui mentit.

— Mais si. Je t'ai appelée la semaine où je suis revenu des États-Unis et le standard m'a promis de te transmettre le message, déclara-t-il, sachant parfaitement qu'il ne risquait rien à l'affirmer.

— Elles sont vraiment impossibles.
— Et après j'ai été débordé.
Ce qui était un peu plus vrai, au moins.
— Comment se fait-il que tu connaisses mon frère, à propos ?

Ils s'étaient apparemment rencontrés à une réunion du Rotary où on parlait de la police. Une semaine plus tard, pas plus, l'invitation lui parvenait par la poste.
Tu as quand même dû dire autre chose que ça, pensa Johansson.
— Comme mon ex et moi avons décidé de nous séparer, eh bien… me voilà, dit-elle en souriant d'une façon qui ne laissait guère planer de doute.

Quant à manger et boire, il ne s'en était pas privé, et même au-delà du raisonnable. Puis il avait dansé, surtout avec sa cavalière, d'ailleurs, et à plusieurs reprises il avait noté le sourire entendu de son grand frère derrière son dos. Sur le coup de minuit, il l'avait embrassée sur la joue et avait reçu un baiser sur la bouche en échange. Au lieu d'y répondre comme il se devait, il lui avait adressé un de ces grands sourires dont son meilleur ami gratifiait toujours les femmes lorsqu'il désirait se donner le temps de la réflexion.
— Je croyais qu'ils n'acceptaient pas les femmes, au Rotary, remarqua-t-il.
— Au Rotary ? répéta-t-elle, perplexe et légèrement éméchée. Tu penses aux francs-maçons, non ?
Puis on avait servi le repas de réveillon dans la vaste cuisine, et, même si elle ne possédait pas d'éventail, elle, ses intentions étaient manifestes. Qu'est-ce que je vais faire, bon sang ? se demanda Johansson, qui avait soudain perdu tout intérêt pour la chose. Surtout chez son frère aîné et son épouse couleur de gâteau au gingembre.

— Quand viens-tu à Stockholm, la prochaine fois ? lui demanda-t-il en dégageant sa main de la sienne, deux fois plus petite.

La casquette de base-ball qu'il avait achetée à la boutique du FBI, il pourrait toujours la donner à quelqu'un d'autre.

Les choses avaient fini par s'arranger et le baiser d'adieu qu'elle lui avait donné avant de disparaître dans un taxi, en compagnie d'autres invités, avait été assez peu appuyé pour qu'il comprenne qu'il n'avait guère de raisons de changer d'avis.

— Bon sang, Lars ! s'écria son frère sur un ton de reproche une fois qu'ils se retrouvèrent dans la vaste salle de séjour, au milieu du désordre que les invités avaient laissé derrière eux, on dirait que tu commences à faiblir.

— J'ai du mal avec les maigres, répliqua Johansson, qui connaissait son frère et savait que sa belle-sœur était allée se coucher.

— Qu'est-ce que tu penses que j'ai dit à la mienne ? reprit son frère. Les maigres, c'est une malédiction. Mais tu crois qu'elle m'écoute ? Jamais de la vie, soupira-t-il tristement.

— À ta santé, dit Johansson.

Après cela, il était enfin allé se coucher.

Le jour de l'an, son frère et lui s'étaient installés devant la télévision, après le dîner. Ils l'avaient vaguement regardée, avaient bu un peu et bavardé comme on fait, parfois, quand on se connaît bien et qu'on a déjà dit l'essentiel. Le journal télévisé comportait un assez long entretien avec le Premier ministre à l'occasion des vœux à la nation. D'après la présentation, il devait porter sur les événements de l'année écoulée et sur ce qui allait se passer au cours de celle qui commençait mais, très vite, l'interview en était venue à porter uniquement sur sa personne et sur ses diverses affaires et déclarations d'ordre privé. Naturellement, cela avait vite dérivé dans une direction imprévue. Le journaliste asticotait le politicien à la manière d'un fox-terrier mordant sa jambe de pantalon, tandis que l'interviewé essayait de se tirer d'affaire au moyen de sa faconde et de son arrogance habituelles, sans paraître se rendre compte que c'était le but de la manœuvre.

Ils ne sont même pas capables de respecter la trêve des confiseurs, se dit Johansson, qui aimait autant les journalistes que tous les vrais policiers, mais son frère avait l'air de beaucoup s'amuser.

— Le pauvre diable, gloussa-t-il. Il n'apprendra donc jamais.

— Alors, tu ne votes plus pour les socialos ?

— Fais pas l'imbécile, Lars, rétorqua-t-il sur un ton bonasse en s'emparant de la télécommande pour éteindre le poste. J'avais un vendeur, jadis, qui ressemblait trait pour trait à ce pauvre type qu'ils éreintent dès qu'il se pointe à la télé.

— Ah bon. Comment était-il ?

— C'était sûrement le type le plus jovial qu'on ait jamais vu au nord du Dalälven, répondit son frère en se versant un whisky.

— Jovial ?

— Oui, il avait à peine eu le temps de soulever le capot de la putain de voiture qu'il faisait du rentre-dedans aux clients. Il les baratinait à propos du temps qu'il faisait, de la petite famille et du reste, il leur offrait le café et se mettait en quatre pour leur faire plaisir. Alors que tout ce qu'ils voulaient, c'était acheter une voiture. Il était impayable, ce type.

Pas très ressemblant, estima Johansson.

— Excuse-moi, mais je ne comprends pas très bien.

— Qu'est-ce que tu ne comprends pas très bien, petit frère ?

— Ils ne se ressemblent pas vraiment. Je veux dire : ton vendeur et le Premier ministre.

— C'est vrai : c'est le portrait craché l'un de l'autre, mais inversé. Pour le reste, ils sont comme deux gouttes d'eau.

— Je ne saisis toujours pas, s'obstina Johansson.

— Et c'est toi qui es dans la police ! Ni l'un ni l'autre ne sont capables de garder leurs distances. Ce vendeur dont je te parle, il était collant comme du sparadrap sans qu'on lui demande quoi que ce soit. Et l'autre, là, qu'on vient de voir à la télé, avec sa gueule enfarinée, il serait capable de se faire un ennemi mortel de n'importe quel crétin uniquement pour avoir le dernier mot. Alors qu'il devrait avoir le bon sens de fermer sa gueule, d'opiner du bonnet et de faire semblant d'être d'accord, puisque chacun sait qu'il n'en pense pas moins, de toute façon.

Enfin, pensa Johansson.

— Je vois. Est-ce qu'il était bon vendeur, ton gars ?

— Bah, il a bien dû en vendre une ou deux. Mais je l'ai fichu à la porte. On peut pas se payer le luxe de types pareils quand on n'a que ça pour vivre, ajouta-t-il en avalant une bonne rasade de whisky. Des gars qui sont pas comme les autres, je veux dire.

Je saisis parfaitement, se dit Johansson, qui avait suivi des cours et entendu la même chose, quoique de façon différente et en d'autres termes.

Krassner, il faut que je fasse quelque chose au sujet de ce pauvre type de Krassner.

— J'aurais besoin de travailler un peu, pendant deux ou trois jours. Aurais-tu un endroit tranquille à me prêter ?

— Tu peux prendre le bureau qui est là-bas, dans la cour. Personne ne viendra te déranger.

Quand on fait quelque chose, autant le faire à fond, jugeait Johansson. Et il n'y avait pas manqué, cette fois non plus, alors qu'il était beaucoup plus partagé et moins motivé que d'habitude. Le lendemain du jour de l'an, il avait emporté les papiers de Krassner dans le bureau du fond de la cour et, quand il avait enfin pu les remettre dans sa valise, c'était déjà le jour des Rois et il était grand temps pour lui de rentrer à Stockholm.

Il ne s'était pas accordé beaucoup de répit, au cours des journées passées dans ce bureau d'emprunt. Il avait certes effectué une assez longue promenade quotidienne, mais Krassner occupait son esprit pendant ces moments-là. Lors des repas pris en commun avec le reste de la famille, il s'était montré de plus en plus taciturne et, quand son frère avait soudain dû s'absenter deux jours pour ses affaires, cela l'avait presque soulagé.

À deux reprises, il avait dû aller à Sundsvall en voiture, pour se rendre à la bibliothèque et passer divers appels téléphoniques à Stockholm. Par deux fois, il s'était entretenu avec un Wiklander de plus en plus perplexe. Puis, le jour des Rois, il en eut terminé. Il avait même rédigé un long aide-mémoire sur la façon dont il envisageait la chose. Mais qu'est-ce que je fais, au juste ? finit-il par se demander. Il ne s'agissait pas d'une banale enquête criminelle, même s'il était désormais convaincu que Krassner avait été assassiné et s'il estimait avoir une idée assez claire de la raison pour laquelle on l'avait tué et de la façon dont cela s'était passé. Il avait appris pas mal de choses sur le Premier ministre, c'était sûr. Maintenant, il en savait à peu près autant que sur les coupables et les victimes dont il fouillait la vie, à l'époque où il travaillait à l'élucidation des actes de violence caractérisés – et, en plus, certains détails que peu de gens connaissaient.

Le seul problème était que, sous quelque angle qu'il choisît de voir les choses, le Premier ministre n'était ni coupable ni victime dans la partie de l'affaire qui avait trait à Krassner. À l'exception de lui-même, du coupable et du petit nombre – probablement – de silhouettes assez indistinctes dont il pouvait uniquement soupçonner l'existence, tous les autres étaient dans l'ignorance non seulement de cela mais de l'ensemble de l'histoire. On verra bien, se dit-il, car il avait déjà une idée de la manière dont il pourrait dire adieu à Krassner et à ses papiers.

Il avait passé le premier jour à parcourir le manuscrit de Krassner et le reste de sa documentation. Afin d'avoir une vue d'ensemble et parce qu'il faut toujours procéder de la sorte. Cela avait également été la journée la plus frustrante de toutes ; ce qui l'avait surtout irrité, c'était la façon d'écrire de l'auteur. À l'exception du premier chapitre, chaque passage s'ouvrait sur un texte dans lequel il expliquait longuement, avec beaucoup de sérieux et une confiance inébranlable en sa propre importance, les sentiments et les pensées que suscitaient en lui les événements qu'il évoquait ensuite. Des réflexions et des passages de la même veine étaient également insérés dans le cours du récit. Comment peut-on écrire aussi mal ? se demandait Johansson, lecteur à l'ancienne, absolument persuadé qu'on ne pouvait mieux décrire une situation donnée qu'à l'aide de faits et uniquement de faits ; plus ils étaient dépouillés, mieux cela valait. Quel affreux radoteur ! soupira-t-il en décidant qu'il était grand temps d'arrêter ce jour-là. En outre, il avait des tiraillements d'estomac.

Le lendemain, il parvint enfin au cœur de l'affaire : parmi ce qu'il avait lu, qu'est-ce qui était vrai, qu'est-ce qui était faux, qu'est-ce qui était douteux ? Le manuscrit de Krassner s'ouvrait sur une histoire rocambolesque qui se serait déroulée à Stockholm en mars 1945 : un récit détaillé comportant l'indication des noms, des lieux et du moment, et qui impliquait plusieurs personnes. Cela devait être possible à vérifier, au moins.

Il y avait sûrement d'autres motifs derrière le type d'entrée en matière qu'avait choisi Krassner. Une bonne façon d'aiguiser l'appétit du lecteur en vue de ce qui allait suivre et, en plus, un moyen simple et efficace de présenter deux des personnages principaux du livre : John C. Buchanan, son oncle, et un professeur de mathématiques suédois nommé Johan Forselius. La véritable raison était différente, cependant : à savoir évoquer la collaboration qui s'était instaurée entre le service de renseignements de l'armée suédoise et son homologue américain à la fin de la guerre. Et la façon dont cela avait pu se dérouler.

Le personnage principal de l'histoire était un capitaine polonais du nom de Leszek Matejko. Lorsque les Allemands avaient attaqué son pays, en septembre 1939, Matejko était un jeune enseigne de la célèbre cavalerie polonaise qui, en l'espace de quelques jours, avait été écrasée sous les chenilles des unités blindées allemandes. Matejko, lui, en avait été quitte pour la peur et pour porter un simple bandeau ensanglanté autour de la tête. Lorsque la défaite polonaise devint un fait accompli, il réussit à gagner l'Angleterre, par des chemins hasardeux, pour continuer le combat. Une fois à Londres, il fut l'un des premiers officiers polonais à entrer dans les Forces armées polonaises libres.

Le besoin en cavaliers était limité mais, Matejko étant un jeune homme fort capable, on avait vite fait de lui un officier de renseignement et c'est en cette qualité qu'il était demeuré à Londres pendant presque toute la guerre. C'est aussi là que lui fut attribué son diminutif anglais : « Les ». À l'automne 1944, alors que les troupes russes avaient repoussé les Allemands loin à l'intérieur de son pays, le capitaine Les Matejko fut affecté à l'ambassade polonaise de Stockholm en qualité d'officier de liaison et « il n'était pas besoin d'être militaire pour comprendre pourquoi ». Certes, certes, se dit Johansson. Ce qu'il ne comprenait pas, en revanche, c'était pourquoi Krassner n'avait pas continué à écrire comme il avait commencé. Cela aurait pu donner un très bon résultat.

À peu près au même moment, le commandant américain John C. Buchanan se trouve à l'ambassade des États-Unis à Stockholm où, presque aussitôt et sans trop de scrupules, semble-t-il, il se met à collaborer avec ses « collègues » du service de renseignements de l'armée suédoise. L'un de ceux qu'il rencontre à cette occasion et qu'il commence à fréquenter en privé est le professeur de mathématiques Johan Forselius. D'après son neveu, que le respect ne semble pas étouffer quand il écrit, c'est dû principalement au fait que, en plus de leurs activités de renseignement, ils partageaient un intérêt très marqué pour la bouteille. Or, à l'ambassade américaine, Buchanan avait un accès facile et illimité à ce genre de denrée, à la différence de son frère d'armes suédois, réduit au régime sec, lui.

Encore un poivrot, constata Johansson, et, avant de poursuivre sa lecture, il eut le temps de revoir en esprit la pyramide de verre dans la cave de Buchanan.

Né en 1907, mathématicien apparemment fort capable puisqu'il avait soutenu sa thèse à l'âge de vingt-sept ans, Forselius fut nommé professeur à l'université d'Uppsala à trente-trois ans, à peu près au moment où les Allemands envahissaient le Danemark et la Norvège. Mais, peu après, il quitte le monde universitaire. Il est mobilisé comme sous-officier et affecté au service de renseignements de l'état-major en qualité d'analyste et de décodeur. À sa démobilisation, en 1945, il n'est toujours que caporal-chef. Mais, parmi tous ceux qui décryptent les codes du monde entier, il est déjà une légende.

Caporal-chef ? Impossible ! estima Johansson en prenant note dans son carnet. Un caporal-chef suédois qui serait compagnon de beuverie d'un commandant américain tout en étant professeur de mathématiques dans la plus prestigieuse des universités du pays et fameux dans le monde entier pour être celui auquel aucun code secret ne résiste…

Et il aurait été démobilisé avec le grade de caporal-chef ? Il y a quelque chose qui ne colle pas, se dit Johansson, qui avait effectué son service militaire et en était sorti avec le grade de sergent.

Fin de l'hiver 1945 en Europe. Un aigle allemand aux ailes brisées gît sur le sol. Les États-Unis, l'Angleterre et leur allié soviétique administrent, chacun de son côté et de façon presque routinière, les derniers coups de canne, alors que leurs arrière-pensées stratégiques sont ailleurs. Comment prendre ses dispositions en vue de l'affrontement décisif qui va fatalement se produire bientôt, si on raisonne en fonction de la logique militaire ? Le heurt entre les démocraties occidentales et la dictature stalinienne en Union soviétique.

À la fin de l'hiver 1945, en Suède, les agents du monde occidental sont légion et il semble qu'on ait déjà choisi son camp. Car Forselius, Buchanan et Matejko, ainsi que tous leurs camarades du bon côté du champ de bataille, n'arrêtent pas d'aller les uns chez les autres et de s'entretenir de leur gros souci commun : le puissant voisin oriental. C'est alors que des choses commencent à se passer.

Il est clair que Buchanan a donné l'alerte. L'OSS apprend que le capitaine « Les » Matejko a opéré un autre choix et que ses sympathies vont ailleurs, à savoir au frère d'armes russe qui va bientôt se changer en ennemi numéro un dans l'affrontement entre le bien et le mal.

Étant donné le passé et l'origine de Matejko, ainsi que la situation générale sur le plan stratégique, ce n'était pas une mince affaire ; la première décision fut de tenir les Anglais en dehors du coup et d'en faire une opération exclusivement suédo-américaine.

C'est à Forselius qu'il revint de tendre le piège et il procéda de façon très astucieuse en envoyant divers messages codés à différentes personnes faisant l'objet de soupçons, pour tenter ensuite de les intercepter au moyen du système habituel d'écoute radiophonique et de voir où ils avaient abouti.

Les soupçons à l'encontre de Matejko s'étaient renforcés mais le piège ne s'était pas totalement refermé sur lui ; il restait des gens qui non seulement doutaient encore mais plaidaient ouvertement sa cause. Le temps commençait cependant à presser et de nouveaux renseignements laissaient présager que Matejko avait l'intention de rentrer discrètement dans son ancien pays, en sûreté derrière le front russe. On résolut alors de frapper et, le soir du 10 mars 1945, une étrange expédition quitta l'immeuble secrètement occupé par l'armée, sur Karlaplan, pour le domicile de Matejko, au deuxième étage sur la cour dans Pontonjärsgatan, sur l'île de Kungsholmen.

Le but de cette expédition n'était pas bien clair. L'identité de celui qui l'avait décidée restait mystérieuse et sa composition était pour le moins bizarre, car il ne s'agissait en principe que d'un cas d'espionnage présumé, à ceci près que les soupçons visaient une personne bénéficiant du statut de diplomate. En raison de la personnalité de Matejko, on procéda discrètement aux manœuvres d'approche : mettre au jour ses sympathies et, en tout cas, s'assurer de sa personne, sans violence, dans la mesure du possible. L'identité de celui qui avait pris cette décision n'apparaissait pas dans le manuscrit de Krassner. Ce dernier ne semblait même pas conscient du problème.

L'escouade était composée de cinq personnes. Le professeur Forselius, caporal-chef dans l'armée, et le commandant John C. Buchanan, tous deux en civil, l'enseigne Casimir von Wrede, baron de son état, l'enseigne Carl Fredrik Björnstjerna et le capitaine de cavalerie Adam Lewenhaupt, comte pour sa part. Les trois derniers étaient officiers du peloton de sécurité du renseignement de l'armée, revêtus de leur uniforme et munis de leur pistolet de service, modèle 1940. Ils voyageaient à bord d'une Buick noire à essence, modèle 1941, voiture de fonction de Buchanan à l'ambassade, qu'il conduisait lui-même. Ce qu'on ne savait peut-être pas, dans la voiture, c'était qu'il avait son « seul ami sur cette terre » : un colt calibre 45 de l'armée américaine.

Au bout d'un quart d'heure de voiture dans les rues désertes et obscures de Stockholm, on était arrivé à l'adresse de Matejko, on avait monté l'escalier, on avait frappé à la porte, on était entré. « Penché en arrière comme toujours », Buchanan avait expliqué la raison de leur venue, ce sur quoi Matejko – en officier de cavalerie polonais et en gentleman qu'il était – leur avait dit de le laisser tranquille et d'aller se faire... Wrede et Bjömstjerna, eux aussi officiers de cavalerie, avaient tenté de le calmer et il s'était ensuivi un certain tumulte. Des coups de poing et de pied avaient été échangés. Le capitaine Lewenhaupt avait tiré son arme de service et pris position sur le seuil mais Matejko, en robe de chambre et pyjama, avait tout bonnement sauté par la fenêtre, du deuxième étage, et s'était retrouvé dans la cour de l'immeuble.

À la différence de cet oiseau de malheur de Krassner, il s'en était tiré avec une foulure à la cheville et avait gagné la rue en boitillant. Ses poursuivants, eux, avaient dû emprunter l'escalier et, à leur arrivée précipitée dans la rue, ils n'avaient pu que constater que Matejko, boitant, jurant et criant, possédait une assez belle avance sur eux. John C. Buchanan avait alors sorti son colt, s'était agenouillé sur le trottoir, avait saisi son arme à deux mains, tiré et touché le fugitif dans le dos.

Cela n'avait pourtant pas mis un terme à la confusion. On avait certes réussi à traîner dans la voiture un Matejko hurlant tout ce qu'il savait, on l'avait forcé à prendre place et on avait pu démarrer. Mais une vive discussion avait éclaté quant à l'endroit où le conduire. Même s'il était toujours en état de parler, et donc d'injurier ses ravisseurs, Matejko paraissait mal en point. Il existait deux hôpitaux civils à proximité : celui des Séraphins et celui de Saint-Erik. Néanmoins, pour des raisons de discrétion et de secret défense, on préféra l'emmener à celui de la marine, tout là-bas, près de la citadelle de Waxholm.

Dans la voiture, l'ambiance n'était pas franchement joyeuse. Matejko manifestait toujours son mécontentement et, une fois sur la route de Norrtälje, Lewenhaupt exprima certains doutes quant à la nécessité que Buchanan les accompagne à Waxholm. En officier, mais non pas en gentleman, qu'il était, Buchanan lui enjoignit de fermer sa gueule et d'aller se faire… Ce fut à peu près le moment que Matejko choisit pour cesser de jurer, mais aussi de respirer, et quitter ce bas monde.

Cela jeta un certain froid dans la voiture. On arrêta à l'embranchement de la route de Waxholm pour tenir un rapide conseil de guerre qui déboucha sur la décision de rentrer en ville et de confier le reste de l'opération à Buchanan. Celui-ci déposa ses camarades dans Valhallavägen et continua seul avec le cadavre.

Nul ne sut où il était allé ensuite mais, d'après son neveu et biographe, ses collègues de l'ambassade américaine et lui auraient procédé, en ce qui concernait le corps, « selon les dispositions habituelles en la matière ».

Cela ressemble fort à un cadavre qu'on jette à l'eau, se dit Johansson, qui nota, dans son carnet, quatre noms par ordre alphabétique : Björnstjerna, Forselius, Lewenhaupt et Wrede. Puis il appela Wiklander à son bureau.

Doux Jésus, se dit-il ensuite : à en croire Krassner, c'étaient de toute évidence ces deux cinglés de Forselius et de Buchanan qui avaient fait du Premier ministre de ce pays un agent secret.

Le personnage principal de l'histoire avait cependant attendu le deuxième chapitre du manuscrit de Krassner pour faire son entrée. À part l'introduction, c'était le passage que Johansson aurait pu rédiger lui-même. Il contenait un résumé assez bref des origines du Premier ministre, de son enfance et de son adolescence, qui cadrait assez bien avec les versions plus ou moins officielles dont Johansson avait pu prendre connaissance.

Tout était très chic, dans cette histoire : son milieu, sa famille, sa jeunesse, l'école où il avait passé le baccalauréat avec de bonnes notes, etc. Et c'était justement le but de l'introduction de Krassner : faire ressortir ce côté chic d'un bout à l'autre. En effet, le Premier ministre n'était pas un traître banal qui donnait à l'auteur « envie de vomir » et rien d'autre. Il existait une autre raison, plus profonde, à ses ennuis gastro-intestinaux. À la différence des traîtres banals qui trahissaient uniquement leur pays – et peut-être aussi les droits de l'homme élémentaires, à condition qu'ils aient cours à l'Ouest et non à l'Est –, le Premier ministre traître couvrait une gamme nettement plus grande. Ainsi, il avait non seulement trahi son milieu d'origine et sa famille, mais il s'en était également pris à sa propre « personnalité naturelle » et à l'« éthique » particulière qui, d'après Krassner, caractérisait les gens comme lui, c'est-à-dire celui qu'il aurait dû être s'il n'avait pas été un traître.

Johansson se contenta de pousser un profond soupir sur toute cette misère qui était censée caractériser le plus haut personnage du pays et préféra, plutôt que de continuer ainsi, sauter quelques pages et en venir à ce qui commençait à devenir intéressant. La guerre avait pris fin juste le mois où le futur Premier ministre avait entamé son service militaire dans la cavalerie. Les Allemands avaient détruit par le feu, dans la cour de la chancellerie du Reich, à Berlin, le cadavre d'un chef qui avait mis fin à ses jours et capitulé sans conditions. Les vainqueurs, eux, s'étaient partagé le continent européen et un jeune Suédois de dix-huit ans mobilisé dans la cavalerie avait commencé à faire sa vie.

D'abord seize mois de formation militaire de base dont il était sorti caporal-chef, naturellement avec de bonnes notes, avant de passer directement à l'université pour cueillir d'autres lauriers, plus intellectuels. Deux semestres plus tard, à peine, il était de retour dans l'armée pour six mois d'école d'officiers de réserve, et c'est sans doute au cours de cette période que l'un des recruteurs camouflés du service de renseignements de l'armée le remarqua. Le 5 juin 1947, le professeur Forselius envoya une lettre à Buchanan, tapée sur une machine à écrire dont la frappe se distinguait par une inégale netteté des caractères et par un « a » qui s'obstinait à pencher à gauche. Cette missive d'à peine une page était rédigée en anglais et, dès les premières lignes évoquant la sécheresse estivale à Stockholm et ces « satanées restrictions », on comprenait que le destinataire, John C. Buchanan, se trouvait chez lui, aux États-Unis.

Après ces quelques jérémiades viriles et les habituelles politesses initiales, l'expéditeur de la lettre en venait rapidement aux faits.

« J'ai beaucoup réfléchi aux conversations que nous avons eues sur l'aspect intellectuel de notre offensive en Europe et cela m'a renforcé dans notre conviction commune que c'est là une question de la plus haute importance sur le plan stratégique. Je suis parvenu à la conclusion que nous devons passer très rapidement aux actes. Je crois également avoir trouvé une personne qui peut nous être très utile dans la réalisation de nos opérations sur le terrain. »

L'une des relations de Forselius au sein du renseignement suédois lui avait indiqué la personne en question, quelques mois auparavant, et il avait mis ce délai à profit pour examiner de près l'intéressé. Manifestement, ce dernier avait subi cette épreuve avec succès et la lettre se terminait sur une recommandation dans les termes les plus chaleureux.

« Ce n'est certes qu'un petit gars qui ne paie pas de mine, mais il semble qu'il ait un cœur gros comme ça et qu'il soit vachement culotté dans les moments critiques. »

Comme si ce n'était pas suffisant, il était aussi décrit comme étant « très doué, beaucoup plus que ses camarades officiers », comme ayant des « idées solidement conservatrices » et parlant « couramment plusieurs langues ». Il semblait donc posséder « exactement les dispositions d'esprit qu'il faut pour le travail dont nous avons parlé » et avait d'ailleurs l'intention de « partir pour les États-Unis dès l'automne afin d'étudier pendant un ou deux semestres dans une université américaine », ce qui leur fournissait une « occasion en or de passer à l'action », s'enthousiasmait Forselius.

À la fin du mois d'août de la même année, le futur Premier ministre avait entrepris ses études dans l'une des meilleures universités du Middle West et, lorsque le « professeur John C. Buchanan » était venu dans ce même établissement, quelques mois plus tard, pour y donner une série de cours sur le thème « L'Europe d'après la Seconde Guerre mondiale, la politique soviétique d'occupation et le risque d'un troisième conflit », le motif caché de cet événement fut assez séduisant, en tout cas, pour qu'un futur Premier ministre de vingt et un ans s'inscrive sur la liste des participants.

Manifestement, Forselius ne s'était pas trompé sur les « dispositions d'esprit » de l'intéressé car, dès avant Noël, Buchanan lui écrivit pour le remercier de son aide quant à un recrutement désormais mené à bien, en vue des « opérations à caractère intellectuel sur le terrain européen » de la CIA, le nouveau service de renseignements américain.

« Quelques lignes seulement pour te remercier de ton aide à propos de Pilgrim. Nous avons déjeuné ensemble la semaine passée, après son retour de l'entraînement préparatoire, et je dois dire qu'il progresse d'une façon qui dépasse mes rêves les plus fous. » La photocopie de cette lettre manuscrite se trouvait parmi le reste des papiers.

Ah, tu as donc reçu un nom de code, se dit Johansson. Il interrompit ensuite son étude de l'héritage intellectuel de Krassner pour prendre un solide déjeuner, à base de restes des repas de Noël et du jour de l'an, servis par sa belle-sœur au teint de gingembre. Après, il s'était accordé une sieste d'une heure, parce qu'elle l'avait incité à prendre aussi bien de la bière que deux petits verres d'eau-de-vie alors que, pour sa part, elle se contentait d'eau minérale. À son réveil, il marcha d'un bon pas dans le crépuscule pour se rincer le cerveau avant de retourner à son bureau d'emprunt. Bon sang, ça commence à devenir passionnant, songea-t-il en tapant des pieds sur le seuil du bureau pour débarrasser ses souliers de la neige.

À la fin de l'été, l'année suivante, Pilgrim était rentré en Suède, ramenant comme il se doit d'excellentes notes, et avait repris ses études à l'université. Parallèlement, il avait entamé une carrière politique en milieu étudiant couronnée de succès au point que c'était lui que, quelques mois plus tard, l'Union nationale des étudiants suédois avait choisi d'envoyer en Allemagne de l'Ouest pour un assez long « voyage d'études et de prise de contacts ». Sans perdre de vue le fait que c'était un « jeune homme particulièrement doué », Lars Martin Johansson, sans doute esclave des façons de voir assez traditionnelles de la police, jugea que c'était là une carrière un peu trop rapide pour être honnête. Et celui qui avait éveillé ses soupçons, c'était Krassner.

D'après celui-ci, la Suède, sitôt qu'elle avait flairé le vent, avait entrepris de collaborer militairement avec les États-Unis. C'était allé aussi loin que possible pour que cela reste secret et ne vienne pas contredire la ligne officielle de « poursuite de la politique de stricte neutralité » de la Suède. Mais, par ailleurs, on y était allé de bon cœur sur le plan concret et en particulier en ce qui concernait les actions de renseignement américaines dirigées contre l'ennemi héréditaire des Suédois, et ancien allié des États-Unis, l'Union soviétique.

Les Américains avaient fourni à l'armée suédoise de l'argent et du matériel, tandis que la contribution de cette dernière consistait en une situation stratégique et une mise à disposition du personnel nécessaire. Krassner n'avait besoin que d'une ou deux pages pour retracer les grands traits de cette collaboration et un certain nombre d'événements assez stupéfiants survenus dans le cadre d'une politique étrangère suédoise qui était tout sauf officielle.

Il s'agissait pour l'essentiel d'une coopération militaire à caractère défensif pour le cas où… L'autre aspect était une activité beaucoup plus offensive, sur le plan intellectuel, qui avait enthousiasmé tant Forselius que Buchanan et leurs frères en esprit un peu partout dans les organes de renseignements occidentaux. Pour ces deux hommes, l'idée de base était à la fois simple et évidente.

Ce qui devait décider de l'avenir de l'Europe, c'était l'orientation que la jeune élite en train de monter allait adopter sur le plan politique. Et, comme la meilleure façon d'influencer le cours des choses – de même que toutes les entreprises humaines de quelque envergure – était d'œuvrer en groupe et de façon organisée, avec des tâches et des buts clairement définis, les mouvements étudiants s'étaient trouvés promus au rang à la fois de nouvelle armée de la guerre froide et de champ de bataille sur lequel allait se dérouler la lutte.

De ce point de vue, il n'y avait rien d'étrange à ce que le quartier général des forces américaines à Francfort se soit chargé de Pilgrim, pour les petites choses comme pour les grandes, lorsqu'il arriva pour « entamer ses études » et « prendre ses premiers contacts internationaux ».

Ce fut sûrement une époque intéressante, se dit Johansson, qui avait toujours, comme livre de chevet, ce que Stig Dagerman avait écrit sur l'Allemagne de cette époque[1]. De toute évidence, Pilgrim n'était pas une mauvais recrue. Après une brève période d'échauffement, il avait entamé une navette à destination des pays situés derrière le rideau de fer : Allemagne de l'Est, Pologne, Tchécoslovaquie. Colloques internationaux, tournées de conférences, visites d'études, débats et réunions informelles alternèrent avec rencontres nocturnes, transmissions de messages clandestins, agents à recruter et sympathies à gagner à la bonne cause. Mais sans exclure ceux auprès desquels on avait échoué, qui avaient été démasqués ou qui avaient trahi. Y compris quelques-uns qui avaient disparu ou qui étaient morts.

Pendant tout ce temps, Buchanan avait étendu une main paternelle et protectrice au-dessus de la tête du jeune Pilgrim. Ils entretenaient des contacts fréquents par lettre ou simple conversation téléphonique, de toutes les façons possibles dans un tel contexte de confidentialité. Buchanan pouvait surgir sans prévenir, faire un signe de tête à Pilgrim et l'emmener au restaurant, que ce soit à Stockholm, à Francfort, à Berlin, à Londres ou à Paris. Mais jamais à Varsovie,

1. *Automne allemand*, Actes Sud, 1980, rééd. Babel, 2004. *(N.d.T.)*

jamais à Prague, jamais du mauvais côté du rideau de fer.

C'était une silhouette paternelle extrêmement généreuse et disposant de moyens apparemment illimités, à en croire Krassner et les documents que lui avait légués son oncle. Pilgrim avait ainsi travaillé comme agent de la CIA au sein du mouvement international des étudiants européens pendant près de cinq ans, de l'automne 1948 à l'été 1953. Et, au cours de ce laps de temps, la bourse de Buchanan lui avait été grande ouverte. Parmi les papiers de Krassner, figurait un état manuscrit, clairement rédigé, des sommes à porter au compte de «*Pilgrim and/or Pilgrim Operations and/or Pilgrim Operatives*» à cette époque. Il était de la main de Buchanan et mentionnait le montant de chaque poste, la façon dont la somme avait été versée (chèque, traite bancaire ou liquide), ainsi que la date du paiement.

Outre ce bilan financier, il existait une vingtaine de copies de chèques suédois aussi bien qu'étrangers et de traites postales, soit en blanc, soit libellées «au porteur». Aucun de ces moyens de paiement n'avait été émis par la CIA ou un autre organisme américain, officiel, semi-officiel ou totalement secret. L'argent provenait toujours de diverses fondations ou institutions à caractère humanitaire, Ford Foundation, Rockefeller Foundation, Beacon, Borden, Edsel, Price and Schuhheimer Foundation, la dernière était celle dont le nom revenait le plus souvent.

Plutôt généreux, ce type, opina Johansson. Cette vision était d'ailleurs partagée par Krassner, qui, dans l'une de ses notes en bas de page, griffonnées de façon fort peu lisibles, avait relevé que «Bartlett K. Schuhheimer était un vrai patriote américain qui avait légué sa fortune, par testament, à la lutte contre le péril rouge » et qu'il avait, pour ce faire, désigné « son bon ami et frère d'armes le colonel John C. Buchanan pour gérer les avoirs de la fondation ».

Cela avait commencé de façon assez modeste. Au cours des mois de novembre et de décembre 1948, Pilgrim avait reçu 1 248 dollars et 50 cents en « frais de voyage, de séjour, et dépenses diverses ».

Pas vraiment à plaindre, se dit Johansson, en pensant une fois de plus à ce que Dagerman avait dit de l'Allemagne à la même époque.

Dès l'année suivante, Pilgrim semblait être passé à la vitesse supérieure, à en juger par ses notes de frais. Au total, Buchanan lui avait versé plus de 30 000 dollars, soit environ 150 000 couronnes suédoises. Ce montant correspondait au salaire moyen annuel d'une cinquantaine d'ouvriers de l'industrie, en Suède, au cours de la même période. Johansson ne l'ignorait pas, car il avait rafraîchi ses connaissances en histoire économique à l'aide d'un livre qu'il était allé emprunter à la bibliothèque de Sundsvall.

Au cours des années, cela n'avait fait que croître et embellir : près de 60 000 dollars en 1950 et plus de 70 000 l'année d'après. Mais ensuite il avait dû arriver un malheur quelconque à Pilgrim, à ses activités ou encore à sa branche dans son ensemble car, l'année suivante, ses frais étaient retombés à environ 25 000 dollars et, en 1953, on était presque revenu au point de départ, avec 9 085 misérables dollars – et 25 cents – pour l'ensemble de l'année.

D'après Krassner, c'était Pilgrim lui-même qui était l'explication. Il avait trouvé d'autres choses, plus importantes, à faire et avait commencé à réduire ses activités de politicien en milieu étudiant et d'agent secret. Le réseau qu'il avait constitué devait être transmis à d'autres, avec le consentement de Buchanan.

Il est grand temps d'arrêter là pour aujourd'hui, estima Johansson, car l'horloge qu'il avait dans le ventre lui indiquait qu'il était l'heure de dîner et celle qu'il portait au poignet ne présentait pas plus d'objections que d'habitude.

Son frère était revenu de ses affaires et, après dîner, ils prirent place devant le grand feu de bois de la salle de séjour pour boire un verre avant d'aller se coucher.

— Eh bien, comment ça va ? demanda le grand-frère d'un air curieux et impérieux.

— Qu'est-ce que tu veux dire ?

— Ma femme m'a dit que tu restes enfermé toute la journée avec des papiers. C'est quelque chose de secret ?

— Non. Je lis un livre, c'est tout.

— Je ne croyais pas qu'on les lisait en feuilles détachées, railla son frère.

— Il n'est pas encore imprimé, c'est pour ça.

— J'ai jeté un coup d'œil par la fenêtre, ce matin, avant de partir. Mais tu étais tellement absorbé que tu ne m'as ni vu ni entendu. C'est si intéressant que ça ?

— Assez. Est-ce que tu te souviens du DC3 que les Russes ont abattu au-dessus de la Baltique, alors que j'étais petit ?

— Oh oui, que je m'en souviens ! Parce que c'est là que notre père a commencé à astiquer sa carabine. Et pourtant il restait encore trois mois avant l'ouverture de la chasse à l'élan. Ils n'en ont pas abattu un autre, aussi ?

— Oui, un Catalina qui était parti à la recherche du DC3. C'était le 16 juin 1962. Le DC3, trois jours plus tôt, le 13.

— Oui, oui, je me rappelle. Notre père était sur des charbons ardents et, quand on sait à quel point il tire mal, c'est heureux que les Russes aient cessé de nous chercher des noises.

— Si les Russes ont abattu ces avions, c'est parce qu'ils espionnaient pour le compte des Américains, affirma Johansson.

— Il ne faut pas lire ce genre de conneries, soupira son frère. Je me souviens que tu étais pareil quand tu étais petit. Tu lisais un tas de bêtises et tu y croyais dur comme fer. À un moment, je me suis demandé si t'étais pas un peu dérangé.

— Je plaisantais. Allez, à la tienne !

Mais tu y as cru, pensa-t-il.

— Il ne faut pas lire des conneries, répéta son frère. Regarde-moi. J'ai plus mangé de bouillie de gruau ni lu un seul bouquin depuis que je suis capable de me défendre tout seul et je te fiche mon billet que je gagne autant par mois que toi au cours d'une année entière. À la tienne.

Sans aucun doute, se dit Johansson en faisant un signe d'approbation avec son verre. C'est bien de ça qu'il s'agit.

Le lendemain matin, alors qu'il s'était installé pour s'attaquer au travail de la journée sur les papiers de Krassner, Wiklander l'appela au téléphone, alors que c'était samedi.

— Ton frère m'a donné le numéro, expliqua-t-il. C'est au sujet de ces comtes et barons qui t'intriguaient.

— Tu bosses le samedi, maintenant ? s'étonna Johansson.

Il a de l'ambition, ce petit, songea-t-il.

— Je suis de permanence, répondit Wiklander. J'avais l'intention de partir pour les Canaries en janvier mais, toutes ces fêtes, ça creuse un trou dans le porte-monnaie.

— Je t'écoute, dit Johansson, qui n'était jamais allé aux Canaries de sa vie et n'avait même jamais eu l'idée d'y aller.

Wiklander avait mis un certain temps avant de trouver les renseignements car personne ne figurait dans les fichiers ni dans les archives de la police et, pendant un moment, il avait presque cru qu'il allait devoir sortir de la maison. Mais, heureusement, il avait eu une excellente idée.

— J'ai pensé à notre collègue Söderhjelm, à la Brigade financière, et je me suis dit qu'elle en était, elle aussi.

— De quoi ?

— Eh bien, de la noblesse, tiens. En général, ils savent tout les uns sur les autres, dans ce milieu-là.

Johansson avait en effet le vague souvenir d'une jeune collègue. Polie, sans tomber dans l'obséquiosité, ce qui était hélas trop rare dans le monde où il vivait.

— Je t'écoute.

— C'est vrai qu'ils savent tout les uns sur les autres, répéta Wiklander. Et, en plus, elle est parente, assez éloignée, de ce Wrede. Elle m'a offert la possibilité de parler à quelqu'un qu'elle connaît à la Maison de la noblesse. Ils sont constitués en association, en fait, précisa-t-il à l'intention de son très roturier collègue.

— Je t'écoute.

Tu vas en venir au fait, oui ou non ? bougonna-t-il intérieurement en pensant au tas de papiers qui l'attendait sur la table, devant lui.

— Ils sont morts. Tous sauf ce génie des maths. Mais c'est vrai que lui, il est pas noble. D'après la Söderhjelm, il serait issu d'une vieille famille d'ecclésiastiques du Västergötland. Pas de sang bleu, mais assez distinguée quand même.

Tous les nobles impliqués dans cette affaire étaient morts mais, d'après Wiklander, leurs décès sortaient aussi de l'ordinaire. Le premier à partir avait été le comte Lewenhaupt, capitaine de cavalerie dans l'armée, qui était décédé dès 1949 des suites d'une maladie tropicale contractée au cours d'un safari en Afrique.

— Un truc bizarre, une sorte de ver qui s'est glissé sous sa peau et est allé se loger dans son foie. Il est mort dans une clinique spécialisée dans les maladies tropicales, à Londres, conclut Wiklander.

Ça s'appelle bilharzie, pensa Johansson, qui n'était pas un policier comme les autres et avait de l'instruction.

L'enseigne et baron von Wrede, lui, était mort dans un accident de la circulation en 1961. D'après Wiklander, il était rentré, avec sa voiture de sport, droit dans le mur de l'écurie de sa propriété.

— L'explication, c'est qu'il était ivre et qu'il venait de se chamailler avec sa femme, dit Wiklander, qui était aussi un vrai policier, mais d'une espèce un peu plus courante que Johansson.

— Et Björnstjerna, alors ? Quand, où et comment est-il décédé ?

— Il semble que ce soit de façon naturelle, répondit Wiklander d'une voix qui laissait peut-être percer un rien de déception. Il est mort d'un cancer, à Sophiahemmet, en 1964. Il n'était pas très vieux non plus. Né en 1923.

— Et Forselius ? insista Johansson. Qu'est-ce que tu as trouvé, sur lui ?

— Toujours vivant. Mais nettement plus vieux que les autres. Un cas intéressant. Son nom est dans l'encyclopédie, d'ailleurs. Je suis allé faire un tour à la bibliothèque municipale et j'en ai profité pour jeter un coup d'œil dans certains des livres qu'il a écrits.

— Tu y as lu des choses intéressantes ?

— Sûrement. Mais, pour moi, c'est de l'hébreu avec tout un tas de chiffres, alors je ne suis pas trop capable de juger.

— Un cas intéressant ? reprit Johansson.

— Si j'ai bien compris, je crois qu'il a pas mal bossé pour les collègues de la DST. Même ces derniers temps, bien qu'il soit vieux comme Mathusalem. Et, si je ne me suis pas complètement gouré, c'est sans doute lui qui a conçu leur programme informatique de codage et de cryptage, et tout le saint-frusquin.

— Tu n'en as parlé à personne ? s'inquiéta Johansson.

— C'est pas mon genre, répliqua Wiklander. J'ai trouvé ça tout seul.

— Sauf Söderhjelm.

— Elle est comme je t'ai dit. Elle compte pas.

— Très bien. Qu'est-ce que tu avais pensé faire ce week-end ? demanda-t-il confraternellement, en guise de conclusion.

— Dès que je serai dehors, j'irai inviter Söderhjelm à dîner. C'est une fille sympa.

Heureux d'apprendre qu'il existe encore des gens normaux, se dit Johansson en regardant sa table jonchée de feuilles de papier.

— Avec votre permission, chef, reprit Wiklander d'une voix hésitante, je me demande…

— Vas-y. Je t'écoute.

— Qu'est-ce que c'est que cette histoire ? C'est quelque chose que je devrais connaître ?

— Euh… Si ça reste entre nous ?

— Bien entendu.

— Je suis en train d'écrire un polar et j'ai besoin de quelques personnages assez typés.

— Ah bon, fit Wiklander, soudain plus réservé. C'est dommage qu'ils soient morts, alors.

— On ne peut pas tout avoir, déclara tranquillement Johansson, avant de remercier Wiklander de son aide et de mettre fin à la conversation.

Dans un polar normal, tout le monde est mort tôt ou tard, se dit-il en raccrochant, et on ne peut pas tout avoir, en effet. À moins que… ? Il se mit soudain à penser à la femme qu'il avait rencontrée dans le petit bureau de poste de Körsbärsvägen.

Au cours de l'année 1953, le Premier ministre avait donné un autre tour à sa vie. Ce n'était pas une modification radicale, plutôt un léger changement de cap, et il semblait avoir non seulement conservé son intérêt pour les activités secrètes mais aussi l'avoir développé sous des formes plus nationales, plus orthodoxes. D'après Krassner, cela s'était passé avec l'approbation de Buchanan, et même avec son appui et ses encouragements.

Il avait d'abord commencé par réduire son engagement dans le mouvement étudiant et braqué ses regards vers des objectifs politiques plus vastes. En conséquence, ses activités pour le compte de la CIA avaient décru fortement et, après l'été 1953, plus rien, ni dans le texte de Krassner ni dans les documents de Buchanan ne pouvait laisser penser qu'il ait effectué une mission. En revanche, d'après Krassner, il était resté en contact étroit avec Buchanan jusqu'au printemps 1955, date à laquelle il avait fait parvenir à ce dernier ce message si poétique selon lequel son existence entre la nostalgie de l'été et le froid de l'hiver était désormais à considérer comme révolue.

Au cours de la même année, il s'était procuré un emploi stable et même deux. Juste avant l'été, il avait été embauché comme « analyste » par le service de renseignement de l'état-major et, quelques mois plus tard, il avait commencé à travailler comme assistant parlementaire du Premier ministre de l'époque. Ce n'était pas une mauvaise place, pour un jeune homme doué et nourrissant de grandes ambitions, et l'employeur n'était pas mauvais non plus. D'autant que ses relations professionnelles avec ce politicien de vingt-cinq ans son aîné avaient rapidement pris, devant un entourage étonné, l'aspect d'un classique rapport père-fils.

Pilgrim semblait avoir été possédé d'un puissant intérêt pour tout ce qui touchait à la sécurité et au renseignement. Son travail d'« analyste » semblait avoir été assez peu marqué par l'étiquette que son employeur lui avait attribuée. Mais quant à savoir si c'était pour tromper l'ennemi ou simplement pour souligner qu'il était free-lance, en quelque sorte, cela échappait à Johansson. Krassner non plus n'avait pas d'information substantielle à fournir sur ce point. Mais qui aurait eu l'idée de venir donner une chiquenaude sur le nez de l'assistant du Premier ministre de l'époque ?

Au début – selon Krassner, mais sans plus amples détails ni documents quelconques –, il aurait pris part à la coopération militaire régulière entre les services de renseignements suédois et américain. Concrètement, il s'agissait de tirer au clair les besoins en matière de politique de sécurité et, en fin de compte, d'échanger les personnes, les services et le matériel nécessaires pour satisfaire ces besoins. Sur ce point, il se serait, en plusieurs occasions, tourné vers Buchanan pour obtenir de lui une aide en matière d'avis et de mesures pratiques. Mais ce en quoi cette aide aurait consisté n'était pas clair du tout. Krassner avait aussi souligné que, comme Buchanan travaillait dans une autre branche de la CIA, sa propre contribution aurait surtout consisté à établir des contacts et à jouer, de façon générale, le rôle de celui qui ouvrait les portes et se portait garant que Pilgrim était un « gars bien » et « de la bonne trempe ».

Quant au rôle du Premier ministre dans la mise sur pied du célèbre IB, Krassner n'avait pas grand-chose à ajouter à ce qui avait fini par être révélé à l'occasion du débat public qui s'en était suivi dans le pays. Krassner en faisait brièvement état comme d'éléments désormais connus de tous et cela n'allait pas plus loin. Pilgrim avait joué un rôle central quand on avait créé cet organisme secret dont la tâche principale était de surveiller les opposants politiques à la social-démocratie et, d'après la même source, il aurait, dès l'automne 1954, au cours d'une conversation avec Buchanan, fait comprendre qu'il considérait son employeur social-démocrate comme le « parti qui doit naturellement être au pouvoir en Suède ».

Une telle déclaration avait naturellement inquiété Buchanan. Surtout venant d'un « jeune homme très doué » ayant des « opinions solidement conservatrices ». Et, parmi les papiers qu'il avait laissés derrière lui, figurait une photocopie de notes à propos de sa conversation avec Pilgrim. À en juger d'après l'écriture et la copie, elles avaient été rédigées par Buchanan à l'époque où cette conversation était censée avoir eu lieu. Mais, en tant que preuve, elles n'avaient qu'une valeur relative étant donné que ce n'était jamais que la version de l'Américain de ce que Pilgrim aurait dit. En outre, elles étaient très difficiles à déchiffrer, voire illisibles.

Qu'importe, se dit Johansson, car Pilgrim lui-même avait commencé, à cette époque, à donner des signes certains que sa passion pour le renseignement était en train de fraîchir. Ses activités et ses ambitions dans le domaine de la politique étaient venues occuper le premier plan et c'était en effet à ce moment que sa carrière avait pris forme pour de bon et rapidement atteint les sommets. Il s'était mis à collectionner les fonctions politiques et, dans ce cadre, son avis avait pesé de plus en plus lourd, y compris au sens formel du terme. Au début des années 1960, il avait été nommé au secrétariat général du Premier ministre et deux ans plus tard, pas plus, il entrait au gouvernement. Au cours des années, il avait occupé divers fauteuils ministériels se rapprochant de plus en plus du petit bout de la table du Conseil, et quand son patron avait pris sa retraite, à la fin des années 1960, son heure avait sonné : il avait été nommé Premier ministre, bien qu'étant l'un des plus jeunes membres du gouvernement – et une sorte de mouton noir au sein du parti social-démocrate si l'on pensait à ses origines, à sa formation et à son parcours.

Eh oui, songea Johansson en regardant sa montre. L'horloge de son ventre n'avait pas encore commencé à sonner : il restait encore plusieurs heures avant le dîner. Pourtant, il éprouvait un vif besoin de sortir et de bouger. Non pas de se promener à pied, car alors il ressentirait ce qu'on appelait le mal lapon[1]. Il décida donc d'aller en ville pour rendre le livre d'histoire économique qu'il avait emprunté à la bibliothèque.

Une fois sur place, il en profita pour se livrer à quelques petites recherches pour son propre compte et, dans cette modeste bibliothèque municipale d'une modeste ville de province comme Sundsvall, il trouva presque aussitôt un renseignement important, à pro-

1. Sorte d'état dépressif causé par la rigueur du climat et l'isolement. (*N.d.T.*)

pos du mystérieux Forselius, qui avait échappé à Wiklander. Pas très surprenant en soi, considérant ce qu'il savait, lui, et que Wiklander ignorait.

Il avait d'abord découvert un ouvrage intitulé *Les Grands Mathématiciens suédois* dans lequel figuraient le nom de Sonja Kovalevski, bien qu'elle fût russe, et celui du professeur Forselius, dont les activités secrètes étaient passées sous silence. Quant au reste de ce qu'il avait fait, c'était très en dehors du champ des préoccupations de Johansson. Il savait certes compter mais les mathématiques avancées le laissaient froid. En revanche, il avait l'œil exercé et il releva presque aussitôt que Forselius avait eu un disciple qui n'était pas n'importe qui, non plus. Curieusement, celui-ci portait le même patronyme que l'expert du Premier ministre pour les questions de sécurité et semblait avoir le même âge. Tiens, tiens, pensa Johansson, avant de rentrer chez son frère pour dîner.

Johansson resta couché assez longtemps, cette nuit-là, à réfléchir à ce qu'il savait sur le Premier ministre de son pays. Pour une raison ou pour une autre, cela l'avait presque mis en joie. Ce n'est pas vraiment le genre d'homme que décrit la presse bourgeoise, se dit-il en souriant, mais plutôt un type de héros occidental comme on peut en trouver dans n'importe quel numéro du *Reader's Digest*: de l'humour en uniforme, assaisonné d'une pincée de guerre froide, mais pas de *lettres de cachet*[1] car, ici, il s'agissait plutôt de messages rédigés à l'encre sympathique. Pas non plus de chevaux l'écume aux lèvres mais une vieille Buick V8 roulant à travers la nuit tempétueuse. Et si des trappes s'ouvraient soudain, c'était dans la tête des

1. En français dans le texte. *(N.d.T.)*

gens. Mais les chênes creux dans lesquels on dissimulait des secrets étaient sûrement les mêmes, car ils avaient la vie dure, ces arbres.

Il devait y avoir pas mal à raconter, dans ce domaine, car Johansson avait lu cela aussi dans le *Reader's Digest*. Les espions de l'Est, au moins, avaient en général des stylos qui étaient des pistolets, des parapluies à embout empoisonné et des cannes que, d'un simple geste du poignet, on pouvait transformer en épées tranchantes comme des lames de rasoir. Mais de quoi disposait Pilgrim, au juste, en dehors de ses nobles intentions et de sa bonne cause ?

Il aurait eu besoin de quelqu'un comme mon grand-frère, songea Johansson. Un type pas compliqué, comme lui, avec sa tête finaude et ses grosses pattes, ainsi que son aptitude à taper sur la gueule de tout le monde dès que ça ne lui convenait pas. Ou comme Jarnebring, peut-être ? Celui-ci n'était certes pas très malin, loin de là, mais quand on en venait aux mains, il était imbattable. James Bond lui-même ne s'en serait pas sorti, y compris dans le cas où il aurait tenté de filer… à l'anglaise. Ce fut à peu près à ce moment-là qu'il s'endormit et, à son réveil, le matin, il avait toujours son petit sourire aux lèvres.

Doux Jésus, pensa-t-il en riant sous cape, Pilgrim et Jarnis, ça ferait un duo du tonnerre.

Il était grand temps de mettre un point final, et le plus tôt serait le mieux, car c'était dimanche, jour des Rois, et veille de son retour à Stockholm. Johansson prit donc une douche rapide et un petit déjeuner encore plus précipité ; dès six heures et demie il était à sa table de travail.

Devant lui, les piles de papier avaient fondu et il avait déjà réussi à trier l'essentiel. Des documents, il ne restait plus qu'une lettre sous enveloppe et une carte de condoléances encadrée de noir comportant un poème de trois lignes. Cette fois, c'étaient des originaux, et non des copies, ils étaient rédigés à la main et, d'après Krassner, c'était le Premier ministre qui les avait écrits après avoir cessé d'être Pilgrim. Toujours d'après Krassner, ils dataient de mai 1974. Ils portaient le cachet de la poste de Stockholm et avaient été envoyés en express à la boîte postale de Buchanan à Albany.

Près de vingt ans après sa lettre d'adieu, calcula Johansson. En fait, presque une vie entière, si l'on pensait à ce qui s'était passé entre-temps, dans sa vie comme ailleurs. Étrange, très étrange, se dit-il encore.

Il doit être possible de vérifier cela, rumina-t-il en prenant à tour de rôle la lettre, la carte et l'enveloppe entre le pouce et l'ongle de l'index et en les tournant dans tous les sens. Peut-être portaient-elles des empreintes digitales. En Amérique, la police scientifique avait réussi à en déceler qui dataient de plusieurs dizaines d'années, avait-il lu dans le mensuel du FBI, et celles-ci avaient presque toujours été laissées sur du papier. Mais quant à savoir où je pourrais trouver les siennes, c'est une autre histoire, conclut-il.

D'abord : la lettre. Elle était rédigée à la main, de cette écriture dynamiquement penchée en avant qui caractérisait Pilgrim, comme une sorte de charge de cavalerie par écrit. Le papier lui-même était épais et sûrement de prix. En le levant contre la lumière, il put distinguer les marques d'eau de la papeterie de Lessebo.

« Fionn,

« J'ai appris hier la mort tragique de Raven. J'espère vraiment que vous allez coffrer les salauds qui ont fait cela. Comme je suppose que tu vas aller à son enterrement, je te serais reconnaissant si tu pouvais déposer mon dernier salut ci-joint. Ne me demande pas pourquoi, mais Raven était un amoureux sincère des sagas islandaises. Prends soin de toi !

« Pilgrim »

Puis la carte de condoléances glissée dans la même enveloppe.

Si c'est du Snorri[1], ça, moi, je suis japonais, se dit Johansson en lisant les trois vers rédigés en suédois.

La mort est noire comme l'aile d'un corbeau,
Le deuil est froid comme la nuit au cœur de l'hiver
Aussi long et sans issue.

C'est sûrement Pilgrim qui a écrit ça, pensa Johansson. Peut-être Raven et lui étaient-ils les seuls à en comprendre le sens, et cela servait donc d'ultime message. Qu'avait dit, déjà, cette femme si intelligente qu'il avait rencontrée un mois plus tôt ? Un homme qui semble avoir des dispositions pour la poésie ou peut-être, plus exactement, qui caresse des ambitions poétiques.

Johansson s'était calé dans son fauteuil en joignant les doigts derrière sa nuque, afin de mieux réfléchir. Mais cette fois, cela n'eut aucun effet. Il reprit donc le manuscrit de Krassner et poursuivit sa lecture. Il n'en restait plus que le tiers : un mince tas qui ne pesait pas lourd et dont le contenu ne semblait guère plus prometteur. D'après Krassner, Buchanan avait recruté près d'une centaine d'agents au cours de sa période

1. Snorri Sturluson (1178-1241), le grand poète et historien du Moyen Âge islandais. *(N.d.T.)*

d'activité, dans le but de mener sa lutte pour la future élite de l'Europe. Il avait eu deux favoris et, selon son neveu, ceux-là étaient les seuls à avoir vraiment eu de l'importance pour lui. L'un était Pilgrim, et l'autre Raven. Le premier l'avait trahi, le second lui était resté fidèle jusqu'à la mort.

Raven s'appelait de son vrai nom Salomon Tannenbaum. Il avait le même âge que Pilgrim, était né et avait grandi à New York dans une famille d'intellectuels juifs aisés et, d'après l'»Irlandais» Krassner, c'était probablement la meilleure origine dont on pouvait faire état dans le monde du renseignement international, qu'on ait «ouvert ses yeux bruns» à Moscou, à Varsovie, à Londres ou à New York.

C'est sûrement à cause de ton papa allemand, pensa Johansson, en continuant à parcourir la fin du texte.

Buchanan avait donné à Raven ce nom de code qui n'avait rien de très imaginatif car il était noir comme un corbeau. Après des études de droit à Harvard et un engagement précoce dans le mouvement étudiant américain, il avait rencontré Buchanan, été recruté comme agent de la CIA et était allé en Europe pour entamer le corps-à-corps avec les organisations étudiantes communistes.

À Francfort, en novembre 1948, Raven avait rencontré Pilgrim. Ils s'étaient aussitôt pris d'estime l'un pour l'autre, ce qui n'avait rien de surprenant.

Pourtant, Raven n'avait pas œuvré longtemps sur le front européen. Au lieu de cela, il était retourné aux États-Unis et avait commencé à travailler comme avocat au service d'à peu près toutes les causes nobles et politiquement correctes qu'il était possible de dénicher dans ce pays. Sal Tannenbaum avait défendu le mouvement des droits civiques, les Panthères noires, les ouvriers agricoles mexicains, les Indiens et même les Esquimaux. Il avait « pris position » pour l'intégration raciale, les droits syndicaux, la paix au Vietnam et dans le monde en général, naturellement. Il avait tonné contre le crime organisé et l'exploitation du prolétariat de couleur par le capital. Il l'avait presque toujours fait gratuitement et, selon Krassner, il avait été pendant plus de vingt ans la taupe la plus efficace de la CIA au sein des mouvements radicaux, socialistes et communistes sur le front américain.

Doux Jésus ! soupira une fois de plus Johansson. Si c'est vrai, il a dû avoir beaucoup de mal.

Au mois de mai 1974, un homme à l'allure normale, sans doute relativement jeune, sans doute blanc et sans doute vêtu d'un costume, s'était présenté au cabinet de Tannenbaum. Il était passé, calmement et sans se faire remarquer, devant la secrétaire occupée au téléphone, comme d'habitude, avait ouvert la porte du bureau de Tannenbaum et lui avait tiré une balle dans la tête. Puis il avait quitté les lieux tout aussi tranquillement et, vu l'identité de la victime et le peu que les témoins en savaient, cela avait tourné au cauchemar pour la police.

Pour Krassner, c'était très simple. L'assassinat de Raven était le fait d'un tueur à gages. C'était Pilgrim qui l'avait commandité et ses nouveaux maîtres, l'Union soviétique et son service de renseignements militaire, qui lui avaient prêté main-forte sur le plan pratique. D'où le titre de son livre, *L'Espion passé à l'Est*. Mais cette explication était tirée par les cheveux. En l'absence totale de preuves, la logique krassnérienne régnait en maîtresse absolue. Au cours des vingt ans qu'il avait passés dans la police, Johansson avait entendu un nombre invraisemblable de variations suédoises sur ce thème, exposées jusqu'à l'ennui dans les salles de repos des commissariats de police. Pourtant, il n'avait encore jamais eu connaissance de celle-ci.

Parce qu'il ne faut tout de même pas aller aussi vite en besogne, se dit-il en revoyant en esprit certains de ses collègues les plus fanatiques, qui avaient tous en commun le fait qu'ils n'auraient jamais dû appartenir à la police. Espion russe ? Oui, car « tout le monde le savait ». Assassin ? Non, et personne ne l'avait jamais prétendu, d'ailleurs. Pour sa part, et indépendamment de la façon dont il avait voté, car elle avait varié au fil des ans, il avait toujours pensé que c'étaient des sornettes. Il était aussi peu vraisemblable que le Premier ministre ait espionné pour le compte des Russes qu'il était vraisemblable, à ses yeux, que, au cours de certaines de ses années de jeunesse, il ait été agent de la CIA. Je suis prêt à vous croire sur ce point, pensa Johansson, et, par « vous », il pensait à ce pauvre type de Krassner et à son oncle. Mais le reste, non.

Parvenu à ce stade de ses réflexions, il fut interrompu par la sonnerie du téléphone, alors qu'il n'était que huit heures du matin, en ce dimanche. C'était Wiklander, qui, comme tous les vrais policiers, avait trouvé quelque chose. À savoir que le mystérieux professeur Forselius ne connaissait pas seulement des personnes haut placées dans la police mais qu'il était aussi l'ami intime de l'expert du Premier ministre, l'homme qui était responsable des questions de sécurité touchant ce dernier et l'ensemble du gouvernement.

— Intéressant, mentit Johansson. Comment as-tu appris ça ?

— Ma collègue Söderhjelm. Je vous avais dit que je dînais avec elle hier soir, non ?

Une chose en avait entraîné une autre et, sans entrer dans les détails, Wiklander s'était retrouvé, un peu plus tard, devant la riche bibliothèque de Söderhjelm, qu'elle avait d'ailleurs héritée d'un oncle féru de littérature. Là, il était par hasard tombé sur un livre qui parlait des grands mathématiciens suédois et, comme il avait Forselius à l'esprit, il n'avait pas eu de mal à s'informer.

— Mais c'est purement le fait du hasard, s'excusa presque Wiklander.

— Et le dîner, alors ? s'enquit Johansson pour changer de sujet.

D'après Wiklander, le repas avait été fort agréable, au point qu'il envisageait maintenant de renoncer aux Canaries et d'accompagner Söderhjelm en Thaïlande pour un stage de plongée de trois semaines.

— Parfait, dit Johansson. Salue-la de ma part, au fait, et remercie-la de son aide.

Je suis quand même son chef, à cette petite, se dit-il après avoir raccroché pour retourner à Krassner. Comme il avait nourri des doutes envers ce manuscrit en le parcourant rapidement la première fois, il décida de se montrer plus vigilant.

Au fut et à mesure de son ascension politique, Pilgrim en était venu à nourrir des ambitions sur le plan international. Dès la fin des années 1960, il avait apporté un appui actif à presque tous les mouvements ou conflits anti-américains qu'il était possible de trouver sur la carte politique. Il s'était d'abord opposé à la lutte que les Yankees menaient au Vietnam pour la paix et la liberté, puis il avait approuvé ce que faisaient Castro, à Cuba, et d'autres révolutionnaires en Amérique latine et centrale. La cerise sur le gâteau avait été sa prise de position en faveur d'Arafat et des terroristes palestiniens.

Selon Krassner, Pilgrim avait agi ainsi parce qu'il était depuis longtemps un agent d'influence de l'Union soviétique ; il n'avait soufflé mot de ses éventuelles convictions politiques, et il avait fait bondir ses anciens frères d'armes, Buchanan et Raven. Le plus furieux était Raven, car il n'était pas ce que tous croyaient, mais simplement un banal agent de la CIA, dur au travail et américain dans l'âme. En sa qualité de juif, c'était l'appui apporté à Arafat et aux tueurs palestiniens qui l'avait le plus indigné.

Raven voulait rendre coup pour coup et révéler le passé de Pilgrim. Buchanan, lui, hésitait. Habitué aux sympathies incertaines, aux renégats, aux traîtres ordinaires et aux agents doubles, il estimait que, quelles que fussent les raisons, il était « *bad for business* » d'exposer ses anciens agents. Raven insistait donc pour qu'on mène la vie dure à Pilgrim, afin de se venger, alors que Buchanan tentait de le retenir, le temps de trouver d'autres solutions. Puis le problème s'était résolu de lui-même au mois de mai 1974, lorsque cet homme « sans doute blanc », « sans doute vêtu d'un costume », « sans doute relativement jeune » et certainement « à l'allure normale » était sereinement entré dans le cabinet de Raven pour lui loger une balle dans la tête.

« Par ces chemins extrêmement détournés qu'empruntent les agents secrets du monde entier », les camarades russes de Pilgrim avaient eu vent de ce qui se préparait, et son ami et contact, le général du KGB Gennadi Renko, membre du Politburo et du Comité central, avait vite fait le ménage dans son passé. À ce moment-là, Buchanan avait pris sa décision. Il savait parfaitement qu'il risquait à la fois sa vie, sa source de revenus et sa réputation posthume, mais il n'avait pas l'intention de s'aplatir, et ce qui le mettait surtout en rage c'était que Pilgrim ait eu le culot d'envoyer cette carte de condoléances à un homme qu'il avait fait assassiner. Il avait donc raconté toute l'histoire à son « neveu, jeune ami et fidèle écuyer », en « exigeant de lui la promesse solennelle » de veiller à ce que « justice soit faite et que le plus grand traître de l'histoire de l'Europe de l'après-guerre, peut-être, reçoive le juste châtiment de ses crimes ».

« Voilà l'unique raison, d'une simplicité évidente, pour laquelle j'écris ce livre », concluait Krassner. Toutefois, il avait apparemment décidé de supprimer la fin de la phrase par laquelle il avait envisagé de terminer l'ouvrage, peut-être par modestie, ou par courage. Cependant, comme c'était effectué de façon assez grossière et que la dernière page, ainsi que la première, était un original et non une photocopie, Johansson put déchiffrer le texte originel à la machine, à travers la feuille de papier.

« ... bien que, évidemment, je sois parfaitement conscient qu'en faisant cela je risque fort d'être assassiné. »

Le jour des Rois, Johansson rentra à Stockholm dans un véhicule emprunté à son frère, qu'il devait remettre à un marchand de voitures de Surbrunnsgatan, dont il avait, dans le cadre de ses activités professionnelles, un vague souvenir et sur lequel il préférait ne pas trop s'attarder. Il avait été d'excellente humeur, pendant le voyage, et avait surtout réfléchi à un petit détail de la lettre d'adieu de Pilgrim, auquel Krassner n'apportait pas de réponse. Même pas l'ombre d'une réponse.

La fois où il était tombé en chute libre, comme dans un rêve...

Qu'est-ce qui s'était passé, au juste, ce jour-là ? Dans le crépuscule de ses fantasmes, Johansson vit un bombardier Lancashire modifié, aux moteurs munis de silencieux, qui se faufilait par-dessous les radars polonais, au plus profond de la nuit. La trappe était déjà ouverte et près d'elle se trouvait Pilgrim, en combinaison noire et avec un casque de cuir qui ne laissait dépasser que son profil d'épervier. Les muscles bandés, il s'accrochait au câble suspendu au plafond de l'avion. On lui donnait le signal et, sur un signe de tête décidé, il faisait un grand pas en avant en lâchant le câble et tombait en chute libre, comme dans un rêve, à travers les ténèbres, vers l'inconnu qui l'attendait en bas.

Ah, si un véritable écrivain avait pu se faire les dents sur le matériau rassemblé par Krassner ! soupira Johansson. Quelle histoire cela aurait pu donner ! Et, en plus, elle n'avait même pas besoin d'être vraie.

XVI

Et il ne restait plus que le froid de l'hiver

Stockholm, janvier-février

Waltin n'avait même pas essayé de joindre Hedberg. Au lieu de cela, l'ennui s'était emparé de lui tandis que les jours s'écoulaient sans qu'il ait rien accompli de sensé. Il était allé jusqu'à interrompre le dressage de la petite Jeanette alors qu'il aurait eu le temps de s'y consacrer pour de bon. Il s'était donc contenté de passer son temps à ressasser des idées sombres sur tous les imbéciles qui l'entouraient et n'avaient apparemment qu'une seule idée en tête : lui nuire. Par exemple, Berg, qui ne manquait pas une occasion de lui reprocher le fait que ce cinglé de Krassner soit tombé par la fenêtre. Et, quant à ce que ce vieux fou de Forselius était en train de manigancer, avec ses petits copains du gouvernement, il préférait ne pas se le demander. Sans oublier la grosse rouquine et son minable de mari – c'était ainsi qu'il les appelait toujours, bien que de sa part cela vînt de bien bas – qui l'avaient accosté dans la rue, le soir de Noël, à la manière des prostituées. Mieux valait ne pas penser à ce qu'elle était en train de mijoter, non plus.

Naturellement, il ne s'était pas montré au bureau. Il lui était revenu aux oreilles, par des voies détournées, que le gros factotum de Berg, le commissaire Persson, posait d'étranges questions un peu partout. S'il existait quelqu'un qu'il ne tenait pas à rencontrer, c'était lui. Persson était brutal, mal dégrossi, totalement dépourvu de sens moral et parfaitement capable d'imaginer n'importe quoi sur une simple pichenette de son maître.

Pendant deux jours, il avait tenté de mettre du baume sur ses plaies en s'occupant de ses collections. Il avait des centaines de photos Polaroid et un certain nombre de clichés ordinaires que, par prudence, il avait fait tirer à l'étranger, et des heures de bandes vidéo et d'enregistrements sonores, ce qui en faisait l'une des plus belles collections privées dans le pays, hélas défigurée par certains défauts.

Par exemple, les photos de la grosse truie rousse qu'il avait sérieusement envisagé d'envoyer au « courrier des lecteurs » – où étaient-ils allés dénicher un nom pareil, ces branleurs, puisqu'ils ne savaient pas lire ? – de l'un des nombreux magazines pornographiques de la classe ouvrière. À la réflexion, cependant, il s'en était abstenu, parce qu'on ne pouvait pas vraiment la reconnaître. C'était simplement une grosse loche aux cheveux roux, attachée aux montants d'un lit, avant et après la disparition de ses poils pubiens. Cela, on le distinguait nettement et, pour beaucoup, c'était largement suffisant, mais ce qu'on ne voyait pas, c'était qu'il s'agissait d'elle.

Comme elle s'était débattue avec l'énergie du désespoir, le bâillon qu'il lui avait appliqué avec soin avait glissé et était venu lui cacher la moitié du visage. Et il avait oublié de corriger ce petit détail au tirage.

L'inactivité avait fini par le rendre fou et, comme il risquait de se masturber à mort rien que pour se calmer un peu, il n'avait pas le choix. Malgré l'ampleur des dangers, car on ne savait jamais et, avec la malchance qui le caractérisait ces derniers temps, ils n'étaient sûrement pas devenus moindres, il décida de se hasarder sur le terrain, malgré tout. Ça casse ou ça passe, songea-t-il, mais il faut que je trouve quelque chose d'intelligent à faire.

Waltin avait d'abord envisagé de mettre la grosse sous écoute téléphonique. Il l'avait déjà fait auparavant, car il ne lui était pas difficile de glisser un numéro de plus dans la liste qu'il remettait chaque mois à ses subordonnés. Néanmoins, comme cet écervelé de Persson se promenait en liberté sur ses propres terres, il n'avait pas osé courir un tel risque. Waltin avait donc été obligé de la prendre lui-même en filature. Cela aussi, il l'avait fait auparavant et il s'y entendait mieux que la plupart des autres. Le problème était qu'on s'ennuyait à mourir. Il n'y avait que les policiers ordinaires et d'autres individus à l'encéphalogramme plat pour avoir la force de rester assis durant des heures sur le siège avant d'une voiture, à fixer du regard l'entrée d'un immeuble, pendant que l'objet de la surveillance était dans son lit en train de se caresser, de regarder une bande vidéo ou de se goinfrer de pizza. Il avait donc procédé comme d'habitude : improviser, s'en remettre au hasard pour passer le temps, car cela finissait toujours par s'arranger, en général.

Mais pas cette fois.

Au lieu de rester planté toute la journée devant son lieu de travail, il l'appela carrément au téléphone pendant sa dernière demi-heure de service pour s'assurer qu'elle y était bien. Quand elle répondit, il raccrocha, se mit au volant de sa voiture et alla prendre position à distance convenable de la sortie de son bureau. Au bout d'un quart d'heure à peine, elle surgit dans la rue, le manteau non boutonné, malgré le froid, afin que ces pauvres diables surmenés qui avaient pour seule idée de regagner leur minable logement de banlieue ne manquent pas le spectacle de ses miches qui formaient une grosse bosse sous son jumper jaune. Elle ne changera jamais, cette grosse truie, ricana intérieurement Waltin, qui l'imagina en train de planter à longueur de journée ses fiches dans des petits trous.

Ensuite, au lieu de gagner la station de métro – il avait prévu de l'approcher juste avant le carrefour –, elle resta plantée sur le trottoir pendant un instant. Puis elle regarda sa montre et l'excitation bien connue commença à monter subrepticement en lui. Celle qu'il ressentait chaque fois qu'il allait savoir, sur quelqu'un, quelque chose dont il pourrait se servir par la suite. Elle attend quelqu'un, pensa-t-il.

Au même moment, on vint frapper à la vitre de la voiture. La portière s'ouvrit brusquement et il se retrouva avec une carte de police sous le nez.

— Pousse-toi de là, ordonna l'inspecteur Berg en désignant le siège du passager.

Je croyais qu'il n'était plus en service depuis cette plainte pour mauvais traitements, songea Waltin. Ses vêtements civils le confirmaient, mais pourquoi, dans ce cas, ne lui avait-on pas retiré sa carte ?

— De quoi s'agit-il ? réussit à demander Waltin.

Il le savait déjà car, du coin de l'œil, il vit la grosse truie, de l'autre côté de la rue, qui bondissait de joie sur place. Elle a baisé avec lui aussi, naturellement, se dit-il. Comme avec tous les hommes des cavernes qu'il y a dans le secteur.

— Tu m'as entendu, ou tu veux que je te force ? somma l'inspecteur Berg.

Étant donné son regard, malgré ce que la situation pouvait avoir d'invraisemblable, Waltin s'exécuta et se glissa sur le siège voisin, non sans peine.

— Je ne vais pas y aller par quatre chemins, dit Berg. Lisa est une bonne amie à moi, alors cesse de l'emmerder, ou, sinon, je vais t'attirer des ennuis, moi.

— Je ne sais pas de quoi vous parlez, répliqua Waltin en fourrant sa main dans sa poche afin de sortir sa propre carte de police pour lui faire comprendre la gravité de la situation.

On ne menace pas un commissaire divisionnaire des services de sécurité, pensa-t-il.

— Arrête de persécuter Lisa ou elle va déposer plainte contre toi. Et n'essaie pas de faire valoir que tu es ici pour raisons de service, insista Berg en écartant la main dans laquelle Waltin tenait sa carte de police.

— Je ne comprends pas de quoi vous parlez, répéta Waltin.

Il est maboul, ce type, pensa-t-il. Ça se voit à ses yeux.

— Tu le sais aussi bien que moi. Je te répète qu'elle portera plainte contre toi et que mes collègues et moi on t'a vu, et on témoignera en sa faveur. T'as pigé, maintenant ?

— Je vous ordonne de sortir immédiatement de ma voiture.

Complètement cinglé, pensa-t-il. Fou à lier.

— C'est pas ta voiture, c'est celle du service, au cas où tu l'aurais oublié, lâcha Berg en ouvrant la portière pour descendre.

Waltin ne répliqua rien, car la menace qu'il pouvait lire dans ses yeux était presque palpable.

Il resta donc immobile et regarda Berg aller retrouver la pute et la prendre par le bras, avant de s'éloigner dans la rue. Je les tuerai, se dit-il.

Après avoir raccompagné Lisa au métro, Berg était allé retrouver ses camarades. Ils avaient arrangé ce rendez-vous dès le congé de Noël, car ils avaient mis au point leur tactique afin de découvrir le traître qui s'était glissé parmi eux. Ils nourrissaient déjà certains soupçons et il ne s'agissait en fait que de tendre un piège et de s'assurer qu'il se refermait bien sur celui qu'on croyait.

Lisa est une bonne fille, se disait-il. Elle est plutôt chaude, aussi, et des mecs comme Waltin, il faudrait les tuer. Mais il suffisait de lui planter l'index dans la poitrine pour qu'il fasse dans son froc, alors Waltin n'allait pas leur causer trop de difficultés.

Au cours de la réunion, il avait « surpris » l'assemblée au moyen de quelques idées tirant un peu sur le rouge, soigneusement préparées à l'avance. Et, en effet, le collègue sur lequel s'étaient portés leurs soupçons s'était mis à pousser des cris d'orfraie. Tu en fais un peu trop, mon vieux, pensa Berg, on ne va pas tarder à te pincer. Ensuite, ils avaient pris le café et il lui avait suffi d'échanger un coup d'œil avec les copains pour saisir qu'ils étaient parvenus aux mêmes conclusions. Le traître s'était donné un mal fou pour se faire bien voir et inciter les gars à dire le genre de choses qu'il ne fallait pas, mais il était Gros-Jean comme devant.

Au cours de sa première journée dans ses nouvelles fonctions, Johansson remarqua une coupure de journal apposée sur le panneau d'affichage interne, à côté du vestiaire : le traditionnel message de vœux du préfet de police à ses fidèles subordonnés, que quelqu'un avait découpé dans le journal du personnel et qu'il avait, pour plus de sûreté, entouré d'un gros cadre noir au moyen d'un feutre.

Ces vœux sortaient quelque peu de l'ordinaire, surtout au sein de la police. Il avait certes entendu depuis longtemps courir des bruits quant aux ambitions littéraires du préfet, mais ceci dépassait tout ce qu'il pouvait espérer. En général, les gens ne se soumettaient pas de façon aussi irréfléchie au jugement du public, médita Johansson en lisant à voix basse les sept courtes strophes de ce poème. Il en reconnaissait d'ailleurs une pour l'avoir déjà vue ailleurs, mais il avait oublié où, et cela n'avait aucune importance.

Asphalte noir,
scintillement des néons,
relents d'urine des faïences du métro,
dans les chiottes de la gare centrale un camé meurt
[d'overdose,
Stockholm, ville des villes,
une colombe vient se percher sur le bord de ma
[fenêtre,
il y a de l'Espoir.

Sous ce poème, quelqu'un avait écrit, au moyen du même feutre noir: « Merci à ce vrai policier venu d'Ådalen. » Et, lorsque Johansson lut ce bref message, son cœur de Norrlandais se mit à vibrer. C'était agréable de sentir qu'on était le bienvenu ici.

C'était fou ce qu'il y avait comme poètes, ces derniers temps, pensa-t-il en longeant le couloir pour regagner son bureau. Le Premier ministre, le préfet de police et je ne sais qui encore. Je devrais peut-être m'y mettre moi-même, poursuivit-il, mais cette idée était si absurde qu'il l'écarta. Un vrai policier n'écrivait pas de poèmes et, pour sa part, il n'en avait pas rédigé depuis l'adolescence. Bien avant d'entrer dans la police, donc.

Le sous-directeur Berg pensait souvent à la Défense nationale suédoise sous la forme d'un fromage, une sorte de gruyère plein de gros trous. La principale raison était le sous-sol granitique particulièrement résistant sur lequel était bâtie la nation et dans lequel on pouvait percer un tas de trous pour y fourrer tout ce qu'on voulait. En revanche, il nourrissait de sérieux doutes envers ce hérisson auquel les militaires la comparaient souvent. Et, quand ils ressortaient le vieux slogan du temps de la dernière guerre comparant le Suédois à un tigre[1], il décrochait pour de bon. L'idée d'un tigre suédois était grotesque car, dans ce cas, on n'aurait eu nul besoin de lui. Or Berg existait et certains avaient la langue trop bien pendue.

Le fromage à trous était une métaphore beaucoup plus satisfaisante que celle du hérisson et du tigre, car c'était dans les cavités qu'on stockait ce qui était nécessaire à la survie en temps de guerre, depuis le café jusqu'aux caleçons en passant par le combustible, la graisse pour les armes et tel ou tel canon fort utile pour une réponse du berger à la bergère. Ce bon sous-sol suédois était donc truffé de dizaines et de dizaines de kilomètres de galeries secrètes et de dizaines de millions de kilomètres carrés d'entrepôts également secrets où on pouvait dissimuler ce dont on aurait besoin.

Les problèmes pratiques qu'occasionnait ce choix stratégique portaient pour l'essentiel sur les besoins en matière de chauffage, de ventilation et d'humidité de l'air. Ce n'était donc pas un hasard si l'industrie suédoise occupait le premier rang mondial dans ce domaine. Dans le pays, deux multinationales produisaient et vendaient tout, depuis des ventilateurs et des pompes jusqu'à du matériel de conditionnement et de déshumidification de l'air, à des clients du monde entier, pour des raisons civiles ou militaires.

---

1. Il s'agissait en fait d'un jeu de mots pour inciter les Suédois à se taire, à la manière de « les murs ont des oreilles », chez nous, à la même époque. *(N.d.T.)*

Le matériel était écoulé sur le marché libre et protégé, comme toujours en pareil cas, par des brevets et des licences. Jusque-là, point n'était besoin d'espions. Mais, sitôt qu'il était installé dans des zones à caractère militaire, c'était une autre histoire. Pour l'acheminer et le faire fonctionner, il fallait un bonne connaissance des lieux et c'était à partir de ces données qu'on déterminait nombre de variables intéressantes : situation, taille et périmètre d'utilisation, type de matériel et quantité nécessaire des divers produits, pour finir par en déduire ce qui avait trait à la capacité militaire, aux choix stratégiques et aux possibilités de résistance. Un banal ventilateur pouvait ainsi, en fonction de la nature de son acheteur, se transformer en vecteur d'espionnage de premier ordre.

Un peu plus d'un an et demi auparavant, au cours d'une mission de surveillance d'un employé de l'ambassade soviétique, des hommes de la DST avaient eu vent d'un Suédois jusque-là inconnu de leurs services qui, après enquête, s'était révélé travailler comme ingénieur des ventes dans la plus petite des deux multinationales suédoises – mais aussi celle qui croissait le plus rapidement. Lorsque l'alerte avait été donnée, Berg était en vacances – c'était le premier congé qu'il s'accordait depuis plusieurs années – et Waltin assurait l'intérim. À son retour, l'affaire était déjà close et avait disparu sans laisser de traces, car Berg avait beau fouiller dans ses souvenirs, il ne pouvait rien retrouver.

— Tu es certain que c'était au mois de juin, il y a deux ans ? demanda-t-il.

— Absolument sûr, répondit Persson. Waltin a mis la main dessus sitôt que c'est arrivé. C'est pas difficile : c'était le 6 juin, le jour de notre fête nationale. Et ça s'est terminé à peine un mois plus tard, le 1er juillet.

— Qu'est-ce qu'il a fait ? Je veux dire : Waltin, précisa-t-il.

Pendant que Marja et moi étions en Autriche, pensa-t-il.

— C'est pas très clair. Le type en question est parti très peu de temps après, alors on peut supposer qu'il a pris contact avec la direction de l'entreprise. À l'intérieur de la maison, il n'a rien fait, en tout cas.

— Dis-moi que je rêve, coupa Berg. Pourquoi, grand Dieu ?

— Je ne vois qu'une seule raison.

— Laquelle ?

— Leur plus grand marché d'exportation, et de loin, est les États-Unis. Comment crois-tu que les Yankees auraient réagi s'ils avaient su que l'entreprise était l'objet d'une enquête pour espionnage ? En faveur des Russes.

— Mais pourquoi Waltin se serait-il comporté ainsi, bon sang ?

— Je vois une raison et pas deux, répliqua Persson, l'air soudain réjoui.

— Laquelle ?

Persson leva sa grosse main droite, le revers tourné vers Berg, en frottant son pouce contre son index et son médius.

— Il avait peut-être besoin de s'acheter une montre neuve, hein ? grogna Persson.

Je n'en crois pas mes oreilles, pensa Berg.

— Il faut qu'on lui parle, décréta-t-il.

Au cours de la troisième semaine de janvier s'était tenue la première réunion de la nouvelle année. Aucune des questions que Berg avait choisi de soulever n'avait de caractère d'urgence. Il n'avait soufflé mot de la conscience que le Premier ministre avait des questions qui tournaient autour de sa sécurité. C'était sans doute dû au fait qu'il s'était maintenant habitué à l'idée de devoir s'en accommoder telle qu'elle était, c'est-à-dire inexistante ou, dans le meilleur des cas, défectueuse.

Lors de la préparation, par le service opérationnel, des affaires à traiter avec les représentants du gouvernement, Kudo et Bülling avaient comme toujours annoncé une foule de questions « de la plus grande importance pour la sécurité du pays ». Mais, pour sa part, il s'était contenté de faire savoir à ses supérieurs politiques que, sur le front des Kurdes, tout semblait calme. Contrairement à son habitude, le ministre de la Justice n'avait pas enchaîné au moyen d'une question découlant de la précédente et avait limité ses commentaires à un hochement de tête approbateur.

Berg avait donc consacré l'essentiel du temps à l'enquête sur les éléments d'extrême droite au sein de la police et de l'armée, mais, là aussi, il avait pu fournir des informations de nature à rassurer. D'après les indicateurs du service opérationnel, le nombre des activistes de ces groupes semblait plutôt en baisse ; ce serait à l'avenir de dire si c'était dû aux repas plantureux de la période de Noël ou à une autre raison.

Il ne restait plus, dès lors, que les questions diverses et, comme ce point de l'ordre du jour était en général l'occasion d'un bavardage assez décousu, Berg fut pris de court lorsque le ministre de la Justice l'interrogea sur des points très sensibles touchant aux pratiques habituelles en matière de commandement et de contrôle dans le cadre des activités des services de sécurité.

— Je n'irai pas par quatre chemins, déclara le ministre, qui se présentait soudain sous un jour très différent. Je dois malheureusement dire que ce qu'il est coutume d'appeler les opérations extérieures nous cause certaines inquiétudes.

Puis le conseiller juridique prit le relais. Alors qu'il avait à peine ouvert la bouche au cours de ces dernières années. À en juger par les papiers qu'on feuilleta et par ce qui fut dit ensuite Berg conclut deux choses. D'abord que le conseiller n'était pas de ceux qui s'embarquaient sans biscuits, comme on dit, et ensuite, qu'il devait avoir depuis longtemps une dent contre Berg et son service.

— En résumé, termina le conseiller d'une voix glaciale et comme s'il s'adressait à un enfant, le caractère commercial de ces opérations extérieures ne me paraît pas compatible avec les instructions du gouvernement. Et cela indépendamment du fait que ce système doit être d'une utilité douteuse en tant qu'instrument de contrôle.

— Lorsque cette question a été abordée la première fois, sous le gouvernement précédent, objecta Berg, j'ai eu le sentiment très net qu'on était en plein accord pour considérer que ce n'était là qu'une couverture destinée à dissimuler nos activités réelles. Et, comme vous vous en souvenez certainement, messieurs, nous en avons informé la commission parlementaire dont nous dépendons.

À la mine de l'assistance, il comprit deux choses : on ne partageait pas les idées du gouvernement précédent sur le fond et personne n'avait souvenir de la moindre information sur ce sujet, à l'époque où on était dans l'opposition.

— Comme vous avez fait des affaires tant avec le secteur privé qu'avec le public, c'est manifestement une activité commerciale au sens juridique du terme et donc incompatible avec les instructions que vous avez reçues, répéta le conseiller.

— Bien entendu, dit Berg en pestant intérieurement d'être obligé de se montrer aussi obséquieux, mais c'est dans la nature des choses. Comment pourrions-nous sauver les apparences, sans cela ?

— Il me semble qu'il est grand temps de les *changer*, ces apparences, au contraire, gloussa l'expert du Premier ministre derrière ses paupières mi-closes. J'ai d'ailleurs souvenir que nous nous sommes entretenus de cela précédemment.

Ah, mon salaud, pensa Berg.

— Naturellement, il est fort regrettable que les juristes du précédent gouvernement n'aient pas relevé ce point, observa le conseiller, très content de lui. Si la question m'avait été posée, à moi, j'aurais pu répondre que cette disposition était inadmissible dès le début.

— Bien entendu, nous n'exigeons pas une cessation immédiate de ces opérations, intervint le ministre sur un ton aimable. Il faut qu'il subsiste certains mécanismes de contrôle et nous comprenons qu'un délai peut être nécessaire pour trouver une… comment dire… une forme juridique plus convenable.

— D'ici lundi, par exemple, ricana l'expert en faisant tressauter son gros ventre.

— Oui, enfin bon… dit le ministre sur un ton acide, car, en tant que membre du gouvernement, il était en droit d'exiger le respect de certaines règles, fût-ce de la part d'un expert du Premier ministre. Vous avez sûrement besoin d'un peu plus de temps mais, si nous pouvions disposer des principes qui pourraient présider à cette réorganisation lors de notre prochaine réunion, voire lors de celle d'après, j'en serais pleinement satisfait, pour ma part.

Trop aimable, se dit Berg. Non seulement on me demande de me couper le bras droit, mais il faudra aussi que je décide où, quand et comment. Le principal étant que cela aille vite.

Il décida par conséquent d'adopter un angle d'attaque différent et, par la suite, il devait le regretter amèrement. Il aurait dû pousser le raisonnement plus loin.

— J'ai entendu dire, reprit-il prudemment, que le gouvernement projette une nouvelle enquête parlementaire sur l'ensemble des services secrets… Loin de moi l'idée d'avoir un avis à ce propos, poursuivit-il avec autant de circonspection, mais dois-je interpréter cela comme signifiant que vous avez renoncé à une enquête de plus grande envergure ?

— Assurément pas, répondit le ministre de la Justice, avec la voix de quelqu'un qui remet un cadeau. Assurément pas, répéta-t-il. Lorsque nous avons évoqué cela, en conseil restreint, nous sommes simplement convenus que cette question particulière pourrait avantageusement être réglée avant que nous nous attaquions à cette enquête plus générale.

— Nous ne voulons pas mettre l'opposition dans l'embarras, susurra l'expert.

— À aucun prix, assurément, souligna le ministre avec beaucoup de cordialité. Nous ne nous chauffons pas de ce bois-là.

Alors, aucun secours à attendre de ce côté-là, pensa Berg. Je me demande à combien de gens ils en ont parlé.

— Je vous remettrai mes propositions dès que possible, dit-il. S'il n'y a rien d'autre…

Les voyant tous secouer la tête, satisfaits, il comprit qu'ils considéraient qu'il avait été assez sonné pour cette fois.

En dépit de ses tentatives répétées, Waltin n'avait pas réussi à joindre Hedberg. Après cette attaque révoltante à laquelle cette vieille pute rousse et le neveu de Berg s'étaient livrés sur sa personne – il aurait dû déposer plainte mais il fallait savoir se montrer indulgent, dans la vie, et il voulait d'abord s'entretenir de ce problème avec Hedberg, qui avait en général de bonnes idées quand il s'agissait de rendre la monnaie de sa pièce, et avec intérêts, à quelqu'un –, il appela le numéro secret de Hedberg jusqu'à une heure avancée de la nuit. Les sonneries s'étaient succédé sans que personne réponde et il était finalement allé se coucher après un whisky bien tassé.

L'explication de l'absence de Hedberg était arrivée par la poste le lendemain matin. Sur le tapis de l'entrée, en dessous de la fente de la boîte aux lettres, apparaissait une carte postale solitaire. Ciel bleu, mer bleue, sable blanc et palmiers verts. Il retourna la carte et lut les deux seuls mots écrits au verso : « Je plonge. » Ainsi, Hedberg était en train de satisfaire à son passe-temps favori dans un lieu également favori mais, comme toutes les fois précédentes, il ne tarderait pas à quitter Java pour la civilisation relative et la petite maison du nord de Majorque où il s'était installé des années plus tôt, lorsqu'il en avait eu assez à la fois de sa patrie et des services de sécurité pour lesquels il travaillait.

Hedberg, murmura Waltin en hochant la tête comme il le faisait chaque fois qu'il pensait à ce frère que sa mère perpétuellement malade lui avait refusé. Or, cette fois, il eut soudain une idée lumineuse de la façon dont il pourrait se servir de lui pour réduire au silence son lamentable chef, manifestement atteint de paranoïa. N'était-ce pas Berg en personne qui avait couvert Hedberg, voilà bientôt dix ans, quand ces cinglés de la Brigade des agressions de Stockholm l'avaient traqué comme une meute de limiers déchaînés ? Nous traînons tous notre passé derrière nous et je vais faire en sorte que tu n'échappes pas au tien, se dit-il, tout heureux.

Il doit y avoir dix ans de cela, pensa Waltin. Les prétendus collègues de la police de Stockholm avaient voulu coffrer Hedberg pour l'attaque d'un bureau de poste et pour deux meurtres. Cette histoire était absurde et, naturellement, digne de penseurs politiques comme ce lourdaud de Johansson ou Jarnebring, son meilleur ami, tellement amateur de violence, qui avaient déclenché ce raffut.

Ils avaient d'abord prétendu que Hedberg avait quitté son poste au cours d'une mission de garde du corps pendant laquelle il était censé veiller sur la sécurité du ministre de la Justice, lequel était en train de se fatiguer à besogner une call-girl, comme on appelle les prostituées un peu chics, et qu'il en avait profité pour dévaliser un bureau de poste, juste à côté du nid d'amour de celui qu'il devait protéger. Après cela, il aurait abattu deux témoins qui l'avaient reconnu et voulaient le faire chanter. Le premier, il l'avait simplement écrasé avec sa voiture, mais le second, il l'avait tué de façon un peu plus honnête, à l'ancienne, en lui tapant dessus, avant de balancer son corps près du cimetière de la Forêt. Or ce n'était jamais qu'un vieux clochard, c'était donc un moyen pratique de s'en débarrasser, mais ces péquenauds de flics s'étaient acharnés alors qu'il aurait mieux valu pour tout le monde se contenter de recouvrir de terre ce pauvre type et oublier son existence. Mais ils voulaient mettre le grappin sur Hedberg.

Jusqu'à ce que le ministre de la Justice vienne au secours de son garde du corps et lui fournisse un alibi en prétendant que Hedberg ne l'avait pas quitté d'une semelle pendant toute la journée. Cette prétendue affaire s'était alors écroulée comme un château de cartes. On n'avait même pas entendu Hedberg à titre de témoin et on avait montré à Berg tous les papiers concernant l'affaire, pour qu'il décide quoi en faire. Je me demande où il les a fourrés, songea Waltin.

C'était une histoire à la fois intéressante et pleine d'enseignements, prouvant qu'il faut se mêler de ses oignons, avec une pointe d'humour à la fin. On aurait pu transférer Hedberg ailleurs mais, étant donné qu'il était du genre actif et qu'il aimait bouger, il semblait difficile de le cantonner dans un emploi de bureau. D'autant que pas mal de bruits couraient à l'intérieur même de la maison. Bref, Berg avait un petit problème que Waltin avait résolu pour lui.

Lorsque Hedberg avait voulu quitter le service, alors que Berg se trouvait dans une de ses phases de « contrôlite » aiguë, Waltin avait proposé de prendre Hedberg sous son aile pour les opérations extérieures, afin de le maintenir de bonne humeur, calmement, en lui attribuant des fonctions de consultant. Berg avait non seulement approuvé mais chaudement remercié Waltin. Et comme Waltin, à la différence de son prétendu chef, n'était pas le dernier venu, il avait veillé à ce que cette gratitude soit couchée sur le papier. On verra bien, se dit Waltin, et, au même moment, on sonna à sa porte.

Par le judas, Waltin vit que c'était le valet de Berg, même s'il avait l'air plus gras qu'effrayant en ce moment précis. Il rajusta sa tenue matinale dans la glace de l'entrée avant d'ouvrir la porte.

— Plus la visite est matinale, plus le visiteur est distingué, plaisanta-t-il en laissant ce gros lard poser les pieds sur son tapis précieux. Que puis-je faire pour vous, commissaire ?

— Berg veut vous voir, annonça sèchement Persson.

Ne fais pas le malin, espèce de prétentieux, pensa-t-il.

— Que me veut-il ?

Pour m'envoyer son gros rabatteur…

— Il vous le dira lui-même, répondit Persson.

Espèce de petit hâbleur de sac de merde.

— Aurait-il oublié de régler sa note de téléphone ? demanda innocemment Waltin.

— Je ne sais pas. Pourquoi ?

— Puisqu'il envoie un commissaire faire ses courses, glissa Waltin, doucereux. Alors qu'il fait à peine jour.

— Si vous voulez bien me suivre…

Ou faut-il que je te fasse sortir en te prenant par la peau des fesses ?

— Dites-lui de ma part que je serai dans son bureau dans une heure, répliqua Waltin en ouvrant la porte d'une façon que même un type comme celui-là ne pouvait manquer de comprendre.

Ce fut le cas, en effet, car il marmonna quelque chose avant de tourner les talons et de disparaître. Waltin, lui, avait pris une douche en sifflotant et en se demandant comment il allait s'y prendre. Il était grand temps qu'il s'occupe de la petite Jeanette, aussi. Il l'avait gravement négligée, ces derniers temps.

— Selon toi, tu as pris une mesure préventive, attaqua Berg en regardant le snob assis de l'autre côté de son bureau, en train de pincer son pli de pantalon, comme toujours.

— Pas l'ombre d'un soupçon de délit, des produits qu'on peut se procurer librement sur le marché et dont les Russes eux-mêmes risquent d'avoir besoin… Alors, dans ces conditions, j'ai choisi d'aviser la direction de l'entreprise et lui ai recommandé un certain nombre de mesures préventives, résuma Waltin.

Plutôt que de nuire à nos exportations, pensa-t-il.

— Ces mesures destinées à prévenir des crimes ou des délits, en quoi consistaient-elles ?

Il a l'air parfaitement impassible, songea-t-il en entendant les sonnettes d'alarme retentir dans sa tête, assez faiblement il est vrai, et pourtant de façon non ambiguë.

— Je leur ai dit qu'il valait mieux qu'ils mutent leur employé, pour son propre bien à défaut d'autres considérations, et puis j'ai fait en sorte qu'ils entrent en contact avec un de nos consultants, qui leur a fourni une analyse et un programme de sécurisation, autrement dit des mesures préventives résolument tournées vers l'avenir. Je ne me rappelle plus les détails mais je suppose que l'affaire a été traitée et facturée de la façon habituelle et je sais pertinemment que, du côté de l'entreprise, on a été très satisfait de nos services.

Tu aurais dû voir le chèque qu'ils m'ont remis, ajouta-t-il in petto.

— Un consultant ? répéta Berg, qui aurait pourtant dû écouter ses sonnettes d'alarme, qui résonnaient de plus en plus fort.

— Tu te souviens sûrement de Hedberg, dont tu m'as prié de me charger, voilà un certain nombre d'années. Quelqu'un de remarquable, d'ailleurs, même si, à l'époque, j'ai pu nourrir des doutes devant l'option que tu choisissais. Je veux dire : si on pense à ses ennuis précédents. Mais c'était moi qui me trompais et toi qui avais raison, poursuivit-il en soulignant, d'un geste de ses doigts bien manucurés, à quel point il avait été dans l'erreur et son chef dans le vrai.

Hedberg, se dit Berg, et maintenant c'était un carillon qu'il entendait résonner dans sa tête.

— Hedberg, répéta Waltin en dégustant ce nom comme un vin de prix. Je te dois une fière chandelle, à ce propos, quand je pense à tous les mauvais pas dont il nous a tirés au fil des ans.

En particulier dans l'affaire Krassner, ajouta-t-il intérieurement en pouffant de rire devant la tête de Berg. Mais j'attends encore un peu pour citer le nom de Krassner, décida-t-il.

Ça suffit, pensa Berg. C'est même plus qu'assez.

— On a pas mal jasé, tu comprends, dit-il en faisant un gros effort pour ne pas paraître complaisant.

— J'imagine, convint Waltin, compatissant, et quand on pense que Hedberg était sans aucun doute parfaitement innocent – je me souviens que tu m'as dit que le ministre de la Justice de l'époque en personne avait répondu de lui –, c'est vraiment affreux.

Eh bien, laisse-les jaser, pensa-t-il, parce que le fric qu'ils m'ont filé, ni toi ni les autres ne le trouverez jamais.

— J'espère que tu n'as pas pris ça mal, répondit Berg.

Était-ce l'effet que cela faisait, quand un piège se refermait sur vous ? s'interrogea-t-il.

Il ne lui restait plus qu'une semaine, deux au plus, avant de devoir signifier à Waltin qu'on allait mettre fin à ses activités. Et celui-ci n'hésiterait pas une seconde pour répliquer du tac au tac et utiliser l'histoire Hedberg contre lui.

— Absolument pas, je t'assure, déclara Waltin sur un ton très persuasif et en souriant de toutes ses dents. Je trouve que tes questions sont parfaitement légitimes et, si on pense que c'est Hedberg, ton protégé, qui nous a apporté son aide, j'espère que tu comprends que tout s'est passé pour le mieux.

Parce que maintenant la merde va vraiment commencer à gicler un peu partout, se réjouit-il.

Ça suffit comme ça, pensa Berg. Le carillon était devenu assourdissant dans sa tête.

— Je comprends ce que tu veux dire.

Qu'est-ce que je fais, maintenant ? se demanda-t-il.

Une bonne semaine s'était écoulée depuis qu'il avait pris ses nouvelles fonctions et Johansson ne s'était encore jamais senti aussi frustré au cours de sa vie professionnelle. Il était conscient qu'il n'exercerait pas toujours des activités de policier. C'était le prix à payer si on voulait s'élever dans la hiérarchie et Johansson arrivait à imaginer une existence de bureaucrate haut placé. Il excellait à se débrouiller pour que les gens se sentent bien, justifient leurs émoluments et s'arrangent pour que l'ordre règne dans le monde et même dans la police. Malheureusement, tel n'était plus l'objet de ses fonctions. Il l'avait compris au bout de quelques jours et rien ne pouvait lui laisser espérer une amélioration dans l'avenir. Au cours de la semaine, il avait été uniquement occupé à muter de mauvais policiers à des postes plus élevés, en se fondant sur les excellentes notes que leur attribuaient leurs supérieurs, et à faire en sorte que les bons puissent partir avant l'âge légal de la retraite, parce qu'ils en avaient assez. Il se souvenait de l'un d'eux, qu'il avait connu jadis à la Brigade des recherches. Un collègue plus âgé de quinze ans qui était un vrai policier et n'hésitait pas à faire part de son expérience à un Lars Martin alors jeune et novice. Johansson l'avait appelé au téléphone et invité à déjeuner. À défaut d'une autre raison pour le rencontrer et voir ce qui s'était passé. Et, au cas où il ne serait rien arrivé, pour tenter de le persuader de rester.

— Ça ne date pas d'hier, commença Johansson en saluant chaleureusement son aîné.

Bon sang, il a l'air beaucoup plus en forme que toi, se dit-il, jaloux.

Le collègue avait dû se faire la même remarque, car le repas avait débuté par les plaisanteries obligatoires depuis longtemps dans la corporation sur les bourrelets de commissaire qui ceignaient désormais la taille de Johansson.

— J'ai eu ton dossier entre les mains, l'autre jour, reprit celui-ci. J'ai vu que tu as l'intention de t'en aller.

— Et c'est comme ça qu'il t'est venu l'idée de me persuader de rester ?

— Oui, tu vois. Malgré ton grand âge, tu as encore l'esprit vif et lucide.

— Ce n'est pas le problème. Tu sais pourquoi je suis entré dans la police ?

— Parce que tu savais que tu serais un bon policier.

— Parce que je voulais coffrer les délinquants pour que les gens honnêtes puissent vivre en paix.

— Qui ne le voudrait pas ?

— Mais je n'y suis pas entré pour passer mes journées assis à un bureau, en train de remplir des imprimés que je glisserais ensuite dans un dossier, bon sang !

Moi non plus, pensa Johansson. Je suis entré dans ce métier parce que je voulais être policier et non pas parce que je désirais être chef du service du personnel de la police nationale.

— Et toi, comment vas-tu, à propos ? demanda son invité. Tu vas bientôt avoir plus de dossiers à étudier que n'importe qui d'autre, sur ce bateau en train de sombrer.

Ils étaient ensuite passés à l'évocation de souvenirs communs.

Le seul rayon de lumière dans l'existence de Johansson était le débat qui avait éclos sur le panneau d'affichage du service du personnel, quant au fait que le préfet de police maniait maintenant la plume à visage découvert.

Il y avait un peu de tout, depuis des commentaires et des propositions en matière de logement jusqu'à des jugements littéraires assez divers : « C'est pas drôle d'être logé dans ces conditions », constatait un « collègue soucieux », tandis qu'un « agent immobilier travaillant au noir au sein de la corporation » se montrait plus constructif : « Je peux te trouver un studio au noir à Sundbyberg pour pas plus de vingt-cinq billets, comme ça tu seras pas SDF. »

L'humour manque parfois de finesse et de cordialité dans la police, se dit Johansson, qui passa aux avis à caractère plus littéraire. « C'est le prix Nobel de l'année ? » se demandait une personne qui signait seulement « quelqu'un qui écrit lui-même à ses moments perdus », alors qu'une « poétesse en uniforme bleu » se montrait plus franchement élogieuse : « Encore ! Étanche ma soif ! Comble mon attente ! » Le pauvre Johansson lui-même avait été mêlé à l'affaire. En l'affublant du pseudonyme de « vieux Norrlandais » (n'était-il pas lui aussi originaire d'Ådalen ?), un collègue lui faisait lancer un avertissement à des concurrents du temps passé : « Pelle Molin[1] n'a plus qu'à bien se tenir, bon Dieu ! »

Enfin, ça s'arrangera sûrement pour Molin, soupira Johansson en reprenant place derrière un bureau encore plus grand que le précédent, lequel l'était déjà assez comme cela.

Il se sentait moins optimiste pour lui-même. À strictement parler, il était toujours dans la police et, s'il avait eu des doutes à ce sujet, il lui suffisait de sortir sa carte professionnelle de sa poche et de la contempler. Elle portait les armes du pays en bleu et jaune, avec le mot « Police » en capitales rouges, et la seule chose qui pouvait intriguer les délinquants présumés était peut-être l'intitulé exact de ses nouvelles fonctions, qui figurait en dessous. D'un autre côté, ils ne la regardaient jamais de très près et il ignorait quand il aurait l'occasion de la montrer la prochaine fois. En réalité, c'était seulement une délicate attention de la part de son employeur, pour maintenir le moral de gens comme lui.

1. Écrivain régionaliste suédois (1864-1896), qui a justement illustré la vallée d'Ådalen. *(N.d.T.)*

Je suis déjà l'objet des attentions des assistantes sociales de ce pays, maugréa-t-il intérieurement, et c'est à cet instant qu'il prit sa décision. Il est grand temps d'envoyer Krassner aux oubliettes, se dit-il en prenant l'annuaire téléphonique du secrétariat général du gouvernement sur l'étagère. Il trouva le nom qu'il cherchait en haut de la liste, accompagné d'un titre à faire pâlir de jalousie tout le bâtiment : « expert auprès du Premier ministre, chargé des questions de sécurité ». Il composa le numéro.

Comme on pouvait s'y attendre, ce fut la secrétaire qui répondit.

— Je m'appelle Lars Martin Johansson et je suis chef du service du personnel de la police nationale. Je voudrais parler à monsieur l'expert auprès du Premier ministre, ajouta-t-il en se surprenant à forcer son accent norrlandais.

— Je vais voir s'il est là, répondit la secrétaire sans s'engager. Un instant.

C'est ça, vérifie qu'il ne s'est pas planqué sous son bureau pour plus de sûreté, marmonna Johansson. Juste à ce moment, il obtint la réponse.

— Nous ne nous sommes rencontrés qu'en passant, expliqua Johansson, mais j'aurais besoin de vous revoir.

— Je m'en souviens fort bien, dit la voix à l'autre bout du fil, et il imagina son interlocuteur affalé dans un fauteuil, les paupières mi-closes. Nous avons eu une discussion très intéressante.

— En effet.

Et celle-ci ne va pas être mal non plus, je te le promets, pensa Johansson.

— Vous ne voulez pas me dire de quoi il s'agit ?

— De certains papiers dont je souhaite me décharger. Mais c'est une longue histoire, pas vraiment de mon ressort.

— Ah bon ?

— C'est au sujet de votre supérieur direct, avoua Johansson.

Tu n'as qu'un mot à dire et je balance le paquet aux collègues de la DST, grogna-t-il in petto.

— C'est si difficile que cela d'en parler au téléphone ?

— Non, mais je pensais qu'il valait mieux que je vienne, pour que nous puissions en discuter d'homme à homme.

— Vous piquez vraiment ma curiosité. Vous ne voulez pas…

— Ce sont des salutations que votre supérieur adresse à Fionn, coupa Johansson.

— Une seconde, je vous prie.

C'était peu dire, car il fallut bien deux minutes. Mais, ensuite, les choses n'avaient pas traîné et, moins d'une heure plus tard, Johansson se retrouva assis devant l'expert, dans son bureau au septième étage de Rosenbad.

Il n'a pas changé, se dit Johansson. Pourtant, le sourire qui s'étalait sur ses lèvres était un peu plus amical que la fois précédente : une légère manifestation d'intérêt.

— C'est à propos de ces papiers, indiqua Johansson en lui tendant le manuscrit et les documents de Krassner.

L'expert hocha poliment la tête, sans l'ombre d'un geste pour prendre le paquet qu'on lui offrait.

— Je les ai eus sans les avoir demandés, continua Johansson. C'est une histoire trop longue et trop compliquée pour être racontée ici.

L'expert hocha la tête.

— Bien entendu, j'en ai pris connaissance, ajouta Johansson. Ils ont trait à votre supérieur direct. Il a d'ailleurs rédigé de sa propre main certains de ces papiers et, comme ils ne m'ont pas été remis ès qualités et que je n'ai pas de raison de le suspecter d'un délit quelconque, je me suis dit que vous pourriez les lui remettre. J'ai la conviction qu'ils ne sont pas de mon ressort.

— Vous désirez vous ôter un poids ?

— Ce n'est pas à moi de le porter. Si quelqu'un voulait bien s'en charger à ma place, ce n'est pas moi qui l'en empêcherais.

— Je comprends.

— J'ai rédigé un aide-mémoire sur l'ensemble, ajouta Johansson en tendant le petit résumé qu'il avait rédigé sur la machine à écrire de son frère, sans toutefois aller jusqu'à le signer.

Naturellement, il avait également jeté la boule de la machine électrique de son frère, ainsi que le ruban. Personne ne trouverait donc rien de ce côté.

— Si vous avez des questions à me poser, je peux attendre que vous en ayez pris connaissance, dit Johansson.

— Si vous n'y voyez pas d'objection, j'accepte volontiers. Puis-je vous proposer une autre tasse de café ?

Habitué à la lecture comme il l'était, il n'eut pas besoin de plus de cinq minutes et, quand il en eut terminé, il était convaincu de deux choses : Forselius avait eu raison dès le début et le jugement que Berg portait sur Johansson était exact à tous points de vue.

— Êtes-vous certain que c'est la DST qui l'a exécuté ? demanda l'expert.

— Oh non, pas la DST, protesta Johansson. Je crois que leur agent s'est trouvé dans une situation qui lui a échappé et que c'est pour cela qu'il s'est débarrassé de ce type. Ensuite, il s'est couvert en maquillant la chose en suicide.

— Dans ce cas, c'est scandaleux, lâcha l'expert sans manifester le moindre sentiment. Dans ce cas, ils se sont rendus coupables d'un meurtre, reprit-il au bout d'un instant.

— Il au singulier, plutôt, rectifia Johansson, même si mes collègues ont classé l'affaire comme suicide, convaincus qu'il avait mis fin à ses jours. Et, à moins que l'intéressé ne se présente de lui-même pour passer aux aveux, je ne vois pas la moindre possibilité de lancer une enquête préliminaire dans cette affaire. Toute preuve du contraire a hélas disparu.

Et ce que je viens de te remettre peut difficilement en tenir lieu, pensa Johansson.

— Savez-vous qui est l'agent en question ?

— Aucune idée, répondit Johansson.

Va plutôt demander ça aux gars de la DST, on verra ce qu'ils te diront.

— Corrigez-moi si je me trompe. Vos collègues ont classé l'affaire comme suicide, d'après vous par intime conviction, et il n'existe pas la moindre preuve qui puisse alimenter la thèse contraire, pas le moindre motif d'ouvrir une enquête préliminaire. Il n'est donc pas question d'en ouvrir une, si je comprends bien.

— Parfaitement, je ne saurais mieux dire, conclut Johansson.

— Excusez-moi d'avoir l'air d'ergoter, mais vous êtes vous-même persuadé qu'il a été tué, n'est-ce pas ?

— Oh oui. Ça ne fait aucun doute.

Plus de mon ressort, se dit-il un quart d'heure plus tard en sortant de Rosenbad pour se retrouver dans la lumière du soleil. Le soulagement qu'il éprouvait semblait avoir déteint jusque sur le temps qu'il faisait. Et si j'appelais Jarnebring ? On pourrait aller manger un morceau et j'essaierai de savoir ce qu'ils désirent comme cadeau de mariage. Si elle consent à accorder quartier libre à son fiancé.

Il s'était mis à penser à cette femme brune qu'il avait rencontrée au petit bureau de poste de Körsbärsvägen deux mois auparavant. Il faudrait que j'aille la voir, se dit-il. Maintenant que je suis un homme libre.

Sitôt prononcé le nom de Fionn, l'expert s'était excusé et était allé trouver sa secrétaire pour appeler Forselius à partir de son poste à elle. À sa grande surprise, celui-ci avait répondu immédiatement ; il paraissait sobre, quoique l'après-midi fût déjà avancé.

— Qui est-ce, Fionn ? demanda l'expert.

— Fionn, Fionn, répéta Forselius pour le faire enrager. Pourquoi me demandes-tu ça, jeune homme ? C'était bien avant ton époque.

— Excusez-moi, mais on verra ça plus tard.

— Fionn, alias John C. Buchanan.

— C'est donc Buchanan qui était Fionn, répéta l'expert afin d'éviter tout malentendu.

— C'était son nom de code, enfin l'un d'entre eux, et si j'ose le dire au téléphone, c'est parce qu'il est mort et non pas parce que c'est toi qui me poses la question.

— Merci de votre aide.

— Mais jamais je n'irais prononcer le nom de code de ton patron, insista Forselius avec une joie maligne. Quelle que soit mon opinion sur lui.

— On verra ça plus tard.

Une fois cet étrange Norrlandais parti, l'expert avait dit à sa secrétaire qu'il n'était là pour personne pendant au moins deux heures et, pour plus de sûreté, il s'était enfermé à clé, au cas où son supérieur serait entré sans crier gare, comme il en avait l'habitude lorsqu'il désirait parler de quelque chose d'important ou recherchait simplement un peu de compagnie.

Grâce à l'aide-mémoire qu'il avait entre les mains, à son habitude des dossiers et aux capacités intellectuelles dont le Créateur l'avait doté, dans sa générosité, il ne lui fallut pas plus de deux heures pour prendre connaissance de la masse de papiers dont il venait d'hériter. Je me demande combien de temps il lui a fallu, à lui, réfléchit-il en feuilletant l'aide-mémoire de Johansson. Mais cela n'avait guère d'intérêt car son problème était de nature différente : il n'arrivait pas à trouver la moindre objection à ce qu'il avait devant les yeux. Berg avait raison quant à la faculté que possédait Johansson de voir ce qui se passe derrière le coin des murs. Il ne restait donc plus qu'à espérer qu'il avait également raison à propos de sa discrétion.

Pour l'instant, il n'était certain que d'une chose : indépendamment de tout le reste, il ne dirait rien à son patron. Ce qu'on ignore ne peut pas vous causer de souci, se dit-il en faisant appel à la sagesse populaire, et, bien entendu, cela valait dans cette situation : il savait maintenant, à propos de son supérieur direct, des choses qu'il ignorait jusque-là. Il s'en était un peu douté et s'était même livré à des supputations quant à ce qu'il pouvait en être exactement, mais cela n'avait rien d'extraordinaire étant donné son propre passé et les habitudes de Forselius en matière d'alcool et ses confidences de moins en moins discrètes. D'un autre côté, il n'avait aucune raison de croire que son patron soupçonnait qu'il savait quelque chose. Et il faut que ça dure, pour son bien à lui, songea-t-il, car il préférait ne pas penser à sa propre personne.

L'agent de la DST n'avait pas seulement tué Krassner. Pour pouvoir mettre en scène un suicide plausible, il fallait qu'il ait pris connaissance des papiers de l'intéressé et qu'il ait emporté au moins ce qui présentait le moindre risque de mettre en doute la véracité de sa lettre d'adieu. Le fin mot de tout cela était sans doute, se dit l'expert, qu'il avait mis la main sur un manuscrit à peu près terminé. À savoir ce que Johansson avait obtenu de façon mystérieuse mais aussi les parties que Krassner avait rédigées au cours de son séjour en Suède et dont on pouvait seulement espérer qu'elles n'étaient pas aussi choquantes que ce que son oncle lui avait fourni.

En même temps, on pouvait se demander si Krassner avait vraiment apporté sur place le genre de documents que Johansson avait eu entre les mains. D'une part, il n'en avait pas besoin pour le travail qu'il comptait effectuer en Suède et, d'autre part, il semblait méfiant jusqu'à la limite de la paranoïa et ne devait guère être enclin à trimballer ses preuves un peu partout. Sans doute s'agissait-il donc d'un manuscrit terminé pour l'essentiel, certes à la Krassner, et c'était déjà assez grave, mais pas de documents, conclut l'expert.

Ceux que Johansson avait eus entre les mains étaient pour la plupart des copies, mais cela s'expliquait sans doute par le fait que Buchanan n'avait rien d'autre à donner à son neveu. Les rares pièces originales étaient celles qui lui avaient été envoyées directement et que, en parfaite violation de ses instructions, il avait décidé de conserver. D'un autre côté, la conclusion logique de tout cela était que son employeur, la CIA, possédait les originaux de la plupart des documents dont Buchanan avait fait des copies, sans doute en dépit des règles en vigueur, également, copies qu'il avait ensuite remises à son neveu.

D'une façon mystérieuse, sur laquelle Johansson n'avait pas voulu s'exprimer, ces mêmes papiers et documents s'étaient, après la mort de Krassner, retrouvés entre les mains du Norrlandais, qui avait décidé de les lui remettre. Pour qu'il les fasse suivre à son supérieur direct, à son tour ? Sur ce point, l'intéressé s'était montré pour le moins évasif. Mieux valait s'en tenir à ce qu'il avait dit, à savoir qu'il désirait uniquement s'en débarrasser, ce qui plaidait fortement contre l'idée qu'il en ait pris copie. Il paraissait aussi exclu qu'il détienne d'autres originaux.

N'allons pas compliquer les choses inutilement, décida l'expert, dont Guillaume d'Occam avait été l'un des maîtres à penser depuis ses plus jeunes années. Oublions Johansson. Et sans doute aussi la CIA. Le fait qu'elle détienne certains papiers au fond de ses archives ne signifie pas forcément qu'elle a une connaissance active des faits et gestes du Premier ministre près de quarante ans auparavant. C'est assez tordu, admit l'expert : ils peuvent savoir quelque chose mais ce n'est pas forcément le cas.

Néanmoins, s'ils savaient quelque chose, c'était plus simple. La situation en Europe du Nord, du point de vue de la politique de sécurité, étant ce qu'elle était, les Américains devaient souhaiter que l'héritage intellectuel de Buchanan ne parvienne pas à la connaissance du public. Pendant la guerre du Vietnam, peut-être, dans l'atmosphère tendue qui régnait à l'époque, mais c'était peu probable maintenant que les plaies du conflit entre la Suède et les États-Unis avaient eu plusieurs années pour guérir et que les cicatrices commençaient même à s'effacer. Et puis il fallait qu'ils pensent à eux-mêmes. Si furieux qu'on soit contre un ancien agent, on ne devait pas procéder comme Buchanan l'avait fait. *Bad for business*, se dit l'expert à son tour.

Les problèmes que tu as, ils sont ici, à domicile, pensa-t-il encore.

Si on se mettait à brandir la hache, la tête de l'assassin ne serait pas la seule à tomber. Il aurait de la compagnie plus haut dans la hiérarchie mais, alors que Berg, Waltin et lui-même, ainsi que d'autres peut-être, seraient seulement obligés de démissionner et se feraient étriller dans les médias comme à l'accoutumée, le meurtrier prendrait la perpétuité et, indépendamment du fait qu'on ne tombait jamais de bien haut, dans un pareil milieu, ce n'était sans doute pas ce qu'il désirait avant tout. Au contraire, le suicide qu'il avait mis en scène avec tellement de sang-froid et d'habileté prouvait qu'il ne voulait surtout pas se faire pincer et qu'il possédait les capacités nécessaires pour l'éviter.

Son cher patron serait naturellement obligé de partir, lui aussi, bien qu'il n'eût pas la moindre idée de l'existence de Krassner ni du fait que ses convictions de jeunesse étaient en train de menacer de le rattraper. Dans ce cas, l'ignorance était pire que l'implication active. Cela ne manquerait pas de faire des vagues au sein de la police et de la nation dans son ensemble mais aussi dans le parti, et l'opposition n'aurait sans doute pas la moindre envie de rire. Il y en aurait naturellement qui seraient aux anges, mais c'était toujours ainsi.

On verra ça plus tard, parce que le pire n'est jamais certain, se dit l'expert avant d'en revenir à Berg et à Waltin. C'étaient ces deux-là qui avaient lancé une opération exécutée d'une manière inqualifiable et qui en portaient la responsabilité. Savaient-ils quelque chose sur ce qui s'était réellement passé ? Probablement pas. L'expert en était à peu près sûr en ce qui concernait Berg. Quant à Waltin, il ne l'avait jamais rencontré personnellement mais, si ce que Forselius en disait était vrai, il ne paraissait pas être l'ouvrier le plus assidu à verser sa sueur dans la vigne de la police. Il y a fort à parier que ni l'un ni l'autre ne sait quoi que ce soit, se répéta l'expert. Et, si par hasard c'était le cas, malgré tout, ils auraient intérêt à garder le silence absolu sur ce dont ils étaient informés. Simple question d'instinct de conservation.

À moins qu'on ne se mette à leur chercher des poux dans la tête, bien sûr, et qu'on ne les accule au point qu'ils cessent de se comporter de façon rationnelle et commencent à frapper comme des sourds autour d'eux, pour se défendre. C'est là que peut résider le problème, conclut l'expert, qui n'oubliait pas qu'il avait été le principal agent responsable de l'accord politique secret visant à faire cesser, ou du moins à réduire fortement, ce qu'on appelait les opérations extérieures et, en passant, à apprendre à Berg et à ses collaborateurs à se tenir sages en leur empoisonnant l'existence au moyen d'une commission d'enquête parlementaire sur les services de sécurité. Quelle chance que ce Johansson soit venu à temps ! se réjouit l'expert en s'excitant à l'idée de la façon dont il allait pouvoir persuader son entourage de faire volte-face.

Et Forselius, se demanda-t-il encore, qu'est-ce que je vais faire de lui ? Étant donné ce qu'il savait maintenant, il regrettait déjà de lui avoir téléphoné pour lui poser cette question sur l'identité de Fionn. Le vieux avait certes près de quatre-vingts ans et buvait comme un trou, mais il gardait les idées claires. Je pourrais peut-être l'inviter à dîner, se dit l'expert. Et, dans le pire des cas, je n'aurai qu'à verser du poison dans son verre.

L'expert avait passé des jours, des semaines et des années de sa vie à réfléchir à la façon de déminer, politiquement parlant, la politique de sécurité que la Suède avait menée clandestinement au cours des années qui avaient suivi la Seconde Guerre mondiale. Forselius et lui avaient même organisé des séminaires pendant lesquels on avait analysé et discuté cette question. Les invités avaient été triés sur le volet : au plus, sept personnes entouraient la table et chacun des participants avait dû signer l'inévitable engagement de confidentialité.

On avait seulement convié ceux qui savaient déjà, pour ne pas perdre de temps à l'expliquer. Or ils étaient en fait des centaines à être dans le secret. La majorité d'entre eux étaient des politiciens et des militaires, mais il y avait aussi des historiens, des journalistes et des chefs d'entreprise qui avaient, par des moyens divers, eu vent de la chose, et puis l'habituel petit groupe de gens qui réfléchissaient par eux-mêmes et avaient déduit tout seuls ce qu'il en était. On ne pouvait bien sûr pas les inviter tous, cela aurait été contraire aux instructions, aurait risqué d'entraîner des dysfonctionnements et donc d'aboutir à l'inverse du résultat escompté. Comme l'expert et Forselius ne voulaient rencontrer que des gens qui avaient des choses importantes à dire, et de plus allant dans le bon sens, il n'avait pas été très difficile de réduire le nombre des invités au strict minimum.

En ce qui concernait la Suède, les années ayant suivi la fin de la Seconde Guerre mondiale pouvaient, du point de vue de la politique de sécurité, être comparées à la traversée d'un lac sur une glace datant de la veille. Qu'allait inventer le grand voisin oriental ? Derrière cette question se dissimulaient près de quatre siècles de guerres continuelles et de conflits politiques avec l'ennemi héréditaire russe. Ce pays était, à l'époque, aux mains de Joseph Staline et, géographiquement parlant, n'avait jamais été aussi proche du territoire suédois. Les Russes étaient en

Finlande, dans les pays Baltes, en Pologne, en Allemagne et même sur les îles danoises de la Baltique. Partout où on se tournait, on voyait l'ours russe prêt à vous étouffer, sous prétexte d'accolade, entre ses énormes pattes.

Où aller, alors ? S'il s'agissait de s'enfuir, il n'y avait guère que dans une Norvège déchirée par la guerre qu'on pouvait chercher un abri mais, étant donné la physionomie de la péninsule scandinave, le seul avantage était que la course ne risquait pas d'être très longue. Pas question, non plus, de se jeter dans les bras de l'Occident. D'abord parce que celui-ci n'avait rien à faire de la Suède, il avait d'autres chats à fouetter et personne n'avait encore oublié la façon dont les Suédois avaient collaboré avec les nazis. De plus, les Russes n'auraient jamais permis cela, naturellement, et ils n'avaient même pas besoin de déclarer la guerre aux puissances occidentales pour leur faire comprendre pourquoi c'était impossible. Elles l'avaient déjà compris par elles-mêmes, et des choses bien plus importantes que l'indépendance suédoise étaient en jeu sur le continent européen. Il suffisait de voir ce qui était arrivé aux Polonais, malgré leur alliance avec la France et l'Angleterre avant le dernier conflit.

On avait aussi dû oublier rapidement l'idée d'une alliance défensive nordique et, comme ni les Norvégiens ni les Danois n'avaient de quoi servir de paratonnerre en cas d'orage, on pouvait s'en consoler. Les Finlandais étaient plus fiables, notamment sur le plan historique, mais les Russes avaient déjà mis la main dessus. Dans cette situation, il ne restait plus que le double jeu politique : agiter gentiment devant les Russes le drapeau blanc de la « stricte neutralité de la Suède » – jusqu'à en avoir éventuellement une crampe dans le bras – et entrer clandestinement dans le jeu des Américains de façon à recevoir d'eux toute l'aide possible sans être démasqués. Quelle autre solution existait-il ?

Peu à peu, la situation s'était normalisée en Europe. Les frontières récemment tracées sur la carte avaient pris racine dans la conscience des gens. Un certain équilibre s'était établi entre les deux blocs, les Européens s'étaient mis à croire à la paix et à se résigner aux conditions de celle-ci. Staline et Beria étaient morts tous les deux, et on pouvait penser ce qu'on voulait de leurs successeurs mais il n'était plus aussi évident que les dirigeants russes entamaient chaque nouvelle journée en croquant des petits enfants.

Dans le monde rationaliste de la politique, il n'existait pas de place pour les sentiments et, dès que la pression de l'Est diminua, vint aussi le moment de relâcher les liens avec l'Ouest, afin de pouvoir amener les voiles en cas d'urgence. On en était également venu, graduellement et au moins dans les grandes lignes, à mener la politique de neutralité dont on avait tellement parlé au cours des dix années précédentes. Si la date de la lettre d'adieu de Pilgrim à Buchanan, avril 1955, était le fait d'un hasard dû à sa situation personnelle – et c'est l'impression qu'on avait à la lire –, c'était aussi un hasard dicté par l'époque. Les belles paroles sur le caractère « strict » de la politique n'étaient naturellement que de la poudre aux yeux, destinée au public du dernier rang. Aucun politicien doué de rationalité ne se laisse gouverner par ses sentiments, mais seuls les imbéciles prétendent être stricts en pareille affaire.

Au milieu des années 1950, il était grand temps d'établir une nouvelle stratégie. La société suédoise s'était américanisée à un rythme rapide et d'une façon qui inspirait confiance aux Yankees. Un pays où la jeunesse buvait du Coca-Cola, écoutait Elvis et se livrait à ses premières expériences sexuelles sur le siège arrière d'une Chevrolet fabriquée à Detroit était nécessairement recommandable. Et, du côté suédois, on n'avait rien à craindre. Les États-Unis étaient loin, sur le plan purement géographique, et Hilding Hagberg[1] lui-même ne pensait pas sérieusement qu'on risquait d'être attaqués de ce côté-là. Il se contentait de le dire quand il allait à Moscou chercher ses subsides ; et si le service de renseignements de l'armée suédoise l'avait laissé faire, année après année, c'était tout simplement parce que cela servait la sécurité du pays et la stabilité politique dans la péninsule scandinave.

Trente ans s'étaient écoulés depuis lors et, comme l'expert vivait et travaillait dans son époque à lui, il se souciait peu des considérations historiques. La perpétuelle tricherie de l'après-guerre, sous le tee-shirt mouillé de la neutralité, était un fait auquel il ne pouvait rien et, pour lui, la question était uniquement de savoir comment il pourrait secouer de ses épaules ce poids historique sans mettre en péril la politique de neutralité qui, chaque jour qui passait, s'avérait être une solution à la fois plus satisfaisante et moins coûteuse.

C'était exclusivement de cela que traitaient, également, les séminaires que Forselius et lui organisaient. Le reste, on le savait déjà, alors pourquoi perdre son temps à en parler ? On avait consacré son énergie à tenter de mettre en place les conditions nécessaires pour que la politique de l'après-guerre puisse être ouvertement discutée. Non pas que l'on visât à améliorer le niveau d'intelligence historique ou politique de la population, on était au contraire heureux de voir

1. Secrétaire général du Parti communiste suédois de 1951 à 1964. *(N.d.T.)*

que celui-ci ne cessait de baisser au fil des ans, mais seulement parce qu'il y avait toujours de puissants motifs en matière de politique de sécurité.

Indépendamment du fait que la collaboration clandestine, à la fois politique et militaire, de la Suède avec les États-Unis et les puissances occidentales avait duré environ trente ans et qu'elle avait cessé, pour l'essentiel, une vingtaine d'années auparavant, c'était toujours un sujet explosif. Dire que l'ours russe était de plus en plus mangé aux mites était une chose. Il n'en restait pas moins que ses pattes n'avaient jamais été aussi puissantes ; certains oursons avaient commencé à renâcler et à flairer le vent en direction de l'Ouest, et cela ne contribuait qu'à le rendre plus irritable encore.

La libéralisation de l'Union soviétique, l'opposition qui s'y manifestait de plus en plus ouvertement et les signes sans ambiguïté d'une économie défaillante avaient causé à l'expert des insomnies de plus en plus fréquentes. En tant que penseur et stratège, et placé devant le choix entre une dictature stable et une autre soumise aux changements inhérents à la démocratie, il préférait naturellement la première, car les problèmes étaient alors plus simples à deviner et à résoudre. En revanche, l'opinion des gens qui y étaient soumis le laissait indifférent. Le mieux, pour lui, était qu'ils s'abstiennent totalement de penser. Et le mieux pour eux était de s'en remettre à lui et à ses semblables pour s'en charger à leur place.

Bien entendu, ni Forselius ni lui ne vivaient dans l'idée d'avoir réussi à donner le change au renseignement militaire russe, lequel avait depuis longtemps informé ses responsables politiques du double jeu suédois. Les Russes savaient, l'expert et ceux de son espèce savaient que les Russes savaient et les Russes

— Je suppose que je suis jaloux, c'est tout.

Je devrais peut-être aller faire un tour du côté de ce bureau de poste, pensa-t-il.

— Et moi qui croyais que tu étais jaloux ! s'exclama Jarnebring avec un clin d'œil. À la tienne aussi !

Puis tout s'était déroulé comme à l'accoutumée. Un peu trop d'eau-de-vie, peut-être, pour que Johansson n'en ressente pas les effets, alors que Jarnebring n'en paraissait pas affecté le moins du monde, selon son habitude. Et puis les éternelles histoires, en version nouvelle ou plus traditionnelle, sur ce qui s'était passé depuis la derrière fois qu'ils s'étaient vus.

— Comment trouves-tu ton nouveau poste ? s'enquit Jarnebring.

— Tu veux que je te le dise honnêtement ?

— Évidemment. Ce serait du beau, si on se mettait à se mentir, tous les deux.

— Eh bien, c'est le boulot le plus moche que j'aie eu de toute ma vie, bon sang, lâcha Johansson, avec l'impression de proférer les propos les plus véridiques depuis longtemps.

— Fiche le camp, alors. Tu as de quoi voir venir, non ? Tu peux te faire embaucher à la Brigade des recherches. Être un de leurs vieux limiers.

— C'est vrai que je ne suis pas à plaindre, mais ce n'est pas le problème.

— Qu'est-ce que c'est, alors ? Ils vont devoir fermer boutique si tu tires ta révérence ?

— Non.

— Je vais te donner quelques bons conseils.

— Je t'écoute.

— Cesse de geindre comme une vieille bonne femme, ça ne te va pas. Pense un bon coup à ce que tu veux, au contraire, et ensuite fais en sorte que ça se réalise. Note-le sur un bout de papier et mets-le bien en vue dans ta salle de bains pour ne pas oublier ce que tu t'es promis à toi-même.

On commence par décider de ce qu'on veut et ensuite on fait en sorte que ça se réalise, se dit Johansson. Ça me paraît assez évident.

— Très bien, acquiesça-t-il. Je vais y réfléchir. Sérieusement, souligna-t-il.

— Ça ne marche pas. Tu réfléchis déjà trop. Fais comme je te dis, simplement, et ça s'arrangera tout seul.

— Je ferai comme tu me dis.

Mais le coup du bout de papier, à d'autres, pensa-t-il. Pourtant, je vais vraiment le faire. Il est grand temps.

Un banal dîner de jour de semaine, avec un bouillon de homard, du filet d'agneau et un sorbet à la mangue, le tout arrosé d'un chablis peut-être un peu lourd, hélas, d'un chambertin absolument parfait et d'un bon porto de 1934. C'était loin d'être le meilleur repas qu'ils aient pris ensemble, mais la conversation avait, comme toujours, été d'un très haut niveau.

— Vous saviez que Böglund espionnait pour les Russes ? demanda l'expert en humant son verre de rouge.

Orange, se dit-il. Orange et un léger fumet de matière périssable.

— Est-ce que les Turcs ont les yeux bruns ? pouffa Forselius. Ça fait quarante ans que je les mets en garde contre ce sale pédé, mais tu crois qu'on m'écoute ?

Böglund n'était pas danois. C'était un diplomate suédois, désormais à la retraite, après une longue carrière extraordinairement réussie. Il était également homosexuel mais, à la différence de la plupart des autres, il n'en avait jamais fait mystère. Au sein des services de sécurité et du renseignement militaire, c'était également un secret de Polichinelle que, dès le début, il avait mené de front sa carrière diplomatique et ses activités d'espionnage au profit des Russes. Naturellement, il ne s'appelait pas Böglund, car nul Suédois ne porte ce nom[1]. C'était son nom de code parmi tous ceux qui avaient vainement tenté de le coffrer, et ce choix n'était pas très heureux, car il prenait lui-même beaucoup de plaisir à raconter comment on l'appelait.

Böglund figurait dans les papiers de Krassner sous la forme d'une brève mention, presque de pure forme, de ses activités d'espionnage et de ses dispositions sexuelles ainsi que des conséquences que cela pouvait avoir – «*a sitting duck for the KGB call-boys*[2]» –, et, à la différence de tous les autres, Krassner proposait une explication au fait qu'il ne se soit jamais fait pincer. C'était le courrier du Premier ministre, ce qui lui valait une paix royale.

— Je me demande comment il a fait pour passer entre les gouttes, commenta l'expert, l'air innocent et les paupières mi-closes braquées vers un lustre lointain. Depuis tout ce temps, je veux dire.

— Bah, grommela Forselius, les types comme lui ne craignent rien.

Il n'a pas mordu à l'hameçon, pensa l'expert. Tant pis.

Puis ils changèrent de sujet de conversation et ce fut seulement lorsque vint le moment du porto et que Forselius fut bien imbibé de bourgognes que l'expert remit un hameçon et relança sa ligne :

— Je pensais à ce Polonais dont vous m'avez parlé, reprit-il d'un air toujours aussi innocent. Celui

1. Ce serait en effet un peu gros, car *bög* veut dire «pédé» en argot suédois. *(N.d.T.)*

2. «Une proie rêvée pour les call-boys du KGB.» *(N.d.T.)*

que vous avez trucidé quelques jours avant ma naissance.

— Tu peux être tranquille, jeune homme, susurra Forselius. Ça n'avait rien à voir avec ta mère, je te le jure.

Ta gueule, espèce de vieux salaud, se dit l'expert, qui n'aimait pas qu'on parle ainsi de sa mère.

— Il me semble me rappeler que vous m'avez dit qu'il était tombé par la fenêtre et s'était tordu le cou en essayant de s'enfuir, non ? Je peux vous demander de me passer le porto ?

— Oui, comment ça ? demanda Forselius en plaçant la carafe hors d'atteinte de son hôte.

— J'ai entendu dire que vous l'avez descendu. Je peux vous demander encore un peu de porto, s'il vous plaît ?

— Ah bon, tu as entendu dire ça, répondit Forselius d'un air finaud en poussant, à contrecœur, la carafe vers l'expert.

— Oui, répéta celui-ci en versant un peu de vin à la fois dans son verre et sur la nappe. C'est votre vieil ami Buchanan qui lui a tiré dans le dos, dans Pontonjärsgatan.

Forselius se laissa légèrement glisser sur son fauteuil, repoussa son verre et joignit ses mains veineuses de vieil homme sur son ventre, en observant son commensal.

— Félicitations. Comment t'es-tu procuré le manuscrit de Krassner ?

— Et vous ?

Forselius secoua lentement la tête en tapant sur son front avec le doigt.

— Je n'en ai pas lu une seule ligne. Pour qui me prends-tu ? Je connaissais John, j'étais dans le coup et je sais que deux et deux font quatre. Pas plus compliqué que ça.

Ouf, pensa l'expert. Pas besoin de s'inquiéter de ce côté-là, pour l'instant.

— Raconte-moi ça, l'enjoignit Forselius, curieux.

L'expert avait alors tout déballé, sauf la façon dont il s'était procuré les papiers de Krassner et le nom de celui qui les lui avait remis. C'était naturellement la première question que lui avait posée Forselius.

— Je comprends que tu ne veuilles pas me dire comment tu les as eus et je me doute que ce n'est pas par les canaux habituels.

L'expert se contenta d'opiner du bonnet avec un petit sourire. Parce que, sinon, tu n'aurais pas eu besoin de me le demander, hein, se dit-il.

— Tu crois que c'est vrai, ce qu'il y a dedans ?

L'expert avait déjà beaucoup réfléchi à la chose, mais il prit tout de même son temps avant de répondre.

— J'ai foi en celui qui m'a fourni ces papiers. Je me suis pas mal interrogé sur la raison pour laquelle il me les a apportés. Mais, étant donné qui il est, je suis obligé d'y croire.

— Eh bien, alors ?

Après cela, ils étaient passés dans la bibliothèque, où la gouvernante muette avait servi café et cognac, et allumé le feu dans la cheminée.

Puis on avait parlé affaires.

Forselius partageait l'avis de l'expert. À la DST, il était probable que seul l'agent concerné savait ce que savait Krassner. S'il avait compris un tant soit peu le contenu des papiers qu'il avait emportés, ce que le maquillage du meurtre en suicide laissait hélas présager, il devait être le premier à avoir intérêt à garder le silence à ce propos.

— Qu'est-ce que vous en pensez ? questionna l'expert. Croyez-vous que je doive essayer de savoir qui c'est ?

Forselius haussa les épaules d'un air de doute.

— Je ne pense pas que ce serait très sage. Pourquoi réveiller le chien qui dort ? Et qu'est-ce qu'on pourrait lui faire sans que ça nous retombe dessus ?

En effet, songea l'expert, qui poussa un profond soupir intérieur. Car, à bien y réfléchir, c'était lui, Forselius, plus un certain nombre de débiles de la DST – dont un encore plus perturbé que les autres –, qui avait fait de Krassner quelqu'un de très important pour la sécurité du pays, alors qu'il n'était, à l'origine, qu'un petit crétin parmi d'autres.

Les documents de Krassner ? Maintenant qu'ils en connaissaient tous deux la teneur, à quel point pouvaient-ils être dangereux ?

— Au ministère des Affaires étrangères, je suis certain qu'ils n'ont pas envie de rire, déclara Forselius, alors qu'ils travaillent jour et nuit, en ce moment, à préparer les négociations sur la ligne médiane avec les Russes.

En effet, on allait justement tracer de nouvelles frontières dans la Baltique. Arriver à la table des négociations juste après la révélation, venue de ses propres rangs, de graves atteintes à la neutralité suédoise pourrait difficilement inciter le partenaire russe au compromis.

— Qu'est-ce que vous diriez si on jetait tout ça au feu ? demanda l'expert.

— Qu'est-ce que tu crois que ton chef bien-aimé en penserait ? répliqua Forselius.

— Je pense qu'il ne serait pas très content.

— Et que crois-tu qu'il dirait s'il entendait parler de Krassner et de son prétendu suicide ?

— Il ne serait pas heureux du tout, mais très triste et très las, admit l'expert en riant au point de faire tressauter son gros ventre.

Sur ce point, on était bien d'accord. La seule chose qu'on aurait pu régler, c'étaient les papiers de Krassner, indépendamment de savoir si un directeur littéraire compétent aurait pu transformer ce manuscrit informe en un livre apte à paraîtra chez un éditeur digne de ce nom. On devait pouvoir s'en tirer au moyen de l'habituel mélange de silence, de dénégation et de mise en question de l'auteur, de ses motifs et de ses mœurs. On récolterait certes quelques bleus et égratignures au passage, mais cela devait être possible.

Mais pas en ce moment. Surtout pas en ce moment.

— Pourquoi est-il passé par la fenêtre, bon sang ? s'énerva l'expert.

— Ah ça, dit Forselius en vidant son verre. Tu n'en as pas d'autre ? ajouta-t-il en désignant la bouteille de Frapin 1900 désormais vide.

— Vous vous moquez de moi ? Bien sûr que j'en ai d'autre. J'en ai plein. Vous ne voulez vraiment pas de whisky, donc ? ajouta-t-il.

Il n'avait guère envie d'aller fouiller dans sa cave au milieu de la nuit, parmi les toiles d'araignées et autres saletés. Et sa chère gouvernante l'avait prévenu qu'elle partirait chez sa fille dès qu'elle aurait servi le café et le cognac, et terminé le ménage dans la cuisine.

— Du whisky ! s'écria Forselius avec une mine de dégoût. Un bon conseil, jeune homme : jamais de malt par-dessus des grains de raisin.

Il n'avait donc pas eu le choix. Il avait d'abord fallu qu'il descende à la cave chercher du cognac. Puis ils avaient joué au billard pendant toute la nuit et Forselius, en grand connaisseur, avait confectionné un cocktail avec le Frapin 1900 et de la limonade. À son réveil, le lendemain matin, l'expert avait dû appeler sa secrétaire pour dire qu'il ne se sentait pas bien et allait rester à la maison.

— Mon pauvre, dit-elle avec une compassion qui n'était pas feinte. Il faut me promettre d'être remis d'ici lundi.

Enfin quelqu'un qui me comprend, se dit l'expert, avant d'avaler deux comprimés dans un grand verre d'eau et de se rendormir.

Waltin avait enfin surmonté ce sentiment de lassitude et de dégoût dont il avait souffert ces derniers temps. Il avait décidé de rayer définitivement de ses préoccupations la grosse truie rousse. Elle n'en valait pas la peine, tout bonnement, et quant à Hedberg il donnerait sûrement de ses nouvelles dès son retour en Europe. C'était toujours ce qu'il faisait, ne serait-ce que parce qu'il avait besoin d'argent.

Il avait repris le dressage de la petite Jeanette, qu'il avait si malencontreusement négligée depuis un moment, et ils avaient passé le week-end dans sa propriété du Sörmland ; il en avait profité pour se livrer à quelques nouvelles expériences susceptibles de titiller ses sens. En la raccompagnant chez elle en voiture, il s'était assuré qu'ils avaient bien laissé derrière eux le manteau de fourrure qu'il lui avait offert en cadeau de Noël – une véritable folie de sa part, quand il y repensait –, et le vêtement se trouvait en effet en lieu sûr, un lieu sur lequel il veillait. En la déposant devant l'entrée de son misérable petit appartement, dans cette lugubre banlieue où elle habitait, il se dit qu'il était grand temps de trouver autre chose et de caresser de nouveaux projets. Il existait autant de candidates qu'on en voulait, en ville, et, pour éviter à l'avenir toute erreur avec des bonnes femmes du genre de la vieille pute aux cheveux roux, il résolut d'aller draguer dans des endroits un peu plus distingués. Dans les couches inférieures de la classe moyenne, se dit-il, car il y a certainement beaucoup de désirs inassouvis de ce côté-là.

Le lundi, Berg avait désiré le rencontrer et il afficha une tête d'enterrement depuis le début. Il avait commencé par l'informer qu'ils étaient à la veille d'une nouvelle commission d'enquête parlementaire et que les socialos du secrétariat général du gouvernement voulaient mettre un terme aux opérations extérieures. Cela n'étonnait pas Waltin, car, à la différence de Berg, il n'était pas débile. Cela lui fournit l'occasion qu'il attendait.

— J'avais l'intention de te demander des propositions, pour que nous puissions réfléchir ensemble au tour que nous souhaitons donner à la chose, annonça Berg de façon évasive.

— Je ne comprends pas pourquoi ils font un tel raffut, contra Waltin. Tu ne crois pas que ça puisse avoir un rapport avec cette fâcheuse histoire… ce Krassner ?

— J'ai du mal à le percevoir, dans ce cas, répondit Berg et, à ce moment précis, les sonnettes d'alarme se mirent à retentir dans sa tête.

Assez faiblement, certes, mais que faire ? Il ne pouvait pas imposer silence à Waltin et lui dire de se contenter d'obéir aux ordres.

— J'ai examiné toute l'affaire en détail avec Hedberg, notre agent, tu te souviens certainement de lui, reprit Waltin sur un ton détaché. Et je suis persuadé que nous n'avons à rougir de rien, en l'occurrence. Hedberg est sans doute l'homme le plus compétent, et de loin, que nous ayons à notre disposition, n'est-ce pas ? Je partage ton opinion sur lui : c'est un roc.

Hedberg, se répéta Berg, et le vacarme ne fit que croître et embellir dans sa tête. En fait, il s'en doutait depuis le début, mais il ne lui était pas venu à l'idée de poser la question. Pourquoi faut-il toujours qu'il parle des sujets qui fâchent ? pensa-t-il. Il y a des moments où j'ai l'impression qu'il est idiot.

— Krassner, c'est du passé, affirma-t-il, alors ce n'est plus la peine d'en parler. Tu crois que tu pourras me fournir les propositions en question pour la réunion que j'aurai avec eux la semaine prochaine ?

— Bien entendu, aucun problème, acquiesça Waltin, très affable.

Puis ils parlèrent d'autres choses. Berg paraissait absent, comme s'il avait eu grand besoin de prendre des vacances d'assez longue durée, ce qui aurait parfaitement convenu à Waltin.

En sortant de l'hôtel de police après son entrevue avec Berg, Waltin était de si bonne humeur que, malgré le froid, il décida de gagner le centre-ville à pied, pour rencontrer des êtres normaux, désireux qu'il les aide à accroître le degré de sécurité de leurs activités économiques et prêts à le rémunérer pour cela. Mais il n'avait pas encore quitté le pâté de maisons que l'un des gros cars de patrouille de la police locale s'avança à sa hauteur. À la place voisine de celle du chauffeur était assis le neveu de Berg et la seule explication était que lui et l'un de ses anthropoïdes de collègues avaient réussi à se blanchir de toutes les plaintes portées contre eux et repris le service. Le jeune Berg avait baissé sa vitre et posé le coude sur la portière, et ce n'était sans doute pas à cause du froid qu'il portait des gants de cuir noir. Comme Waltin était un homme civilisé, il finit par se sentir obligé de dire quelque chose.

— Est-ce que je peux faire quelque chose pour vous, messieurs ? demanda-t-il sans ralentir l'allure.

— On vérifie seulement que tout est calme, répondit Berg. On est là pour garantir l'ordre et la sécurité.

— C'est bon de savoir qu'on est du même côté, répondit Waltin en se félicitant d'être capable d'adopter un ton aussi neutre.

— Nous de même, dit Berg, qui se renfrogna soudain comme un enfant. C'est pas toujours qu'on peut avoir cette impression.

Waltin eut alors une idée. C'était une impulsion soudaine.

Il se figea et le chauffeur, trop surpris pour freiner à temps, dut faire marche arrière sur un mètre pour que Berg puisse croiser le regard de Waltin.

— Ce n'est pas pour moi qu'il faut vous inquiéter, reprit Waltin sur un ton badin, en regardant son bracelet-montre. Mais si vous allez en ville, messieurs, je vous demanderai de me déposer à Norrmalmstorg.

Comme ça, tu ne vas pas pouvoir aller faire ta partie de poker, ajouta-t-il intérieurement en voyant le visage de Berg changer d'expression.

Bien sûr, il attendit que le chauffeur descende d'un bond et lui ouvre la portière. Il n'y a pas que ton oncle qui puisse mettre un terme à certaines activités, songea-t-il en montant dans le véhicule.

Lorsque Berg arriva à la réunion hebdomadaire, l'expert n'était pas encore là. En prenant sa place, il jeta un regard interrogateur en direction de celle qui restait inoccupée et reçut en retour un signe de tête soucieux de la part du ministre de la Justice.

— Il a malheureusement dû partir précipitamment, expliqua le ministre. Un de ses proches amis vient de décéder. Il regrette de ne pouvoir être présent et m'a demandé de vous saluer de sa part.

Un de ses proches amis, se répéta Berg. Je me demande à quoi ça peut bien ressembler. Mais il se garda d'en faire part à voix haute. C'était la dernière chose à dire, évidemment.

Berg commença par soulever la question de l'enquête sur les éléments d'extrême droite au sein de la police en rendant compte des informations inquiétantes dont Waltin l'avait avisé la veille.

— Nous avons hélas certains problèmes avec notre banque de données, dit-il mystérieusement.

— Allons bon, les ordinateurs sont encore en panne ? demanda le ministre sans la moindre arrière-pensée.

— J'ai peur que ce ne soit beaucoup plus grave que ça, hélas, répliqua Berg en secouant la tête.

Il fallait qu'il aille jusqu'au bout, maintenant qu'il avait commencé.

— Deux de nos agents infiltrés, ou informateurs si l'on veut, nous ont informés des risques qu'ils couraient d'être démasqués. Nous avons donc été obligés de mettre un terme à leur mission et de les faire rentrer à la maison. Et il faut que nous trouvions une autre façon de procéder, avant de pouvoir continuer.

— Mon Dieu ! s'écria le ministre, inquiet. Il ne va pas leur arriver quelque chose, au moins ?

Qu'est-ce qui pourrait leur arriver ? se demanda Berg. On est en Suède, oui ou non, et c'est de policiers qu'il s'agit ! Aussi bien les miens que ceux qu'ils surveillent.

— Ce n'est pas à ce point-là, assura-t-il.

— Je suis heureux de l'entendre, dit le ministre, visiblement soulagé.

Au cours des questions diverses, avant de se séparer, Berg avait simplement annoncé qu'on était en train de mettre au point, en toute priorité, les propositions concernant les opérations extérieures et qu'il comptait les remettre lors de la réunion suivante. Le ministre de la Justice eut l'air presque gêné en entendant cela et le conseiller juridique pria soudain qu'on l'excuse, avant de s'éclipser.

— Je crois que notre ami ne s'est peut-être pas exprimé très clairement lors de notre dernière réunion, dit le ministre en lançant un regard entendu vers le siège que l'intéressé venait de quitter.

— Loin de moi l'idée de contester vos points de vue ou vos motifs, dit poliment Berg.

Je ne suis pas bête à ce point, ajouta-t-il in petto.

— Je n'ai jamais pensé cela, protesta aimablement le ministre, mais je suis allé jusqu'à tenter de parler à notre ami commun pour lui faire comprendre que ceci est une histoire fort complexe à propos de laquelle il convient de se donner le temps de la réflexion. Je veux dire par là que rien ne presse.

Le ministre se pencha en avant et baissa la voix.

— Je ne voudrais pas trahir un secret, poursuivit-il, mais c'est lui qui m'a demandé conseil sur une question voisine et j'en ai profité pour lui dire ce que je pensais à ce sujet.

Ah, tiens ! songea Berg. C'est donc comme ça que ça s'est passé.

— Et je suis parvenu à le convaincre, termina le ministre, très content de lui.

— Je suis heureux de l'apprendre, dit Berg, alors que tout ce qu'il entendait, c'étaient les sonnettes d'alarme dans sa tête.

— Ainsi, cela prendra le temps qu'il faudra, conclut le ministre en hochant la tête pour donner plus de poids à ses propos. En ce qui me concerne, il me suffira que ce soit pour le printemps.

Qu'est-ce qu'ils manigancent ? se demanda Berg en sortant de Rosenbad. Lors d'un séminaire au sein du service, le conférencier leur avait parlé d'une chose apparemment connue sous le nom de théorie d'Andersson de perturbation de l'adversaire, d'après le nom du psychologue américain qui avait inventé cette méthode pour le moins douteuse. Celle-ci consistait à faire parvenir des messages sans cesse contradictoires à l'intéressé, et à se comporter alternativement de façon cordiale et menaçante. D'après le conférencier, une petite dose de ce régime suffisait pour que l'objet de ce traitement soit rapidement mûr pour les tranquillisants ou la camisole de force.

Ce n'est tout de même pas ce qu'il est en train de faire ? se demanda Berg, en pensant à l'expert. Mais il ne faut pas se dissimuler le fait qu'il est capable de tout.

Ce fut la femme de ménage polonaise de Forselius qui découvrit son employeur. Il gisait, juste derrière la porte d'entrée de chez lui, lorsqu'elle ouvrit le battant. Comme elle avait suivi des études de médecine à Lodz, avant de réussir enfin à quitter le pays pour la Suède, elle n'eut aucun doute à ce sujet. Forselius était mort, tout laissait penser qu'il n'y avait pas longtemps et que le vieil homme avait sans doute été victime d'une attaque. D'ailleurs, il portait son habituelle robe de chambre tachée et il sentait le cognac, comme d'ordinaire.

Elle composa le numéro qu'elle devait appeler en cas d'urgence et, très vite, plusieurs personnes arrivèrent. Rien que des hommes, tous à la fois aimables et discrets ; l'un d'entre eux était sûrement médecin.

C'était donc vrai qu'il avait été une sorte d'espion, se dit-elle, mais, avec un passé comme le sien, c'était le genre de considération qu'on gardait pour soi. Puis l'un des hommes la raccompagna chez elle en voiture, en lui recommandant de ne pas s'inquiéter et en lui disant qu'elle devait se considérer comme étant en congé pour le reste de la semaine. Elle serait payée comme à l'accoutumée, mais elle ne devait parler à personne de ce qui s'était passé, et lui ou l'un de ses collègues se manifesterait à nouveau s'il y avait autre chose.

Cela lui convenait parfaitement. Forselius lui avait causé plus de soucis que ses autres clients. Elle était alors allée chercher son jeune fils à la crèche, et ils avaient passé tout l'après-midi à jouer dans un square près de leur logement.

L'expert arriva juste après les gens du service de renseignements de l'état-major mais bien avant ces bousilleurs de la DST, qui étaient hélas formellement indispensables. Ils se connaissaient depuis plus de vingt ans mais, en voyant Forselius allongé sur le tapis de son entrée, il fut obligé de se demander ce qu'il ressentait au juste. Du chagrin ? Des regrets ? De l'inquiétude ? Rien de particulier ?

— On a une idée de ce dont il est mort ? demanda-t-il au médecin de la maison, agenouillé près du cadavre.

— Il faudrait plutôt dire : de quoi il n'est *pas* mort, répondit le praticien avec un sourire en coin. Eh oui, soupira-t-il. L'autopsie le dira, mais pour hasarder dès maintenant une hypothèse, je penche pour une hémorragie cérébrale de première grandeur. Il avait près de quatre-vingts ans, même s'il refusait de l'admettre.

Regrets éternels, songea l'expert.

En examinant le contenu du portefeuille de Forselius, un vieux machin en cuir brun qu'il portait toujours dans sa poche-revolver, ils découvrirent une enveloppe pliée sur laquelle Forselius avait porté, de sa main, « En cas de décès ». À l'intérieur se trouvait un morceau de papier sur lequel un bref message avait également été inscrit : « Il faut mourir au moment où on s'amuse le plus, JF. » À en juger par l'aspect « forensique[1] » de l'écriture, il aurait aussi bien pu l'avoir rédigé près d'un demi-siècle auparavant, alors qu'il décryptait des codes dans l'immeuble secret de Karlaplan.

Merde alors, ne put s'empêcher de penser l'expert. Il me manque déjà.

1. Allusion à l'expression anglo-saxonne *Forensic Science*, qui désigne diverses techniques en matière d'enquête criminelle, telles que le déchiffrage des inscriptions plus ou moins illisibles. *(N.d.T.)*

XVII

Et il ne restait plus que le froid de l'hiver

Majorque au mois de février

Hedberg avait quitté la chaleur humide de Java pour revenir dans sa petite maison du nord de Majorque, où il vivait en exil volontaire depuis près d'une décennie. En arrivant à l'aéroport de Palma, il avait été accueilli par un vent frais du début de l'été ; il faisait près de vingt degrés dans l'air alors qu'on n'était encore qu'au début de février. Hedberg ne pouvait donc pas se plaindre du temps. Il était allé chercher sa voiture dans le parking longue durée où il l'avait laissée plus d'un mois auparavant, pour regagner sa maison sur les hauteurs au nord d'Alcudia. J'ai connu de plus mauvaises journées que celle-ci, se dit-il.

En effet, elles ne s'étaient pas toutes déroulées de façon satisfaisante, ces derniers temps. Car, étant donné qu'il n'avait même pas été interrogé, et encore moins condamné ou mis en examen, on pouvait dire qu'il avait été l'objet d'un abus de pouvoir extrêmement grave. Il avait certes pu conserver son emploi, mais les cachotteries derrière son dos, dans les couloirs, le silence qui s'installait soudain dès qu'il entrait dans la salle de repos, les collègues qui l'évitaient ouvertement, cela lui avait sérieusement empoisonné l'existence. De plus, il n'aimait pas devoir travailler derrière un bureau. Et tout cela parce qu'il avait tenté de résister à un petit gangster et à un clochard qui voulaient lui extorquer une somme d'argent qui était sa légitime propriété.

Quand on lui avait proposé un transfert aux opérations extérieures et un travail pour Waltin, cela avait été un soulagement. En plus, c'était bien payé, parfois même très bien, et puis il appréciait Waltin, un type doué, qui avait beaucoup de charme et pas mal d'idées intéressantes. Il sentait qu'il pouvait avoir confiance en lui presque comme s'ils avaient été des frères, alors qu'en réalité ils se voyaient assez peu.

Il avait été d'autant plus surpris, en parcourant les papiers qu'il avait pris dans la chambre de ce journaliste américain ; il avait d'abord pensé s'en débarrasser. Non pas que son anglais fût au niveau de celui de Waltin, mais il en savait assez pour comprendre l'essentiel, et, à un moment, il en était même venu à songer que Waltin l'avait mené en bateau.

Mais, plus Hedberg y réfléchissait, plus cela lui paraissait peu croyable. Il était plus probable que Berg et ces socialos du nouveau gouvernement pour lesquels il travaillait étaient de mèche. C'était bien sûr à Berg, avec sa gueule enfarinée et son air de ne pas y toucher, qu'on s'était adressé pour faire disparaître de la circulation ces documents gênants que détenait l'Américain et qui prouvaient ce que tout être doué de raison aurait dû deviner par lui-même, à savoir que le pays était gouverné par un traître doublé d'un espion à la solde des Russes. Certes, Hedberg ne se doutait pas que, pendant sa jeunesse, le Premier ministre avait en outre réussi à entrer dans les bonnes grâces de la CIA mais, avec tout ce que ce type avait sur la conscience par ailleurs – faire assassiner son meilleur ami, par exemple –, cela n'avait pas vraiment été une surprise.

Waltin avait sûrement été berné autant que lui et, vu ce qui s'était passé, c'était aussi bien. Comment aurait-il pu discuter de cela avec Waltin ? Autant signer sa propre condamnation à perpétuité. Si seulement il avait été sûr qu'il pouvait avoir entièrement confiance en son chef, il n'aurait pas hésité une seconde à lui raconter l'histoire. Le problème, c'était que, de sa vie, il n'avait pas rencontré un seul être humain qui lui ait paru fiable jusque dans les moments difficiles. C'était pourquoi il valait mieux garder le silence sur ce qu'il savait. Au moins jusqu'à ce que cette histoire soit aussi morte et enterrée que Krassner lui-même.

En fait, la vraie victime, c'était lui. Il n'aurait jamais eu l'idée de se défendre contre quelqu'un comme Krassner s'il avait su qui il était et ce qu'il était en train de manigancer. Au contraire, il lui aurait offert une bière ou deux, car l'Américain les avait véritablement méritées. Mais Hedberg n'avait pas eu le choix, exactement comme la fois précédente ; il n'avait fait que se défendre

Soudain, quelqu'un avait glissé une clé dans la serrure et pénétré dans la chambre. Comme lui-même se trouvait juste derrière la porte, dans une petite entrée, il n'avait pu se cacher nulle part. Et, au lieu de lui demander ce qu'il faisait là – il était habillé comme un banal ouvrier et cela aurait dû venir à l'idée de l'autre –, Krassner lui avait volé dans les plumes, avait d'abord tenté de lui asséner un coup de boule puis, une fois qu'il s'était retrouvé à terre, lui avait flanqué son genou dans les parties et avait essayé de le mordre. Hedberg n'avait plus eu le choix. Il avait été obligé de se défendre et, ce faisant, il avait eu le malheur de briser la nuque de son adversaire. C'était purement et simplement de la légitime défense et s'il y avait une victime dans cette histoire, ce n'était nul autre que lui. D'abord parce qu'on l'avait attiré dans un traquenard et qu'on s'était servi de lui pour protéger le plus grand traître de l'histoire du pays.

Le reste n'avait été qu'une affaire de routine. Hedberg avait aussitôt pensé à jeter le corps par la fenêtre. Il ne pouvait pas le laisser là où il était. Mais, comme il fallait qu'il prenne tous les papiers en photo, ses yeux avaient été attirés par l'introduction du livre que l'autre était en train d'écrire et, en la parcourant, il avait compris que c'était exactement le genre de lettre que laisse un suicidé. Il n'y avait plus beaucoup à réfléchir, dès lors. Il avait opéré un tri parmi les papiers, à l'intention de ce traître de Berg et des autres idiots, gardé le reste pour lui et fait en sorte que tout paraisse normal. Le plus long avait été de changer le ruban de la machine à écrire et de taper, au moyen de celui-ci, une nouvelle lettre d'adieu, identique à la première, qu'il avait ensuite fourrée dans sa poche et emportée. La vraie, il l'avait glissée sous le rouleau de la machine, après s'être assuré, en la tenant contre la lumière, qu'elle portait des empreintes. Il ne pouvait d'ailleurs pas en être autrement, puisque c'était Krassner lui-même qui l'avait écrite.

Ensuite, il avait arraché le mécanisme qui bloquait la fenêtre, soulevé et fait basculer le corps à l'extérieur. C'était d'ailleurs un spectacle assez étrange que de le voir tomber en chute libre. Lorsqu'il avait touché le sol, Hedberg avait vu ce clochard qui longeait la façade de l'immeuble avec son cabot galeux et qui avait failli prendre le paquet sur la tronche. En rentrant la tête pour ne pas se faire voir inutilement, il s'était aperçu que l'une des chaussures du mort avait été arrachée quand il avait glissé le corps par l'ouverture de la fenêtre. Il ne pouvait pas la laisser dans la chambre et l'avait donc ramassée pour la jeter également. Comme le clochard était toujours là, avec son imbécile de clebs, à ouvrir de grands yeux, il avait essayé de la lui faire tomber sur la casquette. Ce n'était pas une petite pièce, comme dans le métro, pour ceux qui font la manche afin d'aller se soûler. Malheureusement, Hedberg avait manqué son coup et c'était le cabot qui était resté immobile sur le sol. C'était tout ce qui s'était passé, à vrai dire, parce que, ensuite, il avait pris ses cliques et ses claques, vérifié une dernière fois qu'il ne laissait pas de trace et quitté les lieux. Le reste avait consisté à faire mine de rien, ce qui n'était pas très difficile puisque le seul à qui il avait à rendre compte était Waltin.

C'était un cas typique de suicide, si quelqu'un avait l'idée de lui poser la question : l'un des plus caractéristiques dont il ait jamais eu connaissance, avec lettre d'adieu et tout le saint-frusquin. Les débiles de la police de Stockholm allaient sûrement gober ça, s'était dit Hedberg, qui avait ensuite chassé cette histoire de son esprit.

XVIII

Et il ne restait plus que le froid de l'hiver

Stockholm au mois de février

Dans la police, les réactions au message de nouvel an du préfet de police de Stockholm se révélèrent très positives. De nombreux lecteurs se manifestèrent, tant à l'intérieur de la corporation qu'à l'extérieur, mais surtout des femmes. Elles se montrèrent fort élogieuses et une telle chaleur conforta le préfet dans sa conviction qu'il était grand temps de concrétiser une autre de ses ambitions.

Si l'on mettait à part son intérêt pour la littérature – et il valait mieux parler de vocation, à ce propos –, le préfet avait deux passions, dans la vie. D'une part l'entraînement physique et, d'autre part, la résolution des énigmes policières, ce qu'on appelle jouer les détectives, en milieu populaire. Tous les ans, il passait des centaines d'heures sur les parcours de santé et sur les pistes de ski de fond. C'était d'ailleurs au cours de l'une de ces séances que lui était venue l'excellente idée de mettre sur pied une formation interne portant sur la résolution des énigmes. Elle n'était bien sûr pas destinée au commun des mortels mais réservée à ses collaborateurs les plus qualifiés et les plus prometteurs. Il se proposait de conduire lui-même cette session, sous la forme de conférences et de séminaires de discussion. En effet, on manquait tragiquement de talents dans ce domaine, et c'était d'ailleurs ce qui l'avait incité à développer ses idées sur le sujet.

Il avait longuement réfléchi au nom à lui donner. Il était non seulement important mais souvent décisif d'émettre les bons signaux, comme on dit. Comme il était évident que les enquêtes en matière de criminalité péchaient surtout par manque d'analyse intellectuelle et qu'on se précipitait trop vite sur ce qu'on appelait le « terrain » pour faire du porte-à-porte, interroger parents et témoins, et autres occupations plus ou moins étranges et dispendieuses en temps, il avait d'abord pensé à « *The Armchair Detective* ». Mais il y avait renoncé après s'être dit que bon nombre de ses subordonnés ne comprenaient pas l'anglais. Quant à traduire cela directement en suédois, ce n'était peut-être pas une très bonne idée, car « Le détective dans son fauteuil » risquait d'être mal interprété.

Alors lui était venu le trait de génie : « Le détective scientifique ». Dès le premier séminaire, il ne manquerait pas de mentionner la nouvelle classification des pistes policières qu'il avait élaborée au cours des nombreuses heures passées sur le parcours de santé de l'école de police d'Ulriksdal, où il procédait à ses séances d'entraînement. Une bonne nomenclature était une excellente base sur laquelle mener un travail analytique. À partir de là, il n'y avait pas un seul crime, aussi difficile à élucider qu'il paraisse, que l'on ne saurait résoudre intellectuellement. De façon générale, on ne devrait quitter la salle de réunion où auraient lieu ces séminaires pour d'autres motifs que pour manger, aller aux toilettes, se détendre les jambes et autres activités nécessaires sur le plan physique, mais qui n'avaient rien à voir avec le travail lui-même.

Le premier séminaire s'intitulait donc « Classification systématique des pistes policières » et il n'y avait convié qu'une dizaine de participants. Bien entendu, Kudo et Bülling en étaient, ainsi que Grevlinge, le commissaire de son secrétariat, qui n'était peut-être pas le meilleur cadeau que Dieu eût offert à la police en matière intellectuelle, mais qui s'avérait un élément solide et loyal. Il y avait aussi un technicien habile et expérimenté du nom de Wiijnbladh, qu'il n'avait jamais rencontré mais dont le patron de la police scientifique, entre autres, lui avait suggéré le nom. À cela s'ajoutaient des participants venus de l'extérieur, puisque, comme toujours dans le domaine de l'analyse intellectuelle, il était bon d'accorder une certaine place à des contributions externes. Parmi eux se trouvait son meilleur ami, qui occupait désormais de hautes fonctions dans la vie économique du pays et avait longuement travaillé comme expert au sein du ministère ; il avait promis de persuader l'un de ses bons amis à lui, ancien diplomate ayant occupé un poste élevé aux Affaires étrangères et doté d'une solide expérience du travail d'enquête. À son tour, celui-ci avait pris contact avec l'une de ses connaissances : un journaliste, chargé de la communication auprès de la direction de la police nationale, qui possédait une grande expérience personnelle de la « rudesse des manières en milieu viril », ainsi que cet ancien ambassadeur avait choisi de présenter la chose dans la lettre, par ailleurs fort aimable, qu'il avait envoyée au préfet pour le remercier de son invitation à ce séminaire.

Après avoir souhaité la bienvenue aux participants, le préfet commença par un bref survol des détectives scientifiques de l'histoire, tant dans la littérature que dans ce qu'il est convenu d'appeler la vie ordinaire. Il évoqua Sherlock Holmes, Bertillon et Locard, ainsi que son propre prédécesseur, Georg Liljensparre. Il en arriva ensuite à son sujet proprement dit : la classification systématique.

— Il faut toujours disposer d'une piste principale, énonça-t-il. Par piste principale, je veux dire celle qui, à la lumière empirique d'expériences préalables d'actes criminels analogues, est statistiquement la plus probable.

Personne ne souleva d'objection et la plupart notèrent religieusement.

— En ce qui concerne les solutions les plus plausibles, poursuivit le préfet, j'ai décidé de les qualifier de pistes principales alternatives. Cela présente l'avantage, entre autres, que, s'il devait surgir de nouvelles informations venant modifier le degré originel de vraisemblance de ces diverses alternatives, il serait facile de transformer les pistes principales alternatives en piste principale et vice versa. Vous me suivez ?

— Que devient alors le principe qui veut qu'on ratisse large, afin de n'exclure aucune éventualité ? demanda l'un des participants, dont il avait oublié le nom.

Il se promit d'interroger Grevlinge par la suite.

— Sur ce point, il n'y a aucune raison de s'inquiéter, assura le préfet, qui avait pensé à tout. C'est en effet au troisième niveau, celui qui se situe en dessous de la piste principale puis des pistes principales alternatives, que nous trouvons un nombre plus ou moins grand de pistes que nous qualifierons de secondaires. Le gros avantage de cette répartition est que nous sommes libres d'avoir exactement le nombre de pistes secondaires qui peut paraître justifié dans l'affaire en question.

L'assistance médita cette évidence logique dans un profond silence.

— Imaginez une pyramide édifiée de façon rationnelle, reprit le préfet. De bas en haut, nous avons donc : les pistes secondaires, les pistes principales alternatives et enfin la piste principale. Naturellement, nous opérons dans le sens inverse, c'est-à-dire de haut en bas. Nous creusons de plus en plus profond, intellectuellement parlant, pour ainsi dire.

— C'est une excellente règle de base en matière d'analyse, crut bon d'opiner le diplomate retraité.

— Exactement, appuya Kudo, voyant qu'il était grand temps qu'il dise quelque chose s'il ne voulait pas se laisser bouffer la laine sur le dos par un tas de civils.

Des types plutôt bizarres, d'ailleurs. Si cela n'avait pas été en dehors du domaine du possible, il aurait parié que tous les trois étaient pédés. Celui à la veste de cuir, qui était vaguement journaliste auprès de la direction de la police nationale, ce n'était pas le genre qu'on aurait aimé croiser dans une ruelle au milieu de la nuit. Surtout pas dans Skeppar Karls Gränd, parce que c'était là qu'ils se réunissaient, les salauds, se dit Kudo, qui n'avait pas oublié ses années passées à la Brigade des mœurs de Stockholm.

— Mon collègue Bülling et moi partons toujours de ce principe, ajouta-t-il.

— Toujours de haut en bas, marmonna Bülling en tirant doucement son pied droit vers l'arrière, car il y avait apparemment quelqu'un qui lui marchait sur les arpions.

— Parfait, complimenta le préfet en songeant que le moment était venu de révéler l'une de ses trouvailles les plus révolutionnaires en matière analytique. Messieurs, si je vous dit « fausses pistes », à quoi pensez-vous ?

— Euh, dit Grevlinge. C'est ce que les truands font pour nous donner le change, quoi. Pour t'abuser, toi et les collègues, comme qui dirait.

Grevlinge regarda autour de lui, quelque peu hésitant, car cela faisait déjà un certain temps qu'il n'était plus dans le coup, personnellement.

Il faut que je prenne des mesures au sujet de Grevlinge, décida le préfet. L'envoyer se recycler ou quelque chose comme ça.

— Au sens traditionnel du terme, oui. Mais si je dis « fausses pistes policières », à quoi pensez-vous ?

À en juger par les mines perplexes autour de lui : à rien.

— C'est une nouveauté, expliqua le préfet, pas peu fier. Tous ceux qui sont autour de cette table se sont certainement retrouvés, au moins une fois dans leur vie, dans la situation de désirer semer la confusion dans l'esprit de leur adversaire, l'induire en erreur ou le mener en bateau, comme on dit. D'où cette « fausse piste policière », ou plus simplement « fausse piste » tout court, comme je préfère l'appeler puisque c'est nous, la police, qui avons à la fois l'initiative et la priorité en matière d'interprétation, dans ce contexte.

— Évidemment, approuva Kudo. Si on perd l'initiative, on est fichus.

— C'est pour la même raison que je préconise un changement de terminologie et que ce soit à nous que, à l'avenir, soit réservée l'expression « fausse piste » pour désigner ces pistes volontairement fausses que nous choisissons d'ouvrir. Par voie de conséquence, les anciennes fausses pistes, celles que les truands ouvrent à notre intention, seront désormais connues sous le nom de « pistes fallacieuses ». Ainsi, les choses seront claires, souligna le préfet avec une certaine emphase. À nous les fausses pistes, à eux les pistes fallacieuses.

— J'ai une proposition à faire, dit son meilleur ami.

— Je t'écoute avec grand intérêt, approuva le préfet, qui n'oubliait pas que son ami était un homme très doué.

— J'avais l'intention de suggérer que nous complétions ton modèle analytique – par ailleurs excellent – au moyen de quelque chose que, pour ma part, j'appellerais volontiers « piste de garage ».

Piste de garage, se répéta le préfet en sentant l'excitation intellectuelle lui monter à la tête comme les bulles d'une bouteille de boisson gazeuse qu'on vient d'ouvrir. C'était clair comme le jour, et en même temps très piquant.

— Voudrais-tu développer ta pensée ? demanda-t-il.

Son meilleur ami s'était exécuté avec le plaisir et l'énergie intellectuelle dont il était capable. L'idée lui avait été inspirée par son expérience dans le domaine de la vie économique, où il avait découvert qu'on était parfois dans l'obligation de tenir en réserve un certain volant de main-d'œuvre pour pouvoir affronter des situations d'urgence ou simplement une demande accrue. Afin que le personnel ne perde pas son temps à baguenauder en attendant d'intervenir ou, pire encore, à jouer des mauvais tours, il avait établi une liste de tâches de réserve dont le simple but était d'occuper les intéressés. C'était donc une sorte de non-travail qui ne présentait aucun danger et qui avait toutes les apparences du travail.

— L'avantage des pistes de garage est qu'elles ne mènent nulle part, comme les voies du même nom, expliqua-t-il. Et pourtant elles ont l'air de pistes comme les autres.

— Que veux-tu dire par là ? s'enquit finement le préfet. Peux-tu nous développer cela dans le contexte des activités de police ? précisa-t-il.

— Imagine que tu disposes d'une équipe de recherches assez nombreuse, dont tu ne peux occuper tous les membres, mais que, en même temps, tu veuilles garder une réserve assez conséquente au cas où. Il suffit de les orienter sur une piste de garage, jusqu'à ce que tu aies effectivement besoin d'eux.

Génial, songea le préfet. Ce n'était pas pour rien que cet homme était son meilleur ami.

— Ce serait parfait si tu pouvais nous mettre ça par écrit en vue de notre prochaine réunion, répondit chaleureusement le préfet. Eh bien, messieurs, avez-vous d'autres questions, avant de clore la séance ?

Une seule personne leva la main : un petit homme qui n'avait encore rien dit et dont il avait oublié jusqu'au nom. Mais, comme il était dans la police scientifique et que c'était la première et dernière fois qu'il le voyait, il n'avait pas besoin de se donner la peine de le mémoriser.

— Je m'appelle Wiijnbladh, dit Wiijnbladh. Je suis de la police scientifique et j'ai une petite question à poser.

Viens-en au fait, râla intérieurement le préfet, qui se contenta cependant de hocher la tête. Il a l'air d'un moineau, ce type, jugea-t-il. Comment a-t-il pu entrer à l'école de police ? Mystère.

— Qu'est-ce qu'on fait des pistes ordinaires ?

Qu'est-ce qu'il raconte ? se demanda le préfet. Les pistes ordinaires ?

— Oui : les empreintes digitales, les traces de sang, ce genre de choses, précisa Wiijnbladh.

— Ah oui. J'y reviendrai par la suite, si vous voulez bien.

Le moineau se contenta de hocher la tête. Et c'était une chance pour lui, car il y avait des places libres au service des contraventions, là-bas à Västberga. Au lieu de répondre, le préfet mit donc fin à la séance au moyen de quelques paroles bien choisies.

— Pour citer le plus grand détective qui ait jamais vécu… pour citer le plus grand de tous les détectives… corrigea-t-il.

En effet, il venait de s'apercevoir que celui-ci n'avait pas vraiment « vécu » mais seulement figuré dans un certain nombre de romans.

— … lorsque nous avons exclu tout ce qui est évident ou simplement plausible et qu'il ne reste plus que l'incroyable… eh bien, messieurs… alors, c'est cela qui est la vérité, aussi incroyable qu'elle puisse paraître, conclut le préfet sur un hochement de tête solennel.

Il est doué, cet homme, songea Kudo.

L'expert n'était pas allé à l'enterrement de Forselius mais, lorsque tous les autres eurent quitté le cimetière, avant qu'on ait eu le temps de refermer le caveau de famille où son maître allait reposer à jamais, il tint à lui adresser un dernier salut en glissant dans la tombe, au moyen d'une corde, un banal sac de plastique contenant deux bouteilles de Frapin 1900 ainsi qu'un exemplaire de sa vieille thèse sur les processus stochastiques et les fonctions harmoniques. Puis il regagna Rosenbad, car il y avait pas mal de choses dont il fallait qu'il s'occupe et, à l'avenir, il serait obligé de les effectuer lui-même. Et Krassner ? se demanda-t-il. Après s'en être entretenu avec le ministre de la Justice, il comprit que le message avait été transmis à Berg et qu'il pouvait espérer qu'on le laisserait en paix pendant un certain temps.

Il avait parcouru certaines analyses financières que lui avaient remises les militaires et, à les en croire, l'ours russe n'allait pas tarder à tomber à genoux. L'économie soviétique était sur le point de s'effondrer et, tôt ou tard, il allait se passer quelque chose. Mais quoi ? Et quand ?

Son patron ne paraissait pas trop en joie, non plus, et à l'intérieur du parti on évoquait assez souvent, en compagnie plus ou moins restreinte, sa chute dans les sondages d'opinion et la façon dont cela influerait sur les possibilités de choix du parti lors des prochaines élections. Pourtant, une révolution de palais ne paraissait guère plausible. Ce n'était pas le genre de la maison sociale-démocrate. Mais ce n'était pas bon et, tôt ou tard, il faudrait faire quelque chose, là encore. Le bien du parti passe avant celui de l'individu, se dit l'expert et, l'espace d'un instant – sans doute l'image de Krassner avait-elle effleuré son cerveau –, il faillit se mettre à caresser certaines de ces idées interdites qui apporteraient une solution aux problèmes du parti aussi bien qu'aux siens. Arrête, s'énerva-t-il. Ça ne se passe pas de cette façon, chez nous. On est en Suède, quand même.

Lors de la réunion hebdomadaire, Berg avait confirmé que l'enquête sur les éléments d'extrême droite au sein de la police et de l'armée avait été mise en veilleuse pour l'instant, mais que, la situation étant ce qu'elle était, il préférait ne pas commenter cette décision. La doctrine du « moins de vagues possible » prévalait désormais et, en pareille circonstance, la clôture d'une enquête sur certains policiers indésirables était un prix somme toute fort modeste à payer pour obtenir un peu de calme. Après la réunion, l'expert avait entraîné Berg à l'écart, car il connaissait assez bien le ministre, hélas, et désirait s'assurer par lui-même, cette fois, que le message avait été reçu et faire en sorte que les dernières directives concernant l'avenir de la DST soient assez claires. Mais Berg ne cesserait jamais de l'étonner. Il avait paru presque absent et avait opiné du bonnet presque tout le temps, quoi qu'il ait pu dire.

En regagnant son bureau, Berg avait pris une résolution. Indépendamment de ce qu'il venait d'entendre, il n'avait pas l'intention de céder à Waltin et à ses tentatives de chantage. Ça passe ou ça casse, se dit Berg, l'avantage des gens comme lui était qu'en général ça passait et ne cassait presque jamais. Il fallait à tout prix qu'il se débarrasse de Waltin et il savait comment y parvenir. C'était pour cette raison qu'il l'avait convoqué dans son bureau et lui avait rappelé les propositions de réorganisation. Il avait également souligné qu'il ne s'intéressait pas particulièrement à l'aspect financier de l'affaire. La montre en or que Waltin portait au poignet l'aidait peut-être à être à l'heure mais, pour Berg, c'était aussi une indication des points faibles de l'adversaire.

Il avait permis à Persson d'assister à toute la réunion, afin qu'il prenne des notes mais surtout parce qu'il exerçait une influence modératrice et bienfaisante sur Waltin. Et il n'avait pas l'intention d'écouter de nouvelles menaces voilées jouant sur le nom de Hedberg.

— Ce serait bien si nous pouvions disposer de l'étude financière dès la semaine prochaine, dit Berg. Ainsi, les comptables maison auront tout le temps qu'il leur faut.

— *Fine with me*, répondit Waltin avec un sourire.

Le gant est jeté, pensa-t-il, mais il n'avait pas l'intention de le relever personnellement. En revanche, il se proposait de rapatrier Hedberg, afin de faire le ménage dans les papiers et de mettre la main sur l'argent qui circulait toujours à l'intérieur du système et qui était sa légitime propriété, à lui et à personne d'autre.

Johansson avait passé le week-end à réfléchir à ce qu'il devait faire de sa vie. Il n'était plus de la première jeunesse et, si l'existence se mettait à lui filer entre les doigts, il était grand temps qu'il s'efforce de la retenir. Le morceau de papier que Jarnebring lui avait recommandé de placer sur la glace de sa salle de bains n'avait pas tardé à être entièrement griffonné et à avoir besoin d'être mis au propre. Jarnebring l'avait d'ailleurs appelé au téléphone pour lui demander des nouvelles.

— Comment ça va ? J'ai un siège avant de voiture de patrouille qui nous attend tous les deux.

J'ai peur que cette époque ne soit révolue, songea Johansson après avoir raccroché et, à dire vrai, il ne la regrettait plus. Il existait désormais d'autres priorités et dès son retour à la direction, le lundi, il avait demandé à être en congé à partir du 1er mars.

Le directeur de la police nationale s'était manifesté moins d'une heure après. Pouvait-il lui parler un instant ?

Qu'est-ce qu'on peut répondre à ça ? se demanda-t-il.

Une fois dans le bureau directorial, il avait failli revenir sur sa décision en voyant combien son interlocuteur paraissait triste à l'idée de risquer de le perdre.

— J'ai l'impression de stagner, confessa Johansson en forçant sur son accent norrlandais comme il en avait l'habitude dès que le besoin s'en faisait sentir. Il m'a semblé qu'il était grand temps que je me recycle et j'ai l'intention de m'inscrire à l'université pour reprendre des études.

C'était étrange, tous ces diplômés qui occupaient de hautes fonctions à la tête de la police, se dit-il en partant, quelques instants plus tard. Ils s'affolaient dès qu'il avait le malheur de laisser entendre qu'il avait besoin d'un peu d'instruction, lui aussi, et, s'il n'était pas resté ferme sur ses positions, il aurait sûrement dû dépenser la moitié de son salaire pour aller reprendre des forces dans le premier institut venu n'ayant que de lointains rapports avec la Justice. Pour une raison ou pour une autre, le directeur de la police nationale lui avait recommandé d'étudier le droit et Johansson l'avait remercié pour ce conseil en promettant d'y penser. Mais peu importait. Sa demande allait être accordée et il mettrait ainsi un point final à la misère professionnelle dans laquelle il se trouvait.

Il n'était plus d'actualité d'aller vider un godet avec les collègues syndiqués. Encore moins de lever les verres de tante Jenny en cette compagnie, et, quant au sort qu'il aurait eu envie de leur réserver, il préférait ne pas y penser. En revanche, il avait l'intention de faire place nette sur son bureau mais, d'abord, il était grand temps de faire pénitence à propos de l'attitude pour le moins légère qu'il avait adoptée lorsque son prédécesseur à son poste – qui était sûrement un homme heureux, désormais – lui avait demandé son aide et ses conseils à propos de ce pauvre type de Koskinen.

Celui qu'on appelait Koskenkorva était désormais à la tête du PC de la police de Stockholm, preuve vivante qu'un « certificat promotionnel » était le meilleur moyen de s'élever dans la corporation. Koskenkorva avait à peine eu le temps de poser ses fesses sur son fauteuil et de planquer ses bouteilles dans son placard à vêtements que cela avait recommencé. Les plaintes, les récriminations, reflets des états d'âme syndicaux et des banals accès de grogne de la part de collègues, s'étaient empilées sur le bureau de Johansson dans des proportions incroyables, vu que l'intéressé n'en fichait pas une ramée et que, par prudence, il était rond quand il était censé travailler.

Le patron du service opérationnel de la Sécurité publique de Stockholm, un vieux filou qui était à la fois efficace et du goût de Johansson, avait décidé de procéder à un exercice d'alerte, afin de mettre son personnel à l'épreuve. On avait élaboré un scénario aux termes duquel, Sa Majesté le roi ayant été victime d'un attentat pendant une réception au palais royal de Stockholm, les coupables parvenaient à s'échapper et se terraient maintenant quelque part en ville. Les signalements remis à ceux qui devaient leur donner la chasse étaient plausibles mais contradictoires, de même que celui de la voiture dans laquelle ils s'étaient enfuis et la direction dans laquelle ils étaient partis. D'une façon générale, ce serait un excellent test des capacités des collègues de la capitale, au cas où ce qui ne devait pas arriver se produirait quand même. Comme le directeur du service opérationnel connaissait son monde, il avait décidé de déclencher l'exercice un lundi matin.

Koskenkorva occupait une place centrale dans ce dispositif. Pour dire les choses plus simplement, il tenait le rôle de l'araignée au centre de la toile, au cas où quelque chose arriverait, et, malheureusement, il avait eu vent de la chose. Cela avait déclenché un tollé, le syndicat était monté sur ses grands chevaux car le degré d'impréparation des services concernés que cela risquait de révéler pouvait s'avérer un véritable instrument de mort entre les mains de l'employeur. Et ce qui avait débuté sous la forme d'une pluie d'objections avait bientôt pris la forme d'un déluge.

De l'autre côté, il y avait la « mince ligne bleue » des policiers suédois en uniforme. C'était naturellement le personnel de patrouille et, quand Johansson pensait à ce pauvre neveu de Berg, de nouveau en service malgré les courageuses tentatives auxquelles il s'était personnellement livré en vue de l'envoyer croupir dans le cachot où était sa véritable place, une ombre passait sur son visage. En outre, l'association anonyme qui avait adopté le nom de « Gardiens de l'ordre stockholmois toujours en état de marche » s'était manifestée auprès du prédécesseur de Koskenkorva, lorsque la nomination de celui-ci était venue sur le tapis au cours de l'automne. Et, finalement, diverses voix s'étaient élevées pour signaler, en bref, qu'il était « grand temps de se livrer à un peu d'*action* », comme on dit en anglais.

L'un des rares qui n'aient pas eu leur mot à dire, en l'occurrence, était le préfet de police de Stockholm. Il est sans doute en train d'écrire un petit livre bleu[1], supputa Johansson. Mais, pour la forme, il l'avait pourtant appelé afin de lui demander son avis. Il a la voix plutôt compassée, pensa-t-il. Comme tous les beaux esprits, quand des types plus simples viennent perturber leur univers mental. Mais je m'en moque, ajouta-t-il, avant d'exposer brièvement son point de vue sur la question.

— J'ai déjà réglé la question, dit le préfet. Mais merci de cette attention.

— Excusez-moi, soupira Johansson, je ne comprends pas.

Pas étonnant, pensa le préfet avec un soupir.

— L'exercice que vous venez d'évoquer… reprit le préfet en s'efforçant de parler lentement et distinctement, comme s'il s'adressait à un enfant. J'ai fait procéder à une simulation, à la place. Une sorte de *kriegspiel* policier, si vous voyez ce que je veux dire.

---

1. Allusion aux *Livres bleus* dans lesquels Strindberg, à la fin de sa vie, consignait des méditations philosophiques assez peu accessibles au commun des mortels. *(N.d.T.)*

— Non, pas vraiment. Pourriez-vous m'expliquer…

— Ne vous inquiétez pas, coupa le préfet. Si vous voulez bien m'excuser, j'ai des affaires plus importantes à régler.

Il a raccroché, le salaud, constata Johansson en regardant sa main d'un air étonné. Il m'a raccroché au nez.

Ces exercices désuets, destinés à des bidasses à l'ancienne, n'étaient pas seulement très largement surestimés, coûteux et risqués. Ils passaient à côté de l'essentiel, en l'occurrence. Car il ne s'agissait pas de prendre des virages sur les chapeaux de roue, sirènes hurlantes, en faisant grincer les pneus des voitures, mais plutôt de susciter une certaine vigilance intellectuelle.

C'était ce que le préfet avait tenté d'expliquer à ce prétendu chef du service opérationnel, mais celui-ci avait refusé de l'écouter, comme toujours. Il avait confié cela à Grevlinge, parce qu'il fallait bien trouver quelque chose à lui faire faire ; sinon, il paierait les pots cassés. Västberga, se dit le préfet de police, avant de décider qu'il était grand temps d'aller voir ça de près, bien que ce fût un lundi matin et qu'il eût des affaires plus urgentes dans son agenda, comme son parcours de santé et le cours par correspondance de suédois créatif qu'il avait fait commander par sa maîtresse.

Il avait évidemment choisi de placer cette action sous le signe de l'intellect. Ils avaient donc emprunté la salle de réunion de la direction de la police et, en réunissant les tables au centre de la pièce, on avait obtenu un espace assez vaste pour déployer la grande carte du district, qui restait en général accrochée au mur. Les documents de base nécessaires, précisant les conditions de l'opération, avaient été distribués à tous les participants et, une fois le signal donné, il n'y avait eu qu'à se lancer.

Le commissaire Koskinen était assis à une petite table, à l'une des extrémités de la pièce, tandis que les autres s'activaient à déplacer sur la carte les véhicules et autres unités dont il commandait les mouvements. Il y avait bien eu des moments un peu critiques, mais les coupables avaient été arrêtés. Comme tout le monde était dans la même pièce, on n'avait pas eu besoin de faire appel aux transmissions. On se parlait et on se passait des bouts de papier, c'était aussi simple que cela, même si on utilisait les codes d'appel habituels pour plus de réalisme.

— Je vous félicite pour cet excellent travail, conclut le préfet de police en adressant un signe de tête bienveillant à Koskinen.

Mon Dieu, il a l'air épuisé, nota-t-il. Il est vrai qu'il a dû passer un sale quart d'heure.

— Oui, ça s'est bien déroulé, répondit Koskinen. Surtout pour un lundi matin. Est-ce que je peux vous offrir une pastille pour la gorge, monsieur le préfet ?

Même en mauvaise forme – il était enrhumé, avait-il expliqué, et il n'y avait pas de raison de mettre sa parole en doute, car il empestait les cachets au menthol –, Koskinen n'avait pas hésité à répondre à l'appel du clairon. Ce qui prouvait une seule chose : il avait eu raison de refuser d'écouter les protestations qui avaient accueilli sa nomination, se dit le préfet de police en regagnant son bureau, fort satisfait. Il était grand temps de chausser les pointes, d'ailleurs. *Mens sana in corpore sano*, ne manqua-t-il pas de se remémorer. Et, quant à la soirée, il avait l'intention de la passer à taquiner la muse en buvant quelques verres de vin.

XIX

Et il ne restait plus que le froid de l'hiver

Stockholm au mois de février

Waltin conservait toujours dans sa tête ce qui possédait un caractère un peu sensible. Il en avait pris l'habitude très tôt dans sa vie et il fallait des raisons impérieuses pour que les choses soient couchées sur le papier, dans le domaine où il travaillait. Il n'éprouvait pas non plus une confiance excessive envers les contrôleurs financiers mais, si ce n'était pas la pagaille dans le service, il n'y avait pas à les redouter. Et pourtant, il le savait également, les hommes commettaient des erreurs, cela valait même pour lui, et ce fut pour cette raison qu'il examina à la loupe tous les papiers qu'il allait remettre à Berg.

L'argent n'était pas un souci non plus, pour Waltin. L'essentiel était déjà réglé et, sur ce point, il ne nourrissait aucune inquiétude. Pourtant, il était encore temps de procéder à certains retraits et virements, de même que d'inscrire la date qu'il fallait sur certaines factures et de les enregistrer dans la comptabilité. Prenez soin des centimes et les couronnes prendront soin d'elles-mêmes, se répétait-il. La petite société de gardiennage de Hedberg, domiciliée à l'étranger – elle était en fait la propriété de Waltin, mais inscrite au nom de son compère –, n'allait donc pas tarder à voir s'accroître notablement ses avoirs.

Il en profita pour se donner un peu de bon temps. Il tria les documents et les replaça dans le désordre le plus complet, en y ajoutant des morceaux de papier rédigés à la main d'une écriture difficile à déchiffrer et comportant des avis sur à peu près toutes les banalités possibles et imaginables. Les vérificateurs n'avaient qu'à mériter leur salaire, au moins.

Berg ne cessait de le surprendre. Waltin avait cru que ce lâche s'aplatirait devant lui dès qu'il lui jetterait le nom de Hedberg à la figure. Mais ce n'était pas ce qui était arrivé. Au lieu de cela, Berg s'était manifestement enfermé à double tour, même s'il avait besoin de ce gros lard de Persson pour opposer une résistance véritable. Cependant, à y regarder de près, ses cartes n'étaient pas excellentes. Que pouvait-il dire ? Qu'il avait des raisons de penser que c'était un homme de Waltin qui avait tué Krassner et maquillé cela en suicide ? Dans ce cas, pourquoi avoir gardé l'information pour lui pendant plus de deux mois ? Cela risquait de ne pas faire très bon effet.

À part la contrariété d'avoir un chef totalement incompétent, Waltin n'avait aucune raison de s'inquiéter : si personne ne faisait de vagues, il ne se passerait rien. Tout ce qu'il avait à envisager, c'était de liquider une organisation qui fonctionnait parfaitement, pour la seule et unique raison que les socialos du gouvernement avaient ses membres dans le nez. C'était de la folie pure et simple, et le seul fait d'être prêts à en discuter prouvait à quel point ils se sentaient faibles. À plusieurs reprises, il s'était entretenu au téléphone avec Hedberg, mais celui-ci était resté assez évasif. Se doutait-il de quelque chose ? Allait-il jusqu'à se douter que Waltin avait compris ce qui était arrivé ? Et, pire encore, pensait-il que Waltin voulait l'inciter à rentrer au pays pour le coffrer ? Hedberg était loin d'être un surdoué, mais il était assez intelligent pour ce à quoi Waltin l'employait habituellement. C'était un homme paisible et sympathique et, surtout, digne de confiance. Étant donné ce qu'ils avaient en commun dans le passé, c'était avec lui que Waltin avait le moins envie de se quereller. N'importe qui, mais pas Hedberg.

Finalement, Waltin avait dû prendre le taureau par les cornes et dire à Hedberg qu'il fallait, « nom d'un petit bonhomme », qu'il rentre en Suède pour l'aider à faire le ménage. Certaines choses lui échappaient, à lui, Waltin, et Hedberg pourrait lui apporter des lumières. Mais ils savaient tous deux qu'elles n'étaient pas du genre dont on peut parler au téléphone, car les lignes dites sécurisées n'existaient que dans l'imagination de certains. Et, s'il nourrissait encore des doutes, il n'avait qu'à jeter un coup d'œil sur les sommes qui avaient atterri sur le compte de leur société ces derniers temps. Il les lui avait fait transférer en toute confiance et, naturellement, il ne pourrait jamais en exiger le reversement si Hedberg s'y opposait. Ce dernier avait manifestement mordu à l'hameçon car, le dernier samedi de février, il avait soudain appelé Waltin à son numéro secret, depuis l'aéroport d'Arlanda, pour lui annoncer qu'il était de retour.

Waltin l'avait logé dans un appartement de Gärdet où il avait déjà habité lorsqu'il était venu lui prêter main-forte à propos de Krassner. Non pas pour lui rafraîchir la mémoire, mais uniquement parce que c'était l'endroit le plus sûr qu'il eût à lui offrir pour l'instant. Il était le seul à savoir que cet appartement était la propriété du service des opérations extérieures. Berg n'avait pas la moindre idée de son existence mais ce n'en était pas moins ce qu'on appelait un endroit sûr. Rien à voir avec ceux où les collègues de la police officielle risquaient de faire irruption sans crier gare. En outre, il était agréable à habiter. Waltin l'avait utilisé personnellement à diverses reprises et, s'il était assez bon pour un homme ayant ses exigences en matière de discrétion et de confort, il devait suffire pour un type comme Hedberg.

Lors de leur rencontre, Hedberg s'était montré peu loquace, comme à son habitude, mais il devait avoir autre chose sur le cœur, car il avait commencé par dire qu'il ne pouvait rester que jusqu'au samedi suivant. D'une part, il avait depuis longtemps l'intention de retourner à Java, d'autre part il fallait qu'il mette son bateau à l'eau.

— *Fine with me*, dit Waltin sur un ton badin.

D'ici là, on va planquer ce qu'on pourra, pensa-t-il.

Au cours des journées bien remplies qui avaient suivi, ils s'étaient peu à peu retrouvés. Hedberg s'était radouci et cela avait entraîné, à son tour, un regain de confiance de la part de Waltin. Le jeudi, alors qu'ils avaient à peu près terminé ce qu'ils avaient à faire, ce dernier avait invité son compère à un bon dîner dans un endroit discret et, une fois le café servi, il avait craché le morceau.

— J'ai d'abord cru que tu allais me blouser, lança soudain Hedberg en regardant Waltin.

— Ah bon, répondit celui-ci en s'efforçant d'adopter une expression à la fois détendue et modérément intéressée. Pourtant, tu en sais sans doute nettement plus long que moi. La seule chose que j'aie saisie, c'est que Berg veut ma tête.

— Oui. C'est bien mon avis. Et je suis sûr que tu as compris que je ne suis pas du genre à te jouer un tour de cochon.

Non, pensa Waltin, parce que tu ne t'arrêterais pas là, dans ce cas.

— Parfois, il vaut mieux ne rien savoir, observa Hedberg de façon énigmatique.

Et c'est toi qui me dis ça ! songea Waltin.

Hedberg avait ensuite gardé le silence pendant près d'une minute, à tourner sa cuiller dans sa tasse de café. Ce fut sans doute à ce moment qu'il se décida car, ensuite, il avait déballé tout ce que Waltin avait été obligé de déduire par lui-même.

— Il avait rien à se reprocher, l'Américain, commença Hedberg, qui préférait apparemment ne pas le désigner par son nom. C'étaient ces salauds de socialos qui lui en voulaient, pour protéger leur traître de patron. Il avait réussi à s'introduire auprès de la CIA et à les vendre, eux aussi. Aux Russes, bien entendu, parce qu'il travaillait pour eux depuis le début. Depuis l'âge où il était en culotte courte.

— Ce n'est pas une nouvelle pour tout le monde, soupira Waltin.

Mais j'aurais aimé lire les papiers que tu as piqués, pensa-t-il.

— Et puis il a fait assassiner son meilleur ami, aussi, ajouta Hedberg.

— Merde alors, fit Waltin avec un dégoût très bien imité. Tu en es sûr ?

Il en a un peu plus dans le ventre que ses électeurs, alors, se dit-il, enchanté.

— Parfaitement sûr. C'est les Russes qui ont exécuté le contrat pour son compte. Parce qu'il aurait pas eu les couilles de le faire lui-même !

— Ah, ça non ! opina Waltin. J'espère que tu m'excuseras, mais j'ai vraiment besoin d'un petit coup à boire. Tu en veux aussi ?

Il faut absolument s'arranger pour qu'il paraisse, ce bouquin, ajouta-t-il in petto. Il doit valoir des millions.

Hedberg ne buvait presque pas, Waltin l'avait remarqué dès qu'ils avaient fait connaissance. Mais ce qu'il venait de raconter l'avait sans doute marqué, car il accepta.

— Un petit whisky, alors. Pas besoin qu'il coûte très cher.

Avant de se séparer, ils avaient décidé de se revoir le lendemain soir pour régler les derniers détails, avant que Hedberg ne reparte.

Lui, au moins, je n'ai pas besoin de m'inquiéter à son sujet, pensa Waltin une fois dans le taxi qui le ramenait à son domicile.

Tard dans l'après-midi du vendredi, Waltin avait saisi l'occasion de passer dans le bureau de Berg pour apporter un gros paquet supplémentaire de documents classés dans un savant désordre, afin que son patron ait de quoi gâcher son week-end. Alors qu'il s'apprêtait à entrer, il se trouva nez à nez avec un commissaire des gardes du corps qui sortait. Celui-ci avait les yeux rouges et paraissait tellement furieux qu'il ne voyait et n'entendait rien.

— Eh bien, lâcha Waltin en souriant de toutes ses dents à Berg, il avait l'air plutôt en rogne. Tu as été méchant avec lui ?

Berg ne semblait pas particulièrement heureux, lui non plus. Il poussa un grand soupir et secoua la tête, l'air absent. Il est mûr pour l'asile, estima Waltin, satisfait. Ce n'est plus qu'une question de jours.

— Non, dit Berg. Si seulement c'était aussi simple

que ça... Il a une bonne petite migraine, comme d'habitude, c'est tout.

— Ah bon, répondit Waltin en posant ses papiers sur la table de Berg. Tiens, je t'ai apporté un peu de lecture pour le week-end. Qu'est-ce qu'il a inventé, cette fois-ci, notre Premier ministre ? Il va descendre les chutes du Niagara dans un tonneau ?

— Si seulement... ! Non, il va au cinéma avec sa femme.

— En ville ? Un vendredi soir, jour de paie, alors que les ivrognes sont treize à la douzaine dans les rues, et sans garde du corps ?

Il faut croire qu'il est possédé d'un grand désir de mort, cet homme, pensa-t-il. Étant donné le nombre de fois où il avait entendu parler du mépris du Premier ministre envers sa propre sécurité, c'était un miracle que personne n'ait encore saisi l'occasion. Sûrement à cause de la télé, se dit-il. Les gens restent à regarder le petit écran au lieu de faire de leur vie quelque chose de sensé.

Berg avait soupiré une fois de plus et, ensuite, il avait lâché quelque chose qu'il n'aurait jamais dû dire, même pas à Waltin, tout commissaire divisionnaire des services de sécurité qu'il était, et donc tenu au secret le plus absolu.

— Il a appelé il y a une heure pour renvoyer ses gardes du corps. Sa femme et lui ont l'intention d'aller au cinéma et, avant ça, ils vont dîner ensemble dans leur appartement privé.

— Le dernier film de Clint Eastwood, bien entendu, supposa Waltin en gloussant de plaisir.

— Aucune idée, avoua Berg, que cela n'intéressait nullement car il n'allait jamais au cinéma. Il n'a rien précisé. Je pense qu'il n'avait pas encore décidé. Même pas ça...

On ne peut pas tout avoir, pensa Waltin en quittant Berg. Et pourtant, il se sentait aussi impatient que la fois où il avait vu sa petite maman qui tenait à peine sur ses jambes, appuyée sur ses béquilles, au bord du quai du métro.

Il est grand temps de rentrer à la maison, estima Berg en regardant avec un sentiment de dégoût le tas de papiers que Waltin avait déposé sur sa table. Vu l'ordre dont ce dernier était capable dans d'autres domaines, c'était une chance qu'il ne soit pas forcé de subvenir à ses besoins en montant sa propre entreprise. Les contrôleurs financiers étaient blêmes, quand ils étaient venus se plaindre à Berg. Et ce qui les avait particulièrement mis en fureur, c'était leur conviction que Waltin s'était donné beaucoup de mal pour parvenir à un tel résultat. Mais cela n'avait guère d'importance, au vu de ce qui s'était passé ensuite.

Au cours des années qui suivirent, Berg consacra des centaines d'heures à faire son examen de conscience. Avec une parfaite honnêteté, il tenta de se souvenir jusque dans les moindres détails de ce qu'il avait fait, dit et pensé au cours de ces jours qui devaient modifier le cours de sa vie. Il se rappelait bien entendu sa brève entrevue avec Waltin, ainsi que la raison pour laquelle celui-ci était venu le voir. Pour lui remettre un dossier regorgeant de papiers qui étaient certes de la plus haute confidentialité mais n'avaient rien à voir avec ce qui allait arriver par la suite. C'était tout ce qu'il y avait à dire à ce sujet.

Hedberg arriva en retard à l'appartement. Il était près de sept heures et demie, cela faisait près d'une demi-heure que Waltin attendait et il était sur le point de renoncer à ce qu'il avait à l'esprit. Peu importait, ce serait fait tôt ou tard, se consola-t-il avec la désinvolture qui le caractérisait. Ce fut juste à ce moment que Hedberg glissa la clé dans la serrure.

— Je suis hélas obligé de reporter notre petit rendez-vous, dit Waltin, mais en fait nous en avons à peu près terminé.

— Pas grave, répondit Hedberg en haussant les épaules.

Je pourrais aller jeter un coup d'œil du côté du café de l'Opéra pour voir s'il y a quelque chose de baisable, pensa-t-il. Il y avait un certain temps que cela ne lui était pas arrivé.

— Je viens d'apprendre une nouvelle au bureau, poursuivit Waltin.

Je lâche l'information, comme ça, au passage, pensa-t-il, on verra bien s'il y a quelqu'un qui mord à l'hameçon.

— Quoi donc ?

— Notre ami commun a téléphoné pour renvoyer ses gardes du corps. Il veut aller au cinéma avec sa femme. En plein centre-ville, un vendredi soir, alors que les poivrots sont treize à la douzaine dans le secteur, précisa-t-il avec un petit sourire.

— Les Suédois sont des gens patients, constata Hedberg. Ça fait longtemps que je le sais. Ils acceptent n'importe quoi et se font mener en bateau.

— C'est exact, soupira Waltin.

— Il habite toujours au même endroit ? s'enquit soudain Hedberg.

— Oui, répondit Waltin en contemplant sa montre luxueuse, qu'il avait volée dès l'époque où sa petite maman vivait encore et où il était trop jeune pour s'en servir. Oui, il habite toujours au même endroit. Ah, j'oubliais, ajouta-t-il en se levant. Comme j'ai dû annuler pour ce soir, je t'ai acheté quelques petites douceurs que j'ai mises dans le frigo. Si tu en as en trop, tu n'auras qu'à les laisser et je m'en chargerai demain, après ton départ. Je dois venir ici, de toute façon.

— On verra ça.

Sitôt Waltin parti, Hedberg passa dans la cuisine et sortit le sac en plastique contenant divers produits consommables que Waltin avait placé dans le réfrigérateur. Le revolver était placé sous un moule des halles d'Östermalm qui contenait des escalopes à la Wallenberg, de la purée de pommes de terre, des petits pois et de la sauce.

Pour qui est-ce qu'il me prend ? pensa Hedberg, mécontent de ce qu'il soupesait. Pour Buffalo Bill, peut-être ?

Puis il consulta sa montre. Déjà près de huit heures. Il ne fallait donc pas perdre trop de temps à réfléchir. Comme il avait l'intention de se rendre dans le centre, il pourrait en profiter pour aller faire un tour dans la Vieille Ville, là où habitait le traître.

XX

Pour une grande et noble cause

Stockholm, 28 février-1er mars

Il n'était pas pensable de se rendre dans la Vieille Ville en taxi. Peu importait qu'il soit pressé, il fallait prendre le métro. Il convenait également d'éviter de courir pour attraper la rame. Hedberg avait donc manqué la première et il était déjà neuf heures et demie quand il parvint à destination. Il résolut alors de renoncer à son projet, de faire un tour en ville et d'employer son temps à autre chose. Quant à ce vieux machin que Waltin lui avait fourni, il pouvait toujours le jeter à l'eau, car il ne tenait pas tellement à l'avoir sur lui, et encore moins à le laisser au vestiaire s'il allait au restaurant.

Je vais marcher d'un bon pas, se dit Hedberg. À la sortie du métro, son premier spectacle fut un couple qui venait vers lui, en débouchant de la ruelle située au-dessus. Comme ils étaient à une centaine de mètres de lui, ils ne pouvaient pas l'avoir vu. Il avait alors tourné les talons et était retourné sur le quai. Il ne risquait guère de se tromper car, s'ils allaient vraiment au cinéma, ils descendraient sans doute à la station de Hötorget ou à celle de Rådmansgatan. Et, s'il faisait erreur, ce ne serait pas grave.

La ruelle aurait été parfaite, pensa-t-il, mais il avait été pris de court et les choses se présentaient différemment, maintenant : il fallait veiller à garder ses distances et espérer que la chance serait avec lui. C'est pourquoi il emprunta la première rame, tout en sachant fort bien qu'ils n'arriveraient pas à temps pour cela. Il laissa passer la station de la gare centrale et descendit à Hötorget. Là, il se posta sur le quai en faisant semblant de lire le journal. Il avait une veine de pendu car il y avait assez de monde pour qu'il puisse se fondre dans la masse.

Il ne fallait surtout pas prendre la même voiture qu'eux. Il misa donc sur le hasard, à nouveau, monta à l'arrière de la rame et sortit parmi les premiers, à la station de Rådmansgatan. Quelqu'un comme lui, qui avait consacré des centaines d'heures à filer des gens, n'ignorait pas qu'il ne faut pas suivre ceux qu'on prend en filature. Il les précéda au-dehors et, dès qu'il fut certain qu'ils allaient au cinéma Grand, il alla se placer dans la file d'attente d'un film qui attirerait pas mal de spectateurs mais certainement pas eux. Sitôt assuré de celui qu'ils avaient choisi, il quitta les lieux. À l'aide des indications sur la longueur des films, affichées dans l'entrée, il n'eut aucun mal à calculer l'heure à laquelle se terminerait leur séance.

Mais il n'avait pas non plus l'intention de rester planté devant le cinéma pendant deux heures. L'important n'était pas tant le froid : il s'agissait de garder ses distances et de minimiser les risques. Le prix à payer était, encore une fois, de s'en remettre au hasard. Il avait misé sur le fait qu'ils verraient le film jusqu'au bout, c'était toujours ce que faisaient les gens comme eux, et qu'ils rentreraient ensuite à leur domicile par le métro, pour la même raison. Il avait toujours à l'esprit la ruelle de la Vieille Ville.

Toutefois, s'il devait tuer quelqu'un, il n'avait pas l'intention d'agir le ventre vide ; il n'avait encore rien mangé de la journée. Il entra donc dans un restaurant chinois de Drottninggatan où il y avait un peu de monde mais pas trop. Les clients étaient juste assez éméchés et préoccupés d'eux-mêmes. Il dîna et lut le journal en toute quiétude. Il paya comptant, laissa un pourboire normal et quitta les lieux à l'heure, ni trop tôt ni trop tard. Et, comme la première fois, il se retrouva à cent mètres d'eux et les vit venir vers lui à grands pas.

Malheureusement, ils étaient du mauvais côté de Sveavägen. Ils se dirigeaient vers Kungsgatan en longeant le cimetière de l'église Adolf Fredrik. Il y avait beaucoup trop de monde sur le trottoir, dans les deux sens, pour qu'il soit pensable de tenter quoi que ce soit. Il décida donc de gagner rapidement le métro, de les précéder à la station de la Vieille Ville et de les attendre dans la ruelle où il les avait vus la première fois. Et c'est alors qu'il eut à nouveau une veine de pendu : ils traversèrent soudain la rue pour se diriger vers la vitrine d'un magasin et il y avait à peine âme qui vive, de ce côté-là. On croirait en Dieu pour moins que ça, se dit-il en traversant à son tour pour aller se poster au coin de Tunnelgatan.

C'est trop beau pour être vrai, pensa-t-il. Une petite rue latérale plongée dans le noir, avec des baraques de chantier et des recoins, et un nombre étonnant de possibilités pour prendre la fuite. S'il avait eu le choix, c'était à cet endroit précis qu'il leur aurait donné rendez-vous. Pour ce qu'il avait l'intention de faire, c'était le lieu idéal – et le pire pour eux. C'est pourquoi il les attendit en faisant semblant de regarder la vitrine. Quand ils passèrent près de lui, il n'eut qu'à leur emboîter le pas, sortir le revolver de la poche droite de sa veste tout en l'armant, poser la main gauche sur l'épaule du traître et lui tirer une balle, presque à bout portant, juste en dessous du col de sa chemise.

Ses jambes s'étaient dérobées sous lui et il s'était affalé sur le trottoir, face contre terre. Mort, se dit Hedberg, qui le savait d'expérience, quoique n'ayant jamais abattu personne.

La seconde suivante, il avait reculé d'un pas pour mieux voir, armé l'arme avec le pouce, car elle était un peu dure, visé la même partie du corps de cette pute de la haute avec qui le traître était marié, et appuyé sur la détente. Elle était tombée à genoux, la tête branlante, avec des yeux qui semblaient ne plus rien voir. Mais elle avait dû pivoter au moment où il tirait et où la flamme sortant du canon l'avait aveuglé lui-même, car il l'avait touchée au poumon et non pas à la colonne vertébrale, à la base du crâne, comme il l'avait voulu.

Il s'était contenté de la regarder quelques secondes car, une minute plus tard, au maximum, elle serait morte, et pour sa part il n'avait pas l'intention de rester là. C'est pourquoi il avait tourné les talons et, le sol étant glissant, il s'était mis à courir au petit trot le long du trottoir, puis, en montant les marches de l'escalier qui menait à Döbelnsgatan, il avait remis le revolver dans la poche de sa veste.

For a great and noble cause, pensa-t-il, et il n'aurait pu trouver meilleure formule lui-même.

Une fois dans Döbelnsgatan, il avait cessé de courir, traversé la rue d'un pas normal et descendu la côte droit devant lui. Parvenu à la hauteur de Regeringsgatan, il avait tourné à droite et pris les escaliers de Kungsgatan. Il avait ensuite gagné Stureplan et la station de métro, sans se presser, en se disant que la foule lui offrait la meilleure protection et qu'il était maintenant hors de danger. Quand il pénétra dans son appartement de Gärdet, il n'était encore que minuit moins dix. Il avait alors ôté ses chaussures et ses vêtements, et les avait placés, avec le revolver par-dessus, dans un sac-poubelle en plastique noir comme il en existe des millions. Puis il avait emporté le sac dans la cuisine pour le déposer à côté du réfrigérateur.

Ensuite, il avait pris une douche et s'était fait un shampooing, en faisant attention de bien rincer la mousse avant de laisser à nouveau couler l'eau chaude. Enfin, il était allé se coucher. Il n'avait pensé à rien de particulier et s'était endormi presque aussitôt.

Le lendemain matin, il avait pris un taxi pour se rendre à l'aérogare, puis l'autobus régulier qui assure le service de l'aéroport d'Arlanda. Si des policiers traquaient l'assassin, il n'y en avait pas à cet endroit, en tout cas. Contrairement à l'habitude, l'avion avait décollé à l'heure, et à son arrivée à Palma il faisait près de vingt degrés. Pour la première fois depuis qu'il y venait, Hedberg eut l'impression de rentrer chez lui.

XXI

En chute libre, comme dans un rêve

Stockholm, 28 février-1er mars

Oredsson et Stridh se trouvaient à côté de la baraque du marchand de saucisses de Roslagstull lorsque le ciel leur était tombé sur la tête. Stridh, fou de rage, demanda à la radio s'ils devaient bloquer la sortie de la ville en attendant des renforts, mais ils reçurent l'ordre de se rendre sur le lieu du crime pour prêter main-forte.

Qu'est-ce qui se passe ? se demanda Oredsson, tandis qu'ils remontaient Sveavägen en direction du centre, gyrophare allumé. Il n'y comprenait rien et, si ce n'était que la phase initiale d'un exercice auquel ses camarades et lui allaient participer, on aurait pu les prévenir, non ?

— C'est dément, siffla Stridh. Qu'est-ce qu'on va faire là-bas ? Il faut bloquer les sorties de la ville. Même un imbécile comme Poivrot devrait comprendre ça.

Il est fou, pensa Oredsson, il doit être socialo.

Une fois sur place, ils aperçurent des collègues et des civils qui couraient dans tous les sens. On les employa d'abord à installer un périmètre de sécurité, mais comme il y avait foule et qu'il fallait agir vite, celui-ci fut des plus réduits. En fait, il ressemblait plutôt à un parc à moutons ; c'était le plus petit qu'il eût jamais vu, estima Oredsson. Après cela, ils restèrent plantés là à attendre d'autres ordres.

Comme c'était vendredi soir et que Bäckström avait toujours des difficultés financières, il s'était porté volontaire pour assurer la permanence, comme d'habitude, et, lorsque l'alerte avait été lancée, il avait aussitôt compris que ce serait le grand moment de son existence. Avant que quiconque se soit avisé de lui donner un ordre quelconque, il avait donc enfilé sa veste et s'était rendu sur le lieu du crime. N'était-ce pas la place d'un fin limier ?

À la différence des collègues, il avait tenté de faire quelque chose. Il avait d'abord regardé de près tous les Svensson[1] qui se trouvaient à proximité pour voir si l'un d'entre eux n'avait pas l'air un peu suspect. Mais ils paraissaient tous atterrés et certaines bonnes femmes s'étaient même mises à chialer, sans se demander à quoi ça servait. Puis ils avaient commencé à jeter des fleurs derrière le ruban qui délimitait le périmètre de sécurité – c'était à se demander où ils avaient pu en dénicher à une heure pareille. Il s'était alors enfoncé dans Tunnelgatan pour bénéficier d'un peu de calme et vérifier s'il ne décelait pas des traces. Des marques de pas, il y en avait partout[2], bon sang. Ma parole, mais c'est un mille-pattes qui l'a buté, ricana Bäckström.

---

1. Nom traditionnel du citoyen moyen, le Dupont suédois. *(N.d.T.)*

2. Comme son nom l'indique, cette rue est en fait un tunnel, mais uniquement piétonnier. *(N.d.T.)*

Ensuite, il avait élargi le cercle de ses recherches, en profitant de l'occasion pour se taper une saucisse-purée sur Sveavägen. À son retour, le Charbonnier en personne arrivait en taxi avec ce petit pédé de Wiijnbladh. Comme il n'avait rien de mieux à faire, il alla les saluer.

— Comment ça va ? s'enquit-il.

— Nous maîtrisons la situation, assura le Charbonnier, toujours aussi prétentieux.

Mon cul, pensa Bäckström.

— Nous sommes en train d'analyser la situation, le chef et moi, précisa Wiijnbladh, en bon lèche-bottes.

Et moi, je suis invité au dîner de remise des prix Nobel, rigola Bäckström in petto. On va se marrer.

— Il me paraît évident que le lieu du crime laisse un peu à désirer, déclara le Charbonnier du haut de son autorité.

Et qu'est-ce que vous avez l'intention d'y faire ? se demanda Bäckström.

— Mais on n'y peut pas grand-chose, déplora Wiijnbladh.

Je crois bien que non, hélas, et puis il fait un froid de canard et tout le monde irait volontiers se réchauffer, pensa Bäckström.

Les autres repartirent ensuite en taxi mais, étant pour sa part un vrai policier, il se fit ramener par une voiture radio dont c'était le chemin.

— Content de te voir, Bäckström, lui dit son chef sitôt qu'il eut franchi le seuil. Nous avons une informatrice qui ne veut parler à personne d'autre que toi, ajouta-t-il en lui tendant un morceau de papier sur lequel il avait inscrit un numéro de téléphone.

— On verra ça, soupira virilement Bäckström.

Elle m'a l'air très sensée, cette femme, se dit-il. C'était sûrement une de celles qu'il avait baisées récemment, mais dont il ne se rappelait plus le nom.

— Comment c'est, au fait, là-bas ? questionna son chef.

— Pénible, lâcha Bäckström. Ça va être très pénible, je crois.

Puis il alla chercher un café, referma la porte derrière lui et téléphona à cette femme très sensée.

— C'est bien au commissaire Bäckström que j'ai l'honneur de parler ? interrogea-t-elle.

— En effet, dit Bäckström d'une grosse voix virile.

Elle anticipe un peu, pour le titre, c'est tout, pensa-t-il.

— Nous nous sommes vus le soir de Noël, reprit-elle sur le ton de la confidence. C'est moi qui ai été violée par mon ancien petit ami.

C'est pas vrai ! hurla Bäckström intérieurement. Celle à la poire en compote qui a mis la police aux fesses de ce pauvre mec ! Celui qui avait cette magnifique cible avec le portrait de la victime, pensa-t-il encore, en regrettant de ne pas l'avoir emportée, car elle allait valoir une petite fortune.

— Excusez-moi, dit-il sèchement, je suis en train de…

— Mon Dieu, murmura-t-elle, c'est lui qui l'a assassiné. Je ne sais pas quoi faire, moi.

Qu'est-ce qu'elle radote ? s'interrogea Bäckström.

— Assassiné qui ?

— Le Premier ministre.

Elle est complètement maboule, songea Bäckström mais, aussitôt après, il repensa à la cible.

— Qu'est-ce qui vous fait dire ça ? demanda-t-il.

— Mon Dieu ! soupira-t-elle. Il projette de le faire depuis que je le connais.

— Savez-vous s'il dispose d'une arme ?

— Des armes, il en a des tas, murmura-t-elle.

Ça vaut peut-être la peine de vérifier, estima Bäckström, et, comme la permanence ressemblait aux urgences de l'hôpital psychiatrique, il décida d'emprunter une voiture de service pour aller voir cette femme.

Elle vivait dans un petit logement mal tenu de Söder, mais il s'en doutait depuis le début. Ce qu'elle avait à dire, en revanche, n'était pas inintéressant. Son ancien petit ami, le gars à la cible, était apparemment un sale type, et il détestait le Premier ministre plus qu'il n'était possible de le dire. Pour sa part, elle avait surtout reniflé et parlé à voix basse et nasillarde, mais elles faisaient toutes ça, il n'avait donc pas été surpris.

— Vous m'avez dit qu'il avait des armes, n'est-ce pas ?

— Oui, il me les a montrées un jour.

— Quel genre ? Est-ce que vous vous souvenez ?

— Une comme dans les westerns. Un pistolet de cow-boy, quoi.

Attends un peu, pensa Bäckström, qui sentit l'excitation monter en lui car, avant de quitter la permanence, il avait entendu dire que sur le lieu du crime l'un des témoins avait affirmé que le coupable avait tiré avec un revolver.

— Vous voulez dire un revolver, n'est-ce pas ?

— Oui. Un revolver, c'est ça.

Ça sent le roussi pour le type aux fléchettes, se dit Bäckström, tout content, car il n'allait pas tarder à avoir un vrai policier sur le paletot. Et même plus que le roussi.

Cela avait été la pire nuit de la vie du commissaire Koskinen. Alors que tout avait si bien commencé. Le calme avait régné dans les rues de la ville, ce soir-là, bien que ce fût vendredi et jour de paie. Mais un froid de loup et un vent à décorner les bœufs étaient les meilleurs gages du maintien de l'ordre et de la sécurité dans les lieux publics, se rappela-t-il en décidant qu'il était grand temps de rendre visite à un ami très cher qu'il gardait dans son armoire.

Heureusement, il avait eu le temps de s'en jeter deux bons coups derrière la cravate avant que le ciel ne lui tombe sur la tête, à lui aussi. Il venait de remettre son ami sous clé et de se rafraîchir l'haleine avec quelques pastilles de menthol lorsqu'un de ses agents se précipita dans son bureau avec une tête de déterré.

— Ah, vous voilà, chef ! C'est la catastrophe !

Koskinen le regarda, sans comprendre quelle pouvait être la catastrophe en question.

— Ils ont descendu le Premier ministre, lâcha l'agent.

— Qu'est-ce que c'est que ces bêtises ? Tu ne comprends pas que ce n'est qu'un exercice ? Il va falloir que je voie ça avec le syndicat, c'est sûrement ce fou qui est à la tête du service opérationnel…

Mais son jeune collègue resta à le dévisager en secouant la tête.

— Non, non, non, finit-il par dire avant de tourner les talons et de regagner le PC.

Le reste avait été un vrai cauchemar. Comme cette fois-là, l'été précédent, où il avait eu le delirium et lutté contre une pieuvre pendant des heures, alors qu'en fait il était couché sur son lit et avait seulement manqué de s'étrangler avec son drap. Mais cela s'était arrangé. Koskinen s'était mis en congé pendant deux semaines et le médecin lui avait prescrit un remède de cheval.

Mais cette nuit devait être bien pire, car elle ne finirait jamais.

Pour commencer, Koskinen s'était aperçu qu'il n'avait plus de pastilles pour la gorge. Ce n'était pas la fin du monde car, comme il était enrhumé, il prenait soin de se tenir à distance des gens. Mais ensuite, l'eau-de-vie s'était épuisée, elle aussi, bien qu'il eût pris ses précautions puisque c'était vendredi. Après cela, les chefs et sous-chefs de tous les districts de la ville s'étaient mis à hurler au beau milieu de la nuit en exigeant, tous autant qu'ils étaient, d'être informés de la situation, à seule fin de pouvoir être dans les pattes les uns des autres. Ils n'avaient que ce seul mot à la bouche : la « situation » et l'unique consolation était que la plupart d'entre eux semblaient avoir fêté l'événement à un tel point que peu importait qu'il n'ait plus de pastilles. On pouvait penser ce qu'on voulait du préfet de police, mais le fait était qu'il avait été le seul à ne pas le déranger. D'ailleurs, il n'avait même pas donné signe de vie.

— La situation est la suivante, déclara Koskinen pour la trente-sixième fois cette nuit-là. Le Premier ministre a été abattu et le coupable a réussi à s'enfuir.

Autrement, il ne reconnaissait plus rien et cela ne ressemblait pas à ce stupide exercice qu'avait mis sur pied le préfet de police. Et ce fut seulement au cours de la matinée du samedi qu'il put enfin se jeter sur son lit.

Si le préfet de police avait laissé le commissaire Koskinen en paix, ce n'était pas parce qu'il se désintéressait des événements, mais parce qu'il s'était mis en congé pour le week-end, afin d'aller en Dalécarlie, avec sa maîtresse, pour courir la Vasaloppet[1]. Étant donné le côté délicat de la chose, il avait soigneusement évité d'informer son entourage de l'endroit où il se trouvait.

Il ne se doutait pas qu'on avait abattu le Premier

1. Célèbre course de fond à ski de 85 kilomètres qui, le premier week-end de mars, chaque année depuis 1923, commémore la fuite de Gustave Vasa en 1521. *(N.d.T.)*

ministre devant la porte de chez lui, pour ainsi dire. C'est le portier de l'hôtel qui le lui annonça lorsqu'il descendit déguster son petit déjeuner le samedi matin. Sur quoi il prit ses cliques et ses claques, ainsi que sa maîtresse, et rentra dare-dare à Stockholm.

Il pourrait toujours participer à la Vasaloppet l'année suivante alors que le meurtre d'un Premier ministre, cela ne se produit pas tous les ans : il faut vraiment saisir l'occasion. Une occasion en or, d'ailleurs, pensa-t-il en prenant le volant, de mettre à l'épreuve en grandeur réelle, comme on dit, ces nouvelles méthodes intellectuelles d'enquête qu'il avait élaborées. C'est presque trop beau pour être vrai, songea-t-il, et, pendant qu'il conduisait, sa maîtresse nota ses différentes idées en la matière. Cela n'avait rien que de très normal, puisqu'elle était elle aussi dans la police – à un rang certes subalterne, mais tout de même.

Avant qu'ils aient dépassé Sala, sur le chemin du retour, elle avait déjà inscrit trente-cinq pistes différentes, réparties entre les trois catégories chères à leur auteur : piste principale, pistes principales alternatives et pistes secondaires. Quant à ces pistes de garage dont il devait l'idée à son meilleur ami, il avait décidé d'attendre pour s'en occuper. D'une part, ce dernier ne lui avait pas encore remis l'aide-mémoire promis et, d'autre part, il ne savait pas quelle proportion de ses effectifs d'enquêteurs il faudrait affecter à d'autres tâches en attendant d'en avoir besoin.

— Je peux te demander quelque chose ? dit sa maîtresse.

— Bien sûr, ma chérie.

Pourquoi prend-elle ce ton pincé ? s'interrogea-t-il.

— La piste principale. Comment le sais-tu ? s'enquit-elle.

— Comment je sais quoi ?

— Eh bien, que ce sont les Kurdes qui l'ont abattu. Comment le sais-tu ?

— Parce que c'est ce qu'il y a de plus probable sur le plan statistique.

— Mais ils n'ont encore pas tué de Premier ministre suédois, n'est-ce pas ? En général, ils se tuent seulement entre eux.

— Bien sûr, ma chérie, mais ça n'a rien d'étrange, tu vois, répondit-il en s'efforçant de se montrer aussi gentil et aussi bon pédagogue que possible. Personne d'autre ne l'a fait non plus. Ni parmi les Juifs, ni parmi les Grecs ni… eh bien parmi les Suédois ordinaires, personne n'a jamais tiré sur un Premier ministre suédois. Alors, tu ne peux pas les en accuser, n'est-ce pas, ma chérie ?

Je me demande pourquoi il n'a pas descendu sa chère épouse, aussi, se dit Waltin en poussant la porte de l'appartement de Gärdet pour aller effacer les traces de son frère en esprit et collaborateur très apprécié. Il commence peut-être à se faire vieux. Mais, comme cette idée était parfaitement ridicule, il l'écarta aussitôt et s'attaqua aux tâches d'ordre pratique.

Il mit d'abord les vêtements dans une grande valise ; il veillerait à les faire nettoyer avant de les dissimuler dans un endroit sûr. Il ne lui serait naturellement pas venu à l'esprit de les jeter. C'étaient des objets à caractère historique, presque uniques en leur genre, et l'eau lui venait déjà à la bouche quand il se demandait combien ils pourraient lui rapporter, dans un avenir pas très lointain, lors d'une vente aux enchères chez Sotheby's. À moins que ce ne soit chez Christie's.

La nourriture et autres détritus, il s'en était débarrassé dans le vide-ordures. Ne restait donc plus que l'arme. Mais, dès son réveil, il avait eu une idée si lumineuse qu'il banda comme un âne pendant toute la matinée et dut se soulager à deux reprises avant de pouvoir passer aux choses pratiques.

Il ôta d'abord du barillet les deux douilles vides et les quatre cartouches dont Hedberg n'avait pas eu besoin, les glissa dans un sac à timbres et les plaça ensuite dans la valise, avec les vêtements et les chaussures. Puis il essuya soigneusement le revolver avant de le fourrer dans sa poche. Il prit ensuite la valise, sortit de l'appartement, ferma à clé derrière lui et quitta les lieux.

Il ne reste plus que le revolver, se dit-il en montant en voiture, et l'idée de ce qu'il allait en faire lui causait des picotements dans tout le corps.

L'expert du défunt Premier ministre avait d'abord pensé rédiger une lettre de démission dans les formes ou, au moins, solliciter un congé. Mais l'ambiance qui régnait dans le couloir de son bureau – sans qu'on lui ait dit quoi que ce soit car, soudain, c'était comme s'il n'existait plus – lui avait fait comprendre que c'était superflu. Il s'était donc contenté de rentrer chez lui. En sortant du bâtiment, il s'était arrêté pour écrire quelques brèves lignes dans le livre de condoléances qui était placé dans le vestibule. Ce n'était certes qu'une citation et non pas quelque chose qu'il avait rédigé lui-même mais, pour diverses raisons, cela lui parut mieux approprié. Il s'en souvenait par cœur, après plus d'un mois :

La mort est noire comme l'aile d'un corbeau,
Le deuil est froid comme la nuit au cœur de l'hiver,
Aussi long et sans issue.

Puis il regagna sa maison de Djursholm et, après un moment de réflexion, il prit sa décision. Il rédigea d'abord un message en russe, langue qu'il avait apprise en secret pendant sa jeunesse mais qu'il n'avait pu entretenir comme il le fallait et qui lui causait maintenant, malgré son excellente mémoire, plus de problèmes qu'il ne l'aurait imaginé. Peu importait, cependant, le message était assez clair et, si la langue boitait un peu, cela ne pouvait qu'en accroître la véracité à leurs yeux.

Puis il le coda au moyen du nombre entier qu'il avait pensé offrir à Forselius pour ses quatre-vingts ans, et à propos duquel il avait un peu triché à l'aide de l'ordinateur des militaires. Ce nombre n'étant plus d'actualité, il pouvait se permettre de l'utiliser de cette façon. Lorsqu'il eut terminé, il hésita un instant à signer de son nom, ou plutôt de celui qu'ils lui avaient donné alors qu'il n'avait encore que dix-huit ans, pour le flatter, mais sûrement aussi pour lui montrer qu'ils savaient comment ses camarades de classe de deux ans plus âgés que lui l'appelaient pour le faire enrager lorsqu'il avait commencé l'école élémentaire.

Il finit par se décider et signa. Comme ils n'avaient pas accès à la clé, le décryptage de ce message nécessiterait des dizaines d'années d'efforts de la part de leurs ordinateurs. Peu importait donc, mais il pouvait se payer le luxe de les obliger à se creuser un peu la tête, au cas où ils réussiraient malgré tout.

Je leur fais volontiers cadeau de cela, se dit-il et, en relisant la rangée de chiffres qu'il avait écrits, il éprouva un fort sentiment de satisfaction : ce qu'il venait de coucher sur le papier n'avait de sens que pour lui-même et, peut-être, quelques autres comme lui. Je vous fais volontiers cadeau de cela, se répéta-t-il en codant son nom sous le message. Quant à l'envoyer, il s'en occuperait plus tard, dès que l'occasion se présenterait.

« À l'Ours et Mikael… DLJA MEDJEV I MICHAIL… Le meilleur informateur… TOT KTO SAMOI LUTSHI INFARMATOR… est celui qui ne comprend pas le sens de ce qu'il rapporte… TOT KTO

SAM NE PONJAL STO ON RASSKASOVAL… Et puis son nom… celui qu'ils lui avaient donné voilà plus de vingt ans… le Professeur… PROFESSOR. Comment leur rendre la monnaie de leur pièce, sinon ? »

Ensuite, il brûla les papiers de Krassner dans la cheminée et, quand il alla se coucher, il s'endormit pour une fois sans penser à quoi que ce soit de particulier.

À peu près au moment où l'expert sortait de Rosenbad, Waltin franchissait discrètement la porte du service scientifique de la police. Il y régnait le chaos le plus total, ce qui lui convenait parfaitement car cela lui permettait de restituer, sans se faire remarquer, le revolver emprunté plus de six mois auparavant. Il le posa simplement sur un établi et ressortit sans même avoir besoin de citer le nom de cette misérable petite merde de Wiijnbladh, qu'il tenait en réserve pour le cas où l'un de ses débiles de collègues aurait le culot de lui demander ce qu'un commissaire divisionnaire des services de sécurité avait à faire là un jour pareil.

Mais personne n'avait entendu, vu ou dit quoi que ce soit et il était reparti tranquillement. Le sentiment qu'il avait éprouvé lorsqu'il s'était retrouvé dans la rue avait été presque aussi magnifique que le jour où il s'était glissé subrepticement derrière sa petite maman, qui vacillait sur ses pathétiques béquilles, juste au moment où la rame de métro pénétrait dans la station, précédée de son vacarme habituel. En gros, il était simplement passé derrière elle, en ayant à peine besoin de la toucher, et avait continué son chemin en direction des escaliers roulants et de la rue. Il se rappelait encore le grincement prolongé des freins de la rame, le bruit sourd des chocs et ces quelques secondes de silence avant qu'une voyageuse hystérique ne se mette à hurler comme une possédée.

Johansson apprit la nouvelle du décès à la radio, tandis qu'il préparait son petit déjeuner, et il dut s'asseoir pour regarder sa montre. Jusqu'à cinq heures de l'après-midi, la veille, il avait été chef du service du personnel de la direction de la police nationale. En poussant la porte de l'immeuble de Polhemsgatan, il s'était mis en congé jusqu'à nouvel ordre. En rentrant chez lui, il avait dîné et consacré la soirée à réfléchir à la façon dont il pourrait organiser sa nouvelle vie. Puis il était allé se coucher de bonne heure. Il s'était assoupi aussitôt, avait dormi du sommeil du juste toute la nuit et s'était réveillé le sourire aux lèvres.

Il était maintenant huit heures du matin, mais personne ne l'avait appelé ni n'était venu cogner à sa porte au milieu de la nuit parce qu'il avait débranché son téléphone. Il comprit alors qu'il était quelqu'un de tout différent de ce qu'il était la veille.

Le soir, Jarnebring lui téléphona. Il était parti en vacances avec sa fiancée et avait ainsi évité le choc. Mais on l'avait rappelé et il était maintenant de service avec tous ses vieux copains de la Brigade des recherches. Ainsi que quelques autres pour lesquels il n'avait guère de sympathie.

— Comment ça va, alors ? demanda Johansson par pur réflexe.

— Mal, répondit Jarnebring avec force et conviction. Tu sais ce qu'ils nous font faire ?

— Non.

— On passe en revue tous les procès-verbaux pour stationnement abusif, les suicides et les réservations d'hôtel depuis l'été dernier. Crétins d'intellectuels. Si tu t'es fait la peau l'été dernier, tu peux pas avoir tué le Premier ministre hier, hein ?

— Sans doute qu'ils ne savent pas comment on procède, dit Johansson.

Comment le sauraient-ils, d'ailleurs ? compléta-t-il pour lui-même.

Puis ils interrompirent leur conversation et chacun retourna à ses affaires. Johansson lava son linge sale et jeta des vieux papiers. Puis il alla se coucher et s'endormit à peu près comme d'habitude.

Lorsque le préfet de police pénétra dans son bureau, ils lui tombèrent tous sur le paletot en se coupant la parole. Mais il suffit qu'il lève la main pour leur imposer le silence.

— Messieurs, je prends le commandement des opérations et je convoque tous les enquêteurs disponibles à une réunion, à quatorze heures, dans notre grande salle de Kronoberg. Vous pouvez disposer, exécution.

Il n'en faut pas plus que ça, pensa-t-il en regagnant son bureau et en refermant derrière lui la grande porte à double battant.

À peu près au moment où le préfet de police de Stockholm se retirait pour un entretien privé avec lui-même, le commissaire divisionnaire Waltin prit place en face de Berg, de l'autre côté de son grand bureau.

Mon Dieu, s'enthousiasma Waltin en le voyant, il a l'air complètement décomposé.

— Comment vas-tu, Erik ? demanda-t-il, l'air soucieux.

— J'ai connu des jours meilleurs, soupira Berg. Ma seule consolation est que sa femme s'en soit tirée.

— Il est évident qu'il l'a épargnée, assura Waltin avec la mine d'un pasteur.

Il faudra que j'en touche deux mots à Hedberg quand on se verra, pensa-t-il.

— Épargnée ! se récria Berg. Il a manqué son coup, ce salaud. C'est un miracle qu'elle soit encore vivante, la balle lui a éraflé le dos.

Il faudrait peut-être que je l'envoie chez l'ophtalmo, aussi, corrigea Waltin.

— Tu voulais me parler ? fit-il en marquant le pli de son pantalon.

Étant donné les circonstances, il avait choisi un costume gris foncé de coupe simple avec une cravate unie assortie. Ces tons presque noirs s'imposaient en un jour pareil.

— J'ai pensé te confier la coordination avec l'enquête que mènent nos collègues de Stockholm, dit Berg. À l'exclusion de toute autre tâche, jusqu'à nouvel ordre.

— *Fine with me*, répondit une fois de plus Waltin. Quelles dispositions as-tu arrêtées ?

C'est presque trop beau pour être vrai, songea-t-il.

— Commençons par leur fournir la liste des menaces présumées contre la personne du Premier ministre.

— Évidemment, répondit Waltin en prenant note dans son petit carnet noir, qu'il avait sorti de sa poche.

Comme ça, je vais pouvoir en éliminer certaines, se réjouit-il.

— En ce qui concerne les Kurdes, ils l'ont déjà, d'après ce qu'il me semble avoir compris, parce que Kudo et Bülling s'en sont chargés.

— Heureux d'entendre ça, commenta diplomatiquement Waltin.

Dites-moi que je ne rêve pas, ajouta-t-il pour lui-même.

— Eh bien, c'est à peu près tout, dit Berg en étouffant de son mieux un gros soupir.

— Que faisons-nous en ce qui concerne l'enquête sur les opérations extérieures ? interrogea Waltin avec une mine de quasi-indifférence.

Il est peut-être grand temps de la clore, pensa-t-il.

— On continue comme d'habitude. Je veux dire : ces opérations, précisa Berg. Je ne pense pas qu'une enquête là-dessus intéresse grand monde, dans les circonstances présentes.

Ne fais pas le malin, aurait-il aimé pouvoir ajouter.

— L'affaire Krassner est également close, si j'ai bien compris ?

— Oui, en effet.

Je ne vois pas ce qu'elle vient faire là-dedans, s'interrogea-t-il.

— Il faudra se faire une raison, conclut Waltin en se donnant l'air optimiste.

D'où est-ce qu'il sort tout ça ? se demanda Berg. Qu'est-ce qu'il a qui ne va pas, ce type ? Ou bien est-ce moi, alors ?

— Nous n'échapperons pas à une commission d'enquête parlementaire, une fois que cette histoire sera réglée.

Surtout s'ils en trouvent le fin mot, se dit Waltin, qui faillit éclater de rire. Mais le pire n'est pas toujours certain, se consola-t-il.

— À chaque jour suffit sa peine, n'est-ce pas ?

Cette organisation entièrement nouvelle, en matière de recherches, qu'il avait l'intention de mettre sur pied, le préfet de police l'avait imaginée entre Sala et Stockholm. Elle avait la clarté de l'évidence et la forme d'une pyramide assez aplatie. À la base, il y avait la masse des enquêteurs et, d'après ses calculs préliminaires, il aurait besoin d'au moins six cents hommes, afin de pouvoir se constituer une réserve suffisante au cas où. Ensuite, il faudrait naturellement un état-major, aussi, constitué de tous les chefs des différentes sections et d'observateurs du ministère de la Justice et d'autres autorités judiciaires, auxquels il avait pensé faire appel. Sans compter les services de sécurité et la criminelle nationale, évidemment. Et, pour qu'ils ne se fassent pas des idées, dans leur petite tête, il concocta une brève note, en marge, à propos d'un statut d'« observateur ». De cette façon, il y aurait au maximum une quarantaine de personnes, dans cet état-major, se dit-il, satisfait.

Restait encore l'élément le plus important de l'organisation : son *brain-trust* secret, dans lequel il ne comptait enrôler que son meilleur ami ainsi que le meilleur ami de celui-ci, l'ancien diplomate, vu les ramifications que l'affaire pouvait avoir à l'étranger – domaine beaucoup trop étendu pour lui –, ainsi que ce remarquable journaliste chargé de la communication auprès de la direction de la police nationale que l'ami de son ami, le diplomate, lui avait recommandé et qu'il avait d'ailleurs déjà rencontré lors du séminaire inaugural du « Détective scientifique ». Si le besoin s'en faisait sentir, il devait suffire qu'on adjoigne quelques représentants de la piste principale. Il serait logique, dans ce cas, de commencer par recruter Kudo et Bülling.

Eh bien voilà, conclut-il. Le côté pratique des choses, ce serait à Grevlinge de s'en charger, comme d'habitude. Mais les questions d'organisation sont toujours assez ennuyeuses, pensa-t-il. Surtout pour un artiste dans l'âme, comme lui. C'est pourquoi il passa vite à des points beaucoup plus passionnants.

Les circonstances étant historiques, il comprit, en arrivant à la hauteur de Morgongåva, le besoin d'un historiographe. Ou plutôt d'*une* historiographe, car aussitôt, et essentiellement pour d'autres raisons, il avait pensé à une journaliste du grand quotidien du matin qu'il connaissait depuis un certain temps. Mais, étant donné la personne qui prenait les notes au cours de ce voyage en voiture, il n'en souffla mot pendant la fin du trajet.

Quelqu'un qui couchera mes pensées et mes réflexions sur le papier au fur et à mesure qu'elles se présenteront, pensa le préfet de police en hochant la tête. Une personne avec qui je dialoguerai sans qu'elle dise quoi que ce soit, en quelque sorte.

Il faudrait aussi contacter Peter Dahl, le célèbre

peintre et illustrateur, songea-t-il. Dahl pourrait brosser un vaste portrait de groupe de l'état-major de l'opération. Tout laissait penser qu'on ne tarderait pas à arrêter le coupable. On savait déjà qui était la victime, où, quand et comment avait été commis le meurtre, il ne restait donc plus que le coupable. Intellectuellement parlant, on pouvait donc dire que l'affaire était élucidée à quatre-vingts pour cent, se félicita-t-il. Comme ces portraits de groupe étaient assez longs à réaliser, il valait peut-être mieux que Grevlinge prenne contact avec ce Dahl dès maintenant, résolut le préfet en prenant note.

Toutefois, c'était compter sans la question la plus importante de toutes, à savoir celle de sa sécurité personnelle au cours de l'enquête. Dans la voiture, déjà, il avait commencé à esquisser en esprit les transformations auxquelles il allait falloir procéder dans son bureau : vitres blindées à toutes les fenêtres, espaces sécurisés, armes de renfort disposées à des endroits stratégiques et diverses autres mesures de moindre importance. L'essentiel, cependant, était de se constituer une garde du corps personnelle. Naturellement, quand on gardait à l'esprit ce qui était arrivé au Premier ministre, il était exclu de s'adresser aux gens du service des gardes du corps, se dit le préfet en se félicitant de les avoir déjà fait figurer parmi ses nombreuses pistes secondaires. Heureusement, il disposait d'hommes à la fois compétents et dignes de confiance plus près de lui. Parmi ceux qui constituaient la section affectée aux patrouilles, au sein de ses propres services, il ne manquait pas de fidèles collaborateurs, prêts à faire un rempart de leur corps pour protéger leur chef et recevoir à sa place, poitrine nue, leur dose quotidienne de balles meurtrières.

Puis une idée lui vint. Une idée tout à fait nouvelle, car il lui arrivait très souvent d'en avoir quand il pensait à quelque chose de totalement différent. C'est quand même une étrange coïncidence, pensa-t-il, que le Premier ministre ait été abattu précisément le week-end où je me suis absenté pour participer à la Vasaloppet. À bien y réfléchir, cela constituait une piste de plus, estima-t-il en prenant soin de compléter ses notes préliminaires par une trente-sixième et dernière piste : la « piste Vasaloppet ».

Bäckström avait trouvé une piste, lui aussi, et il était aussi décidé que n'importe quel chien de chasse à la suivre. Ses collègues de la Sécurité publique avaient mis la main sur un vieux camé qui faisait le singe sur le lieu du crime et, une fois mis à tremper, il avait commencé à hurler qu'il était prêt à « faire un deal ». Cette fois, il leur avait proposé une description détaillée du coupable qui avait failli le faire tomber à la renverse, tandis qu'il était en train d'évacuer le terrain.

— Jan Svulle Svelander, fit Bäckström pour montrer qu'il connaissait son monde.

— *So what*[1] ? répliqua Svulle en haussant les épaules tout en s'efforçant de percer un bouton qu'il avait sur le nez.

— Mes collègues de la Sécurité publique me disent que tu as vu le coupable.

— C'est possible. Ça dépend.

— Je ne sais pas quelle peut être la récompense, mais je suis sûr qu'il s'agira au moins d'un million.

— Une brique, répéta Svulle, les yeux dans le vide.

— Au moins, insista Bäckström en soupirant lourdement. Ce ne serait pas lui, par hasard ? ajouta-t-il en montrant la photo du joueur de fléchettes que lui avait fournie la poire en compote.

— Si, lâcha Svulle. Sûr. C'est lui.

---

1. « Et alors ? » *(N.d.T.)*

— Tu ne me dis pas ça seulement pour la récompense ? demanda finement Bäckström.

— Pour qui tu me prends ? s'offensa Svulle. C'est lui. Sûr et certain.

À quatorze heures précises, le préfet de police souhaita la bienvenue aux hommes qui allaient mener les recherches. La salle était pleine à craquer. Il y en avait partout, assis, debout, et quelques-uns parmi les plus jeunes s'étaient hissés sur l'étagère à chapeaux, dans l'entrée, afin de ne pas manquer ce spectacle historique. En fait, il ne manquait guère que Bäckström, car il était de permanence et n'avait pas le temps de venir, étant occupé à résoudre l'énigme du meurtre du Premier ministre.

Il en était convaincu, du moins depuis qu'il avait trouvé le nom du joueur de fléchettes sur la liste de suspects que leur avaient envoyée les services de sécurité.

Tout avait été très vite expédié. Grevlinge n'aura qu'à se charger de l'aspect pratique des choses, pensa le préfet de police en se levant pour demander le silence d'un grand geste de la main.

— Eh bien, messieurs, ce sera tout pour cette fois et, pour citer une des grandes personnalités de l'Histoire et vous donner du cœur à l'ouvrage, je dirai pour terminer…

À ce moment, le préfet de police observa une pause qu'il avait soigneusement étudiée chez lui, devant sa glace.

— … que ce n'est pas la fin, messieurs… loin de là… et que ce n'est pas le commencement non plus… mais, conclut-il après une nouvelle pause rhétorique, je peux vous promettre une chose : c'est le commencement de la fin.

XXII

En chute libre, comme dans un rêve

Stockholm au mois de mars

Le dimanche qui suivit le meurtre, le préfet de police avait tenu sa première conférence de presse et, étant donné l'importance qu'elle revêtait pour le pays dans son ensemble, on avait décidé de la transmettre en direct à la télévision.

Waltin avait pris place sur son grand canapé, non sans une certaine impatience. Dès la première réunion des responsables des recherches, il avait compris à quoi aurait trait la grande nouveauté que le préfet de police avait l'intention d'annoncer.

Le petite Jeanette était également sur place, bien qu'il eût déjà décidé de se débarrasser d'elle. Elle avait pris un coup de vieux, ces derniers temps, et ce n'était guère tolérable. De toute façon, une pareille circonstance nécessitait un public et elle avait donc dû se mettre en sous-vêtements roses pour lui servir le whisky dont il avait besoin pour être dans les dispositions d'esprit qui convenaient.

Mais cela avait duré plus longtemps que prévu et Waltin était hélas déjà bien parti, à l'instant décisif. Il fut obligé de s'allonger et de mettre la main sur l'un de ses yeux pour que l'image soit nette. L'avantage était que, ainsi, il ne voyait pas la petite Jeanette, qui faisait la tête comme à l'accoutumée. Puis le moment finit par arriver. Le préfet de police se pencha en avant, hocha gravement la tête, sans oublier de sourire à son public et, après une pause soigneusement étudiée, il prit les deux revolvers posés sur la table, devant lui, déclenchant une cascade d'éclairs de flash qui le couvrirent d'une déferlante de lumière.

« Voici, mesdames messieurs, deux revolvers du même modèle que celui qu'a utilisé l'assassin lorsqu'il a tiré sur notre Premier ministre. »

Tu ne sais pas à quel point tu peux avoir raison, songea Waltin, qui avait déjà assisté à un petit numéro du même genre de la part de ce jeune poseur de Wiijnbladh, lors de la réunion du groupe d'investigation.

— Je parie sur celui que tu tiens dans la main gauche ! cria Waltin. Celui à canon court, ajouta-t-il en se laissant aller à une crise de fou rire.

Exactement comme la fois où il se tenait sur l'escalier mécanique, en train de penser à sa petite maman qui venait de le quitter pour de bon, sur le quai du métro.

Il est complètement cinglé, ma parole, observa l'inspecteur Jeanette Eriksson, vingt-huit ans. Et en plus, il est incapable de baiser correctement. Je vais le plaquer, moi.

Dès le lundi, la petite enquête personnelle de Bäckström était terminée et il ne restait plus qu'à aller cueillir l'assassin. Mais, tout le monde étant très occupé, il lui fallut patienter quelques jours avant de pouvoir être reçu par le préfet de police. Celui-ci devait d'ailleurs travailler jour et nuit, car il était près de dix heures du soir lorsque ce petit vomitif de Grevlinge avait fini par le laisser pénétrer dans son bureau.

Qu'est-ce qu'ils foutent là, ces pédés ? se demanda Bäckström en avisant trois hommes en civil, en bras de chemise et bretelles rouges, assis à la table du préfet. Passe encore pour Babsan, parce que celui-ci lui avait déjà confié qu'il était copain avec le préfet lorsque Bäckström l'avait interrogé à titre de plaignant le jour où il avait été dévalisé par un marin qu'il avait emmené chez lui pour jouer au papa et à la maman, mais les deux autres ? D'où sortaient-ils ?

Le plus vieux ressemblait à s'y méprendre à ce Böglund à propos duquel la DST n'arrêtait pas de dégoiser, et l'autre, le plus gros, était presque le sosie du trésorier de l'Association des amateurs suédois de cuir, qui tenait ses réunions dans Skeppar Karls Gränd et accrochait ses adeptes pendant des heures à des crochets plantés dans le mur. C'est pas possible, merde alors, pensa Bäckström, parce que le préfet, pour sa part, avait la réputation d'être une vraie moissonneuse-batteuse de femmes. Qu'est-ce qui se passe, bon sang ? Il faut que je le mette en garde.

— Assieds-toi, l'invita le préfet en lui montrant une chaise vide d'un geste très cordial de la main.

— Vas-y carrément, l'incita Böglund avec un clin d'œil, tandis que le Cuir avait l'air vachement allumé, comme d'habitude.

Le seul à bien se tenir était Babsan, parce qu'il n'avait toujours pas oublié l'enquête que Bäckström avait menée.

— Merci, répondit ce dernier en prenant place sur le bord extrême de la chaise et en sentant la sueur commencer à couler derrière son col. Oui, je crois que j'ai trouvé celui qui a fait ça, reprit-il en se raclant nerveusement la gorge, car il ne s'était jamais senti aussi mal à l'aise depuis que cet anthropoïde de Jarnebring était venu lui piquer sa bière.

— Nous sommes tout ouïe, dit le préfet avec beaucoup de bienveillance.

Si ça ne colle pas, on aura toujours les Kurdes, se consola-t-il intérieurement.

À peu près au moment où Bäckström était dans le bureau du préfet de police, une autre réunion concernant le meurtre du Premier ministre suédois se tenait, très loin de là. Près de sept mille kilomètres à l'ouest, au quartier général de la CIA à Langley, Virginie. C'est dire si le monde dans lequel nous vivons est petit.

C'était le chef du service des Scandinavian Affairs, Mike «*The Bear*» Liska, qui avait convoqué cette réunion. On voulait faire le point sur l'affaire que, au sein du service et depuis plusieurs années, on connaissait sous le nom de code «*Buchanan Papers*». Les analystes de la maison estimaient qu'il y avait sans doute un rapport entre ces documents, le meurtre de John P. Krassner, neveu de John C. Buchanan, probablement de la main des services suédois de sécurité, ainsi que – peut-être – celui du Premier ministre du pays.

Ce qui intriguait ces mêmes analystes, c'était le fait que, s'il existait un rapport, on ne parvenait pas à trouver le motif de l'assassinat du politicien suédois ni l'identité de ceux qui avaient pu le commettre. Tout ce qu'on avait découvert jusque-là, au contraire, plaidait fortement pour que ce meurtre soit attribué à ce qu'on appelait un fou isolé. Curieuse histoire, pensait Liska et, malgré sa longue et précoce expérience du domaine suédois, il devait avouer qu'il y perdait son latin. Les différents éléments ne collaient pas les uns avec les autres et ce n'était pas « suédois », en quelque sorte. Mais, hélas, il n'avait plus personne à qui poser la question.

Parmi les présents à cette réunion, se trouvait l'agent Sarah J. Weissman, qui travaillait normalement comme attachée linguistique auprès de la NSA, la National Security Agency, sous couvert d'un emploi free-lance dans le domaine de l'édition privée. Cela n'avait d'ailleurs rien que de très naturel, puisque c'était elle qui avait été la première à donner l'alerte à propos des bavardages de plus en plus irresponsables de Buchanan et du livre que son ancien petit ami de jeunesse était manifestement en train de rédiger sur John « Fionn » Buchanan et sur « Pilgrim », son agent de l'époque des années de la guerre froide.

Comme elle jouissait de la confiance illimitée de Krassner, c'était également elle qui avait mené l'enquête. Elle avait eu les mains libres dès le début et la NSA n'avait pas hésité à la prêter à ses collègues de la CIA. Elle avait aussi eu la responsabilité pleine et entière du tri ainsi que de la préparation des documents qui avaient finalement été remis à l'ancien commissaire de police judiciaire Lars M. Johansson, jadis patron de la Brigade criminelle nationale de son pays.

Malheureusement, l'affaire avait pris un tour dramatique et inattendu, en raison des mesures de sécurité que Krassner avait adoptées de sa propre initiative et dont on n'avait pas eu connaissance avant que Weissman puisse lire la lettre de Krassner au commissaire Johansson, qui était arrivée douze jours après la nouvelle de la mort de l'expéditeur.

La découverte de l'existence du commissaire Johansson avait fait monter la température au sein du service et déclenché une activité fébrile à l'antenne de la CIA à l'ambassade de Stockholm. Quand on apprit que Johansson se trouvait aux États-Unis, heureusement pour des raisons qui ne pouvaient guère avoir de rapports avec les *Buchanan Papers* puisque son déplacement était prévu depuis plusieurs mois, la tension atteignit son maximum.

Elle s'aggravait du fait de deux circonstances à la fois manifestes et difficilement conciliables. Johansson ne pouvait pas avoir reçu la lettre de Krassner et pourtant il s'intéressait de façon inexplicable à celui-ci ainsi qu'à Weissman. N'était-ce pas, tout bonnement, parce qu'il nourrissait des doutes sur le suicide de l'Américain ? On connaissait ses liens avec le commissaire qui avait mené l'enquête, et on savait que, personnellement, c'était un policier fort capable.

Quelle que fût la réponse, les cogitations des analystes n'avaient rien apporté de nouveau jusqu'à ce que Johansson vienne soudain frapper à la porte de Weissman et qu'elle raconte à son tour, un jour plus tard, l'incroyable histoire de cette «*shoe with a hole in it*».

La joie n'avait pas connu de limite lorsque, dans son inimitable dialecte du Minnesota, fortement influencé par le suédois, elle avait rapporté ce que lui avait confié Johansson. Liska en avait pleuré jusqu'aux larmes. Malgré ses trente ans de service, il n'en avait encore jamais entendu d'aussi bonne et il n'aurait pu en raconter une meilleure lui-même.

— *Jesus, guys*, pouffa Sarah, *you should have seen that big Swedish cop just sitting there in my sofa… so full of that country-boy confidence… the real mister McCoy of the North Pole*[1].

---

1. «Bon sang, les gars, vous auriez dû voir ce grand flic suédois assis là, sur mon canapé… un vrai péquenaud débordant de confiance… le mister McCoy du pôle Nord!» *(N.d.T.)*

En ce qui concernait Krassner, la chose était assez – voire tout à fait – claire. Il avait été tué parce qu'il avait eu le malheur de se trouver nez à nez avec l'agent des services suédois de sécurité, qui n'avait eu d'autre moyen de se tirer lui-même d'affaire. Malheureusement, il avait emporté avec lui le message assez anodin qu'on avait tenté de transmettre aux Suédois pour qu'ils le fassent suivre à celui qu'il concernait, en fin de compte.

Quant au meurtre du Premier ministre, en revanche, c'était une autre histoire. Si l'on avait laissé agir Krassner, depuis le début, c'était parce qu'on estimait qu'il finirait par se prendre dans les filets des services suédois de sécurité, et c'était bel et bien arrivé. On pouvait de la sorte, sans dramatiser inutilement, faire parvenir à Pilgrim une « amicale mise en garde » – car on avait malgré tout un passé commun – pour lui signaler qu'on ne serait peut-être pas toujours prêt à accepter ses sempiternelles critiques sur des questions qui relevaient tout naturellement de la sphère d'intérêts des États-Unis.

Par ailleurs, on avait laissé figurer, dans les papiers, l'accusation parfaitement farfelue de meurtre sur la personne de Raven. On était bien mieux renseigné que cela et la raison pour laquelle le FBI n'avait pas arrêté le coupable était qu'il était déjà mort et que cela risquait d'interférer avec une enquête beaucoup plus vaste sur une famille mafieuse de Cleveland entrée en conflit avec l'un des clients de Raven. La Mafia avait résolu le problème en abattant le représentant de ce client lorsque ce dernier s'était montré un peu trop ennuyeux.

On avait siégé plusieurs heures avant de finir par tomber d'accord pour reléguer les *Buchanan Papers* aux archives, affectés des soixante-quinze ans de secret défense habituels et accompagnés d'une note selon laquelle ils n'avaient « selon toute probabilité rien à voir avec le meurtre du Premier ministre suédois », lequel était « très certainement l'acte d'un fou isolé » : « On manque en effet de tels meurtriers présumés, à l'intérieur du cercle d'agents de sécurité et de renseignement suédois ayant eu connaissance de l'existence de Krassner, ainsi que de mobiles possibles. L'affaire ne requiert donc plus aucune mesure de la part du service et, par la présente, est déclarée close. » Liska en personne apposa cette mention sur le dossier avant qu'il soit versé aux archives.

Puis on mit fin à la réunion dans la meilleure ambiance possible, après quoi la plupart des participants allèrent boire une ou deux bières – voire plusieurs – ensemble.

XXIII

Et ce ne fut pas la vie que j'avais imaginée

Stockholm, 12 mars

Lorsque, le jour de son anniversaire, Johansson alluma la télévision pour regarder la conférence de presse quotidienne sur les derniers progrès réalisés par la police dans la traque du meurtrier du Premier ministre, il comprit, au langage corporel du préfet de police lorsque celui-ci prit place sur le podium, qu'il fallait s'attendre à de grandes nouvelles.

« Eh bien, dit le préfet en affichant son sourire empreint de gravité, j'ai le plaisir de vous annoncer que nous avons arrêté une personne que nous avons de bonnes raisons de soupçonner du meurtre du Premier ministre. Il va être mis en examen et déféré au dépôt dans la journée. C'est un homme de trente-cinq ans qui entretient des liens avec une organisation d'extrême droite bien connue… »

Lorsque Johansson aperçut soudain, sur le bord de l'image, un Bäckström sur le point d'éclater de joie, il comprit que cela ne pouvait être vrai. C'est pourquoi il éteignit l'appareil et décida qu'il était grand temps de se prendre par le collet, s'il voulait remédier à cette solitude qui était en train de l'éloigner de lui-même.

Tu ne risques rien à poser la question, songea-t-il, et, comme c'est ton anniversaire et que tes enfants ne t'ont même pas appelé au téléphone, tu n'as pas grand-chose à perdre, à vrai dire. Il prit donc un taxi pour se rendre au petit bureau de poste de Körsbärsvägen. Sitôt entré, il la vit, et elle le vit, lui. Elle parut en être contente et elle se leva immédiatement pour venir au comptoir.

C'est la plus belle femme que j'aie jamais vue, pensa Johansson, et elle ne porte toujours pas d'alliance. Le pire qui puisse arriver est qu'elle m'éconduise.

— Monsieur le commissaire, dit-elle avec un sourire, venez dans mon bureau, que nous soyons au calme pour parler. J'ai écouté la radio, poursuivit-elle, et je crois qu'il faut que je vous… que je *te* présente mes félicitations. J'ai appris que vous avez mis la main sur le coupable.

— Euh, répondit Johansson, on ne peut jamais en être sûr. Mais nous en reparlerons plus tard, si tu veux bien, car, indépendamment du reste, cela ne me concerne plus. Si je suis venu ici, ce n'est pas pour parler de cela.

— Pourquoi donc, alors ? l'interrogea-t-elle en le regardant de ses beaux yeux sombres.

Doux Jésus ! pensa Johansson.

— Je voulais te demander si je pouvais t'inviter à dîner, avoua-t-il.

C'est mon anniversaire, aujourd'hui, songea-t-il en se gardant naturellement de le dire, car ce n'est pas le genre de chose qu'on crie sur les toits.

Dès qu'il vit l'expression dans ses yeux, il sut ce qu'elle allait répondre.

— J'en aurais été enchantée, mais je suis déjà prise.

En fait, je viens de rencontrer un nouveau type, pensa-t-elle en se gardant naturellement de le dire, car ce n'est pas le genre de chose qu'on crie sur les toits.

— Je suis désolé. Une autre fois, peut-être, regretta Johansson avec l'impression que quelqu'un s'appuyait contre sa cage thoracique et tentait de lui arracher le cœur.

Puis il partit en souriant et en hochant la tête. Comme on lui avait seulement dit non et, de plus, de façon fort aimable, il comprit qu'il n'en fallait vraiment pas beaucoup pour lui mettre le moral à zéro.

Quel homme étrange, se dit Pia Hedin en le regardant s'éloigner. Et comme ils étaient différents l'un de l'autre, tout en travaillant tous les deux dans la police… D'abord ce grand et fort Norrlandais avec ses yeux vifs et ses façons paisibles. Qui ne s'était jamais manifesté, alors qu'elle estimait lui avoir envoyé des signaux dépourvus d'ambiguïté la fois où ils s'étaient vus, plus de trois mois auparavant. Et puis Claes, son nouvel amour, rencontré au restaurant une semaine plus tôt, au cours d'une sortie avec une amie et alors qu'elle désespérait de finir par mettre la main sur un homme normal. Claes, avec ses manières parfaites et son charme absolument dévastateur, ainsi que cette sensibilité qu'elle avait décelée, au fond de lui, dès la première fois que leurs regards s'étaient croisés.

Composition réalisée par CHESTEROC Ltd

Achevé d'imprimer en janvier 2007 en France sur Presse Offset par

CPI
Brodard & Taupin

La Flèche (Sarthe).
N° d'imprimeur : 39795 – N° d'éditeur : 82376
Dépôt légal 1re publication : février 2007
LIBRAIRIE GÉNÉRALE FRANÇAISE – 31, rue de Fleurus – 75278 Paris cedex 06.

31/1631/6